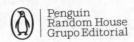

Penguin
Random House
Grupo Editorial

Primera edición: abril de 2022

© 2022, Eva Muñoz
© 2022, Penguin Random House Grupo Editorial, S. A. U.
Travessera de Gràcia, 47-49. 08021 Barcelona

Impreso en Colombia - *Printed in Colombia*

ISBN: 978-84-19085-61-0

Depósito legal: B-3199-2022

EVA MUÑOZ

LASCIVIA

LIBRO 1

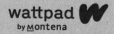

*Hay llamaradas de pasión que destruyen
amores inmensamente grandes.*

ESTA SAGA MANEJA SU PROPIO SISTEMA JUDICIAL,
EL DESARROLLO Y RANGOS SON DIFERENTES
A UN RÉGIMEN COMÚN

FEMF
FUERZA ESPECIAL MILITAR DEL FBI

MINISTRO GENERAL

Alex Morgan

VICEMINISTRA

Olimpia Muller

GENERAL

Roger Gauna

CORONEL

Christopher Morgan

CAPITANES

Bratt Lewis
Dominick Parker
Simon Miller
Patrick Linguini

TENIENTES

Rachel James
Angela Klein
Harry Smith
Laila Lincorp
Alexandra Johnson

SARGENTOS

Brenda Franco
Meredith Lyons
Irina Vargas
Trevor Scott

1

PHOENIX

Rachel

El sol de Arizona cala en mis poros mientras espero sentada en una de las tumbonas de la piscina de la casa de mis padres. «¡Maldita resaca!», me digo. Bebo el último sorbo de té helado y acto seguido levanto el periódico que descansa en mi regazo para leerlo. De inmediato llama mi atención un titular: «Médicos y científicos en alerta a causa de la nueva droga que ronda en el mundo criminal».

Se supone que no debo estar pendiente de este tipo de asuntos en mi momento de reposo (es mi último día de vacaciones). Continúo con la lectura hasta que una gran salpicadura de agua moja el periódico: es mi hermana, que se acaba de zambullir de un salto en la piscina.

—¡Rachel, ven aquí! —me grita chapoteando en el agua y su voz retumba en mi cabeza.

—¡Paso! Tengo que viajar dentro de unas horas —le respondo mientras me pongo de pie, dejando de lado los restos del periódico empapado.

—Quédate trabajando aquí. En Inglaterra no eres feliz sin mí.

—En la vida hay que hacer muchos sacrificios.

Echo a andar hacia la casa con los lentes de sol en la cabeza, tengo jaqueca porque bebí hasta el amanecer por el fin de mis vacaciones.

—¡Pensaba que no ibas a entrar nunca! —me espeta mi mamá en la cocina—. ¡Deja de dar vueltas y termina de empacar lo que falta, que si sigues así perderás el avión!

Está claro que nadie tiene consideración de mi miserable estado postborrachera. Mi otra hermana está estudiando en la mesa de la cocina. Intento tomar un vaso de agua, pero mamá me saca.

—Ve a por tu padre para que almorcemos todos —me ordena—. A lo mejor, el hecho de saber que debes irte los hace recapacitar y toman la sabia decisión de que trabajes en otra cosa que no tenga que ver con armas, bombas y criminales.

Sacudo la cabeza buscando la escalera: mi madre odia mi trabajo. Siendo muy niña ingresé en una academia militar y, desde ese día, no ha hecho más que renegar; sin embargo, para su desgracia, amo mi profesión y es algo que no pienso dejar: tengo activo el chip de la milicia gracias a la familia de mi padre.

Recorro el pasillo de la segunda planta paseando los dedos por el papel tapiz de la pared. El último día de vacaciones siempre es el peor. Echaré de menos a mi familia. No obstante, partir es necesario. Giro la perilla del despacho y el aire acondicionado me eriza la piel cuando entro echando un rápido vistazo al lugar, que no ha cambiado con los años. Observo el viejo sofá esquinero de color marrón a juego con la gran biblioteca que ocupa la mayor parte de la estancia, la lámpara traída de Marruecos, la pared principal donde cuelgan las medallas y diversos reconocimientos de la familia...

Las condecoraciones de los James son el motor que me mueve, que me llena de orgullo, sobre todo, cuando las cuento y veo asombrada cómo van cubriendo la pared. Hay un espacio vacío y doy por hecho que es para colgar mi medalla por ascender a teniente de la Élite Especial. Toda la familia, por parte de mi padre, pertenece a la milicia, a un ejército supremo llamado la FEMF, Fuerza Especial Militar del FBI. Las últimas siglas dejan claro lo que somos: una Fortaleza Bélica Independiente.

El hecho de que mi familia perteneciera a la mayor rama de la ley hizo que se me permitiera estudiar en la más exclusiva y secreta escuela militar, a la que entré con cuatro años de edad. Me gradué a los quince y con dieciséis me trasladaron al comando de preparación de cadetes en Londres. No puedo decir que ha sido fácil, pero me siento orgullosa de lo que soy y de lo que hago. A mis veintidós años soy una soldado políglota —hablo siete idiomas con fluidez—; he estudiado Criminología, y domino las artes del camuflaje y el espionaje; también soy experta en investigación y defensa personal avanzada. Todo esto, gracias al tiempo que llevo preparándome en el ejército.

Conozco todo tipo de armas, explosivos y sistemas inteligentes. Además, he manejado casos relacionados con el CDS, la Yakuza y la Camorra, entre muchos otros. He estado en misiones en Indonesia, Pekín, Bangkok y Berlín. He participado encubierta en operativos de la Infantería, Fuerza Aérea y Fuerza Naval. En suma, se me considera, por mérito propio, una de las mejores soldados de mi tropa, llamada Élite.

Desde temprana edad nos entrenan para enfrentarnos a todo tipo de peligro, es lo primero que nos enseñan y es algo que nos pulen año tras año queriendo que seamos los mejores en nuestra profesión. Somos la máxima rama de la ley, estamos por encima de todos los entes que aplican justicia. Nos preparan desde niños y nuestra especialidad es el camuflaje, ya que todas nuestras acciones deben mantenerse en el anonimato. Para esto la FEMF se vale de un ejército secreto multifuncional, que está en todos lados, y los civiles desconocen su existencia. Uno de los más grandes comandos de fuerza y preparación está en Londres. Llevo casi siete años viviendo allí. Es difícil para mí vivir tan lejos de mi familia, puesto que en esa ciudad solo tengo a Luisa y a Harry, que son mis mejores amigos. También está Bratt Lewis, mi novio desde hace cinco años.

—Hice un nuevo espacio para tu medalla —comenta mi padre, señalando el espacio vacío que ya había visto.

—Lo intuí, ahí quedará perfecta. —Le dedico una sonrisa. Sé lo importante que es para él que su hija mayor siga sus pasos.

—Me encanta que le guste, teniente —alardea.

—Gracias, general James.

Mi ascenso es un gran orgullo para él, me lo recalca siempre.

—No me extrañes —le digo envolviéndolo en mis brazos.

—Dé por fallida esa petición, teniente. —Corresponde el abrazo apretándome con fuerza.

—¡Muero de hambre! —exclaman en la primera planta.

En la mesa, miro la hora e intento fingir que no voy contra reloj mientras almuerzo con prisa. Somos una familia de cinco, bastante unida, que se mantiene en contacto todo el tiempo.

—Buen provecho para todos —me despido cuando acabo. Tengo que empacar.

Estando en la alcoba pongo lo que falta en mi maleta, empacando al estilo miliciano. No puedo perder el vuelo, ya que debo estar en Londres lo más pronto posible.

—Lejos de casa nuevamente… —comenta Sam, un poco cabizbaja—. Deberías hacerle caso a mamá y quedarte.

Quisiera que su falta de ánimo fuera por mi partida, pero ambas sabemos que no es por eso.

—Tienes que decirle a papá que no quieres estar en la FEMF —la animo.

—¡Baja la voz! —Se levanta a cerrar la puerta.

—¡Tienes que hacerlo! —le insisto—. No puedes seguir posponiendo la entrada al comando.

—No se lo va a tomar bien —se defiende—. La milicia lo es todo para él.

—Simplemente dile que quieres ser médico y no un soldado letal —le aconsejo mientras recojo lo poco que queda.

—Se enojará —responde con pesar.

La beso en la frente. Y sabiendo que mi padre nos ama por sobre todas las cosas y que jamás nos obligaría a ir en contra de nuestra voluntad, la aliento a que se sincere con él:

—Dile. Lo entenderá y verás que te estás estresando por nada.

—¡Ya casi es hora de partir! —mi madre nos interrumpe; ella sí apoya los ideales de Sam.

Mi madre, Luciana Mitchels, es una científica que trabajaba para la NASA, y mi padre, Rick James, es un ex general de la FEMF. De esa fusión salimos Sam, Emma y yo. Las hermanas James Mitchels; mujeres de cabello azabache y ojos color cielo. Bellezas hipnóticas para muchos, pero no para nuestra familia, que nos exige valernos de nuestro cerebro y no de nuestro atractivo. Yo hago uso de ambas herramientas, ya que mi trabajo me lo exige… No en vano el atractivo es un buen cuchillo cuando lo sabes manejar.

Opto por ponerme ropa ligera para el viaje, mientras mamá baja la maleta. Me despido de todos. Abrazo a Sam, que me espera junto a la puerta, antes de darle un beso a Emma, que se me cuelga encima.

—Échame en la maleta, nadie lo notará —suplica haciéndome reír e inmediatamente la lleno de besos antes de ponerla en el piso, adoro a Sam, pero a Emma la consiento más por ser mi hermana menor y siempre hemos sido más apegada una a la otra.

Con el equipaje les doy un último abrazo antes de abordar el auto.

—Dile a Harry que venga a visitarnos —pide Sam mientras la camioneta en la que me esperan mis padres se pone en marcha.

Llevarme al aeropuerto es una tradición, cosa que no desperdicia mi madre para echarme en cara los riesgos de mi carrera.

—Pide la baja ya —sugiere—. Rachel, eres hermosa, inteligente y capaz.

—Exacto, perfecta para la FEMF —contradice mi padre, iniciando la misma discusión de todos los años.

Me lleno de paciencia: mi padre es terco y mi madre, obstinada. Ninguno de los dos pierde nunca. La llegada al aeropuerto pone fin a la discusión, el Sky Harbor nos recibe con todo su tráfico y toda su magnificencia.

—Suerte, soldado —me desea mi padre mientras me abraza. Mi madre, a su vez, me recuerda que me echarán de menos.

—Los amo. —Les lanzo un beso antes de tomar mi camino.

El peso de dejarlos llega, por ello avanzo rápido para que no noten que me duele despedirme. Soy una soldado de renombre, sin embargo, tengo cierta debilidad por los miembros de mi familia, puesto que me crie en un sólido círculo lleno de cariño.

Hay problemas técnicos que retrasan el vuelo. Reviso mi móvil cuando estoy ya dentro del avión. Tengo varios mensajes de Bratt, solo él atenúa la tristeza que me invade al despedirme de Phoenix. Llevo cinco años de relación con mi novio, uno de los mejores capitanes de la Élite. Proviene de familia aristocrática y además es del tipo de hombre que te hace suspirar cada dos por tres. Recuesto la cabeza en el asiento y me viene a la memoria el día en que lo conocí. Era mi primer año en Londres y las reclutas no paraban de hablar de Bratt Lewis. No había tenido la oportunidad de conocerlo, hasta que cierto día nos encontrábamos en la cafetería del comando y Brenda, una de mis compañeras, estaba hablando de él y yo, curiosa, le pregunté quién era.

—Está detrás de ti.

Volteé con disimulo y quedé maravillada al verlo. Las reclutas no se equivocaban al decir que era guapo. Estaba sonriendo y tenía toda la apariencia de un *fuckboy*. En su rostro, enmarcado por su cabello castaño claro, casi rubio, destacaban un par de ojos esmeraldas. Súbitamente se fijó en mí y de inmediato esquivé su mirada. Notó que lo estaba mirando y me sentí tan ridícula que dejé de almorzar y terminé recogiendo mis cosas. La primera vez que me da por mirar fijamente a alguien y lo nota.

—Nos vemos. —Me levanté y me largué de la cafetería.

Apresuré el paso y me dirigí al edificio de mi clase de idiomas, pero el afán se me acabó cuando, de improviso, alguien se interpuso en mi camino. Di un paso atrás y pude ver que era nada más y nada menos que Bratt Lewis quien me estaba impidiendo el paso.

—¿Me estabas mirando? —preguntó metiéndose las manos en los bolsillos.

—¿Disculpa? —repuse como si no supiera de qué me hablaba.

—En la cafetería, me mirabas. Te vi. —Hablaba de forma coqueta y segura.

—No, no te miraba… Ni siquiera te conozco. —Intenté seguir, pero nuevamente me impidió avanzar.

—Me gusta que me mires —confesó sin rodeos—. Nunca unos ojos tan hermosos como los tuyos me habían mirado.

Puse los ojos en blanco, en señal de desdén, era obvio que se las estaba dando de galán.

—Tienes a media academia detrás de ti, ¿y dices que los únicos ojos hermosos que te han mirado son los míos?

—Dices no conocerme, pero sabes que media academia está detrás de mí —contestó tajante—. Creo que eres una pequeña mentirosa.

Me sentí idiota por no contener la lengua y evitar el ridículo.

—Te ayudo con los libros —propuso alargando la mano para tomarlos.

—Puedo sola. —Me abrí paso a la fuerza.

Desde ese momento fui su «objetivo militar». Diseñó diversas estrategias para acercarse a mí; se hizo amigo de mis amigos y comenzó a frecuentar los mismos sitios que yo. Pero yo no se la dejé tan fácil, me di la oportunidad de conocerlo y solo después de un tiempo terminé siendo su novia. ¿Lo amo? ¡Sí!, y mucho. En el fondo anhelo una familia sólida, como la mía. Allí, a bordo del avión a punto de despegar rumbo a Londres, el recuerdo de nuestro primer beso en medio de un concierto de Bon Jovi me hace sonreír. Respiro hondo queriendo acortar las horas que faltan para verlo.

2

LONDRES

Rachel

El avión aterrizó a las diez de la mañana y me siento afortunada de encontrarme con los rayos del sol de marzo en el frío Londres. Recojo mi cabello y voy por mi maleta, moviéndome libre entre los turistas. Soy llamativa por naturaleza y suelo llevarme miradas constantes del sexo opuesto, por muy mal que me vea. Pero eso da igual cuando tienes la atención fija en un solo hombre, en mi caso, ese era Bratt Lewis.

En Inglaterra se respira elegancia. Y elegancia es precisamente lo que no tengo yo cuando veo a mi novio a lo lejos. Está tan perfecto como siempre, vestido con un jersey gris, sus ajustados vaqueros y sus impecables zapatos Aubercy; le está dando indicaciones a una pareja de ancianos que, al verme corriendo como una loca hacia él, se apartan. El corazón se me acelera y las manos me sudan a medida que me voy acercando, tropezando con todo lo que se pone en mi camino.

—¡Te eché de menos, hermosa! —Me abraza cuando me lanzo a sus brazos.

Sujeto su cuello buscando un beso de película. Este hombre me encanta. Sobre todo su porte de galán de serie y esa ternura que me atonta en el acto.

—No más viajes sola —advierte—. La próxima iré contigo o no viajas.

Sigo aferrada a él rozando mi nariz con la suya. No me molesta la idea de vacacionar juntos, mi madre lo adora, así que no será problema.

—¿Quieres comer algo aquí? —Me quita la maleta mientras toma mi mano.

—No, ya sabes que la comida de los restaurantes de los aeropuertos no está entre mi favorita.

Le explico por encima cómo está mi familia mientras caminamos al estacionamiento. Al llegar a su Mercedes me abre la puerta del copiloto como un caballero, enciendo el estéreo y Aerosmith se apodera del ambiente.

—*«Come here, baby. You know you drive me up the wall the way you make good on all the nasty tricks you pull»* —tarareo una de mis canciones favoritas—. Lo eché de menos, lord Lewis.

—Cariño, en verdad no quiero que vuelvas a irte sin mí. No tuve paz desde tu partida.

—Fue algo mutuo. —Me suelto el cinturón acercándome en busca de su boca y poniendo mis manos en su cuerpo—. También me moría por verte.

—¡Quieta, cariño! —Sonríe—. Es peligroso y alguien puede vernos.

—¡Qué importa si nos ven! —digo contra su cuello—. ¡Es más excitante!

Aparta la mano que milagrosamente llegó a su entrepierna.

—Me apetece estar sobre ti sin nada de ropa —le susurro al oído—, pero primero dormiremos hasta que llegue la tarde.

—Eso no será posible. —Apresa mi mano invasora, la sube hasta su boca y la besa. Lo conozco. Ya empezó a ponerse amargado.

—¿Por qué no? —le pregunto, algo decepcionada.

—Sabrina y Christopher se mudaron a la ciudad.

El simple hecho de mencionar a su hermana me hace querer regresar a mi lugar.

—Quiero presentarte a Christopher, así que reservé una mesa en Veeraswamy. Una cena de bienvenida es la mejor excusa para conocerlo.

—No iré —respondo a la defensiva mientras me abrocho de nuevo el cinturón.

Intenta acariciarme, pero no se lo permito. Llevo treinta días sin verlo, lo mínimo que espero es una noche solo para los dos.

—Sé que no te agrada Sabrina, pero haz un esfuerzo. Ya les dije que iba contigo.

Sabrina es su única hermana, pero nunca hemos tenido una buena relación. Cree que carezco de clase y que por eso no soy suficiente para pertenecer a su familia.

—No es justo para mí tener que soportar toda una noche a ese horrible ser. Ve tú, te esperaré en mi apartamento —le digo.

Se detiene en uno de los semáforos.

—No es solo por Sabrina, también quiero que conozcas a Christopher. Es mi mejor amigo y lo sabes.

¡Otro dolor de cabeza! A Christopher Morgan no lo conozco personalmente y, aun así, no me agrada, así como tampoco le agrada a mi madre.

En un ejército tan grande siempre hay rumores y el sujeto que porta el nombre de Christopher Morgan no es la excepción. Se dice que es arrogante, impulsivo, violento en el combate y en la doctrina militar en general. Un egocéntrico soberbio que se cree lo mejor del universo. Su fama empeoró cuando se casó. Para nadie es un secreto que le es infiel a Sabrina Lewis. Nunca lo he visto, pero puedo imaginarme lo mal que me caerá.

—Bratt, no quiero pasar la noche sola con Sabrina y con otra persona que no conozco —le confieso.

—Estás exagerando, no estarás «sola» con ellos, yo también estaré. ¿O se te ha olvidado? Únicamente quiero que me acompañes, la cena no se alargará mucho. —Acaricia mi cabello un instante. Acto seguido, enciende el motor y empieza a avanzar—. Además, tu padre y el de Christopher son buenos amigos, un motivo más para que te des la oportunidad de conocerlo.

—No me interesa conocer a un exrebelde rehabilitado.

—Lo estás juzgando sin conocerlo. No quiero alarmarte, pero es tu nuevo coronel al mando —aclara—. El comando está trabajando en un caso de suma importancia y él es nuestro superior ahora.

—¿Nuevo coronel? ¿Qué pasó con Sloan?

Me doy cuenta de que mis amigas colegas no me cuentan lo que tienen que contarme y termino enterándome de los asuntos que me interesan por otras vías.

—Lo trasladaron. Morgan dejó claro que se centrará en trabajar con la Élite y eso te incluye —me explica—. Míralo como un triunfo, es un coronel con mucho peso en la FEMF.

La Élite son los soldados destacados de cada comando.

—Ustedes tienen la misma edad —señalo—. ¡Se supone que se requiere de una ardua experiencia para llegar al cargo que tiene!

—¡Y tiene experiencia de sobra, cariño! Los cuatro años en Escocia no fueron en vano. Además, alcanzó con éxito cada uno de sus objetivos. Y también está el asunto de su padre, que es el ministro —aclara—. La FEMF ve a los Morgan como lo mejor, por ello lo quieren en este nuevo caso.

No me gusta trabajar con ególatras ni con gente que se siente más que los demás. Lo más cerca que he estado de ese sujeto fue en una carrera de autos donde estrelló el Bugatti de su padre, Alex Morgan, el máximo jerarca de la FEMF. No conozco a Christopher Morgan, ni siquiera sé cómo luce, solo sé que volvió mierda el auto de su papi y que es una persona despreciable.

Bratt me explica todo lo que ha pasado en mi ausencia y se detiene cuando llegamos al edificio donde vivo en Belgravia.

—Quiero que pases la noche conmigo. —Entrelaza nuestros dedos—. No te agrada Sabrina, pero es mi familia y debemos compartir tiempo con ella.

Me mira con suma ternura porque sabe que nunca me resisto a esa mirada.

—¡Bien! —suspiro.

—¡Esa es mi chica! —Se inclina para darme un beso—. Te prometo que pasaré el resto de la noche llenándote de besos.

—Más te vale —le advierto tomándolo del mentón.

—Te recogeré a las siete. —Me da un beso en la frente y me ayuda a bajar la maleta—. No subiré, debo terminar mis obligaciones en el comando para estar libre por la noche.

—Entiendo. —Me entrega mis maletas.

—Te amo —recalca.

—Y yo a ti. —Se va.

Entro al edificio, saludo al portero con un breve gesto, está hablando por teléfono. Entro al ascensor que me lleva a la cuarta planta y al llegar Miguel Bosé anega mis oídos, su música baña todo el pasillo. Al abrir la puerta de mi apartamento la música se intensifica. Como supuse, Lulú tiene el estéreo a todo volumen mientras sacude el polvo de los muebles.

—¡Vaya sorpresa! —grita.

—¡Bájale al estéreo o recibiremos otra queja de los vecinos!

Arroja el plumero y acata mi solicitud.

—Tenía que asear más temprano, pero estaba en una cita —confiesa con picardía—. El panadero me invitó a desayunar.

Abro los brazos para que me salude como se debe. Lulú trabaja con Luisa y conmigo desde que papá me compró este apartamento.

—Te preparé el desayuno. —Me lleva a la barra de la cocina—. Ya sé que no te gusta la comida de los aeropuertos.

Tiene un metro sesenta de estatura y mil kilos de alegría. Es una morena cargada de optimismo que nunca pasa desapercibida. Amo tenerla en mi día a día.

—¿Se te ofrece alguna otra cosa? La telenovela va a empezar y no quiero perderme ningún detalle del capítulo.

—Ve tranquila —le indico—. Dormiré un rato. Tengo una cita con Bratt esta noche.

—Supongo que ha de estar en cuarentena el pobre, ¡sin una migajita de sexo! —Se lleva las manos a la cintura—. ¿Es de los que se masturba? En un programa comentaron que hacerlo previene las infidelidades.

—Ah, no sé. —Río con sus ocurrencias—. ¡Si las previene, que se toque todo lo que quiera!

—¡Lo voy a imaginar mientras veo la novela! —Se va soltando una larga carcajada.

Cualquiera diría que es insolente y atrevida. Para mí no lo es, la antigüedad le otorga ciertos derechos en mi casa; uno de ellos es ver y escuchar lo que quiera, cuando quiera e ir y venir como mejor le convenga.

Termino de comer mientras reviso el móvil enterándome de las últimas noticias. Todo es más de lo mismo, así que me voy a la alcoba. Mi cama está llena de ejemplares de la revista *Dama de honor*. Hay una nota en el espejo.

Elige un vestido y deja de ser una pésima madrina de bodas.
Posdata: Bienvenida a casa.

Te quiere, Lu

Me sería imposible olvidar que mi mejor amiga se casa dentro de unos meses con Simon Miller, capitán en el comando y uno de los mejores amigos de Bratt. Duermo todo el día aprovechando que lo puedo hacer ahora porque en el comando debo estar en pie a las cinco de la mañana, así que me fundo en las sábanas hasta que Lulú entra a recordarme la cita.

Tomo una ducha y escojo un vestido especial para el encuentro de esta noche. Me decanto por un vestido *strapless* (esto es, sin tirantes) negro ceñido. Me coloco la gargantilla de oro blanco con rubíes que me regaló Bratt cuando cumplimos cinco años de noviazgo, mientras Lulú me ayuda con el cabello y el maquillaje.

—La arpía de tu cuñada morirá de envidia cuando te vea —comenta cómplice Lulú haciéndome reír una vez más—. ¡Me encanta! Y ese vestido pondrá a Bratt bien cachondo —agrega mientras busca mi abrigo.

El negro hace sexy a cualquiera… y así me siento yo, supersexy, porque el vestido resalta mis curvas. Los tacones me suman centímetros y el labial carmesí me hace ver más que apetecible. Amo todo de mi cuerpo y le agradezco a mi madre la belleza heredada, una belleza misteriosa y exótica que ha sido seña de identidad de las Mitchels desde tiempos inmemoriales.

Sujeto mi cartera sintiéndome *hermosa*. En el comando a las mujeres nos vuelven especialistas en seducción; debes saber usar tu atractivo, al igual que debes saber usar un arma.

—¡Folla mucho, por favor! —me pide mi mexicana favorita al tiempo que me nalguea.

El sonido del timbre de la puerta me avisa de que Bratt ya llegó. Me despido de Lulú para ir al encuentro de mi novio.

3

LA CENA

Londres es demasiado frío, aburrido y tedioso para mi gusto. Le di tantas vueltas… y en últimas me vi obligado a aceptar este cargo. Viví mi infancia en este lugar, puse mil trabas para volver, pero ahora heme aquí, sentado y haciéndole frente a mi nuevo cargo de coronel, en la fuerza especial inglesa.

—Coronel Morgan… —saluda mi superior en la puerta.

Es el general Peñalver. Por muy superior mío que sea, no me levanto a saludarlo. Viene acompañado de una mujer cuyo aspecto no me gusta nada.

—Quiero presentarle a su secretaria, Laurens Caistar.

Me da jaqueca su pinta de funcionaria inservible. Suda exageradamente y tengo la sensación de que en cualquier momento se desmayará por hiperventilación; toma grandes bocanadas de aire como si fuera un pez fuera del agua.

—Mucho gus… —Se acerca y…

—¿Es lo mejor que hay? No quiero presentarme con ella en las reuniones —le reclamo al general.

—La señorita Laurens trabajó tres años con Sloan —explica Peñalver—. No es muy ágil, pero trabaja hasta tarde y conoce todo el funcionamiento administrativo del comando.

«¡Trabaja hasta tarde!», como si eso fuera una cualidad. El general nota mi mala cara e intenta arreglar la situación.

—Dele una oportunidad —me insiste.

—En el escritorio están las autorizaciones que debes enviar a otros comandos —le indico, de mala gana, a la inútil de la secretaria—. Quiero que estén sellados, empaquetados y en la oficina de correspondencia antes del mediodía.

Ella se queda mirándome como una idiota, el general tose con disimulo para hacerla reaccionar.

—¡Enseguida! —contesta ella aún atontada.

Con torpeza intenta correr y cae de bruces al piso cuando tropieza con la alfombra. ¡Menuda mierda me ha tocado!

—¡Estoy bien! —dice mientras recoge sus lentes. En definitiva, debo conseguir otra secretaria.

Recoge los documentos y se dispone a salir sin percatarse de que la puerta está cerrada. Peñalver corre a abrirle justo antes de que se estrelle contra ella.

—¡Téngale un poco de paciencia, coronel! Es cuestión de acostumbrarse.

—¡No voy a acostumbrarme a nada! Lo que no me sirve lo desecho.

—Lo dejo para que continúe con sus tareas. —Sale, cerrando tras de sí la puerta de mi nueva oficina.

Inmediatamente, abren la puerta de par en par.

—¡¿Crees que alquilar una habitación de hotel, con temática sexual, me haga ver como un depravado?! —Es el capitán Simon Miller, que entra con un volante en la mano.

—Siempre he pensado que lo eres —le respondo encogiéndome de hombros—. No creo que el hotel haga la diferencia.

—¡Ja, ja, ja! —Suelta una risa sarcástica—. Esto es serio, Christopher, quiero invitar a Luisa, pero me da miedo que se asuste.

—¿Por qué no estás trabajando? —le pregunto molesto—. Perder el tiempo no está permitido en mi mandato.

—Es mi tiempo de descanso, coronel —refuta—. Volviendo a la temática, quiero hacer uso de mi fantasía de adolescencia.

—Olvídalo. —Reviso mis informes—. No le agradará saber que siempre quisiste coger con Barney.

—¡No seas imbécil! Hablo de mi fantasía con roles de «alumno-profesora». Saca unos lentes del bolsillo.

—Ya sabes… Pasar a la pizarra. —Se coloca las gafas—. Unos cuantos reglazos, sexo en el escritorio…

—No quiero detalles, gracias.

—¡Muy buenos días! —Entra Bratt con una alegría exagerada—. ¿Cómo están?

—Hoy es el día —anuncia Simon con sarcasmo—. ¡Se acabaron mis días de follar en la barra de la cocina!

—Gracias por el dato —responde Bratt con repugnancia y golpeándolo en la cabeza—. ¡Ahora tengo que decirle a Lulú que mande a remodelar la cocina! —se queja.

—¿Por qué no se largan a trabajar y dejan de joder aquí? —espeto.

Conozco a Bratt desde mi niñez, a Simon me lo topé en la adolescencia. Partí a otros rumbos y ellos se quedaron aquí sirviendo en el ejército inglés.

—Solo vengo a avisarte de que me iré y volveré después de las diez, solicité el permiso hace cuatro días —me informa Bratt—. ¡Rachel llega a las seis!

—Sí, como sea. —Quiero seguir con mi trabajo sin que me interrumpan con sus idioteces.

Bratt lleva dos días seguidos hablando de lo genial que es su supuesta novia; de hecho, cada vez que lo veo habla de lo mismo. No la conozco ni me interesa conocerla, pero ya me tiene harto con tanta cursilería.

—¿Irás a la cena? —le pregunta a Simon.

—¡No! —Se levanta—. Tu hermana no puso buena cara cuando me invitaste, así que hice planes con Luisa.

—Yo tampoco puedo —aprovecho la excusa de Simon—. Tengo trabajo y…

—Christopher, ¿acaso estoy siendo el feo de la disco del que todas las chicas huyen? —me reclama Bratt evidentemente molesto.

—No me interesa conocer a nadie. —Soy sincero—. La veré aquí y da lo mismo verla hoy o cuando sea que venga.

—No hables como si fuera una persona cualquiera.

—Es una persona cualquiera —replico mientras enciendo mi *laptop*.

—Mejor me voy. —Simon se encamina a la puerta—. Me arriesgaré y le diré a Luisa que guarde mi fantasía como un secreto de pareja.

—No es un secreto —puntualiza Bratt—. Ya lo sabemos nosotros.

—¡Será un secreto de cuatro! —Se va.

—¡Christopher —insiste Bratt—, es absurdo que quieras darme la espalda cuando más lo necesito! ¡Planeé esto hace semanas!

—Mejor déjala en su casa y vamos por unos tragos —sugiero—. Puedo presentarte mejores prospectos.

—¿Mejores prospectos? —Se ofende—. ¡Mi novia es un excelente prospecto!

Lo miro con incredulidad. Bratt es un hombre de gustos simples, desabridos. Le gustan las mujeres finas y carismáticas, mientras que a mí me gustan con malicia y que sepan moverse… en todos los sentidos.

—¡Te va a encantar! Rachel es amable, linda…

—Paso.

Nunca la he visto, los soldados no usamos mucho las redes sociales y cuando lo hacemos es para fines informativos importantes.

—¡Por favor! —suplica—. Estoy considerando lo que te comenté y necesito que empiecen a relacionarse.

Me cuesta creer que quiera casarse sabiendo la mala experiencia que he tenido con su hermana.

—Ya hablé con Sabrina. Ella prometió comportarse —insiste—. Juro por Dios que no volveré a pedirte nada.

—¡Okey! —Si digo que no estará jodiendo todo el día.

—¡Gracias, hermano! —Palmea mi hombro—. ¡Me darás la razón cuando notes lo maravillosa que es!

—¡Ajá! —Vuelvo a lo mío.

—¡Me voy ya! —Corre a la puerta—. Falta poco para que llegue.

Honestamente, me asquean sus pendejadas de pareja. Ocupo el día poniéndome al tanto de las últimas novedades, estoy aquí por un objetivo específico: desmantelar una organización delictiva con la que tengo asuntos pendientes hace años. Un conjunto de clanes mafiosos dueños del mundo criminal; de hecho, son una sociedad que maneja a los delincuentes más peligrosos del planeta. Soy parte de los Morgan, una de las familias más influyentes del ejército. En la milicia como nosotros, ninguno. Soy el único hijo del máximo jerarca de la ley, pero eso no quita mi vena delincuencial a la cual le saqué provecho años atrás, y todavía me sigue latiendo.

Tengo un pasado turbio, me reintegré a la FEMF por una sola cosa: poder absoluto en el sistema judicial. Soy un soldado de acero, destacado, afamado y temido. Los hechos hablan por mí, ya que arraso con lo que sea con tal de conseguir lo que quiero. La tarde se me va en cuatro videoconferencias. Mi secretaria es una inútil y tengo que estar llamándola a cada momento para que haga las cosas en el menor tiempo posible.

—Señor —me interrumpe a mitad de una llamada.

—¡Largo!

—¡Per-dón! —Sale y al instante vuelve a entrar—. El capitán… Lewis… está en línea y…

Recuerdo de inmediato la cena, el compromiso que había hecho con Bratt. Lo había olvidado por completo.

—¡Que te largues! —la echo, apresuro el asunto con el presidente. Sigue en el teléfono esperando por mí.

No me agrada la cita, sin embargo, le di mi palabra a Bratt, y no quiero quedar como un mentiroso. Termino con la charla y me voy a mi habitación, me cambio, pero para cuando quiero salir ya está lloviendo. Busco en el móvil la dirección del restaurante, llamo a Bratt para avisarle de que voy en camino, no me contesta y me veo obligado a enviarle un mensaje a Sabrina Lewis. La desbloqueo y vuelvo a bloquearla cuando el mensaje se envía. No la tolero.

Hay embotellamiento en la entrada de la ciudad, me voy convenciendo de que tenía razón al imaginar que sería una noche de mierda. Tardo una hora más de lo normal, la lluvia se incrementa a lo largo del camino.

—Bienvenido. —El *valet parking* me abre y noto que me mojaré de aquí hasta que llegue al establecimiento, pues la plazoleta es amplia y descubierta.

—Trátalo con cuidado —le advierto al empleado que recibe las llaves del DB11.

Veeraswamy es uno de esos restaurantes donde a la gente le encanta lucir sus mejores galas. Los Lewis adoran este tipo de sitios y a mí me dan igual.

—Bratt Lewis me espera —informo a la recepcionista.

Revisa el libro de reserva sonriéndome con coquetería. No todos los días ves a un hombre con mi porte, y no todos los días se tiene el privilegio de toparse con un Morgan.

—Mesa número doce. —Se sonroja ofreciéndose acompañarme.

—Puedo encontrarla solo.

Bajo los escalones, busco el número de las mesas, hasta que doy con la nuestra. A lo lejos veo a Sabrina y pierdo el apetito de inmediato. Está hablando con su hermano. Decido avanzar para no darle tantas vueltas al asunto. Nadie se percata de mi presencia hasta que me poso justo detrás de la mujer, que supongo que es la tan nombrada novia de Bratt.

—Lamento la demora.

Sabrina sonríe airosa y la mujer que está de espaldas levanta la cara en busca de una mejor vista.

¡Mierda! No sé de dónde viene la ola de calor que me recorre el cuerpo cuando me fijo en los ojos azules que me observan como si no fuera de este planeta. Se desencadena una punzada en mi polla cuando reparo en los labios carnosos que le adornan el rostro. Bratt se levanta a saludarme e ignoro la extraña sensación que recorre el centro de mi estómago. La mujer de cabello azabache no se mueve y el ambiente se espesa cuando mis ojos se niegan a dejar de observarla.

«¿Es esta la novia de Bratt?». Mis adentros suplican por un no.

—No importa —Bratt me abraza—, sabemos cómo se pone la ciudad con la lluvia.

Estoy un poco confundido y ni siquiera me molesto en odiar a Sabrina. Mi vista solo se concentra en la mujer que recibe la mano de mi amigo cuando este la invita a levantarse. Lo que tiene no es una mujer, es un espécimen sexy de curvas provocadoras y senos gloriosos. Siento como se me engorda el miembro de solo imaginar lo que podría hacer en sus exuberantes pechos. Mi mirada se centra en la suya y… «¡¿De dónde sacó esos ojos?!». Nunca había visto algo parecido.

—Rachel, cariño —continúa Bratt—, él es Christopher Morgan.

—El coronel Christopher Morgan —puntualiza Sabrina.

Se levanta y me toma del brazo. La ignoro, separándome para estrechar la mano de Rachel.

—Un placer —digo.

Placer visual y sexual.

—El placer es mío, coronel. —Baja la vista para intentar ocultar el rubor que le invade las mejillas.

Vuelvo a excitarme y tomo asiento para que no noten la reacción que me acaba de causar.

—Al fin logro que se conozcan —comenta Bratt.

Le doy un par de sorbos a mi copa de champaña. ¿Es una broma? ¿Cómo se le ocurre presentarme a semejante mujer? Debe de ser una broma. El capitán la besa y ahora entiendo por qué presumía tanto de ella; no es una novia, sino un estimulante sexual. La observo con disimulo, al mismo tiempo que mi vista devora sus pechos. ¡Qué delicia! Me veo prendido de ellos mientras hago trizas la tela del apretado vestido que tiene. También me mira y río para mis adentros llevándome la copa a los labios. ¡Quiere que me la tire! Trata de disimular, pero no le sale tan bien como a mí.

Sabrina habla y cenamos oyendo sus barrabasadas, asuntos y temas basura, que a nadie le interesan. Respiro hondo lidiando con la tensión sexual. La novia del capitán está tan jodidamente buena que, si no fuera por Bratt, ya la estaría embistiendo en el baño.

—¿Qué pasa, amor? Estás muy callada. —El capitán la toma de la mano y ella espabila, vuelve a prestar atención a nuestra charla. A saber dónde tenía la mente.

Lo sé: está callada porque me está follando con los ojos.

—Estoy un poco cansada —contesta.

—Llegó hoy de Phoenix y es un viaje largo —comenta Bratt.

—Mi suegro es muy amigo de tu padre —dice Sabrina mientras me acaricia el brazo. Hago un gesto para que note que me estorba.

—Ya lo sabía, Bratt me lo comentó —responde cortante.

Rick James, lo tengo presente, es el mejor amigo de mi padre y fue un general destacado cuando dirigió el comando de Londres.

Vuelvo a fijarme en los labios de su hija; «sexis», de seguro hace buenas mamadas.

—Si no les importa… —se disculpa—, iré al baño a retocar mi maquillaje.

—Estás perfecta, no tienes que retocar nada. —Sonríe su novio.

—No tardo.

Se levanta y empeora la cosa, ya que el vestido se le ciñe a los muslos. Todos la miran e inclino la copa para disimular y poder verle el culo cuando avanza.

—Es hermosa, ¿no? —pregunta Bratt.

Sabrina se pone expectante a la espera de lo que responderé.

—Normal.

—Es linda y lo sabes.

—Medio muda.

—Es que no se siente cómoda con la actitud airada de los dos —reprocha.

—No nos gustan las personas corrientes —dice su hermana, mientras aprieta mi mano.

—¿Cierto, amor?

Claro, lo que no me gusta es que sea la novia de Bratt. Mi mal genio empeora.

—Es una mujer maravillosa, como ella ninguna —continúa Bratt—. Mamá no la acepta.

—Yo tampoco la acepto, hermano.

—Eso no es impedimento para que yo deje de quererla.

Tomo otra bocanada de aire llenándome de paciencia, prefiero mirar al techo cuando Bratt empieza a discutir con Sabrina. No tolero a la rubia y en ocasiones como esta tengo que atiborrarme de licor para lograrlo. Me harta la antipatía que alguna vez encontré atractiva en ella. Cada vez que la veo siento ganas de comprarle un boleto a la Patagonia, a ella y a su madre, que es otro dolor de huevos. Mi amigo se harta de los malos comentarios de su hermana y por ello pide la cuenta al mesero.

—¡Basta! —pierde la paciencia cuando Sabrina continúa—. Entiendo que no te agrade, pero no te permito hablar mal de ella.

—¡Por favor! —protesta Sabrina—. Le dé el respeto que le dé, no dejará de estar por debajo de nosotros. Viene de Phoenix, un sitio que ni siquiera tiene alta alcurnia.

—Lástima, porque nada de eso me importa —repone Bratt—. Estoy enamorado y digas lo que digas no la voy a dejar.

Está diciendo lo que yo jamás diría ni estando ebrio. La discusión continúa y es la primera vez que veo a Bratt tan determinado. Nos levantamos cuando llega la cuenta e intento aclarar mis ideas hastiado del ambiente. No me molesto en esperar a Sabrina, a quien, por muy elegante que se vea, sigo detestando. Aparto el brazo para que no me toque, así que ella, por otro lado, se retoca el peinado para intentar disimular que es consciente del desprecio que me causa. Bratt me habla de lo buena soldado que es su novia y me la imagino, pero no como una soldado, sino cabalgándome. Eso me endereza, me enciende y me pone rabioso, no me gustan las distracciones.

Parte 2: Rachel

Se supone que en la milicia la puntualidad es ley, pero ya pasaron cuarenta minutos desde que llegamos y aún no hay señales del dichoso coronel. Sabrina no deja de presumir de la fortuna de su marido y eso me tiene con dolor de cabeza. El estómago me ruge por el hambre, encima mi cerebro empieza a asquearse de las tonterías que suelta la rubia. Rabia y hambre no son una buena combinación.

—Bratt, podríamos...

—Lamento la demora —dice una voz áspera, sensual y varonil. Enderezo la espalda y mis sentidos se ponen alerta, pues de pronto percibo un exquisito olor amaderado. Una oleada de calor me recorre la espalda, siento que algo me atropella, quedo perpleja e idiotizada con lo que mis ojos ven. De la nada, el pulso se me acelera, mi respiración se vuelve errática y me descoloco con las reacciones repentinas.

El hombre con el que vine se levanta a saludar al semental que acaba de llegar. Por educación debería hacer lo mismo, pero mi cuerpo no recibe órdenes de mi cerebro, está en blanco. Solo me quedo allí, sentada, mirando al que se supone que es el esposo de Sabrina. Si su voz me dejó en shock, verlo me dejó sin dar señales de inteligencia.

—No importa la tardanza —lo abraza Bratt—, sabemos cómo se pone la ciudad con la lluvia.

Es alto, guapo y candente; luce un traje negro sin corbata, con la chaqueta abierta sobre su ancho tórax.

Mi novio me toma la mano para que me levante. Me pongo de pie con las rodillas temblorosas y al tenerlo de frente recibo el verdadero impacto. El cabello negro, húmedo por la lluvia, cae sobre sus cejas. Mis ojos se centran en los suyos, son de color gris y adornados por espesas y largas pestañas, destila sensualidad masculina por todos lados y es incómodo no poder obviar eso.

—Rachel, cariño, él es Christopher Morgan.

—El coronel Christopher Morgan —corrige Sabrina con aires de grandeza. Lo toma del brazo como si se lo fueran a quitar.

—Un placer —responde de forma seria alargando la mano para saludarme.

El contacto libera un torrente de emociones que vuelan y revolotean por mi estómago. ¡Santa mierda! Las rodillas se me aflojan.

—El placer es mío, coronel. —Bajo la vista. Me intimida y no quiero que me vea las mejillas encendidas.

El camarero llega con una botella de champaña, también trae las cartas para ordenar. No soy capaz de leer el menú, porque mi cerebro sigue sin funcionar. Sabrina sugiere platos para todos y no le llevo la contraria. En este momento tiene más sentido común que yo. Hablan entre ellos, mis ojos quieren volver a mirarlo y hago todo lo posible por aguantar las ganas. «Sé fuerte, Rachel, es un ser humano, no viene de otro planeta», me digo para calmarme. En un momento de debilidad volteo hacia su dirección, está alzando su copa de champaña, un leve movimiento en su cuello muestra lo que parece ser un tatuaje. Sin poder evitarlo, la cena transcurre y a duras penas puedo comer lo que me sirven, ya que hay una tensión que surgió no sé de dónde.

—¿Qué pasa, amor? —El capitán toma mi mano—. Estás muy callada.

Me doy una cachetada mental e intento volver a la realidad.

—Estoy un poco cansada.

Me surgen las ganas de volver a mirarlo.

—Llegó hoy de Phoenix y es un viaje largo —comenta Bratt.

—Mi suegro es muy amigo de tu padre —dice Sabrina acariciando el brazo de su esposo.

—Ya lo sabía, Bratt me lo comentó —le respondo con sequedad.

Su marido me mira y el corazón se me quiere salir.

—Si no les importa… —me levanto—, iré al baño a retocar mi maquillaje.

—Estás perfecta, no tienes que retocar nada. —Sonríe Bratt.

—No tardo.

Tres pares de ojos me observan mientras me levanto, en este tipo de situaciones odio ser el foco de atención. Camino hacia el baño con miedo a caerme por culpa de mis tacones. No puedo creer que hoy tenga miedo de eso, cuando he corrido en azoteas de edificios de cuarenta pisos sin ningún problema. Sigo andando, tengo una horrible opresión en el pecho. ¿Asma? Dios, soy asmática desde niña, pero no es eso. Me planto en el espejo del baño queriendo obviar la humedad que empapa mis bragas. Sabía que compartir con esa gente era mala idea. Creo que estoy en una crisis y no sé qué diablos me pasa.

El baño se llena y salgo con la cartera bajo el brazo agradeciendo que la compañía ya esté en el *lobby*. Sabrina está dialogando con su hermano mientras que el coronel se mantiene de espaldas hablando por el móvil.

La hermana de Bratt no deja de lado el aire estirado que siempre la acompaña, luce un vestido ajustado color marfil entallado hasta las rodillas, en su hombro cuelga un fino bolso Prada, que combina con todas sus prendas. A pesar de ser su hermana, no se parecen en nada: mientras su hermano tiene el cabello castaño claro, ella lo tiene rubio *Barbie*. Es una mujer menuda cuyos rasgos le dan un aura sofisticada. Sin embargo, Bratt es alto y fornido. Ella es pequeña, carece de curvas y es el tipo de cuerpo que luce bien en cualquier tipo de biquini.

Christopher Morgan se voltea con el móvil en la oreja y vuelvo a las exageradas pulsaciones. Necesito un babero y un par de bragas nuevas. Mi vista se concentra en él mientras avanzo y mis ojos vuelven a encontrarse con los suyos. Su rostro, ¡Dios! No podría describir su rostro, parece haber sido tallado por algún ser demoniaco infernal. Ese atractivo es maligno, no puedes pensar cosas buenas al verlo. No sabía que la perfección física existía y que se llamaba Christopher Morgan. Aparto la mirada recibiendo la mano de mi novio, queriendo obviar el impacto que causa el sujeto de ojos grises.

—Debemos hacer esto más seguido —comenta Sabrina, mientras salimos del restaurante.

Ruego a Dios que Bratt no le haga caso, ya que no me creo capaz de soportar otro momento como este. La brisa me congela los huesos y me aferro al brazo de mi novio en busca de calor. El *valet parking* le entrega la llave del Mercedes a mi novio, al mismo tiempo que me abre la puerta para que entre; cuando estoy a punto de hacerlo Bratt me detiene para que me despida de Sabrina.

No me va bien ser hipócrita, pero trato de ser educada.

—Disfruté de su compañía —le digo antes de despedirme con un beso en la mejilla—. Un gusto conocerlo, coronel.

No me atrevo a acercarme, así que solo le hago un gesto con la cabeza que él responde de la misma manera.

Espero en el auto mientras Bratt se despide, saco el móvil, intento distraerme, pero el magnetismo es demasiado; no contengo las ganas y contemplo lo atractivo que es el sujeto alto que huele a gloria. Nunca había visto un hombre así, eso es raro, ya que trabajo en una central llena de hombres bellos y corpulentos. Somos agentes secretos, se supone que nuestro aspecto debe ser agradable.

Surgen preguntas sobre el motivo de no haberlo visto en fotos, caigo en la cuenta de que la única imagen que llegué a ver de él era una pequeña fotografía en una fiesta de disfraces, para colmo, ni siquiera se le veía la cara. Tenso los muslos cuando se pasa las manos por el cabello mientras se humedece los labios con la lengua.

«¡Basta!», me regaño.

Dejo de mirarlo, es el mejor amigo de mi novio y no puedo estar viéndolo como si fuera la octava maravilla del mundo.

—¿Qué tal la pasaste? —pregunta Bratt abriendo la puerta del Mercedes.

—Casi muero de hambre, pero disfruté la cena.

—Nos explicó el motivo de su tardanza. —Enciende el motor—. No te lleves una mala impresión de él.

«La única impresión que tengo es que… es el hombre más atractivo que he visto en mi vida», pensé en ese momento.

—No tengo una mala impresión de nadie, la velada no estuvo mal; además, Sabrina no fue tan detestable y eso debo recalcarlo en mi diario.

Me besa la mano sin apartar la vista de la carretera.

—Tengo la esperanza de que algún día dejes de odiarlos.

Me apena que diga eso. Sabrina es su única hermana, durante años ha tenido que lidiar con las constantes peleas que se desatan entre nosotras dos.

—No los odio.

—Sé que sí, no es necesario que me mientas.

—Aunque Sabrina se comporte como una arpía, no la odio, por el simple hecho de que es la hermana del hombre que amo. —Le beso la mejilla—. Y a Christopher no lo conozco lo suficiente como para odiarlo, pero dudo que pueda hacerlo. No puedo despreciar lo que es importante para ti.

—Siempre haces que te ame más. —Me sonríe.

—Lo sé, te tengo locamente enamorado. —Me quito el cinturón y comienzo a repartir besos por su cuello—. Ve más rápido —susurro en su oído—, pasé un mes sin ti y lo necesito, lord Lewis.

Llegamos al cabo de menos de media hora. Entro primero dejándome caer en el sofá del lujoso apartamento, fue un regalo de sus padres cuando se graduó. Los Lewis son una familia bastante adinerada, pertenecen al Consejo de la FEMF y son antiguos en la milicia. Por eso no le caigo en gracia a Sabrina: quería para su hermano alguien con más glamour, o sea, una rosa inglesa y no una chica norte americana con amigas desordenadas.

—Fue una noche larga. —Se deja caer a mi lado.

—Los pies me están matando.

Me quita los tacones repartiendo besos por mis pantorrillas hasta subir a mis muslos.

—Te extrañé. —Mueve la tela de mi vestido con la nariz.

—No te creo. —Me levanto abriéndome de piernas sobre él.

Lleva las manos a la parte baja de mi espalda y me aprieta los glúteos remarcando la erección que acaba de surgir. No pierdo tiempo y me acerco hacia su boca; saboreo los labios que me tienen muerta de amor. Su ropa me estorba, así que con rapidez deslizo las manos por su abrigo para que se desprenda de él y también le quito la corbata.

—Fueron los peores treinta días de mi vida. —Se pone de pie con mis piernas envueltas en su cintura.

Camina conmigo llevándome a su habitación, me deja sobre la cama de medio lado, mientras observo cómo se desviste y se acerca solo con el bóxer puesto. No está mal dotado, el miembro erecto se le marca en la tela, mientras mi entrepierna responde cuando lleva las manos a la cremallera de mi vestido y la desliza con suavidad.

Bratt es de los que se toma su tiempo, no es que haya estado con otros y pueda comparar, pero, a juzgar por las experiencias de mis amigas, puedo presumir de que a mi novio le encanta contemplarme. Acerca su boca a la mía rozando mis labios con un beso suave, hundo las manos en su cabello sedoso, a la vez que él traslada los dedos al broche de mi sujetador, soltando mis pechos.

La temperatura empieza a subir cuando me acuesto contemplando su cuerpo trabajado y esculpido. Se acerca hundiendo las manos en la cama y esconde la cara en mi cuello, repartiendo besos húmedos que bajan por mi pecho, poniendo duros mis pezones rosados. La saliva se me vuelve agua cuando pasa la lengua por los picos erectos, lamiendo uno y luego el otro mientras que con su mano libre aparta la tela de mis bragas hundida en mi sexo.

Arqueo las caderas pidiendo más, quiero que toque ese botoncito lleno de placer que me pone a suspirar. Me mira cuando lo hace y le doy las gracias con un leve quejido de satisfacción. Tiene los ojos llenos de brillo, los labios fruncidos y el deseo dibujado en el rostro. Se deja caer sobre mí con la respiración agitada y la piel sudorosa.

—Te amo, cariño —dice contra mi boca.

Respiro hondo. También lo amo. Han sido tantos años, tantas experiencias y momentos… Siento que lo tengo aferrado en el alma y en el corazón. Se mueve mientras aparta la tela de mis bragas a la vez que yo bajo su ropa interior y libero su miembro viril, preparándome para que se funda en mi interior. Toma la cabeza hinchada de su pene y lo roza contra mi entrada empapada. Me quejo echando la pelvis hacia delante en busca de la penetración, admiro su autocontrol cuando se enfoca en mis labios y frota su polla en mi pubis hasta que mis quejidos le suplican que entre. Mi sexo siente la invasión cuando lo hace despacio sin dejar de besarme, muevo las caderas bajo su pelvis, me apodero de su cuello y recuerdo lo mucho que me ama.

Empiezan las embestidas, se clava una y otra vez, con ganas, los músculos se tensan y saboreo las sensaciones que se perciben cuando estás en nubes de éxtasis, acompañadas de placeres carnales que te erizan hasta el último vello. Suelta leves quejidos guturales y me aferro a la piel de su espalda. El calor que emana de su miembro me lleva al clímax, que se prolonga un par de segundos, mientras él se aferra a la tela de las sábanas, queriendo apartarse para no derramarse en mi interior.

—Bratt. —Abro las piernas demostrándole que no debe preocuparse—. Acabo de hacerme revisar el anticonceptivo.

—Lo sé, pero nunca está de más prevenir. —Junta su frente a la mía.

Lo acerco, lo vuelvo a besar, cae a mi lado, me envuelve en sus brazos y me voy hasta su pecho y allí me quedo relajada, dejando que su calor me acune.

Me quedo dormida. La luz matutina se filtra por la ventana quemándome el rostro. Ya es de día. Intento levantarme, pero estoy demasiado cómoda. Hago un segundo intento, en ese momento Bratt deja caer el brazo sobre mi abdomen.

—¿Adónde vas? —pregunta adormilado.

—A casa. —Logro sentarme y apoyarme en el cabezal de la cama.

—¿A qué? Quédate un rato más. —Se niega a que me aparte.

—Debo ir a arreglar todo para mi regreso al comando —le aviso.

Miro el reloj, son las seis de la mañana, no le gustará. Mencionó que debía presentarse temprano en la central.

—¡Bratt!

—¿Sí? —contesta con la cara enterrada en la almohada.

—Son las seis de la mañana.

Se levanta con la fuerza de un rayo.

—¡Dios! —se queja de camino hacia la ducha—. Christopher me va a matar.

Escucho el sonido del agua mientras busco la ropa de emergencia que tengo en este apartamento.

—¡¿Qué pasó con el despertador?! —exclama cuando sale.

—Creo que no lo activaste.

Entierra la cabeza en el clóset.

—¿Quieres que te prepare algo para desayunar?

—Descuida. —Me encamino al baño—. Tomaré un taxi y desayunaré en casa.

Tomo un baño rápido y, para cuando salgo, Bratt está frente al espejo colocándose la chaqueta (en la vida civil no se puede usar el uniforme de la FEMF).

—Puedo llevarte, ya se me hizo tarde —se pone el reloj—, así que unos minutos más no hacen la diferencia.

—Claro que hacen la diferencia. —Me visto mientras me observa. Amo provocarlo.

Siento sus pasos cuando se me acerca por detrás hundiendo la nariz en mi cuello.

—Pensándolo bien, podría inventar algo para no ir —susurra antes de besarme.

—Eso no sería conveniente. Seguramente te esperan y no quiero que te sancionen por mi culpa.

—No me importa pagar las sanciones, estar juntos lo vale, y mucho.

Lo aparto.

—¡Vete! Tenemos tiempo de sobra para esto.

—Debiste pensar en eso antes de tentarme. —Reparte besos por mi hombro.

—¡Largo o el coronel te arrancará la cabeza!

Lo empujo fuera de la habitación.

—¡Te amo! —grita desde el pasillo.

—¡Yo también!

Me aseguro de cerrar todo antes de irme. Tomo un taxi y me bajo unas cuadras antes del edificio donde vivo. Voy al café que visito siempre desde que me mudé. Suelo enviar mensajes al establecimiento con el fin de que tengan mi pedido listo.

—Donas y cuatro capuchinos para la residente más hermosa de Belgravia —saluda el de la caja—. Uno para Luisa, uno para Lulú, uno para el portero y uno para ti.

—No me imagino una vida sin ti —le digo—. ¡Buena venta!

La brisa me acompaña a casa. En el camino me topo con una sesión fotográfica de novia, supongo que la vida me recuerda que también quiero un momento así, pero por ahora tengo que conformarme con ser la madrina de bodas de Luisa.

—¡Buenos días, Julio! —saludo al portero cuando entro a mi edificio.

Solo hay dos, Julio y Luigi, que se relevan el turno.

—Capuchino caliente para empezar el día y un bocadillo para tener energía. —Se lo dejo en la barra.

—Extrañaba esto. —Recibe animado el aperitivo—. Lulú siempre promete y nunca trae nada —me dice.

—¡Suerte con el turno!

Me muevo cuando llega el camión de la correspondencia y abordo el ascensor topándome con *el martirio de este edificio*. En algunas partes le dicen *vecina*, yo le digo *dolor de oído*.

—Necesito hablar contigo. —Acaricia el gato que sostiene.

—¿Para qué soy buena?

—Tu empleada altera el colesterol de Teodoro —se queja—. A toda hora escucha esa horrible música infernal.

«¿Colesterol? La música no afecta el colesterol», pienso.

—Primero que todo —la interrumpo—, no es música infernal, son rancheras y estamos en un país libre, así que no le puedo exigir que no escuche la música que le gusta.

—Si esto va a seguir así —me amenaza—, le diré a la administración que te mande a desalojar.

—A los que mandan a desalojar son a los inquilinos, no a los dueños de casa. —Sigo mi camino cuando se abren las puertas—. Que yo sepa, usted no es dueña de su apartamento, ¿o sí?

Percibo las grandes zancadas cuando me sigue por el pasillo.

—No me des la espalda, Rachelita.

—La discusión acabó, señora Felicia.

Abro y cierro la puerta callando sus alegatos. Lulú baila *sacudiendo* mientras Luisa mueve los hombros en la cocina.

—Al fin llegas —saluda mi amiga Luisa, desde la barra, rodeada de ingredientes y botellas de vino—. Pensé que estarías aquí cuando llegué anoche.

Tiene el cabello recogido con unos palitos chinos que parecen no resistir el peso de su melena castaña. Lulú le baja el volumen al estéreo, no me saluda, ya que las donas y el capuchino se llevaron su atención.

—Fui a cenar con Bratt y Sabrina.

Le doy un beso a Luisa en la frente. Hay harina por todos lados, hasta en sus mejillas.

—¿Qué rayos haces?

—Hago sushi para Simon. —Me muestra un rollo deforme.

—Pero ¡le está quedando horrible! —dice Lulú con la boca llena.

—Lo espantarás con este desorden. —Recojo las bolsas vacías.

—¿Fuiste a cenar con Sabrina? —se burla—. ¿Ya se volvieron *best friends forever*?

—Para nada. —Abro la nevera—. Tuve que tolerar a su esposo, el coro…

—El coronel Christopher Morgan —me interrumpe.

—¿Ya lo conoces?

—¿Quién no? Es un maldito grosero hijo de puta, egocéntrico, que tiene a todo el mundo pisando firme. —Se muerde el labio—. Sin embargo, está como para lamerse los dedos.

—Sí, es atractivo. —Trato de no darle importancia.

Arruga las cejas tomando el capuchino que dejé en la barra.

—¿Atractivo? —repite—. Es un militar con pinta de dios del Olimpo, nunca había visto un hombre como ese, y déjame decirte que me he topado con muy buenos sementales.

—No exageres.

—Tuve un orgasmo visual cuando lo vi.

—¿Orgasmo visual? Eso ni siquiera existe.

—Literalmente fue lo que sentí cuando estuve en su oficina.

—Pensé que amabas a tu prometido —comenta Lulú.

—Claro que amo a Simon. —Vuelve a los rollos—. Solo que no soy ciega y ese hombre es imposible de ignorar.

—Los suministradores de belleza masculina estuvieron de su lado cuando nació. —Trato de aparentar que es atractivo como cualquier otro.

—La central es un caos de mujeres calientes y todas le tienen celos a Sabrina —se queja.

—Me voy a casa —interrumpe Lulú—. Tengo una cita.

—¿Hoy? —pregunta preocupada—. Pensé que me ayudarías a arreglar los rollos.

—Tus rollos no los arregla ni el viento de la Rosa de Guadalupe. —Toma su bolso y se encamina hacia la puerta—. El hombre con el que me veré es mi tercera cita a ciegas y no quiero arruinarla llegando tarde.

—¿Cita a ciegas? ¿Qué tal que sea un psicópata desalmado?

—Su perfil dice que es honesto y busca algo serio, eso es más que suficiente para darle una oportunidad. —Le suena el teléfono—. Es él. Las veré mañana. Suerte con el sushi.

Luisa resopla y vuelve a la tarea.

—¿En qué área está Sabrina? —desvío el tema.

—En el área de admisiones, se encarga de estudiar, evaluar a los soldados nuevos y otorgarles becas. A nadie le agrada.

—Presiento que el coronel es igual a ella. —Alargo la mano para tomar mi capuchino.

Luisa es psicóloga y perfiladora en el comando, puede definirte la personalidad de una persona en segundos.

—Ya lo analicé, es una bestia sexual con uniforme de coronel y aire de dictador —empieza con los análisis—. El carácter me lo dice, cómo mira, cómo habla…

Su imagen se me viene a la mente. Está tan jodidamente bueno que babeo mentalmente de solo recordarlo, pero mi conciencia me recuerda que no debo pensarlo de esa manera.

—Échame una mano —me pide mi amiga—. A este paso no terminaré para hoy.

Ayudo con el sushi mientras comentamos las últimas novedades de Phoenix. Simon llega y me encierro en la alcoba para no estorbar. Me rondan por la cabeza los rumores de años pasados sobre Morgan. Curiosa busco mi laptop y me meto en la plataforma electrónica del comando. Intento entrar a los expedientes desde mi IP, pero el sistema no me lo permite. Los archivos confidenciales de los miembros de la FEMF solo los pueden abrir las autoridades de alto mando (coroneles, generales y ministros). Dejo el aparato de lado.

¿Para qué quiero ver lo que no me incumbe?

Reparo en la foto de mis padres que tengo en la mesilla. La tomaron el día que mi papá recibió la Medalla al General del Año. ¡Eso es!, qué tonta soy… ¡Mi papá es un general! Puedo entrar, ya que yo le creé el usuario y debe tener acceso al menos a las noticias de alto mando. Intento hacerlo e inmediatamente me da acceso a los informes periodísticos. Tecleo el nombre de Christopher Morgan y aparecen veintinueve expedientes. Hay una gran cantidad de noticias sobre él en el periódico de la FEMF:

«El hijo de uno de los generales más influyentes es expulsado de la academia por golpear a su superior».

«Christopher Morgan es llevado al correccional de menores por ser partícipe de violentas peleas clandestinas en Londres».

«Christopher Morgan avergüenza a su padre: el joven ha sido visto con grupos insurgentes que están contra la FEMF».

«Christopher Morgan vuelve al correccional después de participar en pleitos callejeros».

«Christopher Morgan es encontrado ebrio en su dormitorio: agentes se dieron cuenta de su estado por la fuerte pelea que tuvo con dos de sus compañeros».

«Rumores dicen que Christopher Morgan puede llegar a ser una de las peores amenazas para la FEMF».

«El general Alex Morgan se niega a dar declaraciones sobre la desaparición de su hijo».

Los últimos artículos comienzan a mejorar.

«Hijo del general Morgan se reintegra a la FEMF. ¿Cambio o truco para atacarnos?».

«Christopher Morgan recibe entrenamiento especial con Roger Gauna, general reconocido por sus despiadados métodos de aprendizaje».

«Christopher Morgan asciende a teniente».

«Christopher Morgan es ascendido a capitán después de participar en una de las misiones más temidas por la FEMF».

«Christopher Morgan se convierte en uno de los coroneles más jóvenes de la FEMF: el soldado, de tan solo veintiséis años, es ascendido a coronel después de desmantelar a cinco de las bandas de narcotráfico y pedofilia más buscadas del mundo. La acertada estrategia del capitán de la compañía militar logró una jugada perfecta luego de dos meses de intensa investigación».

En varias fotos aparece acompañado de Bratt, Simon y otro chico que no reconozco. Busco algo relacionado con su matrimonio, pero no encuentro nada.

4

EL CORONEL

Rachel

Las reincorporaciones en la agencia son a las siete de la mañana, pero debo estar antes para gestionar los trámites pertinentes que se requieren al estar de vuelta. Guardo todo lo que necesito mientras me preparo una taza de café. Me quedé dormida curioseando las noticias de mi nuevo superior, así que no estoy muy descansada que digamos. Bebo un sorbo de mi exquisito café —obviamente colombiano— mientras leo las noticias del *Daily Mail*. El encabezado de hoy: «Cinco países anuncian nuevas alertas ante la desaparición de mujeres entre los quince y treinta años».

—Otra vez tengo la pesadilla de verte aquí —me saluda Simon, recogiendo su camiseta del sofá.

Solo tiene los calzones puestos.

Lo que tiene de atractivo lo tiene de distraído. En los años que lleva con Luisa, he tenido que verlo en paños menores por toda la casa. No es que sea desagradable a la vista, mide uno ochenta, tiene cabello negro, cuerpo bien formado y unos inmensos ojos color zafiro.

—¡Ponte algo de ropa, deja de contaminar mi vista!

—«¡Deja de contaminar mi vista!» —se mofa—. Voy a darme una ducha, guárdame café.

—Aquí no tienes empleada —contesto sin apartar la vista del periódico.

Me arroja la camiseta.

—¡Si no quieres que te arroje los calzoncillos, guárdame café!

Luisa le agarra el trasero por detrás.

—¡Ojo con lo que dices! —le advierte—. No me gusta que vean mi mercancía.

La envuelve en sus brazos para besarla, a la vez que ella trepa por su torso hasta quedar a su altura. Pongo los ojos en blanco. Este tipo de escenas es el pan de cada día durante todas las mañanas.

—¡Es asqueroso verlos intercambiar saliva! —protesto—. ¿Podrían seguir con sus muestras de cariño en la habitación? Intento leer mi periódico.

—¡Deja la envidia! —se burla Simon, encaminándose al baño.

Mi amiga se queda como una idiota viéndole el trasero.

—Dile a tu novio que deje de estar en paños menores por toda la casa —le solicito terminándome la bebida—. Hace que me den náuseas.

—¡Escuché eso! —grita Simon desde el baño.

—¡Lo sé, por eso lo dije!

—¡Suerte con el reintegro! —me despide mi amiga. Con las pertenencias listas, pongo rumbo a mi trabajo con la música de Adele sonando en el estéreo.

Acelero por la carretera vacía al salir de la ciudad, pues el comando central de la FEMF está a cincuenta kilómetros del área urbana, me desvío por el camino de gravilla hacia uno de los puestos de control más cuidados de la entidad. Freno ante las enormes puertas de acero y muestro mi identificación a la pequeña cámara escondida entre los arbustos. Coloco mi huella en el camuflado detector y espero a que me den acceso. Al ser la agencia más grande de Europa, cuenta con una reforzada vigilancia. En el corto camino desde la entrada hasta el estacionamiento, hay alrededor de ciento veinte soldados, acompañados por canes adiestrados.

Sigo todo el protocolo hasta llegar al vestuario, donde me pongo mi uniforme de pila, que consiste en pantalones camuflados, camiseta de cuello redondo y botas militares, todo en un solo color: el negro. Me hago un moño apretado y compruebo ante el espejo que haya quedado decente. Me lleno de orgullo al ver una tercera estrella dorada en mi uniforme, que me identifica como teniente. Me doy cuenta de que voy con un minuto de retraso, me apresuro a las canchas de entrenamiento, lugar donde la compañía militar recibe las órdenes del día. Empiezo a correr, si algo tiene el ejército es que se debe ser puntual todo el tiempo.

El superior Robert Thompson, mi capitán al mando, tiene la tropa perfectamente alineada en la mitad del patio. Fui ascendida gracias a él, que se ha encargado de que reciba los mejores entrenamientos y los operativos más importantes que han engrandecido mi currículum. Me preparo para el peor de los regaños. En la milicia la indisciplina sale cara.

—¡Buenos días, mi capitán! —me presento con un saludo militar.

Volteo hacia mi compañía militar, que responde con un enérgico «¡Buenos días, teniente!». Muero y revivo al instante. Fui ascendida antes de irme de vacaciones, oficialmente es mi primer día en mi nuevo cargo.

—Querrá decir *buenas noches* —me regaña—. Tres minutos tarde, teniente.

Guardo silencio. En el ejército no se protesta.

—¿No le alcanzaron las vacaciones para descansar, soldado?

—Me disculpo, capitán. Aceptaré el castigo que me quiera imponer.

—Que lo defina el coronel. Sloan se fue, Morgan es el que está al cargo ahora —explica serio—. Así que mueva el trasero hacia la oficina y explíquele por qué llegó tres minutos tarde. Ese es su castigo.

—¡Como ordene, mi capitán! —Giro sobre mis talones lista para cumplir la orden.

—¡Teniente! —me grita cuando me alejo—. ¡Me alegra tenerla de vuelta!

—Gracias, mi capitán.

Continúo trotando, sus palabras no me sorprenden, ha sido testigo de mi crecimiento.

Sigo con mi trote a lo largo del comando hasta que llego al edificio administrativo. Respiro hondo antes de entrar, no sé, pero de un momento a otro voy más lenta a medida que subo las escaleras hasta la tercera planta. Escucho los latidos de mi propio corazón, me sudan las manos, me tiemblan las piernas y encima, Laurens, la antigua secretaria de Sloan, no está por ningún lado. La puerta está abierta, tomo una bocanada de aire y me dispongo a hacer frente a la situación.

—Buenos días, coronel —me presento con un saludo militar mirando para todos lados en busca de una distracción.

No quiero mirarlo, pero mis ojos viajan hacia su persona como si tuvieran decisión propia. La luz naranja que se filtra a través de la ventana hace que su cabello reluzca. Sus ojos grisáceos me miran como si fuera una sabandija, pero mi cerebro ignora eso concentrándose en la belleza que irradia. El resplandor no ayuda, es como ver a un ángel caído saliendo de las llamas del infierno.

—Vengo a presentarme a sus órdenes. —Avanzo hacia donde está.

—¡Llevo cinco minutos esperándola! —me regaña.

—Lo siento, señor. —Trago saliva—. La ciudad estaba…

Alza la mano para que me calle. Tiene el antebrazo derecho tatuado y un reloj brilla en su muñeca.

—Me hartan las explicaciones, no tiene caso justificar el motivo de ser una incompetente que no puede llegar temprano.

¡Perro maldito! La fama era totalmente cierta.

—No se volverá a repetir, mi coronel. —Paso el peso de mi cuerpo de un pie a otro. Me guste o no, tiene motivos para regañarme.

—Obviamente no se volverá a repetir, porque si se repite, se va —responde airoso—. ¿Está claro?

—Sí.

—Sí ¿qué? —Ya veo por qué Sabrina se casó con él. Tienen la misma personalidad de mierda.

—Sí, mi coronel.

Mueve el cuello ofreciéndome una vista perfecta del tatuaje que tiene detrás de la oreja. Es la cara de un lobo.

—Necesito que reúna a todos los capitanes, tenientes y sargentos de la Élite. —Me ofrece una hoja—. Me reuniré con todos dentro de una hora.

—Como ordene, coronel.

—Es necesario que esté presente, puntual. Odio que la gente no cumpla con el reglamento.

«Reglamento…». Como si él mismo no tuviera un récord incumpliendo órdenes. ¡No le hace caso ni a su padre!

—Claro que sí, señor. Permiso para retirarme —le pido.

No me contesta y vuelve la vista a su MacBook, dedicándome la ignorada del siglo. Tomo eso como un sí para marcharme. Cumplo con la orden avisando al capitán Thompson sobre la reunión, la voz se corre y antes de la hora estipulada la sala de juntas está llena con todos los capitanes, tenientes y sargentos que pidió, incluyendo a Bratt y Simon. La cosa es sencilla: los soldados de la Élite son los más preparados, por ello estamos en los casos más delicados e instruimos a otros. Sobre la mesa hay una maqueta con planos de Múnich, Sidón, Río de Janeiro y Moscú. El coronel ingresa mientras que todos le dedicamos un saludo militar antes de tomar asiento.

—Estamos aquí con un único fin. Dar a conocer la nueva misión a la que nos enfrentaremos —anuncia.

Laurens, la secretaria, reparte carpetas a lo largo de la mesa dando traspiés mientras camina. Cada vez que la veo tengo más claro que le hace falta un asesor de imagen y quemar su ropa.

Se apagan las luces y el proyector se enciende reflejando las imágenes sobre la pared blanca.

—Esta misión tiene varias fases y la primera se llama Clan Mascherano. Antes de empezar, tengan presente que será una tarea larga y ardua que necesita mucha concentración.

Empieza el video.

—Los hermanos Mascherano son un grupo que dominan todas las agrupaciones de la mafia italiana: Cosa Nostra, Sacra Corona Unita, Camorra, 'Ndrangheta, entre otras. Se dedican de lleno al tráfico de personas, a quienes usan para experimentar con las drogas que crean —explica—. Pertenecen a la pirámide delincuencial, un conjunto de clanes mafiosos de alta peligrosidad, entre estos, los italianos, la Bratva, los búlgaros y varias más. Son mafias que se apoyan entre sí y controlan todo el bajo mundo.

Las pantallas muestran lo importante.

—A partir de hoy nos vamos a concentrar en los grandes —advierte—. Vamos a lidiar con lo que ven en pantalla, la ya citada pirámide criminal de la mafia. Nosotros somos la mayor rama de la ley, ellos son el pilar más grande de la delincuencia. Toda la asociación es peligrosa, pero hay dos familias de suma importancia: los Mascherano y los Romanov, ambos apellidos tienen las cabezas más grandes de la mafia; Antoni Mascherano e Ilenko Romanov, socios desde hace años.

Un escalofrío me recorre el cuerpo, estos clanes pertenecen a las ligas mayores; los delitos cometidos son escalofriantes y son quienes rigen a los subgrupos que tanto perseguimos.

—Son más de cuarenta clanes, pero en la escala de poder están primero los italianos y los rusos —explica el coronel—. Iremos primero por los italianos, quienes están desarrollando una extraña droga única en su tipo. El creador es Antoni Mascherano, objetivo clave en todo esto. Es el que más poder tiene entre los hermanos y está respaldado por un grupo de asesinos altamente peligrosos llamados «Halcones Negros».

El proyector muestra las imágenes que los inculpan, entre ellas hay un sinfín de personas en un estado deplorable, a todas luces víctimas de los efectos de la droga. Los científicos no hallan cómo eliminar esa droga de su cuerpo y, además, desconocen cuál es su composición.

—Italia es su zona, pero tienen laboratorios por todo el mundo —sigue explicando el coronel—. Están laborando en cuatro países, no se sabe qué tienen planeado y por ello haremos trabajo de inteligencia en todos ellos.

—¿Qué herramientas tenemos hasta ahora? —pregunta Bratt.

—Lo único que hay son problemas —contesta el coronel—. Hay un hoyo negro en la selva amazónica, donde han desaparecido turistas que luego aparecen muertos por sobredosis. Entre los desaparecidos están el hijo y la esposa de un senador de Brasil.

Se muestran fotos de las personas, el proyector se apaga y todos se centran en la maqueta.

—Nos vamos a centrar en las ciudades donde están trabajando ahora: Sidón, Moscú, Múnich y Río de Janeiro. Enviaré a los mejores capitanes a ellas.

Toma las figuras que marcan el perímetro que abarcará cada quien.

—El capitán Dimitri estará en Sidón. —Pone una bandera roja en el plano de esa ciudad del Líbano—. El capitán Miller estará en Moscú, el capitán Lewis en Múnich y el capitán Thompson estará en Río de Janeiro. Partirán hoy en la madrugada.

Respiro hondo, así es la FEMF, no sabes cuándo diablos vas a ausentarte por meses.

—Es su deber frenar las desapariciones, recopilar información y acabar con los cabecillas —demanda—. Tienen el resto del día para preparar sus cosas y a la tropa.

La mayoría se larga e intento hacer lo mismo, por lo que empiezo a recoger mis apuntes.

—No hemos acabado. —Mi capitán me señala la silla.

Solo quedamos la secretaria, el coronel, mi capitán y yo. Clavo la mirada en la mesa cuando Reglamento Perfecto se sienta frente a mí.

—La tropa mejor preparada y con más experiencia es la suya, capitán.

Laurens se acerca sin pedir permiso, pero es algo torpe y golpea el rostro de Christopher con la punta del codo.

—¡Perdón! —balbucea con las mejillas encendidas.

—Lárguese a su cubículo —le ordena—. Sus torpezas allá no me afectan.

La pobre secretaria levanta la maqueta, tropieza con una de las sillas y cae al suelo encima de la estructura. Los hombres no se mueven a ayudarla, pero yo sí lo hago de inmediato.

—Soy una idiota —murmura acomodándose los lentes.

—La silla estaba en un mal sitio…

—No estoy para perder el tiempo, teniente —me regaña el coronel. Desde su posición parece que le estuviera limpiando los pies—. ¡Levántese y vuelva a su puesto!

Dejo que Laurens recoja el desastre mientras el capitán me mira mal. Simulo que no va conmigo volviéndome a sentar. ¡Patanes…!

—Necesito que dentro de menos de una semana investigue el paradero de los desaparecidos en la selva de Brasil —le ordena al capitán Thompson—. En los últimos raptos, las víctimas terminan muertas en un lapso de quince días y hay más de veinte personas de las que hemos perdido el rastro.

—Cuente con ello, coronel.

—Cuando tenga las coordenadas, yo mismo me encargaré de la misión. Para eso la necesitaré a usted, teniente, ya que requiero de sus habilidades investigativas y experiencia en operativos de rescate. —Me mira—. Se quedará aquí ayudándome con la información que envíen los capitanes que partirán, necesito que me rinda cuentas de cada paso que den, de lo que hagan, de lo que no hagan, qué frutos está dando su labor… También armaremos una estructura para rescatar a las víctimas e iremos juntos a Brasil cuando llegue el momento.

No puedo soportar sus ojos sobre mí por más de dos minutos y ahora seremos *equipo*. ¡Qué bien, Rachel, qué bien!

—De Panamá llegarán tres soldados con experiencia en el terreno de la selva amazónica —me explica—. Los usaremos en el operativo, así que encárguese de ponerlos al tanto de todo.

—Sí, mi coronel —contesto sin mirarlo.

—Es todo. —Se levanta—. Largo de aquí.

El capitán Thompson se queda haciéndole preguntas y yo acato la orden. Necesito una guía de cómo manejar la tensión laboral. Bratt está esperándome en el pasillo cuando salgo y es algo que agradezco.

Caminamos uno al lado del otro, ya que las demostraciones de cariño en los pasillos están prohibidas. Varios soldados ponen su atención en nosotros, para nadie es un secreto que somos pareja.

El sol resplandece cuando llegamos al jardín y el aire fresco reanima mi cerebro.

—Te echaré de menos. —Rozo sus nudillos con disimulo. En verdad quería pasar más tiempo con él.

—No tuve tiempo de darnos tanto cariño como quería.

Repaso las facciones de su cara, los ojos verdes lucen más claros bajo el sol. Bratt y yo somos un ejemplo de solidez. En cinco años no tengo queja alguna, es el tipo de hombre que te llena en todos los sentidos y... Christopher Morgan se me viene a la mente acelerándome el ritmo cardiaco. No quiero trabajar con ese sujeto, siento que me va a traer problemas.

—¿Está todo bien? —pregunta Bratt preocupado.

—Sí —suspiro.

—Eres pésima mintiendo. —Me obliga a que lo mire—. Dime qué tienes.

—No iré a Río de Janeiro. Debo quedarme a ayudar al coronel en el operativo de rescate y seremos equipo en la primera fase de la misión.

—Eso es una buena noticia. —Se alegra—. No estarás expuesta como nosotros; además, Christopher es muy bueno en lo que hace.

—Confías demasiado en él, a mí no me agrada su egocentrismo.

—Ten paciencia con él, es complicado, pero ya te acostumbrarás. —Paramos la caminata bajo uno de los árboles—. Los Morgan son así y eso es lo que los hace buenos en su trabajo.

Se me viene a la mente el tiempo que estuvo desaparecido cuando tenía diecisiete años.

—¿Por qué huyó de la milicia hace unos años?

—Se rebeló contra su padre, el ministro. Sara Hars, su madre, se fue cuando tenía once años y Alex Morgan se puso más estricto de lo que era antes —explica—. La constante presión del ministro lo cansó, se largó y terminó en líos con Antoni Mascherano.

—¿El mafioso italiano creador de la droga?

—Sí —responde—. A ciencia cierta no sé muy bien qué fue lo que pasó, pero tuvo nexos con la mafia italiana durante varios meses y todo acabó mal. Me uní a su búsqueda con mi padre y el ministro —me cuenta—. Cuando lo encontramos estaba peor que antes, con la gran diferencia de que le entró el afán por volverse a enlistar en el ejército. Sin embargo, no fue fácil, pero la FEMF decidió darle una segunda oportunidad, ya que se sabe que los Morgan son soldados prometedores.

—¿Qué pasó con su madre?

—La odia —confiesa—. Ten paciencia, esta tarea es supremamente larga. Acorta el espacio entre ambos buscando cercanía.

—¡No hay tiempo para coqueteos! —exclaman acercándose.

—¡Largo de aquí! —le grito a Simon.

—¡Qué pena interrumpir su romántico momento! —empieza—, pero el general convocó una reunión de carácter urgente, así que tendré que llevarme a su novio, teniente.

Bratt respira hondo.

—Te veré más tarde —se despide yéndose con el prometido de Luisa.

Es casi mediodía, no he hecho ni la mitad de las mil y una tareas que debo hacer. Empiezo ocupándome de la partida de mis compañeros. Se irán cuarenta, el resto se quedará para brindarles apoyo a las compañías que permanecen en el comando. Termino rápido y al mediodía hago una pausa para almorzar con mis amigas.

Recibo mi bandeja de comida. La dimensión de la cafetería del comando se iguala en tamaño a un estadio de fútbol. Alberga dos plantas con colores neutros, donde lo único que resalta son nuestros logos junto con la bandera inglesa. El segundo piso suele ser el área para los soldados de la Élite y los militares con rangos del sector tres en adelante.

—Guárdame un puesto —me indica Brenda cuando me adelanto.

Christopher Morgan está comiendo a un par de mesas de distancia. Procuro ignorarlo saludando a los que esperan en la mesa habitual: Irina Vargas, sargento de la entidad, Laila Lincorp, que tiene mi mismo rango, y el teniente Harry Smith, quien es el novio de Brenda y mi amigo, casi hermano de crianza.

—Cómo le lucen esas estrellas, teniente —me dice Harry.

Irina hace lo mismo, y mientras almorzamos me informan de las novedades que me perdí estando en Phoenix. Me llevo bien con mi grupo, tengo suerte de tener buenos colegas y poder trabajar a su lado casi todo el tiempo.

—Podría hablarte todo el día de lo caliente que me pone el coronel —comenta Irina—. Apuesto a que dentro de una semana me lo tiro o me dejo de llamar Irina Vargas.

—Déjate de bobadas y enfócate, que las nuevas tareas son importantes —la regaña Harry.

—Le gusto, ya noté cómo me mira.

Vargas es una mujer segura de sí misma, coqueta… Un gran número de soldados va detrás de ella. Es, asimismo, abierta y extrovertida, tanto que se ha tirado a todos los superiores que le gustan.

—No lo creo —interviene Brenda—. El coronel es de otro nivel, no es uno de los tipitos con los que te has acostado. Este es un Morgan, hijo del ministro, nieto de una de las mujeres más poderosas que ha pisado la FEMF —explica—. Demasiado preparado y atractivo para andar revolcándose con la plebe.

Se calla cuando su novio interviene molesto:

—Apuesta con Irina, a ver quién de las dos se lo lleva a la cama antes. —Recoge sus cosas.

—¡Harry, es un simple comentario! —intenta disculparse, pero el soldado moreno se va cortando la discusión—. Últimamente andas con una sensibilidad que da miedo.

Brenda es una sargento de piel canela y rizos castaños, puertorriqueña. Harry es de Phoenix. Se hicieron pareja, ya que pertenecemos al mismo grupo de amigos desde que llegamos al comando londinense.

—El deber me llama. —Me levanto enfocándome en Brenda—. Deja de hablar de Morgan o Harry se enfadará.

—Al menos dime que me vas a extrañar —se queja Laila—. Hoy parto a Moscú.

—Me quedo yo, no es necesario que te extrañe a ti —replica Brenda molestando en modo de broma.

—Cierto —le sigo la corriente.

Laila y Brenda son teniente y sargento de la tropa de Simon. Vuelvo a mis quehaceres recibiendo a los soldados de Panamá. Dos hombres y una mujer con experiencia en ELN.

—Soy la teniente Rachel James —me presento antes de ponerlos al tanto de todo—. Bajo las órdenes del coronel Christopher Morgan, montaremos el operativo de rescate, el cual ha sido imposible de realizar para las autoridades brasileñas.

Les muestro el comando, les explico los horarios de entrenamiento y los dejo estudiando el caso. La tarde llega, Bratt no me contesta el móvil, así que me resigno a que tendré que esperar hasta la madrugada para poder verlo. Espero junto a la hora de partir y a las dos de la mañana bajamos a la pista que alberga los aviones militares. Cada quien se va a la tropa que le corresponde.

Espero a una distancia prudente mientras Bratt recibe las últimas órdenes del coronel. Hace frío, por suerte mi novio nota mi presencia y le solicita permiso para hablar.

—Perdón por no contestar. —Se acerca.

—Te estuve buscando toda la tarde —me lamento.

—Lo sé, mis soldados me avisaron, pero tuve que ir a la ciudad por órdenes del coronel. —Me toca la cara con disimulo.

—Prométeme que te cuidarás. —Este tipo de operativos siempre nos pone al borde del abismo.

—Te amo. —Me da un beso rápido en los labios sin que nadie lo note.

—Estaré contando las horas para verte…

—¡Capitán! —lo llama Christopher—. Es hora de partir.

—Enseguida, coronel. —Me guiña un ojo antes de marcharse.

Abandono la pista, no quiero ponerme sentimental con cosas que aquí son el día a día, así que me voy a mi dormitorio. Los días pasan. Si hay algo que odio de la milicia es la molesta corneta a las cinco de la mañana y las estrictísimas normas que nos rigen.

Christopher Morgan es uno de los coroneles más rigurosos que he tenido. Nada le gusta, todo lo grita, y, encima, el entrenamiento es inhumano. El que no sirve se va sin protestar. Para nadie hay segundas oportunidades. Él emana tanto poder que da miedo hablarle. Arrogante, exigente y soberbio, un Morgan en todo el sentido de la palabra. Me la paso trabajando con los soldados nuevos y recibiendo el reporte diario de cada capitán e informando al coronel de cada acontecimiento. Tratarlo es una agonía constante, no puedo concentrarme en los entrenamientos que tenemos juntos como teniente y coronel. Me pone pruebas que me mato por cumplir al pie de la letra.

Soy una de las mejores de aquí y no dejaré de serlo, por muy estricto que él sea. Pienso eso cada día.

Cierro el casillero evocando la práctica de ayer. Sus manos sobre mis rodillas, supervisando los doscientos treinta abdominales que se le exigen diariamente a un soldado de mi rango. Él permanecía serio mientras yo estaba llena de sudor, demostrando que la experiencia me avala para cumplir sin flaquear.

Se me seca la garganta recordando el sube y baja en medio del campo, viendo los ojos grises que se tornan oscuros de la nada, los tenía clavados en mí y… Todavía no tengo la explicación al cambio de color repentino, pero ¡ufff!… Es algo que me hace cosquillear los pezones.

«¡Rachel, ya!», me regaño, hay veces que me siento como si no fuera yo.

Aún no lo he visto dando muestras de educación, nunca dice «gracias», ni un «bien hecho, teniente». Solo se la pasa mandándome como si fuera su secretaria; aun así, la pobre Laurens es la que se lleva los peores regaños. Entro a la sala de entrenamiento, los soldados de Panamá me están esperando. Me ha ido bien con los hombres, en cambio con la mujer no tanto, ya que cada vez que obedece lo hace de mala gana.

—Práctica de tiro —anuncio—. Nelson empiezas tú, necesito que cada cuchillo se clave en el centro.

—Como ordene, mi teniente. —El soldado obedece iniciando la tanda de tiros (ninguno da en el blanco). Hay entidades que usan a los soldados para cargar o guiar, y por ello dejan de lado enseñarles el uso de las armas.

—Enfoca el objetivo —sugiero—. Aunque tome más tiempo, te dará mejores resultados.

Hace un segundo intento repitiendo los mismos errores.

La mujer es la siguiente en pasar, no espera que le dé la orden de empezar. De manera arrogante, lanza cuchillos a la diana sin fallar.

—Perfecto —la felicito—. Aunque seguir órdenes es primordial en un operativo.

No me contesta, simplemente vuelve a su puesto.

El último de los hombres es William, un sargento que quiere ser ascendido. Espera mis órdenes antes de lanzar y, al igual que la mujer, no falla.

—Bien —lo felicito también.

—No tan bien —irrumpe el coronel—. Sus tiros dan al blanco, pero no con la intensidad que se necesita.

—Trabajaremos en ello —le indico al soldado.

—Sí, lo trabajarán ya mismo. Quiero ver cómo todos repiten el ejercicio.

El primer soldado vuelve a pasar y comete los mismos errores; la ronda pasa de mala a desastrosa.

—¡¿Qué clase de mierda andante eres tú?! —espeta Christopher molesto antes de encararlo—. ¿Cuánto tiempo lleva este imbécil en la milicia que no sabe ni cómo coger un cuchillo?

—Mi cometido es guiar, mi coronel…

—¿Y eso te convierte en un inútil?

—Me encargaré de que su puntería esté perfecta en el operativo de rescate, mi coronel —intervengo evitando que se lo coma vivo—. Deme unos días y…

—¡Tiene dos horas! —me interrumpe—. Esto es un comando de soldados profesionales, no un club de aficionados a las armas.

—Otra vez —le ordeno al soldado—. Hay que enfocar antes de lanzar y separar un poco las piernas, el equilibrio es clave en esta tarea.

William hace un nuevo intento y vuelve a fallar.

—No es muy buena enseñando, teniente. —Se me pega a la espalda y se me eriza el vello de la nuca—. Sobra decir que debe perfeccionar el tiro del sargento.

No lo miro, me centro en obtener buenos resultados del otro soldado, Nelson.

—Puedes hacerlo —lo animo.

Le doy consejos y lo dejo practicando mientras trabajo con el otro soldado. Afortunadamente, en el segundo intento logra un tiro perfecto que atraviesa la diana. Con el alivio que deja haberme quitado un peso de encima, vuelvo con William. A medida que lo voy aconsejando, va mejorando.

—Muy bien —le digo entre dientes—. No te apresures, solo enfoca el objetivo y darás en el blanco.

Se concentra y luego de innumerables fallas logra, al fin, una ronda perfecta.

—Cinco de diez —exclama el coronel recostado en la mesa—. Más malo que bueno, pero por suerte solo los necesito una vez.

Se pone en el centro de la sala y saca el pecho para verse más autoritario de lo que es.

—Estaré en todos los entrenamientos de ahora en adelante y decidiré si son aptos para el operativo, ya que no soporto estar rodeado de basura —deja claro—. ¡Largo de aquí!

Los soldados se marchan mientras me apresuro a recoger el desorden. Ruego a Dios que se vaya rápido. Me da pánico estar a solas con él.

—En las misiones de la FEMF nada debe fallar —habla a mi espalda.

—Eso lo tengo claro, señor.

Arroja cuchillos a la diana y cada filo traspasa el centro dejando solo el mango por fuera.

—Entonces ¿por qué no les exige que estén preparados como debe ser?

—Lo hago, solo que no todos aprenden al mismo ritmo. La central de Panamá tiene diferentes métodos de entrenamientos, trato de que se adapten...

—No están aquí para adaptarse —me interrumpe—. Están aquí para servir en un operativo de rescate.

Deja de lanzar cuchillos y se sitúa frente a mí. Doy un paso atrás a la vez que él da uno hacia delante aprisionando mi cuerpo entre la mesa de herramientas y su pecho. El corazón me salta en el tórax, es mucho más alto que yo, por lo que debo levantar la cara para poder mirarlo. La fragancia me atasca el paso del aire.

—Me encargaré de que estén bien entrenados. —Bajo la vista. Temo que, si lo miro a los ojos, mis piernas flaqueen y me vaya de bruces contra el piso.

—No sé si la FEMF se saltó el protocolo que se usa a la hora de hablarle a un superior.

Entiendo el sarcasmo.

—Debe tener en claro que cuando un superior le habla debe mirarlo a la cara, preferiblemente a los ojos. Eso demuestra autoconfianza y respeto.

Confianza es lo que necesito cada vez que lo veo.

—¡Míreme! —me exige.

Nuestros ojos se encuentran. Una vez más me convenzo de que la perfección existe y está retratada en la cara de este hombre. Siento que se me va a salir el corazón. Mi boca desea tocar la suya mientras mi cerebro suelta una descarga de adrenalina, hace que quiera tomarlo del cuello y besarlo mientras le arranco el uniforme. Se pasa la lengua por los labios, derritiéndome como un helado en verano. Llevarlo contra la pared, encuellarlo y follarlo para que se calle. ¿Sería considerado un delito?

—No quiero actos de bondad con ningún soldado, la condescendencia los vuelve débiles.

Asiento.

—Tampoco se muerda los labios en mi presencia. —Libero mi labio inferior del agarre de mis dientes. ¡Qué mierda! ¡Ni siquiera había notado que me estaba mordiendo!—. De donde vengo, el morderse los labios tiene un significado peculiar, no digno de alguien con pareja.

Se aparta dejándome con las piernas inestables.

—No quiero sorpresas inesperadas en el operativo —advierte—. Si fallan, usted será la primera que se largará con ellos. ¿Lo tiene claro?

—Sí, mi coronel.

El capitán Thompson envió las coordenadas, el coronel ya tiene todo planeado y, a un día de la misión, logré dejar a los soldados lo suficientemente preparados, dado que habían alcanzado el objetivo de pasar todas las pruebas. Termino con lo que falta y mi móvil suena sobre la mesa: es un mensaje de Lulú avisando de que mi banco llamó para notificar que no ha recibido los pagos de la tarjeta de crédito.

¡Lo que faltaba! Pagué hace días, no sé cuánto tiempo estaré en Brasil, por ello decido ocuparme del problema personalmente antes de irme de viaje. Tengo la tarde libre y me cambio en mi alcoba preparándome para ir a la ciudad. Tocan a la puerta cuando estoy por terminar.

—¡Un momento! —grito terminándome de vestir.

—Siento mucho interrumpirla, mi teniente —se disculpa un soldado cuando abro.

—¿Qué necesita?

—El capitán Miller envió un reporte de último momento, pidió que lo revisara en persona y se lo hiciera llegar al coronel.

Echo una ojeada rápida; son órdenes de capturas y de allanamiento. Todas para esta misma tarde.

Lo maldigo para mis adentros, es un pésimo momento para ponerme con esta tarea.

—Puede retirarse, soldado.

—Como ordene, mi teniente. —Se marcha.

No puedo posponer mi visita al banco, ya que es importante. Reparo en mi vestimenta, no es la adecuada para visitar al coronel, puesto que llevo unos pantalones de color negro y una blusa sin mangas ajustada y de color azul que resalta mi busto. No tengo tiempo para cambiarme, así que me coloco un blazer negro y me calzo mis tacones. No tengo más opción que aguantar su reprimenda por la ropa. Coloco los sellos en los documentos y me encamino a su oficina. Llamo la atención de varios soldados, que no se atreven a decirme nada pero cuyas miradas lo dicen todo. Llego al cubículo de Laurens, que ya está recogiendo sus cosas para irse.

—¿Podrías anunciarme con el coronel?

Aparta la mirada del escritorio y la posa en mi atuendo.

—Por supuesto. —Se sienta sin dejar de mirarme—. ¿Adónde va tan arreglada?

—Al banco, debo solucionar unos cuantos asuntos antes de irme. ¿Podrías anunciarme? —Señalo el teléfono—. Tengo prisa.

—Sí, disculpe. —Levanta la bocina solicitando el permiso—. Puede seguir.

Entro y me esfuerzo por no hacer ruido con los tacones. Está revisando los reportes que le entregué esta mañana.

—Lamento interrumpirlo, señor —hablo a unos cuantos pasos del umbral.

Levanta la mirada y…, ¡oh, joder!, el que sus ojos recorran mi cuerpo no ayuda a mis nervios. Suelta los papeles apoyando la espalda contra el espaldar de la silla.

—El capitán Miller acaba de enviar estos documentos para que los firme, son órdenes de captura y allanamiento. Me encargué de colocar los sellos pertinentes.

Alarga el brazo para recibirlos.

Siento que me acerco en cámara lenta. No sé qué me pasa, ya que acostumbro a entregar los reportes a la velocidad de la luz y largarme sin preámbulos. Su mirada me sigue recorriendo hasta que llego al escritorio. La silla está corrida y me obliga a inclinarme para poder entregarle el sobre. Posa los ojos en mi busto, no me molesta como debería. Jesús, ¡¿qué mierda me está pasando?! La piel se me eriza cuando se le oscurecen los ojos y enderezo la espalda esperando el regaño.

—Gracias —dice.

Por primera vez le escucho una palabra de agradecimiento.

—De nada, señor. —Me giro para marcharme sintiendo sus ojos clavados en mi espalda.

El tramo hasta el umbral se me hace eterno y suelto el aire cuando cierro la puerta. Me arden las mejillas, Laurens me mira con una sonrisa en los labios.

—¿Difícil?

—Demasiado —contesto yéndome hacia el pasillo.

5

LA MISIÓN

Rachel

Hago un repaso mental de lo que debo llevar: armas, municiones, GPS y rastreador. Todo lo primordial está ubicado estratégicamente en mi atuendo. El uniforme es una sola pieza elaborada con material especial. Está diseñado para tener libertad de movimientos y para que pueda ser usado en cualquier tipo de clima. Es cómodo y se puede separar de la parte de arriba para pasar inadvertida ante situaciones inesperadas. Lleva un cinturón de armas y está reforzado con un grueso chaleco antibalas en el que tienen cabida tanto municiones como un equipo tecnológico.

—Equipo listo. —Brenda revisa que todo esté correcto.

Luisa vino a despedirse y las dejo a ambas. Estoy con la mente fija en lo que me espera. Los soldados nuevos están en la pista, me uno al grupo y el coronel no tarda en llegar. Me pongo en posición firme ignorando lo atractivo que se ve con el uniforme de combate.

—El capitán Thompson nos espera en Manaos —avisa—. De allí partiremos hacia Puerto Escondido, ya localizaron el sitio donde se encuentran las víctimas.

Nos entregan el armamento adicional: dos granadas y una ametralladora de largo alcance con silenciador.

—El plan ya está trazado, así que arriba —ordena.

Abordo el microavión M19 creado para misiones de rescate. El material del que está hecho lo hace silencioso y tiene una sola tarea, dejarnos en la selva. Me ubico en el asiento pegado a la pared y me abrocho el cinturón de seguridad, que me deja la espalda contra esta. Nelson y la mujer que entrené se colocan a mi lado, mientras que el coronel lo hace al frente, junto al sargento que postula para ser ascendido. El trayecto es largo y mantengo los párpados cerrados, dejando la mente en blanco por varias horas.

—Debemos actuar. —Capto el susurro que surge de la nada.

Abro los ojos y el avión está en medio de una corriente de aire. Enderezo la espalda, me duele el culo de tanto estar sentada y mis sentidos se agudizan con la tensión que se respira en el ambiente. El sargento que puede ser ascendido tiene los codos sobre las rodillas y la mirada perdida, mientras que Christopher tiene la cabeza recostada sobre la pared de la aeronave. Está dormido.

No me gusta la actitud de los panameños, no sé si es sospechosa o si tantas horas de vuelo me están volviendo paranoica. Vuelvo a recostar la cabeza para conciliar el sueño, aún faltan cinco horas de vuelo… Mis ojos me pesan…

La brisa se cuela por la ventana, siento frío. Me levanto y camino hacia la cómoda que sostiene el televisor, ya que Lulú guardó el control de la calefacción dentro de uno de los cajones. La habitación está iluminada con la luz que se filtra desde el exterior. Unos brazos fornidos me rodean. ¿Bratt? Sus manos bajan por mi cuello posándose sobre mis pechos, los acaricia trazando círculos alrededor de mis pezones mientras muerde el lóbulo de mi oreja. No son caricias tiernas y suaves como las de siempre, estas están cargadas de un profundo deseo. Desciende por mis caderas y continúa hasta mi sexo apartando mis bragas…, sumergiéndose en mi entrepierna.

—¡Joder! —jadeo al sentir cómo sus dedos hacen magia dentro de mí.

Mis caderas se mueven sobre su dura erección. ¡Quiero más, mucho más! Me empuja contra la cómoda mientras muerde mi hombro. ¡Me gusta este Bratt! Toma mi cintura poniéndome frente a él, devoro su boca aferrándome a su cuello, me levanta en el aire, cruzo las piernas alrededor de su cintura y llevo las manos a su cabello.

Lo suelto. No percibo el típico corte estilo militar de mi novio, advierto un cabello liso y sedoso que se me escapa entre los dedos. Las manos del hombre siguen rodeándome la cintura y camina conmigo hasta la cama para dejarme caer sobre ella.

—¿Bratt? —pregunto confundida.

Su hermoso rostro sale a luz.

—Sabes muy bien que no estabas deseando a Bratt —musita el coronel.

El sonido de la desactivación de un arma abre mis ojos y lo primero que me encuentro es el cañón de una pistola 9 milímetros entre medio de las cejas.

—¡No se mueva, teniente! —me ordena William con las manos temblorosas.

¡Carajo!

—Tranquilo. —Pongo las manos en alto.

El coronel está en la misma situación escoltado por la mujer y el sargento.

—¿Qué es esto? —pregunta tranquilo.

—Claramente no es un saludo militar —se burla el sargento en ascenso sin dejar de apuntarle—. ¡Me ofrecieron mucho por su cabeza, coronel!

—¿Mi cabeza? No sé qué valor puede llegar a tener. Somos una sociedad secreta, por ende, muy pocos saben quién soy.

—Los Mascherano sí saben quién es usted. Obtuve lo que quise cuando supieron que podía darles la cabeza del hijo del ministro.

—Entiendo. —Me mira—. ¿Qué tiene que ver la teniente?

—Ella nada, contó con la mala suerte de estar en el lugar equivocado. Lastimosamente tendremos que matarla.

—¡Levántese! —me ordena el hombre que me apunta.

—Prometiste que no la matarías —interviene el piloto—. ¡No estás cumpliendo el trato!

—¡Cállate! —le grita la mujer—. Solo preocúpate por lo pactado.

Me levanto observando que desconectaron el equipo de rastreo y comunicación.

—¡Deje las armas en el piso! —me grita.

Suelto las armas ocultando un as bajo la manga.

La mano del que me apunta sigue temblando mientras el sudor le resbala por la sien. Está nervioso. Creo que si no actúo rápido me matará. La mujer y el hombre siguen encañonando a Christopher. Él no me preocupa por ahora, ya que lo venderán; así que no atentarán contra su vida.

Todos están concentrados en apuntar y en amenazar. No han notado que tiene el cinturón de seguridad suelto. El sargento le indica a William que no deje de apuntarme. Es el que da las órdenes, lo cual me da a entender que es el organizador del complot.

—De rodillas —exige su compañero.

Obedezco.

—¡Qué pena matarla! —se lamenta el sargento—. Un desperdicio de mujer.

—¡Déjate de tonterías y acaba con ella! —le grita la mujer. Me apuntan a la cabeza.

¡Es ahora o ahora! El soldado se prepara y alcanzo su muñeca dislocándola, en segundos consigo tomar su arma en el aire. En ese preciso instante alguien dispara dos veces. No me detengo a mirar, solo me concentro en tomar al soldado de escudo.

—¡No dispare, por favor! —suplica.

Volteo, Christopher tomó al piloto de rehén. Lo observo, no está herido.

La mujer me apunta por detrás.

—Ustedes son dos contra nosotros cuatro, así que ya se sabe quién ganará la pelea.

—Tenemos más experiencia que todos ustedes juntos —advierte Christopher.

—¡No me mate, por favor, tengo familia! —sigue suplicando el soldado que tengo en los brazos.

—¡Las armas al piso! —les ordeno.

—¡Hay que matarlos! —replica la soldado—. Nos meterán en prisión por esto.

El sargento se pasa las manos por la cabeza en un acto desesperado y descarga la ametralladora contra el coronel, pero Christopher se resguarda detrás del cuerpo del piloto, quien recibe la lluvia de balas.

La mujer arremete contra mí. Me arrojo al suelo con Nelson, que intenta quitarme el arma y en el forcejeo termino disparándole.

«Salida de emergencia activada». Avisa el sistema inteligente.

La panameña se levanta e intenta acabar conmigo, pero dos tiros le atraviesan el abdomen y cae inerte sobre mi pecho. Christopher aparece por detrás, y redirige su arma hacia el sargento en ascenso mientras me levanto.

—¡Alto o todos morimos! —grita mostrando una microbomba de alto impacto.

Las microbombas son dispositivos explosivos del tamaño de una nuez, capaces de acabar con una casa completa. Se activan con un botón autosensible que detona en menos de dos minutos.

La puerta trasera se abre absorbiendo todo lo que está suelto.

—No vas a vivir —asegura el coronel.

Suárez descuelga los paracaídas de la pared y los arroja al vacío.

—Lástima que tengan que morir en un accidente. —Descuelga los otros dos poniéndose el último que queda—. Me iré y nadie sabrá lo que pasó.

Una luz roja le ilumina la mano. ¡El hijo de puta activó el maldito aparato! Con una sonrisa de satisfacción lo arroja hacia la cabina del piloto, pero Christopher le borra el gesto con un tiro en la cabeza, dejando que la puerta abierta succione su cuerpo al vacío. La corriente de aire me arrastra, alcanzo a meterme la pistola en el cinturón de armas y, con suerte, logro sujetarme de la barra de hierro. El coronel lucha por llegar a la cabina del piloto; cuando lo consigue, levanta uno de los asientos y saca un maletín de supervivencia. Me suelto y vuelvo a sujetarme de la puerta mientras la fuerza del viento amenaza con arrancarme los brazos, me es imposible agarrarme. ¡Mierda!

Cierro los ojos. ¡No aguanto más! El cuerpo de Christopher choca contra el mío arrancándome de la puerta y me abraza mientras caemos al vacío. Vislumbro el avión que estalla formando una nube de humo naranja. La claridad me permite ver la espesa selva que nos espera abajo. Vuelvo a cerrar los ojos, no sobreviviremos a la caída, así que lo abrazo con más fuerza. No sé por qué diablos lo hago. Un paracaídas de emergencia se abre encima de ambos y vamos perdiendo velocidad… El olor a vegetación, cada vez más cerca, puede captarse. Con la punta de los pies toco la copa de los árboles, mientras el coronel continúa sujetándome contra él.

Un árbol de ceibo atrapa el paracaídas cuando descendemos mientras que una de las ramas me golpea al costado de las costillas. Nos quedamos enredados entre las ramas y la tela. Trato de salir de la telaraña de cuerdas mientras él corta con su navaja todo lo que nos envuelve. Algo cruje, la rama que nos sostiene se parte y otra de ellas me recibe golpeándome en el estómago. Caigo al suelo seguida del coronel. Rodamos montaña abajo, entre barro, hojas y rocas.

6

EN LA SELVA

Christopher

Llevamos cinco horas caminando por la espesa selva amazónica, a la deriva y sin rumbo alguno. El GPS, el rastreador y el localizador no sirven. La temperatura tampoco colabora. Hace un calor de mierda. Mantengo el arma en la parte baja de mi espalda, las botas se me llenan de barro y reniego por enésima vez. Veo cómo la teniente James cojea frente a mí con el tobillo lastimado por la caída. No suelo adular, pero reconozco que ha demostrado ser una soldado interesante. En ningún momento dudó a la hora de enfrentarse a los cuatro criminales, y ha caminado a paso firme sin quejarse por la dolencia de su pie.

Se pierde entre la vegetación con el cabello suelto y parece una ninfa, un ser sobrenatural, una loca de la selva… No sé qué diablos parece, pero no se ve como una mujer normal, y ahora entiendo muchas cosas. Cuando Bratt me contó que se había enamorado, no le creí. Siempre fue igual a mí y de un momento a otro juró estar enamorado de una mujer. Pensé que era una más de tantas, pero me equivoqué. Está idiotizado y no lo culpo. Ella tiene cualidades que enloquecerían a cualquiera: cuerpo exuberante, labios carnosos, cabello largo color azabache. ¿Qué se sentirá enredar las manos en ella mientras la follo contra mi escritorio? Es lo que he querido hacer desde que la conocí.

Una manada de monos pasa por encima de nosotros columpiándose de rama en rama. Aparto los pensamientos calientes de mi mente, ya que es la novia de mi amigo de la infancia. Ascendemos montaña arriba con la esperanza de conseguir algún tipo de señal digital. Es difícil: ha llovido y la densa vegetación vuelve el terreno húmedo y resbaloso. Siento que se me clava un pequeño dardo en el cuello, toco el lugar del impacto y noto una enorme protuberancia que se me forma de inmediato por la picadura de abeja. Miro arriba y veo un panal del tamaño de una enorme calabaza. Rachel se resbala y cae sobre su pie lastimado. Corro a taparle la boca para que no grite, pues no podemos llamar la atención por el peligro que tenemos encima. Señalo el panal mientras ella asiente con la cabeza, intenta levantarse y vuelve a caer tragándose el grito.

Otra abeja me pica. Levanto en brazos a Rachel alejándome del panal, ya que no es sencillo liberarse del ataque de un grupo de abejas asesinas. A medida que voy subiendo, el sol se va intensificando y el sudor recorre mi frente.

—Ya puede bajarme —me dice con los ojos oscuros y las mejillas encendidas por el calor.

—¿Puede sostenerse?

—Creo que sí.

La bajo sin perder de vista su cara y mientras lo hago siento cómo su mano acaricia uno de mis pectorales. Apoya el pie y se va de bruces contra el piso.

—¡Diablos! —reniega tomándose el tobillo.

—¡Dijo que podía sostenerse! —la regaño.

—¡Pensé que podía! —contesta molesta.

Entorno los ojos. Me enervan las mujeres tercas.

—Quítese la bota, le revisaré el pie.

—No es necesario, puedo…

—Estar coja nos quita tiempo a la hora de caminar y no estoy de genio para lidiar con estorbos lentos en el camino. —Soy claro—. Así que quítese la bota, que la voy a revisar.

De mala gana se sienta sobre el suelo y se descalza. El tobillo no está inflamado, pero sí bastante rojo. Se quita el calcetín mientras me arrodillo ante ella. Tiene los pies pequeños y lleva las uñas pintadas de rosa. Aparte de terca, cursi e inmadura.

No hay señales de fractura; lo más probable es que solo sea un desgarro de ligamento (algo no muy grave) o un simple golpe.

Lo aprieto entre mis manos.

—¡Maldita sea! —Me empuja—. ¡¿Podría tener más cuidado?!

—¡No soy un jodido pediatra! —exclamo—. Tengo que hacer presión y si no es capaz de aguantar, tendrá que lidiar con el dolor todo el día.

Respira hondo.

—Lo intentaré de nuevo, ¿ok?

Asiente mirando hacia otro lado. Vuelvo a tomar el tobillo, lo aprieto fuertemente moviéndolo de lado a lado mientras se retuerce del dolor, el hueso cruje cuando hago el último movimiento. El comando nos enseña este tipo de primeros auxilios. Ella respira hondo cuando termino.

—Intente moverlo.

Realiza círculos con el pie sin quejarse.

—¿Caminará más rápido ahora?

—Sí.

Me levanto colocándome el morral de supervivencia al hombro. Saco todos los dispositivos y me muevo en busca de señal.

No hay nada.

—Hay que buscar una montaña más alta.

—Los animales bajan hacia allá. —Señala el otro lado de la montaña—. Debe de haber agua, el sol es intenso, las cantimploras están vacías y hay que hidratarse.

—Bien.

Camino delante de ella. El descenso es fácil, esta parte de la selva es mucho más densa y enormes árboles frutales se ciernen sobre nosotros. El ruido de los guacamayos, pericos y loros es ensordecedor. Mis oídos captan el sonido del agua.

—El río debe de estar por allá. —Señalo al norte—. El estruendo del agua se escucha hacia ese lado.

No escucho respuesta por parte de ella. Volteo y no hay respuesta porque estoy hablando solo, pues Rachel está como una tonta contemplando las distintas especies de monos y aves que están sobre nosotros.

—¡¿Podría apurarse?! —le reclamo—. No tenemos todo el día.

Se acerca sin dejar de mirar la copa de los árboles, acabando con la poca paciencia que tengo.

—¿Nunca ha visto un animal? —La tomo del brazo para que se dé prisa.

—Últimamente veo uno muy grande todos los días —contesta con sarcasmo.

—¿Qué quiere decir? —La encaro—. ¿Me está insultando?

Retrocede aclarándose la garganta.

—Belgravia tiene muchos parques. —Se encoge de hombros—. Es normal ver perros gigantes durante la mañana.

Mentirosa.

Se adelanta entre la maleza. El sonido del agua es cada vez más fuerte, aparta varios arbustos y se queda quieta al contemplar la hermosa vista que proporciona el lugar. Está rodeado de rocas, el agua de color turquesa corre a través de ellas, parece una escena sacada de un cuento. Me acerco a llenar la cantimplora y bebo dos veces antes de ofrecérsela.

—Gracias. —Me la devuelve satisfecha.

No le contesto, me libero del morral y me agacho por más agua.

—¿Podemos refrescarnos un poco? —pregunta mirando el río. El tono de su voz es más una súplica que una sugerencia.

—Sí —afirmo. Me ha leído el pensamiento, yo ya pensaba hacerlo—. Báñese aquí, yo iré hacia el otro lado.

Miro el único objeto que sirve hasta el momento, mi reloj.

—Volveré dentro de una hora.

La dejo en la ribera y desando el camino andado. Debe de haber otro tramo del río hacia el otro lado. Lo encuentro a pocos metros. Me deshago del morral, de la ropa y de los zapatos antes de sumergirme en lo más profundo. El agua está en el punto perfecto. Aprovecho para lavar el uniforme y lo extiendo sobre las rocas mientras quito el barro de mis botas. Trepo a un árbol de naranja y tomo varias para el camino. Una hora después vuelvo al lugar acordado: no hay nadie. Lo único que falta es que algún cocodrilo o una anaconda se la haya tragado. Camino por la orilla y tampoco la encuentro, pero hay huellas de sus botas. Las sigo río abajo y doy con otra rama del río que desemboca en una laguna bañada por una fuerte cascada. El agua verde que se precipita parece una lluvia de esmeraldas. Hay ropa tendida sobre las rocas.

Y allí está: saca la cabeza del agua mientras el cabello se le pega en la espalda. Doy un paso atrás al ver que se acerca. Si su ropa está aquí, es obvio que está desnuda. Mi suposición queda confirmada: sale agitando el cabello para deshacerse del exceso de agua y yo imagino las cosas que le haría si me atreviera a meterme ahí. El deseo me enciende; encima, la imagen de su cuerpo desnudo me tienta a hacerle caso a mis pensamientos. Intento retroceder, pero los pies no me funcionan. Solo lleva puestas unas bragas. Tiene pechos pecaminosos, piernas pecaminosas, boca pecaminosa. Sería un pecado no desearla. Trago saliva cuando toco el empalme que se esconde bajo la tela de mi pantalón. Es… es… ¡Maldita sea!

Solo puedo apreciar los senos redondos y rosados, la curva de sus caderas… y, sin poder evitarlo, mi mano se mete en el interior de mi pantalón liberando mi verga dura mientras recuesto la espalda en uno de los árboles. Aferro el falo erecto. Estoy palpitando y creo que puedo correrme así, sin necesidad de hacer ningún movimiento…, solo con la imagen erótica que tengo ante mí en estos momentos. Apenas puedo contener las ganas, quiero hacerlo.

«¡No!», exclama la voz de mi conciencia. No he de hacerlo, ya que puedo tener a la mujer que quiera cuando quiera. Miles matarían porque las folle encima de esa roca. Doy dos pasos más. Miles matarían, menos ella; además, es la novia de Bratt y eso me cabrea. Se acuesta sobre una de las rocas, flexiona las rodillas mientras se abre de piernas, aparta la tela que se le ha metido entre los pliegues y, por un momento, siento que mi corazón deja de latir. No puedo con tanto, así que comienzo a tocarme, me masajeo, empiezo a perder la cabeza. La respiración se me torna pesada cuando imagino lo mucho que disfrutaría lamiendo ese coño, comiéndolo, saboreando su humedad mientras se viene en mi boca.

Retrocedo asegurándome de no quedar a la vista. Me debato entre el sí y el no, porque me encantaría ver la cara que pone si me muestro así, con la verga al aire, incitándola a lamerla y que se prenda de ella mientras le follo la boca… Se me pone más dura, no resisto las sensaciones que genera y me obligo a pajearme con su imagen. Deslizo la mano por mi verga de arriba abajo mientras la observo y mis venas palpitan bajo ella, la intensidad me toma; volteo apoyando la otra mano sobre el árbol, mientras agito mi miembro. Las ganas me reconcomen y sin querer mi garganta suelta un leve gruñido cuando eyaculo derramándome de una forma que nunca antes había experimentado. El momento me enfada. Me limpio como puedo, perdiéndome en la maleza. Vuelvo a encontrar el tramo del río y me arrojo al agua fría para apagar la calentura. Me sumerjo en lo más profundo y salgo chorreando agua por todos lados. La cabeza me duele y, como puedo, vuelvo al punto de encuentro que habíamos acordado, con el mal genio a mil. Trato de tranquilizarme sacando mi navaja y pelando una de las naranjas mientras su imagen me da vueltas en la cabeza.

—Lo siento, mi coronel —hablan a mi espalda—. No calculé bien la hora y…

«Mi coronel»… Ya quisiera ser suyo.

La miro, no trae sostén y los pezones se le dibujan en la blusa. Percibo cómo mi corazón bombea sangre hacia lugares equivocados.

—Acabo de llegar. —Me levanto y le arrojo una naranja para que la atrape en el aire—. Hay que continuar, a lo mejor tenemos suerte y encontramos a alguien antes de que anochezca.

—¿Resbaló en el río? —pregunta con el ceño fruncido.

—¿Qué?

—Que si resbaló en el río —repite—. Está chorreando agua por todos lados.

—Sí. —Paso por su lado sin mirarla. Sé que si lo hago, mis ojos la imaginarán desnuda.

Continuamos la caminata río abajo. El sitio cambia, el terreno se torna plano, pero la dicha dura poco, pues volvemos a entrar en la zona húmeda, donde reinan los reptiles e invertebrados. De repente, se engancha a mi brazo y entiendo el motivo cuando veo una anaconda bajando desde una rama. Me zafo rápidamente, ya que el contacto de su piel con mi piel me recuerda la escena del río.

—Lo siento —dice cuando me aparto.

—Hay que salir de aquí. Debemos buscar un lugar para armar la tienda, está anocheciendo y corremos el riesgo de que un animal salvaje nos ataque.

Avanzo. Una hora después encontramos un enorme árbol de cedro sobre una superficie llana.

—Armaremos la tienda aquí —indico descargando el equipaje.

—Buscaré leña para calentar la sopa enlatada.

Saco los tubos de la bolsa de tela mientras leo las instrucciones del manual. Para empeorar mi suerte, esas instrucciones dicen que la tienda tiene capacidad para una sola persona. Intento darme ánimo con la esperanza de que cuando acabe de armarla, resulte espaciosa, pero pasa todo lo contrario. Es pequeña, incluso para una sola persona. Arrojo la manta que trae adentro e intento pensar qué diablos haré en una noche a la intemperie. Rachel llega con fruta y ramas para leña, no disimula el gesto de decepción cuando ve la pequeña tienda. Suprimo la ira y voy por más leña para aumentar la maldita llamarada que me mantendrá caliente esta noche. La teniente armó la fogata, así que arrojo más ramas para intensificar la hoguera.

La noche cae sobre nosotros mientras comemos en silencio. El viento es frío y, para colmo, huele a lluvia. A lo lejos se perciben relámpagos acompañados de fuertes truenos. El hecho de que llueva es la cereza que le faltaba al pastel de la desgracia. Ella tiene los hombros cubiertos con manta mientras mantiene la mirada perdida en las llamas. Debe de estar más estresada que yo, lleva una hora en la misma posición.

—Entre a la tienda —ordeno—. Falta poco para que empiece a llover.

Se levanta sacudiéndose las hojas del trasero.

—¿No vendrá?

—La tienda es pequeña para los dos, así que me quedaré montando guardia.

—¿Guardia de qué? —Se ríe—. ¿Quién va a atacarnos? ¿Osos hormigueros?

La aniquilo con la mirada. Se pasa con sus indirectas, las cuales cree que no noto.

—Lo que se avecina no es una simple lluvia, es una tormenta. La tienda es pequeña, sin embargo, podemos acomodarnos.

—Lo dudo.

—Entonces me quedaré con usted. No es justo que uno duerma mientras el otro se queda para ser devorado por los mosquitos.

Se vuelve a sentar, con la mala suerte que tengo, seguramente pesca una neumonía y tendré que cargarla lo que queda de camino.

—Bien —maldigo su terquedad—. Adelántese, iré a buscar rocas para reforzar el anclaje.

Suelta el cinturón de armas, se abre el cierre del traje antes de entrar, despojándose de la parte de arriba, quedándose con una mera camisilla. Coloco piedras sobre las vigas para que el viento no levante la tienda durante la tormenta. Apago el fuego y entro al minúsculo espacio. Está tumbada de lado y no sé en qué parte ubicarme. A la izquierda tendré su trasero pegado a mí, a la derecha su rostro estará frente al mío. No creo que sea prudente estar cara a cara después de lo sucedido en el río. Se coloca la manta mientras trata de abrirme espacio y opto por acostarme a la izquierda, sobre mi espalda. Meto el brazo debajo de la cabeza, cierro los ojos e intento dormir, pero vuelvo a verla desnuda. Hubiese sido estupendo ver lo que escondía bajo las bragas. Sigo fantaseando con comerle el coño.

—Coronel —susurra.

Abro los ojos. Escucho los truenos que retumban afuera mientras siento que su cuerpo está pegado junto al mío.

—Coronel —vuelve a susurrar. Sigue de espaldas contra mí.

—Sí —susurro también.

Las ramas crujen y el rugido de un animal retumba en la tienda: es un jaguar. La figura felina se acerca. Tomo el arma de mi pantalón cuando el cuerpo del animal roza la tela de la tienda. Me acomodo y apunto como puedo, ya que el minúsculo espacio no me da libertad de movimiento. Me preparo para disparar, lanza otro rugido a la vez que coloco el dedo en el gatillo y… da un salto antes de alejarse. Dejo caer la cabeza en el suelo. Rachel se mueve incómoda y creo saber la causa: bajo la mirada al pantalón y confirmo lo que supuse; la erección de mi entrepierna quiere romper la tela de mis vaqueros. Por primera vez en la vida maldigo tener una polla tan grande.

—No te me acerques así —es lo único que se me ocurre decir.

—Lo siento. —Se deja caer sobre su espalda.

Me maldigo mentalmente, nunca había pasado tal vergüenza. En estos tiempos no se puede confiar ni en tu propio cuerpo, ya que un leve roce de su trasero bastó para tener la erección más potente de mi vida. Vuelvo a cerrar los ojos mientras en mi cerebro parece estar proyectándose el tráiler de una película erótica.

Puedo verla en mi cabeza… Ella en la práctica de los soldados con los ojos turbios, su mirada no era la de un teniente hacia un coronel… Se mordió los labios de una forma que me endureció en segundos.

Ella saliendo del río sacudiéndose el cabello y mis ojos apreciando cada centímetro de su piel desnuda.

Otro trueno retumba. La fuerte tempestad mueve las telas de la tienda y…

Abro los ojos, sobresaltado, tengo el corazón a mil. Y por si fuera poco mi erección no ha disminuido en lo más mínimo. Ella sigue de lado frente a mí y tiene los ojos cerrados. ¡Me la tengo que tirar! Me conozco, la tensión sexual no es lo mío. A lo largo de mi vida nunca me he podido contener cuando una mujer me gusta. Mueve la cabeza y se relame los labios, y yo me convenzo de que nunca había deseado tanto a una mujer. Se sobresalta cuando un trueno retumba y me pongo encima de ella atrapando sus muñecas.

—¿Qué hace? —susurra.

—¡Quiero follarte! —me sincero—. Has de saberlo, así que está de más explicarte.

—¿Qué?

—Lo que oíste.

Su mirada se concentra en mi boca mientras su pelvis se alza por inercia.

—Es una pésima broma —me contesta con ironía.

—No es broma.

Responde al movimiento de mi entrepierna cuando me muevo sobre ella.

—¡¿Perdió la cordura?! —habla cuando me acerco a su boca.

—¿Te gusto?

Quiero confirmar lo que tengo claro.

—Sí… ¡No!

Se corrige, pero tarde, ya que me apodero de su boca probando los labios que me sumen. Su lengua le da un azote a la mía correspondiendo y alargo el momento sobándome más.

—Solo será un polvo. —Me centro en sus ojos azules lidiando con el calambre que se instala en mi entrepierna.

—Bratt…

—¡Me importa una mierda!

Llevo noches fantaseando con esto, soñando con abrirle los glúteos y penetrarla mientras gime mi nombre.

—Es tu mejor amigo…

—¿Y?

Le tomo la cara y me prendo de su boca con otro beso húmedo, caliente, que me permite saborearla. Percibo el calor que emite, cómo se le tensan los músculos y se le dispara el corazón cuando me muerde aumentando las ganas.

—¡Sí! —le devuelvo el mordisco—. Me gusta.

Me aferro a las tiras de la camiseta y las hago trizas cuando la jalo, no pierdo tiempo a la hora de prenderme de los picos erectos que aclaman mi lengua. Los manoseo y lamo uno por uno, chupando y disfrutando de la sensación de sentirlos crecer en mi boca.

—¡Deliciosos! —Vuelvo a ellos, son como los imaginé.

Subo por su pecho, en busca de su boca, percibo sus jadeos cuando me acerco, respiro su mismo aliento y mueve la boca con suavidad cuando la beso. Lo hace como si estuviera besando a su príncipe azul (yo jamás llegaré a ser un prototipo de eso). Aprovecho y meto el brazo bajo su espalda estrechándola contra mi pecho e intensificando el momento. No soy de besos tiernos, soy de besos ardientes, de esos que te queman y te marcan para toda la vida. Siento la leve inclinación de su pelvis en busca de mi polla, su contoneo me endurece más y quiero hacerle tantas cosas que mi mente no sabe ni por dónde empezar. Pienso rápido y desciendo por su abdomen hasta llegar al pantalón; sin preámbulos abro la pretina y la dejo en bragas. Se me dispara el pulso y siento la humedad de mi glande cuando amenaza con correrse antes de tiempo.

—Hay que… —le tiembla la voz con la proximidad de mi tacto.

Aparto el elástico de las bragas e introduzco los dedos en su rosado coño humedeciéndome la piel. Está tan deliciosamente mojada que aguanto las ganas de llevarme los dedos a la boca y probar lo exquisita que es, quiero prenderme de su clítoris hinchado, pero dudo de mi autocontrol. Mi polla aclama por entrar. Sé que, si me prendo de esa perla roja que me llama a gritos, me correré a chorros sin estar dentro de ella. Vuelvo a penetrarla con los dedos y se aferra a mi mano cuando entro y salgo, disfrutando de lo húmeda que está. Hunde la pelvis, empieza a moverse como si estuviera dentro de ella a la vez que suda, se relame los labios y suelta jadeos que me acarician el oído. ¡Joder! No aguanto, saco mi miembro, rozo la cabeza en su sexo y apenas puedo respirar bien, solo gimo cuando empiezo a empaparla mojándome con sus fluidos. Las fuerzas me fallan, no quiero que sea fugaz y hago acopio de todas mis fuerzas para no llenarla con todo lo que tengo adentro.

Rápido me deshago del pantalón, le separo las piernas con la rodilla y me dejo caer sobre ella. Busca mis ojos y noto la mezcla de deseo y culpa; ella se preocupa por los dos. A mí solo me importa descargarme, así el mundo se vaya a la mierda. La beso y pongo mi miembro en su entrada resbaladiza preparándome para la embestida, pero… Con una estudiada maniobra ella gira nuestros cuerpos y se pone a horcajadas sobre mi cintura. Me sorprendo aún más cuando percibo algo frío y filoso en la vena de mi cuello: la hoja de la navaja que tenía en el pantalón.

—Si vas a matarme, hazlo ya —le digo apreciando lo sexy que se ve con la mirada cargada de ganas—. Es la única forma de impedir que te embista como lo haré.

Siento cómo su coño me baña el miembro.

—¡No estás siendo coherente! —me recrimina intentando que recapacite—. Es absurdo lo que quieres hacer. Es tu mejor amigo.

—¡Ay, por favor! —me burlo—. No vengas con delirios de mojigata, quieres esto tanto como yo.

Bajo los ojos para que note lo húmeda que está.

—Pero Bratt...

—¡No me interesa Bratt! —Me aferro a su cintura y la muevo de arriba abajo—. Entiende que se me va a reventar la polla si no hacemos nada.

Cierra los ojos dejando que le acaricie las piernas. Alzo la pelvis para que la sienta. Restriego mi sexo contra el suyo para que sepa lo que se está perdiendo mientras que poco a poco afloja la presión de la navaja en mi garganta y deja que la siga tocando mientras se contonea.

—Tu silencio me confirma lo que ya sé —jadeo—. Así que córtame la garganta o ábrete de piernas para que pueda llevarte al orgasmo que tanto quieres.

—Él... te considera un hermano. —Se humecta los labios—. Es doloroso engañarlo así.

—¡Me duele más la polla! —Hundo mis manos en su trasero—. Y cuanto más lo pospongas, más me seguirá doliendo.

Niega sin saber qué decir.

—Cuando empieces a gemir no lo dudarás tanto.

—¿Traicionarás a tu mejor amigo por un polvo de una noche? —insiste—. No vale la pena.

—Lo traicioné desde que me la jalé pensando en ti.

Mi confesión la hace soltar la navaja, sus uñas se entierran en mi garganta respirando mi aliento y esta vez es ella la que me devora la boca con un beso urgido y lleno de auténtico desespero. Paso las manos por su espalda y la estrecho cambiando los papeles mientras lucho por colocar mi miembro en su entrada.

—¡Dios! —gimotea cuando lo siente.

Un polvo de una noche, será solo eso, algo pasajero que no significará nada. Acabaré con las ganas y cortaremos la tensión sexual que nos invade cada vez que estamos uno frente al otro. Me muevo nuevamente encima de ella y abre más las piernas; mi miembro está a nada de explotar en estos momentos. No me importa que sea la novia de Bratt, ni que esté casado con Sabrina (a decir verdad, eso nunca me ha importado), lo único que me interesa es estar dentro de ella. Beso su cuello y le muerdo el lóbulo de la oreja.

—Por favor —jadea extasiada y pongo punto final a su ruego deslizándome dentro de ella. La respiración se me atasca, está tan deliciosamente mojada...

Le doy un par de segundos para que se adapte a mi tamaño mientras me entierra las uñas en el brazo cuando chupo la piel de su cuello asimilando lo que se viene.

—¿Te gusta? —pregunto.

—Sí —jadea—. Joder, sí

Salgo y vuelvo adentro. Mierda, siento cómo me aprieta y desprende calor. Las venas de mi miembro están hinchadas. Sujeto su cadera cuando inicio los embates sincronizados, dando en ese punto exacto que la obliga a gemir y a aferrarse a la tela de la manta con la que se tapaba. La atraigo hacia mí, choco una y otra vez contra ella, es mejor de lo que me imaginé. Puedo sentir el placentero éxtasis que me invade hasta la última célula, la saliva se me vuelve agua cuando traza círculos con su pelvis, mientras se muerde los labios queriendo controlar los jadeos.

Segundos, minutos… No sé cuánto pasa ni cuántos embates le doy y recibe, solo siento el sudor que me recorre la espalda cuando aprieto los ojos disfrutando de su boca. No dejo de arremeter, de apretarle los senos y de devorarle los labios. Me aferro a sus glúteos magreándolos con fuerza. Empieza a desvanecerse relajándose con el clímax que comienza a sumergirnos. El orgasmo nos lleva a los dos, la ola de placer nos deja en la orilla y me obliga a descargarme dentro de ella, hundiéndome para que absorba hasta la última gota.

Me aparto envuelto de sudor, ella me da la espalda e intenta cubrirse, siento ganas de abrazarla, pero conociéndome sé que volvería a montarla. Se me aclara la cabeza y Bratt se me viene a la mente. Sí, es cierto, esta vez rompí el récord siendo un hijo de puta, lo único que me queda es la promesa de que esto no puede volver a pasar.

7

GOLPE CONTRA LA REALIDAD

Rachel

Me duelen los músculos, las piernas, los brazos y la cintura. No quiero moverme.

Mi cerebro rememora las escenas de la noche anterior: Christopher encima de mí, yo caliente, él atrapándome las manos, yo correspondiendo los besos y teniendo el mejor orgasmo de mi vida.

¡Dios!

Abro los ojos con la esperanza de que haya sido un sueño donde no hice lo que hice. La luz que se filtra por la tienda de campaña me confirma que no lo ha sido y caigo en la cuenta de que sí, ¡soy una maldita infiel!, ¡Bratt! ¡¿Cómo mierda pude engañarle?! ¿Cómo diablos lo voy a mirar a la cara ahora?

La culpa me absorbe, los recuerdos no ayudan y rompo a llorar.

¡Soy una estúpida! No tenía por qué dejarme llevar.

Me visto con lo poco que llevo, la camisilla que traía abajo está destrozada; para colmo, no hay señal de mis bragas. Recojo mi cabello e intento calmarme, ninguno de mis intentos da fruto y por ello trato de controlar mi respiración. Si sigo así, voy a hiperventilar. Recojo mis cosas; entre ellas, el cinturón de armas que había dejado de lado. Salgo, lo único que hay es el aire húmedo de la selva y leña mojada. Debí dejar que durmiera fuera, más idiota no pude ser. Me pesa el corazón y me dejo caer sobre las raíces de un árbol sin dejar de pensar en lo que pasó.

—Nos vamos —dicen a mi espalda.

No lo miro, me quedo como una estatua mientras recoge la tienda. Años de noviazgo tirados a la basura por un simple momento de debilidad. Tanto mis promesas como el amor que juraba tenerle eran mentiras, porque el que ama no engaña, el que ama no traiciona y el que ama no rompe en mil pedazos la confianza de un ser querido.

No contengo las lágrimas. «¡Estúpida, estúpida y mil veces estúpida!». Me repito una y otra vez.

—¡Muévete! —me ordena.

Rabiosa, me limpio la cara.

—No tengo todo el día —me regaña.

Tomo aire y doy media vuelta para seguirlo. Está de pie frente a mí, erguido y con los brazos cruzados con su típica figura prepotente y autoritaria.

Lo odio.

—¿Dejarás de lloriquear? ¿O necesitas otra hora de llanto y lamentaciones?

—¡Eres un maldito gilipollas!

Se encoge de hombros como el típico hombre que le importa una mierda todo lo que pasa.

—No es la primera vez que me lo dicen.

Su cara de tranquilidad es desesperante y mataría por darle un puñetazo y borrarle esa máscara de serenidad.

—Anoche…

—Lo de anoche fue un error. ¿Ok? Me vale una mierda si se lo quieres decir a Bratt, a Sabrina, o a toda la central. Ya está y no hay nada que hacer. —Se pasa los dedos por el cabello—. Lo único que quiero es salir de esta selva de porquería sin tener que lidiar con tus lloriqueos.

Se da media vuelta para marcharse.

—Pensé que Bratt era tu mejor amigo.

Me mira de reojo arqueando una ceja.

—Y yo pensé que tú lo amabas.

Se marcha dejando mi dignidad por el suelo. Pateo la lata de sopa antes de seguirlo. ¿Qué carajos me pasó? Mi vida, mis sueños de una familia feliz, mi futuro con el hombre que da la vida por mí. Todo lo arruiné, todo lo jodí. No tengo motivos suficientes para culpar al energúmeno que camina frente a mí, pues en el fondo yo quería que eso pasara. Aprieto los dientes. Llevo queriendo que eso pasara desde el mismo momento en que lo vi. En el gimnasio deseé que me besara, luego soñé con él en el avión y anoche… anoche disfruté que me follara como lo hizo. Disfruté el puto orgasmo que me provocó. Eso es lo que me golpea. Mi lucha no fue contra él, fue contra mí, ya que me odiaba por querer ese momento. Siete horas después, continuamos caminando a la deriva, sin señales ni esperanzas de nada. Lo hacemos en silencio mientras el desespero se va apoderando de mí. Si no hallamos la salida, tendremos que pasar otra noche juntos y no me creo capaz de eso.

Mi angustia va por fases: culpa, miedo, vergüenza. En parte me preocupa lo que piense de mí, es amigo de Bratt, seguramente le restregará en la cara que soy una zorra y eso incrementará el nivel de desilusión. Decepción que yo ocasioné comportándome como una perra estúpida.

De repente, se detiene indicándome que retroceda cuando se oyen voces en la maleza. Hablan en portugués. Cargo mi arma apuntando a los arbustos. Las voces se acercan y un grupo de hombres salen del matorral. Visten el uniforme del ejército de Brasil.

—¡Manos arriba! —Nos apuntan.

No me atrevo a bajar el arma, en los países latinoamericanos los grupos insurgentes suelen usar el mismo uniforme que el ejército local.

—¡Bajen las armas! —exige un hombre de tez morena.

Ambos negamos con la cabeza.

—¡Soy el capitán Bruno Saavedra! ¡Exijo que se identifiquen!

Cruzo miradas con Christopher. Capitán o no, tiene el respaldo de veinte hombres y de nada sirve oponerse.

—Soy el coronel Christopher Morgan —baja el arma y me ordena que baje la mía—, y ella es la teniente Rachel James.

Todos deponen las armas y se ponen firmes dedicándole un saludo militar al coronel. La FEMF rige todo el sistema judicial, por ende, nuestro cargo siempre tendrá más peso.

—Me encargaron su búsqueda, mi coronel —explica el moreno—. El capitán Robert Thompson comanda el operativo de búsqueda.

—Quiero verlo. —Se abre paso entre la gente dejando que los soldados le indiquen el camino.

—¿Agua? —Dos mujeres me ofrecen una cantimplora.

La recibo sin decir una sola palabra. Tengo rabia mezclada con culpabilidad. Por un lado, me avergüenza lo que hice; por el otro, no dejo de recordarlo. Las horas pasan bajo el incipiente sol mientras las lágrimas descienden solas. En parte me duele haber caído tan bajo sabiendo que no me criaron así. ¿Acaso mi madre no me dio valores? Me revolqué con un hombre casado, el mejor amigo de mi novio. Bratt no me va a perdonar esto. Sigo caminando con el peso encima. Christopher va más adelante, como si no hubiese pasado nada. Me pregunto en qué carajos estaba pensando para… Quiero creer que esto no fue más que una locura tanto suya como mía.

—¿Falta mucho para llegar? —pregunto.

—Media hora más.

Nunca había caminado tanto. Siento que tengo agujas en los pies cada vez que doy un paso. No sé si me duelen más las extremidades o el peso de todo lo acontecido. Dos camionetas nos esperan cuando llegamos a la carretera. El coronel aborda la primera sin inmutarse a mirar si lo sigo o no.

—Por aquí, teniente —me indica uno de los cabos.

El trayecto por una deteriorada carretera dura cuatro horas. Mi cerebro me recrimina la idea de que durmiéramos juntos. ¿En qué carajos estaba pensando? Solo a mí se me ocurre semejante estupidez sabiendo lo que me acarrearía. Llegamos a una base militar y el coronel baja primero, tiene barba de dos días y está lleno de barro.

—¡Gracias a Dios que están bien! —nos saluda el capitán Thompson.

Le hago un saludo militar.

—Supe lo que sucedió y enseguida organicé el escuadrón de búsqueda —le explica a su superior.

—Demoraron dos días en encontrarnos. —Lo arrolla cuando pasa por su lado—. Tardó demasiado, capitán.

—La selva no es fácil de explorar, señor… Hice lo que pude, pero…

—Sabe lo que pienso de las excusas. —Levanta la mano para que se calle—. ¿Alguna novedad?

—Llevamos a cabo el operativo de rescate el día de ayer con la planificación que nos dio. Fue un éxito, los turistas desaparecidos están a salvo.

—Bien.

—El ministro no ha dejado de llamar. ¿Desea que lo pongamos en contacto con él?

—¡No! —contesta molesto—. Necesito comida, un baño y que nadie me moleste.

—Sí, señor. —El capitán deja que lo escolten adentro.

—¿Estás bien? —me pregunta el capitán.

Se me forma un nudo en la garganta, quiero arrojarme en su hombro y soltar el peso que tengo en el pecho.

—¿Te lastimaron?

—No, señor. —Aparto las lágrimas—. Solo estoy algo conmocionada con lo que pasó.

—¿Llamo al psicólogo?

—No es necesario.

—El capitán Lewis llamó diez veces. —Me acompaña a los dormitorios—. Ponte en contacto con él, está preocupado.

Asiento.

—Llámame si necesitas algo.

Se da media vuelta para marcharse.

—¡Señor! —lo llamo antes de que se vaya.

Se vuelve hacia mí.

—¿Puedo quedarme con usted? No quiero volver a Londres.

Frunce el ceño confundido.

—Tengo que consultarlo con el coronel.

—Le agradecería si lo hace.

Asiente.

—Dudo que se niegue, ya que la misión de rescate fue un éxito. Seguramente ya no te necesita.

El peso desaparece por un segundo.

—Le preguntaré y te avisaré sobre su respuesta.

Se marcha y entro a la habitación que se me asigna. Hay ocho camas pulcramente arregladas y en una de ellas hay un uniforme del ejército de Brasil. El baño tiene toallas y útiles de aseo. Busco el lavamanos y me planto frente al espejo: mi cabello es una maraña de nudos lleno de barro y hojas, tengo los brazos rasguñados y la cara quemada por el sol. Me quito el uniforme, me ducho y luego desenredo mi cabello frente al espejo. Las lágrimas vuelven a surgir. Se me cae el alma cuando noto los moretones que tengo tanto en los senos como en el cuello: «Chupetones».

¡Joder!

Me doy la vuelta negándome a ver mi reflejo e inmediatamente mi cerebro evoca cómo él me marcó la piel con su boca; sus labios contra mis pechos, en mi cuello, los dedos en mi sexo, los jadeos en mi oído...

—*¿Te gusta?* —susurró.

—*Sí.*

El pecho se me estremece. En verdad no sé qué me pasó. Suben una bandeja con comida y no pruebo bocado. Todo está tan reciente que no puedo ni acostarme, solo me quedo sentada a los pies de la cama.

Me levanto cuando abren la puerta.

—El capitán quiere verla —informa un cadete dedicándome un saludo militar.

Me coloco los zapatos siguiéndolo hasta la pista de aterrizaje. Mi superior está con los soldados que traje de Londres.

—Nos vamos —avisa.

—Claro. —Sonrío por primera vez en el día. Quedarme aquí, en Río, es una excelente noticia.

—Me voy con la tropa a Río de Janeiro mientras tú te vas con el coronel.

—Pero... —Vuelve el pesar.

—Intenté convencerlo —se frota el puente de la nariz—, pero se negó y lamentablemente no puedo contradecir sus órdenes.

La tropa se para firme dedicando un saludo militar cuando Christopher llega con tres nuevos reclutas.

—Quiero un informe con los detalles del operativo que se llevó a cabo —le ordena al capitán.

—Claro, señor.

—El jet está listo —informa uno de los soldados.

Se encamina a la aeronave que no pertenece ni al ejército ni a la FEMF.

—Ve —me ordena mi capitán—. Sabes que no le gusta esperar.

Los reclutas que traía abordan la aeronave conmigo. Los asientos son de cuero gris, hay un minibar, una cocina y una pantalla gigante, la puerta de la alcoba está cerrada y doy por hecho que mi superior se encerró.

—¡Es de oro blanco! —exclama un soldado pasando la mano por la M que hay en una de las paredes.

—Déjalo —lo manotea su compañero—, no te ganes una sanción.

—Viajar con el hijo del ministro más importante tiene sus privilegios.

—El sofá es más cómodo, señorita —sugiere la rubia con sonrisa encantadora que trabaja en la aeronave.

—Estoy bien aquí.

—¿Desea algo de comer?

Niego.

No merezco comer, ni estar cómoda, ni mucho menos estar en este lujoso jet privado. Lo único que merezco es que alguien me abandone en la selva.

8

CONFESIONES

Rachel

El jet aterriza en la pista de la FEMF al día siguiente. Los reclutas Alan, Malcom y David son los primeros en bajar. Reemplazarán a los soldados caídos y serán parte de la compañía L061. Necesito ir a casa: si no me desahogo, voy a estallar en cualquier momento. Me encamino al comando. Christopher es el último en bajar, no salió de su habitación durante el vuelo y le di gracias a Dios por eso, pues lo último que me apetece es tenerlo cara a cara. Un sargento se atraviesa y saluda al coronel que viene atrás.

—El general Peñalver lo espera, mi coronel —le informa.

Sigo caminando, quiero recoger mis cosas y largarme a vivir a Tailandia.

—¡Teniente! —me llama el soldado—. El general también quiere hablar con usted.

—Ubiquen a los soldados nuevos —ordena el coronel, llevándose por delante mi hombro cuando se dirige a la oficina—. Estarán con el capitán Dominick Parker.

—Como ordene, mi coronel —se despide el sargento.

Camino tras él preguntándome cuánto tardará en hablar con Bratt y decirle todo lo que pasó. Cada vez que lo pienso se me encoge el estómago. Tanto pelear y defenderme de Sabrina para nada, porque todo fue en vano. De nada me sirvió demostrarles a sus padres que yo no era lo que pensaban. A Martha Lewis, la madre de Bratt, no le caigo en gracia; sin embargo, trata de tolerarme. En cambio, Joset, su padre, es todo lo contrario. De él no he recibido ni un solo reproche, pero ahora me imagino el concepto que tendrán de mí cuando sepan que me acosté con el marido de su hija. Tomamos el ascensor hasta la cuarta planta, la tensión se puede cortar con un cuchillo. Quisiera pedirle que me deje decirle a Bratt lo que pasó, pero lo más seguro es que me restriegue en la cara lo traicionera que soy. Las puertas se abren y Sabrina corre por el pasillo, el sonido de sus zapatos podía oírse desde lejos. Me echo el cabello adelante, ya que los chupetones todavía pueden verse.

—¡Christopher! ¿Estás bien? —La rubia busca los brazos de su esposo y él la aparta como si le estorbara.

—Las demostraciones de cariño en los pasillos están prohibidas —replica el coronel con sequedad.

—Todos saben quién soy —contesta en voz baja.

—Las reglas se aplican para todos.

—Eres un coronel y soy tu esposa, tengo todo el derecho…

—Ya me viste, así que vete. —Sigue caminando.

Intenta alcanzarlo, pero él aparta la mano cuando lo toca.

—No te quiero aquí —expresa molesto.

Me adelanto. Me apena que mientras ella estaba aquí llorando un mar de lágrimas por su esposo, yo me revolcaba con él, gimiendo su nombre y dejando que se corriera dentro de mí.

Saludo al general. Le informo que el coronel Morgan vendrá pronto.

—Lamento lo que pasó —se disculpa el superior—. Se abrió una investigación para hallar a los verdaderos culpables.

—Gracias, mi general —digo.

—El capitán Thompson me informó de que la misión de rescate fue un éxito.

—¿Ya interrogaron a los secuestradores? —pregunta el coronel Morgan al entrar.

—Estamos en eso. Fue un éxito gracias a usted, se cumplió al pie de la letra la estrategia que planeó —lo felicita—. Me gustaría darle los detalles de todo lo que pasó, pero supongo que están cansados.

Lee mi mente, lo último que quiero es someterme a interrogatorios que duran cuatro horas. Solo me apetece acostarme, llorar y lamentarme por lo que perdí.

—Voy a quedarme —declara Christopher—. Hay puntos atrasados en la investigación.

Lo maldigo para mis adentros. ¿No se cansa? Obviamente no, se me olvidaba que el cansancio es para los seres humanos.

—Tenemos tiempo para eso, coronel, descanse al lado de su esposa. Sufrió mucho con lo que pasó.

El remordimiento me da una punzada en el pecho.

—No hace falta.

Si se queda, me obliga a quedarme a mí también. Estoy en la investigación, por tanto, debo resumir las últimas novedades.

—Mi coronel —le hablo por primera vez después de la discusión que tuvimos en la selva—. Solicito permiso para ir a casa por el día de hoy.

Me acribilla con los ojos e inmediatamente me arrepiento de haber hablado.

—Adelante. —Señala la puerta—. Lárguese.

—Tómese el día de mañana y recupérese, soldado —añade el general.

—Gracias —respondo y me voy.

Sabrina espera afuera, pertenece al área administrativa, así que no usa uniforme. Luce sofisticada con un vestido negro entallado, tiene la melena recogida en un moño que destaca las facciones de su cara.

—¡Rachel! —Se acerca cuando me ve—. Deberías llamar a Bratt, está preocupado.

—No tengo móvil y la señal en Brasil no era muy buena —miento. La mujer del jet me ofreció un teléfono y lo rechacé, el puto miedo no me deja alzar la bocina.

—Es bueno saber que saliste ilesa de todo esto. —Se cruza de brazos.

La piedra plateada del anillo de casada le brilla en el dedo. Me arden las marcas de la piel.

—No me imagino el dolor de Bratt si te llegara a pasar algo.

Las palabras son sal en mi herida.

—Gracias. —Vuelvo a sentir náuseas—. No quiero ser grosera, pero…

—¡Oh, no te preocupes! —Se aparta—. Ve a casa y llama a mi hermano.

—Hasta luego —me despido.

Bajo al estacionamiento y me encierro en el Volvo, lugar donde trato de poner mis pensamientos en orden.

—Buenas tardes, teniente —me saluda el sistema inteligente—. ¿Iremos a casa o a algún lugar en especial?

—A casa, pero primero ponme en contacto con mis padres.

—Como ordene.

Mamá rompe en llanto cuando escucha mi voz, todos se ponen sentimentales, incluyendo a mi papá. Durante media hora intento convencerlos de que estoy bien. Luciana sugiere que me retire y le respondo con un rotundo no. Estoy en el mejor momento de mi carrera, no puedo echar todo a la basura. Me despido prometiendo llamarlos por la noche, debo hablar con Bratt, no es justo hacerlo esperar tanto.

—Comunícame con el capitán Lewis —le ordeno nerviosa al intercomunicador.

Responde al tercer repique.

—¡Cariño, al fin te oigo! —exclama. No resisto la presión, rompo a llorar sobre el volante quedándome sin habla. Solo sollozo como una tonta mientras él intenta calmarme.

No puedo ser su cariño, ni su novia. Ni siquiera tengo cara para ser su amiga.

—¡Calma! —me dice—. El peligro ya pasó, no tienes nada de que preocuparte. Solicité permiso para ir a verte, pero el Consejo me lo negó.

—Lo sé. —Tomo aire—. Es que…

Las palabras no me salen, mi garganta las detiene, mi cerebro se niega a lastimarlo.

—Si no quieres hablar ahora, no importa, entiendo lo que pasaste. Solo quería escuchar tu voz —continúa—. Cariño, no sabes cuánto te amo, hubiera muerto si uno de esos malnacidos te hubiera lastimado.

—Te llamaré cuando llegue a casa —es lo único que logro articular.

—Está bien, métete en la bañera con agua tibia y relájate un rato.

De aquí a que haga todo eso puede que Christopher lo llame y le cuente todo lo que pasó.

Seguramente, esta es nuestra última conversación pacífica.

—Bratt, te a… —La voz me falla.

—Lo sé, cariño, y yo también te amo, ahora ve a casa y descansa.

Conduzco como loca entre lágrimas y canciones de Bon Jovi, reprochándome mi nivel de cinismo. Estaciono frente a mi edificio e ignoro el saludo del portero. Me dirijo a la escalera y abro la puerta de mi departamento. Luisa está fumando en el balcón. Se ve peor que yo, tiene cara de no haber pegado un ojo en toda la noche.

—¡Maldita sea! —exclama—. ¡Compré un arsenal de velas orando para que estuvieras bien!

Corre a abrazarme y todo explota; el accidente, los recuerdos, la falla y el peso de la culpa.

—No llores —me consuela—. Ya pasó.

La alejo, necesito aire. El remordimiento me está ahogando.

—¡No lloro por eso, Lu!

—¡¿Te tocaron?! —Sigue preocupada.

—¡No!

—¿Entonces?

—¡Me acosté con el coronel! —lo suelto sin anestesia, y retrocede como si me hubiese salido un cuerno en la cara.

—¡¿Qué?! Pero ¿cómo? ¡¿Cuándo?!

Trato de serenarme.

—La noche que pasamos en la selva. ¡No sé qué diablos me pasó!

—Espera aquí. —Se pierde en la cocina.

Saco un cigarrillo de la gaveta del minibar. Se supone que dejé el vicio solo para cuando estoy estresada; lo que siento ahora no amerita un cigarrillo, sino un tabaco indio de treinta centímetros.

Me dejo caer sobre el sofá y Luisa vuelve con un vaso de whisky.

—¿Cómo diablos pasó? —pregunta sin creerlo y tomo todo el trago de un solo sorbo.

—No lo sé, se me subió encima y me dejé llevar… No sé si el maldito sintió mis ganas o qué diablos. —Me pongo de pie.

—¿Te ha dicho algo?

—Discutimos al día siguiente, me restregó en la cara lo zorra que soy. Y no lo culpo, actué peor que una ramera barata.

El desespero me hace decir tonterías, descontrolando mi vocabulario.

—No te trates así, todos somos débiles en ciertas situaciones. —Bebe un sorbo de su trago—. Tenías el estrés del accidente encima, traumas por el shock, y el coronel…

—Un momento de debilidad hubiese sido un beso o un abrazo, no el que me dejara follar y le abriera las piernas para que se corriera libremente en mi vagina.

Se queda con la boca abierta.

—¡Soy una estúpida!

—No eres ni la primera ni la última que pasa por algo así, amas a Bratt. Solo olvida lo que pasó y…

—Pero ¡así no se hacen las cosas, Lu! —replico—. Él es como un hermano para Bratt.

—Él fue el que empezó, solo eres víctima de su juego.

—¿Qué le diré a Bratt cuando se entere?

—Hay que omitir eso, si Bratt se entera, no solo dañarás tu relación, sino que también arruinarás el matrimonio de Sabrina.

—Él se lo dirá, es su mejor amigo. Además, no permitiría que Bratt esté con una infiel como yo.

—No te tortures, Rachel. Solo fue un jodido momento de debilidad. —Se levanta a acariciarme la espalda—. Y no creo que le diga nada a Bratt, está casado con su hermana. Decirlo lo envolverá en un escándalo que no querrá asumir.

—No es honesto que le oculte algo tan importante.

—Tampoco fue honesto que te acostaras con su amigo. —Se encoge de hombros.

—Estás metiendo el dedo en la herida —le reclamo.

—Lo que quiero decir es que hay que dejar atrás la moral y la ética, lo que pasó solo lo sabemos tú, él y yo. No tiene que saberlo nadie más —insiste—. Haz cuenta de que no sucedió, y lo que pasó en la selva se queda en la selva.

Dudo que pueda dejar esto en el olvido. No podría mirarlo sin recordar lo que hicimos.

—Entre el cielo y la tierra no hay nada oculto, la verdad siempre sale a la luz.

—Por favor. —Pone los ojos en blanco—. Eso es un decir, si nadie habla, jamás se sabrá. Él no lo hará, ni tú, ni yo. Fue algo que sucedió en un momento desesperado.

—Haces que parezca fácil.

—Lo será, solo tranquilízate, respira y analiza todo con calma —recalca—. Yo estoy aquí para lo que necesites.

No sé qué opción es peor, confesar o guardar silencio.

—Ya cálmate. —Me abraza—. Respira y antes de que lo dejemos en el pasado me gustaría hacerte unas preguntas.

Reconozco sus intenciones imaginando el interrogatorio que me montará.

—¿Qué tal estuvo?

—¡Luisa, esto es incómodo! ¿Sí? Se supone que debo olvidarlo.

—Responder las preguntas hará que te desahogues y te deshagas del peso.

Suspiro cansada.

—¡Contéstame! —insiste.

—Bien. —Finjo que no me importa.

—¿Bien de solo bien, o bien de extremadamente placentero?

Es una piña en el culo.

—Si contestas a la pregunta es mejor que lo hagas con detalles, no quiero información a medias. ¡Soy tu mejor amiga!

—Fue placentero, ¿vale? —Me saca de mis casillas—. Tuve un orgasmo. —Me aparto el cabello y le muestro el cuello—. ¡También me marcó las tetas!

Los ojos se le quieren salir detallando las marcas.

—¡Joder!

—¿Ves por qué digo que no fue un momento de debilidad?

—¿Está bien dotado? —sigue—. Con ese porte...

Recuerdo el dolor que noté con la primera embestida. Sentí que me llegó hasta la consciencia.

—Sí.

—¿Más que Bratt?

—¡Sí!

Alza las cejas.

—¿Cómo puedes imaginar que es más grande que la de Bratt? ¿Ya se la viste?

—Sí —responde como si fuera lo más normal del mundo—. Una mañana te fuiste a la central, pensé que tu habitación estaba vacía y entré por un abrigo; él estaba dormido pero el amigo de su entrepierna no. Si dices que es más grande que la de Bratt, es el hombre perfecto.

—Eres una maldita asquerosa.

—Lo sé, ahora dime: ¿lo harías otra vez?

Mi subconsciente responde con un enorme sí.

—Claro que no. Te dije que quiero olvidarlo. Ya está bien de preguntas. —Me levanto—. Tomaré un baño y me iré a dormir, quiero descansar.

Me meto en la bañera con Christopher estampado en la cabeza, quiero dejar el asunto de lado, pero evocar lo que pasó no me ayuda. Abro mi *laptop* después del baño, tomo la bebida que me dejó Luisa y busco a Bratt en el chat interno de la FEMF.

Tal vez ya sabe lo que pasó y me mande a la mierda. Me enlazo con él para hablar por webcam. Si lo va a hacer, quiero que lo haga ya.

—¡Hola, cariño! —me saluda al otro lado de la pantalla.

La preocupación desaparece cuando me dedica su típica sonrisa con hoyuelos. No sabe nada y creo que lo mejor es que todo siga tal cual.

9

¡FIESTA!

Rachel

Turistas y habitantes aprovechan el sol londinense para disfrutar en familia. Un grupo de estudiantes toma capuchinos en una cafetería de Baker Street; a su lado, una pareja se da amor mientras los observo.

—Objetivo en movimiento —me informan por mi intercomunicador.

Dos hombres y una mujer se levantan a pagar la cuenta custodiando un maletín negro. Están bajo la mira desde que llegaron, son sospechosos de una posible venta de armas a un grupo insurgente.

—El maletín contiene explosivos —me comunican confirmando la sospecha—. Procedan a la captura.

—Entendido —susurro.

Brenda e Irina esperan mis instrucciones. El perímetro está rodeado por agentes de la FEMF. Hemos estado montando guardia toda la mañana.

—Es hora —le ordeno a Brenda.

Se levanta con el tíquet de la cuenta y se coloca en la fila para pagar, justo detrás de los sospechosos. Mi colega mueve el pie varias veces, repiqueteando el piso con el tacón, haciendo uso de la maniobra que se utiliza para desesperar al enemigo.

—Ve a cubrirla —le indico a Irina.

Se levanta y se acerca a Brenda iniciando una conversación en la fila; ambas se muestran como si fueran viejas amigas. En otra de las mesas Alan Oliveira, el nuevo soldado traído de Brasil, y Harry observan la escena a la espera de una orden para actuar.

—Señor, dígale al de la caja que se apure —le solicita Brenda a uno de los sospechosos—. Tenemos prisa.

El hombre la ignora. Se escucha cómo el sujeto le habla en ruso a sus acompañantes. Una camioneta todoterreno se estaciona afuera, mientras los sospechosos se adelantan en la fila e insisten en ser atendidos.

En ese instante, veo una patrulla que se aproxima y maldigo mentalmente.

—¡¿Qué hace la policía aquí?! —reclama Harry en el auricular—. Es un caso especial de alto mando.

La FEMF está a cargo de todos los clanes involucrados en la pirámide delincuencial. La mafia roja hace parte de ella y se nos alertó de que su gente anda haciendo negocios en Londres. Cuatro oficiales bajan del auto y se quedan en la puerta. Los sospechosos se dirigen a la salida, como si nada.

Alan y Harry se levantan.

—A sus posiciones —ordeno—. Hay que capturarlos antes de que aborden el vehículo. Mantengan la calma y eviten cualquier desorden que pueda atemorizar a los civiles.

—¡Alto! —los detiene uno de los policías—. Prepárense para una requisa.

—¿Requisa? —pregunta la mujer con acento ruso—. ¿Por qué? Solo tomábamos café.

—Oponerse es desacato a la autoridad —indica el oficial.

Un policía se acerca a su compañero que está frente a los sospechosos, le habla al oído y este niega con la cabeza.

—Maletines, por favor —insiste.

—Pero ¿qué diablos? —chilla Harry en mi oído—. Se les acaba de avisar que es un operativo de nuestra competencia, ya que no es un operativo menor.

La mujer abre el bolso mientras los dos hombres hacen el ademán de entregar el maletín.

—¡Muévete, muévete! —me avisa Brenda cuando nota que sacan dos armas.

—¡Todos al suelo! —ordena Irina.

Los sospechosos descargan el arma contra el oficial que intentaba revisar el bolso de la mujer; el otro policía se arroja al piso evitando los proyectiles. El caos se desata. La mujer comienza a disparar a su alrededor girando sobre su propio eje y acaba con la vida de varios comensales con un violento tiroteo, impropio de un arma común. Tres hombres salen de la camioneta abriendo fuego contra el restaurante. Brenda dispara, Harry arremete con una XK11 y derriba a tres de los implicados. Inicio un contraataque utilizando la puerta como escudo, en medio del fuego cruzado. Los delincuentes a bordo de la camioneta intentan huir al verse acorralados, pero Alan logra inmovilizar el vehículo con una maniobra rápida y se posiciona para dispararles cuando los rusos comienzan a correr.

—¡No! —le grito a Alan—. ¡Los necesitamos vivos!

Corro detrás de los sospechosos llevándome por delante a todo aquel que se cruza en mi camino. Paso por encima de aquellos que se tiran al suelo cuando ven las armas. Alcanzo a la mujer, forcejeamos y termino dejándola contra el asfalto. La FEMF no tarda en llegar y cumplo con el debido procedimiento esposando a la rusa.

—Se la detiene por portación ilegal de armas de fuego, tiroteo masivo y homicidio agravado —le informo mientras la levanto—. Tiene derecho a un abogado, tiene derecho a una llamada telefónica, tiene derecho a guardar silencio y todo lo que diga podrá ser usado en su contra.

Se la entrego al grupo de oficiales que llega a darme apoyo.

—Primera captura en el Reino Unido —me notifica Alan, orgulloso.

—Buen trabajo, soldado. —Le palmeo el hombro—. No bajes la guardia y sigue así.

Christopher llega con cara de querer asesinar a alguien. Ha visto el caos que se generó en el entorno, los destrozos y pérdidas materiales y humanas. A él no le gustan las fallas.

—¡¿Quién carajos dejó que la policía se metiera?! —grita.

—No lo sabemos, señor —contesta Harry—. Los pusimos sobre aviso y se negaron a seguir nuestra orden.

El teniente de la policía discute con Brenda al lado de la patrulla.

—¡Su incompetencia puso en peligro la vida de mis hombres! —le reclama Christopher.

—Era algo que nos competía a nosotros —se defiende el oficial.

—¡No sea payaso! ¡Sabe muy bien que no tiene por qué meter las narices en los asuntos de la FEMF!

—Pues…

—¡Pues nada, recoja su mierda y lárguese de aquí antes de que exija que le den de baja por inepto!

—Pero, señor…

—¡Todos al comando! —ordena ignorando al policía—. Lo decomisado lo quiero limpio y listo para evaluar en mi oficina.

Abordo una de nuestras camionetas, me quito la peluca y los tacones. Una vez que pasa la distracción, el fantasma de la culpa regresa nuevamente, como todos los días. Ese maldito recuerdo que no me deja en paz. Ya pasaron dos semanas, Bratt no ha vuelto de Alemania, no volverá por ahora y sigo sintiéndome igual con Christopher rondando, puesto que no soporto tenerlo cerca. Ni siquiera sé qué diablos siento, desearía que fuera desagrado, pero no es nada parecido a eso. Es una ansiedad llena de confusión que surge ante el tamborileo de mi corazón cada vez que lo tengo enfrente. Él actúa como si nada hubiese pasado; de hecho, está más estricto y arrogante. Si antes era un grosero de mierda ahora lo es el doble.

Mi móvil suena con un mensaje de mi novio:

> Felicidades por el operativo,
> eres la mejor. Te amo.

Tecleo la respuesta:

> Gracias, cariño, en cuanto llegue
> te llamaré para contarte los detalles.

Una respuesta sencilla, sin emojis de caritas enamoradas, ni frases como «te amo». Aunque para mí sigue siendo el mejor hombre del mundo, me sentiría hipócrita si le dijera esas palabras, ya que si lo amara, no lo hubiese lastimado como lo hice. Mi tía tenía razón al decir que cuando las personas dicen no querer lastimarte ya tienes medio cuchillo adentro. El comando nos recibe y bajo de la camioneta encaminándome a la torre administrativa.

—Buen trabajo. —Me aborda uno de mis superiores. Es el alemán Dominick Parker.

Es un capitán de la Élite también y tenía semanas sin verlo, ya que estaba atendiendo otros asuntos en Múnich.

—Gracias, señor. —Le doy un saludo militar.

—Me enteré de que estás trabajando en mi compañía. Supe que eres parte del grupo de investigación y recibes informes directos de los capitanes —dice, y asiento—. También estás entrenando a los soldados que llegaron de Brasil, los cuales pertenecen a mi tropa.

—Sí, señor.

—Y por lo que veo también estás involucrada en el trabajo de inteligencia.

—Sí.

Me recorre con los ojos. Tiene la misma edad que Bratt, tal vez el mismo atractivo; es alto, fornido, de cabello negro, barba y cejas espesas.

—Eso me hace tu capitán al mando, ya que Thompson no está y estás en mi área.

—Si usted lo cree… —No le replico.

—Concéntrate en el entrenamiento de mis soldados, te voy a relevar del trabajo investigativo porque seré yo el que tome esa tarea ahora.

—¿El coronel está al tanto? —pregunto.

—Por supuesto. Es conveniente para este caso que el trabajo sea llevado a cabo por un capitán, tenemos más experiencia.

—Entiendo, lo pondré al tanto de lo que he hecho.

—¡Franco! —llama a Brenda, que está bajando de otra camioneta—. Ríndeme informe de lo que pasó hoy —demanda—. Tú, James, vete a descansar.

—Como ordene, mi capitán.

Se marcha con Brenda.

Hay algo que no me cuadra. Christopher no se ha quejado de mi trabajo y, por otro lado, Parker no me genera confianza, ya que vive constantemente compitiendo con Bratt para demostrar quién de los dos es el mejor.

—¿Qué diría Bratt si te ve hablando con su archienemigo? —comentan a mi espalda—. ¿O con cualquier hombre?

—Trevor Scott —reconozco la voz—, no pensé que tu estadía en Colombia fuera tan corta.

Me abraza. Al igual que Luisa y Harry, Trevor viene de Phoenix. Él es sargento en la tropa de Thompson, ingresamos al mismo tiempo, y fue novio de mi amiga un año. Todo acabó cuando lo encontró durmiendo con otra chica.

—Fue corta, pero satisfactoria —suspira—. Las colombianas son muy sexis...

—Ya lo creo. Me imagino que dejaste coños y corazones rotos.

Se ríe.

—Cuéntame. —Me rodea los hombros con el brazo—. ¿Qué hay de la vida de Luisa?

—Nada que no sepas.

—Escuché que se casará en Santorini.

—Simon es de allí. —Me encojo de hombros—. ¿Envidia porque se casará con un griego que tal vez sea descendiente de Hércules?

—¡No! —Ríe—. Tengo muy en claro que todo este espectáculo es para llenar el vacío que causó nuestra separación.

Si Luisa lo escuchara, le estamparía la cara contra el pavimento. Después de jurar estar enamorada de su novio de cabello rubio y ojos castaños, terminó odiándolo a morir.

Me invita a un café y lo acompaño mientras el móvil no deja de vibrar con llamadas de Bratt; lo dejo de lado, estoy poniéndome al día con mi amigo.

—Dile que te deje respirar —se burla Scott mirando la pantalla iluminada con el nombre de mi novio.

—No empieces. —Me levanto. Tanta insistencia me estresa.

—Hay cosas que no cambian. ¿Cierto?

—Te veo luego.

Me voy, no me gusta que empiece a sacarme en cara las actitudes de Bratt. Mi novio continúa llamándome por el móvil hasta que decido atenderlo cuando llego a mi habitación.

—Hola —lo saludo.

—Hola, cariño —contesta—. ¿Qué haces?

—Me preparo para irme a dormir, ¿y tú?

—Saldré con los chicos al bar, es viernes. Ya organicé a los de relevo y nos apetece una cerveza. —Se escucha el sonido del viento—. Te estuve llamando en la tarde y no me contestaste.

—Fui con Trevor por un café. Se me fue la tarde charlando con él.

—Tú, él… ¿y quién más? —pregunta con tono agrio. Presiento, por su voz, que se avecina una escena de celos.

—Solo los dos.

—Te he dicho que no me gusta que estés a solas con él.

Brenda entra sin golpear a la puerta.

—¡Buenas noches! —Trae un gorro de fiesta en la cabeza—. ¡Es viernes de baile, música y licor!

—Estoy ocupada —le expreso molesta.

—¿Hablando con tu novio? —Hace un gesto de fastidio con los ojos—. ¡Cuelga! Tienes media hora para arreglarte.

—¡Rachel, sigo aquí! —replica Bratt.

—No quiero salir. —Intento sacarla—. Diviértanse sin mí.

—Iremos todos, queremos celebrar la llegada de Trevor.

—Bratt, ¿te puedo llamar luego? —Vuelvo al teléfono.

—¡No! —ruge—. Y tampoco saldrás si no estoy. Conozco a Trevor y sé lo impertinente que es.

—No me iré hasta que no estés lista —insiste Brenda soplando un estúpido silbato.

—¡¿Qué esperas? ¡Dile que no irás!

Decirle que no a Brenda es desatar la furia del demonio de la molestia, pero llevarle la contraria a Bratt es invocar a Satán.

—¡Brenda! —Tapo el micrófono del móvil—. Espérame abajo, estaré lista dentro de veinte minutos.

—¿Lo prometes? —pregunta risueña.

—Solo déjame tranquilizar a Bratt.

—Ok, te estaré esperando.

—¡¿Y?! —pregunta Bratt enojado.

—No iré a ningún lado.

Me quito la ropa que tengo puesta mientras hablo con mi novio.

—Eso espero, no quiero que me desobedezcas —suspira—. No duermo cuando sales sola.

—No iba a ir sola, iba a salir con mis amigos.

—No voy a entrar en discusión contigo. Vete a dormir, te llamaré mañana.

—Diviértete —le deseo antes de colgar.

—Te amo.

—Yo también.

Saco mi pijama del armario. Tanto su sobreprotección como sus impulsos de controlador me dan jaqueca.

—No creo que ese pijama se vea bien en la disco —dice Brenda recostada en el umbral.

—Prefiero no ir… —le voy explicando las razones de mi decisión mientras me pongo la ropa de dormir y me meto en la cama—. Sabes cómo se pone Bratt —finalizo.

—¡Que se *cojan* a Bratt!

—No quiero discusiones.

—No lo sabrá. —Me saca de la cama—. Si dejas que te dé órdenes, terminarás siendo una esposa manipulada por su marido. No sabemos cuándo nos van a enviar al culo del mundo y hay que aprovechar.

Rebusca entre mis cosas y saca un vestido.

—Ponte este. —Me lo arroja a la cara.

—Dije que no iré. —Echo la prenda a un lado.

—Bien, entonces me quedaré aquí soplando este silbato.

Se acuesta a mi lado armando una algarabía.

—¡Ok, ok, iré! —Me doy por vencida soltando a reír. Sé lo molesta que puede llegar a ser cuando quiere algo.

Harry, Irina, y Scott están en el estacionamiento cuando mi amiga y yo llegamos. «¡Es viernes!», como bien lo dicen todos, y los soldados de la Élite solemos tomarnos el fin de semana como descanso cada vez que podemos. Siempre y cuando el comando no se oponga. Somos responsables, sabemos cuándo debemos quedarnos. La disciplina es como una recompensa, ya que para ser soldados destacados hemos tenido que arriesgarnos en misiones de meses que nos ocupan veinticuatro siete. No todos pertenecen a la Élite, el general o coronel a cargo es el que define qué soldado puede pertenecer a dicho grupo, el cual cuenta con ciertos privilegios, como el pago, las salidas, el contar con dormitorio propio y no compartido, lo último es un privilegio del cargo de sargento en adelante.

—La belleza siempre se hace esperar —se queja Irina.

—Agradece que vino —comenta Brenda—. Lewis se puso fastidioso.

—¡La noche es joven y el Boujis nos espera! —anuncia Trevor—. Luisa, Irina y Rachel vendrán conmigo —nos dice.

—¡Ni lo sueñes! —bufa Luisa abordando el auto de Harry.

—¡Solo quería ser amable! —expresa Trevor con cara de víctima.

Sigo a mi amiga. La noche está fría y lluviosa, así que aumentamos la calefacción del auto.

—¿Quién carajos camina a esta hora bajo la lluvia? —Brenda señala la ventana.

Una sombra encorvada deambula bajo el agua, trae una capota en la cabeza y sus hombros se alzan presos del frío. Reconozco los zapatos de anciana.

—¡Laurens! —bajo la ventanilla y abro la puerta.

El frío me pone la piel de gallina, es imposible caminar con esta temperatura sin sufrir una hipotermia.

—¿Qué haces por aquí?

—Mi auto se averió —le tiembla la barbilla—. Debo caminar hasta la carretera, a lo mejor alguien puede llevarme hasta la ciudad.

—La carretera está desierta a esta hora, lo mejor es pedir un taxi.

Baja la mirada.

—No tengo dinero.

Solo cuando vemos personas más desdichadas que nosotros aprendemos a valorar lo que tenemos. Laurens no tiene mucha suerte en la vida, todo el mundo la evita. Tiene problemas económicos, debe mantener a su familia y, para colmo, tiene que soportar al peor jefe del mundo. Yo no tengo que preocuparme por nada de eso; sin embargo, me la paso triste, afligida y frustrada por algo que ya pasó.

—Ven, te llevaremos a la ciudad.

Luisa se corre para que Laurens pueda acomodarse, la ciudad de Londres se mantiene despierta los viernes por la noche. Los autoservicios y los restaurantes cierran a medianoche mientras que las discotecas siguen abiertas hasta el amanecer.

—Pueden dejarme cerca de la estación del metro —sugiere la secretaria.

Laurens se baja alisándose la falda y no juzgo su vestimenta ahora que sé que no se viste mejor por falta de voluntad, sino por falta de dinero.

—¿Adónde irán?

—Al Boujis por unos tragos.

—Una de las mejores discotecas de la ciudad. —Sonríe—. Leí en el periódico que un DJ importante se presentará hoy.

Las bocinas de los taxis, que están detrás de nosotros, empiezan a sonar estruendosamente pidiéndonos que nos apartemos de su camino.

—Estamos deteniendo el tráfico —dice Laurens avergonzada—. ¡Diviértanse! —se despide.

—¿Quieres venir? —le pregunto a la desdichada secretaria segundos antes de que se marche.

Brenda me mira como si hubiese perdido la cabeza.

—No quiero arruinar su noche de amigos y tengo que trabajar mañana —se excusa.

—No arruinarás nada —habla Harry—. Acompáñanos, te llevaremos a tu casa cuando acabemos.

Por eso lo amo, es como yo en muchas cosas.

—¡Anda! —insiste Luisa—. Sube, te invitaremos.

Laurens acepta acompañarnos y no puede disimular el entusiasmo a la hora de abordar nuevamente el auto.

El aire de la discoteca es una mezcla de los años ochenta y la época actual. Vibra al ritmo de Sia con la canción *Cheap Thrills*. Nos ubicamos en una mesa cerca de la barra donde Irina ya está con Trevor.

—¿Quién trajo a esta? —masculla Irina, refiriéndose a la secretaria.

Ignoro el tonto comentario. Trevor le abre espacio a Luisa, pero ella no le pone atención y se sienta junto a mí. Tal desplante hiere a su ex novio de manera evidente.

—¿Simon sabe que estás aquí? —le pregunto.

—Sí, pero no sabe que estoy con Trevor. —Llama al mesero—. ¿Qué hay de Bratt?

—Ya lo conoces. —Me encojo de hombros.

Empezamos con una botella de Jack Daniel's junto con una ronda de cócteles.

Le insisto a Laurens para que se ponga cómoda quitándose la chaqueta. Irina ve de arriba abajo el atuendo que lleva la secretaria. El DJ pone a bailar a todo el mundo con la canción *Boom Boom Pow* de los Black Eyed Peas. Entro en ambiente arrastrando a Luisa y Laurens a la pista de baile. La secretaria se ve tensa y la animo a que se relaje.

Irina se está burlando en la mesa y empiezo a perder la paciencia.

—Suelta el cuerpo —sugiero—. Deja que el ritmo te envuelva.

—Es difícil cuando no se sabe bailar.

—Solo diviértete —le pide Luisa—. Si lo disfrutas, el resto vale.

Se ríe e intenta imitar mis movimientos, Brenda se une al baile. Cuatro horas después estoy cansada, ebria, mareada y sudorosa disfrutando de la noche con mis amigos.

—¡Todos sonrían! —pide Irina preparando el móvil para tomar una selfi.

—Ten en cuenta que cuando Bratt está aquí, no podemos hacer esto, así que aprovecha. —Luisa me da un cóctel, que empino.

Es cierto, los Lewis no son de andar en discotecas y, por ende, juzgan al que lo hace. El DJ está poniendo música de cachondeo mezclada con puterío.

—¡Bailemos! —Scott se lleva a Laurens.

—¡Mejor déjala! —le grito a Trevor, pero no me escucha.

No quiero que siga siendo la burla de la discoteca. El alcohol alivianó el peso de la culpa. De haber sabido que la solución era embriagarme hubiese optado por esto cuando llegué de Brasil.

¡Error! Recordar Brasil es recordar al coronel y eso me mueve el piso.

Dejo caer la cabeza en el espaldar de la silla con las notas de Faded avasallando mis oídos. Todo me da vueltas, cierro los ojos y lo único que evoco es mi noche en la selva amazónica. ¡Mierda! Los jadeos carnales y mi cuerpo sobre el suyo balanceando las caderas mientras sus dedos se enterraban en mis glúteos… La entrepierna se me enciende empapándome en el acto. El sexo con mi novio no es así, me gustaba cómo era, pero ahora no paro de pensar en las embestidas, los arañazos y los mordiscos de este hijo de puta.

—Ya vuelvo —le aviso a Luisa.

El mareo me obliga a levantarme por algo que me baje el nivel de alcohol. Miro el móvil, tengo diez llamadas perdidas de Bratt. ¡Joder! Lo guardo, ya que no es el lugar ni el momento para iniciar una discusión. Me tambaleo cuando suelto la mesa, estoy demasiado ebria. Aliso el vestido, ebria o no, no puedo perder el estilo. Apoyo los codos en la barra llamando al chico, pido la bebida burbujeante que necesito y espero a que me lo prepare. Estoy acalorada, tomo una bocanada de aire sintiendo la piel en llamas, parece que la temperatura se elevó de un momento a otro. Me recojo el cabello moviéndome al ritmo de las notas musicales. Soy melómana; además, me encanta bailar. Paco Rabanne asalta mi olfato. Me quedo paralizada. Es el mismo aroma del restaurante, la misma fragancia que me abrazó mientras caía a la selva amazónica, la misma esencia que se quedó impregnada en mi piel la noche de…

Abro los ojos y lo veo a pocos metros con dos hombres que me desvisten con la mirada. Él está irresistible: vestido de negro, como siempre, y con una camisa que resalta su musculoso torso. Pese a no llevar el uniforme, sigue emanando autoridad. Una rubia despampanante se le acerca tocándolo antes de besarlo, beso que él no niega, sino que, por el contrario, acepta gustoso.

¿Y Sabrina? ¡Se supone que es un hombre casado!

Bebo lo que me sirven, a duras penas alcanzo a dejar el vaso sobre la barra, justo cuando Trevor me toma de la mano devolviéndome a la pista. Me dejo llevar por mi amigo moviéndome como lo demanda el ritmo. La pista no está lejos de la barra. Siento un par de ojos grises sobre mí cada vez que contoneo las caderas. ¿Por qué estoy tan caliente? El ambiente me acorrala mientras mi amigo pasea las manos por mi cuerpo adaptándose a mis movimientos. Me voltea dejándome el culo contra su entrepierna, bajo y subo gozando el remix con Sean Paul. Cuando se es amigo de la niñez este tipo de confianza es de lo más normal; además, Scott nunca me ha inspirado ni un mal pensamiento, de hecho, lo veo como una amiga más.

—¡¿Qué haces?! —Luisa me toma del brazo—. Estás dando un espectáculo.

Reacciono notando al centenar de hombres que me miran con ganas, mientras mi amiga me lleva a la mesa despotricando en contra de los mirones que no disimulan.

—Cielo, ¿estás celosa? —se burla Trevor.

—¡Cállate! —le grita ella.

Harry y Brenda están discutiendo. Irina sigue burlándose de Laurens consiguiendo que Luisa comience a pelear con ella, mientras la secretaria mantiene la mirada baja. Para Irina es *broma*. *Broma* que no le causa gracia a nadie.

Me dirijo al baño y en el ínterin me surgen unas ganas incontrolables de vomitar. Entro a uno de los cubículos vaciando en el retrete hasta lo que no comí. De la nada oigo algo extraño… Un jadeo, jadeos que crecen…

—¡Ah! —Oigo.

Los jadeos se convierten en gemidos descontrolados que me ponen de pie. Para mí es bastante raro escuchar esos sonidos de alguien que no sea mi compañera de apartamento. La tanda de jadeos sube, me quedo quieta escuchando todo. Salgo del cubículo, me tomo unos minutos frente al espejo, lavo mi boca, refresco mi cuello en un intento de aliviar el calor que me abrasa. Intento que el mareo cese; sin embargo, empeora cuando abren la puerta de los gemidos. Christopher sale como si nada, se acerca al espejo, lava sus manos y no entiendo por qué lo miro con rabia.

—¿Qué? —pregunta molesto—. ¿Nunca habías escuchado a dos personas cogiendo?

Aparto la cara tragando grueso y se va mientras la rubia sale acomodándose el vestido.

—Polvos que valen la pena —comenta retocándose el maquillaje.

Me la imagino con la cara estampada contra el vidrio. No entiendo el motivo de tanta molestia, a mí debe valerme un reverendo pepino lo que hagan otros. Salgo en busca de mis cosas. Brenda ya se reconcilió con Harry, Irina está sentada sobre las piernas de un nuevo ligue y Scott le está enseñando a bailar a Laurens.

—Vámonos —le digo a Luisa.

—Iré por la secretaria. —Se cuelga el bolso en el hombro.

Veo a Christopher en la mesa con los dos sujetos que lo acompañan y con una mujer en cada pierna; una pelirroja y una morena. ¡Gilipollas!

—Trevor la llevará. —Luisa se devuelve.

Salimos en busca de un taxi mientras miro el móvil. Son las cinco de la mañana, tengo un mensaje y veinte llamadas de Bratt.

Abro el mensaje. Es la foto que tomó Irina con un «¿Qué demonios significa esto?». Arrojo el móvil en el bolso. En vez de estar preocupada por los celos de mi novio, estoy celosa por las acciones de su mejor amigo. ¿Qué diablos me pasa?

Llegamos a casa, se encierra en su alcoba y yo en la mía. Me deshago de los zapatos, el vestido y me lanzo a la cama. Presiento que mi rabia es porque me hubiese encantado ser la chica de la discoteca. Bajo las manos por mi abdomen y no me sorprende encontrar mi vagina muy lubricada. Trago saliva, siento cómo se me eriza la piel cuando toco la punta de mi clítoris, moviendo los dedos, evocando lo que no he podido olvidar. La respiración se me agita al entreabrir mis pliegues en busca de un toque más profundo. Introduzco un dedo, luego dos y hasta tres imaginando que él me está montando, que lo tengo encima mientras está lamiendo y chupando mis pechos como lo hizo aquella noche.

«¡No estuvo bien, Rachel!», me digo, porque lo sé. Sé que no estuvo bien. Y, pese a ello, me estoy tocando con placer y mi culpa crece. Mis oídos atraen los quejidos guturales que soltaba con cada embestida, en tanto mis ojos proyectan lo que sentí cuando vi su cuerpo sobre el mío. Estaba tan duro y la descarga fue tan deliciosa… Abro las piernas dejando que la humedad me empape los dedos, alterno los movimientos entre mi clítoris y mi vagina, que no para de empaparse con cada jadeo. Clavo los pies en la cama acallando lo que me surge en la garganta, la adrenalina me toma y con ello la paz que te permite este tipo de momento.

Abrazo la almohada volviéndome un ovillo en la cama y aceptando que me acabo de masturbar pensando en Christopher Morgan.

Mi mañana del lunes comenzó llena de estrés y frustración. Hoy más que nunca quiero arrojarme por la ventana del último piso. El fin de semana estuvo pésimo. Discutí con Bratt, peleé con mi vecina y no he podido sacarme a Christopher de la cabeza. Si antes tenía el remordimiento de haberme acostado con él, ahora también tengo que lidiar con la idea de que me atrae mucho más de lo que pensaba. Llevo cinco años con mi novio, nunca me toqué pensando en él y eso me pone peor. Los celos de Bratt me causan fastidio. Armó un show porque salí con mis amigos y no quiere responder mis llamadas. Tampoco es que tenga palabras para calmar su ira, ni falta que hace: los celos son lo peor.

El día transcurre. A lo largo de la mañana los capitanes que están afuera me informan sobre sus avances y dicha información se la paso a Parker, ya que es su tarea ahora. Sigo con los pendientes que tengo hasta que Irina llega con Trevor.

—Brenda me comentó que estabas molesta y pido perdón por haber sido una estúpida con la mamarracha que llevaste a la discoteca —se disculpa Irina.

—No le digas así —la regaño—. Es una persona, por lo tanto, merece respeto.

—Hablando del rey de Roma... —tose Scott.

Laurens llega corriendo y agitada.

Parece más vieja que nunca con un vestido de cuadros rojos por debajo de la rodilla, tiene el cabello recogido en un moño inglés y trae los mismos zapatos de abuela de siempre. Algo resalta en su cara. ¿Brillo labial?

—Buenos días, teniente —me saluda.

Le sonrío.

—Sargento Scott, sargento Vargas —saluda a los otros.

Scott la mira sonriéndole con coquetería y ella no sabe cómo actuar.

—El... coronel... quiere... verla... —empieza a tartamudear.

—¿Ahora? Tengo que ocuparme de la tropa de Parker.

—Solicitó su presencia de forma inmediata y, para serle sincera, sonaba bastante molesto.

—Voy dentro de un segundo.

Se acomoda los lentes antes de marcharse.

—Adiós —le dice a Scott.

Voltea tropezando con el escritorio de Harry. Mi amigo la mira con cara de «¿qué diablos te pasa?» mientras ella alza la mano despidiéndose de Scott.

—Lo que sea que pretendas, déjalo —le advierto a Scott—. No quiero destrozarte la cara a punta de puños.

—¿Qué? Nunca he estado con una secretaria.

—Sigue así —le palmeo el hombro—. Por tu bien, sigue así.

Me apresuro a la oficina de Morgan, todavía me duele la cabeza por la resaca del viernes.

—¡No vuelvas a refutar mis órdenes y mucho menos a meterte con mi estructura laboral! —capto la voz del coronel desde el pasillo cuando grita y no hay que ser adivino para saber lo que me espera.

Intento regresar a mi sala.

—¡¿Dónde está Rachel?! —exclama Christopher.

—Dijo… que… ya… venía —oigo a Laurens responderle. Me devuelvo, ya que la puede insultar por mi culpa.

Me asomo con cuidado, Parker está inexpresivo frente al escritorio.

—Buenos días, mi coronel —me presento.

Me come con los ojos. Lo veo y pienso que cabreado se torna más irresistible. Aparto el estúpido pensamiento pendejo dando un paso al frente.

—¡¿Puedo saber por qué incumplió mi orden?! —me grita.

Miro a Parker, quien no se inmuta en hablarme.

—¿A qué se refiere? No recuerdo haber incumplido nada.

—No finja que no sabe de qué hablo.

—Perdóneme, señor, pero no tengo la más mínima idea…

—¡Le di la orden de tenerme al tanto del paso a paso de los capitanes y no lo está haciendo!

«Lo que faltaba». Me molesto conmigo misma por haber sido tan confiada y haberme dejado timar por Parker.

—Se me informó de que iba a ser relevada de esa tarea —me defiendo—. El capitán Parker me aseguró que él sería el nuevo encargado.

Parker sigue sin decir nada. ¿No se supone que Morgan ya sabía?

—Capitán —le hablo—, lo único que hice fue seguir sus órdenes.

Levanta la cara metiéndose las manos en el bolsillo.

—Accedí porque fuiste a mi oficina quejándote de que tenías mucho trabajo —habla por primera vez Parker.

¡Hijo de la gran puta! Obviamente aquí la supremacía siempre daña al que tiene el menor rango.

—Las cosas no son así y lo sabe. —La ira se me sube a la cabeza—. ¡No mienta y asuma la responsabilidad de sus actos!

—¡No! Asume tú que fuiste de caprichosa a quejarte de tus responsabilidades.

Pero ¡qué hijo de perra!

—¡No mientas, mentiroso de mierda!

Las palabras salen sin poder detenerlas, al carajo que sea un capitán, ya veo por qué Bratt lo odia tanto.

—Te las pasas de aquí para allá dejando acumular el trabajo queriendo ser la soldado maravilla y no lo eres —se defiende Dominick—. Te haces la víctima, pides ayuda y luego lo niegas.

No pierdo el tiempo con el imbécil que tengo como capitán, simplemente me enfoco en el coronel.

—Señor, pensé que estaba al tanto de esto —explico.

—¡No le pedí que pensara! ¡Le pedí que cumpliera con lo que le solicité! Si no se sentía capaz de hacerlo, simplemente me lo hubiese hecho saber. No era necesario pasarle la pelota a alguien más.

Parker no se inmuta y Morgan lo encara.

—No sé qué ritmo de trabajo tenías antes, si mientes o no, pero ten claro que mis órdenes nadie las contradice —lo amenaza—. Antes de mover un dedo, primero me informas. ¿Está claro?

—Sí, mi coronel.

—¡Lárgate de aquí!

Sale de la oficina tropezando con Laurens, que está de rodillas en el piso recogiendo los papeles que tiraron. Al ver cómo trataron a Dominick, se apresura a recogerlos y los apila volviéndolos a dejar sobre el escritorio.

—¡Señorita Caistar! —Christopher pierde la paciencia—. No quiero esos papeles en mi escritorio, si los arrojé es porque no los quiero ver.

—Sí, señor. —Los recoge antes de salir corriendo.

—¡La próxima vez que le quede grande el trabajo, dígamelo! —Se me acerca—. Odio trabajar con ineptos que no son capaces de decir qué les molesta y qué no.

—No me queda grande nada y tampoco soy una perezosa —replico—. Parker me dio una orden, es mi superior y, por lo tanto, era mi obligación cumplir con lo que me pidió.

Acorta el espacio que nos separa; si antes temblaba ahora creo que voy a desmayarme.

—Mientras el capitán Thompson no esté, el único que le dará órdenes soy yo. ¿Lo capta?

—Sí —contesto con firmeza.

—Sí, ¿qué? —Siento su aliento mentolado, los labios me cosquillean ansiosos por tocarle la boca.

Mis senos rozan su torso y temo que perciba los latidos de mi corazón.

—Sí, mi coronel. Si no necesita más de mi presencia, solicito permiso para retirarme.

—Adelante —se aleja—, y sobra decir que la labor investigativa sigue siendo su responsabilidad.

Las tareas se me multiplican en un dos por tres: como teniente, no puedo dejar de lado el tener que preparar a otros soldados y entre esos a los que llegaron de Brasil.

A la mañana siguiente amanezco cansada, pues solo dormí dos horas. Tengo rabia con Parker. Ese asunto me tuvo dando vueltas en la cama y no me voy a quedar callada, le voy a decir sus verdades en la cara, así me sancionen.

Lo busqué ayer y no estuvo en el comando durante la tarde.

—Buenos días —saludo a mis colegas cuando entro a la sala de tenientes.

El día tiene algo bueno, alguien me ha dejado un *trifle* en el puesto.

—¿Un admirador secreto? —pregunta Harry—. Parece que lo trajeron desde Londres.

Leo la nota que dejaron.

—De parte de los soldados que entreno, les gusta lo que están aprendiendo —contesto.

—Se me olvidaba que aquí eres como la maestra miel. —Mete el dedo en el recipiente—. ¿Ya hablaste con Dominick?

—No me lo he encontrado.

—Lo acabo de ver en el pasillo.

Harry no ha terminado la frase cuando salgo deprisa a encarar a Parker. Lo encuentro al pie de la escalera y el cobarde se apresura a huir, subiendo rápido cuando me ve.

—Vete a trabajar, James —me ordena.

—Con el respeto que usted se merece, capitán, creo que debemos dejar ciertos puntos en claro antes de seguir trabajando juntos.

Me ignora obligándome a subir.

Tomo su brazo a mitad de la escalera y se vuelve hacia mí apartándose como si le diera asco mi tacto.

—Vete a trabajar —vuelve a ordenar.

—Primero, dígame qué problema tiene conmigo.

Christopher aparece arriba y baja rápido mirándome mal.

—¿Rogando por menos carga laboral? —pregunta molesto mientras baja.

—Claro que no, coronel —habla Dominick—. La teniente James solo quería preguntarme…

—Preguntar ¿qué? —lo corta—. ¿Acaso no le quedó claro que su jefe directo soy yo?

Siempre con su genio de mierda. ¿Qué desayuna? ¿Tarántulas y escorpiones?

—Largo de aquí —le dice al capitán e intento irme también, pero Morgan me sujeta.

Me suelta rápido cuando quedamos en el mismo escalón. «Parece que ahora le doy asco a todo el mundo», pienso.

—¿Qué demanda, mi coronel? —pregunto altiva.

—¿Cuál es el jodido problema con Parker? —interroga mirando mis labios.

—Nada, señor.

La llegada del general me da la excusa perfecta para no alargar el asunto.

—Pensé que ya estaba en la sala de juntas, coronel —comenta en el piso de arriba.

—Permiso para retirarme —solicito en medio de la distracción.

—Adelante —gruñe entre dientes.

Ocupo la mañana enseñando a los soldados, tal como se me exige, acabo con las clases de defensa personal avanzada y movilizo a mi grupo. Me dirijo a mi oficina y en el trayecto me avisan de que el general Lewis me está esperando en una de las salas. Las visitas del padre de Bratt no son muy comunes, normalmente viene solo cuando la entidad lo requiere.

—¡Rachel, querida! —me saluda.

Es mucho más bajo que Bratt y tiene el cabello cubierto de canas. Pidió la baja hace dos años, y de vez en cuando dicta conferencias sobre espionaje y tácticas de camuflaje. Era su especialidad cuando trabajaba aquí.

—Qué alegría verlo, señor Lewis —correspondo al abrazo que me da.

—Dime Joset, «señor Lewis» me hace sentir viejo.

—¿Cómo está Martha?

—De maravilla. —Mira su reloj—. El motivo de mi visita es para recordarte el paseo familiar que tendremos este año. Bratt no estará, pero queremos que nos acompañes.

Año tras año he sido invitada al dichoso paseo y cada año he puesto una excusa diferente, por el simple hecho de no querer soportar la horrible personalidad de Sabrina y su madre.

—No es un buen momento para paseos, estamos trabajando en un caso que…

—No voy a aceptar un no como respuesta —replica—. Prometiste que este año sí irías, Martha ya tiene todo listo.

—Acabo de llegar de vacaciones, no creo que al comando le guste…

—Estuviste en una misión en la que casi mueres, pertenezco al Consejo, así que yo me encargaré del comando, tú solo preocúpate por ir. Solo serán cuatro días en los que nos encantará compartir contigo.

—Tenga en cuenta que…

—No tendré en cuenta nada, Rachel. Tanto Martha como las gemelas están emocionadas porque prometiste que viajarías con nosotros. Tenemos un itinerario planeado.

Las gemelas son las sobrinas de la madre de Bratt, sus padres están divorciados y, por ello, viven con los Lewis.

—¿Adónde iremos este año? —pregunto dándome por vencida. He pospuesto esto durante años y es vergonzoso sacar otra excusa.

—¡Eso era lo que quería escuchar! —contesta emocionado—. Como el año anterior fuimos a Alaska, este año queremos sol, playa y arena, así que iremos a Hawái.

—Me gusta Hawái.

—No pagarás absolutamente nada, te invitaremos a todo.

—No quiero ser...

—Tampoco está en discusión, Rachel —me vuelve a interrumpir—. No confío en ti, presiento que sacarás excusas estúpidas.

—No esta vez. —Sonrío.

—Levanta la mano y prométeme que irás pase lo que pase, confiaré en tu palabra.

—Le prometo que iré —juro con la mano levantada.

—Al fin logro tener unas vacaciones con mi nuera. Hoy fue mi día de suerte. —Se levanta—. También logré convencer a Christopher de que nos acompañe.

Golpe bajo. Si lo hubiese mencionado antes, la respuesta hubiese sido un rotundo no.

No he empacado las maletas y ya estoy hiperventilando.

No podré soportarlos. Él y Sabrina juntos al mismo tiempo y en el mismo espacio. Será demasiada carga emocional. Siento que estoy a un minuto de volverme loca.

—Te veré dentro de una semana, querida. —Me da un beso en la frente dejándome pasmada, con ganas de devolverme a Phoenix, encerrarme en el sótano de mi casa y no volver a salir.

10

HAWÁI

Rachel (parte 1)

Amo la foto de Bratt y yo sentados en la playa de West Wittering envueltos en una toalla azul y admirando las estrellas, mientras la luna se esconde en el infinito. Lleva cinco días sin hablarme, me está doliendo su indiferencia. Son cinco años compartiendo —suspiro— donde hemos hablado noche tras noche, donde se repite un «te amo» en cada conversación. Tomo el móvil marcando el número de mi novio, repitiendo el mismo patrón de todos los días. El teléfono repica, sin embargo, no me contesta. Es lo que hace ahora, rechazar todas mis llamadas.

Nunca se había puesto así, nuestros disgustos tardan un día como máximo. Al final de la tarde, solemos bajar la bandera y arreglar nuestras diferencias. Ahora… ahora parece que nunca más volverá a hablarme.

Me pego el móvil en la oreja e intento una última vez. No quiero seguir así.

—Hola —responde, y siento que el alma me vuelve al cuerpo.

—Hola —balbuceo—. Pensé… que no… contestarías.

—No quería, pero temo que tu insistencia reviente mi buzón de mensajes.

Me olvido de lo que quería decir, tengo que pedir tantas disculpas que no sé por dónde empezar.

—Lo siento, ¿sí? No debí llevarte la contraria sabiendo que te molestaría.

—Tu arrepentimiento no borra la falla.

Apoyo la frente contra la pared, está actuando como su madre. Odio que tome esa faceta.

—No entiendo qué quieres decir con «la falla», solo salí con mis amigos, pero no quiero que discutamos más. —Tomo aire—. Te echo de menos.

Suspira al otro lado de la línea.

—También te extraño.

Tras hacer las paces con él, la semana pasa volando y el esperado viaje con la familia Lewis llega.

—No puedo creer que te vayas a Hawái sin mí —reclama Luisa mientras empaca mi maleta.

Mi cama es un revoltijo de ropa, maquillajes, bolsos y zapatos.

—No voy por mi gusto, tampoco es un viaje de placer.

—Estar en un hotel cinco estrellas con vista a una de las mejores playas del mundo ¿no es placentero para ti?

—Sabes a qué me refiero —apago el cigarro cerrando las puertas del balcón—. No es divertido convivir con los Lewis, a eso añádele que va a ir el coronel. Ya presiento las jaquecas, tortícolis y las pesadillas.

—Pesadillas con figura de bestia sexual —se burla—. Necesito ese tipo de pesadillas.

Entro a la ducha quedándome varios minutos bajo el agua tibia. El viaje no empieza y ya tengo nudos en la espalda. El vuelo es largo, así que opto por vaqueros anchos y una camiseta de algodón. Me recojo el cabello en un moño alto mientras calzo mis Converse.

—¿Qué es ese atuendo tan horrendo? —Coloca los brazos en jarras—. ¿Vas de viaje o a sacar la basura?

—Voy a un viaje familiar, quiero estar cómoda, así que ahórrate los comentarios.

Me mira con fastidio y resignación. Vuelve a la maleta.

—Me tomé la molestia de elegir tu guardarropa. Quiero que luzcas fabulosa en la playa. —Cierra la cremallera—. Envíame muchas fotos posando sexi.

—Lo usaré siempre y cuando no sea nada llamativo, quiero pasar desapercibida.

Los Lewis son extremadamente conservadores.

—Eso es imposible. —Me da una nalgada—. Eres una sensual ninfa de ojos azules, eso no se esconde ni se disimula.

Me entrega los lentes y el bolso de mano.

—Te acompaño al aeródromo.

—¿Y la cena con Simon?

—Todo está planeado. —Agarra la maleta—. ¿Bratt vendrá en los días de permiso?

Niego.

—Como no estaré, se quedará en Alemania.

El general les concedió tres días de permiso a los capitanes líderes de los operativos en las otras ciudades. Lulú está desparramada en el sofá comiendo Cheetos con Coca-Cola. Tiene el televisor a todo volumen y no para de maldecir a la pantalla.

—No me extrañes —me despido.

—¡Suerte con el viaje! —contesta Lulú sin apartar la vista del televisor—. ¡No dejes que la perra de tu cuñada amargue la estadía!

Charlo con Bratt durante el camino, ahora que hicimos las paces hablamos cada cinco minutos. Cuelgo mientras Luisa empieza con la típica advertencia «No quiero que te andes culpando de nada».

—Aeródromo —anuncia cuando llegamos.

—¡Ten cuidado con el auto! —le advierto—. No confío en ti tras el volante.

—¡Mujer de poca fe!

Me acompaña adentro. Los Lewis están hablando con el piloto, y las gemelas, primas de Bratt, se me vienen encima dándome un beso antes de saludar a Luisa.

—La última vez que las vi eran unas mocosas —bromea mi amiga—. ¿Ya se liaron algún chico?

Le clavo el codo en las costillas: los Lewis están a pocos metros. Estoy segura de que no quieren saber sobre la vida amorosa de sus sobrinas.

—Los chicos de la academia son unos idiotas —dice Mia decepcionada.

—Antes del príncipe toca besar unos cuantos sapos. —Guiña un ojo—. Rachel y yo tuvimos que esperar hasta estar en el comando.

—Muero por estar ahí —comenta Zoe—. ¿Y Simon cómo está?

—Viene en camino porque…

Luisa deja la frase a medias quedándose medio aturdida y no hay que ser adivina para saber a quién vio.

Volteo, Christopher viene con el asa de una maleta en la mano. Reitero que, estando de civil o no, luce siempre increíble. Trae lentes, vaqueros y una playera gris. Las placas del ejército relucen en su pecho.

—Tienes que irte —le digo a mi amiga deseando que disimule la expresión en su rostro.

—Diviértanse —se despide.

—Ten cuidado con el auto. —Busco un tema de distracción.

—Júrame que le tomarás una foto sin ropa —pide entre dientes cuando me abraza.

La aparto con una sonrisa mal disimulada, no me veo tomando fotos como una psicótica obsesionada.

—Júramelo —insiste.

—Vete a casa —digo sin dejar de sonreír.

Abordo el jet de los Lewis, Sabrina es la última en abordar y yo me acomodo a ver películas de vampiros con las gemelas. El viaje es largo. Honolulú nos recibe con dos limusinas en la pista privada donde aterrizó el jet.

Christopher me golpea con el hombro al pasar a mi lado y aborda el primer vehículo.

—Pensé que las damas entraban primero —se queja Mia.

—Buenas noches, señor Morgan —lo saluda el chofer.

No contesta ni se molesta en ayudar a Sabrina con la maleta, simplemente ignora a todo el mundo abordando el vehículo seguido de su esposa y sus suegros, mientras que yo abordo la segunda limusina con las gemelas. La estadía será en el Four Seasons y el hotel nos da la bienvenida con piña colada. El lugar es asombroso, tiene un estilo victoriano con un amplio techo parecido al de las antiguas iglesias romanas, el mármol resplandece, en tanto el personal luce impecable con uniformes sobrios y elegantes.

—¡Cuánto lujo! —Mia se pasea por el *lobby*.

—Como todo lo de mi marido —comenta Sabrina.

No sabía que estaba en el negocio hotelero.

—Técnicamente es de su madre. —Zoe limpia sus anteojos.

—Ella no quiere saber nada sobre el negocio turístico —alega Sabrina con el leve tono de «siempre tengo la razón»—. Christopher es hijo único y eso lo convierte en el dueño absoluto.

Espero en silencio mientras la familia se reúne y planea el itinerario del día siguiente. El coronel no es partícipe de la reunión, se va a la oficina administrativa demorando en salir. Joset intenta que me integre y opine. Por mi parte, prefiero asentir a todo lo que dicen, no quiero interferir en lo que quieren hacer. Morgan vuelve a salir, no se ve de buen humor. El único gesto humano que le veo es un leve coqueteo con una huésped que lo tropieza de forma intencional.

¡Pendejo!

—Sus llaves —anuncia y todos se acercan—. Mia y Zoe, habitación 1012; Joset y Martha, 1014; Sabrina, 1010.

—Pensé que nos hospedaríamos en la suite presidencial —protesta Sabrina.

—Está ocupada.

—Pero eres el dueño.

—¿Y? —Saca el tono arrogante—. Solo necesitas algo cómodo para dormir.

Se aparta y ella trata de disimular el enojo.

—Rachel, 1424.

—Gracias. —Recibo la llave.

Los botones se llevan el equipaje. Me arrojo a la cama cuando cruzo la alcoba, las sábanas me arrullan susurrando «Relájate». Lo hago. A duras penas consigo quitarme los zapatos antes de quedarme dormida a los pocos minutos.

Al día siguiente despierto radiante y descansada, como si ya no tuviera tanta carga. No tuve divagaciones eróticas; por el contrario, soñé con mi novio como en meses pasados. Martha me envió un mensaje avisando que desayunarán a las ocho, así que me visto con uno de los looks que me preparó Luisa; un vestido corto color blanco y sandalias bajas. Me trenzo el cabello y bajo a desayunar.

—Buenos días —saludo.

Todos menos Sabrina me sonríen. Las gemelas se ven radiantes con vestidos amarillos y trenzas africanas que se les pegan al cuero cabelludo.

—¿Qué tal tu noche, Rachel? —comenta Martha sin apartar la mirada del menú.

—Genial, el hotel es hermoso, ni hablar de la atención.

—Nos alegra que la estés pasando bien. —Joset me toma la mano—. Después del desayuno haremos un recorrido por la ciudad, el hotel nos ofreció un guía turístico.

El coronel, por suerte, no aparece en el desayuno y supongo que es el motivo del disgusto de Sabrina, que no pronuncia palabra alguna.

—¿Christopher no viene? —pregunta Zoe antes de partir con el guía.

—Tiene trabajo que hacer —responde Sabrina molesta.

—¿Trabajo que hacer? —se burla Mia—. Estamos en Hawái. ¿Quién diablos trabaja en vacaciones?

—Para él no son vacaciones, tiene meses sin venir, por ende, tiene que ponerse al tanto de todo.

—Me duele verte tan engañada. —Mia le coloca la mano en el hombro—. No está aquí porque simplemente no le interesa compartir con nosotros.

—Guarda silencio —le responde a la gemela fijando los ojos en mí, como si le molestara que toquen esos temas en mi presencia.

—¿Por qué? —replica Mia—. ¿Te molesta que piense que lo que tu esposo tiene de guapo lo tiene de amargado?

—¡Basta! —interviene Joset—. No voy a permitir que una estúpida pelea dañe las vacaciones familiares, suban ya. No quiero escuchar comentarios ofensivos.

Abordan el vehículo sin hablarse. El primer punto del recorrido es el acuario, luego continuamos por el palacio Lolani, sitio histórico nacional que se encuentra en el centro de Honolulú. Solía ser la residencia de la monarquía hawaiana. Desde allí vamos al jardín botánico Foster. No la paso mal, le envié fotos a mi hermana menor, con la que hablo todos los días. Almorzamos en un acogedor restaurante a la orilla de la playa que sirve comida típica de la región. Charlo con mi madre mientras nos llevan de vuelta al hotel, está feliz porque Sam le dijo a mi padre que quería estudiar Medicina.

—Rick se enojó por la decisión de Sam —cuenta mi madre al otro lado de la línea y luego con un suspiro de alivio continúa—: Pero ya se le pasó y justo ahora están rellenando el formulario de ingreso a la facultad.

Me alegro por ella.

—Aunque no creo que la paz dure mucho —sigue mamá—. Emma reprobó una asignatura en la academia.

¡No me contó eso! Le aseguro a mamá que hablaré con ella cuando tenga tiempo. Emma ama patinar y en ocasiones suele descuidar la milicia por eso. Finalmente, me despido de mamá. El atardecer cae sobre la carretera, llegamos al hotel y acordamos vernos a las ocho para cenar. A la hora estipulada estoy lista para bajar con un vestido corto color coral de manga tres cuartos y escote en V. Calzo mis tacones plateados y me dejo el cabello suelto. En el restaurante están todos menos el coronel. «¡Bien!», digo para mis adentros. Mi tranquilidad de hoy tal vez se deba a que no he recibido mi dosis diaria de ataques cardíacos. El camarero me ubica al lado de Sabrina, que se ve hermosa: trae un vestido *strapless* color oliva, en la mano izquierda le brilla un brazalete de perlas a juego con su gargantilla y pendientes.

Admiro su belleza y la habilidad de verse siempre elegante.

—Al fin decidiste salir de tu madriguera —comenta Mia mirando por encima de mi cabeza.

Se me detiene el pulso, se acaba la paz y me veo cayendo de cabeza al hoyo negro.

—Tenía trabajo que hacer —responde una voz a mi espalda.

Percibo su aroma y... bragas mojadas en tres, dos, uno.

Me levanto sin apartar la mirada del plato y tomo asiento en el puesto siguiente para que se siente al lado de su esposa.

Luisa mataría por una foto así. Recién afeitado, vestido con pantalones negros, camisa azul marino y el cabello perfectamente arreglado.

—Planteamos la teoría de que eres un vampiro alérgico al sol y a la diversión. —Bromea Mia.

—Ajá, como que el calor aumenta tu sentido del humor —responde.

—Es un placer disfrutar de tu compañía, Christopher —expresa Martha con zalamería, aunque es ignorada por el coronel.

Disfrutamos de la cena mientras Sabrina chismorrea de los matrimonios fallidos de sus amigas; solo a su madre le importa, ya que su marido ni la determina. Me pregunto qué tan feliz es con la mentira en la que vive. No creo que nadie pueda sentirse bien en un matrimonio de apariencias, en el que ella intenta llamar su atención en todo momento mientras él actúa como si no existiera. ¿En qué momento la hizo feliz? A veces nos atamos la soga al cuello sin necesidad. Ella es hermosa, elegante, con clase y de buena familia. Cualquier hombre quedaría impactado con sus cualidades; sin embargo, verla aquí hablando mal y criticando a sus propias amigas le quita el encanto.

—¿Bratt y tú ya hablaron de matrimonio? —La pregunta me toma desprevenida.

Martha se tensa, toma un sorbo de vino sin dejar de mirarme. Se resignó a verme como la novia de su hijo, pero le aterra la idea de tenerme como su nuera para toda la vida. Cree que no soy digna de llevar el apellido Lewis.

—No —respondo—. Nunca hemos tocado el tema.

—Cinco años de relación y ¿aún no lo hablan? —continúa Sabrina—. Pensé que estaban perdidamente enamorados.

—Están locos el uno por el otro —me defiende Zoe—. No necesitan casarse para ser felices.

—Tal vez Bratt piensa que todavía no es el momento —dice Martha—. Supongo que quiere asegurarse de que eres la indicada.

—Seguramente. —Le doy un sorbo a mi copa con agua.

—Mi hermano es muy apegado a la familia —habla Sabrina—. Sabe que es difícil aceptarte.

Concentro el enojo en mi tenedor. Van a empezar con los dardos cargados de superioridad, es el plato principal cada vez que ceno con ellas.

—Los norteamericanos no congenian bien con los ingleses —añade Martha—. La idea nos asusta.

—¿Qué hay de malo en los norteamericanos? —pregunto tranquila—. Que yo sepa no tenemos peste, ni nada parecido.

—No es peste, es la costumbre y el libertinaje que creen tener.

Un grupo de chicas estalla en aplausos en la mesa del centro mientras chocan sus copas armando una algarabía.

—*Happy birthday, Kathy!* —gritan. Norteamericanas.

—Ejemplos que hablan por sí solos —murmura Martha.

—Tengo entendido que sales a embriagarte con tus amigas —continúa Sabrina haciéndome sentir como si estuviera en un concurso de arpías para saber cuál humilla más.

—Sí, no hay nada de malo en que me guste divertirme.

—Estoy de acuerdo contigo —me apoya Mia—. Estamos en 2017, no en los años sesenta.

—La elegancia y la vulgaridad no van de la mano —murmura Sabrina entre dientes—. Por eso no tienes la altura que se requiere.

—No me interesa estarlo. —A diferencia de ella, hablo para que todos me escuchen—. Soy norteamericana, me gusta salir a divertirme con mis amigas, beber, fumar. Así nací, así me crie y no me importa cambiar nada de eso.

—¡No te enojes, querida! —dice Martha limpiándose con una servilleta.

—No estoy enojada. —Vuelvo a mi plato—. Estamos compartiendo opiniones y yo estoy dando la mía.

—Debes entender que no es fácil.

—¡Suficiente del tema! —interviene Joset enojado—. Si Bratt la ama y quiere casarse, bienvenida será.

—Tranquilo, señor Joset. —Las miro a las dos—. Reconozco que por esto no he querido hablar de matrimonio con Bratt. No quiero dejar mi vida para volverme una británica aburrida y amargada.

Mia se ahoga con la bebida mientras Martha y Sabrina me miran como la peor de las alimañas.

—Gracias por la velada.

Abandono el restaurante. Sabía que no era buena idea venir a fingir ser la nuera perfecta.

Me encamino al *lobby* lleno de turistas.

—¿Se le ofrece algo? —me pregunta uno de los botones.

—Un taxi, por favor. —Reviso mi efectivo.

—El servicio de transporte privado está a su disposición.

Habla a través de una radio y menos de un minuto después tengo una camioneta en la entrada.

—¿Adónde la llevo? —pregunta el conductor.

No es que sea alcohólica, pero necesito deshacerme de la frustración.

—Un bar.

—Conozco un lugar donde se presentan importantes artistas.

—Quiero un sitio común, nada de millonarios ni aristocracia.

Me mira con el ceño fruncido.

—Llévame a donde sales a divertirte.

El conductor abandona la lujosa zona y se adentra en un sector más popular.

—La calle está cerrada debido a la celebración del carnaval anual.

—Me quedo aquí. —Abro la puerta.

—¿Desea que la espere?

Niego y bajo del auto. El bullicio me perfora los oídos.

Me adentro en la multitud. Salsa, merengue y bachata predominan en el ambiente. Mujeres y hombres me ofrecen bebidas y alguna que otra sustancia alucinógena. Llego al final de la calle. Una enorme fogata ilumina la mitad de la playa mientras los nativos bailan tocando los tambores a su alrededor.

—¿Qué tomarás, hermosa? —me dice el hombre de la barra cuando entro a uno de los bares.

—Tequila. —Dejo la cartera.

Coloca el trago en la mesa.

Bebo el trago y le digo:

—Voy a necesitar toda la botella —le dejo claro—. ¿Puedo fumar aquí?

Asiente y desaparece.

Tomo trago tras trago dejando que el líquido caliente se deslice por mi garganta. No me equivoqué de sitio. El ambiente hace que olvide el rato desagradable, el aire carnavalesco me invita a bailar sentada en mi silla y observo encantada a las parejas que disfrutan.

—¿Bailas? —me pregunta un moreno moviendo los hombros al ritmo de la salsa.

Así de urgida debo de verme. La música está buena, pero…

—Soy gay —añade a la defensiva.

—Guárdame esto. —Le entrego la cartera al hombre de la barra.

No sé quién diablos es, pero ¿qué más da? Yo sé defenderme; por ello, integrarme con extraños no es un problema. Dejo que me lleve a la pista, Héctor Lavoe tiene a la gente sudando. Se asombra cuando tomo el ritmo rápido. Bailo desde los cuatro años. En la FEMF las mujeres como yo deben tener un talento creativo: unas cantan, otras tocan instrumentos musicales mientras que yo me fui por el lado de la danza.

—¿Qué haces aquí sola? —pregunta el moreno.

—No tenía con quien venir. —Me encojo de hombros.

—Puedes acompañarnos. —Señala su mesa—. Soy Víctor, somos dominicanos.

—Me llamo Rachel.

Bailamos tres canciones antes de que me presente a sus amigos. Pido que lleven la botella a la mesa. El grupo de personas me acoge como si fuera uno de ellos y me deleito embriagándome mientras bailo hasta que me duelen los pies.

A las dos de la mañana se retiran y me quedo en la barra.

—Un gusto conocerte —se despide Víctor.

—Gracias por el rato.

El calor es insoportable.

—¿Más tequila, muñequita?

—Por favor. —Saco un cigarro.

Reviso el móvil. Tengo tres llamadas perdidas de Luisa, una de mi madre y dos de Martha. ¿Para qué diablos me llama? ¿Para terminar de restregarme la poca clase que tengo?

—¿Quieres bailar? —me pregunta un hombre con la cabeza rapada repleto de sudor. La punta de una navaja se le asoma en el cinturón. Tiene la típica pinta de depredador sexual.

—Estoy cansada, pero gracias por el ofrecimiento.

—¡Te vi bailando con el maricón! —replica molesto—. No te hagas la difícil conmigo.

—No me hago la difícil, simplemente estoy cansada.

—La música está suave. —Aferra la mano en mi brazo.

—¡Dije que no! —Aplasto el cigarrillo en el cenicero.

De un tirón me saca del taburete.

—¡Di que sí!

—Déjala, Miguel —le advierte el hombre de la barra.

—¿Por qué? Esta muñeca está riquísima. —Me impregna de su sudor.

—¡Dije que no! —Lo empujo y cae sobre una mesa.

Aunque esté ebria tengo un entrenamiento de defensa personal de más de quince años.

Vuelvo a la barra mientras el hombre insiste tomándome otra vez, me preparo para golpearlo, pero antes de que pueda hacerlo, alguien le propina un puñetazo que lo deja tendido en el suelo.

—¡Lárgate! —Mis sentidos captan una voz que reconozco. Sé quién ha golpeado al hombre. Un torrente de emociones se desencadenan en mí. Mi estómago se vuelve un nudo.

No me atrevo a mirarlo. Fijo mi vista en el hombre golpeado, que se levanta y sale maldiciendo mientras el de la barra me pregunta si estoy bien. Asiento y pido otro trago.

«¡Que se largue!», ruego para mis adentros, pero sucede todo lo contrario, jala un taburete y también pide un trago.

Pasea los ojos por mi cuerpo empeorándome los nervios.

—¿Qué haces aquí? —pregunta.

—Bebiendo. —Trago mi tequila.

Me toma la barbilla obligándome a que lo mire. Sigue estando igual de perfecto que en el restaurante; de hecho, siempre está perfecto, con uniforme, elegante, de civil, desnudo… Podría andar en harapos y seguiría siendo el hombre más apetecible del mundo.

—No es un buen lugar para beber.

—¿Qué te importa? —Aparto la cara—. Tampoco es un buen lugar para el *coronel Morgan*.

Me sirvo otro trago.

—¿Y desde cuándo me das sugerencias? —Arrastro la lengua para hablar—. Ni siquiera te agrado.

—No hables de lo que no sabes. —Le da un sorbo a su whisky.

—No podría agradarte jamás. —Sonrío sin ganas—. Me acosté contigo siendo la novia de tu mejor amigo.

Deja el vaso sobre la mesa mirándome de arriba abajo. La piel se me enciende mientras la libido me avisa de que no fue un vistazo común.

—El tequila te suelta la lengua. —Da dos pasos hacia mí.

—¡No te me acerques! —le advierto con la mano levantada—. Estoy cabreada, ebria y llevo semanas soñando que me follas.

La música no está tan alta y el de la barra me mira como si hubiese perdido la cabeza. Soy una idiota. No medí el volumen de mi voz.

Espero que diga algo, pero como era previsible se devuelve a la barra dedicándome la ignorada del siglo.

No puedo creer lo estúpida que soy. Busco mi billetera.

Estoy mareada, tengo ganas de vomitar. Soltar la lengua y hablar como un loro es lo peor de estar en este estado. Mi otra yo —la infiel, por lo que veo— sale a luz diciendo disparates y estupideces. Pago y bebo el último trago preparándome para largarme.

—Yo te llevo. —Me toma del brazo. El contacto me quema, las emociones hacen estragos y mis piernas amenazan con dejar de sostenerme.

—No quiero ir al hotel.

—No era una pregunta. —Me aprieta aún más fuerte.

Me suelto y con rodillas temblorosas emprendo la huida sin mirar atrás. Mi corazón me pide a gritos que me devuelva. Mis pies dejan de funcionar cuando llego a la puerta… La verdad es que no quiero irme. Giro sobre mis tacones dispuesta a regresar. La voz de mi conciencia me grita: «¡¿Qué haces?!», pero ya es demasiado tarde, estoy caminando hacia él como si no tuviera autocontrol. Está de espalda contra la barra, intento razonar conmigo misma, pero mi raciocinio se dio de baja. Me aferro a su hombro encarándolo con valentía, sacando el descaro y el valor que no tengo estando sobria. Mi cerebro me advierte de mi relación con Bratt, pero el atractivo de este hombre me tiene demasiado mal.

Sin palabras ni explicaciones tomo su cuello y lo atraigo a mi boca, abriéndome paso entre sus labios. El contacto me enloquece mientras las bragas se me empapan y nuestras lenguas danzan al ritmo del beso. Lo peor es que no me toca ni me aparta, simplemente deja que lo devore y lo apriete contra mí. Los minutos se me hacen eternos y mis manos no se contienen, así que se pasean por su torso palpando la dureza de su pecho. La adrenalina me consume, mi cuerpo responde encendiendo un sinfín de mariposas que me cuesta controlar. No sé de dónde saco el razonamiento y la fuerza para apartarlo, pero finalizo el beso con un leve mordisco en su labio inferior.

Abro los ojos detallando la boca roja por el beso. Sigue serio; en cambio, yo siento que me he quitado parte del peso que me acompaña todas las noches.

—Lo… siento —es lo único que digo antes de irme.

No sé qué diablos me pasa. La brisa me tambalea cuando me sujeto de la puerta que da a la salida. ¡¿Cómo demonios pude ser tan descarada?!

El golpe de moral llega como el choque de una ola. Me siento fatal. Emprendo la huida lejos de él y de todo lo que me hace sentir. Para colmo, su fragancia me está causando una muerte lenta y difícil de asimilar.

¡Dios! Siento como si ardiera en fiebre. No me siento yo en ningún sentido estando así. Estoy inquieta, caliente y arrebatada. Camino rápido y me adentro en la playa desierta, poco a poco me envuelve la tranquilidad de estar lejos de la gente y del bullicio.

Bratt se merece alguien mejor. Sabrina y Martha tienen razón, no lo merezco.

Tiemblo cuando siento un leve tirón en mi cabello… Su aroma me abruma y me deja sin habla cuando sus manos tocan mi cuello.

—Me besas y luego te acojonas —me gruñe en la mejilla—. Tenga la amabilidad de explicarme a qué jugamos, teniente.

No contengo el jadeo que suelta mi garganta, el calor que emana es demasiado fuerte y su erección me está taladrando la espalda.

—Si quieres que follemos, solo dilo. No te pongas con juegos de niñata.

Baja las manos por mi pecho sacándome las tetas del vestido; sin sutilezas, las toma y las estruja como si fueran suyas.

Miro hacia todos lados asegurándome de que no haya nadie, pero no hay nada más que el sonido de las olas.

—Basta —intento razonar, pero mi entrepierna está aclamando otra cosa.

Pasa la boca por mi cuello robándome otro gemido.

—¡Déjame ir! —suplico.

Toma mi cintura volteándome de frente a él.

—Repítelo —exige a centímetros de mi boca.

Roza mis pezones erectos y de nuevo me cuelgo de su boca. Sabe tan bien que me cuesta entrar en razón y alejarlo. ¡Maldita sea! Es como un afrodisiaco que me pone la libido a doscientos por ciento.

Paso los brazos por encima de su nuca, caemos a la arena uno arriba del otro y no dudo en abrir las piernas ofreciéndole mi coño empapado. Se relame, no vacila a la hora de quitarme las bragas, a la vez que se prende de mis tetas lamiendo y saboreando sin ningún tipo de lástima. Pasa la lengua una y otra vez, mojándome más de lo que ya estoy, en tanto que su mano viaja a los pliegues de mi sexo y se empapa los dedos con mis fluidos. Se aleja un poco para soltar el pantalón y libera su miembro erecto. Lo sujeta paseándolo por mis partes. Se siente tan grande y grueso que me contoneo suplicando que acabe con la tortura.

—¡Ábrete más! —Hunde los dedos en mi entrada—. ¡Quiero meterla toda!

Obedezco mientras lo ubica en mi abertura. La primera embestida es dura y salvaje; se hunde muy rápido, robándome quejidos que se pierden en el eco de las olas. Este hombre es pura potencia. La erección me maltrata, pero me complace cada vez que sale y vuelve a entrar rozando los testículos en mi periné. Agarra mis pechos, los chupa, hunde sus manos en mi cadera y suelta leves gruñidos que se acompasan con las embestidas. Le chupeteo el cuello mientras trazo círculos con mi cintura, el orgasmo se acerca y tengo la necesidad de sentir su tibieza antes de soltarlo.

—¡Quiero sentirla! —le pido envolviendo los dedos en la tela de su camisa.

—¡¿Qué?! —pregunta con la respiración acelerada.

—Tu eyaculación.

Tensa la mandíbula tomándome del cuello.

—Demasiado pronto.

—No para mí. —Alzo la pelvis incentivándolo a que la suelte. Quiero repetir lo mismo que sentí en Brasil, ya que me estremeció el causarle aquella descarga.

Se le oscurecen los ojos mientras arremete con todo lo que tiene; sin embargo, no llega tan pronto. Embiste con estocadas certeras y besos feroces. Me aferro a sus brazos cuando presiento la llegada del orgasmo, el deseo me gana perdiéndome en llamas de inmenso placer. Me empapa y lo empapo cuando se corre en la entrada de mi sexo, antes de apartarse sudoroso y con la respiración agitada.

Lo volví a hacer y esta vez no tengo excusa para justificarme. Me gusta y ese gusto se debe a que me encanta cómo me toma, toca, muerde y besa. Apoyo los codos en la arena mientras me siento para desabrocharme las sandalias. Tengo que irme, no quiero hablar ni tener que mirarlo después de haber suplicado como una posesa para que se corriera dentro de mí. No tengo palabras que decir ni explicaciones que dar, solo me acomodo rápidamente el vestido y recojo mis zapatos.

—¿Qué haces?

No contesto, simplemente me voy sin mirar atrás.

—¡Rachel, espera! —grita a mi espalda.

Los sentimientos encontrados no me dejan razonar. Debo largarme del hotel, de Hawái y tal vez de Londres.

11

HAWÁI

Rachel (parte 2)

Mi móvil no para de sonar, me muevo a un lado buscándolo con los ojos cerrados. Se me va a explotar la cabeza, hasta los párpados me duelen. Logro ubicar el aparato, pero tarde, ya que la llamada muere en mi mano cuando intento contestar. Son las ocho de la mañana, el aire acondicionado está apagado, los rayos del sol mantienen la habitación ardiendo. Siento que tengo un yunque encima, me arden las plantas de los pies, estoy bañada de arena, mugrosa y con el vestido hecho un desastre.

En mi cabeza tengo retazos de imágenes: pelea con Sabrina y Martha, botellas de tequila, música, salsa, baile y mi beso con Christopher en el bar… No recuerdo nada más; sin embargo, a juzgar por mi apariencia tuve que pegarme una buena revolcada. Me levanto y me meto a la ducha. Tengo que tomar medidas y debo hacerlo ya. No puedo pensar con tanta jaqueca, en vez de idear no hago más que lamentarme. Mi cerebro se esfuerza por recordar y lo único que consigo son punzadas de dolor. Apesto a tequila y debo lavarme la boca dos veces. No recuerdo una mierda, pero mi instinto me dice que no hice cosas buenas. Saco mi ropa del clóset y preparo la maleta para irme. Ya he tenido suficiente de toda esta payasada. Un cúmulo de sentimientos se me atascan en el pecho de solo sopesar que debo romper con mi novio de toda la vida. ¡Son cinco putos años de relación! Eso no se tira a la basura así porque sí.

Arrojo la ropa de mala gana mientras me limpio las lágrimas con brusquedad. ¡Sí, me gusta su amigo! Pero no deseo acabar la relación con el hombre que quiero. Eso es lo que me pasa y es tonto ocultarlo. Tocan a la puerta, tomo aire tratando de pasar el dolor que tengo atragantado en la garganta. Abro sin saber de quién se trata.

Como cosa rara, meto la pata.

—¿Cómo amaneciste? —Es Martha Lewis con un atuendo playero.

—Bien. —Escondo la cara para que no note mi deplorable aspecto.

— ¿Dónde estabas anoche? Vine a buscarte y no te encontré.

—Fui al show de capoeira —miento.

—Te debo una disculpa…

—Descuida.

Observa la habitación y detiene los ojos en la maleta.

—¿Te irás?

Asiento.

—No quiero arruinar sus vacaciones…

—¡Oh, linda! —dice con exceso de dramatismo—. No pensé que nuestra discusión te afectaría tanto.

Si supiera que no es por la tonta discusión, sino porque no puedo estar al lado del yerno, que ya me he follado en más de una ocasión.

—Joset y Bratt no me perdonarán que te vayas por mi culpa.

—No es su culpa…

—Sé que Sabrina y yo fuimos duras anoche. —Se frota la sien—. Ambas estamos arrepentidas. Te ruego que aceptes mis disculpas.

—No tengo nada que disculpar, tampoco manejé la situación de buena manera —reconozco—. Por eso prefiero irme y evitar futuros altercados.

—Todo está listo. —Joset aparece en la puerta con bermudas y un sombrero de pescador.

—Rachel quiere irse —le suelta Martha.

—¡¿Qué?! ¡Eso jamás! —exclama—. Si te vas, tendrás que llevarme y mantenerme hasta que los otros regresen. Créeme que no es fácil lidiar con un exmilitar que come como un elefante.

—Señor Joset, por favor…

—«Por favor» nada, esto no tiene discusión. —Se acerca—. Linda, si llevo tantos años insistiendo en que nos acompañes es porque, en serio, te aprecio. Además, quiero pasar más tiempo con mi nuera.

Me entierra clavos en el corazón.

—Quédate —insiste Martha—. Queremos seguir disfrutando de tu compañía.

No sé qué responder, algo me dice que, si no huyo, no seré capaz de contener lo que se avecina.

—Iré a empacar mi maleta. —Joset se dirige a la puerta.

—Espere —lo detengo, conociéndolo sé que es capaz de marcharse arruinando las vacaciones que planearon con tantas ansias—. Está bien.

—Eso quería oír. —Se devuelve a darme un beso en la frente—. Le diré a la mucama que organice tu clóset.

—Alquilamos un toldo en la playa —añade Martha— y las gemelas rentarán un jet ski.

—Te esperamos allá. —Joset toma a su esposa de la mano—. Es el toldo número dieciocho.

—Okey. —Finjo sonreír.

—¡No tardes! —se despiden y se van.

¡Joder! Debería comentarle la situación a Luisa. Suelto el teléfono olvidándome de la idea, conociéndola seguro que me someterá a un interrogatorio de mil preguntas que no sé cómo responder. La mucama llega con el desayuno, que no pruebo. No tengo apetito y estoy tan mal por la resaca que me ducho otra vez, necesito sumergir la cabeza en agua fría para poder despejarme. ¿Qué diablos pasó? Quiero recordar, lo besé y me miró como si estuviera loca. ¿Y después? No tengo el más mínimo recuerdo.

Salgo a tomarme dos aspirinas con un energizante, la mucama está cambiando las sábanas de la cama y busco un traje de baño decente, pero la búsqueda no arroja buenos resultados, ya que solo hay biquinis de dos piezas con muy poca tela y provocadores. Uso este tipo de cosas cuando voy de vacaciones con Bratt, no con mis suegros. Sé que empaqué uno recatado, lo compré para la maldita ocasión. Me atrevería a jurar que Luisa lo sacó para que no lo usara. Saco uno al azar. No tiene sentido buscar algo lo suficientemente decente… ¡porque no lo hay! El biquini rojo de dos piezas tapa solo lo necesario, no me veo para nada decente en él. Vuelvo a rebuscar y obtengo el mismo resultado: no hay nada que sirva. La tienda de playa está a veinte minutos del hotel, el sol está horrible para ir andando y no creo que la resaca me deje avanzar mucho. Empaco una toalla, mi billetera, lentes de sol, bronceador y un sombrero a juego con el biquini. Me pongo unos shorts y me preparo para bajar.

¿Qué más da? Supongo que no seré la única con traje de dos piezas.

La playa está llena de millonarios que toman el sol mientras beben champaña. Ubico el toldo estilo marroquí de los Lewis.

—Las gemelas están preguntando por ti —comenta Martha cuando me ve.

El sitio parece el lugar de descanso de un sultán. Hay sillas playeras, telas blancas ondeadas por el aire, además de una mesa estilo bufé con comida y bebidas.

—¿Dónde están?

—Fueron por los jets ski —contesta Joset—. Ponte cómoda mientras llegan.

—¿Limonada? —El camarero me acerca una bandeja de plata.

—Gracias. —Recibo la bebida mientras me dejo caer sobre una tumbona. Sabrina está una más adelante y dejo una silla vacía entre ella y yo para evitar altercados.

Está leyendo un libro que se titula *Inteligencia emocional*. Luce un traje de baño negro de una sola pieza y tiene la cabeza adornada con un enorme sombrero del mismo color.

Me mira por encima de las gafas cuando me desprendo del short.

—Sobreexponerse al sol es perjudicial para la piel. —Baja el libro.

—Eso dicen —busco el bronceador y las gafas de sol—, pero no tiene sentido venir a la playa y no disfrutar de él.

Se quita los lentes clavándome los ojos. La ignoro, no tengo las facultades morales para mirarla a la cara.

—Lamento lo de anoche.

—No importa. —Me coloco los lentes antes de esparcir el bronceador en mis piernas—. También fui grosera.

—Sí.

—Lo importante es no arruinar las vacaciones familiares —corto el tema.

—Tienes toda la razón. —Vuelve a enfocarse en el libro.

Hay que tener las agallas suficientes para acostarse con el marido de tu cuñada. Y tener esas mismas agallas para venir aquí con tus suegros como quien no tiene la más mínima idea del asunto. Si viviera en la era victoriana, me arrojaría a la hoguera por ramera. ¿Qué diría mi madre? No, ella no diría nada, solo me despellejaría viva. No termino de aplicarme el bronceador cuando mis ojos captan al maravilloso ser perfecto que surge del mar.

«¡Dios! ¿Por qué me haces esto?».

Se me seca la boca, tenso los músculos, mis ojos se niegan a apartar la vista del cuerpo escultural que acaba de emerger del agua. ¡El coronel! Cuando estuvimos en la selva lo percibí; de hecho, pude palpar lo bien tonificado que estaba. Pero una cosa es tocarlo bajo la tenue luz de una noche amazónica y otra es mirarlo a plena luz del día con el sol de Hawái en su máximo esplendor. Alto, con brazos esculpidos, piernas torneadas y torso musculoso. Solo trae una pantaloneta de baño y me resulta fascinante contemplar la V que se marca en su cintura. Los cuadros marcados me hacen cosquillear las manos ansiosas por recorrerlo, los brazos entintados lo hacen ver aún más provocador, los tatuajes son algo que le suma atractivo y debo tragar saliva. La piel se me eriza en tanto la tela del biquini se empapa con el espectáculo visual que está dando.

Las mujeres de la playa están igual o peor que yo, ya que lo observan sin el menor disimulo. No hay manera de juzgarlas, es imposible pasar cerca de ese ser sin mirarlo, aunque sea de reojo. Se sacude el cabello deshaciéndose del exceso de agua y suprimo el suspiro que se me atasca en la garganta.

—¿Cómo está el agua? —pregunta Joset.

—Deliciosa. —Se deja caer en la tumbona vacía entre Sabrina y yo.

—Ya oíste, Martha. —Joset le ofrece la mano a su esposa—. No hay excusa para no ir a nadar.

Se van juntos mientras el encargado de las bebidas se acerca con una caja de cigarrillos y una cerveza. Christopher toma un cigarrillo mientras el chico sostiene un encendedor. Le da dos caladas dejando caer la cabeza en la tumbona.

Quiero observar cada centímetro de él, preguntarle dónde y por qué se hizo cada tatuaje. Observo las tres pequeñas golondrinas tatuadas en mi muñeca, parecen lunares. Me las hice hace cuatro años y tienen un solo significado: lealtad, cosa absurda ahora. Bebe dos tragos de cerveza antes de colocarse los lentes Ray-Ban. Lucho por no suspirar escondiendo los ojos bajo las alas de mi sombrero; conociéndolos sé que me traicionarán viendo lo que no deben ver. Termino con el bronceador, me recuesto en la silla con los ojos cerrados e intento relajarme. Mi cerebro proyecta un sinfín de imágenes que no conocía. Ambos en la playa, él encima de mí prendiéndose de mis pechos mientras que yo jadeaba su nombre.

¡Mierda! Me levanto asustada, otra vez me revolqué con él.

—Vaya, Rachel —dice Zoe a un lado de la tumbona—. Ya sabemos por qué Bratt está tan enamorado de ti.

Mia se deja caer a mis pies sin dejar de mirar a Christopher.

—¿Y los jets ski? —pregunto tratando de sacar un tema de conversación.

—Los traerán dentro de media hora. —Zoe mira su reloj de pulsera.

—Christopher, deberías ponerte una camiseta —dice Mia—. No es bueno alterar las hormonas femeninas.

Sonríe con ironía y…, ¡joder!, se ve más perfecto de lo que es.

—Altero hormonas con o sin camiseta. —Se encoge de hombros—. ¿Qué más da si me la pongo o no?

Sabrina le lanza una mirada para nada divertida. No sé cómo ponerme ni hacia dónde mirar, ya que soy una de las que se siente identificada con el comentario.

—Qué modesto eres —refuta Mia con sarcasmo.

—Ajá.

—Vamos al agua —propongo—. Hace calor.

Me quito el sombrero notando que me clava la mirada en las tetas cuando me levanto.

—Adelántese —pide Zoe—. Tomaré una limonada.

—Ese hombre debería tener un letrero de advertencia —comenta Mia mientras caminamos a la playa—. ¿Cómo haces para trabajar con él?

Si supiera…

—Lo arrogante le quita lo atractivo —miento. Podría convertirse en Hulk y me seguiría pareciendo el hombre más candente del mundo.

—Entiendo que seas la novia de Bratt, pero no tienes por qué mentirme. Solo dame tu opinión de mujer no comprometida. ¿Qué te parece?

Nos metemos en el agua.

—Habla —insiste Mia—. Prometo que no diré nada.

Le echo un vistazo: sigue en la tumbona. Me es difícil dar una opinión imaginando lo bien que me vería sobre él, cabalgando encima de su cintura mientras hundo las manos en su cabello.

—Parece un dios del Olimpo —imito los comentarios de Luisa.

Suelta una carcajada echándome agua en la cara.

—Sí, Sabrina supo capturarlo.

—¿Capturarlo?

—Como lo oíste, nunca ha estado enamorado de ella.

—Nadie se casa sin estar enamorado.

Los observo, están uno al lado del otro. Sus cuerpos están ahí juntos, pero con la sensación de estar cada uno en un continente diferente.

—No te engañes, querida amiga. Christopher se casó con ella por una mentira. Como ya sabes, él y Bratt son amigos desde la infancia. Sabrina siempre escurrió la baba por él.

¿Y quién no?

—Él solo se fijó en ella durante la etapa de la adolescencia. Tuvieron un corto noviazgo antes de que Christopher se convirtiera en el hijo de puta que es… Bueno, siempre lo ha sido, solo que antes no lo era tanto. Los problemas empezaron y él se alejó de todos, incluyendo a Sabrina. Ella nunca estuvo con nadie más porque siempre lo amó. —Se pone la mano en la frente imitando un gesto dramático—. Cuando volvió no la determinó; sin embargo, ella siguió insistiendo. Supongo que se revolcaron un par de veces porque de un momento a otro anunció a los cuatro vientos que estaba embarazada.

—¿Embarazada? —pregunto atónita. No puede ser que en cinco años de noviazgo con Bratt no sepa que tienen un bebé—. Nunca supe que…

—Nunca lo supiste porque siempre te mantienes a metros de la familia, además fue algo así como un chisme privado. —Se echa agua en los hombros—. En fin, Joset y Bratt exigieron que arreglara el honor de Sabrina casándose y obviamente él se rehusó. Mi tía colocó el grito en el cielo y, por esa razón, sus padres fueron convocados para hacerlo entrar en razón. Su madre intentó apoyar a Sabrina; en cambio, su padre apoyó al coronel. Ambos coincidían en que no tenían que estar casados para responder por el niño.

—¿Y dónde está el niño?

—Paciencia, a eso voy. Don Candente se mantuvo en su punto marchándose a la central de Los Ángeles. Por otro lado, Sabrina entró en depresión, amenazó e intentó quitarse la vida porque esa es su mejor arma para manipular a la familia.

—Hablas de ella como si hubiese estado jugando.

Se cruza de brazos.

—Es que odio cómo los manipula a todos, no me agrada, ni tampoco comparto sus ideas narcisistas.

—Okey, sígueme contando.

—De un momento a otro aparecieron pruebas y ecografías sobre su embarazo. Ella siguió con su supuesta depresión, encima volvió a amenazar…, esta vez con quitarle la vida al bebé, así que Bratt tuvo que viajar a rogarle a Christopher que no abandonara a su hermana. —La mira como si fuera una criminal—. Accedió cuando se vio presionado. Siempre he pensado que lo hizo más por su amistad con Bratt que por amor hacia ella. Lo peor de todo fue que dos semanas después del asunto, Sabrina confesó que no estaba embarazada; por lo tanto, las pruebas y las ecografías que había presentado eran falsas. Si Christopher la odiaba por obligarlo a casarse, la odió aún más cuando supo que lo engañó.

Muchas cosas empiezan a tener sentido: el matrimonio al que nunca fui invitada, el hecho de que ella siempre esté con sus padres y no con su esposo…

—Estoy más que segura de que han sido los tres años más amargos de Sabrina. Para nadie es un secreto las múltiples infidelidades del coronel.

—¿Por qué tus tíos permiten eso?

—Joset quiere convencerla de que se divorcien; en cambio, mi tía no. Ella solo ve la abultada billetera de Christopher y lo adinerado que serán los nietos que nunca tendrán.

Cortamos el tema cuando llega Zoe.

—Llegaron los jets ski —avisa.

Abordamos las motos acuáticas. Paseamos de playa en playa, practicamos ski en el agua y jugamos un partido de voleibol en la arena, hasta que llega la hora de almorzar. Recojo mis shorts y dejo que el chico de las bebidas nos guíe hasta el restaurante más grande del Four Seasons, una terraza con mesas al aire libre. Las gemelas se acomodan en dos asientos contiguos, dejando un solo puesto vacío al lado del coronel. Me siento rogando que la tierra se abra, me succione y me escupa en Londres. Él tiene la misma pantaloneta de baño, sigue con los lentes puestos y solo se colocó una playera blanca.

—Seguiste mi consejo tapando tu obra de arte —le molesta Mia—. ¿Te lo ordenó el instituto de cardiología?

—Sí —contesta sin apartar la vista del menú—. Lo hicieron después de que varias mujeres cayeron desmayadas.

El camarero llega para tomar las órdenes de todos.

El mesero rubio con sexy bronceado no es muy experto con las mesas. Ubicó mal los platos además de tardar en traerlos y, para colmo, parece que tuviera párkinson a la hora de servir.

—¡Este no es el plato que pedí! —le reclama Sabrina.

—Es el mío. —Joset se levanta a tomarlo.

—Pésimo servicio para el propietario —murmura Martha entre dientes.

—Lo siento, es mi primer día —contesta avergonzado.

Vuelve a ubicar mal los platos mientras lucha por no hacer un desastre con el minúsculo espacio que creó.

—Déjame ayudarte —intento darle una mano.

—No es necesario, señorita. —Me pasa un vaso con limonada que queda al borde de la mesa.

—Lo harías mejor si dejaras de mirarle los pechos a Rachel —se ríe Mia.

El pobre chico se pone peor de lo que estaba.

—Claro que no.

—Claro que sí —insiste Mia.

Todo está tan mal acomodado que le doy con la mano a mi bebida y se la echo al coronel encima.

—Discúlpeme. —Intento quitarle los cubitos de hielo de la entrepierna.

El chico empeora la situación tropezando con una de las copas de vino, la cual cae sobre mi estómago.

—¡Perdóneme! —exclama e intenta limpiarme con su servilleta.

—¡Déjalo! —Christopher lo detiene—. ¡Largo de aquí, y que alguien más venga a recoger este montón de mierda!

—¡Lo siento, señor! —El chico se da por vencido.

Sabrina empieza con los insultos yéndose a hablar con el supervisor de turno. Le dan largas a un asunto al cual Christopher no le pone atención pese a ser el dueño del hotel. Por mi parte, me enfoco en comer tratando de ignorar al hombre que tengo al lado.

Tomo el móvil cuando me llega un mensaje de Luisa.

> ¿Qué pasó con las fotos?
> ¿Y por qué rayos no me has llamado?

Ganas no me han faltado, solo que estoy pensando en cómo diablos le explicaré lo que hice anoche. Sabrina vuelve con Martha, comienzan a almorzar y continúan renegando de lo mismo.

—Voy a tomar una siesta con Zoe —comenta Mia—, ya que más tarde estaremos en un concurso de surf para principiantes.

—Las acompaño. —Recojo mi bolso.

—Nosotros iremos a las clases de yoga —comenta Martha—. Nos veremos a las siete para cenar.

Asiento prometiendo ser puntual. Las gemelas se encierran en su habitación mientras que yo arrastro los pies a la mía.

—Buenas tardes —me saluda el botones que sale de mi alcoba.

—¿Qué tal? —lo saludo también.

—Traje un detalle para usted. —Abre la puerta y señala el enorme ramo de rosas rosadas que descansa sobre mi mesilla de noche—. Recién cortadas —avisa.

—Gracias. —Cierro la puerta cuando entro.

El olor de las flores impregna el ambiente. Hay una nota al lado del florero.

Para la flor más bella de todas. Cariño, te echo mucho de menos. Espero que la estés pasando bien. Te amo, Bratt

Por cosas como estas es que termino entre la espada y la pared. Con él me siento como una persona normal, no como una maldita enferma sexual. Bratt Lewis tiene la capacidad de hacerte sentir especial, ya que a cada momento te demuestra lo increíble que eres. El iPhone vuelve a vibrar, es otro mensaje de Luisa.

> Foto, foto, foto, foto. No me vayas a decir que no le has tomado una porque te juro que te mato cuando llegues a Londres

Hago a un lado la demanda de mi mejor amiga y llevo la nariz al bello ramo. *Calma*, las rosas rosadas siempre transmiten calma.

—Rachel.

La voz me pone los pelos de punta mientras un torrente de sensaciones baja por mi columna vertebral.

—¿Nunca le pones seguro a la puerta? Es bueno cuando se quiere privacidad.

Mis oídos captan el leve sonido del pestillo atravesando la cerradura.

—¿Qué quiere, coronel? —Doy media vuelta para encararlo.

—No preguntes lo obvio.

Trago saliva cuando atraviesa la habitación.

—No sé qué está haciendo aquí —trato de sonar segura—, pero le voy a pedir el favor de que...

En un santiamén estoy contra su pecho, con su boca a centímetros de la mía.

—Yo no quiero irme y tú no quieres que me vaya.

—Deja de joderme.

—Eres tú la que me jodes poniéndome así. —Sujeta el miembro duro que se dibuja a través de la tela.

Tiemblo, su aliento toca mi nariz y, acto seguido, su boca se prende de la mía con un beso que me aniquila la cordura. Los lengüetazos son vivaces, cargados de dominio, y tal cosa se extiende hasta en la forma de tocarme.

El beso es largo y profundo, mueve la lengua con pericia mientras magrea mis pechos frotándose contra mi sexo. Me arde la piel con la intensa fuerza que ejerce a la hora de sujetarme la cintura, cuando de un momento a otro me voltea dejándome de espaldas contra su tórax.

—Vas a desnudarte y yo voy a disfrutar de esto. —Desliza la mano dentro de mis shorts untándose con mi humedad.

Desabotona la prenda dejando que caiga al piso. Su respiración hace eco en mi oído, separa la fina tela de mi biquini y entreabro la boca para respirar, ya que mis pulmones no reciben el oxígeno necesario.

—Esta prenda me está volviendo loco —susurra contra mi cuello.

Alcanza mi clítoris hinchado robándome un leve gemido cuando lo toma entre sus dedos mientras que con la mano libre sujeta mi cuello con firmeza.

—Siempre disponible —mete la nariz en mi cabello—, como me gusta.

—¡Dios! —gimo cuando me penetra con los dedos.

—¿Lo disfrutas? —Me clava la polla paseando los labios por mi mejilla—. ¿Te gusta lo que hago y cómo te pongo?

Intento asentir, pero mi cerebro está en el limbo.

—Contéstame —susurra repitiendo la acción.

—¡Sí!

—Sí ¿qué?

—Sí, coronel.

—Bien dicho, teniente James —me sigue hablando al oído—. Mi rango en tu boca me la pone más dura.

Extraño el calor de su cuerpo cuando se aleja para sentarse en la cama.

—Desnúdate —me ordena quitándose el reloj de oro que le adorna la muñeca.

Llevo las manos a mi cuello soltando el nudo del sostén y los senos me quedan libres. Él baja la mirada hacia mi sexo, insinuándome que me quite las bragas. Obedezco deshaciendo los nudos que se atan a mi cintura. Quito la tela mostrándome como Dios me trajo al mundo. Doy un paso adelante percibiendo las rodillas temblorosas. No sé qué soy, en estos momentos me siento como una puta desesperada, sudo como adolescente hormonal. Tira de mis caderas llevándome hacia él, acaricia el pequeño piercing que adorna mi ombligo, le da un leve beso antes de bajar a mi sexo. Las manos me tiemblan, transpiran cuando palpa mi humedad. Arqueo la cabeza presa del placer que desencadena al apretarme el trasero y al clavarme los dientes en la esquina de la cintura. Dudo de la resistencia de mis piernas, el clímax se acerca, estoy demasiado empapada, me estoy contrayendo por dentro.

Se levanta. Le quito la playera paseando las manos por el torso musculoso, se siente como si tocara a un ser sobrenatural. Recorro la V que se le marca en la cintura. Intento ponerme de rodillas, ya que mi garganta aclama su…

—Aquí no, nena. —Me levanta.

Sujeta mi cintura volviéndome a besar; un beso salvaje, feroz y vehemente. Se apodera de mi cuello mordiendo mi hombro a su paso, caigo a la cama observando cómo se baja el elástico de la bermuda. Mis ojos no dudan en clavarse en la potente verga que se cierne sobre mí. ¡Santa madre! La tiene como la sentí: grande, gruesa y potente. Las venas marcadas hacen que salive más. Sus labios se curvan con una sonrisa cargada de ego cuando la toma con una mano, seguro de lo que tiene.

—¿Te gusta? —pregunta.

Asiento, humedeciéndome los labios.

Toma mi cintura, me arrastra hasta el borde de la cama, dejándome de culo contra su pelvis. Prueba el tacto en mi entrepierna antes de ubicar el glande en mi entrada. Besa mi hombro alcanzando uno de mis pechos mientras que atrás pasea la cabeza de su miembro por mi vulva. Lanza la primera embestida liberando un gemido involuntario, no ha hecho nada del otro mundo y ya quiero correrme. Entra toda con un solo empuje, juro que puedo sentir las palpitaciones de su miembro, mis músculos se expanden dándole la bienvenida. Sujeta mis hombros entrando y saliendo con embestidas que ponen a vibrar mi epicentro. Jala mi cabello embistiendo con más fuerza. Siento que la intensidad con la que me sujeta es una advertencia clara de que va a acabar conmigo. Mi cuerpo es un volcán a punto de explotar, el corazón me late rápido, la vista se me nubla y las piernas me fallan.

He vivido pensando que era del tipo de mujer que prefiere el sexo tierno. ¡Qué engañada estaba!, ya que la rudeza y la forma de follar de este hombre me mata. Cada tirón en mi cabello, cada beso ardiente, cada embate bruto, libera el calor que me quema las venas. Christopher Morgan es fuego puro que incita a quemarte en llamas que no albergan más que pecado.

Me voltea entrando de nuevo, mis piernas lo envuelven mientras mis caderas trazan círculos bajo él como si nada fuera suficiente. Embiste con las venas marcándole los brazos, mientras yo araño las sábanas empapadas de sudor. El éxtasis está llegando y mi cuerpo se está preparando para ello.

—¡Joder, mírame! —exige—. Déjame ver esos ojos.

Endurece la mandíbula cuando obedezco, entreabre la boca bajando a besarme mientras acompasa su eyaculación con mi orgasmo. Todo es como una ola salvaje que arrasa conmigo dejándome en la orilla. Libera mis labios y se deja caer a mi lado. El pudor me abarca, así que extiendo la mano en busca de algo con que cubrirme.

—Sin nada te ves mejor. —Me quita la almohada que había tomado—. Tienes un cuerpo digno de mirar y follar.

Hago caso omiso al comentario. Se levanta directo a la licorera, toma un cigarro y vuelve a la cama desnudo, soltando el humo; me lo ofrece y le doy dos caladas antes de devolvérselo. Las rosas siguen impregnando la habitación con su fragancia, disfrazando el olor a nicotina. Como lo suponía, quedarme aquí le iba a dar rienda suelta a todo lo que siento. Se vuelve a levantar, pero no lo miro, solo escucho cómo se viste y recoge sus cosas.

—Debemos hablar de esto —digo negándome a mirarlo—. No podemos seguir acostándonos como si no le afectara a nadie.

Recoge el reloj cuando vuelve a levantarse.

—A las ocho en la recepción del ala norte del hotel. —Se encamina a la puerta—. Puntual, no me gusta esperar.

Doy vueltas como pantera enjaulada, tuve que sacar una tonta excusa para no cenar con los Lewis y desordené el clóset en busca de algo para ponerme. Estoy nerviosa, lo más sensato sería no ir, pero no puedo seguir revolcándome con él sin más allá o más acá. Le doy cuatro caladas a mi cigarrillo; si esto sigue así, terminaré con un colapso nervioso o con cáncer en los pulmones. Caigo de espaldas sobre la cama. No debería preocuparme por mi vestimenta, ya que voy a hablar, no a modelar. Pagaría por ser más madura y dejar de actuar como una tonta. Me siento como una estúpida adolescente sin criterio ni decisión sobre sí misma. Se supone que esto no es nuevo para mí.

Siempre he sido asediada por los hombres gracias a los rasgos heredados de parte de mi familia materna. Durante años, generales, capitanes, sargentos y oficiales han hecho infinidad de cosas para conquistarme; sin embargo, nunca miré más allá de Bratt. Para mí él lo tenía todo, desde buenos sentimientos hasta un buen físico. No pensé que me gustaría alguien más hasta que vi a Christopher. Entonces comencé a dudar de lo que creía tener seguro.

Tomo una ducha, me desenredo el cabello mientras me planto frente al espejo. Me maquillo resaltando los ojos y la boca. Dejo la melena azabache suelta optando por el atuendo número cinco de la lista de Luisa: una falda de velo negro con abertura en el muslo y un *crop top* dorado que deja al descubierto el piercing de mi ombligo. Se me eriza la piel al recordar cómo lo besaron en la tarde. Calzo mis sandalias de tacón del mismo color que el top, alisto la cartera y me preparo para salir.

Bajo por las escaleras de emergencia, lo que menos quiero es toparme con uno de los Lewis mientras atravieso el hotel cuidándome para que no me vean. Llego al sitio estipulado fijando la vista en el reloj de pared, son las ocho y diez.

No lo veo por ningún lado. ¿No pudo esperar diez malditos minutos?

—¿La señorita James? —pregunta la recepcionista.

—Sí. —Me acerco.

—El chofer la está esperando. —Señala la entrada.

Hay una Range Rover Sport con las puertas abiertas. La abordo sin hacer preguntas, las puertas se cierran y el conductor sale del área hotelera. Debería decirle al hombre que se regrese, empacar mis maletas, largarme de aquí, volver a mi casa, encontrar un nuevo trabajo y cambiarme de nombre. Media hora después el conductor se estaciona frente a un restaurante.

—El señor Morgan la espera adentro, señorita.

—Gracias.

Respiro hondo cuando bajo. El sitio está atestado de gente… Unos bailan mientras que otros fuman y beben al pie de la barra. Tiene un ambiente hawaiano con luces tenues y mesas de madera.

La encargada se acerca.

—Buenas noches, ¿mesa para uno o para dos? —pregunta tratando de descifrar si alguien me acompaña.

—Christopher Morgan me espera.

Sus labios dibujan un círculo antes de guiarme en medio del gentío.

—Llegó hace una hora —comenta antes de abordar el ascensor privado.

Trato de centrarme, debo ser breve a la hora de hablar, ya que no puedo titubear ni darle largas al asunto. Las puertas se abren y este nuevo piso tiene un aire más privado. La música no es alta y, por ende, se puede charlar sin elevar la voz. La mujer me guía señalando la mesa donde él está fumando y bebiendo.

—Su cita llegó, señor —anuncia la mujer.

Rodeo la mesa, su perfecto físico vuelve a dejarme sin palabras. La camisa blanca cuelga en los músculos de su ancho tórax, no tiene fijador en el cabello y por primera vez lo siento relajado.

—Siéntate —me pide.

—¿Qué desea tomar? —pregunta la encargada llamando con un gesto al camarero.

—Una Coca-Cola.

No quiero embriagarme. Tomo asiento, me traen la bebida y el camarero se marcha con la encargada.

—Y bien, ¿de qué quieres hablar?

La mente se me queda en blanco, quería decir tantas cosas y ahora lo único que percibo es que se me apagó el cerebro.

—No sé por dónde empezar. —Me echo el cabello hacia atrás—. Todo es demasiado confuso.

—¿A qué te refieres con «confuso»? El que hayamos follado tres veces no tiene nada de confuso.

Empezamos con la primera tanda de palabras envenenadas.

—No sé qué tanto estimes a Bratt, pero para mí no es fácil asimilar todo lo que me pasa contigo. Estoy traicionando a mi novio con alguien especial para él.

—Entiendo. —Deja el cigarro en el cenicero—. ¿Y qué problema hay con eso? Me gustas, te gusto. Es algo que tarde o temprano iba a pasar.

Solo me confunde más.

—¿Lo amas?

—Por supuesto que sí, es mi novio de toda la vida.

—Es el amigo que conozco desde la infancia. Entiende que el hecho de que lo consideremos no quiere decir que podamos evitar lo que pasa entre nosotros —habla sin rodeos—. Mis deseos no tienen la culpa de que seas la novia de Bratt.

—Pero de igual forma está mal.

—No he dicho que no lo está. Solo que es algo que no podemos evitar, te sientes atraída sexualmente hacia mí y por mucho que quieras evitarlo no vas a lograr que tu deseo desaparezca así porque sí. En cuestiones de deseos libidinosos, la ética y la moral quedan de lado.

—Entonces ¿qué propones? —pregunto con sarcasmo.

Bebe el whisky de su vaso.

—A él lo amas, a mí solo me deseas. Dejemos que pase lo que tenga que pasar.

—¡Oh, qué buena idea! —finjo sorpresa—. Nunca se me habría ocurrido serle infiel a mi novio por el resto de mi vida.

Pone los ojos en blanco.

—Será mientras vuelve de su misión en Alemania. De aquí a que vuelva ya nos habremos cansado el uno del otro.

—¿En serio no tienes una idea mejor?

—No, cuando follamos en Brasil dije que no iba a volver a pasar. Estoy seguro de que también pensaste lo mismo y míranos, estamos aquí en un restaurante hablando de las dos veces más que volvió a repetirse. No tiene sentido oponerse a lo que sentimos, no funcionará.

Lo detallo. ¿Quién en su sano juicio se cansaría de follarlo?

—Es mi amigo, tampoco dudo de lo que sientes por él; sin embargo, conozco mis alcances y mis capacidades sobre las mujeres. Lo que pasa entre los dos no fue planeado —continúa—, aprecio a Bratt, por lo tanto, no le voy a quitar la mujer que quiere.

—No sé…

—¡Christopher! —exclama una voz masculina.

Ambos miramos a todos lados en busca de la voz y un hombre alto de cabello castaño se levanta de una de las mesas.

—¿Patrick? —contesta Christopher extrañado.

Se levanta a saludar y el otro sujeto le da un abrazo.

—¡Hermano, qué alegría verte!

—¿Qué haces aquí? —Se separan.

—Estoy de vacaciones con mi familia.

Su acompañante se planta a mi lado. Es alta de cabello negro y ojos marrones.

—Alexandra —se presenta saludándome con un beso en la mejilla.

—¿Y tú qué haces aquí? —pregunta el desconocido pasando la mirada de uno al otro.

Ninguno de los dos sabe qué responder.

—¿Ella es tu novia? —vuelve a preguntar.

—¡No! —contestamos al unísono.

—Ella es la novia de Bratt —concluye el coronel.

—Entiendo. Mi esposa Alexandra, ya la conocías. —Señala a la mujer que tiene al lado.

Ella se acerca a darle un beso.

—¿Podemos sentarnos? Acabamos de llegar y aún no nos sirven.

—Estoy ocupado en… —trata de explicar Christopher.

—Gracias, hermano. —El nuevo sujeto se sienta—. Chiquita, ponte cómoda —le dice a su esposa, y el coronel no pone buena cara—. No me has dicho qué hacen aquí. ¿Estás en algún operativo…?

Deja la pregunta a medias al notar el posible error.

—En algún operativo, no —Christopher termina la frase por él—. Habla tranquilo, Rachel es teniente de la FEMF en la central de Londres.

—Un gusto conocerte, Rachel. —Extiende la mano—. Soy Patrick Linguini.

—El gusto es mío.

—Dentro de dos semanas estaremos en Londres, ya fuimos transferidos —agrega su esposa—. Trabajamos con el coronel en Escocia.

Observando bien al hombre de cabello castaño y ojos esmeraldas, es bastante parecido al chico de las fotos en el periódico de la FEMF. Habla con Christopher como si se conocieran desde años, no me queda la menor duda de que es el mismo de la foto. En esa imagen están Bratt, Christopher, Simon y él.

—Vuelvo dentro de un segundo. —Christopher se levanta a recibir una llamada.

—¿Y dónde está Bratt? —pregunta Patrick—. Hace un año que no lo veo.

—Trabajando en Alemania.

Vuelven a mirarse con su esposa, confundidos. Los entiendo, me sentiría igual si viera a alguien con la novia de su mejor amigo en un lugar tan apartado.

—Estamos de vacaciones con la familia Lewis —intento explicar—. Christopher y la hermana de Bratt están casados.

—Sigue casado con la bruja blanca. —Se ríe—. De haberlo sabido le hubiese dado el sentido pésame.

—¡Patrick! —lo regaña su esposa.

—Es muy bueno que tengas una buena relación con tu coronel al mando —añade—. Aunque por obligación debes tenerla, es el mejor amigo de tu novio y te saca a cenar. Qué considerado…

—Qué casualidad encontrarnos aquí —intento cambiar el tema.

—El mundo es un pañuelo —responde mientras el camarero llega con los platos que ordenaron—. Christopher y yo visitamos este restaurante infinidad de veces cuando estuvimos en un operativo relacionado con un narcotraficante hace dos años. La comida es sensacional. Además, tiene la privacidad que se necesita para disfrutar de una buena compañía.

El coronel vuelve a la mesa, lo que evita que conteste al comentario.

—Alexa y yo tenemos una bebé. —Patrick saca el móvil mostrando las fotos con orgullo.

El coronel está más que incómodo; de hecho, creo que ambos lo estamos.

—También soy teniente —comenta Alexandra—. Es bueno saber que ya conozco a alguien en Londres.

Le sonrío, es bonita y tiene un acento norteamericano bastante marcado.

—No es fácil llegar a lugares nuevos y empezar de cero.

—Nos quedaremos en Inglaterra, estamos cansados de los cambios y haremos parte de la Élite —me comenta—. El coronel conoce muy bien nuestra labor.

Se quedan con nosotros durante el resto de la velada dañando nuestro intento de hablar a solas. De igual forma, resulta divertido: Patrick es simpático, al igual que su esposa. Hablan y comentan sobre los lugares donde han vivido, también cuentan sobre la caótica vida que tienen siendo padres y agentes al mismo tiempo. A medianoche, los tragos ponen a Patrick a hablar de más. El coronel no ha bebido mucho, por consiguiente, se mantiene sobrio. Evito cruzar ninguna mirada con él, no quiero ponerme en evidencia delante de sus amigos.

—Hora de irnos, cariño —sugiere Alexandra.

Le doy el último trago a mi quinto vaso con Coca-Cola.

—Fue un placer acompañarlos. —Patrick y Alexandra se levantan de la mesa—. Esperemos que en Londres hagamos esto con frecuencia.

Ambos se despiden con un beso en la mejilla.

—Fue un placer conocerlos. —Les sonrío.

Se marchan dejándome a solas con el semidiós causante de mis problemas emocionales. Pienso en la propuesta. «Hasta que llegue Bratt». ¿Y si enloquezco en el proceso?

—El auto llegó —informa el coronel—. Vámonos.

Caminamos uno al lado del otro como un par de viejos amigos —jamás podremos ser amigos—. Abordamos el ascensor, lo miro de reojo, está recostado en la pared con las manos en los bolsillos. La tensión es evidente: él pasa el peso de un pie al otro, mientras que a mí me pica la piel ansiosa por que me toque. El conductor nos recibe. Entra detrás de mí, haciendo poco uso del espacio que tenemos.

—Danos privacidad —le ordena al conductor, y este sube la pantalla de vidrio que separa la parte delantera del interior del vehículo de la trasera.

Christopher se me acerca y el corazón se me detiene al sentir la proximidad de sus labios. No me detengo a pensar ni a analizar, solo cierro los ojos preparándome para recibirlo.

—Entonces ¿qué piensas sobre lo que te dije? —Acaricia mi mejilla e imagino lo tonta que debo de verme con los ojos cerrados y la boca entreabierta a la espera de su beso.

Vuelvo a abrirlos y está a milímetros de mí.

—Voy a tomar lo que acabo de ver como un sí.

Se abalanza sobre mí sujetándome del cuello mientras mete la mano bajo mi falda. Nuestras lenguas se tocan, mis brazos lo rodean, como si besarlo no fuera suficiente. Baja mis manos para que sienta lo duro que está, lo cual no hace más que encender las ganas que me surgieron en la habitación del hotel. Lo empujo recorriéndole el cuello y el torso con la nariz, el aroma sigue siendo exquisito. Con manos temblorosas desabrocho el pantalón mientras levanta la pelvis animándome a que continúe y lo hago. ¡Padre bendito! Saco el falo duro que termina en la gruesa corona de su miembro. El olor viril me pone a salivar y por un momento dudo. Lo he hecho, no soy una santurrona, pero podría contar con los dedos de una sola mano las veces que me he metido una polla en la boca. Nunca lo he visto como la gran cosa, pero la de él tiene un letrero de invitación para que la saboree.

—Cúbrela con tus labios, nena.

Un leve cosquilleo sube desde mi entrepierna hasta mi garganta, nunca había estado tan ansiosa por saborear algo. Tomo aire mientras la cubro con mis labios. Es grande, apenas me cabe en la boca, intento controlar mi respiración, empujándola al fondo de mi garganta. Es incómodo, pero sabe bien y se siente estupendo tenerla así.

—¡Joder! —gime cuando arremolino la lengua en el glande.

Succiono volviéndola a empujar al fondo de mi boca. Definitivamente mi pudor y decencia quedaron en el olvido, en estos momentos lo único que tiene sentido para mí es que él disfrute de la mejor mamada de su vida.

—Llegamos. —Los nudillos del chofer tocan el vidrio.

Él respira frustrado y yo estoy un poco aturdida.

«¿Llegamos? ¿Adónde?». Toma mis hombros sentándome a su lado, estamos en el ala norte del hotel.

—Te quedarás conmigo esta noche.

No pregunta, afirma.

—Alguien podría vernos —protesto.

—Lo dudo, es un hotel con quinientas habitaciones. —Saca una llave—. Sexto piso, suite presidencial.

«¿No estaba ocupada?». Me trago la pregunta cuando el conductor me abre la puerta. Subo por la escalera de incendios hasta el sexto piso; mientras, el cosquilleo de mi entrepierna no desaparece, ya que mi mente solo está enfocada en lo que haremos cuando se cierren las puertas de esta habitación. Abro con dedos temblorosos, dejo la puerta sin pestillo y entro al baño observando cómo se refleja mi nivel de excitación en el espejo: labios rojos e hinchados, ojos oscuros y pezones protuberantes que se dibujan a través de la tela del top. Tarde o temprano me arrepentiré de esto. La alcoba destila lujo; sin embargo, es lo que menos me llama la atención en estos momentos. La puerta se cierra detrás de mí, volteo y veo cómo se acerca desabotonándose la camisa. La deja caer al tiempo que se desprende de los zapatos y el vaquero. La delgada tela del bóxer advierte y reluce el bulto duro que se forma en su entrepierna. Soñé e imaginé tenerlo así, pero verlo en carne y hueso supera todas mis expectativas.

Me envuelve entre sus brazos alzando mi mentón para que lo bese y obedezco fundiéndome en sus labios, dejando que me desvista sin separar nuestras bocas. Sabe a whisky. Toma mis hombros cuando intento agacharme para desabrocharme las sandalias, pero no me lo permite.

—No hay tiempo, déjalas. —Su aliento me acaricia la nuca—. ¡Quiero follarte ya!

Caemos en la cama en medio de besos ardientes, el aroma de su piel es estimulante, puro, y no tengo palabras para describir lo mucho que disfruto el tacto de su lengua en mis picos erectos.

—Me gustan sus pechos, teniente —me susurra.

Se aparta para arrancarme las bragas —literalmente me las arranca—, vuelve a caer sobre mi cuerpo besándome con fiereza. No hay afán, se toma el tiempo para recorrerme besándome sin prisas ni urgencia. Hundo las manos en su pelo mientras llena mi abdomen de besos, su mano entra y sale de mi sexo empapado.

—¡Ven! —Tiro de él para que suba a mi boca.

—Aún no. —Atrapa mis muñecas contra las sábanas mordiéndome despacio.

Desciende a mis muslos arrojándome al pozo de inseguridades que surgen cuando me abre las piernas.

—No tienes que hacer eso —jadeo avergonzada.

Bratt no practica el sexo oral, las veces que lo ha intentado no lo he permitido. Nunca me he sentido tan cómoda como para abrirme de piernas y dejarme ir.

—Quiero hacerlo.

Vuelve a mi entrepierna. La respiración se me acelera e intento cortarle el paso, pero es inútil, ya que sus manos se clavan con firmeza dejándome las piernas bien separadas.

—La confianza llegará cuando ruegues por más. —Sonríe demostrándome lo seguro que está.

Baja su boca repartiendo besos en mis muslos hasta llegar a mi entrepierna. Cierro los ojos al sentir que me estoy prendiendo fuego, pues su lengua acaricia mi clítoris de arriba abajo saboreando la humedad que desprende mi excitado coño. ¡Mierda! Mi deseo se concentra en un solo punto, en el que él está tocando y devorando con su boca. La espalda se me curva bajo el apetito salvaje que me enciende. Introduce la lengua separando los pliegues de mi sexo, me estremezco y exijo más de aquella sensación tan increíble. Todo me da vueltas, creo que voy a morir, el corazón me martillea las costillas y me es difícil respirar. Mi cuerpo está en un estado hipnótico de placer jamás experimentado. Succiona con delicadeza y no resisto un toque más, relajo los músculos en un orgasmo que me deja inútil y sin señales de inteligencia. Dejo caer la cabeza sobre la almohada, intentando que mi cuerpo se componga, pero sus dedos me penetran entrando y saliendo con rapidez encendiendo el fuego que creía extinto.

—¿Lo estás disfrutando? —Sube a mi boca sin dejar de tocarme.

Se mueve rápido dificultándome el paso del aire, trago saliva aferrándome a la mano que no deja de masturbarme.

—Qué cosa con no querer contestar cuando te hablo. —Acaricia mi clítoris con su pulgar.

Le clavo las uñas.

—Contésteme, teniente, ¿le está gustando? Parece que sí.

No parece, lo estoy disfrutando. Siento que voy a estallar en cualquier momento y debo volver a tragar saliva para no ahogarme. Sus movimientos se intensifican y… ¡Dios, no creo haber sentido esto jamás!

—¿Quieres correrte?

Entra y sale de mi coño, su masturbación es una maravilla en comparación con lo que yo he hecho en mis últimos días pensando en él.

—Contésteme, teniente.

—¡Sí!

—Sí, ¿qué?

—Lo disfruto —jadeo.

—No lo retengas. Solo córrete para mí, nena.

Mi cuerpo obedece desfalleciendo por segunda vez en media hora.

—Tus jadeos y gemidos son música para mis oídos. —Saca los dedos ubicándose en mi entrada.

Muerde mis labios y toma mis piernas enganchándolas en su cintura. Su pene erecto entra de una sola embestida. Yo muevo la pelvis, ya que no quiero que sobre espacio entre los dos. Sus arremetidas son feroces y audaces, y sus movimientos, oleadas de indescriptible placer. Apoya el brazo encima de mi cabeza, tiene los ojos oscuros cargados de morbo; no aparto la mirada, solo dejo que me penetre mientras le expreso lo mucho que lo estoy disfrutando. Por muy socarrón y decente que uno crea ser, es inevitable no actuar ni corresponder ante situaciones como esta. Este hombre no folla con ternura y tampoco da el tipo de sexo dulce que está lleno de palabras bonitas. Él es rudo, brusco y apasionado. Te marca la piel enterrando los dedos en tus piernas y glúteos. Te toma del cuello con firmeza mientras suda sobre ti, soltando expresiones crudas que solo te prenden más. Embiste sin contemplaciones y, para colmo, tiene un miembro que... ¡Oh, Dios! No hay palabras que definan lo que te hace sentir la polla de este hombre.

Los brazos y la mandíbula se le tensan cuando me agarro de sus hombros queriendo apaciguar la próxima llegada del clímax.

—¡Eres tan... exquisitamente... placentera! —recalca cada palabra.

Siento que me va a partir en dos cuando arremete sin piedad, tomando mis caderas y estrellándolas contra su pelvis. Mi tercer orgasmo se avecina y me aferro a las sábanas lanzando un grito ahogado que nos enloquece a los dos. Sus abdominales se tornan rígidos, cae sobre mí con la respiración acelerada y el cuerpo cubierto de sudor. Me rindo en sus brazos no sé por cuántas horas y despierto envuelta entre las sábanas. El aire huele a loción, a sexo y nicotina. Busco mi móvil revisando la hora: son las cinco y treinta de la mañana. El sol se asoma en el horizonte iluminando la habitación con la luz naranja que proyectan los primeros rayos. Miro a mi izquierda: él está de espalda dándome una vista genial de su cuerpo desnudo sin nada encima.

Se acomoda boca abajo y el iPhone vibra en mi mano, es otro mensaje de Luisa:

> Día tres y no has enviado una sola foto, Rachel James.
> Estás exiliada al rincón de las malas amigas.
> Pensé que lo nuestro significaba más para ti

«Una foto». Busco la cámara y tomo una de la maravillosa escena que tengo frente a mis ojos captando la parte superior de su cuerpo. Le quitará la necedad y, de paso, la imagen explicará lo que tanto quiero decirle.

Le doy a «Enviar». Cinco segundos después llega otro mensaje:

> Puta madre! Qué carajos hiciste?

Escondo el móvil cuando se voltea adormecido.

—¿Qué hora es? —pregunta somnoliento.

—Las cinco y media de la madrugada.

Jala mi brazo recostándome contra su pecho.

—Durmamos una hora más.

Le hago caso y dos horas después me despierto sola en la cama, no hay rastro de él por ningún lado. Recojo la ropa largándome a mi alcoba, donde tomo una ducha al llegar. Martha está en mi habitación cuando salgo del baño, quiere que desayune con ellos. Intento inventar alguna excusa, pero no hallo ninguna coherente. No lo veo en el desayuno. La mañana la ocupamos en nadar con delfines y visitar arrecifes. Sabrina tampoco está, recién aparece en la cena informando que Christopher tuvo que marcharse, ya que la central lo solicitó con urgencia. Las vacaciones culminan con una cena y embarco rumbo Londres a la mañana siguiente, más confundida de lo que estaba.

12

INESPERADO

Rachel

La ciudad me recibe con un fuerte aguacero, así que alzo la capota de la chaqueta esperando que el taxista se estacione.

—Bienvenida a casa —me saluda Julio, el portero, abriendo la puerta de vidrio.

—Gracias —contesto desanimada.

—¿Se siente bien? —pregunta preocupado.

No se lo digo, pero lo cierto es que no me siento para nada bien. Estoy cansada, con hambre y dolor de cabeza. Mis últimas horas con los Lewis fueron una tortura, sentí que se me veía la marca del pecado cada vez que me miraban y, por si fuera poco, tengo a Christopher Morgan estampado en el cerebro.

—Sí, solo estoy un poco cansada.

—¿Le digo al conserje que la ayude con la maleta?

—Puedo sola, me apena despertar al pobre hombre.

—Tómese un té y acuéstese a descansar. —Vuelve al mostrador.

Arrastro la maleta al ascensor, el aguacero empeora; encima, el hecho de que tenga que estar mañana a primera hora en la central me da tortícolis.

Salgo al pasillo, voy hasta mi puerta, la abro y enciendo la luz. Una sombra se mueve al lado del sofá. Suelto la maleta dando un salto hacia atrás. Es Luisa envuelta en una bata de dormir.

—¿Qué carajos haces despierta a esta hora?

—¡Chist! —me pide que me calle y, con un gesto, que me acerque—. Bratt está en tu habitación.

Cierro la puerta. ¡Mierda!

—Llegó esta mañana. —Me jala del brazo tumbándome en el sofá—. Llevo toda la noche esperándote, necesito saber qué pasó en Hawái.

—Qué no pasó. —Me froto las manos en el cuello—. Me acosté tres veces con el coronel.

—¡Santa mierda! —Abre los ojos sorprendida—. No sé a qué carajos estás jugando, pero puedo asegurarte que no va a terminar bien.

—¿Crees que no lo sé? Sé que está mal —murmuro—. Pero es que... Me gusta demasiado.

—¿Y a quién no? Estoy por casarme y no he dejado de mirar la foto que me enviaste.

—A veces dudo de tu maestría en Psicología. Tengo la cabeza vuelta un lío, ¿y es lo único que se te ocurre decir?

—Seamos sinceras, no es sensato que te hable como una profesional, por ello te hablo como tu amiga. ¿Qué más te puedo decir? No puedo darte una charla de cómo manejar tus deseos orgásmicos hacia él porque sería una pérdida de tiempo —habla solo para las dos—. Tampoco te puedo recetar nada. No hay medicamento que impida no desear a un hombre...

—No sé qué hacer.

—Termina con Bratt. —Se encoge de hombros.

—Lo he pensado, pero no se me da. El tiempo me pesa, soy sincera al decir que siento muchas cosas por él.

—Para mí que solo estás apegada a la estabilidad —empieza—. Como probaste otra cosa, te estás debatiendo entre la moral y lo que crees sentir. En sí, es como una tonta cuestión de amor o placer, así lo analiza tu cerebro.

—Con Bratt tengo las dos cosas.

Pone los ojos en blanco.

—Si tuvieras las dos, no te hubieses ido a revolcar con otro —me regaña—. Nunca te escucho gemir cuando se queda.

—No tengo que gemir para demostrar que lo estoy disfrutando.

—Sin gemidos no hay orgasmos.

—Ni siquiera sabes si gemí con el coronel.

—¿Quién no va a gemir con una verga tan grande? Son ¿qué? ¿Veinticinco centímetros? —Empieza con las suposiciones—. Reconoce que te gusta porque folla mejor que Bratt.

Rememoro mi última noche con él y el corazón se me dispara de inmediato.

—Déjalo así. —Me levanto molesta—. Tus observaciones no me ayudan.

—¿Te molesta que tenga razón?

—Hasta mañana —me despido cortando la conversación.

Abro la puerta de mi habitación con cautela, evitando hacer ruido. Bratt está acostado de medio lado en mi cama. Me gusta verlo dormir, ya que me recuerda a los ángeles de Miguel Ángel, serenos y en calma, porque eso es él: tranquilidad. No debió presentarme a Christopher. Es más, nunca debí ir a ese estúpido operativo de rescate. Si hubiese ido a Brasil con el capitán Thompson, mi mundo no estaría de cabeza. Obligo a mi cerebro a que lamente todo lo sucedido, pero no, él y mi cuerpo quieren más del coronel; quieren más sexo, más orgasmos y más encuentros lujuriosos. Cada día me convenzo de que estoy realmente mal.

Me arrodillo frente al capitán viendo cómo respira.

—Me encanta que me adores mientras duermo —dice con los ojos cerrados.

Suspiro.

—No sabía que estabas aquí.

Abre los ojos mirándome con amor.

—Quería verte, así que corrí mi día de permiso. —Se sienta en la cama—. Pensé que llegarías más temprano.

—De haber sabido que vendrías hubiese viajado antes.

—Mi papá no te hubiese dejado, sabes cómo es con el asunto de las vacaciones.

Me ofrece la mano para que me levante.

—Ven a dormir, debes de estar cansada —propone somnoliento—. Mañana debes levantarte temprano.

Me quita la chaqueta de cuero y se agacha para quitarme los zapatos, cosa que solo logra que me sienta peor.

—¿Quieres cambiarte?

Niego conteniendo las lágrimas, no quiero que me vea llorando sin motivo alguno. Se levanta, apaga la luz y vuelve a la cama conmigo. Siempre me ha gustado la forma en que nuestros cuerpos encajan de forma perfecta. Me abraza dándome un beso en la coronilla.

—Quiero preguntarte los detalles del viaje, pero supongo que estás cansada.

—No puedo estar cansada para ti. —Entrelazo nuestros dedos—. Viajaste cuatro horas para verme, no es justo que solo me veas dormir.

—Viajaría doce, veinticuatro, treinta y seis… Viajaría las horas que fueran necesarias para verte, aunque sea una hora o un minuto.

Se me hincha el corazón y esta vez las lágrimas no se contienen.

—Bratt…

—Silencio —me calla—. A dormir, mañana te espera un largo día.

Las gotas de granizo resuenan en la ventana, siento frío y me vuelvo un ovillo entre sus brazos.

Lo hecho, hecho está. No puedo hacer nada para cambiar las cosas. Christopher tiene razón en eso; sin embargo, es imposible no sentir dolor cuando estoy lastimando a la persona que puso su entera confianza en mí, esperando todo menos una traición. La persona que me ha entregado sus sueños, temores y anhelos.

No me dice nada, pero sé que está despierto. El roce constante de sus dedos sobre mi brazo me lo confirma.

Apago la alarma del móvil antes de que suene. Durante las tres horas que tenía para dormir, no logré pegar el ojo ni un solo segundo. Aparto el brazo de Bratt lista para una ducha con agua fría, necesito que mi cerebro se despierte y se mantenga activo. Observo mi reflejo en el espejo del baño: hay medias lunas alrededor de mis ojos y empiezo a preocuparme, ya que los problemas personales y emocionales no pueden interferir en mi servicio como soldado. Esa es una de las tantas reglas de la FEMF. Las dudas, las lamentaciones y los dolores debo dejarlos aquí.

Bratt sigue dormido, así que me visto rápido para no incomodarlo. En la cocina, Lulú está tarareando una de sus canciones favoritas.

—¡Qué madrugadora estás hoy! —Me sirvo una taza con café.

—El joven Bratt está aquí, así que supuse que me necesitaba. —Me ofrece un plato con tostadas.

Está más arreglada de lo normal, se aplicó sombras en los ojos y sus pestañas tienen una capa extra de rímel.

—Quiero creer que estás así de arreglada —Luisa aparece en la sala— porque tienes otra cita y no porque el novio de Rachel está aquí.

—No tengo ninguna cita. —Bate huevos en un cuenco de aluminio—. El joven Bratt lo amerita, como también lo amerita el joven Simon. ¿Qué dirán si ven a su sirvienta mal arreglada y andrajosa? Pensarán que no me tratan bien, que no me pagan lo suficiente y…

—No te vemos como una sirvienta, Lulú —la interrumpo—. Para nosotras eres una amiga más.

—Buenos días —saluda Bratt con el cabello revuelto; tiene la misma ropa de ayer—. ¿Qué hay para desayunar?

—Estoy preparando sus huevos favoritos —contesta Lulú dejando caer el contenido del cuenco en la sartén—. Estarán listos dentro de un minuto.

—Cuatro años trabajando conmigo y nunca has preparado mis huevos favoritos —se queja Luisa.

Bratt me abraza por detrás oliendo a pasta dental.

—¿Quieres que te lleve a la central?

—No es necesario —le ofrezco mi taza de café—. Debo llegar temprano, tengo un montón de trabajo acumulado. Si vas, solo me verás gritarles a los soldados.

—Dormiré otro rato entonces.

—¿A qué hora te vas?

—En la tarde, me llevaré soldados para reforzar —explica—. El vuelo saldrá después del mediodía.

Busco las llaves del auto en el perchero, no están. Miro a Luisa y se hace la loca.

Le doy un beso a Bratt, me despido de Lulú mientras le lanzo una mirada de advertencia a mi amiga. Por su bien, espero que mi auto esté en perfecto estado. Como mi auto no está, debo optar por la Ducati que tengo como segundo medio de transporte: es crucial en mi trabajo, ya que no sabes cuándo te van a pedir llegar en el menor tiempo posible. Con el casco y la chaqueta puesta, salgo de Belgravia, huyendo del cargo de conciencia que me causa tener a Bratt cerca. Opto por mi uniforme de pila estando en el comando y hago frente a mi día, la acción no empieza todavía. Cada operativo importante requiere que se estudie el perímetro con paciencia, y eso es lo que están haciendo el comando y los capitanes.

—Buenos días, teniente —me saluda Edgar, el cabo asistente de mi área.

—Novedades —pido al ver el montón de carpetas que tengo.

—La tropa del capitán Dominick Parker la está esperando en la cancha de entrenamiento. Tengo todos sus pendientes aquí. —Me entrega una lista que abarca tres de mis próximos días.

Verla me da migraña.

—Hay varias autorizaciones que necesitan su firma y visto bueno.

—Primero iré con los soldados, después me pondré al día con el papeleo.

—Claro que sí, mi teniente. —Se devuelve a su escritorio.

Scott está con la tropa de Parker, la cual se alinea cuando me ve.

—Harry está trabajando con ellos —aclara mi compañero—. Están al día y saben lo que tienen que hacer.

Aprovecho las dos horas que tengo para someterlos a las pruebas de rutina. Harry llega casi al final del entrenamiento para indicarme que uno de los capitanes requiere que dé una charla sobre inteligencia militar.

—Morgan vuelve mañana de Cambridge —avisa también—. Te informo para que no tengas trabajo atrasado.

Tal cosa es un respiro para mi cerebro, puesto que es una distracción menos, ser de la Élite es saber hacer de todo y transmitir el conocimiento aprendido a los demás.

—Quédate con ellos —le pido a Harry.

Me reúno con el otro grupo y doy la charla que me pidieron, los soldados son receptivos cortándome el tiempo programado para la clase.

—Dentro de dos días tendremos práctica sobre esto —finalizo.

Apago los aparatos tecnológicos mientras salen.

—Casi que no vuelves —la potente voz con acento alemán de Dominick Parker hace eco en la sala vacía—. Pensé que te quedarías a vivir en Hawái.

Me lleno de oxígeno y paciencia… El problema de la Élite es que tenemos que trabajar en conjunto todo el tiempo, y desafortunadamente Parker forma parte del grupo.

—¿Qué necesita, capitán?

—Esta mañana emití una lista de todo lo que quería. La acabo de dejar con tu asistente.

—La revisaré.

—Me urge el informe de los soldados que tengo a cargo, quiero información detallada: debilidades —se pasea por la sala como un profesor universitario—, fortalezas, cosas por mejorar… Necesito que esté listo lo antes posible.

Repaso mi lista mental de todas las tareas que aún debo realizar. No hay espacio para hacer un informe tan largo.

—Son demasiados, capitán. —Apilo las carpetas que me llevaré—. Recién hoy entrenaron conmigo nuevamente, por lo tanto, no puedo darle un informe tan detallado. Creo que el indicado para la tarea es el teniente Harry Smith, él lleva cuatro días seguidos con ellos.

—¿Quieres pasarle tu responsabilidad?

Por mucho que intente ser amable con él es imposible. Baja los escalones plantándose frente a mí.

—No, solo digo que él puede ayudarlo mejor. Tengo demasiado trabajo y no creo que alcance a tenerlo en los próximos días.

—Rachel —niega con la cabeza—, te vas de vacaciones con tus adinerados suegros y cuando llegas no quieres hacer nada.

Me cosquillea la rodilla ansiosa por clavársela en los testículos.

—El que seas la novia de un capitán no hace que puedas evadir tus responsabilidades. Eres un soldado destacado; por ende, tienes que servir para todo y para todos. No es mi culpa que te la pases como la reina de Gales y ahora no tengas tiempo de cumplir con lo que se te ordena.

—No es que no quiera…

—No hables. —Me pega el índice en los labios para que me calle—. No te he ordenado que lo hagas. Debes tener el ojo listo para percibir la fortaleza y debilidad de cualquier soldado solo con verlo, así que no me vengas con excusas y haz el informe.

Lo aparto.

—Sí, capitán.

—Puedes marcharte —me ordena.

¡Imbécil! Vuelvo a mi cubículo e intento adelantar todo el trabajo que tengo.

Cuatro superiores en cuatro ciudades diferentes es un dolor de cabeza. Estrategias, leyes y códigos diferentes. Tengo las ideas de cuatro capitanes que piensan y trabajan a su modo.

—¿Piensas morir de inanición? —Scott deja caer sobre la mesa dos recipientes con comida y una bebida.

El olor me recuerda que es más de mediodía y no he probado bocado.

—Gracias. —Abro la bolsa. Me gruñe el estómago de hambre—. He estado guardando mi hora del almuerzo para cuando se vaya Bratt.

—Afortunadamente, tienes un amigo que se preocupa por ti.

—Ella no necesita de tu preocupación. —Bratt aparece en la sala.

No luce contento.

—Capitán, qué gusto verlo. —Scott extiende la mano para saludarlo.

No corresponde, solo enfoca los ojos en la comida que descansa en la mesa.

—No tienes que traerle comida a mi novia, tus ganas de ligar las puedes guardar para otra.

—Jamás intentaría ligar con ella, señor. —Scott aparta la mano—. Es mi amiga, la conozco desde que estábamos en la escuela militar.

—Sé de tu fama, Scott. Tú no tienes amigas, así que te voy a pedir que tomes lo que trajiste y te devuelvas por donde viniste.

Mi amigo calla. Él es un sargento mientras que Bratt es un capitán, por lo tanto, está obligado a guardarle el debido respeto.

Se acerca a por la comida y agarro la bolsa metiéndola en el cajón.

—Gracias por el gesto —le digo—. Márchate, te buscaré más tarde. Todavía tenemos trabajo que hacer.

Bratt me mira con rabia, no le basta con comerme con los ojos y por ello toma a Scott del brazo cuando pasa por su lado.

—No te quiero cerca de ella, ¿entiendes?

—Suéltalo —le ordeno.

Lo hace de muy mala manera. Scott no refuta porque Bratt es un capitán y está en clara desventaja.

—Te vuelves valiente a la hora de defenderlo. —Se gira hacia mí cuando el chico se va.

—Estás armando una escena por una tontería, solo me trajo comida.

—Intenta ligar contigo, ¿acaso no te das cuenta?

—No, no me doy cuenta porque estás viendo lo que no es. Él solo quiso ser amable.

Se pasa las manos por la cara.

—Mientras estés conmigo no puedes seguir siendo amiga de él, no me gusta.

—No voy a renunciar a mis amigos por ti.

Retrocede mirándome como si no me reconociera. Todos estos años he sido demasiado sumisa ante sus celos, debido a que he preferido callar antes de pelear.

—No debí venir después de todo. —Camina a la puerta.

—Bratt…

No me escucha, se marcha dejándome con la palabra en la boca. Cierro de un golpe la pantalla de mi *laptop*. Odio que se ponga posesivo —nadie pertenece a nadie— y que se dañen las cosas sabiendo que viajó cuatro horas para verme. Me voy tras él. Los soldados que se llevará ya se están preparando para irse, le marco al móvil, pero no me contesta.

Ubico el edificio de dormitorios masculinos ideando una manera de arreglar las cosas. Está en un operativo peligroso y las peleas no hacen más que desconcentrarlo.

Toco y no me abre.

—Sé que estás ahí. —Golpeo con más fuerza.

Nada.

—¡Bratt! —insisto—. No me iré hasta que no me abras.

Abre la puerta. Solo trae los pantalones del uniforme, tiene el cabello húmedo y el torso desnudo.

Verlo así me recuerda por qué soy la envidia de muchos aquí.

—Lo siento. —Cierro—. No quise ser grosera.

—Pero lo fuiste.

—Estabas siendo injusto con Scott, no tenías por qué tratarlo así.

—¿Viniste a defenderlo?

—No. Vine porque no quiero que te vayas enojado conmigo.

Se vuelve hacia mí.

—Estoy a kilómetros de ti sin saber qué haces o con quién estás. Es normal que sienta celos.

—Eso no justifica tu comportamiento y estás desatando tu furia en la persona equivocada.

—Me desobedeciste por su culpa.

Me acerco haciendo uso de mi paciencia. Bratt es difícil cuando de celos se trata. Huele a loción de baño y con el torso descubierto parece un modelo de Calvin Klein.

—No te desobedecí por él, solo quería salir a divertirme con mis amigas.

—Sabes lo que pienso de tus formas de diversión.

Apoyo la frente en su pecho.

—Lo necesitaba —susurro contra su piel.

Me levanta la cara para que lo mire.

—No seguiré discutiendo, pero diles a él y a todos los que intenten pretenderte que eres mi novia. Nunca dejarás de serlo.

Tira de mi nuca uniendo nuestros labios en un beso suave. Saborea mi boca con lentitud posando las manos en mi cintura. Cierro los ojos empapándome del momento, no es un beso agitado ni candente, sino tierno y lleno de amor. Su lengua roza suavemente la mía mientras sube las manos hacia mis omóplatos. Mi mente recopila la imagen de mi beso con Christopher en el bar de Hawái. Sus ardientes labios sobre los míos moviéndose mientras nuestras lenguas se batían a duelo. No me estaba tocando; sin embargo, podía sentir la llama de deseo que se apoderaba de mi cuerpo. La temperatura sube, la ropa me estorba y mi entrepierna suplica atención. Rodeo el cuello de mi novio deslizando la mano por su torso y llego hasta la pretina de su pantalón, intento abrirlo, pero me niega el acceso empujándome hacia atrás.

Quedo atontada, no es un hombre brusco.

—¡Me mordiste! —increpa acariciándose el labio—. ¿Desde cuándo eres de besos agresivos?

—¿Te lastimé? —pregunto preocupada.

—No, pero sabes que no me gustan ese tipo de cosas. Tengo una novia, no un vampiro.

Le timbra el móvil y va a buscarlo en la mesilla de noche.

—Lo siento. —Intento acercarme.

—Ya tengo que partir. —Retrocede.

Se coloca la camiseta mientras termina de empacar las pocas cosas que trajo. ¿Por qué diablos lo mordí? ¿Cómo carajos lo voy a morder?

—Brenda me dijo que tenías mucho trabajo. —Cierra la maleta—. Despidámonos de una vez, ya que no te quiero quitar más tiempo.

Asiento y me acerco para besarlo; no obstante, echa la cabeza para atrás impidiendo que le toque la boca.

—No vas a morderme, ¿verdad?

—¡Por supuesto que no!

Me besa la frente mientras me da un último abrazo.

—Pórtate bien, no quiero venir y tener que romperle la cara a alguien.

Asiento.

—Vete, te llamaré cuando llegue.

—Cuídate.

Lo dejo en su habitación mientras vuelvo a mi trabajo. ¿En verdad lo mordí? Rachel, ¿qué te pasa? Él y yo no somos así.

Llego a la sala de tenientes.

—No sé si te habrás dado cuenta de que Parker es todo un dolor en los huevos —me dice Harry cuando entro—. Ha llamado cuatro veces en media hora, le dije que te fuiste a almorzar y se puso histérico.

El teléfono suena, y ya sé quién es.

—Teniente James —contesto desanimada.

—¿Ya está listo lo que te pedí?

—Necesito más tiempo, capitán.

—Tiene que estar listo mañana antes del mediodía.

Cuelga y tiro la bocina. Se está dedicando a joderme la vida.

13

EL CASTIGO

Rachel

El frío se me cala por los huesos mientras muevo los dedos sobre el teclado de mi *laptop*.

No me he levantado en toda la mañana, a duras penas tuve tiempo para dormir una hora, bañarme, cambiarme y volver.

—El capitán Parker volvió a llamar —me avisa Edgar.

Ya van diez llamadas en lo que lleva la mañana: el maldito no se cansa de joder y ya me estoy hartando de tanta presión.

—La próxima vez, me transfieres la llamada. —Siento pena por el oficial, ha tenido que lidiar con los insultos cada vez que no contesto el teléfono.

—No entiendo por qué Dominick te agregó más trabajo. —Harry me trae café—. El informe que quiere me corresponde a mí, porque fui yo el que estuvo pendiente de sus soldados.

—Le dije y no me creyó, el infeliz quiere volverme loca.

—Lo haré por ti —se ofrece—. No creo que puedas hacerlo en los próximos cinco días.

—Déjalo. —Tomo el café—. La orden fue clara y no quiero más problemas.

—Lo haré a tu nombre —se encoge de hombros—, así no tendrá motivos para molestarte.

Miro a mi amigo de la infancia y ahora compañero de trabajo.

Lo conocí cuando teníamos siete años, me pegó goma de mascar en el cabello cuando estábamos jugando en la casa de Luisa.

Se acopló a mi familia, fue como un hijo para mi papá. Quince años después sigue estando incondicionalmente para Luisa y para mí.

—¡Deja de mirarme como si fuera tu ídolo y concéntrate en lo que tienes que terminar! —se burla.

—¿Ya te dije que eres mi persona favorita?

—Una vez estando ebria. —Sonríe.

Se me revuelven los ácidos gástricos del estómago cuando suena el teléfono. La luz naranja del aparato clasifica la llamada proveniente del sector cuatro.

—Ahí está otra vez —protesta Harry.

—¡Lo odio!

—Contesta antes de que explote.

Levanto la bocina, me está terminando de empeorar la vida.

—¡Entiendo que necesites el informe! —le recrimino al teléfono— Pero, si sigues llamándome cada cinco segundos no voy a terminarlo nunca. —Tomo aire y continúo—. ¡Así que deja de molestarme para que pueda trabajar!

—¡¿Perdón?! —se me congela la mano en la bocina, el aire se me escapa de los pulmones, en tanto el estómago se me comprime de golpe.

—Coronel … —musito.

—¡Tienes veinte segundos para estar aquí! —ordena.

—Enseguida, señor.

Cuelga mientras me quedo mirando a la nada. ¡¿Cómo diablos se me ocurre contestar así?!

Despabilo mis neuronas saliendo del shock.

—Edgar —me acerco al soldado—, ¿cómo se te ocurre pasarme una llamada del coronel sin avisarme?

—¿Era el coronel? —Palidece—. Lo siento, no me fijé. Solo vi que era una extensión del sector cuatro y pensé que era el capitán Parker…

—Para la próxima solo ten más cuidado; si Parker llama, dile que el trabajo estará listo para el mediodía.

—Como ordene, mi teniente.

Me encamino al pasillo mientras mis nervios debaten entre seguir o huir. No lo he visto desde Hawái. Tres días, setenta y dos horas y mil cuatrocientos treinta minutos. Lo tengo calculado porque no he dejado de temer este momento. Entro al baño, estoy sudando por todos lados, parece que estuviera atravesando el Sáhara. Me lavo las manos mientras me miro al espejo, al menos estoy presentable: tengo el cabello recogido en un moño alto y… Pero ¿en qué estoy pensando?

Me doy una cachetada mental al ver las estupideces que estoy haciendo. Mientras él está furioso en su oficina, yo me estoy preocupando por cómo me veo. Salgo lista para hacerle frente. Laurens permanece en su cubículo y alguien está de espaldas charlando con ella. Acelero el paso reconociendo el cabello rubio de Trevor, que está apoyado en la mesa coqueteando con su estúpida sonrisa de galán.

—Teniente, buenos días —me saluda la secretaria—. El coronel Morgan la está esperando.

Hay un girasol en el escritorio y Laurens tiene una sonrisa radiante.

—¿Qué haces aquí, Scott?

Sé lo que intenta.

—Pasaba por aquí y quise saludar a Laurens.

La mano me cosquillea muerta de ganas por plantarle un guantazo.

—No tengo necesidad de anunciarla —vuelve a hablar la secretaria.

Tomo nota mental de lo que haré más tarde: darle unos buenos bofetones a Trevor.

—¡Gracias! —Me alejo.

La puerta está abierta, puedo escucharlo desde el pasillo y, a juzgar por la conversación, supongo que no está solo.

Me asomo sin hacer ruido: el general Peñalver está frente al escritorio tapando su figura.

—¡Buenos días! —Me poso bajo el umbral haciendo el debido saludo.

El general voltea enfocando la atención en mí.

El calor aumenta dándole paso a mis sensaciones de siempre, ya me estoy acostumbrando a ellas. Mientras él esté a escasos metros de mí, serán mi fiel compañía. Como de costumbre, está perfectamente arreglado, con el cabello peinado hacia atrás, recién afeitado y un tanto más moreno por el sol de Hawái.

—Qué gusto verla, teniente —habla el general—. El clima de Hawái le sentó de maravilla.

Me acerco con la espalda erguida fingiendo que todo está bien.

—¿Qué piensa usted, coronel? —pregunta el general—. ¿Me equivoco al decir que le luce la piel bronceada?

Me evalúa acariciándose el mentón.

—No, no se equivoca.

Aparto la vista e intento que mi cerebro se concentre en lo que sea que vine a hacer.

—Siéntate. —Me ordena el general.

Tomo una de las sillas mirando a cualquier otro lado que no sea en su dirección.

—Rachel, sé que tienes asuntos pendientes… Perdona que no te llamé por tu rango de pila —se disculpa el general—. No se me da bien seguir el protocolo contigo, te conozco desde que tenías quince años y tu padre es alguien muy querido aquí.

—No me molesta que lo haga, señor.

—El capitán Simon Miller consiguió información clave que tiene que ser evaluada de inmediato —me indica Peñalver—. Debemos saber todo sobre el

sitio que está bajo su radar: dueño, historia, labores, quiénes lo frecuentan...
Un estudio detallado que nos permita planear estrategias.

—Necesito todas las coordenadas posibles.

—Se las haré llegar más tarde —habla Christopher—. Dentro de cinco minutos tendremos una videoconferencia con el capitán.

—Tiene que quedar perfecto, no podemos dar pasos en falso con los Mascherano —añade el general mientras mira su teléfono—, tiene que estar listo para antes de las ocho.

El móvil suena sobre su mano, me indica que espere antes de salir a contestar, reacciono y me levanto seguida de Christopher; prefiero que el general me diga lo que falta en el pasillo.

—¿Puedes hacerlo? —pregunta rodeando su escritorio—. ¿O volverás a exigirme que deje de molestarte?

Siento que me vuelvo diminuta cuando se acerca inundando mi olfato con su exquisita fragancia.

—No —musito—. No sabía que era usted.

—Quiero escuchar cuál es la excusa para que contestes tu teléfono como una maniática furiosa.

Retrocedo hasta darme con el borde de la silla.

—Coronel —lo llama el general—, el capitán Miller está en línea. Rachel, te entregaremos lo que se requiere dentro de un par de minutos.

Peñalver vuelve a perderse en el pasillo mientras que el coronel da un paso más, aniquilando mi cordura.

—Supongo que es una excusa larga. —Su aliento me acaricia el rostro y contengo el aire frenando las ganas de besarlo—. La escucharé por la tarde.

—Sí, mi coronel. Solicito permiso para retirarme.

Observa con detenimiento mi boca poniéndome peor.

—Adelante.

Me devuelvo a mi oficina. Harry me entrega el informe al mediodía, le estampo mi firma y lo envío a la oficina de Dominick Parker.

—No estaba el capitán —me avisa Edgar cuando vuelve—. Lo dejé en su escritorio, también se lo recomendé a la secretaria del piso.

—Bien, lo importante es que lo vea y deje de molestarnos.

—El general le envió esto. —Me entrega las coordenadas que solicité.

Hago un pequeño receso para almorzar y vuelvo a sumergirme en el trabajo. La tarde resulta provechosa, hablo con los capitanes que están fuera, quienes me indican lo que debo informar diariamente al coronel. Capto todo, el caso está tomando forma, cumplo con la orden del general y en las horas siguientes me dedico a pulir lo que me pidieron.

—Está lloviendo a cántaros. —Entran a la sala.

Es Luisa quien luce una gruesa chaqueta de su área.

—Tus llaves —sostiene mi llavero por encima de la cabeza.

—Espero que mi auto esté en perfecto estado y que no tenga un solo rayón.

—Lo está —se sienta en el escritorio—, al menos eso creo.

Arroja las llaves causando un estruendo en la madera.

—¿Qué pasó con Bratt?

—Nada. —Recojo lo que debo entregar.

—¿Follaron?

La aniquilo con los ojos. Hay casi veinte personas a nuestro alrededor, que estén metidos en su trabajo no impide que puedan escuchar.

—¿Qué? —pregunta haciéndose la tonta—. Lo siento, se me olvidaba que ustedes no follan, sino que «hacen el amor».

—No hicimos nada —contesto en voz baja—. Tenía que irse y yo tenía mucho trabajo.

—Hace un mes que no se ven. —Se frota la barbilla con el dedo—. ¿Y no son capaces de devorarse el uno al otro en un polvo rápido? Tienen una relación muy aburrida.

—Una relación no es solo sexo.

—No es necesario que me des clases sobre la definición de relaciones. Sé muy bien que no son solo sexo —apoya los codos en la mesa—, pero a mi parecer tienes demasiados recuerdos de Christopher en la cabeza y por eso no quisiste estar con él. Mi otra teoría es que Bratt ni siquiera lo intentó.

—¿Qué es esto? ¿Uno de tus estudios psicológicos? —Odio que me analice como si fuera un criminal.

—No respondas preguntas con preguntas y dime por cuál de los dos motivos no pasó.

—Por los dos —contesto exasperada.

—Lo sabía. Tu novio me da mucho sueño.

—Debo terminar esto. —Me levanto ignorándola.

—Harry me dijo que lo esperara aquí, ya que está en una reunión y quiere que vea el perfil de un sospechoso que hace parte del caso.

—Suerte con todo.

Respira hondo.

—Al menos duerme cinco horas esta noche —me pide.

—Lo dudo, pero lo intentaré.

Salgo al pasillo desierto de la segunda planta. En noches así, lluviosas, solo deambulan los centinelas de turno. Avanzo y el panorama se daña cuando me encuentro a Dominick Parker con cara de verdugo.

—¡A ti te quería encontrar! —Aprieta el paso cuando me ve.

Trae una carpeta en la mano y me atrevería a jurar que es el informe que le envié al mediodía.

—¿Qué hice ahora, mi capitán?

—¡No cumpliste con lo que te ordené!

Aparte de maldito, loco.

—¿De qué habla? —le pregunto—. Edgar lo dejó en su oficina.

—¡No me creas estúpido! No lo hiciste tú, lo hizo Harry Smith. —Me arroja la carpeta a la cara antes de tomarme—. ¡Conozco sus informes!

Trato de mantener la compostura, ya que está sobrepasando mis límites de tolerancia.

—Le dije que ya tenía trabajo y que no contaba con las herramientas para hacerlo.

—No puedes desobedecer la orden de un superior.

—Leí el documento antes de enviárselo, está perfecto; así que ¿cuál es el problema?

Se yergue como felino listo para atacar.

—No sé quién te crees para hacer lo que te da la gana —me suelta—. No estoy pintado en la pared y es tu deber cumplir con lo que te ordeno.

—¡Me comporto como todos aquí! —Se me esfuman los aires de paz y el respeto que le tengo—. ¡Cumplo mis deberes al igual que tú! —lo tuteo—. ¡Solo estás armando un teatro por algo que sabías que no podía cumplir!

—Quiero un informe nuevo dentro de menos de una hora —me ordena.

—¡No puedo hacerlo! —replico—. Tengo asuntos pendientes y el reporte de Harry tiene todo lo que necesitas.

—¡Me importa un pepino lo que tengas que hacer! —grita—. ¡Te estoy dando una orden y quiero que la cumplas!

—¡Por muy superior que seas no voy a dejar que abuses de tu autoridad!

—¡Cállate! —grita otra vez—. ¡Soy un capitán, por ende, no tienes derecho a cuestionar lo que pido!

—¡Y tú no tienes derecho a tratarme así!

Da un paso al frente y por un segundo temo que la situación se salga de control.

—Todo esto es porque nunca recibes el castigo necesario… Te voy a enseñar que a un superior se le respeta —se impone—. ¡Quiero que des cincuenta vueltas a la cancha de entrenamiento!

Señala la cancha frente a nosotros, que ni siquiera se ve bien debido a la neblina y la lluvia, además de que ya anocheció. Definitivamente está loco poniéndome un castigo para principiante por una idiotez.

—¡Ya! —exige—. ¡Y no te atrevas a desobedecerme!

Las sanciones impuestas por un superior deben cumplirse, sin importar qué tan hijo de puta sea la persona. Regla 127 del Código de Respeto. El castigo va más allá de una orden no cumplida, ya que cincuenta vueltas con este clima es un crimen, por eso me queda claro que me está pasando una factura.

—Te veo. —Se cruza de brazos.

Dejo las carpetas y los mapas contra la pared, me agacho, me amarro bien las botas, bajo la escalera y troto a la cancha. Las gotas gruesas me golpean la cabeza; ni siquiera es lluvia, es granizo. Volteo a mirarlo estando en el campo abierto y está esperando en las barandas del segundo piso.

¡Imbécil!

Empiezo por las barras de brazo, los dedos se me deslizan por los tubos. Sigo con la laguna de fango de la que casi no logro salir, ya que el barro absorbe mis botas. La tormenta vuelve todo más difícil. La escalera de cuerda está resbalosa, mientras que los pilares de madera se tambalean. Me trago el grito de dolor cuando el obstáculo del alambrado me rasguña la espalda arrancándome la tela de la camisa. Continúo a paso firme por la muralla de ladrillo, los pilotes, espaldera, barra de equilibrio, tabla irlandesa, plancha móvil, red vertical, túnel de madera, puente colgante, pozo de altura, muro de escalamiento, péndulo, escalera de hierro y pozo terrestre. Hace cuatro años que no hacía esto porque se supone que está diseñado para los nuevos.

Todo está hecho una mierda; no obstante, hago el recorrido sin detenerme. Las piernas me flaquean en la vuelta 39. Saco el diez por ciento de energía que me queda y continúo. La lluvia se torna fuerte, la brisa me tambalea, a lo lejos se vislumbran rayos. Un relámpago cae en una de las barras, se me resbala el pie y me golpeo el mentón. Ignoro el dolor y continúo. Quiero acabar con esto de una vez por todas. Hora y media después, termino cubierta de barro y con rasguños en toda la espalda.

—Orden cumplida, capitán. —Le dedico un saludo militar al sujeto alemán que tengo enfrente.

—Espero que después de esto tomes tu trabajo en serio y no me obligues a castigarte de nuevo.

Me muerdo la lengua girando sobre mis talones para irme. Si me quedo, terminaré arrancándole el pelo.

—No he terminado —me detiene—. Quiero que todas las órdenes que te dé sean cumplidas al pie de la letra o si no…

—O si no, ¿qué? —lo interrumpo—. ¿Me pondrás a darle la vuelta a Londres corriendo?

—No aprendes —me encara.

—No te tengo miedo, puedes ponerme los castigos que quieras, ya que no son problema para mí cumplirlos.

Tira de mi brazo estrellándome contra su pecho.

—¡No te equivoques!

—¿Qué está pasando aquí? —interrumpe el coronel al pie de la escalera.

Parker me suelta e intento acomodarme la camiseta destrozada.

Christopher se acerca a grandes zancadas y la cara de Parker cambia en un santiamén. Nos ponemos firmes ante él mientras pasea la mirada por Dominick y por mí.

—Llevo dos horas buscándola —me regaña—. ¿Por qué está tan llena de barro?

Guardo silencio esperando a que mi capitán dé una magnífica explicación.

—Le impuse un castigo, coronel —informa—. Desobedeció la orden que le di.

—¿Qué castigo?

—Cincuenta vueltas a la cancha de entrenamiento.

El enojo es evidente, ya que la postura lo dice todo.

—¿Qué orden no cumplió como para que impongas un castigo para principiantes?

—No me entregó el informe que solicité ayer.

—Hace unos días, te dejé en claro que no quiero intromisiones, ni que te tomes atribuciones sin consultarme. ¿Qué parte de eso no entiendes?

—Lo tengo claro…, coronel —balbucea—, pero era un informe sobre los soldados que…

Da un paso hacia él obligándolo a retroceder.

—Estoy cansándome de tus estupideces —le dice—. Se supone que eres un capitán, conoces las reglas y sabes muy bien que un castigo como el que le diste no es para un soldado de su rango.

Él no contesta.

—Para que tenga más claro cuáles son los métodos de sanción, quiero que transcribas de tu puño y letra el código penal disciplinario de la FEMF.

—Pero ¡eso es un castigo para…!

—Principiantes —termina la frase por él—. Es un escarmiento para que dejes de hacer tantas pendejadas.

Si me odiaba antes, ahora me odiará el triple.

—Y tú —me mira—, ten en claro que eres un soldado, no el monigote de este imbécil. Métetelo en la cabeza y deja de perder el tiempo. —Va hacia la escalera—. Tiene media hora para estar en mi oficina.

Parker no me mira, solo resopla antes de largarse. Me voy a mi habitación. Entro a la ducha y me baño con agua caliente dejando que el calor me relaje los músculos adoloridos. Salgo y limpio el vapor del vidrio en el espejo. No tengo buen semblante: mis ojos demuestran mi cansancio, además, tengo un moretón horrible en la barbilla. Cambiada y cansada recojo la información que me exigieron moviéndome a la oficina del coronel.

—Adelante —dicen cuando toco a su puerta.

Abro. Laurens está organizando una pila de documentos al lado del escritorio.

—¿Todo listo? —pregunta el coronel cuando me ve.

—Sí, señor. —Dejo los planos en la mesa que sostiene un modelo a escala de la ciudad de Moscú.

—Te escucho.

Se me van las ideas y me despierto del estado hipnótico cuando alza una ceja, no quiero otro regaño.

—El informe que los capitanes entregaron hoy trajo información importante. —Obligo a mis neuronas a que reaccionen—. Los cuatro me confirmaron que la presencia de los Mascherano en las ciudades que investigan señala que están en busca de clientes, al parecer, están dando a probar su creación.

—Sí. —Apoya el peso del cuerpo en la silla.

—El estudio que me pidieron está listo, es un casino ostentoso muy frecuentado, el cual pertenece a los socios más importante de la mafia italiana: la Bratva —explico—. Al establecimiento lo hacen pasar por un centro de diversión cualquiera, pero lo cierto es que los miembros de la mafia rusa lo usan para cerrar tratos.

La atención se pierde cuando Laurens estornuda.

—Investigué sobre la persona que lo maneja, es Tanya Sokolova, una de las proxenetas más grandes de Moscú. Tiene varios cargos con la FEMF, entre ellos, homicidio, robo, estafas… Lo típico de la mafia roja —prosigo—. No solo es un casino, también es un burdel, e infiltrarse es una buena maniobra para acercarse a los italianos, ya que al ser clientes potenciales es obvio que les van a ofrecer la droga.

Levanto la cara, Laurens está mirando al coronel y el coronel a mí.

—¿Desean café? —pregunta la secretaria.

—No —responde por los dos—. Lárgate, no te necesitaré hasta mañana.

«Yo sí quería el café».

—Claro, señor —contesta Laurens.

Recoge varios documentos antes de marcharse.

—¿Hay algo más respecto al casino? —pregunta cuando estamos solos.

—Sí, en Alemania y en Brasil hay sitios parecidos…

La ausencia de Laurens tensa el ambiente, es incómodo estar solos después de lo que pasó en Hawái, porque mientras él me evalúa, yo imagino mil maneras de montarlo.

—Quiero ver los planos del sitio.

Me salta el pulso cuando oigo el pestillo de la puerta cerrarse.

Con él todo es como una película erótica. He escuchado el ruido del pestillo miles de veces, todos los generales, coroneles y capitanes tienen el mismo botón bajo su mesa para cuando quieren privacidad. Respiro hondo. Tiene prospectos de las ciudades en la mesa, me paro al lado de la maqueta de Moscú, tragando saliva cuando oigo el sonido de sus pasos acercándose por detrás.

Estamos trabajando, solo trabajando.

Su aroma llega a mi olfato bloqueándome las neuronas.

—Este es el casino Caden Loft, está ubicado al norte de Moscú. —Pongo una banderilla en el mapa—. En el edificio Wall Train está montado el grupo de investigación del capitán Miller.

No escucho respuestas ni preguntas de su parte.

—A mi parecer, el capitán debe infiltrarse en el casino e intentar negociar con Tanya; su ayuda es una excelente herramienta. Está a un pie de ser capturada y condenada a cadena perpetua —explico—. Es una pieza clave en la pirámide, ya que es una proxeneta antigua.

Sigo sin escuchar respuesta. Volteo a verlo y sus ojos no están sobre la maqueta, están sobre mí.

—¿Está poniendo atención a lo que digo?

—No. —Se recuesta en el borde de la mesa—. Estoy imaginándote sobre mi escritorio, desnuda y con las piernas abiertas para recibirme.

Una oleada de calor sube desde mi entrepierna hasta mis mejillas.

—¿Por qué te sonrojas? —Se acerca—. ¿No quieres?

Quedo de cara contra su pecho y debo alzar el mentón para mirarlo a los ojos.

—Te avergüenza reconocerlo. —Pasa la mano por mi mejilla.

—No.

—Sí.

—Estamos trabajando y estoy concentrada en…

—¡Ajá!

Mis piernas tocan una de las orillas de la mesa cuando me acorrala bajando las manos por mi abdomen y metiéndolas en mi pantalón camuflado.

—Voy a probarte —musita.

¡Que alguien me eche agua y me apague!

El tacto me congela cuando su mano se adentra en mis bragas, palpando mi humedad. Tensa la mandíbula hundiendo los dedos y… creo que voy a ahogarme con mi propia saliva, ya que ni tragar puedo con lo temblorosa que estoy.

—¿Nerviosa?

—No.

Ladea la cabeza ante mi mentira, me estimula con los dedos y luego los saca y se los mete a la boca. Eso me deja sin habla.

—Recordemos lo de Hawái.

Suelta la liga que sujeta mi moño, el cabello me cae libre sobre los hombros y no me da tiempo de reaccionar cuando se aferra a mi nuca, listo para besarme.

—Las cámaras —jadeo antes de que me toque los labios.

—Sé lo que hago.

Sella nuestros labios en un beso brusco, abriéndose paso dentro de mi boca y dándome lengüetazos vehementes que no me dejan razonar. Un beso seguro, diestro y con el punto exacto de agresividad para encenderme como arbolito de Navidad. Suelta mi boca y baja por mi mentón repartiendo besos húmedos por mi garganta. No creo que pueda cansarme de los besos de este hombre tan ardiente y posesivo. El simple contacto de sus labios sobre mi cuello me quema, exigiendo más. Le aprieto los hombros con fuerza, rodea la parte baja de mis glúteos y me levanta en el aire mientras envuelvo las piernas en su cintura. Camina conmigo dejando que disfrute la erección bajo mi culo. Caemos en el sofá, yo sobre él; intenta apartarme, pero lo tomo del cabello demostrando que quiero comérmelo vivo. Nuestras lenguas batallan y lo sujeto con fuerza obligándolo a que siga recorriéndome el cuello. Tengo las bragas empapadas, estoy más que ansiosa y lo único que me apetece es que rompa la tela que nos separa.

—Está muy urgida, teniente. —Los ojos oscuros solo me prenden más.

Entierro las manos bajo su camisa disfrutando su torso definido. Se mira la entrepierna insinuando que libere la erección. Las manos me tiemblan; sin embargo, soy ágil a la hora de soltarla y masajearla deleitándome con lo dura que está. La punta rosada me señala y debo morderme los labios para no prenderme como me gustaría.

—¿Quieres? —Me acaricia el cabello.

Asiento ansiosa y avergonzada. Toma el tallo para que me acerque y la lamo dejando que la pase por mis labios. Me confunde: no sé si quiero comerme su polla o su boca, así que me veo obligada a subir antes de quedarme abajo devorándolo con gusto. Sus labios son exquisitos. La erección se mantiene en mi mano y mi boca sobre la suya.

—¿Coronel? —Tocan y preguntan afuera.

No me suelta, insisten afuera y actúa como si no le importara.

—¿Coronel? —Vuelven a llamar, me aparto para no estorbar, pero niega mi huida dejándome bajo su pecho.

—¡¿Quién es?! —pregunta sin dejar de tocarme.

—El sargento Trevor Scott, señor.

No me importa que uno de mis amigos esté afuera. Acaricio su entrepierna mientras le doy vía libre para que lama y toque todo lo que quiera.

—Estoy ocupado —dice contra mi cuello.

—Solicitamos su presencia, mi coronel —insiste Scott—. Atacaron al capitán Dimitri.

Ambos nos quedamos quietos, no puede ignorar este tipo de casos.

—El general quiere que le haga frente a la situación.

—Iré dentro de dos minutos —resuelve.

Me aparto, ya no está tan «cariñoso» como antes; de hecho, parece que va a matar a alguien arreglándose la ropa con brusquedad y guardándose la polla como si le doliera.

Por mi parte, no descarto la idea de que cabreado se ve más sexy. Disimulo el encanto mirando a otro lado mientras me arreglo el cabello. Termina de vestirse antes de inclinarse sobre mí dejándome la espalda contra el sofá.

—Te compensaré después. —Besa mis labios.

Me encantan sus después. Un después me dio la noche más placentera de mi vida.

—Lo que trajiste déjalo aquí, lo revisaré más tarde.

—Como ordenes —le digo.

Vuelve a besarme con intensidad, se aparta buscando la puerta y me quedo en el mueble con la mirada clavada en el techo odiando a Trevor Scott.

14

CADIN

Christopher

Cierro los ojos dejándome llevar por el placer del momento. Ella aparece con sus ojos azules mirándome con deseo. *«Me gusta demasiado»*. Los labios, los ojos, ella y esa forma de prenderse de una forma tan sexy.

Se me endurece la polla con su recuerdo mientras acaricio la cabeza de la rubia que tengo entre los muslos.

—Lo disfruto mucho —me dice arrastrando la lengua por el glande inflamado de mi pene.

No contesto, le tomo la cabeza encajándome en su boca. Exhalo al sentir cómo succiona y sujeto con más fuerza su cabello entre mis manos, menea la cabeza de arriba abajo. El placer me atraviesa y...

Le tomo los hombros advirtiéndole que se aleje. No se mueve y no creo aguantar más; por lo tanto, la aparto a las malas tomando una bocanada de aire.

—Es un placer servirle, mi coronel. —Sonríe.

—Fue una buena mamada matutina. —Me acomodo la polla en el pantalón poniéndome de pie.

—Cuente con una todos los días en cuanto vuelva a Nueva York.

—Es bueno saberlo...

Achina los ojos. *«¡Joder, olvidé su nombre!»*. Bajo la mirada a la placa de metal que está sobre la mesa: CAPITANA SHEILA STONE.

—Sheila.

Vuelve a sonreír.

—Puedo darle mi número y usted puede darme el suyo. Ya sabe, para mantenernos en contacto.

Ya empezó.

—No es necesario, no pienso llamarte ni tampoco quiero que tú lo hagas.

—Pensé que podríamos... —empieza el enojo— llegar a tener algo más.

—Que me la mames no quiere decir que tengamos vínculos o algo parecido. —Me acomodo la ropa dirigiéndome a la salida—. Espero un buen desempeño en Nueva York.

Intenta decir algo, pero no la dejo; simplemente cierro la puerta largándome a trabajar. La inútil de la secretaria se levanta cuando me ve y el movimiento repentino arroja la silla al suelo causando un estruendo en el piso.

—Buenos días, señor.

—Quiero un café americano, grande y sin azúcar —le ordeno antes de meterme a la oficina.

Los rayos de sol se asoman en el vidrio secando las gotas de agua que empaparon el ventanal.

Afuera, la tropa de Dominick Parker trota en el campo húmedo con Rachel a la cabeza. Detiene la práctica en el centro de la cancha. No escucho lo que dice, pero puedo ver los gestos que hace cuando habla. Estallan en aplausos, algunos chocan las manos en el aire mientras que otros son un poco más atrevidos y se acercan a abrazarla. Entre esos, uno de los soldados de Brasil, tampoco recuerdo su nombre, pero lo he oído fanfarronear en la cafetería sobre lo bien que ella lo trata. Me aparto molesto, me hastía que no se comporte como la teniente que es. La secretaria entra a paso de tortuga y me lleno de paciencia. Todo con ella es así, no entiendo cómo Sloan la pudo tolerar tanto tiempo.

La taza que trae parece tener un vibrador. Se acerca por mi derecha derramando el líquido en el plato.

—Deberías ir a que te revisen las manos. —Tomo el poco café que quedó en la taza.

—Lo siento, señor.

Levanto la mano para que se calle, no estoy para su repertorio de excusas.

—El nuevo capitán está aquí. ¿Desea recibirlo?

—Que pase. —Dejo el café en la mesa.

Se va.

—Coronel —Patrick Linguini entra a mi oficina haciendo una mofa de un saludo militar—, he llegado a servirle.

—Al fin. —Abro mi *laptop*—. Los otros capitanes te pondrán al día, hay temas delicados que requieren el mejor de los equipos.

Quiero tener el mejor equipo Élite y Patrick era una pieza que me faltaba, eché al capitán que tenía su cargo para que él entrara sin problema. Alexandra es otra pieza que también quise traer.

—Hiciste bien al pensar en el confiable Patrick.

Saco el *folder* de la investigación y le entrego toda la información que debe saber, entre ella, la información que me dio Rachel.

—Moscú es a lo primero que te enfrentarás.

Una algarabía atraviesa la ventana.

La tropa de Dominick sigue en el patio. Están pendejeando no sé con qué, pero tomaron a un soldado e intentan tirarlo al barro. Obviamente eso no es parte del entrenamiento. Cambian los papeles y es Rachel la que termina en el lodo muerta de risa.

Se quita la playera quedándose con el top que trae abajo, intentan tomarla otra vez y…

—¿Esa es la novia de Bratt? —pregunta Patrick por encima de mi hombro—. Es muy sexy.

Lo miro molesto.

—No le digas a mi esposa que dije eso. —Se ríe.

Me voy al teléfono levantando la bocina.

—Capitán Dominick Parker —contestan al otro lado.

—¿Qué mierda haces que no le estás poniendo orden a tus soldados? —inquiero—. ¡Sal y deja en claro que esto no es una maldita guardería! —ordeno antes de colgar.

—¿Cuánto tiempo necesitas para ponerte al día con todo? —le pregunto a Patrick.

—Dos o tres, como mucho. —Se mete la carpeta bajo el brazo—. Le pediré apoyo a mi grupo de colegas destacados.

—La sargento Vargas está aquí —anuncia la secretaria en la puerta.

—Estoy ocupado.

—Se lo dije, pero insiste en verlo, señor.

—Por mí no te preocupes —comenta Patrick—, debo irme ya a estudiar esto con mi teniente.

—Que pase entonces —le ordeno a Laurens.

Irina Vargas entra a mi oficina, como de costumbre, oliendo demasiado a perfume. Sé que muere porque me la tire y no estaría mal hacerlo, ya que tiene sus atributos.

—Esta central es como un paraíso de mujeres sensuales —masculla Patrick.

—Buenos días, coronel. —Me dedica un saludo militar mirando a mi colega.

—Sargento Vargas, gusto en conocerla —se presenta—. Capitán Patrick Linguini, especialista en computación, desarrollo de software, sistemas operativos de alto mando, robótica, inteligencia artificial y seguridad informática.

—Bienvenido a la central de Londres, mi capitán —le dice ella.

—Los dejo solos —se despide Patrick.

Me recuesto en el borde de la mesa esperando a que diga lo que quiere y se vaya.

—El capitán Parker me envió a informarle que el armamento ordenado fue recibido y está listo para ser repartido.

—Mientes, acabo de hablar con él y no me dijo nada. No es un soldado muy inteligente, sargento Vargas.

Se sonroja avergonzada. Si esa era su excusa para verme falló.

—Me ha pillado. —Se relaja—. Quería preguntarle qué hará esta noche.

—No es algo que te incumba.

—Lo sé —me interrumpe—, pero me gustaría invitarle a una copa en mi apartamento.

La idea no me desagrada, desde mi encuentro con Rachel he estado deseando sexo.

Sexo que no he conseguido por estar ocupado en Cambridge. La mamada matutina de Sheila minimizó el deseo, pero no lo borró.

Analizo los pros y contras de tirarme a alguien como Vargas.

Pro: es sexy.

Contra: sé que es de esas que después no podré quitarme de encima.

Pro: estoy urgido de sexo y quiero sexo.

Contra: el sexo que quiero es con Rachel, no con ella.

Así que concluyo:

—No me interesa, lárgate a trabajar.

Tiene la osadía de posar la mano en mi pecho.

—¿Seguro? —susurra.

La puerta se abre de golpe dándole paso al *dolor de cabeza* que tanto detesto.

—¡Quita tus garras de mi marido! —grita Sabrina.

Irina tiembla apartándose como si acabara de ver al diablo.

—¡Largo! —vuelve a gritar.

La sargento se va mientras me devuelvo a mi puesto.

—¿Hasta cuándo tendré que soportar esto?

—Hasta que decidas darme el divorcio. —Me encojo de hombros—. Si vienes con alguna amenaza suicida, te agradecería que la escribas y se la entregues a mi secretaria. La leeré cuando tengas la jodida sensatez de entender que te quiero a mil metros de mí.

Apoya las manos en la silla frente a mí, tragándose la rabia.

—Romina —habla un poco más calmada— ofrecerá una cena por el cumpleaños de su esposo.

—¿Y?

—¿A qué hora puedes pasar a por mí?

—Cuando… —abro mi MacBook— falte un cuarto para nunca.

—Ya le dije que iría contigo.

—Pues no debiste, no me interesa ir a una fiesta con gente que no me agrada y fingir lo que no somos.

Resopla.

—Le diré a Katy que tenga la cena caliente para cuando llegues —evade el tema, ha hecho lo mismo en todo el maldito matrimonio.

Ha evadido mi falta de amor e interés, mis infidelidades y constantes demandas de divorcio.

—Sabes que no iré a tu apartamento, Sabrina.

—¡No es mi apartamento, es nuestro hogar! —me grita—. Hay otra mujer, ¿cierto? Es esa maldita la que te está alejando de mí…

—No hay otra, hay muchas —le digo la verdad.

—Pero en Hawái…

Me trago las ganas de confesarle que fui a Hawái a tirarme a Rachel. Bratt me comentó que Joset tenía intenciones de llevarla y yo no iba a desaprovechar la oportunidad de comerme el coño que no pude saborear en Brasil.

—Lárgate y déjame en paz.

—¡No te la voy a dejar tan fácil! —me amenaza—. Algún día tendrás que asimilar este matrimonio, ya que no voy a dejarte el camino libre.

—Siempre lo he tenido. —Sonrío con descaro—. Ahora lárgate antes de que llame a los guardias para que te saquen.

No hay un solo día en el que no lamente estar casado con ella. No sé en qué diablos estaba pensando cuando le hice caso siendo un adolescente. Besarla me condenó al martirio que conlleva soportarla. Ligar fue el primer error, el segundo fue casarme para que me dejaran de joder.

Cinco reuniones absorben todo mi día. El poco tiempo que sobra lo dedico a revisar los avances de Simon Miller, quien me informa que Antoni Mascherano estará en Moscú dentro de un par de días. No pierdo tiempo a la hora de mover lo que se requiere, llevo años tras la cabeza de ese hijo de puta. Hablo con el capitán dejándole claro cómo proceder en una emboscada que nos permita su captura.

Las cosas salen mejor cuando las hace uno mismo, pero el que planee estar personalmente en la maniobra es una pérdida de tiempo, debido a que el ministro Morgan jamás aprobaría mi presencia allí. Conoce cada detalle de mi pasado con los Mascherano y todavía no puedo pasar por encima de la cabeza del ministro, y mucho menos cuando dicha persona es mi padre. Anochece. Después de varios días encerrado preparo todo para irme a descansar. Me cambio de ropa y luego bajo al estacionamiento.

Busco las llaves del auto mientras camino por la tenue luz del parqueadero.

—¡Maldición! —exclama una voz y acto seguido se oye cómo alguien azota la puerta de un vehículo.

Reconozco la voz, es Rachel James.

Estoy empezando a odiar que mis tareas no me estén permitiendo verla como me gustaría. Tiene la capacidad de empalmarme en segundos, como ahora, que luce un vestido corto gris y unas botas negras que le llegan más arriba de la rodilla. Definitivamente voy a alzar ese vestido dejando que esas botas me envuelvan.

—¿Problemas? —Salgo a la vista.

Se endereza.

—Sí, pero nada grave.

Me acerco y no se mueve.

—¿Soy de ayuda?

—Lo dudo, a menos que tengas un galón de combustible en tu auto —me tutea.

¿Ahora no soy coronel? Igual no importa, como Christopher también me la quiero tirar.

—No lo tengo, pero puedo llevarte.

—Seguramente estás cansando, me apena molestarte.

—No lo estoy —la interrumpo, las ganas de follarla vencen cualquier cosa—. Anda, mi oferta es por tiempo limitado. No les doy a muchas la oportunidad de subir a mi auto.

—¡Qué modesto! —murmura.

—No tengo toda la noche —le advierto—. Así que apúrate.

Me adelanto dejando que saque lo que necesita de su vehículo, no tarda y abordo el DB11 esperando a que suba. Toca el capó sonriente antes de abrir la puerta.

Aprecia el interior mientras me pongo en marcha.

—Tienes muy buen gusto si de autos se trata —afirma.

—¿Te gusta?

—Mucho.

Paso por el código de rutina aventurándome hacia la carretera vacía. Ella guarda silencio; sin embargo, no deja de ser una distracción para mis ojos que no dejan de observar la parte de sus piernas que no tapan las botas.

—La velocidad que llevas podría competir con un cohete.

—Eres un agente de la FEMF, no debe darte miedo la velocidad.

—No me da miedo, pero de vez en cuando me gusta tener la certeza de que llegaré viva a casa.

—Llegarás. —Desvío el auto hacia una de las carreteras vacías.

—Dijiste que me llevarías a casa —comenta clavando la vista en la ventana—, y estoy más que segura de que este camino no es el que conduce a ella.

—Dije que te llevaría, pero nunca mencioné tu casa.

Recuesta la cabeza en el asiento. En el fondo sabe que no tiene caso llevarme la contraria. Tomo el área rural adentrándome en el pueblo que se esconde tras las montañas, sigo colina arriba hasta que llego a mi destino.

Baja conmigo observando las luces del pueblo que dejamos abajo. Me sigue cuando echo a andar.

—¿Qué hacemos aquí?

—Tengo hambre.

—Me imagino que deben servir platos muy buenos si viniste hasta acá. —Se abraza a sí misma.

—No son precisamente platos.

Salimos de la zona verde. La risa de la gente y el sonido de las máquinas haciendo palomitas de maíz me dicen que no me equivoqué al creer que este lugar aún existía.

Frente a nosotros, un gran arco sostiene las letras: Bienvenidos a la feria permanente de Cadin.

Niños que corren de aquí para allá empujándose y riéndose, familias que se toman fotos con sus hijos y adolescentes besándose y metiéndose mano, mientras ven obras de teatro.

—¿Quieres comer? —digo.

—Por supuesto. Supongo que el lugar de la comida perfecta debe de estar allá. —Señala el puesto de comida con más gente—. Personas haciendo fila para comer es el mejor truco publicitario.

Hacemos la fila frente al puesto. Ella aprecia el lugar mientras que yo cada vez me convenzo más de lo atractiva que es y tal cosa me infla el ego.

—¿Qué desea? —le pregunta el chico detrás del carro de comida rápida.

—Una hamburguesa, por favor —observa el menú—, con doble carne, doble ración de queso, papas y soda grande.

La miro con las cejas enarcadas, no es posible que alguien con un cuerpo como el suyo pueda comer tanto.

—¿Qué? —replica—. Pienso pagar mi comida.

—No es por el dinero, es por la cantidad.

Se aparta para que pueda seguir en la fila.

—¿Qué desea? —vuelve a preguntar el chico.

—Lo mismo. —Saco un par de billetes dejándolos sobre el mostrador.

—Déjame… —Rebusca en su bolso y saca la billetera.

—Ni lo sueñes. —La tomo del brazo y la saco de la fila—. Mis cuentas bancarias están a reventar, no necesito tu dinero.

Hace un gesto de fastidio y toma asiento.

—¿Cómo conoces este lugar?

—Venía aquí cuando era pequeño —respondo sin dar muchas explicaciones.

Dos chicas llegan con nuestro pedido y comemos en silencio entre el bullicio de la gente. Sus ojos siguen recorriendo el lugar sonriendo una que otra vez.

Observo su boca y bajo a sus pechos; los tirantes del vestido se esfuerzan por sostenerlos mientras babeo mentalmente de solo imaginar que no falta mucho para prenderme de ellos. Vemos una que otra obra y luego paseamos por los puestos de artículos antiguos. No hablamos, pero de vez en cuando rozamos los dedos al caminar. Se distrae con el gentío y para cuando vuelvo a mirar el reloj es casi medianoche.

—Vámonos ya. —Apoyo la mano en su espalda.

Nos volvemos a adentrar en la zona llena de árboles donde el viento se intensifica, lo que intensifica la sensación de frío.

Justo cuando llegamos al auto, el olor a pólvora se hace presente en el preciso instante en que los fuegos artificiales estallan en el cielo. Se me olvidaba que este es el gran atractivo de la feria todos los viernes.

El pueblo apaga las luces para este momento, mientras que el cielo se ilumina con destellos de colores.

—¡Asombroso! —Rachel se frota las manos sin perder de vista el espectáculo.

Tomo su muñeca atrayéndola a mi pecho.

—Sí, pero ¿sabes qué es mejor?

Le levanto el mentón.

—Esto…

Correspnde el beso rodeándome la cintura con los brazos. Se ha amoldado a mi forma de besar, ya no lo hace de manera suave y tierna, lo hace con pasión y vehemencia. Se aprieta contra mi entrepierna pasando las manos por ella cuando se me endurece y sonrío sobre su boca al notar la urgencia que carga últimamente. La acorralo entre el DB11 y mi cuerpo.

—Como que me apetece follarte sobre este auto deportivo.

La subo al capó y le bajo las tiras del vestido. Hace frío, pero la excitación que desprende me tiene más que caliente. Paso las manos por sus muslos hasta llegar al elástico de las bragas, y ella endereza la espalda cuando las deslizo y me las guardo en el bolsillo.

—¿Crees que sea buena idea? Alguien podría venir…

—¿Qué importa? —La beso—. No daremos un mal espectáculo.

Vuelvo a recorrer sus muslos con las manos hasta llegar a su sexo. Traga grueso cuando le abro los pliegues estimulándola con su propia humedad.

—Aunque si no quieres, no te voy a obligar. —Muevo los dedos mientras la humedad aumenta y trata de reprimirse clavándome las uñas en el hombro.

Está demasiado agitada, mi masturbación la tiene al borde y los músculos se le están apretando listos para el orgasmo.

—¿Quieres que me detenga?

Sacude la cabeza plantando las manos en el metal del capó mientras sigo hundiéndome en su carne palpitante.

—Detesto que te quedes en silencio. —Meto un tercer dedo incrementando los movimientos—. Volveré a preguntar y esta vez quiero una respuesta.

Jadea.

—¿Quieres que pare?

—No… —corta la respuesta—. ¡Joder, no!

—¿Segura?

Se echa sobre mí besándome y cruzando las piernas detrás de mi cintura. Me quita la chaqueta y empieza a comerme el cuello. El desespero me gana, así que suelto la pretina del pantalón, liberando el miembro que froto contra su sexo antes de penetrarla.

—¡Abre más! —susurro en su oído y ella obedece.

—¡¿Así?!

—¡Sí, así!

Inicio los embates que la obligan a abrazarme aferrándose a mi playera. De vez en cuando suelta jadeos suaves que me quitan el control y no me aguanto. ¡Joder! Su estrechez me aprieta la polla y eso solo hace que me guste más. El tenerla abierta sobre mi auto con las piernas rodeándome a la vez que sus gemidos hacen eco en mis oídos me produce un placer inexplicable. La siento aferrarse de mi playera con fuerza cuando llega al clímax, mientras que yo no tardo en vaciarme en medio de estocadas bruscas que la ponen a tragar saliva.

—Ven.

Entro con ella al asiento trasero desatando la tanda de besos húmedos que vuelven a prenderme otra vez. Le acaricio las piernas y ella mi nuca, dejando que la bese una y otra vez. La ropa empieza a estorbarme. La subo a mis piernas buscando sus pechos mientras ella frota su sexo contra mí. Busco sus tetas para comérmelas, pero el vestido que lleva las aprisiona, así que lo rompo a las malas liberando sus senos. Mi lengua toca los pezones endurecidos antes de morderlos mientras ella hunde las manos en mi cabello, dándome vía libre para hacer lo que quiera.

—Te debo un vestido nuevo —beso su hombro— y un par de bragas.

Trata de buscarlas en mi bolsillo y le tomo las manos para que se detenga.

—Entrar a un edificio sin bragas y con el vestido destrozado no es propio de una chica decente.

—No somos personas decentes. —Me encojo de hombros—. Ya te inventarás algo.

Me besa pasando las manos por debajo de mi camiseta, besos largos que la hacen contonearse sobre mi miembro.

—¿Más? —pregunto.

—Por favor. —Se muerde los labios y llevo mi mano a su trasero.

Invade mi boca acomodándose sobre mi polla mientras bajo por su clavícula; entretanto, vuelvo a devorar sus pechos. No me importa parecer un loco obsesivo, me encantan sus montículos de carne. No quiero perder la oportunidad a la hora de tenerlos en mi boca.

Jadea cuando empieza a empalarse.

—Despacio —sugiero. No quiero que el dolor la haga desistir.

Se aferra a mis hombros mientras lucho por no bajarla de golpe y… Una luz incandescente atraviesa la ventanilla de mi derecha y Rachel me desmonta de inmediato. Tocan el vidrio y exigen que abra.

—¡Te dije que nos verían! —Intenta taparse.

—Espera aquí. —Me acomodo la erección.

Abro y el de la linterna no deja de apuntarme.

—Su identificación, por favor —me pide un hombre… un hombre no, un anciano con uniforme de policía.

Me pone la luz del reflector en los ojos.

—¡Baje eso! —le exijo—. Va a dejarme ciego.

Apaga la linterna mientras se quita el sombrero.

—Identificación.

—¿Qué hice como para tener que darle mi identificación?

Baja los ojos a mi erección.

—Sostener relaciones sexuales en zonas públicas es un grave delito. Llevo cuarenta minutos observándolos y, por lo que vi, no es decente lo que estaban haciendo.

—Y no lo dice hasta ahora… —me burlo cruzándome de brazos—. ¿Qué estaba haciendo mientras tanto? ¿Masturbándose mientras nos veía?

—No me falte el respeto —me regaña—. ¡Y le exijo que me muestre su identificación!

Saco del bolsillo trasero mi placa e identificación, se la entrego y espero a que me pida la debida disculpa antes de marcharse.

Ninguna de las dos cosas pasa.

—El coronel Christopher Morgan —dice, asegurándose de que la placa sea auténtica—. Para tener un cargo tan importante debería tener un poco más de respeto por la ley.

—Usted es quien me debe respeto...

—La policía de Cadin no le teme a los arrogantes como usted. —Me devuelve la placa mientras se queda con la identificación—. Somos un pueblo apartado y tranquilo. Muy pocas veces necesitamos de la ayuda de su organización; además, soy un hombre ya entrado en edad y no me gustan los críos como usted, esos que se creen mejor que todo el mundo.

Bostezo con el discurso.

—¡Ajá! ¿Puede devolverme mi identificación para que pueda largarme?

—No, necesito ver a su acompañante y asegurarme de que no la haya forzado a nada.

—Lleva cuarenta minutos observándonos, sabe muy bien que no la estaba forzando.

—¡Debe bajar del auto! —exige molesto.

Recojo mi chaqueta entregándosela a Rachel cuando abro la puerta.

—Baja —le pido—, hay un anciano que necesita asegurarse de que no hayas sido violentada.

—¡¿Qué?! —pregunta poniéndose la chaqueta.

El hombre cambia el gesto cuando la mira.

—Buenas noches —la saluda.

—¿Cómo se encuentra? —Ella se acerca con la mano extendida—. Le ofrezco una disculpa por mi conducta y la de mi acompañante. —Sonríe.

—Sus disculpas son aceptadas, pero según las leyes de Cadin, deben pasar una noche en la estación del pueblo.

—Entiendo —le vuelve a sonreír—. No obstante, a ninguno de los dos nos gustaría pasar por eso. ¿Hay alguna otra forma de evitarlo?

—Tendría que ponerle una multa a cada uno. —Me mira—. Supongo que no es problema pagarla, coronel.

—Por supuesto que no —aseguro—. Y ya que encontró la manera de dañarnos el momento, emita ya la multa, que quiero largarme.

—Debería aprender de la educación de su novia —vuelve a regañarme.

—No es mi novia —le aclaro.

Vuelve a enfocarse en Rachel.

—¿Segura de que este cerdo no la ha forzado a nada?

—No, señor —contesta con tono amable—. No me estaba forzando a nada; de igual forma, agradezco su preocupación y le ruego que nos dé la multa para poder marcharnos.

El hombre saca una libreta y emite mi multa mientras Rachel busca su identificación. Vuelve a preguntarle si no la estaba forzando, a lo que ella vuelve a negar. Una vez emitida la sanción, solicita que abandonemos el lugar.

—¡Te dije que alguien podría vernos! —Se ríe acomodándose el cinturón de seguridad.

—Aun así, fue excitante. —Enciendo el GPS para ubicar su dirección—. ¿Dónde vives?

—Swia número 10, en Belgravia.

—Estamos a una hora y media de su punto, coronel —avisa el sistema inteligente.

Pongo en marcha el auto, a los pocos segundos su voz vuelve a hablar:

—Tiene una llamada del general Peñalver.

—Pásamela.

Rachel recuesta su cabeza en el asiento, sabe que no puede hacer el menor ruido mientras hablo con él. La conversación se alarga debido a que él está en Moscú; encima, no lo he podido poner al día con las últimas novedades. Rachel se queda dormida en el camino, finalizo la conversación con el general y dejo que el GPS me lleve hasta su edificio.

Media hora después me estaciono frente al inmueble.

—Gracias por todo. —Se estira en el asiento—. Creo que te deberé una chaqueta.

—Si compensará el daño de tu vestido, adelante.

Sonríe pasando la mano por mi rodilla, la tomo y la pongo en mi entrepierna.

—Mi polla y yo agradecemos el buen momento.

Entorna los ojos mientras me inclino para besarla. Abre la boca recibiéndome con ganas y provocándome una nueva erección, lo que la hace sonreír a mitad del beso.

—No quiero otra multa hoy. —Quita la mano—. Gracias por la comida.

—¿Solo me agradeces la comida? —Sale del auto acomodándose la falda del vestido.

—Es por lo único que debo agradecer. Lo otro fue placer mutuo.

Cierra la puerta y se dirige a la acera del edificio mientras la observo caminar con las manos metidas en los bolsillos de mi chaqueta.

Enciendo el motor y me marcho antes de que entre.

—Tiene una llamada del capitán Lewis —vuelve a avisar el sistema inteligente.

No tengo el jodido criterio para no contestarle.

—Hola —saluda desde el otro lado—. ¿Rachel está contigo?

Me detengo en uno de los semáforos de la Sexta Avenida.

—¿Por qué tendría que estarlo?

—Llevo horas marcándole y no me contesta, supuse que tal vez estarían trabajando juntos.

«Sí, estaba conmigo, pero no trabajando, sino follando», pienso. Claramente no puedo decirle eso.

—Supones mal. No estoy en la central.

—¿La has visto salir con alguien? ¿Con Scott, tal vez?

—No soy su jodido guardaespaldas, Bratt.

—No, pero eres mi mejor amigo. Confío en que si yo no estoy, puedas cuidar de ella.

Pongo en marcha el auto cuando el semáforo me lo indica.

—Creo que ese desgraciado quiere tirársela, no confío en él. Debes trasladarlo a cualquier otro lado —me pide.

—No puedo hacer eso. —No puedo trasladar a alguien por lo que estoy seguro de que no ha hecho ni hará—. No tengo motivos y creo que estás viendo cosas donde no las hay.

Suspira frustrado.

—Solo mantenla vigilada. —Cuelga.

Si supiera mis métodos de vigilancia, no me pediría tal cosa.

15

VERDADES Y MENTIRAS

Rachel

—Según esta revista, ocho de cada diez matrimonios fracasan.

Las abarrotadas calles de Knightsbridge están congestionadas de transeúntes que caminan por los andenes con bolsas de los almacenes Harrods y Harvey Nichols. Brenda y Luisa caminan a mi lado.

—Simon y yo seremos parte de esos dos de los no fracasados —comenta Luisa deteniéndose cuando el semáforo de peatones cambia a rojo.

—Hay una lista que ayuda a evitar esos índices de fracaso —contesta Brenda alzando su ejemplar de la revista *Cosmopolitan*—. Por ejemplo, tener una buena comunicación, respetar las opiniones del otro, evitar que familiares y amigos se involucren, tener sexo frecuentemente... Creo que la última no sería problema para mí.

—¡Ni para mí! —Se ríen.

Brenda me mira cuando nota que no me causó gracia el comentario.

—¿Qué? —El semáforo se pone en verde y avanzo.

—Dije algo gracioso y no te reíste.

—No tengo por qué hacerlo cuando no me causa gracia.

—Siempre lo haces, así no te cause gracia. —Se me atraviesa—. El que Bratt no esté te está afectando, ¿cierto?

Luisa disimula la risa detrás del helado, sabe que el motivo de mi aturdimiento emocional no se debe a Bratt, se debe a Christopher. Ayer me vio entrar con el vestido destrozado y con una chaqueta de cuero que evidentemente no era mía, por ende, no paró de hacerme preguntas.

—Sí, tal vez sea eso —miento para sacármela de encima.

Es igual o peor que Luisa cuando quiere saber algo.

—¡Miren! —Luisa señala una tienda—. ¡Es la nueva tienda de lencería sexy! —exclama—. Tengo que entrar.

—¡Y yo!

La tienda es una combinación de colores negro y rosa con un reluciente estante en el centro del lugar. Tiene exhibidores con sostenes de encaje a juego con tanga de hilo. La colección empieza desde lo señorial a lo más chic y atrevido.

—¡Mira esto, por Dios! —Luisa sostiene un *baby doll* rojo cereza—. Simon se va a volver loco.

—¡Pruébatelo! —le grita Brenda metiéndola en el vestidor.

Recorro la tienda considerando la idea de renovar mi armario de ropa interior, «últimamente mis bragas son robadas o destruidas». Camino topándome con una pared llena de conjuntos sexis.

Uno me llama la atención, es azul con tirantes y unas minúsculas tangas. Me imagino en él, así que tomo una canasta echando sostenes, cacheteros, tirantes…

—Bratt no aprobaría que te coloques algo así —comenta Luisa por encima de mi hombro.

—Solo estoy mirando.

Baja la mirada a la canastilla que está a mis pies tomando uno de los sostenes que quiero comprar.

—Tal vez no sea del gusto de Bratt, pero sí del gusto del coronel. —Se acerca a mi oído—. Tengo la leve sospecha de que le gusta el sexo duro.

Mi mente recopila las veces que hemos estado juntos, literalmente actúa como un animal cuando de sexo se trata y lo que no me roba me lo rompe.

El corazón se me agita tan solo de recordarlo y vuelvo a salivar.

—Te sonrojaste —se burla.

—¡No digas tonterías! —la regaño—. Si quiero comprar ropa interior provocadora debe ser para Bratt, no para…

Me callo. Lo mejor es no mencionar su nombre con Brenda cerca.

—Si es para Bratt —se cruza de brazos—, pierdes tu tiempo. ¿Recuerdas la vez que te regalé ese conjunto negro de encaje para tu cumpleaños? Se enojó diciendo que ese tipo de cosas no eran para una chica decente.

El incómodo momento está intacto en mi cabeza. Me desvestí frente a él y, en vez de contemplarme, armó un show al verme el conjunto puesto.

—Tendrá que acostumbrarse.

Recojo la canastilla haciendo fila detrás de Brenda.

—¡Guau! —Sonríe cuando arrojo la ropa interior sobre el mostrador—. Alguien tendrá muchas noches candentes.

—Ya lo creo —comenta Luisa con sarcasmo.

Salimos de la tienda y nos vamos al supermercado para surtir la despensa. Es noche de chicas, así que casi todo es helado, soda, frituras y golosinas. Estaciono el auto. Salgo disponiéndome a sacar la comida mientras que Luisa y Brenda caminan adelante. Mi celular vibra mostrando una foto de mi papá con mis hermanas. Las detallo sin dejar de caminar hasta que choco con la espalda de Luisa, que se quedó de pie en la mitad de la recepción. Miro por encima de su hombro y entiendo el motivo. Sabrina Lewis está frente al mostrador de Luigi vestida con un traje de pantalón negro.

Su mirada pasa por Luisa, Brenda y luego por mí.

—Necesito hablar contigo —dice sin saludar—. ¡Ya y en privado!

El tono elevado de su voz me avisa que no viene a tener una conversación pacífica. ¿Se habrá enterado de que me acuesto con su marido y engaño a su hermano?

Luisa le lanza una mirada envenenada mientras me quita las bolsas de las manos.

—La charla no será en nuestro apartamento —le advierte.

Se acerca y los tacones aguja resuenan en el piso. No es una mujer de gran estatura, pero con los zapatos altos queda más o menos de mi talla.

—No te preocupes, Banner, no tengo ningún interés en entrar a su cuchitril.

Brenda se lleva a Luisa evitando un altercado.

—Podemos ir al café de la esquina. —Señalo la puerta.

Se adelanta y su perfume queda impregnado en el aire cuando pasa por mi lado.

Sabrina no se detiene a mirar si la sigo o no, el que vaya con prisa no quita la elegancia que tiene al caminar. El traje que lleva la hace ver como si hubiese salido de un desfile de modas.

Miro mis Converse color rosa, mis vaqueros desgastados y mi buzo de capota. Mi cabello no ayuda mucho, ya que tengo las hebras por fuera del moño, parece que hubiese salido de un parque de diversiones.

Llega al café y se sienta en una de las mesas del fondo. El mesero se acerca y…

—Un té de hierbabuena —le indica al camarero sin darle oportunidad de preguntar.

—No deseo nada, gracias. —Tomo asiento.

—Sabes por qué estoy aquí —dice sin rodeos—. Sabía que no eras de confiar.

Me aturdo sin saber qué contestar. No sé de qué habla, pero lo más probable es que se refiera a su marido.

—Lo sé todo, Rachel.

¡Mierda! Efectivamente sabe lo de su marido y no tengo respuesta para eso. Me mira con odio y no la culpo, también odiaría que mi cuñada se acostara con mi esposo.

Debe de haber una manera de salir de aquí sin dar explicaciones. Pienso y miro a todos lados, el florero contra la pared aparece en mi campo de visión.

Debería darle con él, dejarla inconsciente y luego huir. No, eso sería inmaduro y peligroso. Replanteo otra cosa, puedo decir que voy al baño de atrás e intentar salir por la ventana. ¡No! También sería una mala idea, ya que la ventana es pequeña. Seguramente me quedaría atascada.

—No sé a qué te refieres —intento hacerme la desentendida.

—No te hagas la estúpida.

El camarero llega con el té, aislando la tensión. Siento ganas de darle una buena propina solo porque se quede sentado a mi lado evitando que esté a solas con la arpía de mujer que tengo enfrente.

—Sé que Christopher se revuelca con Irina Vargas.

—¿Irina? —Suelto el aire que contenía; sin embargo, en vez de sentirme aliviada me siento decepcionada.

—Sí, con Irina, una de tus colegas, y no se te ocurra decirme que no lo sabías porque ese tipo de cosas no se ocultan.

—¿Cómo sabes que se acuesta con ella?

En vez de estar feliz de que no tenga la más mínima sospecha sobre mí, hago preguntas que no me incumben.

—Los vi ayer revolcándose en su oficina.

Ayer. Seguramente antes de salir conmigo. Imagino cómo primero la folló a ella para luego terminar de saciar sus ganas conmigo. La punzada de decepción me atraviesa doliendo más de lo que debería.

—No sé nada de eso —contesto molesta.

—No pienses que soy tonta... Él es tu coronel, ella es tu amiga. Es imposible que no sepas nada de lo que pasa en tus narices.

—Te equivocas, no tenía la más mínima idea —respondo con el mismo tono—. Como bien lo dijiste, es mi coronel. No me interesa su vida privada.

Apoya los codos en la mesa amenazándome con la mirada.

—No te creo y el que me ocultes algo así me demuestra lo poco confiable que eres. —Me señala—. Sigo preguntándome qué diablos ve mi hermano en ti. Eres alguien que no vale la pena, probablemente estás liada con tu amiga para que mi matrimonio se destruya.

—No tengo que liarme con nadie para destruir tu matrimonio. —Sonrío con hipocresía—. Aunque nuestro odio sea mutuo, no me interesa tu fabulosa vida, ni la vida promiscua de tu marido. Si tienes problemas con Irina, solucciónalos con ella, no conmigo.

—La cubres porque eres igual a ella —me escupe.

Me levanto, si me quedo terminaré estampándole la cara contra la mesa.

—Piensa lo que quieras.

—¡Perra! —masculla cuando me voy.

Abandono el lugar. También estoy molesta, pero conmigo misma por dejarme engatusar por un insensato como él.

¿En qué estaba pensando?, ¿en que íbamos a ser amantes fieles o algo así? ¡No es fiel ni con su propia esposa, ¿por qué iba a serlo conmigo?!

Me dejo caer sobre el sofá cuando llego a casa. Luisa y Brenda no están a la vista y respiro hondo, Irina comienza a caerme mal de un momento a otro y él ni se diga.

Me ha hecho perder la cordura y la razón tantas veces que ya va siendo hora de recuperar la compostura, trazando una línea amarilla entre él y yo.

Vuelvo adentro.

El móvil vibra sobre la mesa mostrando la imagen de Bratt. No hemos hablado desde ayer por la tarde y no hay que ser muy inteligente para saber lo cabreado que está. Tomo el teléfono ideando qué le diré. ¿Sobre qué mentiré ahora? Acepto su llamada planeando la última mentira de nuestra relación. Me invento que estuve ocupada con los soldados y me cree cuando me nota cansada.

El fin de semana transcurre tranquilo, el lunes llega y en la mesa de la sala de investigaciones busco información sobre los criminales que tenemos en la mira: Antoni, Alessandro, Brandon, Philipe y Bernardo Mascherano. De todos se puede obtener información detallada, menos de Philipe, que está desaparecido hace años. Antoni es el más importante, siendo el segundo hijo de Braulio Mascherano. Releo la escueta hoja que habla sobre su expediente.

Antoni Mascherano, veintiocho años de edad, ingeniero bioquímico, casado con Alondra Hubert, sin hijos. Es el cerebro del clan Mascherano y heredero de todo el imperio delictivo de su padre.

—¿Algo nuevo para reportar?

Alexandra entra a la sala con una taza de café.

—No. —Suelto la hoja—. La única novedad que tengo es que Bernardo Mascherano también estará en el casino de Moscú.

—El general quiere que nos reunamos.

Aumentan mis ganas de desaparecer. Reunión con el general equivale a ver a Christopher Morgan, cosa que no quiero, al menos no hoy. Sé que no podré evitarlo toda la vida, pero tengo la certeza de que cuanto menos lo vea, más fácil será el que me deje de gustar.

175

—Recogeré todo e iré enseguida.

—Vale. —Se va.

Me dirijo a la reunión, tomo asiento frente a Parker, que, como de costumbre, me acribilla con los ojos cuando me siento.

El general entra seguido del coronel. No lo miro, simplemente me enfoco en los documentos que hay sobre la mesa.

—Laurens, conéctanos con el capitán Miller —ordena el general.

La pantalla se enciende mostrando a Simon en la oficina de la central de Moscú.

—Reporte la situación, capitán —le ordena Christopher.

—La misión prevista para el jueves tiene un grave problema: la teniente Emilia Taylor, quien llevaría el papel principal del operativo, tuvo que ser apartada esta mañana del plan militar.

—¿El motivo? —pregunta el general.

—Está en estado de gestación y, según el reglamento demandado por la FEMF, no podemos exponer su vida ni la del bebé —informa. —El personal que tengo disponible tiene las labores asignadas —continúa—. Una persona de menor rango no puede cumplir con una función tan importante, por ende, me veo obligado a solicitar apoyo de los agentes de Londres.

—Es algo difícil, capitán… Estuve allí. Su operativo no es para nada fácil —argumenta el general—. El agente que ingrese debe estudiar todo desde cero y…

—Yo podría hacerlo, señor —las palabras salen sin preverlas. Tal vez mi cerebro sabe que es la mejor forma de huir, aunque sea por unos días.

—¡De ninguna manera! —increpa el coronel—. No voy a autorizar tal cosa.

—No es una mala idea, coronel —interviene el general—. Conoce el plan que se ejecutará y eso le da cierta ventaja.

—Hace parte del trabajo investigativo y tiene muy claro el caso —secunda Simon.

—El teniente Smith tomará su lugar mientras vuelve.

Desde mi ubicación, no puedo verle la cara, ya que está a la cabeza de la gran mesa. No pregunté, me ofrecí saltándome el código regular. Mi subconsciente teme la reprimenda que se avecina.

—Estoy de acuerdo en que la teniente James es la mejor opción —agrega Simon.

—No se discute el punto —estipula el general—. La teniente James partirá esta noche junto al capitán Patrick Linguini, quien apoyará lo que queda del operativo.

Todo el mundo se levanta.

—Teniente James —el tono elevado de Christopher me eriza la piel—, ¡a mi oficina!

Respiro moviendo los pies dispuesta a seguirlo. Laurens no está y el pasillo desolado aumenta mi miedo. Me clavo las uñas en la palma de la mano mientras entro en ella y cierro la puerta.

—Sigues sin tener en claro que el que decide adónde vas y adónde no soy yo —me regaña—. ¿Cómo se te ocurre postularte a algo tan delicado sin mi previo consentimiento?

—Por eso estoy en la milicia, mi coronel, para servir en los operativos que se requieran.

Sacude la cabeza.

—A este operativo no vas a ir.

Me da la espalda y va a su escritorio.

—No quiero que vea mi actitud como un desacato a su rango de poder, sin embargo, insisto en querer ir.

—¿No entiendes el significado del «no vas a ir»?

—Lo entiendo perfectamente —me lleno de valentía—, pero tengo las capacidades que se necesitan en la misión y el general está de acuerdo. Por lo tanto, no veo el fundamento de su negación.

—Dije que no.

—Insisto en…

—¡¿Cuál es el maldito problema en quedarse?! —me grita.

—¡Necesito estar lejos de ti! —le contesto de la misma manera—. ¡No quiero seguir envolviéndome en esta maraña de mentiras! —Trato de no explotar—. Necesito irme aunque sea por una semana. Sé que con eso será suficiente para olvidarme de lo que pasa entre tú y yo.

Se le transforma la cara y de la nada se vuelve un témpano de hielo.

—Haberlo dicho antes.

Se acerca y toma mi barbilla.

Así de cerca puedo apreciar cada una de las facciones de su perfecto rostro. La forma de la boca es lo más tentador, pues tiene un par de labios que besan de maravilla. Pasa la lengua por ellos mientras me centro en cómo lo hace.

—Si querías huir de mí, te hubiese enviado a un lugar lo suficientemente lejos para que olvides lo bien que la has pasado sobre mi miembro —me dice—. Aunque dudo que puedas olvidarte de eso.

Le aparto la mano.

—No eres el único hombre en mi vida para que hables como si me conocieras.

Suelta una risa burlona acercándose más, acorralando mi cuerpo entre la puerta y su pecho.

—No te conozco —su aliento toca mi nariz—, pero tu cuerpo siempre me grita lo que quieres y la mayoría de las veces es cabalgar aquí —se toca la entrepierna— en busca del orgasmo que no te da Bratt.

Aparto la cara y vuelve a sujetarme la barbilla.

—Desmiénteme.

No puedo: con Bratt llegué a alcanzar un buen nivel de excitación que confundía eso con un orgasmo, hasta que llegó él demostrándome algo totalmente diferente.

—Te quedas callada porque sabes que tengo razón —sigue—. Suerte con tus intentos de olvidarlo y suerte con tu misión en Moscú.

Se aleja dejándome recostada contra la puerta. Lo observo como una idiota mientras regresa a su escritorio y se sienta en la silla como si nada.

—¿Sigues aquí? —increpa abriendo la pantalla de su MacBook—. Tienes una misión en proceso, así que largo de mi oficina.

16

PLAN

Rachel

Moscú, 30 de abril de 2017

Simon sale de la espesa neblina que envuelve a la central de Moscú encorvado por el frío, trae la chaqueta del ejército y viene con dos soldados más.

—¡Bienvenida! —Se cruza de brazos.

—Pensé que encontraría tu trasero congelado —lo abrazo—, pero por lo que veo no se me ha concedido el milagro.

—¿Christopher no tenía mejores soldados? —Mira por encima de mi cabeza—. Recurrir a Patrick es un error garrafal.

—Últimamente comete muchos —contesta el capitán Linguini a mi espalda—, le dio protagonismo a un idiota como tú.

Me aparto para que puedan saludarse. Simon es el primero en abrir los brazos.

—Me alegra verte, hermano —se dicen.

Nos escoltan a uno de los edificios del comando. La central de Moscú es la segunda más grande de Europa, pues está constituida por seis edificios de cuarenta pisos cada uno.

Llegamos a la sala de juntas. Observo que sobre la gran mesa se proyecta el holograma del casino Caden Lord.

—Tenemos poco tiempo para los preparativos —comenta Simon dejándose caer en una de las sillas—. Los Mascherano estarán aquí dentro de tres días y ese es el tiempo que tienes para convertirte en una prostituta.

—¿Cuándo podemos visitar el casino? —pregunta Patrick.

—Mañana. Ya intercepté a Tanya, sí o sí está obligada a colaborar —responde—. Aprovecharemos para preparar el perímetro y para que pueda camuflarse como una de sus prostitutas.

Mueve los dedos encima del holograma mostrando el interior del edificio.

—El casino está dividido en cuatro pisos. Tanya ha querido aparentar que está abierto a todo el público; obviamente, es una gran mentira. Solo lo visita la mafia y grupos criminales —explica—. Nos haremos pasar por un grupo que fue arrestado hace varios días y que aún no se ha difundido la noticia de su captura.

—Es importante obtener el PDA de los hermanos Mascherano en perfecto estado —ordena Patrick—. Ahí tienen información exacta de los hombres que manejan, los socios, clientes, puntos claves, todo está consignado ahí —expone—. El aparato tiene un sistema de autodestrucción que se activa con la más mínima amenaza; por ende, hay que quitarla por las buenas y sacar la información antes de que noten que la tenemos.

—Eso será responsabilidad de Rachel, ella es la que estará más cerca de él. Drógalo y quítasela. —Me mira Simon—. Estamos seguros de que es él quien la posee.

Vuelve a mover la mano en la mesa y aparece lo que será mi nueva imagen para mi nueva identidad.

—Serás Karla Hill, una ciudadana neoyorquina que entró a la prostitución por gusto —aclara—. Ocultarás tu identidad, por eso te teñiremos temporalmente el cabello de castaño y tendrás ojos marrones. Mónica se encargará de cambiar algunos rasgos de tu cara con un poco de maquillaje.

—¿Qué tan seguro estás de que seré el prototipo de mujer que llame la atención de Antoni Mascherano?

—Estudiamos su perfil con la información que nos dio Tanya; según ella, le gustan coquetas, hermosas y aguerridas.

—¿Te estás oyendo? —me burlo—. Acabas de decirme hermosa y Patrick está de testigo.

—No eres hermosa, el maquillaje te hará lucir así. —Pone los ojos en blanco—. En fin, necesito que te encargues del cabecilla, nosotros nos encargaremos del resto.

—¿Qué tan preparados están todos? —pregunta Patrick—. Con este tipo de gente no se puede fallar.

—Los agentes que asistirán están más que listos. Mis otras dos agentes se encargarán de Alessandro y de Bernardo —responde—, ya llevan una semana de preparación en el casino con las prostitutas de Tanya. Los únicos que deben alistarse son tú y Rachel. Ella ya domina el arte de seducir al enemigo.

Asiento, sé que tengo la preparación, sin embargo, debo ir con cuidado, ya que Antoni Mascherano no es cualquiera.

—Dominas la danza árabe —continúa Simon—. Se lo comenté a Tanya, dijo que eso te daba mucha ventaja.

Se levanta apagando el holograma.

—Tengo todo calculado. Por ahora, lo mejor es que nos vayamos a descansar, ya que mañana debemos estar a primera hora en el casino.

Le doy los presentes que le envió Luisa y dejo que me escolten a mi habitación.

Acomodo las pocas cosas que traje y me dejo caer en la cama. Estoy intentando convencerme de que mi falta de ánimo no se debe al vacío que está causando la decisión que tomé hace algunas horas.

Es lo más sensato que he hecho desde que volví de Phoenix. Tengo que dejar de pensar en eso y arreglar las cosas con Bratt. Liberarme de esta necesidad absurda que no sé de dónde diablos salió. Desde que lo vi solo quiero sexo y lo quiero todo el tiempo. Esa seguridad que él emana, lo más probable es que sea por mi causa, pues tiendo a ser muy expresiva cuando deseo algo…, y a él lo deseo mucho.

Me siento en la cama mientras alcanzo mi *laptop*. «No me voy a tocar», razono. Haré lo que se debe hacer en estos casos, y le envío un mensaje a Bratt pidiéndole que se conecte para hablar. Como en los viejos tiempos, intento verme sexy para él. Me quito el uniforme, me visto con una playera blanca de un antiguo equipo de basquetbol y bragas de hilo. Recojo mi cabello y me aplico brillo labial.

Abro la *laptop* sobre la cama mientras espero su invitación al chat, que aparece a los pocos minutos. Acepto el enlace y al instante él aparece al otro lado con una sonrisa marcada por hoyuelos.

—Hola, hermosa —saluda—, hace tiempo que no hacíamos esto.

—Hemos estado un poco ausentes y no podía dormir.

—¿Por qué no puedes dormir?

—Es una de esas noches donde me siento sola.

—No estás sola, cariño, me tienes a mí. El que estemos lejos uno del otro no quiere decir que estemos abandonados.

—Lo sé. —Le sonrío a la pantalla. «Quiero chat *hot*», pienso—. ¿Me extrañas?

—Todos los días. —Vuelve a sonreír.

—¿En todos los sentidos? —me muevo—. ¿Mis besos, mi cuerpo…?

—Siempre te deseo; es más, moriría por estar a tu lado en estos momentos abrazándote, adorándote y amándote como lo mereces.

—Y yo quisiera que estuvieras aquí para subirme encima de ti y hacerte el amor como me gusta.

—Lady James, la noto tensa y ansiosa. De estar allá te tendría en mi cama, mientras que mis manos estarían recorriendo tu espalda con uno de los masajes que tanto te relajan.

Respiro hondo, Bratt siempre es todo un caballero conmigo.

—El sexo también me relaja —empiezo.

Me libero de la playera y me quedo en bragas; sin embargo, la decepción llega cuando no se lo toma de buena manera.

—¡Rachel, no hagas eso! —me regaña.

—¿Que no haga qué? —Paso las manos por mi pecho—. Quiero tocarme para ti.

—No hay necesidad de eso.

—¿Por qué no? Hace frío, estoy excitada y con ganas de tener un poco de acción con mi novio. No hay nada de malo en eso.

—Cariño —dice con aire dulzón—, esto es una red mundial, cualquiera puede hackear la cuenta.

—Somos la cabeza de la ley, no van a hackear nada —replico—. Solo quiero que hagamos algo diferente y divertido.

—Rachel, no voy a tener un videochat caliente contigo. —Se acaricia el puente de la nariz—. Te amo y te respeto; por lo tanto, no voy a dejar que te degrades así.

Quedo peor de lo que estaba.

—No siempre tienes que ser tan alineado. —Vuelvo a colocarme la playera—. Antes no eras así, follabas con todas las que se atravesaban. No me digas que a todas las tratabas como a mí.

—Por supuesto que no. No lo hacía porque ninguna de ellas me importaba como me importas tú —se defiende—. Rachel, te amo en todo el sentido de la palabra. No necesito chat, ni llamadas calientes para demostrarlo. Cuando estemos en Londres haremos lo que tú quieras.

Respiro hondo dándome por vencida.

—No eres una cualquiera, eres la hija de un general y eres una teniente. Está mal que quieras degradarte así —prosigue—. Eres mi chica, actúa como tal, por favor.

De un momento a otro me hace sentir muy mal.

—Tienes razón, no está bien pedir algo así.

—No te sientas mal —me consuela—. Fue algo impropio, solo procura que no se vuelva a repetir.

Asiento con ganas de estrellar mi *laptop* contra la pared.

—Ahora ve a dormir —me pide—, mañana tienes un día agitado, no quiero que te enfermes de cansancio. Actuar como camarera del casino va a ser agotador.

«¿Camarera?». Seré todo menos una camarera. Intento decirle la verdad, pero no me deja.

—No quiero una palabra más, vete a dormir, y lo digo en serio.

—Duerme bien —me despido.

—Igual que tú, te amo.

—Yo también.

Cierro la pantalla. «Eres la hija de un general y eres una teniente». Las palabras se quedan.

Yo antes no hacía este tipo de cosas. ¿Querer chat *hot*? No, o sea, sí lo busco y eso, pero actuando normal, no con este grado de desespero, que me deja como una completa ridícula.

Despierto a la mañana siguiente a la hora estipulada. Estoy cansada, con migraña y mal genio.

La piel me cosquillea como si cargara una capa de electricidad. ¿Desde cuándo sufro de ansiedad? Tomo una ducha, para cuando salgo la estilista me está esperando afuera.

Prepara el tinte temporal color castaño. Me maquilla las cejas con el mismo color y me coloca lentes marrones antes de pintarme los labios de rojo intenso.

—Lista —me avisa pasándome un vestido negro de cuero con medias a juego—. Sé que no es tu estilo, pero sí es del estilo de Karla.

Me meto en la prenda ajustada y me calzo las botas negras. Parezco una persona totalmente diferente, no sería mala idea adoptar esta personalidad de manera permanente para huir del caos que cargo a mis espaldas.

—El capitán te espera —dice echándome un toque extra de aceite de silicona en el cabello.

Patrick y Simon ya están en la camioneta.

—¡Qué cambio, teniente! —me saluda Patrick.

—Ya no es Rachel —lo regaña Simon—, es la prostituta Karla Hill.

—¿En serio? Porque, según Bratt, solo seré una camarera —le reclamo por haberle mentido.

—¿Me reclamas por salvarte el culo con tu novio? ¿Cómo le iba a decir sobre tu papel? —increpa—. «¡Hey, Bratt! Tu novia será la puta de uno de los mafiosos más grandes de Italia». Eso sí se hubiese escuchado genial, ¿no?

—Oh, eso es demasiado para Bratt —empieza con la burla—. La aristocracia de su apellido no le permite ese tipo de cosas indecentes en alguien como su novia.

Ignoro la absurda discusión observando el trayecto a través de la ventanilla. Moscú es una ciudad de grandes calles al igual que los edificios y la mafia que la rige, la mafia roja o mafia rusa, como la denominan algunos. La ley tiene que andar con cuidado, ya que nos vamos a enfrentar a una de las organizaciones criminales más poderosas en el terreno de la más sangrienta.

Después de una hora de recorrido la camioneta estaciona frente a un rascacielos.

Abordamos el ascensor y Simon pulsa el botón que nos dirige al piso 46. La recepcionista nos recibe en el vestíbulo.

—Tanya nos espera —le dice Simon en ruso.

Nos hacen seguir. Más que una oficina parece un camerino lleno de fotos con bufandas colgadas de todo tipo de estilos y colores.

—Tanya, buenos días. —Simon se acerca a saludar.

La mujer ronda los cincuenta años, es alta, rubia y caderona. Es un asco de persona: ha sido una criminal desde que tiene uso de razón y si colabora es para negociar su pena de muerte en prisión. A esta mujer no le queda mucho tiempo de servicio en el mundo de los burdeles.

—Supongo que ella es el reemplazo de la agente que fracasó —comenta resaltando el acento ruso.

Me evalúa.

—Así es —Simon se aparta ofreciéndome la mano para que me acerque—, Karla Hill.

Fija la mirada en Patrick, quien se queda en el umbral.

—¿Crees que sea del gusto de Antoni?

—Es perfecta —asegura—. Acompáñame, debes integrarte con las otras mujeres.

Me lleva con ella guiándome a otro piso. Las mujeres están en un camerino lleno de atuendos.

—¿Consumes algún psicoactivo? —pregunta Tanya—. Las rameras de aquí consumen una droga antigua, ya que la nueva no ha llegado a Moscú.

—¿Y cuál es la nueva droga? —Soy directa.

—¡Ah, no sé! —Sonríe con burla—. Averígualo con el creador —se acerca a mi oído—: Antoni Mascherano.

Me deja en manos de las mujeres, que se esmeran por mostrarme el lugar como si fuera una de ellas y están tan de lleno en este mundo que ya no se preocupan por salir de él, simplemente se acostumbran.

—Según Tanya, serás la protagonista del show —comenta una de las mujeres.

—Así es —confirmo—. Indícame qué es lo que les gusta.

La proxeneta supervisa la tarde de ensayo mientras la música árabe me hace compañía y me mido con dos profesionales mostrando mis capacidades en la danza. Bailo de todo y lo demuestro a la hora de moverme disfrutando de las notas que me sueltan el cuerpo.

El caso está en mi cabeza, en mi rama debo tener presente todo lo que pueda saber del implicado, y Antoni Mascherano, como dije anteriormente, no es cualquiera. El mero hecho de que la FEMF lo fichara ya lo hace importante, porque no nos ocupamos de pelafustanes, normalmente vamos por los grandes, por aquellos que son demasiado poderosos para las ramas comunes.

La tarde, la noche y el día siguiente se me va en la práctica, conociendo el sitio y el modo de trabajar de todas aquí; es un burdel en cuyo interior, por muy sofisticado que sea en su exterior, se dan compras y ventas ilícitas, se tortura y se asesina. Pertenece a una organización sádica y, a medida que me adentro en este operativo, me queda difícil diferenciar cuál mafia es peor.

—El capitán tomó una sabia decisión a la hora de elegir —comenta Tanya cuando termino y recibo las instrucciones finales en su camerino—. La actuación de mañana debe ser perfecta, los Mascherano son de cuidado.

—Lo tengo claro.

—Aún estás a tiempo de arrepentirte.

—Los soldados de la FEMF no se arrepienten.

—Entonces asegúrate de arrestarlos o matarlos, porque si llega a escaparse uno, te buscarán por mar, cielo y tierra hasta encontrarte, torturarte y asesinarte lentamente. Con los Mascherano no se puede jugar a ser el héroe, y tu coronel puede dar prueba de eso —me advierte poniéndose de pie—. Captura al italiano o estarás en serios problemas, linda. —Señala la salida y me voy centrada en lo que se viene.

17

ANTONI MASCHERANO

Rachel

—¿Lista?

Simon y Patrick entran a mi habitación vestidos con sus respectivos trajes.

Tintineo con cada movimiento, es incómodo que me vean así, ya que el atuendo árabe no cubre más de lo necesario y parezco una auténtica puta.

—Patrick quiere revisar tu equipo de comunicación —me avisa Simon.

Me resigno a que debe verme las tetas de cerca; por fortuna, es el tipo de hombre despreocupado que no te acojona.

—Actúa con cautela —me advierte—. Afuera no tendrás ningún tipo de arma.

Se asegura que los micrófonos estén en perfecto estado.

—Estaré vigilándote toda la noche; si necesitas apoyo, solo avísame.

—Bien, mi capitán —respondo.

—Iré a mi posición —se despide—. El show empieza dentro de diez minutos.

Simon se alisa el esmoquin frente al espejo.

—¿Crees que me veo como el agente 007 con este traje?

—Te pareces más a uno de los pingüinos de Madagascar.

Me sacude y las lentejuelas empiezan a tintinear.

—Pareces una pandereta de Navidad. —Posa los labios en mi frente—. Ten cuidado, estaré en el área, recuérdalo.

—Okey. ¿Esto es uno de esos momentos íntimos donde reconoces lo mucho que me amas? —le digo.

Se queda mirando a la nada.

—¡No! —contesta volviendo en sí—. Luisa me mataría si te pasa algo, y en verdad no quiero que su furia descomunal dañe nuestro compromiso.

Suelto a reír dándole un abrazo.

—¡Tú también, ten cuidado!

—Sí, como sea. —Me aparta—. Vas a arrugar mi traje. Te veré arriba.

Me retoco por última vez y salgo a reunirme con Tanya, quien me espera cerca del ascensor, lleva puesto un vestido largo de color negro demasiado escotado para alguien de su edad.

—Es hora —avisa.

Abordamos el ascensor.

—Si fueras una de mis chicas, me harías ganar una fortuna.

No sé si ofenderme o tomarlo como un cumplido.

El casino está lleno de gente. Los hombres visten trajes elegantes mientras que las mujeres lucen vestidos de gala; charlan, beben, fuman y apuestan en los juegos de azar.

Identifico a los Halcones Negros que resguardan a Antoni Mascherano, se mantienen alerta merodeando el perímetro.

Maia y Katrina, las prostitutas que me estuvieron instruyendo, aparecen con trajes igual al mío y me coloco los velos que exige la presentación.

—Ya llegaron los cabecillas —informa Katrina.

—Perfecto. —Tanya se vuelve hacia mí—. Karla, es tu momento.

Sigo a las dos chicas hacia la tarima. Desde arriba se ve todo con mayor claridad y reconozco a mis colegas infiltrados.

Frente al escenario se sitúa la mesa en la que debo enfocarme, está ubicada al fondo albergando a los Mascherano. Hay varios sujetos más, pero solo logro reconocer a dos: Alessandro y Bernardo Mascherano, al tercero no lo alcanzo a ver, ya que la sombra me resta visibilidad.

—Todo está listo —Simon me habla a través del auricular—. Capta la atención de Antoni y no se te ocurra fallar, que es nuestra única oportunidad.

Subo a la tarima seguida de mis compañeras, dejando que ajusten la música y las luces.

—Con ustedes, la danza de los siete velos —anuncian logrando que la atención del público se concentre en la tarima.

El casino preparó las luces. Alzo las manos balanceando las caderas, ofreciendo mi cuerpo al ritmo de las notas musicales, dejando que los velos vayan cayendo como lo demanda la coreografía.

Maia y Katrina se hacen a un lado dándome el protagonismo. La tela sigue cayendo mostrando mi piel, el traje me ayuda, ya que los accesorios se agitan aumentando el aura coqueta a la vez que me contoneo paseando las manos por mi cuerpo. Desciendo por los escalones sin dejar de moverme en tanto coqueteo con los hombres que se atraviesan. Seduzco e hipnotizo dando mi mejor espectáculo. El ritmo cambia obligándome a moverme más rápido, el último velo cae, así que bajo y vuelvo a subir haciendo uso de todos mis atributos. Los Halcones no me dejan acercar a la mesa señalada, sin embargo, a pocos metros puedo tentarlos poniendo en práctica toda mi artillería. No percibo si el hombre que se encuentra en la penumbra me mira o no, solo veo su figura. Tiene un dedo índice en su sien mientras lleva una copa de vino a su boca de vez en cuando.

Suelto los pasos de baile, golpes de caderas moviéndola de un lado a otro mientras me doy la vuelta, los círculos que trazo son pequeños, el cabello se me agita, choco las palmas y me robo la atención lanzando mis movimientos más sensuales antes de que el baile finalice dejándome abierta de piernas en el piso. La gente rompe en aplausos cuando las luces se encienden, un hombre del personal me ayuda a levantarme y me pongo de pie dándole la espalda al sujeto que permanece en las sombras. No puedo verlo, pero aseguro mi labor mirándolo sobre mi hombro y le guiño un ojo antes de marcharme.

—Lo hiciste como una profesional.

Me felicita Maia cuando vuelvo al camerino.

—Los años dan experiencia —miento colocándome el vestido de cambio.

Me muevo a buscar el labial que necesito y ella me sigue.

—Está mal que te diga esto… —comenta—. No sé qué te ordenó Tanya, pero evita involucrarte con los italianos… Las que llevamos tiempo aquí sabemos cómo son las cosas.

Su voz denota preocupación, miedo.

—Tranquila, lo tendré en cuenta.

Termino de arreglarme, Tanya viene a buscarme para acompañarme de nuevo al casino y estando arriba veo a Simon en una de las mesas con Katrina, quien se le ofrece como si fuera un cliente más.

La mujer me guía hasta la zona privada del balcón donde hay una mesa ocupada por tres hombres y dos mujeres. Las conozco, son mis compañeras: La teniente Valeria Monroy, que forma parte del comando ruso y Laila Lincorp, quien hace parte de mi círculo de amigas íntimas hace años. Ambas están sentadas, respectivamente, en las piernas de Alessandro y Bernardo, dando una muy buena actuación de escorts.

Los hombres están envueltos en el magnetismo de mis dos compañeras, que llevan años en la FEMF. Valeria es una morena de rasgos finos. Cruzo miradas con Laila; no es la primera vez que trabajamos juntas, es colombiana y de estatura baja, bastante persuasiva, el cabello negro cae sobre sus hombros desnudos, mientras Bernardo parece estar perdido en sus ojos oscuros. Se mueve encima de él acariciándole la cara. Ellos no son desagradables a la vista, son los típicos italianos envolventes. Alessandro se ve joven, no es muy alto y, si no fuera por la cicatriz que le abarca desde la sien hasta el mentón, podría verse como alguien inofensivo. Bernardo mide alrededor de un metro ochenta, el cabello rubio combina a la perfección con su piel bronceada, sus facciones son suaves y varoniles.

Apoyado en las barandas del balcón está Antoni mirando a la ciudad mientras suelta bocanadas de humo.

—*Bella*, Karla —acaricia mi nombre con su acento italiano mientras se lleva el puro a la boca.

Es el más alto de todos, se voltea detallándome y los ojos negros intensifican la mirada de depredador al acecho. No es muy fornido, tampoco infunde rudeza; por el contrario, inspira clase y elegancia, parece de la realeza y, a decir verdad, es atractivo, muy atractivo. El escalofrío no se hace esperar cuando suelta una sonrisa encantadora y peligrosa, emitiendo un aura misteriosa que me eriza la piel. Lo veo y no sé si me está contemplando o me quiere matar.

—Muy buen show —me felicita Bernardo.

—Gracias. —Sonrío con coquetería—. La intención era encantar a todos.

—Lo hiciste —habla Alessandro con el mismo acento italiano de su hermano.

—La reservé para ustedes —dice Tanya.

—Antoni la quiere para él —aclara Alessandro—. Nosotros ya tenemos mercancía.

Bernardo aparta a mi compañera dándole un azote en el culo antes de meterse las píldoras psicóticas que tienen en la mesa.

—Dejémoslos solos —se levanta Alessandro—. Tanya, espero que nuestra habitación doble esté lista.

—Por supuesto. —Se marchan acompañados de mis dos colegas.

Me dejan sola con el hombre más peligroso de Italia. Intenta intimidarme, sin embargo, no le doy el gusto.

Me mantengo erguida mientras se ubica en el sofá de cuero sin dejar de mirarme.

—Toma asiento, por favor. —Señala el espacio vacío frente a él.

Alisto mis armas de seducción sentándome a su lado.

—Eres atrevida, bella. ¿Tienes claro que tu falta de respeto te puede costar la vida?

—De algo hay que morir —respondo tranquila.

Sonríe mientras me cruzo de piernas para que aprecie mis muslos desnudos.

—¿Puedo darle una calada a tu puro?

—No sé —vacila—, es algo fuerte.

—Me gusta lo fuerte. —Paso la mano por su pecho palpando los músculos de su torso.

Observa mi mano y le quito el puro llevándolo a mi boca, le doy una larga calada, saboreo un par de segundos y boto el humo dejando que me detalle.

—Lancero de Cohíba. —Cierro los ojos—. Uno de los mejores habanos del mundo.

Se lo devuelvo y dejo que mi palma se vaya deslizando hacia abajo.

—¿A qué juegas? —Me sujeta la muñeca.

—Solo hago mi trabajo.

—No eres una prostituta.

Se me hiela la sangre de solo imaginar lo que conlleva el que sepa mi nombre.

—La princesa, aunque se vista de plebeya, sigue siendo de la realeza. —Coloca el dedo bajo mi mentón obligándome a que lo mire—. No recuerdo haberte reclutado, tampoco mi primo, y mírate…, no tienes el aspecto ni las actitudes de una mujer de la vida alegre.

—Nadie me reclutó —replico—. Estoy aquí porque quiero, no soy una prostituta, pero quiero serlo.

Me afloja la mano.

—Necesito dinero y esta es mi mejor forma de conseguirlo.

Me observa como si quisiera descifrar mis ojos.

—¿Hasta dónde llega la ambición de las mujeres?

—No tiene límites en mujeres como yo que quieren comerse el mundo.

Lo atraigo a mis labios apoderándome de su boca y corresponde dejando la mano en mi nuca. Tiene labios suaves, a diferencia de su lengua, que se mueve con vehemencia acariciando la mía. Pasa la otra mano por mi espalda obligándome a subir a horcajadas sobre su cintura. No es como besar a un ángel, es como besar a un atractivo demonio que inyecta veneno.

Un beso, una caricia o cualquier cosa que apagara mi libido era lo que quería hace unas horas. Ahora lo tengo, aunque sea actuado, con un hombre atractivo que enciende el deseo de cualquiera menos el mío, ya que mis ganas están enfocadas en otro.

Tiro del cuello de su camisa acercándolo más, mientras me acuesto en el sofá, dejo que recorra mis muslos y se meta bajo mi vestido. Christopher sigue en mi mente e intento concentrarme en el hombre que tengo encima que besa y toca bien, pero no enciende nada; ni el deseo tierno de Bratt, ni el fuego agresivo del coronel.

Siento su miembro erecto sobre mi ombligo cuando sube las manos a mi cuello y baja hasta mis senos enterrando la cara en ellos. Respiro mientras tira del borde de mi vestido *strapless* y saca uno de mis pechos.

—Deberíamos buscar algo más privado —propongo.

No contesta, sigue chupando y lamiendo, y no sé cómo sentirme, en menos de dos meses mis pobres tetas han pasado de ser besadas por un solo hombre a ser lamidas por dos; uno más desconocido que el otro.

Lo incito a que vuelva a subir a mis labios logrando que se prenda de ellos.

—¡Compláceme! —me susurra—, y no tendrás que vivir esta vida de ramera. En cambio, tendrás dinero, poder y lujos.

Se levanta ofreciéndome la mano para que lo siga, se la tomo y me guía hacia la salida del área privada. Observo que el casino está en su mejor momento, no alcanzo a ver a Simon por ningún lado y ruego a Dios que la emboscada no tarde demasiado.

Dirijo a Antoni a la habitación planeada. Una vez allí, no se anda con preámbulos, se quita el saco obligándome a que lleve las manos al cierre de mi vestido. Tengo que distraerlo, porque ante cualquier amenaza van a destruir la información de la PDA.

—No —me detiene—. Yo quiero hacerlo.

Me fijo en la Sig Sauer de largo alcance que tiene en la cintura.

—*Sei bellissima.*

Baja el cierre de mi atuendo dejándome en bragas y en sostén. Se me eriza la piel bajo su tacto cuando me baja el sujetador atrapando mis pechos con sus manos y rozando la polla contra mi espalda. Echo la cabeza hacia atrás fingiendo placer mientras desciende por mi abdomen y de un momento a otro siento un cañón sobre mi garganta. ¿Y si es un necrófilo?

—¿Te dan miedo las armas?

Asiento con la cabeza.

—Acostúmbrate, porque me gusta cómo se ve mientras la paseo por tu cuerpo. —Acaricia mi espalda desnuda con el cañón—. Dan placer cuando matas con ellas, cuando apagas la vida y derramas la sangre de mujeres hermosas como tú.

Me rodea y se posa frente a mí con la camisa abierta.

—Voy a acostarme en esa cama —señala con el arma— y quiero verte bailar mientras te tocas sin dejar de mirarme.

—Claro. —Sonrío—. Encenderé la música.

—No —se opone—. Tu única melodía serán mis jadeos.

—James —Patrick me habla a través del auricular cuando se aleja.

Empiezo a moverme para no levantar sospechas.

—Perdí el contacto en el balcón, pero te tengo de nuevo en las cámaras. —A gradezco a todos los ángeles. Es vergonzoso que vean cómo te lamen los pechos mientras finges ser una prostituta—. Sigue actuando, te avisaré cuando debas darle la droga.

Pierdo contacto, por lo que sigo con lo mío. Entre más lo entretenga, menos larga será la tarea. Se saca la polla sin perder contacto con mis ojos, mientras continúo con el espectáculo paseando las manos por mis pechos y mi abdomen.

—Eres muy sexy. —Se acaricia el falo de arriba abajo—. ¿Ves esto? Es por ti, mi miembro anhela tu cuerpo.

—Eso me gusta. —Sigo moviéndome imitando los movimientos de la danza árabe y él agita la mano mientras respira con dificultad estimulándose frente a mí.

—Muévete —jadea—, sigue moviéndote hasta que te diga que pares.

Le doy la espalda ofreciéndole una buena vista de mi trasero, lo miro por encima de mi hombro y sigue masturbándose mientras me ve. Me palmeo el culo y me agacho metida en el papel.

—Es hora —me avisa Patrick.

Él se sigue masajeando con premura, perdido en el encanto que emano. Volteo llevándome los dedos a la boca y tal cosa desencadena el derrame que se extiende a lo largo de su mano.

—¿Champaña? —le ofrezco.

Asiente, voy hasta el minibar y sirvo dos copas aprovechando para verter la pequeña pastilla que lo dormirá por una hora.

Espero que se disuelva y vuelvo con él. Por suerte, bebe el líquido de su copa de un tirón mientras tomo un sorbo de la mía. Luego dejo la copa en la mesa.

—Ven aquí. —Me sube a su regazo ahuecando las manos en mi trasero—. Eres una belleza norteamericana.

—Gracias. —Ondulo las caderas sobre su pelvis.

Un estruendo se escucha afuera. Intenta apartarme y aferro las piernas a su cintura.

—Tranquilo —le digo—. No dañemos el momento.

Se levanta y lo tomo de los hombros para que se vuelva a acostar, aprovechando el efecto del psicótico.

—¿Qué droga usaste? —pregunta con un leve susurro—. Déjame adivinar, un psicótico fantasma para que no lo notara.

—¡Chist! Solo mantente ahí. —Le pongo la mano en el pecho. Lo único que logro es que se aferre a mi cuello.

—¡No sabes con quién te metes!

Ejerzo fuerza hasta que se queda quieto.

Una lluvia de tiros se escucha del otro lado. Me pongo una bata de seda y enseguida comienzo a buscar la PDA que necesito. Mi búsqueda es en vano, ya que no hay rastro de ella en los pantalones. Aseguro su arma mientras busco en el saco que traía… Tampoco hallo nada, por ende, termino arrojándolo al suelo.

Algo tintinea, busco con más cuidado y la encuentro en un bolsillo secreto de la manga.

—Teniente James con dispositivo asegurado —digo a través del auricular.

—Bien, sin omitir nada me vas a explicar cada detalle de este —contesta Patrick.

—Es una *alps top* de alta capacidad con sistema operativo protegido por reconocimiento de retina.

—Procede rápido —me indica, así que me devuelvo a la cama y le abro los ojos a la fuerza. Reconoce la retina al tercer intento.

Cuando creo poder declarar victoria vuelve a pedirme un segundo código de acceso. Vuelvo a contactar a Patrick, que intenta desbloquearla sin ningún tipo de resultado. Es una batalla contra el tiempo, ya que si saben que la tengo, destruirán la información.

—¡Es un sistema demasiado potente! —grita frustrado—. Tengo que descifrar la contraseña manualmente.

Otra lluvia de disparos se escucha afuera y el sonido de helicópteros que se acercan se suma al caos.

—Voy para allá —me avisa Simon.

Abren la puerta de una patada, espero ver a Simon, pero me encuentro con el arma de Bernardo apuntándome directamente a la cabeza. Saco la Sig Sauer de su primo y le apunto también.

—¡Baja el arma! —le exijo.

—¿Qué le hiciste, maldita zorra? —Clava los ojos en la cama.

—Solo está drogado, así que baja la maldita pistola o disparo.

La PDA se calienta en mi mano cuando un espeso ácido sale de ella y me impulsa a soltarla.

Bernardo descarga su arma contra mí, evado la ráfaga tirándome al suelo, ejecuto una maniobra de huida para resguardarme en el baño.

—Teniente James a central, necesito refuerzos, repito, necesito refuerzos.

No hay respuesta y Bernardo arremete contra la puerta.

—Dos tropas se acercan —anuncia un hombre en la habitación—. Hay que salir.

—Corta los efectos de la droga y sácalo —exige Bernardo.

Alisto mi arma preparándome para derribar la ventana del baño. Una pelea con Bernardo es tiempo perdido, ya que vienen los escoltas del capo y me van a cortar el cuello si lo mato.

—¡Sal de ahí maldita! —gritan afuera.

Patea la puerta con fuerza. ¡¿Dónde mierda está Simon?!

—¡Teniente James a central, respondan!

Sigo sin obtener respuesta.

—El helicóptero se acerca —vuelven a hablar afuera.

Revientan la puerta, me subo a la tina intentando huir, pero me toman del cabello devolviéndome al piso.

—¿Querías escapar, bella?

Me arrastra afuera, los disparos no cesan y una explosión pone a temblar el edificio. Me arrojan a los pies de Antoni, que está al lado de sus escoltas.

—Disfrutaré volarte los sesos. —Bernardo me pone el arma en la cabeza; no obstante, Antoni aparta el cañón tomándome la cara.

—Lo que hiciste te va a salir caro. —Me obliga a mirarlo.

Las luces de un helicóptero inundan la habitación, Antoni me pone de pie.

—Camina —me arrastra con él—. Tengo una sorpresa para ti.

Una bazuca destruye la pared detrás de nosotros, todos caen al suelo y aprovecho para quitarle el arma a Bernardo.

El intercambio de disparos es ensordecedor, pero los secuaces de Antoni lo cubren de los proyectiles.

—¡Huye! —le grita su primo en medio del forcejeo.

Aparta el cuerpo de uno de los italianos logrando salir al balcón mientras el helicóptero se ubica para recogerlo. Bernardo me arroja a un lado e intenta hacer lo mismo, pero le disparo en la pierna para inmovilizarlo.

Antoni lo arrastra con él, mientras que sus hombres bajan del helicóptero dispuestos a dar la vida por el mafioso, entran veinte soldados más y al italiano no le queda más alternativa que arrojarse a la aeronave dejando a su primo en el balcón. Intenta huir, pero la FEMF suelta un misil que atraviesa el vidrio y se lleva las aspas del helicóptero, que cae al vacío. Cesan los disparos y un grupo de hombres corre a arrestar a Bernardo, quien sigue tirado en el piso en un charco de sangre.

—Lo siento. —Simon me pone en pie—. Tardé demasiado, teniente James.

—Es mejor tarde que nunca, capitán.

—Hiciste un excelente trabajo. —Me abraza.

—La pieza clave murió.

—No importa. —Se asegura de que esté bien.

Afuera todo es un caos, lo que era un lujoso casino ahora es una pila de escombros, vidrios rotos, sangre, mesas y sillas perforadas por las balas.

La FEMF está interrogando a las prostitutas y al personal.

Al otro lado están todos los prisioneros que serán trasladados a Londres, entre ellos un cabecilla de los Halcones, Tanya está en el escenario con un tiro en la cabeza propinado por ella misma y eso tiene a varios agentes neuróticos con la jugarreta. Esposado a lo que era la barra del bar está Alessandro, a quien una enfermera le está curando la herida de bala que tiene en el brazo.

—Un criminal más en mi currículo. —Valeria y Laila se paran a mi lado. Se ven peor que yo con los vestidos rotos y el cabello cubierto de cenizas—. Me divertí con el italianito.

—¿Sabes que cuando salga nos matará? —pregunto.

Se ponen serias cuando Alessandro nos mira.

—Es imposible que salga —Valeria se tensa.

La enfermera acaba y dos agentes se lo llevan, sin embargo, no aparta la vista de mi compañera.

—Es imposible que salga, ¿verdad?

—Yo que tú no estaría tan confiada —dice Laila.

Palidece y se dirige a hablar con Simon, Laila la sigue. Patrick aparece en el vestíbulo.

—Malas noticias —dice furioso—, Antoni escapó.

«Asegúrate de arrestarlos o matarlos, porque si llega a escaparse uno, te buscarán por mar, cielo y tierra hasta encontrarte, torturarte y asesinarte lentamente», las palabras de Tanya hacen eco en mi cabeza.

—¡Todos hagan un perímetro de búsqueda! —ordena Simon—. Tenemos que ubicarlo antes de que salga de la ciudad.

—Por órdenes del general debemos volver a Londres —me avisa Patrick.

—Como ordenes —trato de sonar segura.

En mis años de servicio he trabajado con infinidad de criminales; sin embargo, algo me dice que este no es como los otros, no es un pelele que se quedará sin hacer nada, sabiendo que tenemos a su hermano y a su primo en prisión.

18

EL RING

Rachel

El avión de la FEMF sigue las instrucciones de la aeronáutica civil mientras planea el aterrizaje sobre la pista de Londres.

Mi intento de olvidar a Christopher está más que fallido; de hecho, creo que estoy más prendida de él y no sé qué tanto aguante mi salud mental.

Tengo una nueva lista de líos emocionales:

1) Deseo incontrolable hacia mi superior.

2) Una profunda culpa por engañar a mi novio.

3) Y un miedo aterrador hacia Antoni Mascherano.

Mi vida es una enorme bola de problemas que tarde o temprano me terminará aplastando.

—¿Maní? —Patrick se atraviesa en mi campo de visión.

—No, gracias.

—¿Segura? No creo que bajemos por ahora. —Se deja caer en la silla frente a mí—. Hay problemas en la pista.

Miro abajo, las personas corren por todos lados dando órdenes y despejando el área.

—¿Ya hablaste con Bratt? —me pregunta.

Aparto la vista de la ventana para centrarme en él. Me pregunto cuántas horas hace que no llamo ni texteo a mi novio, novio con el que hablaba cada dos horas cuando éramos la pareja perfecta.

Ahora él está concentrado en su operativo y yo en los deseos pecaminosos hacia su mejor amigo.

—Lo llamé esta mañana.

—Es un buen amigo. Él, Simon, Christopher y yo nos conocemos desde hace mucho. Me imagino que sabes de todas las pendejadas que hicimos —se ríe—, aquellos tiempos que no volverán. —Recuesta la cabeza en el asiento—. Yo me casé, Christopher se condenó con la bruja de tu cuñada, Simon está comprometido y Bratt está muy enamorado de ti.

Se echa un puñado de maní en la boca.

—Todavía recuerdo la promesa de no dejar que ninguna mujer nos echara las garras encima.

—Los hombres suelen prometer cosas tontas… Es inevitable enamorarse y querer tener una familia.

—¿Tú quieres tener una familia con Bratt?

Se me atasca la respuesta, estoy demasiado confundida para contestar. Antes era mi supersueño, pero ahora no sé qué tanto quiero eso.

—Sí —miento.

Clava la vista en mis ojos, siento que quiere prenderme fuego por mentirosa. ¿Sabrá de mis dudas? ¿O estará al tanto de mi relación con su amigo?

—No te equivocaste al elegirlo como novio y futuro padre de tus hijos. —Deja la bolsa en la mesa—. Si nos hubieses conocido años atrás, cuando éramos cuatro amigos inseparables, hubieses podido elegir al equivocado.

Lo miro confundida, no me gusta el rumbo que lleva la conversación.

—¿A qué te refieres?

—A que contaste con suerte al conocer a Bratt solo y no cuando andaba con los cuatro. Tal vez, te hubieses enamorado del equivocado.

Sigo sin entender.

—Simon no hubiese sido una mala elección, de los cuatro es el más apasionado cuando de hogares se trata. Si me hubieses elegido a mí —sonríe con picardía—, tampoco te hubieses equivocado; al principio tenía la idea de no volverme un padre y atarme a un matrimonio, y ahora mírame, faltó que llegara la mujer indicada para atreverme a dar la vida por ella y por mi hija, pero si te hubieses enamorado de Christopher…

El ejemplo me eriza los vellos de la nuca.

—Jamás me hubiese enamorado de Christopher —respondo a la defensiva.

Suelta a reír apoyando el peso en el espaldar de la silla.

—Menos mal, tu vida y tus planes serían muy diferentes.

—Siempre he tenido claro lo que quiero.

—Te sorprendería los cambios que provocan los encantos del coronel.

—¿Qué encantos? No es más que un egocéntrico, arrogante y maleducado. De hecho, ni siquiera me agrada.

—Claro —dice con un leve tono sarcástico—. No te enojes, no tengo intención de hacerte sentir mal.

Me levanto cuando el avión aterriza.

Creo que me metió el dedo en la herida. Respiro mientras me concentro en todo lo que odio del coronel, a veces resaltar las cosas que no te agradan de alguien sirve para apagar sentimientos.

Abren las puertas del avión y Laila se me une en la escalera. Simon tuvo que quedarse en Moscú en busca de pistas que den con el italiano.

Christopher está en la pista con el general y me quedo sin aire cuando se cruza de brazos volviéndose hacia mí. Tiene el cabello desordenado y lleva puesto el uniforme de coronel. ¿Cuántas cosas malas tendré que resaltar para opacar su belleza?

—Mi coronel Christopher Morgan —murmura Laila a mi espalda—. Cosa linda, cosa preciosa, cosa bien hecha.

Nos ponemos firmes ante él y el general. Patrick se une al saludo reportando las últimas novedades mientras los agentes se acercan con los prisioneros principales: Bernardo y Alessandro Mascherano.

El coronel escucha todo con atención. No sé si estoy demasiado sensible a sus métodos de ignorarme, pero me está doliendo que no me haya mirado ni una sola vez desde que llegué.

—Todos hicieron un excelente trabajo —comenta el general—. El coronel y yo nos encargaremos de los prisioneros. Váyanse a descansar, ya que mañana tenemos trabajo que adelantar.

Cada quien se dirige a su habitación. Alexandra se encuentra con Patrick en la pista y él se la lleva mientras yo continúo mi camino a la torre de los dormitorios. Estoy cansada, pero no tengo sueño, supongo que tendré otra noche de insomnio.

Hay un ramo de rosas amarillas en mi mesilla cuando entro. Me acerco para leer la nota que hay al pie del jarrón.

Espero que hayas llegado bien. Todos los días cuento las horas que faltan para verte.

Te amo, BRATT

Bratt… ¿Cómo le explico lo que me pasa? ¿Cómo decirle que estoy confundida…, que tengo miedo, que los latidos de mi corazón son una clara amenaza de algo que me da pavor sentir y reconocer?

Me siento en el alféizar de la ventana, observo a Christopher, que sigue en la pista de aterrizaje. ¿En quién me he convertido? ¿Tantas son mis ganas por él? No me está importando Sabrina, ni Bratt, solo me estoy preocupando por satisfacer mis deseos carnales. ¿Qué clase de egoísta hace eso?

¿Cuál es el afán por arder en los brazos de otro?, ¿por qué?, ¿por qué?, ¿por qué? Estoy harta de las interrogantes. Me dejo caer de espaldas en la cama. Sé que mi resistencia no va a durar mucho, que voy a terminar cayendo como lo hice la primera vez y la segunda, porque quien falla una vez seguirá fallando siempre.

Despierto temprano a la mañana siguiente. Es uno de esos días en que no quiero levantarme y extraño las atenciones de papá. Entierro la cabeza en la almohada y me obligo a cerrar los ojos. Es muy temprano para torturarme.

No consigo nada, la trompeta suena, así que me baño y me visto mentalizándome en las tareas que tengo que realizar a lo largo de la jornada.

Mi frustración sexual me está pasando factura… Estoy excitada y fantasiosa. Mi intento de dormir acabó en un sueño húmedo, así que desperté en la mitad de la madrugada sudada, jadeando y con la entrepierna mojada.

—Mi teniente —me espera un oficial en la entrada del edificio administrativo—, el general la convocó a una reunión privada.

—¿Ya?

—Sí.

Troto a la cuarta planta y una vez allí me encuentro con Laurens en el pasillo.

—Buenos días, teniente —me saluda.

La miro quedándome a medio saludo. Tiene el cabello suelto con un alisado mal hecho, cortó el vestido azul viejo, no trae sus zapatos estilo pantuflas, sino que tiene los pies metidos en unos feos tacones blancos de charol. Tiene lápiz labial en el diente y no se supo aplicar del todo bien la sombra para los ojos.

—Hola —logro decir—. ¡Qué cambiada estás!

Sonríe, es una chica hermosa, pero no le pega este estilo. Prefiero su manera de vestir anticuada.

—¡Eh! —balbucea—. Bueno, quería verme diferente, estoy saliendo con alguien y… —Patrick se acerca.

—Vamos tres minutos tarde —se fija en Laurens tomándome del brazo—, al general no le gusta esperar.

Entramos a la sala de juntas, Peñalver está revisando el expediente del caso Mascherano. Nos invita a tomar asiento mientras Laurens le prepara su café matutino.

Se ve feliz asintiendo a todo. «Estoy saliendo con alguien». Ese alguien debe de ser Scott, es el único que he visto cerca. La gran pregunta es: ¿quién diablos le dijo que se vistiera así? Abren la puerta y el ambiente se impregna del delicioso aroma masculino del coronel. Saluda al general mientras le hace un gesto con la cabeza a Patrick; vuelvo a ser más ignorada que los comerciales de YouTube. No me mira, ni me saluda y actúa como si mi silla estuviera vacía. Suprimo la rabia conmigo cuando se sienta frente a mí dándome una vista perfecta de su bello rostro. Recuerdo mi sueño húmedo, mordiéndome, embistiéndome, su pene en mi boca…

—Sobra decir que estoy más que satisfecho con el trabajo que hicieron junto al capitán Miller —nos felicita el general.

—Fallaron —interviene el coronel—. Yo no estoy satisfecho con la tarea.

—Aunque la misión se complicó, logramos capturar a dos de los más importantes cabecillas —refuta el general—. El capitán me envió la cinta de grabación del casino para que podamos detallar el paso a paso de lo sucedido y así podamos emitir juicios.

Laurens enciende la pantalla frente a nosotros a la vez que ruego a Dios que no haga lo que creo que hará. Introduce un pendrive en un costado del televisor y este se enciende mostrando el casino de Moscú.

«¡Maldito seas, Simon! Acabas de destruir la poca dignidad que me quedaba».

Siento escalofríos cuando la cinta corre mostrando el baile, mi presentación con los Mascherano y mi primer beso con Antoni. Respiro cuando se distorsiona la escena del balcón, es muy poco lo que se ve.

La tranquilidad dura poco, nuestros besos y caricias en la habitación parecen estar en Full HD. Se aprecian todos los detalles: desde que se masturbó hasta cuando me abrí de piernas en su regazo. Muero con la mirada helada del coronel y me provoca arrojar la silla en la pantalla.

—Hizo un excelente trabajo, teniente —habla el general—. Me encargaré de darles un reconocimiento monetario por el buen papel que desempeñaron.

—Gracias, señor.

—El que hayas tenido un contacto tan directo con Antoni puede dejarte fuera del comando —advierte Christopher—. Estudiaré esa opción y en dado caso de ser aprobada serás enviada a otra…

—¡No! —respondo asustada.

Este siempre ha sido mi ejército, aquí tengo a mis amigos y a mis compañeros. Mi vida es esto; no me imagino exiliada perdiéndome de la boda de mi mejor amiga y lejos de todos los que quiero.

—¿Por qué no? ¿Acaso no era lo que quería?

El general me mira con una ceja enarcada.

—Rachel, ¿deseas retirarte del comando inglés? —me pregunta.

—No señor, es solo que —dudo—… Quería estar en el operativo de Moscú y creo que el coronel entendió mal las cosas.

—Tranquila, no te enviaré a ningún lado de no ser extremadamente necesario. Eres una de mis mejores agentes y te necesito aquí —mira a Christopher—. Coronel, no estuvo tan expuesta, llevaba un buen cambio de imagen, además, con lo ocupado que debe estar Antoni, dudo mucho que se centre en nuestro agente.

—Puede que tenga razón —recuesta la espalda en la silla—, pero si intenta algo contra ti, deberás marcharte sin protestar.

Asiento con la cabeza.

—Vuelvan a sus labores —ordena.

Salgo al pasillo, donde Irina se encuentra recostada en la pared con los brazos cruzados en el pecho.

—¡Teniente! —Se me acerca ahogándome con su caro perfume—. Todos comentan sobre el buen trabajo que hiciste.

—¿Qué haces aquí? —pregunto molesta.

Me guiña un ojo cuando ve salir a Christopher.

—¡Coronel! —Corre tras él.

Se detiene en la mitad del pasillo, la espera y se van hablando como si no quisieran que nadie más los escuchara. Reprimo las ganas de estamparlos contra el piso y pasarles mi Volvo por encima.

Se sigue acostando con ella. Me encamino a mi oficina con las mejillas encendidas por la rabia. No saludo a nadie cuando llego, solo abro mi *laptop* y me pongo a trabajar hasta que me tiran una gorra roja con el título de anunciador.

—Es sábado y la Élite está en el comando —comenta Harry con una gorra idéntica—. Las peleas empezarán dentro de una hora.

Cuando laboramos los sábados solemos organizar peleas clandestinas si tenemos tiempo: nos retamos con otros soldados en prácticas de tiro, peleas tipo boxeo, fuerza y demás.

—No tengo tiempo para eso. —Le devuelvo la gorra—. Tengo un montón de trabajo por hacer.

—¿Desde cuándo te volviste tan aburrida? —protesta—. Se te está pegando lo del coronel.

—¡No me compares con ese imbécil! —replico.

—Entonces toma la gorra y ven a hacer tu trabajo como anunciadora. Hoy pelearán principiantes contra profesionales.

—Eso no se oye muy justo.

—Es más que justo, los principiantes están llenos de energía y tácticas nuevas; en cambio, los profesionales siempre estamos un punto por debajo.

—Hablas como si fuéramos vampiros —me burlo.

Brenda llega con un fajo de libras saludando a todo el mundo, la mayoría se levanta a apostar preguntando también por los peleadores.

—Ponte la gorra y haz tu tarea —me exige Harry—. Te encantará anunciar la pelea de Dominick contra Alan.

Sonrío por primera vez en la mañana, la amargura trae cosas buenas.

—Hubieses empezado por ahí, querido amigo.

La sala está llena de gente que silba y grita. La mayoría está alrededor del cuadrilátero esperando la pelea mientras que otros están practicando su puntería en el gran marco de tiro al blanco. Le colocaron fotos de Christopher y todos le atinan a los ojos.

—¡Arriba las apuestas! —elevo la voz en el ring—. ¡Con ustedes, nuestros primeros peleadores!

La gente grita y aplaude cuando suben a la tarima. Por un lado, Patrick, Luisa y Alexandra hacen sus apuestas con Brenda, en tanto Harry y Scott intentan calmar la algarabía que se está saliendo de control. Cinco peleas dejan el marcador 3-2 ganando los profesionales, pero a la sexta logran empatarnos. Todo se define en la última: el capitán Dominick Parker contra Alan Oliveira. Me bajo de ring esperando el anhelado momento, me ubico en medio de Luisa y Alexandra. Atrás, Patrick discute con un chico español.

—Me agrada tu amiga —me dice Luisa señalando a Alexandra con la cabeza—. ¿Crees que tenga buenas ideas para la boda? Ya está casada y su vestido fue una maravilla.

Afirmo mientras observo cómo Alan se prepara para la pelea, quiero que le rompa la nariz al capitán.

Suena la campana y Dominick ataca arrinconándolo contra las cuerdas.

—¡Golpea a ese hijo de puta! —Luisa le grita a Alan.

El soldado me mira, así que levanto los pulgares dándole ánimo. En el segundo asalto ataca a Parker con múltiples golpes, pero este logra esquivarlos, no se da por vencido y evade los puñetazos cuando intenta acorralarlo.

Dominick se enfurece porque le está tomando tiempo derribarlo. Empieza a lanzar golpes desesperados, mientras que Alan es paciente, espera a que se canse y le pone punto final a la pelea lanzándole un zurdazo que lo deja tendido en la lona.

Vuelvo a subir al ring anunciándolo como el ganador, el bullicio es ensordecedor.

—¡Muy bien hecho, mi pequeño aprendiz! —lo felicito.

Celebro con mis amigos mientras Harry les paga a los ganadores. La cosa acabó, pero la algarabía no cesa. De golpe, los gritos finalizan, todo el mundo empieza a apartarse. Harry esconde el fajo de billetes. Christopher se abre paso entre la multitud con Irina a su lado. No trae buena cara, Patrick se escabulle entre los soldados para que no lo vea. No me da tiempo de perderme, ya que a mí es a la primera que mira, así que no me queda más opción que hacerle frente.

—¿Qué es esto? —Fija la vista en la foto llena de flechas y dardos—. ¿Los juegos de otoño o los Olímpicos?

Nadie contesta.

—¡Hice una maldita pregunta!

—Solo nos divertíamos en nuestro tiempo libre, señor —contesta Harry con un hilo de voz.

—¿En serio? —dice con sarcasmo—. ¡Lástima que nuestra labor sea servir para algo y no divertirnos! —grita—. ¡Quiero ver a todo el mundo en sus labores!

La multitud se atasca en la puerta cuando todos intentan salir al mismo tiempo. Vuelve a mirarme y me quito la gorra.

—Al edificio nueve —me ordena—. Hay un interrogatorio en proceso.

Se da media vuelta para marcharse.

—¡Te dije que no pusieras las fotos! —Harry regaña a Brenda.

—¡Estuviste de acuerdo cuando te lo sugerí!

—Recojan a Parker y llévenlo a la enfermería —ordeno antes de seguir al coronel.

—¡No tengo todo el día! —vuelve a gritar.

Lo alcanzo en la puerta, este se detiene cuando nota que Irina lo sigue.

—¿Te pedí que vinieras? —la frena.

—No, pero…

—¡Lárgate tú también a trabajar!

Meto la gorra en mi bolsillo trasero mientras lo sigo al interrogatorio del edificio nueve.

Hay dos personas con Bernardo; un detective y un psicólogo que le realizan preguntas. No suelta respuestas, solo mira el espejo como si supiera que estoy del otro lado.

Pasa una hora y nada, comienza a invadirme el sueño, así que me acomodo en mi silla detallando con disimulo al hombre que se encuentra a mi lado.

Se acaricia el mentón pasándose la lengua por los labios… Debería humectarlo yo con mi boca.

Tal cosa no va a pasar. Se tomó muy en serio el que no quiera tener nada con él, hasta quiso enviarme lejos. Mis oportunidades para volver a tener sexo con él están acabadas, además tiene a Irina y está de más decir que no me necesita teniendo miles a su alrededor.

Mujeres no comprometidas y con las cosas más claras que yo.

Voltea y capta mis ojos sobre su cara.

—¿Pasa algo? —inquiere enojado.

—No. —Fijo la mirada en el vidrio—. Creo que hay que usar otra táctica, ya que Bernardo no dirá nada.

—¿En serio lo crees? —pregunta con sarcasmo—. Pensé…, no sé, ¿que solo quiere hacerse el interesante?

Me enfoco en el expediente que hay sobre la mesa, es de un preso que ni siquiera conozco.

—En vez de estar simulando que eres el anunciador de la película *Rocky* —me regaña—, deberías estar pensando cómo vamos a sacarle información al malnacido que está del otro lado.

—Sí, señor.

Se acerca, me mete la mano en el bolsillo trasero y saca la gorra dejándola caer sobre la mesa.

—No quiero distracciones, quiero mis informes al día y los soldados entrenados y listos para cualquier batalla —exige—. Cinco rastreadores con experiencia deben partir a Moscú a contribuir con la búsqueda de Antoni Mascherano, ya que fueron una partida de inútiles que lo dejaron escapar.

No le refuto, si lo hago puedo ganarme una sanción.

—Elige los soldados que se irán a Moscú y deja de perder el tiempo, ¿entendido?

—Sí.

Me toma la barbilla obligándome a mirarlo.

—Sí, ¿qué? —Acerca los labios a mi boca.

—Sí, mi coronel.

Me suelta y estrella la puerta cuando sale, rabioso.

19

MIL MANERAS DE HACER EL RIDÍCULO

Rachel

«El coronel Christopher Morgan lanza uno de sus mejores golpes».

«El clan Mascherano perdió dos importantes cabecillas gracias al coronel Christopher Morgan».

«Con la ayuda de la suspicacia e inteligencia del coronel, de solo veintiséis años, se capturó a Alessandro y a Bernardo Mascherano en Moscú, y, aunque no se logró la captura de Antoni Mascherano, es un gran punto para el comando londinense».

Paso las páginas del periódico de la FEMF en busca de algo que no hable de Christopher. Pierdo mi tiempo en diez páginas informativas, ya que solo se habla de lo bien que hace su trabajo y cómo demuestra ser digno del apellido Morgan. En lo único que no aparece es en la página de Sociales, que no tienen nada de interesante, solo hay anuncios, especulaciones de los reconocidos internamente y columnas dedicadas a los que acaban de casarse o acaban de morir. La FEMF maneja sus propios medios informativos internos y solo los soldados tienen acceso a ellos. Tiro el diario y me desparramo en el sofá de mi vestíbulo. Tuve una semana pesada, para colmo, la fuga de Antoni me tiene trabajando el doble de tiempo.

—Temo que tu cabeza se vuelva gigante y estalle de un momento a otro —comenta Luisa.

Está sentada en el piso revisando los catálogos de boda que envió el organizador.

—Mi cerebro no es el mismo, lo desgasté de tanto pensar.

—Con pensamientos estúpidos, porque todo lo que se te cruza por la mente es una pérdida de tiempo.

Se levanta recogiendo el desorden de revistas y resaltadores.

—Para ti es fácil decirlo, no estás en mis zapatos.

—No, y si lo estuviera, no perdería el tiempo llorando sobre la leche derramada. —Se recoge el cabello—. ¿Por qué insistes en reprocharte y torturarte con lo que ya pasó?

—Porque estuvo mal…

—Estuvo mal, pero ya pasó —me reprende—. Pensé que estarías más tranquila después de terminar con el coronel, pero resulta que ahora estás peor. Te lamentas el doble; por engañar a Bratt y porque ya no coges con Christopher.

—No quiero coger con Christopher —me defiendo—. Me siento bien así como estoy.

—Te conozco hace más de quince años y sé que te afecta la ruptura. —Pone los brazos en jarra—. Explícame: ¿por qué mantienes a Irina ocupada día y noche? ¿Por qué te enojas cada vez que aparece?

Guardo silencio, no tengo respuestas coherentes.

—La vida es demasiado corta para pensar en todo el mundo. Haz lo que tu corazón te diga, aunque tengas miedo, aunque esté mal, aunque después te arrepientas, porque si no lo haces, de todos modos te vas a arrepentir por no haberlo intentado.

—Bratt…

—Bratt no está aquí, estés o no con el coronel, vas a seguir torturándote con ideas absurdas.

—¿Qué harías si Simon te hiciera lo mismo?

—Lo entendería.

La miro como si le hubiese salido un tercer ojo. La conozco y sé que si Simon la engaña, seguramente no sobrevive para contarlo.

—¿Por quién me tomas? —me burlo.

—Rachel, el que es infiel es porque no ama lo suficiente. Creías amar locamente a Bratt y te equivocaste, el que te guste Christopher es una demostración de que no vivías un amor de ensueño como pensabas.

—Sí lo vivía. Bratt era mi pasado, presente y futuro.

—Era todo eso porque no veías más allá de sus narices. Llevas cinco años con él y es un controlador que no te deja ver el mundo.

—No digas tonterías. —Me levanto molesta.

Me voy a tomar aire al balcón.

—¿Tonterías? —repite detrás de mí—. Te tiene controlada todo el tiempo, no le gusta que tengas amigos masculinos, ni que salgas a bailar a altas horas de la noche, ni mucho menos que tomes decisiones sin consultarle. Dime si eso no es control.

—¡Para ya! No quiero hablar de Christopher, ni de Bratt, ni de nada.

—Disfruta las cosas mientras puedas y que pase lo que tenga que pasar.

De eso se trata la vida, de tomar riesgos, ya después enfrentarás lo que se venga.

Se encierra en su alcoba y mi tarde se va en una videollamada con mi hermana menor, la regaño por las malas notas y me promete que pondrá más de su parte. Sam está feliz en la universidad y hablo con ella también por un par de minutos y con papá, quien me pone al tanto de lo que pasa en casa.

A la mañana siguiente cumplo con mi tarea de seleccionar a los soldados que se irán a Moscú. Se están preparando para partir, así que subo las escaleras en busca de mi superior para informarle que culminé la tarea. Llevo días sin hablar con Bratt, ya que logró infiltrarse en el grupo de mercenarios que le rinde fidelidad a Antoni: los Halcones Negros. El grupo está operando para el mafioso en Alemania.

Scott sale del ascensor planchándose la playera con las manos.

Llevo días intentando averiguar qué juego se trae con la secretaria del coronel Morgan. Apresuro el paso alcanzándolo antes de que llegue al cubículo de Laurens.

—¿Qué haces por aquí? —lo abordo.

Me dedica su estúpida sonrisa de conquista.

—No tengo mucho que hacer y quise dar una vuelta por el pasillo.

—¿Ah, sí? —Me cruzo de brazos—. Cerca del cubículo de Laurens.

—La secretaria… —Se encoge de hombros—. Es buena charlando.

—La quieres joder y crees que no me doy cuenta.

—Por supuesto que no —masculla en voz baja—. Solo busco entablar lazos amistosos; por si no te has dado cuenta, es una asocial que necesita conocer gente.

—Eso no lo discuto, pero gente de bien, no mal nacidos desalmados como tú. Conozco tus juegos, y los tiempos donde era importante demostrar la hombría ya pasaron. —Lo empujo contra la pared—. Si me llego a enterar de que la tomas como ficha de juego, te corto las bolas.

—¡Cálmate! —Alza las manos.

—¡Largo de aquí! —le ordeno—. Si no tienes nada que hacer, ve a supervisar qué hacen los soldados.

Traga saliva devolviéndose por donde venía. Detesto que no madure como la gente normal.

—Buenos días —saludo a Laurens.

Hoy trae un vestido naranja con lunares negros. Al igual que la vez pasada, está sobremaquillada y oliendo demasiado a perfume.

—¿Cómo está? —Me sonríe.

—Bien. ¿Podrías anunciarme con el coronel?

—No está aquí. A esta hora siempre hace ejercicio en el gimnasio. —Le da un largo sorbo a su taza de café—. Avisó que volvía dentro de dos horas.

A esa hora ya los soldados deben de estar abordando el avión.

—No tengo dos horas —respondo inquieta— y el que posponga su orden me acarrea otra reprimenda.

—Si es muy urgente, puede ir·al gimnasio.

—Sí, eso haré. —Me despido—. Gracias.

Me devuelvo y voy al centro de entrenamiento privado desviando el paso hacia el pasillo vacío. Las puertas del sitio están abiertas de par en par y me quedo de piedra bajo el umbral al ver el adonis que se ejercita con el torso descubierto. Está de espalda, gotas de sudor corren por ella mientras contrae los omóplatos bajo el peso de las mancuernas. ¡Dios, qué imagen! Oigo los jadeos varoniles que suelta con el subir y bajar de las pesas, son una clara réplica de los gemidos que percibo cada vez que me coge.

Me derrito prendiéndome en menos de nada, mientras los pensamientos de los últimos días hacen estragos en mi cabeza. Deja las mancuernas en el suelo cuando se levanta y se seca la frente con una toalla.

—¿Me dirás qué viniste a hacer? —pregunta sin voltear—. ¿O me seguirás morboseando toda la mañana?

¡Bravo, Rachel! Deberías ser la anfitriona del programa *Mil maneras de hacer el ridículo*. Camino aclarándome la garganta.

—Tengo la lista de los soldados que serán transferidos —carraspeo—, solo falta su firma.

Su olor es mejor que cualquier estimulante sexual: es una fusión de loción mezclada con sudor. ¡Puta mierda! Se coloca frente a mí deslumbrándome con los cuadros que le adornan el torso y mis ojos no se contienen a la hora de observarlo con auténtico morbo.

—Despierta y dime dónde diablos tengo que firmar —pregunta molesto.

—Aquí. —Le paso los documentos y la pluma para que firme.

—El capitán Miller logró averiguar algunos indicios sobre el paradero de Antoni Mascherano. Se sospecha que se trasladó a Tokio con Jun'ichi Yamasura —explica—, un comerciante con antecedentes judiciales por asesinato y tráfico de drogas. —Firma y me devuelve los papeles—. Necesito que busques en los archivos el expediente del sujeto e investigues todo lo que pueda servir para dar con su paradero.

—Como ordene.

—Largo.

No puedo moverme, simplemente me quedo absorta en todo lo que quiero hacerle.

—¿Se te pegaron los pies? —pregunta arqueando una ceja.

—No.

—Si necesitas nada más…

Pierdo el control y me lanzo hacia él, callándolo con un beso; debo pararme en puntillas para alcanzar sus labios a la hora de rodearle el cuello con los brazos.

Los documentos caen al piso, siento miedo de su rechazo cuando no percibo ninguna reacción de su parte mientras lo estrecho contra mis costillas invadiendo su boca. Toco su lengua y de un momento a otro me manda las manos al culo apretujándome contra él en tanto que nuestras lenguas danzan en un beso urgido que funde nuestras respiraciones.

Retrocede estampándome contra una viga de metal sin dejar de besarme. Sus labios recorren mi mentón antes de deslizar la lengua a lo largo de mi garganta. El agarrón es fuerte y su beso es brusco, lo cual ratifica que no se mide en momentos como estos.

De la nada me suelta dejándome contra la viga. No me muevo. Me quedo con la boca entreabierta ansiosa por que me arranque la ropa.

—¡Buenos días! —saludan en la puerta.

Es Irina y no me atrevo a voltear, simplemente me agacho a recoger los documentos que cayeron al piso.

—¿Qué pasa? —pregunta Christopher colocándose la playera.

—La sargento Franco reunió a los soldados que pidió.

—Ahora estoy ocupado —contesta molesto.

Recojo todo poniéndome de pie, miro a mi amiga, que está perdida observando al coronel con auténtico descaro. La punzada de celos me devuelve a la realidad.

—En la tarde tendré listo lo que me pidió, mi coronel. —Me voy a la puerta.

El aire me está asfixiando.

—¡No te he dado permiso de irte! —Me toma del brazo.

—¡Hace unos minutos sí! —Me zafo rabiosa.

Tengo ganas de llorar, posiblemente Vargas terminará lo que empecé. Mira a uno y luego al otro, mi escena solo está levantando sospechas, tenemos rangos diferentes y le debo sumo respeto.

—Disculpe —digo—. Estoy algo estresada y tengo mucho trabajo…

—Es comprensible —me defiende Irina—. El estrés laboral nos tiene tensos a todos.

La ignoro.

—Permiso para retirarme, señor.

Él asiente molesto y no dudo a la hora de marcharme saliendo ciega de la ira, no veo por dónde voy y termino chocando con el torso de alguien cuando alcanzo el final del pasillo.

—Lo siento —me disculpo aturdida.

Levanto la cara y, para rematar, me encuentro con los ojos iracundos de Dominick Parker.

—¡Es obvio que no! —replica molesto—. Siempre vas por ahí queriendo pasar por encima de todo el mundo.

Con el humor que llevo le patearía las bolas.

—¿Qué hice como para que destiles tanto odio por mí?

—La pregunta es: ¿qué no hiciste?

—No te entiendo...

Me toma del brazo estampándome contra la pared.

—¡Chist! —Se acerca a mi boca—. Empeoras las cosas cada vez que hablas.

—No tengo la más mínima idea del porqué de tu repudio.

—Finges que no —se burla.

Me presiona con violencia contra los ladrillos. Su aliento me acaricia la nariz, entreabre los labios y no entiendo, estoy en shock.

—Ve a cumplir con tu trabajo —susurra—. Detesto que pierdas el tiempo y no cumplas con lo que te corresponde.

—Apártate y con mucho gusto dejo de perderlo.

Me suelta y se apresura pasillo de arriba. ¿Estuvo a punto de besarme? ¡Es un puto día de locos!

Organizo lo poco que falta para el traslado asegurándome de que los soldados aborden el avión. Luego tomo una ducha de agua fría para espabilarme. Ya recién bañada, regreso a mis tareas con las ideas un poco más claras y pese a que me aseé sigo teniendo su fragancia encima.

Me dirijo a los archivos acatando la última orden. La encargada de la sala no está, así que no me queda otra que adentrarme sola en las enormes bibliotecas de madera.

Los estantes son casi de tres pisos, busco por orden alfabético, lo que me lleva al final del pasillo. El expediente de Jun'ichi no es una carpeta, sino dos libros del tamaño de una enciclopedia médica.

Intento tomar el primero, que pesa una barbaridad. ¿Acaso metieron los cadáveres de sus víctimas? Lo saco como puedo, lo llevo a la mesa regresando por el segundo, que es aún más pesado. No logro sacarlo, se me parten las uñas y me magullo los dedos. Maldigo al imbécil del coronel y su estúpida orden. Estoy irritada y sensible. Me imagino a Vargas entre sus sábanas experimentando los mismos orgasmos que yo sentí. ¡Una tontería, porque es algo que no debe importarme!

Pateo el estante e intento sacar el archivo a la fuerza.

—¡Mierda! —grito frustrada cuando el jodido libro no sale.

Quiero patalear, en serio que sí. Lleno mis pulmones de aire recostando la cabeza contra la madera. ¡Sácatelo de la cabeza! Dos brazos me acorralan contra el archivero, miro de reojo esperando ver los vellos negros del brazo de Parker, que últimamente es mi acosador número uno; sin embargo, no es Dominick. Son los tatuajes que adornan los brazos del coronel.

—Explícame lo que pasó en el gimnasio —exige.

Lo empujo antes de apartarme.

—No tengo explicación para eso.

—¿Qué pasó con lo de mantenerse alejada?

—No sé, es imposible cumplirlo si te tengo cerca todo el tiempo.

—Te ofrecí enviarte lejos.

—Me ofreciste el exilio en el programa de protección a testigos. No voy a dejar mi carrera por una pendejada.

Se peina el cabello con las manos mirándome mal con esas dagas de acero que carga como ojos.

—No me gustan los juegos, Rachel —me señala—. No voy a tolerar provocaciones cada vez que tienes un ataque de bipolaridad.

La ira vuelve a dispararse.

—¡No me vuelvas a joder! —advierte.

¡Hijo de puta! Detesto que sea tan gilipollas. Se dirige a la salida y abro la boca antes de que desaparezca:

—¡Sabrina habló conmigo! —le suelto—, me reprochó tus amoríos con Irina. ¡Eso es lo que pasa!

Detiene el paso.

—¿Es cierto? —pregunto—. ¿Te acuestas con ella?

—¿Todo tu show es por un ataque de celos?

¡Sí, estoy celosa, loca y caliente también!

—Responde lo que te pregunté —le insisto.

—No tengo por qué darte explicaciones de mi vida privada. Lo nuestro es solo sexo, por lo tanto, a mí no me importa con quién te acuestas y espero el mismo trato de tu parte.

—Sí me importa —acorto el espacio que nos separa—, porque no voy a dejar que sacies conmigo las ganas que sientes por ella.

Sonríe cruzándose de brazos.

—Eres un cínico.

Trato de alejarme, pero se aferra a mi brazo empujándome contra la madera.

—En el caso de que me revolcara con ella sería todo lo contrario, ya que saciaría con ella las ganas que siento por ti.

—Eres un imbécil que deja que su esposa vea cómo se le burlan a la cara.

—¡Sabrina no es mi esposa! —replica—. Finge serlo y suficiente tengo con sus celos como para lidiar con los tuyos.

—¡No todas las mujeres morimos por usted, coronel!

Me lanza contra el estante, aprisionándome contra su pecho.

—No te engañes, nena. Ambos sabemos que quieres seguir con el sexo esporádico cargado de embestidas por parte de mi miembro.

Intento apartarlo, sin embargo, su peso se viene contra mí levantándome la barbilla y besándome a la fuerza. Su boca devora la mía con auténtico despero mientras su lengua batalla por doblegarme e intento zafarme, pero mis malditas hormonas disparan órdenes contrarias. Lo vuelvo a empujar, así que toma un puñado de mi cabello obligándome a mantener el contacto visual.

—¡No soy una de tus putas!

Mi empujón le da para soltarme. Aprovecho para abofetearlo, y se me viene con más fuerza aplastando mi cuerpo con el suyo en el estante, clavándome la erección que refriega contra mi ombligo.

—¡Suéltame!

Se aferra a la pretina de mi camuflado mientras lucho, sé que si lo dejo avanzar, estaré más que perdida. Vuelve a imponerse y termina sacándome la camiseta.

—¡Basta! —replico cuando mete las manos bajo mi sostén atrapando mis pezones erectos.

—¡No me acuesto con Irina! —Me manosea estrujando mis pechos.

—¡No te creo! —jadeo.

—¡Problema tuyo si no! —Se encoge de hombros—. No tengo por qué mentirte.

Atrapa el lóbulo de mi oreja llenándome de caricias feroces. Su aliento libera un torrente de deseo que apaga todo tipo de función cerebral. Este hombre me prende demasiado y siento que sabe que me gusta así: brusco, irracional y vehemente.

—Deja que embista ese coño —susurra calentándome con sus guarradas mientras lame el borde de mi oreja y me provoca una oleada de calor en mi entrepierna.

Vuelve a besarme y lo acepto dejando que nuestras lenguas se acaricien. Me duelen las manos debido a lo fuerte que sujeto su camisa. Estoy en llamas, acaricio su cuello, hundo las manos en su cabello y tengo miedo de perder la cordura para siempre. No quiero dejar que me domine, así que me aferro a su nuca apoderándome de sus labios. Sin dejar de besarlo, refriego mis manos contra el bulto que se le formó en el pantalón. Mordisqueo su labio inferior antes de dejar besos húmedos en su cuello en tanto paseo las manos por el torso duro y definido. La ansiedad es tanta que libero su verga mientras doblo las rodillas en el piso. La aclamo. ¡Joder! Necesito saborear el falo que me pone a ver maravillas.

La acaricio con mi mano, está dura, potente y es tan malditamente enorme que estabilizo mi respiración mientras me humecto los labios sin dejar de verlo a los ojos. No respira bien, su mirada es turbia y lo veo tragar saliva cuando paso la lengua por el glande. Esto va de mal en peor y no tengo idea de qué hacer con este deseo lujurioso que me está volviendo loca. Entreabre la boca cuando traslado las manos a la parte trasera de sus muslos, deslizando su miembro al fondo de mi garganta, succionando con cuidado mientras entra y sale de mi boca con movimientos sincronizados. Me niego a perder el contacto visual cuando literalmente me folla la boca, disfrutando del morbo y el sabor que me pone a salivar. Me aferro al tallo arremolinando la lengua en la cabeza enrojecida.

—¡Joder, Rachel! —echa la cabeza para atrás.

Mordisqueo un poco antes de engullir y chupar, estoy tan excitada que mis cuerdas vocales sueltan jadeos involuntarios por el mero hecho de saber que lo tengo indefenso, vulnerable y acorralado en el placer que le brinda mi boca. Escucho mi nombre infinidad de veces, no me importa, solo traslado la mano a la base de su pene sujetándolo con firmeza mientras paso la lengua por la punta para terminar. Sus ojos buscan los míos dibujando círculos en mi cabeza con sus manos pidiéndome más, y sigo con la maniobra acelerando los movimientos con la lengua.

—¡Para! —suplica jadeante, mientras apoya la cabeza contra el estante.

Estoy demasiado concentrada en esto como para soltarlo ahora. Clavo los dedos en sus muslos empujándolo al fondo de mi garganta y…

—Voy a…

Su advertencia llega tarde. La gruesa cabeza me roza el paladar mientras un líquido tibio y salado baja por mi garganta. ¡Me ha pasado su…!

—El capitán Dimitri no ha tenido muchos avances en la misión —la voz del general inunda la entrada de la sala y doy gracias por estar en el fondo del pasillo del sinnúmero de estantes.

Me levanto acomodándome el uniforme. Es amigo de mi familia, moriré de vergüenza si se entera de lo que estaba haciendo. Sacudo mis rodillas tratando de verme decente mientras el coronel actúa como si no pasara nada, solo se acomoda el miembro antes de abotonarse el pantalón.

—Saldré primero —me dice—. Arréglate...

Me toco las mejillas, estoy ardiendo.

Se pierde en el pasillo y me quedo mirándolo como una estúpida mientras se va. Todavía tengo su sabor en mi boca.

—Coronel —lo saluda el general—. ¿Qué hace aquí?

Escucho un murmullo por parte de otra persona, pero no alcanzo a reconocer su voz.

—Estaba buscando información con la teniente James —responde tranquilo—. Nos urge dar con el paradero de Antoni Mascherano.

¿Buscar algo juntos? ¿Dónde? ¿Él en mis tetas y yo en su miembro?

Todos me miran cuando salgo a la sala donde están Christopher, el general y otro hombre que no conozco.

Les dedico un saludo militar.

—Buenas tardes.

—Siempre comprometidos con el trabajo —sonríe el general—, por eso es por lo que tengo uno de los mejores ejércitos.

—Un muy buen ejército —declara el desconocido.

—Ustedes dos me recuerdan la etapa de noviazgo que viví con mi esposa —comenta el general.

—Hay un par de datos que quiero mostrarle —carraspea Christopher queriendo cambiar el tema.

—Mi esposa y yo éramos colegas —continúa el general—. La conocí mientras hacíamos una investigación, ambos éramos muy comprometidos con el trabajo al igual que ustedes dos.

—La teniente Walkman fue una de las mejores tenientes de la FEMF —agrego siendo amable.

—Sí, la única diferencia entre nosotros y ustedes es que ninguno de los dos estaba comprometido —toma asiento en la mesa—, pero aun así te pareces mucho a ella, Rachel.

Le sonrío con hipocresía, no creo que su esposa se haya acostado con su coronel.

—El capitán Lewis tiene suerte de tenerte.

El elogio es un golpe contundente en la moral.

—Supongo que ocuparán la sala —comenta Christopher—. Dejaremos la investigación para después.

—Si no es problema, coronel, me gustaría que nos acompañara en la reunión —lo invita el hombre a quien no conozco—. No tardaremos mucho.

—Por supuesto. —Me mira—. Teniente, dejemos lo nuestro para mañana.

No entiendo a qué se refiere cuando dice «lo nuestro»: ¿nuestra investigación o nuestra mamada?

—Me llevaré la información. —Me acerco por el expediente, el jodido libro está mucho más pesado que hace una hora.

—Le ayudo —se ofrece Christopher quitándome el libro—. Vuelvo enseguida.

Lo sigo viendo cómo deja el expediente en el estante sin la menor dificultad.

—Tenemos una conversación pendiente. —Christopher levanta mi barbilla para que lo mire—. Te avisaré cuándo y dónde.

Asiento con la cabeza dejando que se marche. He caído por tercera vez y sé que caeré una cuarta, quinta e infinidad de veces más.

20

UNA VISITA INESPERADA

Rachel

Troto hombro a hombro al lado de Luisa en nuestra décima vuelta al parque Kingston mientras Lulú trata de alcanzarnos.

—¡No puedo más! —jadea mi amiga dejándose caer en el césped—. No soy un puto soldado.

—Confirmo. —Lulú cae a su lado abriendo una botella de agua.

—Tienen un pésimo estado físico —las regaño trotando en mi puesto.

—No puedo adelgazar —se queja Luisa—. Ya me tomaron las medidas del vestido y si bajo de peso, me quedará flojo.

Miro a Lulú preguntándome qué excusa va a sacar.

—Vengo a ver hombres con pantalones cortos —alzando una ceja—. Tallas hay muchas, en cambio vida hay una sola.

—Necesito donas para recomponerme —señala Luisa al hombre que las vende—. Lulú sé mi heroína y compra unas.

—¡Voy…!

Me acuesto sobre el césped verde cuando Lulú se va gritándole al hombre que la espere.

—Te he visto con mejor ánimo estos días —comenta mi amiga—. ¿Me perdí de algo?

Aún no le he contado sobre mi encuentro con Christopher en la sala de investigaciones, quiero posponer el festejo de victoria por haber tenido la razón.

El encuentro calmó mis ansias mas no los deseos. Sigo pensándolo cada cinco segundos, llevo seis días sin verlo, omitiendo e ignorando el hecho de que lo estoy echando de menos.

—Muy poco, a decir verdad —miento.

—¿Qué cenaremos hoy? No sé si pizza o hamburguesa.

—Ambas —propongo.

—Por eso eres mi mejor amiga.

Lulú se une a nosotras mientras caminamos a casa. Saco mi móvil respondiendo los mensajes de mi hermana, que me envía fotos de la universidad.

—Creo que sí me perdí de algo —comenta Luisa delante de mí—. Y de algo muy importante.

Levanto la cara entendiendo a qué se refiere.

Christopher está frente al edificio recostado en su DB11. Tiene una de las manos metidas en la chaqueta de cuero negro mientras que con la otra se saca el cigarrillo de la boca soltando una bocanada de humo.

Lulú se queda con una dona a medio masticar, observándolo con la boca abierta.

—¡Por Dios! ¿Desde cuándo los playboys visitan la calle?

—Adelántense —les pido.

—No tengo problema en esperarte —replica Lulú.

Bajo del andén dándome un repaso mental de lo mal que debo de verme con zapatillas deportivas, ropa de gimnasio y el cabello mal recogido. Él me recorre con los ojos mientras acorto la distancia que nos separa y miro a Luisa por encima de mi hombro indicándole que suba.

—Tenemos una conversación pendiente —dice sin saludar.

—Te escucho. —Cruzo los brazos sobre mi pecho fingiendo que no es el hombre más bello del universo.

—No voy a hablar aquí con tu amiga y tu empleada mirándome por la ventana. Cámbiate, que iremos a otro lado.

No me da tiempo de alegar, solo entra al auto azotando la puerta.

—Tienes media hora —ordena.

¿Nunca le enseñaron modales?

Entro al edificio. A decir verdad, quiero escuchar lo que tiene para decir.

Subo, abro la puerta de mi apartamento y hallo a Luisa y a Lulú con binoculares en la ventana.

—Ese hombre quiere sexo —asegura Lulú.

—Es nuestro jefe —contesta Luisa lanzándome una mirada de reproche.

—¿En qué rama judicial están? ¿En la brigada de hombres con apariencia de semidioses?

Luisa me sigue a la alcoba cerrando de un portazo cuando estamos adentro.

—¿Qué hace aquí? —pregunta.

—Tenemos una conversación pendiente. —Busco lo que me voy a poner.

—¿Conversación? ¿Respecto a qué? —Se interpone apartándome del clóset.

—El lunes fui a verlo al gimnasio —me quito la ropa—, lo besé y más tarde le hice un oral en la sala de investigaciones.

Si no hablo, la tendré pegada a la espalda el resto de la noche.

—¡¿Por qué no me contaste nada?! Soy tu mejor amiga, tengo derecho a saber ese tipo de cosas.

—Estaba buscando el momento indicado, ¿podemos discutirlo después? Me está esperando afuera.

—Ve a la ducha —dice molesta—. Buscaré tu ropa.

Tomo un baño rápido y dejo que mi amiga me seque el cabello mientras me maquillo.

—¿No hay otra cosa que no sea un vestido? —protesto cuando saca la prenda del clóset.

—Pasas los días con pantalón y botas. —Va a la cajonera y saca un cinturón a juego—. Al igual sabemos que no va a durar puesto.

Eso me hace pensar en lo que me dijo «Tenemos una conversación pendiente», pero lo omito. Me meto en el vestido mientras dejo que ajuste el cinturón encima de mi cadera, calzo mis tacones, agarro mi cartera y me preparo para salir. El frío nocturno me eriza la piel cuando salgo a la calle. El DB11 sigue en el mismo lugar y lo rodeo deslizándome en el asiento de cuero del copiloto.

—Aparte de tu amiga, ¿alguien más sabe que cogemos? —pregunta mientras me coloco el cinturón de seguridad.

—¡No!

—Nadie más puede enterarse —advierte.

Asiento y enciende el motor adentrándose en el tráfico de Londres.

No habla durante el camino. Mantiene la vista fija en la carretera, algo bueno teniendo en cuenta que conduce como un loco esquivando todo lo que se le atraviesa. Pasamos por el centro y se enruta a Hampstead. Se detiene en un lujoso edificio gris de treinta pisos donde el *valet parking* se apresura a abrirme la puerta.

—¡Buenas noches, señor! —lo saluda cuando baja.

No contesta, solo le arroja las llaves para que las atrape en el aire.

La recepción parece más la de un hotel de cinco estrellas que la de un edificio residencial. El portero lo vuelve a saludar, pero al igual que el otro hombre, se gana la ignorada del siglo. Teclea el código del piso en el ascensor mientras se mantiene en silencio, como si estuviera solo. Los paneles de acero se abren dejándome maravillada con el penthouse que se abre frente a nosotros.

El recibidor es un espacio amplio repleto de mármol con techo abovedado y en las paredes cuelgan obras de arte con paisajes de Londres. Hay un enorme acuario, que ocupa toda una pared; a mi derecha hay un juego de sofás y frente a los muebles, una pantalla gigante cerca de una enorme chimenea.

Hace frío, el viento helado proviene de las puertas dobles del balcón. Todo es de color negro y plateado.

Unas garras resuenan en el piso, es un lobo siberiano de color gris y blanco que corre hacia Christopher.

—¡Zeus! —lo saluda pasando la mano por su cabeza y el animal se para en dos patas sobre su cintura.

—¡Qué lindo! —Le acaricio el pelaje.

Me ladra y olfatea queriendo intimidar.

—¡Aléjate! —me advierte—. No le gustan los desconocidos.

—¿Quién es un lindo perro? —le hablo.

Lo consiento y el animal se relaja en el piso girándose sobre su espalda y pegando las patas a su panza.

—Pero qué bien educado estás…

Miro al hombre a mi lado, que me observa con el ceño fruncido.

—Parece amigable.

Expresa fastidio con los ojos y luego se dirige a la cocina. Oigo el sonido del grifo, después veo que regresa secándose las manos.

—Siéntate. —Señala el sofá.

—Tu idea de tener una conversación… —suelto al perro, que se va corriendo por los pasillos—, ¿tenía que ser precisamente en tu apartamento?

—No solo te traje para hablar. —Se quita la chaqueta.

El corazón me da un vuelco con el comentario.

—¿Tienes hambre?

Niego tomando asiento.

—¿Vino, coñac?

—Vino está bien.

Va hasta el minibar, sirve dos copas antes de sentarse en la silla que se encuentra frente a mí. Las manos empiezan a sudarme cuando la tensión toma fuerza.

—¿Qué tal Cambridge? —intento sacar un tema de conversación.

—No te traje para hablar de trabajo.

Tiene serios problemas de educación.

—Di todo lo que tengas que decirme —exige—. No volveré a tolerar tu inmaduro comportamiento.

—No tengo mucho para decir. —Me encojo de hombros—. Pienso que te acuestas con Irina y sentí pena por Sabrina cuando fue a mi apartamento.

—Tus cambios emocionales pueden causarnos problemas a futuro.

—¿Problemas a futuro? Tenemos problemas desde que nos acostamos. ¿Cómo crees que me sentí cuando Sabrina fue a mi casa exigiendo saber quién es tu amante? ¿Cómo iba a contestar sabiendo que soy una de las tantas?

—Ella no lo sabe.

—¿Qué haremos cuando lo sepa?

—Eso no va a pasar —asegura—. Te preocupas por cosas absurdas.

—¿Tú no?, ¿no te has puesto a pensar cómo lo tomará Bratt?, ¿cómo lo tomará tu esposa?

—Sí, pero preguntándome no obtendré respuestas.

—Haces que todo suene fácil y no es así.

—No quiero preocupaciones, solo quiero disfrutar esto mientras dure —se impone—. Se acabará cuando Bratt vuelva, así que no entiendo por qué le pones tantos peros a algo tan sencillo.

—No estoy muy segura de eso —alego.

—¿No estás segura de qué? ¿De volver con Bratt cuando llegue?

—Y de poder lidiar con las mentiras.

—Lo harás porque lo quieres. Cuando lo veas volverás a sentir lo mismo que has sentido durante el tiempo que llevas con él.

—Ahora piensas por mí.

—No pienso por ti, solo estoy siendo realista, por mí solo te sientes atraída. Te gusta lo bien que la pasamos juntos; sin embargo, a él lo amas. Lo que sientes por él y por mí son cosas muy diferentes.

Bebo un sorbo de mi vino.

—¿Quieres o no? —pregunta molesto.

Obvio que quiero, ya me empantané con esta mierda y ahora no puedo quitarme la suciedad así porque sí.

—Disfrutemos de la química sexual, ¿sí? Ten por seguro que no pasará a mayores.

Dudo que lo mío sea solo química sexual.

—No sabes si de pronto…

—Rachel, nadie va a enamorarse. Es solo sexo —me interrumpe—. No voy a robarle la novia a Bratt, solo quiero follar contigo sin tantos prejuicios morales.

Quisiera decir que no y poder tener la voluntad suficiente para alejarme; no obstante, tomar distancia solo hace que lo añore más.

—Contéstame: ¿quieres o no?

—Sabes que sí.

Deja mi copa en la mesa acortando el espacio que nos separa. Sus manos viajan a mis muslos subiendo con suavidad sin perder contacto visual. Se acerca a mi rostro, cierro los ojos preparándome para el beso, pero sus labios no llegan a mi boca, solo buscan mi mejilla mientras alcanza el elástico de mis bragas y mete los dedos por el borde antes de tirar deslizándolas por mis piernas.

—Me quedaré con estas también —susurra.

Se las mete en el bolsillo ofreciéndome la mano para que me levante.

—Ven. —Me invita al balcón, la vista es impresionante; desde allí puedo contemplar los grandes edificios y la playa iluminada por las luces nocturnas.

Se sienta en una de las tumbonas, abre las piernas para que me acomode con él y hago caso, dejando que me abrace cuando poso la espalda contra su pecho.

—Quiero follarte en este balcón bajo la luz de la luna.

Se me aliviana la saliva con el comentario y detengo sus manos cuando viajan a mi vestido.

—Es más fácil en una habitación, como la gente normal.

Piensa antes de responder:

—Me gusta innovar.

Desabrocha mi vestido, que se abre dejándome solamente con el mero sostén porque las bragas las tiene él, así que no pierde tiempo a la hora de tocarme sin ningún tipo de restricción, incitándome a que me abra más.

—Voy a compensarte por lo del lunes.

«¿Compensar?». Si se refiere a devolverme lo que hice, es un rotundo sí.

Cambia de posición ubicándome bajo su cuerpo y el corazón me late frenéticamente cuando apoya la frente sobre la mía dejando que le toque el torso por encima de la playera mientras me acaricia la cara con los nudillos besándome la frente, la nariz y el mentón. Sigue bajando por mi cuello deteniéndose en mis senos, luego continúa su trayecto descendiendo hasta mi monte de Venus. Apoya los labios en el vértice de mis muslos y un torrente de exquisitas sensaciones bajan donde se posicionan sus labios. Gimo al sentir sus dedos sobre mi excitado clítoris en tanto arqueo la cabeza desesperada por las sensaciones que me abarcan.

Se me contraen los músculos del estómago, tengo los nudillos blancos por la presión que ejerzo sobre la tela de mi vestido. Su mano se apodera de mi sexo, dándome una masturbación suave y deliciosa mientras reparte besos en la cara interna de mis piernas.

Jadeo.

—¡Calma, nena! —murmura—. Mi boca todavía no llega ahí.

Mira mi sexo sin dejar de tocar mientras le empapo los dedos con mi humedad.

—¡Dios! —gimo desesperada.

—¡No, nena —se ríe—, no es Dios quien te está tocando!

Intensifica los movimientos divirtiéndose con la tortura placentera que está ejerciendo, introduce otro dedo y siento que me voy a morir.

—Me gusta ese sonido.

—¡Joder…, para ya, vas a volverme loca!

—Lo bueno no llega todavía. —Siento que se me va el mundo cuando acaricia mi clítoris con un suave lametón. Mis piernas lo rodean mientras el calor de su boca envuelve mi sexo por completo.

Se queda ahí haciendo maravillas con la boca, acabando con mi razonamiento con las lamidas que atacan mi sexo succionando sin pudor, sin pausas, con un descaro que me hace dudar de quién soy realmente.

Por esto no me lo puedo sacar de la cabeza. Por esto lo pienso a cada segundo. Esto es lo que me desespera y me imposibilita conciliar el sueño.

Él y su forma salvaje de catapultar espasmos de extremo placer. El orgasmo me asalta mientras hundo las manos en su cabello, liberándome de la presión que acaba de desencadenar.

—¿Te gustó? —pregunta pasando los labios por mi abdomen.

Dejo caer la cabeza en la tumbona.

—Es la pregunta más estúpida que me han podido formular.

Se ríe, mientras vuelve a estar a la altura de mi cara besándome sin dejar de sonreír.

—Tienes muy buen sabor —confiesa mientras le abro la pretina del pantalón y toco la férrea erección que se esconde atrás. Nuestros labios no quieren soltarse ni para quitarle la ropa.

Me separa las piernas poniendo su glande en el centro de mi sexo, deja de moverse e involuntariamente mis caderas se contonean rogando que se encaje del todo. Lleva la mano a mi nuca y lanza la primera embestida con ferocidad, provocando que me aferre a su playera sacándola por encima de su cabeza y percibiendo las sonoras exhalaciones que emite cuando se mueve de arriba abajo.

Le clavo las uñas en el hombro con el movimiento acelerado, los embates no son muchos, ya que de un momento a otro se pone de pie llevándome con él.

Camina conmigo, no sé adónde diablos me lleva, solo soy consciente de que empuja una puerta donde ya no hace frío.

Desliza el vestido para quitármelo, al igual que el sostén; caemos en una mullida cama y lo beso metiendo mi lengua en su boca, saboreando lo bien que sabe. Corresponde el beso suave que se vuelve salvaje agitándole la respiración, a la vez que me aferro a las sábanas de la cama mientras intensifica las embestidas.

—¡No puedo contenerlo más! —jadeo contra su boca.

Tenso los músculos cuando la oleada de movimientos inunda mi epicentro. Me mareo, el mundo se desvanece y lo único que capto es el leve sonido que suelta su garganta con cada embestida. Siento el calor y el cosquilleo de mi entrepierna que crece y crece cortándome la respiración y, sin aguantar un segundo más, me corro susurrando su nombre en medio de jadeos y quejidos. Percibo su tibieza entre mis muslos cuando me da un último beso dejándose caer a mi lado.

El cabello se le pega a la frente.

—Sí. —Sonrío.

—Sí, ¿qué? —pregunta confundido.

—Sí, me gustó.

Le brillan los ojos cuando sonríe.

Lo que estoy viendo ahora está muy lejos del hombre arrogante, altivo y demandante que veo todos los días. Me apoyo sobre el codo y le doy un beso en los labios.

—Me gusta cómo sonríes.

Borra la sonrisa arrugando las cejas.

—No sonríes mucho. —Me volteo boca abajo. Desnuda y sin sábanas—. Deberías hacerlo más seguido.

Dibuja círculos en mi espalda.

—¿Estás declarándote?

Volteo los ojos y me besa el hombro envolviéndome entre sus brazos. Los párpados me pesan y me quedo dormida bajo el calor que emite su pecho.

Despierto con su pierna sobre mi cintura y me levanto con cuidado para no despertarlo; me siento en la orilla de la cama mientras lo observo convenciéndome de que es real. Rememoro el sexo soñoliento que tuvimos en la madrugada...

Abrí los ojos y ya estaba sobre mí, lamiendo y saboreando mis pechos. Estaba dormida, pero él estaba muy despierto. Además, mi cuerpo estaba respondiendo de muy buena manera. Se dejó caer a mi lado invitándome a abrirme de piernas sobre él, pues en esa posición soy más susceptible a su tamaño. Tomó mi cintura y se encajó no de un todo en el interior de mis muslos, ya que dolió cuando quise bajar sin previa preparación. «Muévete, nena», me ordenó. Clavé las uñas en sus bíceps balanceándome con cuidado, autocomplaciéndome con la dura erección que me daba gusto con una mínima parte...

Se mueve y corro al baño privado, que, por cierto, es más grande que mi apartamento.

Todo es majestuoso, se me van los ojos en el jacuzzi que predomina en el centro del lugar. Al frente, un gran ventanal muestra una deslumbrante vista del amanecer londinense. La decoración del piso y la ducha son mosaicos de color crema y plateado.

Tomo una toalla, luego me meto en la ducha y me lavo rápidamente. Cuando salgo rebusco entre los cajones un cepillo de dientes.

Los compartimentos están llenos de champú, gel, espumas, máquinas de afeitar y... preservativos. Cierro el cajón abriendo el siguiente, encuentro lo que busco haciendo caso omiso a lo que acabo de ver.

Me lavo los dientes frente al espejo e intento simular que no vi nada. ¿Un cajón lleno? ¿Es tan promiscuo que necesita un cajón lleno de condones? El enojo me avasalla, es algo que no me incumbe, pero...

Escupo la espuma y vuelvo a meterme el cepillo en la boca.

Salgo con cautela, sigue dormido. Recojo el vestido, el sostén y me visto en la sala. Tomo los zapatos que quedaron en el balcón, busco mis bragas y... No hay rastro de ellas, así que opto por prescindir de ellas y me cuelgo el bolso en el hombro lista para marcharme.

No conozco el código del ascensor, por lo tanto, mi única opción de salida es la puerta principal.

—¿Te vas sin despedirte? —pregunta cuando coloco la mano en la perilla.

Volteo, está de brazos cruzados al lado del acuario, en bóxer y con el cabello revuelto. Me atraganto con mi propia saliva, definitivamente este hombre es un ser infernal.

—Te hice una pregunta.

—Es temprano, no quería despertarte.

Se acerca con lentitud e intento decir algo, pero mi garganta se niega a articular palabra.

Pego la espalda contra la puerta cuando se planta frente a mí. Huele a loción y a pasta dental.

Acaricia mis muslos acelerándome el ritmo con el ascenso precipitado de su mano, que llega a mi sexo, esbozando una sonrisa al confirmar que no tengo ropa interior.

—¿Saldrás así?

—Cierta persona roba mi lencería.

—Si eso hará que salgas así, seguiré robándola hasta que muera.

Me quita el bolso e intento hablar, pero se abalanza sobre mí estampándome contra la madera mientras me clava las manos en el culo refregándome su miembro.

—¡Tengo que irme! —gimo contra su boca.

No contesta. Me levanta en el aire y camina conmigo a la cocina. El mármol frío me quema el culo cuando me sienta en la barra. Desciende por mi cuello repartiendo besos y mordidas cargadas de desespero.

Me veo de cabeza en el abismo respondiendo de semejante manera: ¿era sumisa o qué carajos? Me excita el que me tome con fuerza y entierre los dedos en mi piel jadeando ansioso por tenerme.

—Ve por un preservativo —le pido.

Da un paso atrás.

—Usas anticonceptivo, ¿no?

—Sí, pero prevenir no está de más. —Me bajo de la barra cuando recuerdo lo que vi en el baño—. Tienes un montón de condones en la cajonera, no te estoy pidiendo nada que no puedas darme, así que ve.

—Volvemos al asunto de los reclamos y los celos.

—No es un reclamo, solo estoy siguiendo las reglas básicas de educación sexual.

Se me abalanza recostándome el miembro erecto.

—Estás celosa, eso es, antes ni lo mencionabas y ahora sí, tarde porque no quiero cortar esto ahora para ir a por un jodido preservativo —habla alivianándome la saliva—. Quiero penetrar ese coño ya…

Su boca queda contra la mía a la vez que magrea mis muslos excitándome más con la dureza que le percibo, mientras nuestras lenguas batallan ansiosas con un beso sexual que me desarma multiplicando mis ganas, consiguiendo que de nuevo pierda el control de mi propio cuerpo. Lo único que quiero es que me embista y por ello dejo que me voltee poniéndome contra la barra. Las ganas son tantas que me le ofrezco, afanado sube mi vestido. Coloca su miembro en la entrada de mi sexo, mi humedad es tanta que le permite arremeter sin problemas lanzándome tres arremetidas que me dejan sin pulso y sin aire.

La placentera sensación de llenura y satisfacción me apaga las neuronas. ¡¿Por qué carajos era que discutía?!

Respiro con dificultad cuando se aferra mientras tira del escote de mi vestido. La fuerza que ejerce lo rompe provocando una lluvia de botones en el piso, desliza la tela por mis brazos, desabrocha mi sostén y magrea mis tetas como un salvaje en lo que arremete pegando los labios en el borde de mi clavícula. No sé qué me pasa con este hombre, pero me olvido de todo, en lo único que me concentro es en los violentos espasmos que me atacan dejándome atontada y medio estúpida, en tanto me amasa los pechos sin dejar de arremeter. El aire se me estanca en la garganta cuando su mano desciende por mi cintura perpetuándose en el centro de mi coño. ¡Muero! Arqueo la cabeza cuando me atrapa el clítoris con los dedos.

Choco contra su hombro y me entierra la nariz en el cuello, busco sus labios devorándole la boca, recibiendo el beso húmedo que me prende más.

Sigue presionándome contra el mármol disfrutando de los embates violentos.

—¡Dime que no te gusta así! —exige con los dientes apretados— ¡e iré por el jodido preservativo!

Jadeo, me estoy prendiendo fuego a mí misma, cada partícula de mi cuerpo está en llamas; el que esté dentro de mí, así, de una forma tan brusca y feroz, me tiene al borde del clímax.

—¡Anda! —continúa—. ¡Quiero saber lo mucho que te gusta!

Me empuja la espalda contra la barra mientras entra y sale con destreza, trazando círculos rítmicos que me ponen a ver estrellas.

—¿El placer te dejó muda? —masculla—. Pensándolo bien, tienes razón en querer usar el preservativo, hay mucho que prevenir.

Se detiene dejando mi orgasmo a medias.

—¡No te atrevas a dejarme así! —me altero.

—Okey, veo que sí puedes hablar.

Envuelve mi cabello en su mano y vuelve a invadirme, el agarre me echa la cabeza hacia atrás, se le entrecorta la respiración mientras arremete contra mis caderas. Suda, su cuerpo empapa al mío mientras choca contra mi trasero soltando pequeños jadeos. Mis sentidos se despiertan a la espera de la oleada de placer que se avecina y mi coño lo empapa, envolviendo la exquisitez de su miembro.

—¡No lo soporto más, maldita sea! —jadeo en busca de qué sujetarme mientras las manos se me deslizan en el borde del mármol—. ¡Es demasiado, me gusta demasiado!

—¡No tienes por qué soportarlo! —responde de la misma manera—, ¡solo suéltalo!

Exploto en un millón de fragmentos y me dejo ir bajo el calor de su cuerpo; siento cómo se derrama dentro de mí, mientras se clava más sin querer salir.

Todo me da vueltas, mis piernas y rodillas amenazan con dejarme caer. Me suelta e intento estabilizarme.

—¡Ya puedes irte! —Se coloca el bóxer.

Se me sube el calor a la cara. ¿Quién se cree que es para echarme de ese modo?

No digo nada, solo evalúo qué diablos me pondré. Mi ropa está... Me coloco el sostén e intento acomodar el vestido destrozado. Sé que si dice algo, terminaré ahogándolo en el acuario.

—¡Mmm! —murmura—. Ese vestido no se ve para nada decente.

—¡Cállate! —le ladro.

Suelta una carcajada.

—¿Por qué te enojas? Pensabas irte, ¿no?

—Sí, pero eso no te da motivos para echarme como si fuera una cualquiera.

Camino a la puerta y se me atraviesa con una sonrisa.

—Si sales así, te confundirán con una.

Por supuesto que me confundirán: sin bragas, con la ropa rota y con el cabello vuelto un desastre.

—¡Vete a la mierda! —le escupo—. Salgo como se me da la gana.

—Se te olvida que soy tu coronel —advierte risueño—. No puedes faltarme el respeto.

—Tampoco debo revolcarme contigo, así que apártate.

Intenta tomar mi barbilla, pero no se lo permito.

—Te enojas por algo absurdo, solo somos amantes que disfrutan del sexo omitiendo el romanticismo y las palabras amables.

—No me consideres tu amante. De hecho, no me pongas título ni definición. ¡Y apártate, que me quiero largar!

—Buscaré algo para que te pongas.

Se devuelve a la habitación y aprovecho el momento corriendo al balcón y tomo la camiseta que tenía puesta la noche anterior, me la coloco encima y me apresuro a la puerta.

El pasillo está vacío, bajo por las escaleras de emergencia con los tacones en la mano.

Se me cae la cara de vergüenza al salir de la escalera, ya que hay varios residentes en el vestíbulo pulcramente arreglados. Abrazo mi bolso y corro hasta la puerta de cristal. Es la peor vergüenza que he podido pasar.

Me alejo lo más que puedo antes de pedir un taxi. Varios me ignoran, deben de creer que soy alguna indigente.

Al décimo intento uno se detiene, es un hombre de edad con lentes transparentes, el cual me mira por el espejo retrovisor.

—¿Está bien? —pregunta Julio cuando entro a la recepción.

Asiento con la cabeza y sigo derecho.

No me siento bien. Me conozco, debería estar odiándolo, siempre odio a los hombres como él, pero mi corazón está proyectando todo lo contrario.

Acabo de salir de su casa, furiosa y a medio vestir y, en vez de estar enojada, estoy aclamando más de lo que me estaba dando.

Abro la puerta y Luisa está en el sofá, leyendo el periódico mientras toma café.

Sube las cejas cuando levanta la vista.

—Muero por escuchar la explicación del porqué vienes vestida así.

21

EN LAS NUBES

Christopher

La sala de interrogatorios está iluminada con la leve luz que irradia la bombilla del centro de la habitación mientras que las puertas de hierro le dan paso al menor de los Mascherano, Alessandro, quien entra creyéndose importante mientras lo esposan a la silla.

—¡Viejo amigo! —saluda—. Me alegra saber que la vida te ha sonreído.

—Ahórrate el sarcasmo, que eso es algo mío.

—¡Admiro tu metamorfosis! —continúa—. Pasaste de criminal a ser el coronel de uno de los ejércitos más importantes del mundo, de aliado a perseguidor número uno. Antoni aún lamenta eso.

—Sabes que estás hundido hasta el cuello —lo interrumpo—, así que colabora antes de que te quiten la opción.

—La lealtad es la primera regla de la mafia —advierte—. Solo diré que se viene algo grande incluso para ti.

Me inclino en la mesa mirándolo a los ojos. Odio ese apellido italiano con el que tuve vínculo en algún momento.

—Llevo años preparándome para matar a tu hermano.

—Al igual que él lleva años recordando lo que nos hiciste. Ninguno se ha olvidado de Emili, de cómo te aprovechaste.

—¿Yo? —me burlo—. Mejor no sigas hablando, solo me compruebas lo ciego que eres.

—Todo estaba bien hasta que llegaste.

—Suele pasar —sigo con las burlas—, las cosas siempre cambian cada vez que un Morgan aparece.

—Eres un criminal al igual que nosotros y aquí confían en ti sin saber que eres la perdición de esto —alega y no refuto—. Engañas, pero no a los que te han visto de cerca.

—No presumas, que ni ustedes me conocen lo suficiente.

—¡Claro que te conocemos! —exclama—. Déjame decirte que no eres más grande que Antoni porque su nueva creación es tan fuerte que todo el mundo criminal le rendirá pleitesía con la nueva droga de la esclavitud que está desarrollando...

Calla al notar el error y me levanto palmeando su hombro.

—Los grandes no dicen, demuestran. —Me pongo en pie—. Los imbéciles son los que alardean, tú no tienes nada que alardear, por ello vine, porque sabía que me alardearías lo de tu hermano.

Las cadenas tintinean contra las barras de metal cuando intenta liberarse.

—Vas a morir...

—Las amenazas solo le suman años a tu condena.

—¡No me importa quedarme aquí por el resto de mi vida con tal de ver a mis hermanos triunfar!

—Tendrás un juicio, la prisión es lo que te espera, en la mafia no tienes peso y por ello en las celdas de Irons Walls nadie va a respetarte —meto presión—. Has de saberlo, pero no te preocupes por eso, solo preocúpate por saber que te voy a matar.

—Va contra las reglas de tu entidad matarme en prisión, tienes antecedentes con nosotros; si lo haces, van a sospechar...

Me río y el miedo reluce en sus ojos cuando le confirmo que la FEMF no sabe quién soy yo y el segundo motivo que me tiene aquí.

Los cara a cara con los Mascherano son un viaje al pasado, es como estar frente a un espejo, el cual refleja mi verdadera esencia. El uniforme de coronel no borra ni quita nada, es solo la vestimenta de la bestia. Antoni disfraza sus demonios con trajes. El otro hijo de perra se esconde detrás de un nombre y yo lo hago con el uniforme.

El viento de otoño me hace meter las manos en el bolsillo del pantalón.

—Coronel —el teniente Smith se me atraviesa dedicándome un saludo militar—, tenemos malas noticias: el capitán Thompson acaba de reportar que un grupo de búlgaros pertenecientes a la pirámide se adentró a una institución de mujeres sin hogar en Sao Paulo, llevándose a sesenta de ellas. Se presume que para vendérselas a los italianos.

Vuelve la cólera, estos hijos de puta me tienen harto.

—Hay varios Halcones Negros rondando por todo Brasil —avisa—. Están llegando por grupos, al parecer, el país está captando el interés y varios subgrupos están apoyando a las mafias por dinero.

—¿Hay pistas del posible paradero de las víctimas?

—No, señor.

—Que Thompson se mueva a Venezuela hasta nueva orden —demando—. Hay que esperar a que bajen la guardia y cuando llegue el momento procedemos.

El «procedemos» es un «no los voy a dejar volver a Italia». Cada Halcón Negro es clave para Antoni porque son criminales expertos que le cuidan la espalda desde hace años, conocen todos sus negocios, le son fieles y lo ven como su benefactor y, por ende, le rinden pleitesía.

—El comando de la FEMF italiano se puso en contacto —añade—. El trabajo de inteligencia está dando fruto y nos informa de que Alondra Mascherano está cediendo ante la presión y, al parecer, ya hay indicios de que quiere testificar en contra de Antoni.

—Encárgate y asegúrate de que no sea una trampa —advierto—. No sabemos si se trata de uno de los trucos de su marido.

—Como ordene, coronel. —Se marcha.

La mañana se me va en la sala de investigaciones hablando con los otros capitanes mediante videollamada; en cada ciudad los italianos están haciendo de las suyas, les exijo avances y resultados lo antes posible a todos…, excepto a Bratt, con él no he podido hablar y tampoco tengo afán porque vuelva. Ocupo mi tarde ideando estrategias y maniobras de prevención que me permitan seguir con lo que tengo acordado.

Parte de mi tarde se va en eso y cuando acabo me muevo a mi oficina.

—Coronel —Patrick me aborda en uno de los pasillos saliendo de su oficina con el iPad bajo el brazo.

No le contesto, lo único que quiero es un trago doble y una cajetilla de cigarros.

—La tropa del capitán Lewis se reportó —avisa—. El plan de infiltrado sigue en pie.

—Un punto a nuestro favor —contesto sin detenerme.

—No del todo, las cosas se están poniendo feas, tuvo que desconectar el equipo de rastreo para prevenir posibles sospechas. Se comunicó desde un teléfono público e informó que seguirá incomunicado por varias semanas más.

—Ese tipo de acción es demasiado peligrosa —finjo que me importa.

—Intenté hacerlo entrar en razón, pero no quiso escucharme —se encoge de hombros— y, para empeorar, alguien intentó entrar al sistema informativo de nuestra base de datos.

Respiro hondo ante la más mínima sospecha, es obvio que intentarán saber qué es lo que estamos haciendo.

—¿Lograste impedirlo?

—Por supuesto; de hecho, reforcé el sistema de seguridad informativo. —Enciende el iPad—. Me topé con algo muy curioso mientras lo hacía.

Subimos a la tercera planta.

—Las cámaras de tu oficina han sido manipuladas más de tres veces en una semana.

Detengo el paso mientras hago un repaso mental de todos los dispositivos que he tenido que manipular a causa de mis encuentros con Rachel.

—¿Tienes conocimiento de esto?

—Sí.

Enarca las cejas, confundido.

—¿Seguro? Pensé que alguien podría estar usando tu clave de acceso al sistema para…

—Tengo conocimiento y no hay ningún problema en ello.

Me mira a la espera de una mejor explicación.

—¿Puedo saber el motivo? No es normal que sean manipuladas tantas veces.

—No —me pongo serio—. No hay explicación, las manipulé porque quise.

—¿Estás metiendo mujerzuelas y organizando orgías? —indaga—. ¿Por qué no puedo saber el motivo?

—¡Porque no! —contesto molesto—. Y no preguntes más, si tengo dichos accesos es porque puedo hacer lo que quiera con ellos.

Laurens se levanta del puesto cuando nos ve.

—¡Buenas… tardes, coronel! —balbucea—. Capitán, gusto… en verlo.

Patrick le sonríe; por mi parte la ignoro como siempre.

—Su esposa lo está esperando —me avisa antes de que entre al despacho.

—No quiero ser descortés, pero no me agrada tu mujer, por lo tanto, me devolveré por donde venía.

—Contacta a Bratt —le ordeno—. Intenta convencerlo de que no haga una tontería, que no estoy para masacres y eso puede pasar con la tropa si no sabe proceder.

—Se lo dejaré a su novia, es débil cuando de ella se trata. En lo que termine el entrenamiento de vuelo, la pondré al tanto…

Se marcha y Sabrina clava la mirada en la puerta cuando me ve, se levanta cruzándose de brazos mientras da pequeños golpes en el piso con la punta del pie. Odio que haga eso.

—Llevo dos horas esperándote —me reclama.

—Estaba ocupado —rodeo el escritorio—, y de haber sabido que estabas aquí, hubiese tardado mucho más.

Deja caer la carpeta que le envió mi abogado.

—¿Qué es esto?

—Pensé que sabías leer —respondo—, pero si no sabes, te lo explico.
—Tomo los papeles—. Es mi trigésima demanda de divorcio…

—Insistes en esa tontería…

—No es una tontería, Sabrina, quiero el puñetero divorcio, y el que te niegues a dármelo me está colmando la paciencia.

—Eso no va a pasar y lo sabes. ¡Soy tu esposa y el matrimonio es para toda la vida!

—¡No somos nada, maldita sea! —estallo—. ¡Solo firma la puta demanda y ve a joderle la vida a otro!

Se frota los dedos en la sien. No carece de belleza, de hecho, eso fue lo que me sedujo cuando era un adolescente; asimismo, reconozco que su personalidad llena de antipatía también llegó a gustarme por un tiempo.

Pero fue un simple gusto que pasó rápido. Rodea la mesa sentándose en el borde de madera.

—Deberíamos ir a terapia de pareja —sugiere—. Mamá conoce un psicólogo muy bueno, ya nos apartó una cita.

—Tu negación a la realidad no va a atarme esta vez.

—Cariño, solo quiero arreglar las cosas. —Se inclina acariciándome las piernas. La blusa se le entreabre mostrando sus pequeños pechos—. ¿Es tan difícil entender que no quiero perderte?

Me asquea que diga eso. Detengo sus manos antes de que lleguen a mi entrepierna.

—No pierdes lo que nunca has tenido.

Se arrodilla en el piso mirándome con picardía.

—Te convenceré de lo equivocado que estás.

Me levanto y la tomo de los hombros para que haga lo mismo.

—¡Quiérete! —La aparto—. Y no pierdas tu tiempo conmigo.

Aferra las manos a mi cuello.

—¿Quieres hacerte el difícil? —ronronea inclinándose para besarme y aparto la cara evitando que me toque los labios.

—No más juegos, Sabrina, firma los papeles y vete.

—¡Mmm! —Baja las manos por mi pecho—. Te haré cambiar de opinión.

La alejo.

—¡No! —Pierdo la compostura—. Puedes desnudarte, bailar *pole dance* sobre la mesa y, aun así, no despertarás ni la más mínima erección. —Me jode que se empeñe en amargarme el día—. No te amo, no me apeteces y tampoco te quiero en mi vida…

—¡¿Quién te crees que eres para humillarme así?! —enloquece.

—Solo digo la verdad: no te quiero, sigues sin asumirlo y tus estúpidas actitudes solo están alimentando mi desprecio hacia ti.

Levanta la mano para abofetearme, pero no se lo permito, sin embargo, se zafa y empieza a golpearme el pecho.

Lo que faltaba… La aprisiono entre mis brazos arrastrándola hacia fuera.

—¡No se va a acabar! —me grita.

—¡Fuera de aquí!

—¡Suéltame! —Se libera antes de llegar a la puerta—. ¡Llevo tu apellido y estás muy equivocado si crees que voy a dejarme quitar eso!

Se va dando un portazo. Es una maldita desquiciada. Abandono el lugar en busca de aire: este día de mierda me está asfixiando.

Deambulo por la cafetería y por los pasillos intentando poner mis pensamientos en orden. Saco mi caja de cigarrillos, fumo uno recostado en los murales que rodean al jardín mientras observo la práctica aérea.

Me da jaqueca el rugido de los motores de los aviones; con todo, no me molesta. Necesito distraerme con algo o terminaré rompiéndole la cara a alguien, y ahora que recuerdo, Patrick mencionó que Rachel estaría encargada de la prueba aérea.

Un polvo rápido me dará la distracción que necesito. Apago el cigarrillo y me dirijo a la pista.

Los soldados se alinean cuando me acerco y el último avión aterriza. La cápsula se abre y revela ante mis ojos lo que busco.

—¡Coronel! —me saluda Rachel bajando del avión.

Tiene el cabello recogido en una trenza de medio lado, levanta los lentes de aviador mostrándome el cielo que carga en los ojos.

—¡Todos ustedes, fuera de aquí! —le ordeno al grupo de principiantes que la acompaña.

—¿Está todo bien? —Frunce el ceño, preocupada.

—¿Por qué no habría de estarlo? —Me meto bajo el techo que resguarda a los aviones.

El grupo de soldados se larga dejándonos solos.

—¿Puedo ayudarle en algo?

Se desprende del equipo de aviación.

—El que no me tutees estando solos es una clara señal de que sigues enojada.

—Te equivocas —se defiende—. De hecho, nunca he estado enojada.

—Claro —increpo con sarcasmo—. Tuviste que salir muy feliz de mi apartamento; sin bragas, con un vestido destrozado y llevando puesta una playera robada por encima.

—Querías que me fuera —se abre el cierre del overol—, y no robé nada, solo me comporté como tú cuando te quedas con mi ropa interior.

Sentí algo raro cuando le hablé como le hablé y eso me enerva, porque ninguna mujer me motiva a andar con amabilidades ni arandelas. Disfruto follar y desechar sin tener que dar explicaciones ni preocuparme por herir sentimientos.

—Me gusta la playera que te llevaste. ¿Cuándo me la devolverás?

—Cuando me devuelvas las bragas.

—Entonces disfruta la playera —me burlo—, porque las bragas se quedan conmigo.

—No entiendo tu fetiche de robarlas. —Cuelga el overol en el perchero—. Tuve la seria teoría de que te las ponías y luego te paseabas con ellas frente a tu espejo.

—¿Y qué te hizo dudar de eso? —Suprimo la sonrisa.

—Que es imposible que tu gran polla quepa en una de ellas.

—Inmensa y placentera polla —la corrijo.

—En fin —se encoge de hombros—, son demasiado pequeñas para ti. Aparte, el rojo y el negro tampoco van con tu color de piel.

Suelto a reír sacándole una sonrisa.

—Insisto en que tu sonrisa me gusta —confiesa.

Cosas como esas no deben decirse cuando tienes una relación solamente sexual.

—Las llaves del avión —trato de cambiar el tema.

Mete las manos en el bolsillo del overol acatando la orden.

—No tardes, el encargado está esperando a que se las entregue.

—Que espere sentado —salgo a la pista en busca del avión que piloteaba—, porque por ahora no pienso devolverlo.

Rueda los ojos mientras me sigue.

—Daremos una vuelta.

—Daremos suena a muchos.

—Sí, porque lo haremos juntos.

—No pienso subir allí contigo.

—¿Te da miedo? —pregunto a mitad de la escalera.

—Va contra las reglas y quiero conservar mi empleo.

—Nadie nos dirá nada. Soy un coronel y el soberano en romper las reglas. —Le ofrezco la mano para que me siga—. Sube.

—No.

—Es una orden, James, no me hagas ponerte una sanción por desobediente.

Mira a todos lados.

—Mejor… —duda.

—¡Sube! —insisto, y toma mi mano.

Me acomodo en la silla dejando que se siente sobre mis piernas. Calibro la potencia de los motores y tomo los controles de vuelo, preparándome para despegar.

Alcanzo la velocidad necesaria dejando que la nariz del avión empiece a elevarse.

—Despegue no autorizado —habla el sistema inteligente a través del auricular.

—Apaguemos esta mierda. —Desconecto el transmisor.

—Esto es una pésima idea —se queja—. Podrían bombardearnos, estamos en área protegida y no se puede volar así porque sí.

—Entonces salgamos del área. —Acelero la marcha de los motores volando hacia el horizonte.

El río Támesis aparece frente a nosotros mientras el sol naranja se esconde bajo el agua.

—Estás mal ubicada —le digo a la chica que observa el bello paisaje sobre mis piernas—. Si no te sujetas, podrías lastimarte.

—¿Lastimarme? —Vuelve sus seductores ojos hacia mí rodeándome el cuello con el brazo.

—Sí, cuando haga esto. —Giro el avión en una vuelta de barril.

—¡No puedes hacer eso a tal velocidad! —me regaña.

—Relájate, solo nos divertimos.

Suspira rodeándome el cuello con los brazos.

—Tomaré nota mental advirtiéndome de no volver a divertirme contigo —me acaricia la mejilla con los nudillos.

—¡Cobarde!

—¡Cobarde no, precavida sí! —Se acerca a mi boca.

Me relajo bajo su calor cuando pasa el pulgar por mis labios ladeando la cabeza, lista para besarme. Junta nuestros labios, activo el piloto automático para tener vía libre sobre su cuerpo. Mi cerebro borra los problemas y la rabia que sentí en el transcurso del día cuando me centro en ella y en sus carnosos labios que me devoran. Separa nuestras bocas y acomoda la cabeza en mi cuello. Lo ideal sería apartarla, decirle que, como simples amantes, no podemos permitirnos este tipo de momentos, pero me gustan las sensaciones que transmite y el olor de su cabello. La dejo ahí, quieta, contemplando cómo el sol desaparece por completo.

La luna adorna el cielo cuando volvemos, aterrizo, dejo el avión en su lugar y apago los motores mientras dos reflectores se enfocan en nosotros cuando abro la cápsula para salir.

—¡Ustedes! —grita un grupo de soldados corriendo hacia nosotros—. ¡Lo que estaban haciendo no está permitido!

Tomo la mano de Rachel escabulléndome por detrás.

—¡Alto! —vuelven a gritar—. ¡Deben asumir las sanciones correspondientes!

Se escucha el sonido de los pasos que corren a nuestras espaldas mientras huyo en medio de los aviones hasta llegar a la base de control; empujo la primera puerta que encuentro, entramos y cierro antes de que alguien nos vea.

Es el cuarto de la limpieza, donde hay escobas, baldes y uniformes viejos tirados en el suelo.

—¡Se fueron por el otro lado! —gritan afuera.

—¡Te lo dije! —Rachel se ríe.

—Silencio, soldado. —La pego a mi pecho apartando las hebras de cabello que le han caído en la cara.

Se para en puntillas dándome un beso en el cuello, solo basta con eso para que mi erección se expanda dentro del pantalón. De hecho, la estoy deseando desde que la vi salir de la aeronave. Tiro del borde de su camiseta dejándola en sostén; mi nariz recorre la clavícula y el mentón percibiendo el olor a vainilla que tanto la caracteriza. Está urgida, así que no tarda en llevar las manos a la pretina de mi pantalón. Queda muy poco de la mujer que temblaba cada vez que me acercaba. Ahora me toca, me besa y me abraza como si fuéramos amantes desde hace años. Enredo la mano en su trenza, echándole la cabeza para atrás.

Jala mi camiseta y caemos al suelo en medio de besos, hambrientos el uno por el otro; la desnudo, lleno mis manos con sus pechos grandes y redondos. Me encantan los senos de esta mujer y no dudo a la hora de prenderme, consentirlos y lamerlos uno por uno. Se relaja ubicando los brazos encima de la cabeza, invitándome a que la siga tocando. Beso su vientre, sus costillas y el pequeño piercing que le adorna el ombligo. Vuelvo a subir a su boca devorándola con ferocidad, dejando que nuestras lenguas batallen.

—No tarde tanto, coronel —jadea contra mi boca—. Me inquieta.

Su súplica es una orden y aparto la tela del bóxer entrando en ella de un solo tirón. Quisiera tener la paciencia de disfrutarla despacio, pero no puedo: su olor y su desnudez me enloquecen al grado de no querer parar. No puedo irme despacio cuando lo único que quiero es devorarla y escucharla gemir mi nombre.

La embisto sin contemplaciones, mi deseo exige llenarla por completo cuando me aferro a sus hombros enterrándome en su coño palpitante.

—¡Joder! —Saca la cara de mi cuello.

—¿Dolió?

—Un poco, pero que no se te ocurra parar —advierte riendo.

Le devuelvo la sonrisa besándole los labios.

—Soy una masoquista, lo sé.

Mueve las caderas aclamando más, su humedad cubre mi polla a medida que entro y salgo acelerando los embates. Los ojos se le oscurecen bajo el éxtasis cuando se dilata y palpita pidiéndome más. Y quiero darle más, hace música con cada jadeo, con cada gemido y me eriza la piel poniéndome como un poseso. Me acelera el corazón a la vez que los pensamientos se hunden en la oleada de placer que brinda su cuerpo. Vuelve a gemir y la embisto con fuerza mientras atrapo su boca ahogando el grito que provoca el orgasmo que la invade.

Me mata la forma en que se derrite en mis brazos cada vez que la penetro, la envuelvo en ellos y sujeto su cara obligándola a que me mire, ya que sus ojos deseosos son el detonador de mi clímax.

—Nunca me cansaré de esto. —La beso sin dejar de embestirla.

Mueve la cintura enterrándome las uñas en la espalda. Atrapo su labio inferior con los dientes, las venas me palpitan y la respiración se me agita cuando me clavo en su coño derramando hasta la última gota.

Parpadea cuando me hago a un lado y esta vez es ella la que me abraza dejando la cabeza sobre mi pecho.

—Estoy cansada —dice con los ojos cerrados.

—Igual yo, pero no podemos dormir aquí. —Miro mi reloj—. Son las ocho, dentro de una hora las patrullas harán el recorrido de vigilancia.

—¡Las ocho! —repite sentándose de golpe—. Tenía una reunión a las siete.

Se viste a la velocidad de la luz, y me tomo mi tiempo mientras la observo pelear con el cierre de su pantalón. Se arregla a medias el cabello e intenta huir.

—Irse sin despedirse no habla bien de tus modales. —La tomo de la cintura.

Sonríe alzando una ceja.

—¿Lo dice el rey de la descortesía?

La empujo contra la pared apoderándome de su boca y refregando mi miembro para que sepa que puedo darle mucho más.

—Deja de distraerme con besos candentes —me regaña—. Patrick va a matarme.

—Okey. —Me aparto—. Que tenga una buena noche, teniente.

—Igualmente, coronel. —Me dedica un saludo militar—. Solicito permiso para retirarme.

—Concedido.

22

BESUCÓN

Rachel

Los ojos de Parker revisan cada detalle del informe sobre su grupo de trabajo, serio y concentrado como siempre. No era una mala persona cuando lo conocí y siempre me pregunto de dónde viene tanto rechazo, hasta el punto que debe transpirar repudio por mí. Siempre he tenido conocimiento del porqué de mi enemistad con Sabrina, pero con Parker es diferente, ya que cuando recién llegué solía hablarme. De hecho, intentó ligar conmigo y, en cierto punto, me sentí halagada por ello. Hasta que conocí a Bratt y me enamoré de él dejando de ponerle atención al mundo y, para cuando desperté de mi ensueño amoroso, ya tenía su furia contra mí.

—Todos deben ir preparándose para los próximos operativos, este con los italianos va para largo, a eso hay que sumarle el siguiente objetivo que es la Bratva —dice sin apartar la vista de la carpeta—. Así que tenemos que reforzar todo lo que sabemos nosotros y los otros soldados.

—Estamos en ello —explica Alexandra a mi lado—, solo los más nuevos requieren adquirir un poco de práctica. Soldados como Alan Oliveira y Davi Lamprea ya están listos para incorporarse a las filas oficiales.

—La mafia de los Mascherano se está moviendo rápido.

—Tomaremos ventaja —interviene Harry—. Alondra Mascherano partirá hoy de Roma, viene a testificar contra su esposo.

El teléfono del escritorio suena y el alemán deja la carpeta de lado levantando la bocina.

—Capitán Dominick Parker —contesta.

Se queda en silencio mientras le ofrece la bocina a Harry.

—Es para ti.

Mi compañero se levanta y se pone al aparato.

—Voy a confiar en el criterio de las dos poniendo a los brasileños en las filas oficiales.

Harry tira la bocina y doy por hecho que se acabó la paz.

—Alondra Mascherano está muerta —avisa—, Antoni Mascherano acaba de enviudar y ya no hay testimonio.

La mirada apacible de mi capitán desaparece. Lo bueno dura poco.

—Se supone que es tu trabajo evitar cosas como esta —me regaña.

—No puedes culparme por eso —alego—. Recién esta mañana tuve conocimiento sobre su colaboración.

—Siempre tienes una excusa para tus errores —mascula—. Debiste tomar medidas de protección apenas lo supiste.

Guardo silencio, estoy cansada de pelear y su razonamiento no tiene sentido. Contestarle solo iniciará una batalla campal que terminará en un castigo absurdo y un breve tráiler de mi cerebro imaginando la mejor manera de molerle los huevos.

—Al coronel no le gustará la noticia, así que por ineptos tienen la tarea de dársela.

—Yo lo haré —se ofrece Harry.

—Pueden retirarse —demanda Dominick.

Abandonamos la oficina y mi amigo deja el brazo sobre mis hombros, burlándose de la actitud de Parker.

—No sé por qué siempre te culpa de todo —comenta Alexa—. Solo céntrate en que no siempre tiene la razón.

—Ya me acostumbré —la tranquilizo—. ¿Quieres un crucifijo para hablar con el coronel? —le pregunto a Harry, que se ríe.

—Para su genio de mierda necesito más que eso. —Mi amigo se va dejándome con Alexa, la esposa de Patrick, en el pasillo.

—Luisa me invitó a Tiffany para escoger el anillo de Simon —comenta Alexandra de camino al ascensor—, supongo que como dama de honor y madrina irás también.

—Si no lo hago, amaneceré muerta mañana. Puedo llevarte si quieres.

—Genial. —Sonríe—. Tengo varios pendientes todavía. ¿Te parece si nos vemos a las siete en el estacionamiento?

—Okey, intentaré contactar a Bratt mientras tanto.

Bratt sigue incomunicado, desde ayer no recibo ningún tipo de noticia por parte suya, he intentado contactarlo por mis propios medios, pero me ha sido imposible.

Está pisando caminos peligrosos porque, por muy buenas capacidades que tenga, siento miedo de perderlo o que de una manera u otra pueda salir lastimado, y eso no me deja tranquila.

Lo quiero aunque se vea hipócrita de mi parte. Mi cabeza es un lío porque quiero a uno mientras pienso día y noche en otro. Varias veces me he planteado la idea de que tal vez enloquecí. Christopher es como la nicotina, sabes que es mala para ti y para tu cuerpo, ya que a largo plazo produce una enfermedad mortal, pero a pesar de todo eso no puedes dejar de consumirla porque el placer que te da es tan bueno que te niegas a apartarla de tu vida. Solo espero que mi capricho sea como él lo dijo, que apenas llegue Bratt pueda olvidarme de todo y hacer cuenta de que nada pasó.

No establezco contacto, así que acabo con mis tareas y dos horas después bajo al estacionamiento a esperar a Alexandra. Quito el toldo de mi Ducati y las moléculas de polvo me hacen estornudar.

—Salud, dinero y amor —comentan a mi lado, y el polvo se desvanece mostrándome la imagen de Alan Oliveira, uno de los soldados que llegaron de Brasil.

—Hola —intento recomponerme dejando de estornudar como foca resfriada.

—Linda moto. —Se acerca pasando la mano por el tanque—. Tenga cuidado, el cilindraje es bastante alto.

—Sí, pero me gusta —replico subiendo a ella, y suelta a reír mostrando su perfecta dentadura.

—Vine a darle las gracias por la ayuda dada en el entrenamiento. Nos acaban de avisar que estamos en las filas oficiales del ejército de inteligencia.

—No tienes nada que agradecerme, te lo ganaste con tus propios méritos.

—En mi país somos agradecidos con nuestros superiores. —Busca algo en el bolsillo de su camuflado—. Hace días le hablé a mi abuela de usted y ella le envió esto.

Me da un pendiente hecho a mano del tipo que se usan en un solo lado, es hermoso y ni hablar de los hilos que tiene abajo.

—A las mujeres de Brasil les encanta esto —comenta.

—No puedo aceptarlo —digo—. Es un detalle hermoso, pero no estaría bien recibirlo.

—¿Por qué no? El color blanco de los hilos significa pureza, paz y carisma, mientras lo tenga puesto nunca le hará falta eso. Y el azul representa la tranquilidad y la paciencia, características acordes con su personalidad… Bueno, también combinará a la perfección con sus ojos.

Es una belleza. Me enredo en el sí y me lo termino colgando a ver qué tal, me miro en el espejo retrovisor de la moto y definitivamente me encanta.

—Agradécele a tu abuela por mí.

—Se le ve bien. —Me aparta el cabello de los hombros.

—Ven aquí, así te felicito como te lo mereces.

Se acerca, pero no a darme un abrazo, sino para tomarme la cara entre sus manos plantándome un beso en la boca del cual tardo en reaccionar. Aparto sus manos y para cuando quiero empujarlo ya es demasiado tarde, dos fríos ojos me están acribillando detrás del soldado. Christopher Morgan me clava con furia su mirada de puñal. Recibo tres infartos consecutivos al miocardio. ¿Cómo carajos le explico esto? Y no es que tenga que darle explicaciones a Christopher, porque tengo un novio… ¡Novio que él conoce! Además…, también nos estamos revolcando. Alan da un paso atrás mirándome con el ceño fruncido, no sé si es porque tal vez *morí* de la impresión o porque acaba de darse cuenta del error que cometió.

—¿Está bien? —me pregunta nervioso. No ha notado el problema apocalíptico que está parado justo a sus espaldas.

—No es de mi incumbencia su vida personal —habla Christopher—, pero están prohibidas las demostraciones de afecto en este lugar.

Alan se gira, pálido, y yo, por mi parte, no sé qué decir.

—No es lo que parece —logro articular—. Oliveira solo me estaba…

—Besando, lo noté, no es necesario que lo explique.

—No es lo que piensa, señor, la teniente James y yo…

—No le he dado permiso para que hable, soldado —lo interrumpe.

—No, todo fue un error…

—La sanción ya se la ganaron —declara el coronel—. Pasen mañana a mi oficina y con mucho gusto se la informo.

Alan abre la boca para hablar, pero no lo deja.

—Retírese —le ordena el coronel, y el soldado obedece.

Creo que rompí un espejo del Vaticano para tener tan mala suerte.

—Puedo explicarlo —hablo cuando Alan se va.

—¡Ajá! —Se aleja Christopher dejándome con la palabra en la boca.

Me bajo de la moto apresurándome a seguirlo.

—¡Espera! No quiero que pienses cosas que no son, él solo me estaba entregando un detalle por…

Se vuelve hacia mí arrancándome el pendiente, que manda lejos antes de encararme.

—Eres una teniente y aquí no andamos con detalles pendejos como si fueras alguna reina de belleza. —Su ira me hace retroceder—. Mi mandato no acepta quiebres ni superiores que no sepan imponer el régimen de disciplina enfocada en el trabajo, y esta central no es para coquetear ni para que te anden adulando…

—Estás pensando lo que no es…

Suelta una sonrisa irónica antes de echar a andar hacia el DB11.

—No estoy pensando nada porque simplemente no me interesa lo que hagas. Si te gusta el soldado, eres libre de hacer lo que quieras con él, pero fuera de aquí.

—No me gusta Alan…

—¡Lo que acabo de ver me confirma todo lo contrario!

—Fue él el que me besó, estaba desprevenida y…

Alza la mano para que me calle.

—Tus explicaciones guárdalas para Bratt, es a él al que debes intentar convencer de lo buena novia que eres, no a mí —me corta—. Yo solo quiero que mi ejército esté en línea.

El tono airado me saca de las casillas. No he hecho nada malo; para colmo, no me está dejando explicar cómo fueron las cosas. Me estoy llenando de rabia sentimental y este tipo de emoción siempre termina en frustración.

—Te di la oportunidad de que me explicaras lo tuyo con Irina.

—¡Ja! —se burla—. No seas ridícula, nunca te expliqué nada, me preguntaste algo y solo te respondí. No tenía el deber de darte explicaciones ni a ti ni a nadie. Y mucho menos cuando teníamos una relación netamente sexual.

—¿Teníamos?

—Sí, teníamos —afirma—. Me gustan las orgías y los tríos, pero no de la forma en que lo quieres manejar acostándote con tu soldado y conmigo. Me retiro para que puedas dedicarte solamente a él.

Se adentra en el auto y enciende el motor.

—Fue bueno mientras duró —corta la conversación y pisa el acelerador.

Retrocedo para que no me pase las llantas por encima.

¡Menudo idiota! Me devuelvo a la moto, Alexandra ya está allí y ni me preocupo por buscar el arete.

—Tardé más de lo que pensé —se disculpa.

—Sí. —Me pierdo en los casilleros en busca del casco de repuesto.

Respiro hondo tratando de contener la rabia. ¿Qué se cree? La ira me nubla los ojos, me limpio las lágrimas con brusquedad.

Que se acabara es lo mejor. Intento darme ánimo.

¡Que se lo cojan! Nunca nadie me aseguró que su relación con Irina no fuera cierta. Sabrina no tenía por qué inventar cotilleos sobre su propio marido, además, los vi hablando muy discretamente. ¡Qué estúpida!, hasta ahora me doy cuenta de lo ingenua que soy creyendo en sus mentiras.

—Luisa me llamó, ya llegó a Tiffany —me informa Alexandra.

—Andando, no quiero escuchar uno de sus extensos discursos de regaño por llegar tarde.

Desde la azotea de la Galería Nacional de Londres enfoco mi objetivo a través del lente de mi ametralladora Kfd 175. Toda una belleza cuando de armas se trata, de largo alcance, letal y silenciosa.

—Hombre de negro a cinco metros de tu derecha —me habla Patrick a través del auricular—. Palalo Numuho. Individuo con antecedentes por robo, extorsión y asesinato.

El hombre alto con sobrepeso camina rodeado de un anillo de seguridad compuesto por cinco escoltas. Se ve desesperado mirando a todos lados mientras revisa su reloj. Alexandra se acerca vestida con un uniforme de la Cruz Roja; lleva una planilla en las manos y leo sus labios cuando intenta preguntar si desean donar sangre. Uno de los escoltas la aparta interrumpiendo su discurso sobre las miles de personas que mueren al día por falta del preciado líquido, por falta de donantes.

—Es él —confirma—, los escoltas llevan la insignia de la empresa.

Estamos en lo que se le denomina *limpieza social secreta*, regla impuesta en casos extremos por el ejército especial militar. Cada vez que se requiere, la FEMF nos ubica en distintos lugares tras la pista de delincuentes de talla internacional respaldándose en leyes de tribus, grupos o comunidades que, por respeto a sus tradiciones, manejan sus propias normas. No son más de cinco en todo el mundo, pero dejan pasar cosas que ponen en peligro a otros, como este sujeto que ha asesinado a varios y va a esconderse a su tribu cuando le cae la ley, la cual se niega a castigarlo, ya que deja pasar el tiempo y vuelve a salir, apagando la vida de varias personas. Es un peligro para nuestros civiles, y es algo que ya no podemos seguir permitiendo.

Lo enfoco bajo el lente, tiene que ser un tiro perfecto, ya que el más mínimo error alertaría a su anillo de seguridad.

Qué bueno es estar liviana, sin preocupaciones y sin distracciones lujuriosas. Sin soñar con nadie, ser de las que olvidan rápido mientras se concentra en lo que debe concentrarse. A mí no me pasa, pero supongo que debe de sentirse muy bien estar así.

Por lo contrario, soy de las que tiene una jodida carga sobre los hombros, pues cierto personaje me hirió el orgullo. Soy de las que tiene una secuencia de imágenes eróticas estancadas en el cerebro con dicho personaje. Soy, además, de las que no ha podido conciliar el sueño pensando en él y en sus palabras cargadas de ego. Y soy de las que no está concentrándose en lo que debería por estar concluyendo estupideces.

Me enerva su maldita arrogancia.

—Autorizada para disparar —me avisan.

Pongo el dedo en el gatillo concentrando toda la ira en él.

Si hay alguien que se merezca mi rabia es este hombre que ha acabado con familias enteras y merece algo más doloroso que la muerte. Discute con sus escoltas sobre el motivo por el cual su cita no ha llegado. Puedo leer sus labios y expresiones cargadas de odio. Pobre, no sabe que fue citado aquí para morir por ser un bastardo sin escrúpulos. La bala sale disparada atravesando el aire, el toldo de la Cruz Roja y su asqueroso cerebro. El cuerpo cae mientras sus escoltas intentan auxiliarlo.

Desarmo el arma guardándola cuidadosamente en el estuche, arreglo mi moño inglés, aliso la falda de mi traje color pastel, tomo mi maletín y camino a la escalera de emergencia. Mis tacones escarpín resuenan contra el mármol cuando cruzo el vestíbulo principal como cualquier turista que visita una galería, saludando y sonriendo como si disfrutara de todo lo que hay a mi alrededor.

—Disculpe —me detiene una pareja de ancianos—, ¿sabe dónde podemos encontrar las pinturas abstractas?

—Tercer pasillo a la izquierda —indico.

—Gracias.

La pareja se pierde entre la multitud. Afuera los transeúntes se apilan intentando ver el cadáver de mi víctima. Paso de largo, me acerco al borde del andén y dejo que Patrick y Alexa me lleven a la central.

—El coronel quiere verla —me avisa un cadete cuando bajo de la camioneta.

No sé si alegrarme, enojarme o pegarme un tiro. Con Christopher nunca sé cómo sentirme.

Me despido de Patrick y Alexandra y dejo mi arma en el área encargada. Sin pensarlo más, me dirijo a su oficina.

Ignoro el tamborileo de mi corazón. A lo mejor ya cambió de opinión y quiere follar. Aparto la idea absurda de mi cabeza.

Es mejor así. Me convenzo, últimamente es como si tuviera un ángel y un demonio hablándome, cada uno en un hombro. Oprimo varias veces el botón del ascensor ya que no estoy para subir tres pisos con estos incómodos tacones.

—Teniente, llevo buscándola toda la mañana —comenta Alan a mi lado.

Oprimo con más insistencia el botón, me tiene cabreada.

—Le debo una disculpa por lo de anoche.

—Lo hecho, hecho está. No puedes hacer nada para solucionar el problema en el que nos metiste.

El ascensor llega y lo abordo seguida del chico, que intenta disculparse en medio de balbuceos.

—Es que… siempre ha sido tan amable conmigo y pensé en la posibilidad de que tal vez… podría llegar a gustarle.

—Alan, tengo novio y lo sabes. Varias veces me lo has preguntado.

Agacha la cabeza metiéndose las manos en el bolsillo.

—Me suspendieron dos días, supongo que a usted también.

—Es lo más probable.

—Intenté convencer a Morgan de que fue mi culpa, pero no sirvió de nada.

—No insistas en darle explicaciones.

—No me importa la sanción, me importa el hecho de que ya no volverá a ser amable conmigo porque lo he jodido todo.

Me apena su estado; siendo sincera, se ve mal. No tengo el látigo de la dureza con ninguno de mis cadetes y menos cuando son tan buenos como él.

—No voy a cambiar contigo… siempre y cuando me guardes el debido respeto, soy una persona comprometida. No quiero que confundas mi amabilidad con coqueteo.

—En verdad lo lamento, actué como un crío.

—Ya no importa. —Le pego con el puño cerrado en el brazo—. Ven, te debo un abrazo de agradecimiento por el arete —«que ya me arrancaron», pienso.

Sonríe y abre los brazos estrechándome contra su tórax. En ese momento, las puertas del ascensor se abren mostrando las dos figuras masculinas que están esperando: el general Peñalver y el coronel Morgan.

Para tener tan maldita mala suerte tuve que haber desangrado al gato del diablo.

—Buenas tardes —nos saluda el general.

Alan se pone firme y saluda a los dos hombres.

—Llevo media hora esperándola —me recrimina Christopher.

Que alguien me asesine.

—Acabo de llegar, señor, e iba para su oficina.

Me fulmina con los ojos. Salgo al pasillo junto con Alan mientras Christopher aborda el ascensor con el general.

—Espéreme en el despacho. —Me lanza una última mirada de odio antes de que las puertas se cierren.

Quedo peor de lo que estaba.

—Lo mejor es que me vaya —comenta Alan muerto de vergüenza—. De nuevo me disculpo por lo que pasó.

—No importa. —Me voy a la oficina del Hitler inglés con los hombros encorvados. He metido la pata hasta el fondo.

Tomo asiento frente a su escritorio. Tal vez debería irme y volver cuando esté de mejor humor, lo cual haciendo cálculos mentales sería dentro de cien o doscientos años.

Laurens entra con una taza de té y su horrible nuevo look. Deja el té sobre la mesa y varios documentos al lado del ordenador.

—Laurens. —La detengo antes de que se marche.

Se devuelve con una sonrisa en los labios mal pintados.

—¿Se le ofrece algo más?

—Siéntate, por favor.

Toma asiento en la silla de mi izquierda.

—¿Sales con Scott? —suelto la pregunta sin vacilación. La situación no se puede tratar con paños de agua tibia.

—¿Qué le hace pensar eso?

—Tu cambio empezó días después de la noche en la discoteca. Dijiste que salías con alguien y te he visto varias veces hablando con él.

—Se equivoca.

—Lo dudo. Si lo estás haciendo, te aconsejo que lo dejes.

—Es algo que a usted no le incumbe.

—Sé que no debo meterme en tus relaciones personales, pero, como te aprecio, es mi deber advertirte que no es el tipo de hombre para ti.

—¿Por qué no? ¿Porque no soy bonita y adinerada como su amiga y usted?

«¿Qué diablos le pasa?».

—Esto no tiene que ver con la belleza, y si así lo fuera, debes tener en claro que eres una mujer muy hermosa —manifiesto—. Solo que Scott no es el tipo de hombre del cual se puede fiar.

Se acomoda la melena rojiza. No parece la misma Laurens de hace un mes.

—Está diciendo justamente lo que él me advirtió. Intentan dañar sus relaciones porque su amiga no lo ha superado.

—¡Oh, por Dios, no seas tonta! —enfurezco—. ¿En verdad dijo eso? Luisa va a casarse con alguien mucho mejor que él. Yo solo intento darte un consejo.

—Guárdeselo. —Se levanta enojada—. Quiero a Scott y él tiene interés en mí. Eso no tiene nada de malo.

—¡Es un hombre tóxico!

—¡¿Y?! ¡¿El que se haya equivocado lo condena a no darle una oportunidad de cambio?!

—Esto no es un *cliché*, Laurens, el chico malo y tóxico muere siendo tal cual es.

Suelta una risa llena de ironía.

—Lo dice la hermosa teniente admirada por su belleza. La que todos desean y quieren tener —empieza—. ¿Lo que acaba de decirme solo se aplica para las feas? Porque el capitán Lewis cambió por usted.

—No, Bratt siempre ha sido Bratt. Su naturaleza es entregar todo y tener ojos para una sola persona cuando se enamora —explico—. La de Scott no es así, la de él es ir por el mundo follando mujeres como si fueran trofeos que se suman a su título de gigoló. Lo conozco desde niña y créeme cuando te digo que mereces a alguien mejor.

La puerta se abre y la Laurens segura desaparece con la llegada del coronel.

—A tu puesto —le ordena.

La chica huye despavorida.

—Tienes un día de suspensión, el cual te acumulará trabajo en consecuencia por tu comportamiento de anoche —informa—. Es eso o un llamado de atención en tu historial.

—Prefiero la suspensión.

Aunque se me acumule todo el trabajo de un día es mejor que tener una mancha en mi expediente.

—¿Algo que decir en tu defensa?

Niego.

—Si vuelvo a ver lo mismo que vi en el estacionamiento y en el ascensor, tendrás un serio proceso disciplinario por mal comportamiento.

—No estaba haciendo nada malo en el ascensor.

—No intentes explicar lo que no tiene excusa, solo hazme caso cuando te digo que dejes tus ligues para cuando estés afuera.

—¡No tengo ningún ligue con Alan, ni con nadie! —replico molesta—. Estás siendo injusto conmigo, él fue quien me besó. En el ascensor se disculpó y por eso lo abracé.

—¡Que te guardes las excusas! —repite enojado—. Solo ten en claro lo que pasará si llego a ver otra situación como esa, ¿entendido?

Asiento.

—No tengo más que decir, así que me largo.

No tengo voluntad de levantarme, por lo contrario, tengo mil cosas que decirle y explicarle. Como que no tengo ni tendría nada con Alan, por el simple hecho de que estoy dividida entre mi amor por Bratt y mi deseo hacia él.

—Christopher, si solo me dejaras hablar y explicar…

—¡Que no me interesa!

—Pero…

—¿Te has quedado pegada a la silla? ¡Joder, entiende que te quiero fuera de aquí!

—Idiota —mascullo por lo bajo antes de largarme.

Salgo al pasillo con la ira quemándome la piel. Se cree mucho en el puesto de *puedo hacer lo que quiera*. No obstante, yo también sé jugar a su jueguito. Así como yo he caído ante sus encantos, él también lo hará en los míos y lo veré tragarse el veneno cuando le toque convencerse de que no soy su puto juguete.

Perdón, Bratt, pero tu infiel novia tiene una última carta que jugar.

23

MALO

Rachel

Frente al espejo intento lucir lo más provocadora posible acomodando las tiras de mi vestido marrón. Es corto, holgado y el escote en V da una perfecta vista de mis pechos. Llevo dos días evitando ver al imbécil que se hace llamar coronel, los informes se los estoy dando por teléfono, ya que ha estado haciendo trabajo de inteligencia en la ciudad y llega a altas horas de la noche. Hice un pequeño resumen de lo aprendido a lo largo de mi carrera. Nos especializamos en un arte llamado seducción y yo voy a hacer uso de eso ahora. He tenido una lucha conmigo misma entre lo que me conviene y lo que no. Por una parte, sé que lo mejor es dejar todo así, sería lo más sensato, pero, por otro, sé muy bien que dejé de ser sensata hace mucho tiempo.

Mi dignidad clama un bofetón contra ese bruto, por eso quiero demostrarle que no es inmune a mi encanto como cree y jura. ¡Bajarle el ego es lo que necesito! Su altivez me tiene harta. Me suelto el cabello y la mata de hebras negras me cubre la espalda y parte de la cintura. Me aplico un poco de brillo labial mientras me preparo para verlo después de cuarenta y ocho horas de abstinencia.

Ahora le digo así porque las ganas de follar a toda hora son como una maldita droga. Tomo la carpeta que me dará la excusa perfecta para visitarlo. Es mediodía, la mayoría de los soldados están almorzando o en su hora de descanso, por lo tanto, los pasillos están vacíos. Logro escabullirme y evito que me vea alguien conocido. Subo por las escaleras de emergencia y con cautela me dirijo por el pasillo que me lleva a su oficina. Me escondo cuando veo a Laurens en su cubículo. ¡Joder! Asomo la cabeza y respiro aliviada cuando recoge sus cosas y se prepara para salir. Scott aparece sonriéndole como un idiota. Mira a todos lados antes de darle un beso en la mejilla.

Ya me encargaré de él más tarde. Abordan el ascensor juntos. Salgo de mi escondite, acomodo el escote y continúo. Soy consciente de todo lo que se me avecina, su desprecio o... la victoria de verlo caer en picada. La puerta de madera se cierne sobre mí, lleno mis pulmones de oxígeno entrando sin golpear.

Extrañé su rebelde belleza. ¡Dios! No tiene el uniforme de entrenamiento, está vestido con un pantalón clásico azul oscuro y una camisa blanca arremangada sobre sus antebrazos. La tinta negra sobre su piel resalta el blanco de la prenda y el botón del cuello está abierto desacomodando el nudo de la corbata. En el perchero cuelga la chaqueta de su traje de gala como coronel. Está organizando un modelo a escala de Manaos. Tiene los ojos concentrados en la tarea, ni siquiera ha notado que entré sin su permiso. Un mechón de cabello rebelde le cae sobre la ceja y él lo aparta sin perder de vista la actividad.

Este hombre destila sexo. La reacción de mi cuerpo me hace cuestionar qué tan elaborado está mi dichoso plan.

—Coronel, buenas tardes. —Cierro la puerta.

Levanta la cara quemándome con los ojos, debo abofetearme mentalmente para no empezar a actuar extraño, ya que si deseo conseguir lo que quiero, debo actuar como una persona madura.

—¿Qué haces aquí?

—Traigo lo que me solicitó. —Me acerco segura—. Es estupendo que esté montando el plano de Manaos, esta mañana recibí información de primera mano que le será muy útil.

No pone buena cara cuando continúo como si no pasara nada. Rodeo la mesa posándome a su lado, tomo uno de los edificios de polietileno y lo pongo en el centro de la maqueta.

—Este es el lugar perfecto para ubicar a las tropas del capitán cuando vuelva —explico lo que estudié—. Es un edificio residencial donde se hospedan varios Halcones.

—Eso no suena muy inteligente, correrían demasiado peligro.

—Exacto. —Le quito la figura que tiene en la mano—. Eso pensarán ellos, ninguno se imaginará que meteremos el equipo en la boca del lobo.

Me abro paso entre su cuerpo y el borde de la mesa.

—Perdón. —Restriego el trasero en su entrepierna colocando la figura en su sitio.

Siento su dureza y cómo respira hondo antes de apartarme.

—Hay una construcción en esa misma calle —prosigo—. No es viable poner un grupo tan grande en ese edificio, pero sí podríamos colocar cinco o seis haciéndolos pasar como empleados de la constructora; así los tendremos más vigilados.

Recuesto el peso de mi cuerpo sobre la mesa, las tácticas de coqueteo son mi fuerte en misiones con hombres y mujeres comunes y corrientes, pero es difícil implementar dicha experiencia con la montaña de perfección que tengo enfrente. Tomo el lápiz que yace en la mesa, le muerdo la punta concentrándome en el color turbio de sus ojos. Observa mi boca, así que saco el lápiz y me humedezco los labios con la lengua.

—Usted ¿qué piensa?

Tarda en contestar, su mirada pasa de mis labios al escote del vestido cuando me echo el cabello para atrás dándole una mejor vista.

—Le hice una pregunta, coronel.

Vuelve en sí negando con la cabeza y peinándose el cabello con las manos.

—No sé, no puedo concentrarme —responde—. ¿Por qué no traes tu uniforme de pila?

—Haré trabajo de inteligencia en Soho y debo ir así —pienso rápido—. Es mi tarea después de salir de aquí.

—¿Qué trabajo de inteligencia? —se enoja.

—Uno que tengo pendiente.

Se va a su escritorio dejándose caer en la silla. Continúo con mi plan. Me recuesto en el borde de madera frente a él simulando que leo lo que investigué.

—El informe también indica que los rastreadores aún no tienen pistas de Antoni Mascherano.

—No te creo —responde cortante.

Le ofrezco la carpeta.

—Puede revisar la información si quiere, no he modificado nada. Todo está tal cual lo envió el bloque de investigación.

Me arrebata las hojas sujetándome la muñeca con fuerza. Los documentos salen volando cuando se levanta.

—¿Crees que no noto cuando me están provocando? —Bajo los ojos a su entrepierna.

¡Está cachondo! El agarre brusco que ejerce sobre mi muñeca solo me pone peor.

—Me alegra que esté funcionando —admito fijando la vista en su entrepierna.

—¿Le gusta provocarme, teniente?

—Sí —reconozco tensándolo en el acto.

Su aliento acaricia mi mejilla cuando exhala pasándose la lengua por los labios, me mata su cercanía y mi corazón empieza a dispararse con su calor. Lentamente toma los bordes de mi vestido y los empuña con fuerza para luego bajar a mis muslos e iniciar un ascenso suave que me quema en el acto cuando aprieta mi piel empujándome contra el escritorio.

Doy un leve salto con la arremetida en tanto toma mi cintura sentándome en la mesa. Abro las piernas y me atrevo a mantenerle la mirada. ¡Fuerza!

Se aparta un poco y ladea la cabeza observando el encaje de las bragas que dejé expuestas. Sonríe como si le gustara lo que ve e inmediatamente sus dedos se desplazan al borde de la prenda, toca por encima mientras se mete despacio jugando con el elástico.

Segundos que se me hacen eternos, pero que son recompensados con el tacto de sus dedos sobre mi clítoris.

—¡Joder! —se me escapa un jadeo.

—Estás empapada —susurra.

Mueve los dedos poniéndome el mundo al revés. Todo lo planeado se va a la basura, horas ideando lo que consideraba perfecto para que solo durara un par de minutos. Con mi propia lubricación estimula mi clítoris tomándolo entre sus dedos, trazando movimientos circulares que tocan puntos detonadores de clímax que no sabía que existían. Mis jugos se esparcen volviendo la masturbación suave y exquisita.

—¡Dios santo! —empiezo a soltar incoherencias cuando presiento la llegada del orgasmo.

—Estás actuando como una ninfómana —susurra en mi oído—. Temo que si mi polla entra en tu coño, no quieras soltarla jamás.

—Es lo más probable. —Dejo caer la cabeza en su pecho inhalando el olor de su loción.

Estoy desesperada, frustrada y con ganas de llorar. Este no era el plan, se supone que era él quien debía perder los estribos.

—¿Qué quieres? —pregunta.

Sello los labios logrando que aumente la velocidad a la hora de estimularme.

—¿Mi polla? ¿Eso quieres? ¿Por eso estás aquí?

La mano libre viaja a mi cabello y me obliga a que lo mire. Su lengua me toca los labios y no sé por qué me mareo con la dosis de adrenalina que desencadena.

—Contéstame —jadea, y vuelvo a sellar los labios.

Deja de tocarme, se aferra a mis hombros y empieza a besarme con fiereza. Un beso largo cargado de ganas donde nuestras lenguas batallan por tener el control mientras baja por mis brazos y sujeta mi cintura estrechándome contra su erección, la recalca y me refriego contra ella como animal en celo.

Es un arrogante de mierda, pero momentos como este valen la pena. ¡Díganme masoquista! Sin embargo, me condenaría al infierno por un minuto de su boca. Me baja de la mesa dejándome de cara contra la madera, sus rodillas separan mis piernas, sus manos magrean mi trasero. Baja los tirantes de mi vestido y se llena las manos con mis pechos mientras que por inercia le refriego el culo en la entrepierna. Está tan duro y yo estoy tan excitada que siento cómo mis jugos tocan mis bragas. Estoy preparada y lista para recibirlo; no obstante, la verdadera tortura empieza cuando comienza a repartir besos húmedos por mi columna vertebral. Un beso, luego otro y otro mientras sus manos me estrujan el trasero.

No lo soporto, voy a terminar derritiéndome si sigue, así que lo encaro en busca de su erección. El enorme tronco está a punto de reventarle el pantalón, es un placer tocarla sobre la tela. Me desespera que esté desperdiciando toda esa energía ahí guardada sin hacer nada. Me aparta la mano apoderándose de mi cuello, luego baja, besa, lame y chupa cada uno de mis pechos.

—¡Déjate de rodeos y fóllame ya! —me harta.

—¡Ja! —Aparta la boca de mis pechos—. No voy a coger contigo.

La mandíbula me llega al suelo. Entonces ¿qué carajos estaba por hacer? Da dos pasos atrás soltándose el cinturón del pantalón.

—Te he dicho que no me gustan los juegos, Rachel —recalca—. Ni estos, ni los que tienes con Alan.

—No tengo ningún juego con Alan…

Se encoge de hombros.

—Tengo una impresión totalmente diferente.

—Quieres esto tanto como yo y lo estoy viendo —replico.

Las erecciones no mienten y él está que se revienta.

Un atisbo de ilusión aparece cuando libera el miembro erecto y se deja caer en la silla. El glande le brilla a causa del líquido preseminal, mientras las venas marcadas parecen palpitar sobre el falo de hierro.

—Hay formas de deshacerse de las ganas.

Sujeta el tallo presumiendo del tamaño y la potencia que emana, y me mira antes de empezar a sacudir la mano sobre ella. Despacio, mordiéndose los labios, apretando la mandíbula y ubicando la cabeza en el espaldar de la silla. El falo se hincha a medida que se le acelera el paso del aire con los jadeos suaves que avasallan su garganta. Se autocomplace ante mis ojos mientras yo me quedo como una idiota mirando lo que hace.

¡Joder, verlo es erótico y excitante! El cabello le cae sobre las cejas. Me quedo ahí petrificada viendo cómo se complace hipnotizada con los gestos de su cara, en cómo se le remarcan las venas de los brazos cuando le añade velocidad a los movimientos de su mano.

—¿Te gusta lo que ves? —jadea.

Asiento anonada, tal afirmación parece que lo prende más, ya que lo hace más rápido mientras mi coño se deshace sobre su mesa. La euforia es exquisita, deseo cabalgar sobre su miembro; sin embargo, no quiero dejar de ver lo sexy que se ve así, siendo un puto cabrón que no tiene pudor a la hora de mostrarle a una mujer cómo se masturba. La erección crece y entreabre la boca cuando la eyaculación se derrama en su mano sacándole una sonrisa cargada de satisfacción.

—¿Ves? Yo siempre tengo todo bajo control. —Se limpia un poco, antes de levantarse a acomodarme el vestido—. El que vengas aquí semidesnuda a provocarme es un mal plan. Dije que se acabó y no voy a cambiar de opinión.

Me acomoda las bragas.

—Si quieres saciar tus ganas —me toma del mentón—, ve con el soldado que estabas por tirarte en el estacionamiento.

—No me hables como si fuera una… —La rabia me consume.

—No quiero oírte —me calla—. Lo único que quiero es que quites tu trasero de mi escritorio y te vayas a trabajar.

Miles de sentimientos se me acumulan en el pecho hasta el punto en que lo siento pesado.

—Fuera —vuelve a decir.

Termino de acomodarme el vestido saliendo rápido. No tengo rabia, me duele el corazón.

Me paso las manos por la cara y los dedos se me empapan con las lágrimas que me recorren el rostro: estoy llorando y ni siquiera me estoy dando cuenta. Bajo las escaleras con prisa buscando el jardín en busca de oxígeno. ¡Lo odio!

—¡Rachel! —me llama Laila desde una de las mesas del jardín.

Están comiendo uniformadas junto con Brenda, Alexa y Luisa, que está con la chaqueta de su área.

—¡¿Qué te pasó?! —pregunta Brenda preocupada cuando me acerco—. ¿Hubo operativo de camuflaje y no me enteré?

Repara en mi atuendo alarmada y sacudo la cabeza.

—¿De qué tornado saliste? —pregunta Luisa.

Tomo asiento sin asimilar la idiotez que acabo de hacer.

—Me estás asustando —insiste Luisa.

No hablo, temo que si lo hago romperé a llorar.

—Últimamente estás actuando muy extraño… —dice Brenda.

—Déjala —interviene Alexandra—. A lo mejor solo necesita relajarse y meditar. ¿Quieres que te dejemos sola?

Vuelvo a negar, es lo menos que quiero en estos momentos.

—Cariño —habla Laila—, somos tus amigas, solo dinos qué quieres.

—Embriagarme hasta perder la conciencia —logro decir.

—¡Eso podemos dártelo! —aplaude emocionada—. Solo confía en la vieja Laila. ¿Qué te apetece? ¿Ir a un bar cortavenas y embriagarte al ritmo de rock lento y deprimente? ¿La disco, donde podrás quemar todo tu dolor con pasos cachondos? ¿O quieres desgarrar tus cuerdas vocales en el karaoke cantando a grito herido?

—Discoteca, solo chicas.

—Cariño —se ríe—, no podría llevar un hombre aunque quisiera, estoy más sola que Hitler en el Día del Amigo.

—Estás sola porque no ha llegado el indicado —la consuela Luisa.

—Lo sé, nene —mueve la mano restándole importancia—. No me aflijo, le saco mucho provecho.

—Hoy, ocho en punto en el Ice —propone Brenda—. ¿Alguien tiene compromisos nocturnos?

Todas sacuden la cabeza; necesito tiempo con ellas y olvidarme de mi depresión pospérdida de dignidad, por ello ocupo mi tarde en las tareas que me faltan. En la noche me muevo a Londres y me preparo para mi noche de alcohol.

«Tengo que hacerlo», me digo frente al espejo, ya que toda decepción debe pasar por una buena resaca. Me coloco los tacones, las joyas y me doy un toque de perfume.

—¡Eres tan sexy…! —me adula Luisa cuando salgo—. Date la vuelta.

Giro sobre los tacones dándole lo que quiere.

—¡*Me encanta!* —Me nalguea—. Hoy paras el tráfico.

—Lo mismo digo. —Tomo su mano obligándola a que me imite.

—Brindemos. —Trae dos tragos—. ¿Puedo saber por qué quieres embriagarte?

—Hacemos esto siempre —le resto importancia.

—No me mientas —suplica—. Hoy estabas triste, te conozco, sé que no eres de las que se deprime así porque sí.

El corazón me duele de solo recordarlo.

—Christopher cortó todo conmigo, intenté seducirlo e hice el ridículo de mi vida. —El resentimiento me abruma—. Me hizo sentir como una estúpida.

—No eres ninguna estúpida. —Recibo el trago—. Las equivocaciones son necesarias en la vida, así es como aprendemos y juntamos experiencias para la vejez.

—Arrinconemos el recuerdo en el hueco del olvido. —Alzo el vaso a modo de brindis.

—¡Que así sea! —Brindamos.

El líquido caliente me quema la garganta. Tomo mi abrigo y sujeto el brazo de mi amiga cuando salimos a embriagarnos como en los viejos tiempos.

El Ice es la disco del momento. Brenda, Laila y Alexandra nos esperan junto a la fila que se formó en la entrada. Unas pocas palabras de Laila nos dan paso al establecimiento.

—Salí con el dueño —alardea.

Laila, con su vestido de mangas largas y espalda descubierta, es una trampa mortal para cualquier hombre. Es bonita, lo sabe y por ello saca el mayor provecho de eso siempre. Pobre el que se atreva a herirla: ella es un arma de doble filo que cobra con creces la más mínima ofensa. Con ella y con Brenda he tenido las peores resacas de mi vida. Nos sentamos en una mesa junto a la pista, la discoteca se mueve al ritmo de Chris Brown y la canción *Loyal*.

Empezamos con una ronda de tequila.

—¡Nadie parará hasta estar lo suficientemente ebria! —grita Brenda chocando las manos de todas en el aire.

—Estoy más que preparada. —Alzo mi copa.

—Como en los viejos tiempos —secunda Laila.

Pasamos por la sal, el trago y luego por el limón. Alexandra tose conteniendo la risa.

—Es mientras te acostumbras a nuestro ritmo —le dice Luisa.

Y así empieza nuestra noche; la mesa se llena de cócteles, una botella de whisky y uno que otro *shot* de la bebida mexicana. Nos apoderamos de la pista bailando al ritmo de David Guetta, Bruno Mars, Justin Timberlake y Rihanna.

Noches como estas fueron parte de mis primeros años en la gran ciudad cuando aún no cumplía la mayoría de edad, así que tenía que falsificar mi identificación para entrar a lugares como estos.

Cómo olvidar mis constantes peleas con Bratt mientras dábamos los primeros pasos en nuestra relación. Insistió tanto en que me alejara de este tipo de diversión que al final terminé haciéndole caso, aunque no niego que me escapaba a disfrutar de lo que más me gusta: bailar.

La discoteca se llena, los hombres se amontonan a nuestro alrededor en busca de ligues y de sexo. Brenda los llama «desechables», porque coqueteas con ellos, disfrutas de sus movimientos, escuchas cómo te halagan y luego los haces a un lado. Luisa, por su parte, lo llama terapia para la autoestima.

Ya ebrias nos vamos a Wonka, un ambiente totalmente diferente con una mezcla de norteamericanos, latinos y europeos. La mesa vuelve a llenarse de margaritas y botellas de whisky.

—Esta mezcla de alcohol nos va a matar —dice Luisa arrastrando las palabras.

—¡De algo hay que morir! —contesta Laila—, y si moriré hoy, lo haré feliz porque fue estando ebria y con mis amigas.

Me abraza junto a Alexandra.

Un grupo de hombres se acerca a la mesa cuando el DJ pone *Get Busy* de Sean Paul. Todas menos Alexandra sonreímos de forma cómplice, ya que esta canción es como nuestro himno: no hubo una fiesta o una noche de disco donde no la bailáramos. Brenda toma a uno de los chicos de la mano y se lo lleva mientras que Laila mueve sus hombros aceptando la invitación de otro. Luisa no dice nada, solo se va al centro de la pista. Yo, por mi parte, dejo que el chico me guíe seguida de la pareja de Alexandra.

Mi pareja es más alta que yo, un latino. Es de piel trigueña y ojos oscuros; nos entendemos a la hora de movernos y, pese a mi corto vestido y a mis movimientos sensuales al compás de la canción, mantiene el debido respeto. La canción acaba dándole paso a una melodía de notas suaves. Tuve la oportunidad de disfrutar de tan maravilloso género cuando estuve en Puerto Rico.

—¡Amo esa canción! —grita Laila en el centro de la pista.

—¿Una más? —propone el chico.

Dejo que me tome de la cintura y se mueva conmigo al ritmo de la música lenta. Me dejo llevar en tanto mi perfecto dominio del idioma español me permite entender la letra y se me humedecen los ojos al escucharla. Parece como si hubiese sido escrita para él, ya que lo describe a la perfección: «Qué idiotez». Ahora me lo ando relacionando con canciones. La cabeza me da vueltas. Enamorarme de él sería estúpido y peligroso; él no es el hombre que busco, ya que, como le dije a Laurens, el hombre malo y tóxico no cambia. Christopher no es más que eso, sexo placentero. Entonces ¿qué es lo que me está doliendo tanto? ¿Por qué los sueños húmedos y los pensamientos constantes? ¿Por qué la necesidad de verlo y querer tenerlo cerca?

Es ilógico quererlo debido a que no es mi tipo. Odio a los arrogantes de su clase. A los que con su actitud quieren llevarse al mundo por delante, a los que se creen dioses y amos de todo, a los que no tienen sentimientos, sino dagas para herir. Además, mi corazón le pertenece a Bratt.

—¿Estás bien? —pregunta mi pareja.

No sé ni en qué momento dejé de moverme.

—Quiero sentarme. —La cabeza me da vueltas.

—Es lo mejor, el trago tuvo que haberte caído mal.

Me pone la mano en la espalda guiándome a la mesa.

—Toma un poco de agua. —Me entrega la botella que tengo en la mesa antes de irse.

Dejo el líquido ante el miedo de mis sospechas, agua no es lo que necesito.

Lleno mi vaso de whisky bebiendo sin respirar, sirvo otro y otro hasta acabarme la botella. Pido otra y la tomo hasta la mitad. Lo que sea que esté sintiendo debe ahogarse en alcohol. Las chicas vuelven, se toman lo que queda en la botella y me arrastran otra vez a la pista. Salto y bailo hasta que me duelen los pies. Retorno a la mesa, tomo más whisky y me regreso a la pista. Sigo bailando incluso cuando la mayoría de la gente se marcha dejando el lugar desierto.

—Una noche estupenda. —Laila se balancea de aquí para allá encima de la mesa, descalza y con la botella en la mano.

—Estoy de acuerdo contigo —contesta Alexandra inclinándose hacia mi botella de agua. Brenda se quedó dormida sobre la barra y Luisa habla ebria con Simon, alzando la voz por encima de la música.

—Chicas, me alegra que se estén divirtiendo —aparece el encargado del lugar—, pero ya vamos a cerrar.

Todas le bufamos; incluso Brenda, que alza la cabeza con el cabello enmarañado.

—Lo siento, son políticas del lugar. Les llamaré un taxi.

La brisa fría nos tambalea a todas. Brenda toma un taxi con Laila y Alexandra mientras que yo abordo el mío con Luisa.

—A Belgravia, por favor —le pide mi amiga.

Recuerdo todo lo que pasó mientras las luces pasan frente a mis ojos. Sus besos, sus toques y sus constantes desprecios. ¡Imbécil! Fui una tonta al no decirle todo lo que se merecía. De hecho, tengo que decírselo. Miro la hora en mi móvil, son las tres y cinco.

El auto se detiene frente a nuestro edificio, espero que Luisa baje y vuelvo a cerrar la puerta.

—¿Qué haces? —Intenta abrir.

—Voy a hablar con ese gilipollas engreído, le diré lo imbécil que es.

—Faltan dos horas para que amanezca, puedes hacerlo mañana. —Se frota la sien—. Te acompaño si quieres, así lo golpeamos entre las dos.

—No. Mañana no tendré la valentía que tengo ahora, debo restregarle lo pendejo que es —alego—. No me importa que esté en su apartamento modelo durmiendo en su pija cama con alguna rubia despampanante.

—¡Rachel, baja ya o tendré que sacarte a la fuerza!

—Debo hacerlo, Lu. Lléveme a Hampstead —le digo al taxista. El conductor arranca y dejamos a mi amiga soltando groserías en medio de la calle.

Tomamos el noroeste de la ciudad atravesando Charing Cross. Me pesan los párpados a medida que la brisa me acaricia la cara. Los emblemáticos edificios británicos me avisan de que estamos llegando.

—¿Dónde la dejo? —pregunta el taxista.

¡Mierda! Olvide dónde queda, busco alguna señal que me recuerde cómo era el lugar.

—Recorra todo el sector, le avisaré cuando deba detenerse.

Esto es una pésima idea, ya que estoy demasiado ebria para ubicarme. Un lujoso auto se detiene frente a un elegante edificio gris.

—¡Es aquí! —le grito al hombre—. Al menos, eso creo.

Le pago antes de bajarme. Al otro lado del andén hay cuatro edificios parecidos con *valet parking* y autos costosos estacionados frente al arcén.

Me meto la cartera bajo el brazo mientras tiemblo de frío. Busco mi abrigo, pero no lo tengo, seguramente lo perdí en la discoteca.

Entro al edificio simulando estar sobria, cosa difícil porque las botellas me están haciendo estragos en la sangre.

El encargado del vestíbulo me mira con las cejas alzadas cuando me acerco a la barra, me siento horrorosa ante el impecable traje gris que porta.

¿Y si estoy en el lugar equivocado? No tengo el más mínimo recuerdo de este hombre.

—Buenas noches. —Finjo una sonrisa.

—¿En qué puedo ayudarla?

—Estoy buscando a Christopher Morgan.

Me evalúa y no pone buena cara.

—¿Piso y número de apartamento?

—¡Mmm…! No lo recuerdo. Solo sé que es el último piso… En uno de esos penthouses pijos.

—Señorita, esto es un edificio de máxima seguridad; si no tiene el piso y número de apartamento, no puedo ayudarla.

—Entiendo, pero ¿podría mirar si su nombre está en la lista de residentes?

—Está prohibido. Si no tiene la información que le pido, le ruego que se marche o tendré que enviar una alerta de seguridad.

—Vengo desde muy lejos —insisto—. Solo quiero hablar con el señor Morgan un minuto. Míreme, ¿cree que sea un peligro?

—Señorita, está ebria. Lo mejor es que se vaya para su casa.

No me queda otra que hacerme la víctima.

—Sé que no es una hora decente para venir y tiene toda la razón al aconsejarme que me vaya, pero afuera hace frío —le muestro el vestido—, puede darme una neumonía…

—Lo siento, no puedo hacer nada.

—Señor, ni siquiera sé cómo irme. Seré breve en lo que le diré al señor Morgan.

—No sabe si el hombre que busca vive aquí.

—Usted puede sacarme de la duda, solo tiene que verificar si se encuentra en la lista de residentes. Si no está, me marcharé hacia el otro edificio; si tampoco está allí, lo seguiré buscando hasta hallarlo.

—Lo siento, no puedo hacerlo.

El mundo se me oscurece cuando el alcohol me pone a dar vueltas la cabeza. Me froto las manos en la cara, no creo que pueda andar más de un kilómetro.

Busco dinero en mi billetera.

—Puedo pagarle si quiere.

—¡No es necesario! —replica impaciente.

—Ayúdeme, no me siento en condiciones de ir muy lejos.

Sacude la cabeza, furioso.

—Permítame su identificación y tome asiento. —Señala uno de los sofás—. Veré qué puedo hacer.

—Gracias. —Le extiendo mi documento.

Me acomodo en el abullonado sofá de la sala de espera.

Recuesto la cabeza en el espaldar del sillón mientras que el hombre detrás del mostrador teclea en su computadora mirándome molesto.

Me mareo de nuevo, cierro los ojos y poco a poco pierdo el conocimiento volviéndome presa del sueño. De repente, todo se torna oscuro en la resplandeciente sala.

24

JUEGO DE PALABRAS

Christopher

El citófono me perfora el tímpano del oído cada vez que suena, me echo la almohada sobre la cara en un vil intento por evitar el ruido.

¿Dónde diablos está Miranda? El sonido se apaga y vuelve a retumbar con más fuerza.

¡Maldita sea! Me levanto vistiéndome en el camino.

El vestíbulo está iluminado con la leve luz del acuario, no hay señales de Miranda ni de Marie, pero, bueno, qué se puede esperar si es de madrugada; por lo tanto, no entiendo quién carajos puede estar molestando a esta hora. Zeus levanta la cabeza cuando me ve en el centro de la sala, me echa una mirada rápida y vuelve a meter el hocico entre las patas.

El sonido no cesa.

—¡¿Qué pasa?! —contesto molesto.

—Señor Morgan —saludan al otro lado de la línea—, lamento molestarlo a esta hora.

—No sé si tu reloj se averió, pero son casi las cuatro de la mañana. ¡Es una hora pésima para llamar!

—Lo sé, señor, lo que pasa es que hay una señorita ebria en la recepción preguntando por usted. No está muy segura de que viva en este edificio…

—¿Señorita ebria?

—Sí, señor. Su identificación dice Rachel James.

El sueño se desvanece. ¿Qué tipo de demencia tiene esta mujer? El portero me explica cómo llegó y, debido a ello, mi ira aumenta a límites excesivos.

—¿Le digo a seguridad que se encargue? —culmina.

—¡No! —Tiro la bocina.

Entro al ascensor, marco mi código y menos de cinco minutos después estoy en la recepción. El portero sale de atrás del mostrador cuando me ve.

—Intenté convencerla para que se marchara, pero no quiso. —Señala el sofá de la sala de espera.

Está acostada en el diván con la cabeza metida entre los cojines, parece de todo menos una mujer decente con el vestido mal arreglado, el cabello sobre la cara y la poco femenina pose de estar acostada boca abajo.

—¿Cuánto lleva aquí?

—Casi una hora.

—¿Y hasta ahora no me llama?

—Tengo prohibido divulgar información de los residentes, no sabía si llamarlo o no.

Me inclino sobre ella, ronca con cada una de las exhalaciones de su profundo sueño.

—¡Rachel! —intento despertarla—. ¡Rachel, despierta!

—Bebió demasiado, casi se desmaya frente al mostrador.

Le aparto el cabello de la cara antes de sacudirla.

—¡Rachel, despierta! —No tengo paciencia con este tipo de situaciones.

Abre los ojos, confundida, mira para todos lados pasando la mirada del portero hacia mí. Le pongo mi peor cara y su única reacción es empujarme.

—¡No me toques, gilipollas de mierda! —me ladra intentando ponerse de pie—. ¡Lo que me hiciste hoy no tiene perdón!

Me levanto suprimiendo las ganas de soltar alguna grosería.

—¿Vienes a mi casa a las cuatro de la mañana a insultarme?

—¡No me iba a quedar callada esta vez! —Se tambalea—. ¡Te pasaste, me heriste el orgullo excitándome y echándome de tu oficina!

El portero tose incómodo.

—¡Cállate! Estás ebria y en ese estado te ves mejor con el pico cerrado.

Me enfrenta con cara de psicópata.

—¡Ve a callar a tu madre, bebito de papá! —Apesta a whisky y a tequila—. ¡Te crees el amo, el mejor, el supremo, pero no eres más que un patético petulante y arrogante! ¡De hecho, eres la persona más desagradable que he conocido en la vida!

—¡Y tú eres una ebria que debe tener una botella de alcohol en la cabeza para contener una pizca de valentía!

—¡Imbécil!

—¡Loca!

—¡Pendejo!

—¡Ninfómana!

—¡Falso!

El portero abre la boca sorprendido, nos mira a ambos como si estuviera en un partido de pimpón.

—Sí, falso —me señala—, porque Bratt es tu amigo.

—¡Mira quién habla! —acorto el espacio que nos separa—. Muy transparente no fuiste cuando nos acostamos en Hawái, tampoco lo fuiste la noche que estuviste aquí. —Se le desfigura el rostro en una mueca de odio y en menos de nada me clava el tacón en la espinilla.

—¡Medícate!

El portero huye al mostrador.

—¡Cállate, Morgan! —Me amenaza tomándome del nacimiento del cabello. Es mucho más baja que yo y no puedo creer que me esté doblegando de esta manera—. ¡Te mereces mil patadas más por gilipollas e hijo de puta!

—¡Inmadura!

Llegan dos guardias de refuerzo.

—Señorita —habla uno de ellos—, tenga la amabilidad de abandonar el lugar.

Me suelta devolviéndose al sofá, toma su cartera e intenta fingir que no ha pasado nada.

—Ya me iba, no es necesario que me echen.

Mira a todos lados en busca de la salida, vuelve a tambalearse y se sujeta del sofá para no caerse.

—Señorita, abandone el lugar, por favor —insiste el hombre antes de acercarse.

—¡No te atrevas a tocarla! —le advierto—. Se irá conmigo a mi apartamento.

—¡Ja! En tus sueños, prospecto de bestia sexual.

Esta vez soy yo el que se acerca tomándola del brazo, forcejea e intenta correr, pero el vértigo causado por el alcohol no la deja llegar lejos, así que se detiene sujetándose la cabeza entre las manos. No podría dar más de quince pasos sin rodar por el piso.

—Estás a punto de caer en un coma etílico.

—¡Ese no es tu problema! —increpa—. Ya dije lo que tenía que decir, así que eres libre de volver a tu flamante penthouse con Irina o con quien sea que estés durmiendo hoy.

—Volvemos al tema de los celos.

—¡No son celos, imbécil!

—¡Vendrás conmigo!

—¡No!

Me la echo sobre el hombro poniéndole punto final a la absurda discusión, los tres hombres me miran anonadados mientras la loca que llevo encima berrea y patalea arañándome la espalda.

Entro con ella al ascensor entre gritos y reclamos para que la suelte.

—¡Basta! —le grito cuando las puertas se cierran.

—¡Bájame o te aseguro que no volverás a saber de tus bolas!

La dejo en el piso ganándome una sonora cachetada.

—¡No vuelvas a tomarme a la fuerza!

—¡Y tú no vuelvas a venir a mi casa en este estado! —replico—. Tuviste que haberte equivocado porque la casa de Alan está muy lejos de aquí.

—¡No puedes retenerme! —Intenta abrir las puertas a la fuerza y me convenzo de que definitivamente perdió la cordura.

—¡Dije que te quedas! —La aparto de las puertas.

—¿Para qué? ¿Para ser echada como una cualquiera mañana temprano? —Se le llenan los ojos de lágrimas—. Es lo que haces siempre, aprovecharte de mí y luego tratarme como si no valiera nada.

Me empuja cuando se abre el ascensor, sale corriendo atravesando el vestíbulo e intentando abrir la puerta de madera. Forcejea con ella inútilmente sin dejar de llorar.

—Rachel, ya, para —le advierto.

¿En qué me estoy metiendo? ¿Qué tanto efecto estoy causando en ella para que actúe así?

No sé qué hacer, no tengo la sensibilidad que se requiere para hablar y tampoco sabría qué diablos decir.

—No quiero quedarme —se limpia las lágrimas—. Me niego a que pienses y sigas creyendo que soy una golfa.

No niego que lo pensé hasta esta tarde. La curiosidad por saber si mentía o no pudo más, así que terminé revisando la cinta del estacionamiento. Y no lo hacía, no mintió al decir que Alan fue el que la besó.

—No te veo como una golfa, soy consciente de que lo nuestro empezó por mi culpa.

—Pero yo permití que pasara. Acepté estar contigo amando a Bratt, quebré y dañé la confianza del único hombre que me amará como a nadie por ti…

La aparto de la puerta y ella esconde la mirada clavándome la cabeza en el centro del pecho.

—No tengo nada con Alan, puedo jurarlo.

—No tienes que darme explicaciones.

—Quiero dártelas —solloza—. Sé que tienes motivos para pensar que no valgo la pena y que Bratt no merece a alguien que sienta lo que siento por ti amándolo a él. Quisiera tener la valentía de alejarme y arrancar todo lo que causas en mí, pero simplemente no puedo.

Sacudo la cabeza.

—Tu maldita verga me impide actuar como una persona coherente.

—Créeme que no lo dudo.

—Lo sé y respeto a Alan…

—¡Cortemos el tema con Alan! —la interrumpo.

Levanta la cara, sigue siendo hermosa aun estando ebria y con los ojos manchados de rímel.

Ladea la cabeza preparando los labios para que la bese, y la tomo de la cintura correspondiéndole el gesto. Nuestras bocas se aproximan, respiro su aliento y a centímetros de tocarle los labios me aparta empujándome mientras suelta una ola de vómito que recae sobre el fino mármol de mi piso.

—Lo siento…—Se sujeta el estómago soltando todo lo que tiene adentro.

Paciencia. La tomo de los hombros guiándola al baño, el vómito se esparce por todo el pasillo salpicándome los pies.

—¡¿Podrías controlarte?! —increpo molesto.

Zeus aparece ladrando y se tira encima de la convaleciente mujer, que intenta llegar al baño nadando en vómito.

—¡Ahora no, Zeus! —No es momento para distracciones.

Toma aire recostándose en la pared con las dos patas de mi perro encima de la cintura.

—Anda al baño.

—No es necesario, ya paró.

El can le ladra moviendo la cola.

—¿Segura?

—Sí… —Suelta una ola de vómito sobre el pelaje de mi perro.

—¡Joder!

La meto al baño del pasillo y levanta la tapa del retrete aferrándose a él mientras el estómago se le quiere salir por la boca.

Debería sacarla y obligarla en la mañana a que limpie el desastre que acaba de causar mientras lidia con la resaca olímpica que sé que tendrá.

—Perdón. —Levanta un poco la cara—. No debí beber…

Vuelve a soltar otra arcada de vómito. Lo único que hago es sujetarle el cabello mientras sigue aferrada al excusado.

—¿Qué tomaste? ¿Alcohol adulterado?

—Una mezcla que Laila llama trago mortal. —Se ríe—. Es una combinación de tequila con limón, ron y fuego.

—¡¿Qué es todo este desastre?! —exclama Marie en el umbral de la puerta.

Marie es la mujer que me crio y adoptó cuando mi madre se fue a vivir la vida que el ministro Morgan no quiso darle.

—¿Qué le pasa? —pregunta preocupada al ver a Rachel inclinada sobre el retrete.

—Bebió de más.

Miranda, la empleada del servicio, aparece en pijama.

—Iré a prepararle algo, va a deshidratarse si sigue vomitando así. —Corre a la cocina—. ¡Minerva, ven conmigo, que hay que limpiar a Zeus!

Ambas se pierden en el pasillo mientras Rachel se levanta en medio de quejidos.

—Lo siento, he vomitado encima de tu perro… Prometo bañarlo mañana.

La tomo de los hombros quitándole el vestido.

—Todo me da vueltas. —Se sujeta la cabeza—. Puede que estas sean mis últimas palabras.

—Hay que bañarte.

La desnudo metiéndome a la ducha con ella. Se queja cuando abro la regadera y la unto de jabón. Me siento como un estúpido romanticón bañando a su novia de secundaria.

Es como si un pedazo de mi hombría estuviera siendo arrancada para representar un mal papel en una película de enamorados.

—¡Qué romántico, coronel!

—No hagas que me arrepienta y te deje aquí enjabonada y sin agua caliente.

Suelta a reír.

—No hay nada de malo en lo que haces.

—Para mí sí, no ando bañando mujeres ebrias que vienen a insultarme a mi casa.

—Entonces ¿por qué lo estás haciendo conmigo?

—Porque no puedo dejar que te metas en mi cama sucia de vómito, suficiente tengo con que vomites sobre mi perro.

La envuelvo en un albornoz y ella se va al lavatorio, toma enjugue bucal y hace gárgaras para limpiar su boca. Me coloco una toalla en la cintura mientras lo hace.

Abro la puerta, Marie está afuera con una taza de té esperándonos mientras Miranda limpia el piso con un trapeador.

—Esto te hará sentir mejor. —Le ofrece la taza, que ella recibe con manos temblorosas.

Debo preparar una buena explicación o Marie no me dejará dormir a punta de preguntas.

—Sigue hasta la cuarta puerta a tu derecha —le indico a Rachel—. Iré enseguida.

Obedece sin refutar.

—¿Quién es? —pregunta Marie cuando se va.

—Un ligue.

—¿Ligue que duerme en tu habitación, bañas y toleras su vómito?

—Me gusta cómo folla. —Me encojo de hombros.

Pasa las manos por su cabello blanco, cada cana ha sido un regaño y un dolor de cabeza por parte mía, ya que ni su hija de veintidós años le ha causado tantas preocupaciones como yo.

—¿Dónde la conociste? —vuelve a preguntar curiosa—. Hace días encontré ropa interior en tus vaqueros. ¿Es de ella?

Empieza a desesperarme.

—No te metas en mis cosas.

—¡Solo responde! —me regaña—. ¿Son de ella o no?

—No es de tu incumbencia.

Miranda aparece con un nuevo trapeador y jabón desinfectante.

—Ve a ver a la pobre chica —me ordena—. Asegúrate de que tome el té, ayudaré a Miranda con este desastre.

En la habitación está ella junto a la ventana mirando hacia la madrugada. La taza de té reposa vacía sobre la mesilla de noche.

Arrojo la toalla y me meto en la cama.

—¿Seguirás enojado conmigo? —Se vuelve hacia mí con las manos metidas en la bata.

—No lo sé, el que me visites ebria, me golpees, me insultes y vomites sobre mi perro me deja muchas dudas.

—Siempre actúas como un maldito cabrón. ¿No te cansas?

—No, soy así y no voy a cambiar. Estás equivocada si crees que soy el *bad boy* que se vuelve amable cuando conoce a una linda chica y lo cogen de los huevos volviéndolo un maricón que escupe flores cada vez que habla.

—Por supuesto que no lo eres ni lo serás, ya noté que te encanta el papel de malo.

—Gracias por entenderlo —digo con sarcasmo.

—Pero también eres un ser humano con deseos y debilidades como los de la carne, por ejemplo.

Lleva las manos al cordón del albornoz y se lo suelta lentamente, la tela se entreabre mostrando una parte de sus pechos.

Me asustan sus cambios de humor. Pasó de cabra loca, a mariposa rota y a loba en celo.

—Ten presente que en una de mis películas favoritas, *El beso del dragón*, la princesa Alisa se enamoró de su dragón.

—No será nuestro caso.

—Habla por ti, yo no podría asegurarte eso.

La tela se le desliza por los hombros y desciende por la espalda. Se queda desnuda ante mis ojos. Soy fiel admirador de la belleza femenina y ella es un claro ejemplo de dicha cualidad. Es toda una obra maestra. El cabello húmedo le cae sobre los pechos tapándole las areolas de los senos. He recorrido el cuerpo de muchas mujeres, pero ninguno se compara con el de Rachel James.

Gatea por mi cama y se me tensa la polla bajo la mirada felina que me dedica.

—No voy a follarte ebria. —Cierro los ojos intentando convencerme de lo que digo—. Nadie me asegura que tu última fase de cambio no sea convertirse en una hiena asesina.

Se echa el cabello atrás mostrando la desnudez de sus pechos.

—Hay cosas más graves que deberían asustarlo, coronel.

—No voy a correr riesgos con tu inestabilidad emocional.

—Entonces no te importará que duerma desnuda a tu lado. —Me roza los labios.

—He lidiado con torturas peores.

Me da la espalda y se mete bajo las sábanas.

—Admiro tu autocontrol.

—Cuando digo no es no.

—Pues tu polla insiste en hacerte quedar mal.

Bajo la vista a mi erección, podría partir cualquier cosa con ella.

—Buenas noches, coronel. —Bosteza, se vuelve un ovillo en la cama y minutos después se queda dormida.

25

CORONEL Y TENIENTE

Rachel

No quiero abrir los ojos, sé que si lo hago, la luz entrará por ellos, quemará mi cabeza, la hará estallar en mil pedazos y mi cuerpo se desvanecerá poro a poro como un vampiro ante la luz del amanecer. Quiero morirme y llevarme a mis amigas a mi paso. No recuerdo nada de la supuesta noche de desahogo, ni siquiera sé cómo llegué a mi cama. El sonido de la aspiradora me inunda los oídos y envía un torrencial de corrientes dolorosas que torturan mi ebrio cerebro.

El ruido se intensifica cuando acercan la aspiradora al borde de la puerta. «¡Maldita seas, Lulú!». Abro los ojos al recordar que Lulú no trabaja los sábados y Luisa debe estar peor que yo como para coger la aspiradora. La oscuridad me marea y ruedo a un lado entre sábanas suaves inhalando un delicioso aroma masculino. ¡Mierda! Intento levantarme, sin embargo, termino yéndome de bruces contra el piso.

¡Mierda, mierda, mierda! Rachel James Mitchels eres la mujer más estúpida del planeta Tierra. Me maldigo a mí misma al reconocer el lugar que me rodea, el mundo me da vueltas… Para colmo, una arcada de vómito se apodera de mi garganta mientras me levanto como puedo. Corro a la primera puerta que encuentro en la habitación con la esperanza de no equivocarme y sea el baño. No me equivoco: levanto la tapa del retrete e intento desocupar mi estómago, y no hay nada más que dolor por el esfuerzo de mi cuerpo en sacar lo que no hay.

La cabeza me martillea; atontada me levanto en busca de la ducha.

¿Cómo diablos vine a parar aquí? Lo último que recuerdo es haber abordado un taxi con Luisa. ¿Me trajo mi amiga? Es imposible, ella no me rebajaría de tal manera. Me baño, rememoro la rutina de mi última vez aquí cepillándome los dientes y apresurándome para que Christopher no me viera.

¡Perdí la mínima dignidad que me quedaba! Busco mi ropa, no hallo nada, no sé si es porque no está o porque todavía estoy demasiado ebria como para encontrarla.

—¡Señorita! —Tocan a la puerta—. ¿Puedo entrar?

Sea quien sea, no estoy en mi casa como para impedírselo. Me levanto del piso y me siento en una de las esquinas de la cama.

—Adelante —contesto nerviosa.

Una mujer alta y menuda entra con un uniforme compuesto por un vestido y un delantal gris.

—Buenos días —saluda—. Me imagino que está buscando su vestido.

Afirmo con un gesto.

—No está aquí, tuve que lavarlo porque estaba lleno de vómito.

¿Vómito? No quiero imaginarme en las condiciones que llegué anoche.

—Démelo como está, necesito irme. —Me levanto, el simple hecho de saber que hubo vómito me da un boleto directo a la reprimenda del siglo por parte de Christopher Morgan.

—No podrá usarlo, ya que está dentro de la lavadora.

No puedo quedarme aquí esperando a Don Arrogante.

—Tengo afán. ¿Podría prestarme uno de sus uniformes o una sudadera?

—Deja el afán —se oye la voz de una mujer que aparece detrás de la empleada.

Debe de estar rondando los cincuenta años. No es muy alta, pero sí un poco robusta. La chica se aparta para que pueda entrar y baja los dos escalones de la habitación plantándose frente a mí.

—Soy Marie —extiende la mano—, la nana de Christopher.

—Rachel —correspondo al saludo muerta de la vergüenza.

Mira a la empleada pidiéndole que se marche.

—El portero me informó que llegaste casi a las cuatro de la mañana, ebria e insultando a Christopher.

Si mi madre supiera que su hija se ha convertido en un monstruo sin dignidad, me mandaría a quitar el apellido.

—Subiste con Chris, vomitaste en el vestíbulo, el pasillo y a Zeus.

Okey, no solo me quitaría el apellido: me mandaría a vivir seguramente a Marte.

—Lo siento, no tengo la más mínima idea de cómo…

—No te disculpes —me interrumpe—. El alcohol es un pésimo enemigo cuando de amores se trata. No sé qué relación tengas con Christopher, no obstante, supongo que sabes que está casado.

Me abofetea con lo que me dice… Por supuesto que está casado y sé perfectamente con quién.

—Sí.

—No me agrada su esposa, de hecho, la odio. Pero para mi concepto, una mujer que se mete con un hombre comprometido deja mucho que decir.

No solo soy una mujer que se mete con un hombre comprometido, sino una mujer que traiciona a su novio con su mejor amigo.

—¿Dónde lo conociste? —Es mejor disparando preguntas que Luisa en uno de sus interrogatorios.

—En el trabajo… Y entiendo lo que me quiere decir, es solo que… Él es un… No podría explicar lo que es, ni el porqué de haber venido aquí.

—No te estoy juzgando, no conozco su historia y sé el efecto que puede causar mi hijo en las mujeres. —Frota mis brazos—. Toma esto como un consejo de mujer a mujer. Eres linda, no es justo que desgastes esa belleza en este tipo de relaciones. La querida siempre será la querida, y cuando se empieza una relación así, se está condenado a vivir como la intrusa. Te lo digo porque lo viví en carne propia.

—Entiendo.

—Eres muy valiente al aventurarte en una relación con Christopher con Sabrina Lewis de por medio. ¿La conoces?

¡Sí, es mi cuñada!

—Sí.

—Entonces debes de saber de qué te estoy hablando.

—Lo mejor es que me vaya, lamento haber arruinado su piso y haber vomitado sobre el perro.

—No puedes irte hasta que Christopher llegue, fue muy claro con eso antes de irse.

—No quiero verlo.

—Pero él a ti sí. Ven conmigo, que te he preparado un caldo de pollo, tu estómago debe de estar clamando por comida.

—Señora, no creo que…

—No voy a discutir contigo, linda, solo empeoraría tu dolor de cabeza. —Se dirige a la puerta—. Anda, tengo varias aspirinas que te servirán.

Descalza y envuelta en el albornoz sigo a la mujer hasta el comedor, donde el reloj de la pared marca las nueve de la mañana. Todo está igual que la vez pasada, con la gran diferencia de que dos mujeres se pasean de aquí para allá con la versatilidad de haber vivido durante años en este lugar. Miranda pone un humeante plato con sopa sobre la mesa y me invita a tomar asiento. El olor me despierta el apetito, me sirve un vaso con jugo de naranja y deja dos aspirinas encima de un pequeño plato. Mis ojos se pasean del ascensor a la puerta con el miedo de que Christopher aparezca exigiendo que quite mi trasero de su costosa silla.

—¡Pruébalo, está delicioso! —me anima la mujer de avanzada edad.

A lo mejor, si como rápido, me deja ir.

Tomo la primera cucharada con el miedo de que mi estómago devuelva la comida. Todo bien. El caldo está delicioso, reconforta mi sistema digestivo haciendo que tanto las náuseas como el dolor desaparezcan. Tomo cucharadas lentas alternando con el jugo de naranja mientras Marie se sienta frente a mí dándole sorbos a su taza de té.

—El portero me dijo que no estabas segura de que Christopher viviera aquí.

Definitivamente el portero es un cotillero.

—A decir verdad, no recuerdo nada de lo sucedido.

Sonríe bajando la taza de té.

—Fue una buena noche de fiesta.

—Supongo.

Tres golpes secos se oyen en la puerta. ¡Que alguien me mate! El corazón se me detiene de solo pensar que no me largué lo suficientemente rápido.

La mujer frente a mí se levanta indicándole a Miranda que no abra la puerta.

—No espero a nadie; Christopher siempre carga las llaves o usa el ascensor, debe de ser…

—¡Miranda, abre la puerta! —demanda desde el pasillo una vocecita que ya conozco.

Mi dolor de cabeza llega a nivel Dios. Suelto la cuchara, mis piernas se ponen en marcha buscando un lugar donde esconderme ante el chillido de la voz de Sabrina.

—¡Sé que hay alguien allí! —insiste.

Me encierro en la habitación colocando el pestillo.

El corazón se me quiere salir. «¡Esto es lo que te ganas por idiota!», me recrimino.

—¿Por qué tardaste en abrir? —increpan en el vestíbulo.

—Estaba limpiando las ventanas del estudio —contesta Miranda.

—¿Qué haces aquí? —le pregunta Marie.

Los tacones resuenan en el piso.

—Visitando a mi esposo.

—Debiste llamar antes de venir porque Christopher no está.

—Tampoco está en la central —reclama—. Espero que no me estés mintiendo y lo tengas escondido.

—Mi hijo jamás se negaría a darte la cara, no es un cobarde.

Acerco la oreja a la puerta esperando la respuesta de Sabrina.

—Sí que lo es, me dejó sola, encima tiene una amante. Pero, bueno, no tengo que repetirte lo que ya sabes.

—No sé nada y ya dije que no está, así que ten la amabilidad de marcharte.

—No, lo voy a esperar hasta que llegue.

Sus tacones siguen resonando sobre el piso mientras se pasea por la casa.

—¿Cuántas veces te he dicho que la servidumbre no debe comer en el comedor? —reclama.

Se hace un breve silencio y de un momento a otro escucho sus pasos en el pasillo.

¡En qué locura me he metido!

Retrocedo cuando su sombra se refleja bajo la puerta. Sigo retrocediendo hasta toparme con la cama. No hay donde esconderse. El baño será el primer lugar donde buscará evidencia sobre una amante, el balcón me dejaría expuesta y la cama es demasiado baja.

La perilla se mueve.

—¡Miranda! —grita Sabrina.

La sombra de la chica aparece.

—Ábreme la puerta —ordena. Mentalmente inicio un breve rezo pidiendo ayuda.

—Sabrina, por muy esposa que seas de Christopher, no tienes ningún derecho a violar su privacidad.

—¡Cállate, Marie! —protesta—. ¡Miranda, abre la puerta!

—¡No! —replica Marie—. Te voy a pedir que esperes a mi hijo en la sala.

—¿Hijo? —se burla—. No seas patética, te contrataron para ser su sirvienta y morirás siendo su sirvienta.

Cosas como estas son las que me hacen odiarla.

—¡Abran la puerta! —vuelve a ordenar.

Se quedan en silencio. Puedo ver cómo la sombra de Miranda retrocede.

—¡Que abras te digo!

Corro al clóset cuando los gritos de Miranda y de Marie hacen eco afuera; como puedo me oculto entre un sinfín de camisas y chaquetas y por la ranura de la puerta veo las sombras armando una batalla campal. Alguien cae al piso y me vuelvo presa del pánico, no me perdonaría que una de las dos mujeres salga lastimada por mi culpa.

El tintineo del manojo de llaves se oye seguido de varios intentos por abrir la puerta.

He luchado contra violadores, mafiosos, narcotraficantes, terroristas, dictadores, asesinos… y nunca me habían temblado las piernas como en este momento ante el miedo de la batalla épica que se desatará entre los dos hombres que tengo clavados en la cabeza.

La puerta se abre y ella aparece vestida con vaqueros y una chaqueta de lino, su cabello revuelto empaña la perfección física que la caracteriza.

—¡Váyanse! —exige Sabrina.

Las mujeres se van y la rubia observa la alcoba centrando su atención en la cama desordenada; se acerca moviendo las sábanas, las huele y entrecierra los ojos antes de lanzarse a ella en busca de algo. Baja y algo pequeño reluce entre sus dedos, automáticamente me llevo las manos a las orejas confirmando que encontró uno de mis pendientes. Lo empuña furiosa y busca más pistas en el baño.

—¡Maldito! —grita frustrada.

Continúa la búsqueda revisando los papeles que hay sobre la mesa. Me congelo cuando se acerca a las puertas del armario.

Le suena el móvil, no responde, repica nuevamente. Se distrae con el sonido insistente de la llamada y camina hacia la puerta. Detiene la marcha en el umbral volviendo la vista al armario. ¡Maldita sea! ¿No se iba? Mira hacia el armario como si pudiera verme a través de él. Regresa caminando en línea recta. ¡Ya valió todo!, ¡aquí fue!, ¡de esta no tengo escapatoria! Respiro hondo y acepto mi destino como el condenado a la guillotina. Toma la perilla plateada y lentamente va abriendo las puertas que me ocultan. ¡Lo hecho, hecho está, y no hay forma de devolver el tiempo!

Oigo el leve chirrido de las bisagras, la luz de la habitación penetra levemente en el armario cuando empieza a abrir la puerta.

—¿Se te perdió algo? —una voz masculina la sorprende e inmediatamente interrumpe su acción.

El mínimo espacio que había logrado abrir, se cierra nuevamente y quedo oculta. Mis pulmones recuperan el aliento.

—Necesitaba hablar contigo. —Aparta las manos de la puerta.

Él se recuesta en el umbral; trae ropa deportiva y tiene el aspecto de haber salido a trotar.

—No tenemos nada que hablar.

—Yo creo que sí —Se voltea mostrando mi pendiente en alto como si fuera un trofeo—. Estás trayendo a tus amantes aquí.

—Es mi casa. —Se encoge de hombros—. Soy libre de traer a quien me plazca.

—¡No! —Se aleja del armario plantándose frente a él—. ¡Eres un hombre casado! Estoy harta de que no me respetes ni que me des mi lugar. Tu sirvienta, tu secretaria, tu padre…, todos quieren pasar por encima de mí como si estuviera pintada en la pared.

Le entierra la mirada de acero cuando lo encara.

—¡Quiero que me des el lugar que me corresponde! —le exige.

—¡Vete! —exige él a su vez—. Voy a hacer de cuenta que no viniste aquí y agrediste a Marie y a Miranda queriendo entrar por la fuerza a mi habitación.

—Estaba en mi derecho de…

—¡No! —su voz truena en la habitación—. ¡Tu derecho es darme el divorcio que vengo exigiendo hace años!

La hace retroceder.

—¡No puedes venir a exigir cosas incoherentes sabiendo que eres un cero a la izquierda en mi vida! ¡Joder! ¡Desaparece de una puta vez y deja de molestar!

Niega tapándose los oídos.

—No, no, no.

Se acerca a ella apartándole las manos.

—Estoy cansado de tu negación, Sabrina, entiende que no te quiero y esfuérzate por joderle la vida a otro.

—¡Para mí no habrá nadie más que no seas tú! —solloza—. Yo te amo…

—Pero yo a ti no, entiéndelo de una puta vez.

—Dame la oportunidad… —le suplica.

—Estás tan equivocada creyendo que voy a compartir mi vida con una loca que quiso atarme a punta de mentiras —vuelve a enfrentarla—. Manipulaste a tus padres, a tu hermano, pero no a mí. ¡Así que comprende de una vez que te aborrezco!

—¡Déjame hablar!

—Lárgate de mi casa. —La toma del brazo.

Ella empieza a forcejear histérica.

—¡Christopher —Marie aparece apoyada del hombro de Miranda—, suéltala para que pueda irse!

La libera. Ella alisa su chaqueta y le da una mirada furiosa a la mujer que espera en la puerta.

—Lárgate o no respondo. —El coronel encoge a la rubia con la última oración.

Ella se va, los pasos se alejan y escucho el ruido al estrellar la puerta principal cuando abandona el apartamento.

—Estaré en el comedor si me necesitas —avisa Marie antes de marcharse.

Recuesto la cabeza en la fría pared, una emoción más y entraré en un colapso nervioso.

—¡Sal! —pide el coronel sentándose en la cama.

No quiero hacerlo, no estoy para peleas ni humillaciones y tampoco para ser echada por enésima vez. Pero es necesario, no puedo quedarme a vivir aquí como si este fuera el armario de Narnia.

Empujo la puerta y salgo despacio. Él está de espaldas, ruego que se mantenga así mientras me marcho a la velocidad de la luz.

Se deja caer en la cama acomodando los brazos detrás de la nuca y entonces aprovecho el momento para salir corriendo. ¡Lo logré! Canto victoria cuando salgo al pasillo.

En el vestíbulo está Miranda sosteniendo una bolsa con hielo sobre la cabeza de Marie y me invade la culpa, ya que provoqué esto con mis estúpidas ocurrencias.

—Lo siento. —Me acerco a ella tomando una gaza para limpiarle la sangre que le brota del labio: ella debió de ser quien oí que se cayó al piso.

—No fue tu culpa —musita.

—Claro que lo fue.

—No. Estuvieras o no me hubiese opuesto a dejarla entrar a la habitación.

Limpio la sangre, el impacto del golpe le dejó una marca violeta.

—Me exaspera, pero me da lástima también, ya que necesita ayuda, puesto que se ha enamorado, no es correspondida y es algo que no quiere asumir.

Miranda le toma la mano para que sujete el hielo.

—Le llevaré el desayuno al señor Morgan. —Se marcha a la cocina.

La ayudo cambiando el hielo. Miro si mi vestido está listo para poder marcharme antes de que Christopher salga y termine ganándome un discurso de odio como Sabrina.

No lo veo por ninguna parte. Vuelvo al lado de la nana hasta que Miranda aparece veinte minutos después con la bandeja intacta.

—Solo tomó jugo —comenta de camino a la cocina.

—Era de esperarse —contesta Marie con los ojos cerrados.

—Miranda, ¿podrías darme mi vestido, por favor? Debo irme ya.

—Enseguida.

—Mis zapatos y mi cartera también… Si es que los traje.

—Sí, lo hiciste —dice Marie—. Los zapatos los puse bajo la cómoda de la cama, y la cartera está en el cuarto cajón de la mesilla de noche. Puedes ir por ellos mientras Miranda alista tu vestido.

Es como si me estuviera empujando al borde del abismo y no tenga las facultades para detenerla. Golpearon a ambas por mi culpa, cómo voy a decir: «Hazme el favor de traerlos tú».

—Okey.

La cama está perfectamente tendida, en el balcón se encuentra él de espaldas con la misma ropa deportiva y el cabello azotado por el viento.

Silenciosamente, busco los zapatos; también recojo mi billetera del cajón de la mesilla. Para cuando quiero levantarme sin que note mi presencia, ya él está apoyado en la puerta corrediza.

—Ya me voy. —Alzo las manos a la defensiva—. No va a ser necesario que me saques.

—¿Eres consciente de todo lo que hiciste anoche? —me reclama—. ¿O estabas demasiado ebria para recordarlo?

En momentos como este es cuando deseo tener una varita mágica y desaparecerme.

—No recuerdo nada, pero ya me lo comentaron.

—¿Y te parece bien estar buscándome en edificios ebria y sin estar segura de si vivo en ellos o no? —increpa—. No eres una adolescente para que hagas cosas tan inmaduras.

Me da la espalda volviéndose hacia el balcón; observo cómo se sienta en una de las sillas que hay en él.

Tiene razón: mis impulsos causaron desastres en todos lados, y si algo me ha recalcado mi papá es que siempre se deben reconocer los errores y disculparse, así la otra persona no lo aprecie ni lo merezca, es algo necesario para sentirse en paz con uno mismo.

El viento me alborota el cabello cuando salgo, el sol está radiante, la mitad del balcón permanece iluminada por sus rayos mientras que la otra está cubierta con un moderno techo de madera. El espacio es amplio y cuenta con tumbonas, pufs y una mesa con sus correspondientes sillas para desayunar.

—Escucha —me detengo frente a él—: no debí haber venido… El problema fue que me tomé medio bar, por eso estaba un poco loca y ahora no me acuerdo de nada, así que no tengo explicación para mi comportamiento.

Tomo aire.

—Lo último que quería era hacer el ridículo otra vez y tener que tolerar tu actitud de mierda.

—¿Pides disculpas con insultos?

—Digo la verdad, después de tantos «Lárgate», «Déjame la vida en paz», «No quiero nada contigo». ¿Crees que iba a venir en mi sano juicio para que me remataras? —digo—. Obviamente no, pero el alcohol es un pésimo consejero y ahora estoy en el deber de pedirte disculpas por tan mal comportamiento.

No contesta, por lo tanto, tomo eso como un «vete».

Aunque me hubiera gustado oírlo decir algo, no puedo hacer más. La punzada de decepción aparece, así que me resigno a irme después de haber hecho el peor show de mi vida.

—No te he dicho que te vayas. —Me toma la muñeca cuando intento marcharme.

—Tu jerarquía no cuenta aquí, ahora somos Christopher y Rachel, no coronel y teniente.

—No te lo estoy diciendo de coronel a teniente, te lo estoy diciendo de Christopher a Rachel.

Su fuerza se intensifica cuando tira de mi mano.

Estando sentado y yo de pie, puedo detallar el gris brillante de sus ojos, ojos que me están volviendo loca arruinando el sentido común de mis pensamientos.

—Quiero irme. —Muevo la mano bajo el poder de la suya.

—No mientas, sabes que no quieres hacerlo.

—Pero debo.

Tira de mi brazo sentándome en sus piernas.

—Nunca haces lo que es debido.

—Me dejaste en claro que no querías nada más.

—El que te desnudaras anoche me hizo cambiar de opinión.

Me acaricia la nuca mientras baja lentamente abriéndose paso por la tela del albornoz, su tacto va encendiendo mi piel cuando libera uno de mis pechos atrapándolo con los dientes. No hay juego previo y, sin más, su lengua se va arremolinando en mi pezón erecto mientras sus manos acarician el piercing de mi ombligo.

—Espera. —Lo aparto—. No quiero.

No estoy para juegos y humillaciones. Me excita demasiado, pero sé que no podré soportar otro rechazo como el de su oficina.

—¿Qué pasa?

—No quiero otro desplante.

—Soy yo el que te está buscando. —Me recorre la piel desnuda.

Lo aparto levantándome y me cubro el pecho descubierto.

—Sí, para luego decirme que aparte mi culo de tus piernas y me largue.

Toma mis caderas sentándome a horcajadas sobre él, su mano va a mi cuello llevándome a su boca… No pregunta, simplemente roza nuestros labios y se abre paso consumiéndome con un beso vehemente que me pone a saltar el corazón.

—No vas a ir a ningún lado. —Empieza a mordisquearme la barbilla mientras mete las manos dentro del albornoz.

Estoy siendo la tonta, la que no ve más allá de sus narices sometiéndome a él y a nuestro vínculo tóxico que solo se alimenta de sexo.

Estoy siendo la tonta que se está dejando controlar del malo que no le conviene, la que se está hundiendo en arenas movedizas sabiendo que no va a salir bien librada.

Estoy siendo la que predica y no aplica, porque con qué criterio me atreví a reclamarle a Laurens sobre Scott, cuando yo estoy haciendo lo mismo con un demonio sin escrúpulos y sin sentimientos, un demonio mucho más grande que mi amigo.

Sus caricias me empapan, no me atrevo a bajar la vista porque sé que lo estoy impregnando con mis jugos. Toma mis piernas empujándome más, montándome sobre su pene, que se le marca por encima del pantalón deportivo.

Tiro del borde de su camiseta, comienzo a comerle el cuello y el torso con besos húmedos que se van poniendo calientes con cada toque. Está tan duro que maltrata mi epicentro, pero el morbo y las sensaciones me obligan a refregarme de arriba abajo.

—¿Quieres? —susurra contra mi pecho reafirmándome lo excitado que está.

Siento la punzada de miedo. ¿Otro truco?

—Vamos. —Mete las manos por debajo de mi cabello besándome la boca—. Deja el miedo.

Me cuesta rehusarme y decir «¡no!». Por el contrario, mi garganta aclama que lo quiere sentir.

—Dime, ¿quieres? —Me besa—. Porque yo sí. ¿Y tú?

—Sí…

Mi afirmación es orden suficiente para que me levante y se saque el miembro erecto, que salta ante mis ojos tentándome con el tamaño y la potencia.

—¡Arriba!

Me da taquicardia.

—¿Bromeas? —pregunto cuando intenta montarme.

—Ya lo hemos hecho en el balcón.

—Era de noche, ahora estamos a plena luz del día. —En Londres, la gente se la pasa paseando en helicóptero. No quiero perder mi último gramo de dignidad cuando me vean desnuda y brincando sobre su miembro.

—Nadie sabrá lo que hacemos. —Muerde mi hombro—. Pensarán que eres mi novia y que somos una simple pareja dándose cariño.

Mete las manos por dentro del albornoz masajeándome el trasero.

—Relájate. —Se relame los labios.

Toma su miembro ubicándolo en mi entrada mientras levanto la pelvis deseosa por recibirlo, tiemblo a medida que va entrando, mis músculos se van expandiendo con la dilatación. El aire se pone pesado, la piel se me eriza con el toque de su lengua en mis pezones.

—¡Calma! —susurra—. Podrías lastimarte.

Mi respiración se agita. Es una tortura estar así. Inclina la pelvis hundiéndose poco a poco. El cabello se le pega a la frente, empapado de sudor, mi garganta se queja cuando la tengo entera.

—¿Duele?

Asiento con la cabeza.

—Nunca me había dolido tanto.

—Estamos en una pose de máxima penetración, es normal sentir dolor mientras tu cuerpo se acostumbra.

Pone una mano en mi vientre y otra en mi espalda.

—Solo falta un poco, ¿vale?

¿Un poco? ¿Es que acaso ya no la había metido toda?

—Entre más mojada estés, más fácil será.

—Dudo que mi cuerpo pueda abrirse más. —Estoy que quemo.

—Te equivocas. —Sonríe hundiendo la cara en mis pechos mientras hace círculos lentos con su pelvis a medida que los espacios vírgenes dentro de mí se abren paso para recibirlo.

—Señor Morgan —Miranda toca la puerta abierta de la alcoba—, traje el vestido de la señorita Rachel.

Intento levantarme, pero me lo impide. ¡Qué cosa con este hombre! Forcejeo encima de él, el que me vean así sería el colmo.

—Pero ¿qué te pasa? —masculla—. Nos verá.

—¡Déjalo en la cama! —le ordena.

Me quedo quieta.

—Y arregla las camisas de mi armario —agrega.

—Pero…

—¡Chist! —me calla—. Es parte de la emoción…

—Joder, no me metas en tus cuentos raros, que no soy ninguna exhibicionista.

Desliza su dedo con un descenso lento desde mi abdomen hasta mi sexo abriéndome los pliegues y acariciándome los labios con suavidad.

—Mírate, estás totalmente empalada por mí, sin dolor y más dilatada que nunca.

Bajo los ojos, el dolor desapareció y fue reemplazado por un torrencial de sensaciones que mueren porque empiece a moverse.

—Esto se llama «lascivia»; la imposibilidad de controlar la libido sin importar qué tan morbosa sea la situación —murmura en mi oído—. Tu cuerpo controla todo, como lo está haciendo el tuyo en este momento. El deseo que tienes por mi miembro se rebela ante el control que quiere imponer tu cerebro.

Los pasos de Miranda rondan adentro y no aparto la mirada del umbral con el miedo que aparezca en cualquier momento. Se mueve y... ¡Joder!, sí es excitante el miedo y su polla palpitando dentro de mí. Sus ojos arden presos del placer que impone mi sexo.

Empieza a lamerme las tetas y voy perdiendo el enfoque, el pecho se me quiere salir y no sé por qué en vez de levantarme empiezo a besarlo con urgencia mientras su erección rota en ángulos precisos y exquisitos. El morbo me gana y exijo más saltando sobre él, colisionando nuestras caderas una y otra vez.

—¡Nena! —exclama con dientes apretados—. ¡Demasiado voltaje!

—¿No te gusta?

Echa la cabeza atrás.

—Le hice una pregunta, coronel. —Tomo su barbilla para que me mire.

Corresponde mi fiereza sujetándome el cabello.

—¡No me gusta! —Aprieta la mandíbula—. ¡Me encanta!

—Eché de menos esto. —Sigo moviéndome.

—Coincido.

Me acaricia la espalda bajo la tela del albornoz, la constante caricia de arriba abajo repitiendo la misma secuencia y el hecho de que en cualquier momento su empleada nos vea suelta la última llama de mi cuerpo.

Se me escapa un jadeo. Atrapa mis labios aferrando las manos a mis pechos y me pierdo en medio de espasmos de auténtica lujuria.

Suelto sus labios, hundo la cabeza en su cuello aferrando los dientes a su piel. Mi cuerpo se vuelve contra mí, quiere gemir y gritar su nombre con auténtico desespero.

—Eres tan exquisitamente placentera... —Me besa y me muerde apretando mis caderas. Preparándome para...

La explosión.

El fuego.

La colisión.

Y luego la paz.

—He terminado, señor —avisa Miranda.

—Yo también.

Le pego en el hombro y vuelve a sujetarme con fuerza llevándome contra él.

26

UN BUEN AMIGO

Bratt

Suelto el teléfono después de mi décimo intento por contactar a mi novia. Sea lo que sea que esté haciendo, espero que sea lo suficientemente importante como para que no me conteste.

Es el peor operativo que me han asignado, he estado exiliado en una propiedad asquerosa a las afueras de Múnich con un grupo de mercenarios acostumbrados a comer basura, los Halcones tienen estatus gracias a Antoni y aún tienen costumbres de su vida anterior.

Mis soldados se mantienen firmes en la lucha, por mi parte, he considerado varias veces una retirada. No los tengo en condiciones óptimas y, como si fuera poco, debo hacer la vista gorda cada vez que torturan a alguien. Algo difícil cuando trabajas en pro de los derechos humanos.

Mi única motivación es Rachel y el hecho de saber que cada día que pasa es un día menos para verla. La echo de menos, he tenido que conformarme con verla solamente en la foto que tengo escondida en la billetera.

Vuelvo a pegarme al teléfono, repica una vez y salta el buzón de voz. Cambio de estrategia, marco el número de Luisa, también está apagado y en el teléfono local no contesta nadie.

La ira me arde en las venas, me preocupa que le haya pasado algo. Sabe que detesto que no me conteste… Trato de calmarme y marco el número de Brenda.

Repica varias veces y nada, insisto y…

—Hola —contesta adormilada.

—Hola, Brenda.

—¿Quién eres y por qué te atreves a llamar tan temprano?

—Soy Bratt —me paseo por el pequeño espacio de la habitación— y no es temprano, es más de mediodía.

—Pero en Alemania —replica.

—Solo hay una hora de diferencia —le aclaro—. ¿Sabes algo de Rachel? La estoy llamando y no me contesta.

—Debe de estar dormida pasando su resaca.

Me hierve la sangre. Ya lo suponía. Aprieto el móvil conteniendo la cólera.

—¿Resaca?

—Sí —bosteza—. Salimos a bailar.

Cuelgo e inmediatamente marco su número. Me va a oír, no tiene porqué desobedecerme e irse a bailar sin antes comentármelo, seguramente también fue Scott o bailó con algún depredador de esos que siempre rondan en los bares y en las discotecas.

El teléfono me envía nuevamente al buzón de mensajes. La pantalla se me ilumina en la mano: es Sabrina.

—Hola —trato de calmarme.

—¿Me estuviste llamando? —solloza al otro lado de la línea.

Desde que se casó con Christopher cada conversación empieza o termina en llanto.

—¿Qué sucedió ahora?

—Christopher me envió otra demanda de divorcio.

La sexta. ¿De dónde saca abogados tan persistentes?

—Sabrina —suspiro cansado de tener tantas veces la misma charla—, relájate, ya se cansará. Se resignará a que no puede dejarte.

—¡Esta vez no! —grita—. Está decidido y tiene una amante.

—¿Amante?

Pregunta absurda, raro sería que no la tuviera.

—Sí, Irina Vargas, la amiga de Rachel, están juntos desde que llegó de Brasil.

—Rachel no me ha comentado nada… —No le perdonaré que me oculte este tipo de cosas.

—Es su cómplice —replica—. La enfrenté y se negó a darme información alegando que no sabía del tema.

—Créele, no tiene porqué mentirnos con ese tipo de cosas.

—Sí sabe, solo que es una mentirosa…

—No me ocultaría algo como eso —la interrumpo antes de que empiece a derramar todo el odio que siente por ella—. Mejor piensa en la oferta de Christopher.

—Mamá dice que no le puedo conceder el divorcio, no antes de darle un hijo.

Un hijo con la combinación del apellido Morgan y Lewis es el sueño de mi madre, y no la culpo, ¿quién no querría un nieto con los apellidos de las familias más pujantes e influyentes de Londres? Dicho nieto sería rico desde su nacimiento y moriría siéndolo por más dinero que gastara y derrochara. La fortuna de los Morgan es incontable y a todo eso se le suma los millones de euros y las propiedades dejadas en herencia por el padre de Sara Hars, su madre, a su único nieto.

Ese es el principal pilar de mi madre para apoyar a Sabrina en su relación tóxica con mi mejor amigo; aunque mi padre se interponga, ella la sigue respaldando. Le encanta la idea de que su hija esté casada con un billonario. Por mi parte, lo único que quiero es verla feliz, sé que lo ama sinceramente; es más, estoy más que seguro de que ella es quien debe estar a su lado. Ella lo eligió, debe hacerse la idea de que están unidos para siempre.

—Hablaré con él —la tranquilizo.

Es mi hermana menor, mi instinto de hermano sobreprotector siempre está activo con ella, detesto verla afligida y deprimida.

—Sí —suspira—. Tú te encargas, ¿cierto?

El «tú te encargas» conlleva una larga conversación con mi amigo suplicándole que por nuestra amistad no la haga sufrir.

—Por supuesto, solo déjalo en mis manos.

—Okey, te quiero. Cuídate —se despide.

La situación empeora cada día.

Hablo con Patrick para que intente ponerme en contacto con Christopher, ya que también está desaparecido y encima no responde ningún tipo de llamadas. He querido contactarlo para ponerlo al tanto de todos los avances que he tenido y entregarle la información recopilada. Almuerzo en un restaurante cerca de Linderhof intentando olvidar la asquerosa comida que ofrece el grupo terrorista. Aún no tengo información relevante sobre la droga que manejan sus dirigentes. La cabeza se me vuelve un lío ante la falta de comunicación con mi novia, la mente me juega sucio mostrándome a Scott y sus resbalosas manos encima de ella. Los pensamientos van de él a Dominick y sus antiguas intenciones de quitármela.

Los mataría ante cualquier sospecha, no aceptaría ni la más mínima cercanía a lo que me pertenece. Con ella soy un lord y un caballero, siempre tendrá esa parte de mí, pero pobre el que la mire e intente acercarse porque no sobrevivirá para contarlo.

Dejo que la tarde pase y vuelvo a intentar.

—«Hola, en estos momentos no puedo atenderte, deja tu mensaje y en cuanto pueda me pondré en contacto» —contesta el buzón de voz.

Escribo un mensaje:

> ¿Dónde estás? Mi día libre acabará pronto y antes de esconderme del mundo quiero escuchar tu voz.

Nada de insultos ni demostraciones de mi rabieta, no quiero desperdiciar la oportunidad de que piense en mí con una sonrisa en los labios.

Le doy «Enviar» mientras recojo las pocas cosas que traje. El móvil vibra sobre la mesilla de noche, lo tomo con la esperanza de que sea ella. Es un mensaje de Patrick informándome de que dentro de cinco minutos podré hablar con Christopher. Enciendo mi *laptop* y espero a que se conecte a la plataforma privada de la FEMF. Su nombre aparece y la pantalla se ilumina mostrando la pared con condecoraciones del despacho de su penthouse en Hampstead.

—Novedades —habla al otro lado de la pantalla.

—Pensé que estabas en la central o en algún operativo importante. —Es raro que esté en su casa un sábado teniendo una misión tan importante de por medio, y es aún más raro su aspecto desaliñado, con apariencia de haber estado durmiendo en plena tarde—. Llevo todo el día llamándote.

—También tengo mis asuntos, así que déjate de reclamos y dime qué novedades tienes.

—Muchas.

—Te escucho.

—La cabeza de los Halcones Negros es Ali Mahala, comanda el grupo e investiga los alucinógenos más usados en los bajos fondos de Alemania —informo—. También secuestra y presiona a químicos farmacéuticos con el fin de sacarles información de interés para los italianos.

—¿Qué soluciones me vas a dar?

—Quieren robar los nuevos componentes de una farmacéutica de Múnich —respondo—, la cual alberga fórmulas que valen millones, y por ello debo detener el golpe días antes de que vayan a atacar.

—Te superan en número, es arriesgado emboscar con tan poca gente.

—Es la única manera, esas fórmulas son peligrosas en las manos de Antoni Mascherano.

—Pero si falla, sería la pérdida de toda una tropa, y eso me joderá.

—Actuaré con cautela, soy el menos interesado en perder vidas o morir, por si lo olvidas, tengo una mujer que me espera en casa.

Hace un gesto de aburrimiento.

—Antoni los tiene marcados con un chip, así que deben servirle pase lo que pase. Son mercenarios, asesinos expertos, que se preparan desde temprana edad —explico—. El grupo completo se vendió por una gran suma, ellos y su legado siempre le rendirán fidelidad a Antoni y a la descendencia que este tenga.

—Detalla los pasos que seguir.

—Seguiré infiltrado con la tropa hasta encontrar el momento indicado para atacar.

—No estoy tan seguro de que tan efectivo sea ese plan.

—Ni yo, solo sé que será cuestión de días para dar el jaque mate en el juego de ajedrez.

Su empleada aparece en la pantalla con un vaso de licor, que deja en la mesa antes de marcharse.

—Resumiendo, eso es todo lo que he investigado y concluido. Ahora coméntame, ¿qué hay de Rachel?

Se inclina la bebida dejándome ver el moretón violeta que tiene en el cuello. Tantos años atando cabos para encontrar pistas o señales me hacen entender el enfado de mi hermana. Ojalá no haya visto lo mismo que estoy viendo ahora, es totalmente notorio, incluso a través de la pantalla. Lo que haya sido tuvo que ser demasiado intenso como para que se dejara marcar, porque eso no es algo que le permita a una desconocida en un polvo de una sola noche. De ellas jamás se deja hacer ese tipo de marcas. Lo sé porque durante años viví ese mismo estilo de vida y fui testigo de las confesiones que me hacían las chicas sobre su forma de tratarlas.

—Parece que es el día de ignorar a Bratt, he estado pegado al teléfono todo el día y no me contesta. ¿Sabes algo?

—No, ya te dije una vez que no soy su guardaespaldas.

—Sí, pero te dije que la vigilaras por mí, eres observador, ya tuviste que haberte dado cuenta de todos los carroñeros que aprovechan mi ausencia para buscarla: Scott, Parker…

—Ninguno de ellos es problema para ti —me interrumpe—. Tu preocupación es en vano.

—Sí lo son, en especial Dominick, no sabes todo lo que tuve que hacer para apartarlo de ella y para que entendiera que es mía.

—No me gusta meterme con tu forma intensa y desgarradora de amar —dice con sarcasmo—, pero a mi parecer las cosas no son tan tuyas cuando debes estar apartándolas de todo el mundo.

—Jamás lo entenderías. He sido su único novio, por lo tanto, en este tipo de relaciones cualquiera puede llenar su ingenua cabeza de cucarachas y apartarla de mi lado, sé lo mucho que me ama…

—Entonces ¿cuál es la duda?

—Que aunque sepa que su amor es para mí, no me fío de la gente a su alrededor. Luisa, Brenda, Laila, Irina, Scott, todos son unos libertinos y malas compañías que a cada momento le dan ideas estúpidas.

—Son sus amigos.

—Sí, pero son pésimos consejeros, ayer se fue de fiesta sabiendo lo poco que me agrada ese tipo de diversión.

—No la he visto desde ayer por la mañana —explica—. Me ausenté en la tarde.

—¿Sabes si están en la central?

—No.

—¿No está o no lo sabes?

—No lo sé, ni es mi problema —contesta molesto.

—Sabrina habló conmigo —cambio el tema—. Me comentó que volviste a interponer otra demanda de divorcio.

—Sí y no quiero intromisiones ni regaños. No es una novedad para tu familia ni para ti.

—Tal vez, pero recapacita antes de obligarla, ella te ama…

—Pero yo a ella no…

—En el fondo sé que sí; es bonita, inteligente, brillante… ¿Por qué no habrías de quererla?

—Porque es una loca, mentirosa y manipuladora. La quiero, pero a metros de mi vida. ¡Compréndelo!

—Me duele que seas así con ella, es mi familia, merece que le des una oportunidad.

Se acaricia el puente de la nariz y se recuesta en la silla.

—Eres como un hermano para mí, Bratt, sin embargo, no voy a interponer mi tranquilidad por una mujer a la que no amo.

—Nunca has tenido que interponer tu libertad —le reclamo—. Le has sido infiel con toda la que se te atraviesa.

—Porque ella se negó a apartarse y ser feliz con alguien más… No la quiero y no le debo respeto a quien quiso enredarme en un sinfín de mentiras.

—Piensa las cosas. —Sabrina da la vida por él desde que lo conoció—. Ella puede hacerte feliz.

—No voy a posponer esto.

Me lleno de paciencia, cada vez es más difícil esta conversación, así que mi única esperanza es volver a Londres e intentar hacerlo razonar.

—Ya debo marcharme, será cuestión de días para que esté de vuelta en Londres. Debido a que seguiré incomunicado, me gustaría que le dieras la buena noticia a Rachel.

Asiente con la cabeza.

—También dile que la amo.

Nuevamente su gesto de aburrimiento.

—Si surgen novedades, les estaré enviando por código infiltrado.

—No quiero fallas.

—Como ordenes.

Le dedico un saludo militar y rompo la conexión en línea.

27

BAILEMOS

Christopher

El cuerpo desnudo de Rachel adorna mi cama entre sábanas blancas, la veo dormir mientras admiro lo sexy que se ve respirando lento y con el cabello a lo largo de la almohada. Entiendo a Bratt en ciertas cosas, es imposible no ser posesivo con semejante mujer sabiendo que es una tentación andante. Respiro hondo, ¡lástima!, a veces nos preocupamos tanto por saber quién nos va a atacar que no nos damos cuenta de aquellos que ya nos están clavando el cuchillo.

No voy a decir que me apena esta situación, porque la verdad es que no tengo el más mínimo cargo de conciencia. Tampoco me place dejar de disfrutar a Rachel tan solo porque Bratt sea mi amigo. Quiero gozarla de tantas maneras que no me alcanzaría la vida para hacerle todo lo que quiero. Lo que pensé que sería sexo esporádico se convirtió en una maraña de reclamos, celos y escándalos a medianoche; aun así, la gran pregunta es: ¿por qué lo tolero? Se supone que debo mandar todo por un tubo a kilómetros donde no me afecte.

Dejo de mirarla y salgo en busca de algo para beber. Miranda se fue a su fin de semana libre mientras que Marie se marchó a jugar a las cartas a la casa de una amiga.

Me paseo descalzo por la cocina con una cerveza en la mano, abro y cierro las puertas de la despensa y de la nevera en busca de algo para comer: no hay nada preparado, así que opto por pedir comida a domicilio. Solicito que traigan todo a las siete. Saco un cuenco con uvas como aperitivo, mientras espero.

—Hola —saluda Rachel al lado del acuario.

Está envuelta en una sábana, trae el cabello alborotado y las mejillas rojas.

—Hola —saludo sin tener una mejor respuesta. No hemos hablado mucho después de lo sucedido en el balcón.

—Tengo varias llamadas perdidas de Bratt —dice preocupada—. ¿Se puso en contacto contigo? Intenté llamarlo pero no tiene cobertura en el móvil.

—Hablamos hace una hora. —Apoyo los codos en la barra de la cocina—. Se reportó para informar que él y su tropa están bien.

—¿Qué hay del operativo?

—Sigue en proceso.

—¿Dijo algo más?

La pregunta le sale con un atisbo de ilusión.

—No.

No me cae el papel de paloma mensajera con declaraciones de amor; además, tampoco quiero decirle que hay un conteo regresivo en el tiempo que nos queda.

—¿Tienes hambre?

Asiente con la cabeza. Se sienta en uno de los bancos altos de la barra. Procuro distraer la mirada a otro lado cuando le ofrezco el cuenco de uvas, ya que asumo que no trae nada debajo de la sábana y tal imagen me está poniendo la polla como una piedra.

—Pedí comida para más tarde…

Las patas de Zeus resuenan en el mármol, asoma su cabeza en una de las esquinas ladrando en dirección a Rachel, corre y se pone en dos patas llamando la atención.

—¡Lindo Zeus! —Se baja del asiento para acariciarlo—. ¡Qué perro tan inteligente eres!

—¿Cómo está tu estómago? —Me meto una uva en la boca—. ¿Tienes náuseas o algo así? Porque acaban de traer a Zeus de la peluquería, fue vergonzoso explicar por qué estaba cubierto de vómito.

Me hace una mueca de fastidio. Suelta el pelaje de mi perro, se aferra a la sábana y va al lavabo, enciende el grifo y se lava las manos. Detesto que mis ojos no quieran dejar de mirarla, que no dejen de pasearse por las piernas esbeltas y el trasero generoso.

Termina, alcanza una toalla y vuelve a sentarse.

—¿Qué? —pregunta molesta—. Siento que me estás mirando a través de un microscopio. Ya te pedí disculpas por lo de anoche.

—Pero sigo sin entender tu comportamiento.

—Yo tampoco lo entiendo, me es difícil explicar el lío que armas en mi cabeza.

—A mi parecer, tienes serios problemas de autocontrol. Creo que muchas mujeres lo tienen.

—En especial las mujeres que se enredan contigo —replica—. Era una persona normal antes de conocerte.

—Tengo la teoría de que es un efecto secundario del orgasmo.

Esboza una pequeña sonrisa, sacude la cabeza y alcanza una uva del cuenco.

—La modestia no hace parte de tus virtudes.

—Obviamente no. —Sonrío.

—Supongo que estás acostumbrado a que una mujer te coquetee en cada esquina.

—Como tú debes de estar acostumbrada a que veneren lo hermosa que eres —las palabras salen sin pensarlas.

Mira al cuenco y se queda observándolo como si tuviera los secretos del universo, se desconecta y por un par de segundos me preocupa que se haya quedado sin alma.

—¿Todo bien? —pregunto ante su aturdimiento.

Me mira con los ojos entrecerrados como si me viera por primera vez después de un largo tiempo.

—No sé qué te pasa, pero empiezas a asustarme.

—¿Me dijiste hermosa? —lo dice como si no se lo creyera—. Nunca usas cumplidos conmigo.

—Te he dicho que follas bien.

—Eso no es un cumplido.

—Entonces ¿qué es?

—Una forma de detallar el éxtasis cuando estás haciendo el amor.

—Follando —la corrijo.

—Es lo mismo.

—No, con Bratt haces el amor, conmigo follas.

Respira hondo intentando disimular el asomo de decepción. Toma otra uva y se la quito antes de que se la lleve a la boca.

—¿Qué pasa? Últimamente haces que todo se torne complicado.

—No me siento bien con todo esto —confiesa—. Me molesta que todo lo veas como sexo cuando yo… —hace una pausa— no estoy segura de poder sobrellevar lo que pasa contigo cuando Bratt vuelva.

—Lo harás, cuando lo veas olvidarás que existo.

—Haces que suene fácil y no lo es.

—Es fácil, tú eres la que lo vuelves difícil…

Se molesta mientras me acerco y sigo preguntándome por qué no la saco de aquí y me evito tanto drama. Trato de hacerlo; sin embargo, mi subconsciente aclama todo lo contrario, así que termino tomándole el mentón, respirando su aliento y metiéndole una uva en la boca, fruta que sus carnosos labios reciben sin apartar la mirada de mis ojos.

Le aparto el cabello de los hombros dejando que deslice las manos por mi cintura. Empiezan los besos y el instinto varonil va haciendo estragos cuando afloja la sábana dejando que le vea un pecho descubierto.

—Un baño —murmura contra mi boca.

—¿Cómo?

—Que me gustaría darme un baño —repite— de espuma, si no te importa.

—Claro —la suelto—. Puedes darte los baños que quieras.

—Contigo. —Mete la mano bajo mi playera acariciando mis pectorales.

Alza la cara para que vuelva a besarla, nuestras bocas se funden y eso me niega la posibilidad de rechazar la oferta del baño.

Dejo que el jacuzzi se llene mientras el vapor del agua tibia empaña el ventanal con vista a la noche londinense. Saco los aromatizantes y los vierto en el agua. El ambiente se va impregnando del dulce olor de la canela y el jazmín.

—Tú primero —me dice sentada en el borde del mármol.

Tiro del cuello de mi playera sacándola por encima de mis hombros dejando a la vista el torso desnudo. Ella me mira mordiéndose los labios: me pone como un motor.

—¿Alimentando tus delirios de ninfómana? —pregunto con aire coqueto.

Suelta a reír, así, sentada sobre el borde del mármol y envuelta en la sábana color marfil con el cabello regado por los hombros, es un vivo retrato de la diosa Hera del Olimpo. Me desnudo dándole una buena vista de lo que tanto anhela ver. La erección es más que notoria y me atrevo a alardear masajeándola aumentando el morbo.

—Estaré esperándote adentro. —Le guiño un ojo y me sumerjo en el agua tibia.

Prueba la temperatura antes de sumergirse.

—Está perfecta. —Se levanta dejando que la sábana se le deslice por el cuerpo desnudo.

Mis ojos la recorren, siento cómo la sangre fluye hacia mi miembro erecto. Sube los tres escalones con lentitud y segura de sí misma. No sé si lo note, pero sus caderas tienen un balanceo sensual cada vez que camina. Me da la espalda cuando se sumerge deleitando mi vista con la imagen que brinda su trasero. Baja y se sienta recostando la espalda en mi pecho.

—Olvidamos poner música. —Sus dedos juegan con la espuma.

—Puedes escuchar la música que quieras. —Señalo la pantalla electrónica que tenemos a menos de un metro.

Estiro el brazo encendiendo el comando que controla el sonido, la luz y la calefacción.

—Todo es tan pijo aquí…; hasta ese control es más moderno que mi iPhone.

—¿Qué quieres escuchar?

—Sorpréndeme. —Se coloca pompas de jabón en el brazo.

Juego con los controles, dejo la luz tenue y busco una buena melodía.

—*Hero*. —Deja caer la cabeza sobre mi hombro cuando la canción inicia—. Amo esa canción, me la sé en inglés y en español, también amo a Enrique Iglesias.

Tararea el inicio.

—No sabía que los coroneles ganaban tanto dinero.

—Todo mi dinero no se debe solo a mi cargo como coronel.

—Ya me imaginaba que vendías tu cuerpo. —Se ríe—. Aunque no sabía que eso generaba tantas ganancias.

—No es por eso, aunque nunca he descartado la idea. —Reparto besos por su cuello—. Heredé una buena fortuna gracias a mi madre, de mi abuelo para ser más exactos. Sara no quiso hacerse cargo del negocio familiar, el cual abarca una línea de hoteles y restaurantes de lujo la cual es mía hace más de cuatro años.

—Entonces podrías ser solo un acaudalado millonario si quisieras.

—Soy eso y muchas cosas más. —Hay cosas de las que no tiene ni idea.

—¿Y te gusta? ¿O te hubiese gustado ser algo más que un coronel y un adinerado?

—Un superhéroe tal vez —miento de forma sarcástica.

Vuelve a reír.

—¿Alguno en especial?

—Capitán América —contesto en modo de burla.

Voltea a verme notando que no me la estoy tomando en serio.

—Capitán América no es así de amargado y maleducado como tú.

—Tampoco es tan guapo como yo —me defiendo.

Me salpica la cara con agua en un gesto juguetón. Tomo sus muñecas acercándola más y abriéndola de piernas sobre mi regazo. No vacila y mete las manos en mi cabello dejando que le devore los labios. «Nunca sería un héroe (los detesto), yo solo quepo en el papel de hijo de puta».

Se aleja un poco permitiendo que me apodere de las delicias que carga en el pecho. Esas tetas de infarto que me ponen a babear cada vez que las aprecio. Los ojos le brillan mientras mis manos viajan a ellas magreándolas, pellizcándolas y lamiéndolas, alternando entre una y la otra.

Empieza a contonearse rotándose contra mi miembro, y yo poco a poco la voy ubicando hasta posarme en su entrada. Me muevo y se acomoda buscando que la encaje; su coño me envuelve y cierro los ojos recostando la cabeza en el mármol disfrutando del lento descenso que desencadena su sexo sobre mi polla. La respiración se le agita, me toma las manos para colocarlas en su cintura mientras se balancea despacio… El movimiento me pone al borde. No tengo necesidad de guiarla para disfrutarla porque ella misma encontró la forma de complacerse. No hay nada de la mujer de la selva, ni del hotel en Hawái, de aquella que se movía con timidez escondiéndose y avergonzándose de los gemidos provocados por la reacción de su propio cuerpo.

Es otra, ahora me mira a los ojos acelerando los saltos mientras su boca busca la mía con auténtico desespero. La vibración de nuestros cuerpos desborda el agua y sus suaves jadeos salen de su garganta cuando se satisface a sí misma. La dejo que entierre las uñas en mi hombro y tire de mi cabello mientras alcanza su propio clímax, a la vez que llego también al mío.

Organizo las cajas con comida china en la mesa del comedor. El baño fue relajante. Lo único malo fue la interrupción del timbre cuando llegó el chico del *delivery* deteniendo la segunda cogida, la cual iba de maravilla.

—¿Puedo encender la chimenea? —Rachel aparece abotonándose una de mis camisas sobre el pecho.

—Si te apetece…

Se agacha frente a ella moviendo las teclas del control con el ceño fruncido, las chispas saltan y se aleja con una sonrisa. Va hasta el estéreo señalándolo en busca de mi aprobación.

Asiento acomodando los platos y los contenedores de las distintas salsas.

—Está lista la comida. —Saco una silla para sentarme.

No viene, está sentada frente a la chimenea.

—¿No crees que acá sería más cálido?

Entorno los ojos.

—No. Tendría que volver a acomodar todo.

Se levanta. En menos de nada coloca todas las cajas encima de la alfombra y me quedo en mi lugar… No entiendo el afán de querer cambiar comodidad por cursilería.

—Ven. —Toma mi mano arrastrándome con ella.

Respiro hondo tratando de no perder la paciencia ni la compostura.

—Sushi. ¿Afrodisíacos para calentar la noche?

—Por supuesto, que se acabe todo menos la energía.

Toma un pequeño rollo, lo pasa por la salsa teriyaki y se lo come con ansias.

—¡Delicioso! —murmuro mientras se deshace en mi boca la pieza que degusto.

Observa sacando toda la comida que hay dentro de los recipientes, saborea las distintas piezas, luego toma los palillos de madera y saborea los fideos.

—Pensarás que estoy comiendo como un cerdo, pero tengo mucha hambre.

—Me reservo los comentarios.

—Puedo comer en todo momento, en todo lugar, en toda ocasión y menos mal que llegó rápido la comida. Si se hubiera demorado más, probablemente me hubiese convertido en un depredador de ojos saltones y...

—Ya entendí que amas la comida —la interrumpo.

—Sí. ¿Qué es lo que más te gusta hacer a ti?

—Follar.

Pone los ojos en blanco.

La observo acabar con cada uno de los platos sin complicaciones ni etiquetas, come de manera desmesurada, sin importarle que la mire.

—¿Qué hubieses hecho si no hubieras sido admitida en la central? —pregunto cuando termina.

—Sería bailarina. —Parte la galleta de la fortuna.

—¿De break dance?

—No. —Arruga las cejas—. De ballet, tomaba clases cuando era pequeña. Bailo todo tipo de música, pero amo el ballet.

Recuerdo su baile en el casino de Moscú, le quedó fácil porque de lejos se notaba que era una profesional.

—No tienes las medidas para ser una bailarina de ballet.

—¿Acabas de llamarme gorda?

—No, es solo que las bailarinas de ballet son delgadas y menudas; en cambio, tú eres voluptuosa y llamativa. Los hombres no irían a ver tu baile, sino tu cuerpo.

—Hubiese cuidado más de mi cuerpo para ser más menuda y menos llamativa.

—No, tu cuerpo es perfecto así como está. Además, si hubieses sido bailarina, la FEMF se habría perdido a una gran soldado.

—Don Arrogante dijo un cumplido y una frase alentadora en el día de hoy, lo anotaré en mi diario.

La sala se inunda con la melodía de *Thinking Out Loud* de Ed Sheeran.

—¡Oh, por Dios! Amo esa canción. —Se levanta.

—Por lo que veo, amas todas las canciones.

—Soy melómana. —Se encoge de hombros—. Bailemos.

—¡En tus sueños, nena! —me burlo.

—Por favor —suplica ofreciéndome la mano—, será divertido.

—No.

—No seas idiota, no se te van a caer las bolas.

—¿Acabas de llamar a tu coronel idiota?

—Sí y lo seguiré haciendo si no vienes.

Va hasta el estéreo y reproduce la canción desde el inicio.

Me llama con una sonrisa coqueta.

La ignoro.

—¡Buenote! —insiste—. Soy buena soportando pisotones.

Vuelvo a ignorarla, así que reproduce de nuevo la canción desde el inicio.

—Concédame esta pieza, coronel.

Vuelve a reiniciar la canción.

—Sigo esperando —insiste y me levanto preguntándome por qué me dejo llevar tanto de sus cursilerías.

Sonríe satisfecha cuando recibo su mano entrelazando nuestros dedos. Con la mano libre, sujeto su cintura mientras coloca la suya sobre mi hombro.

Nos movemos con lentitud, ella sonriendo y yo intentando no apartarme y dejándola en el medio de la sala con toda la parodia que está montando.

—Sería más romántico si sonríes.

—Es un simple baile, no siempre tiene que ser romántico.

Le llevo el paso incluso cuando se aparta para dar una pequeña vuelta y volver a mi pecho.

—No lo haces mal. —Mira nuestros pies—. De hecho, lo haces muy bien.

—Dije que no quería, no que no sabía.

Recuesta la cabeza sobre mi pecho inundando mis fosas nasales con la fragancia de mi champú en su cabello… No niego que me gusta la sensación y el calor de tenerla cerca. Se queda ahí, quieta como si estuviera escuchando los latidos de mi corazón, latidos que se están acelerando teniéndola como si fuera única y exclusivamente para mí.

28

NORTEAMERICANA

Antoni Mascherano

El mar Mediterráneo resplandece a través de mi ventana. El amanecer de Sicilia es fascinante y, aunque me haya criado aquí, no me canso de admirarlo.

Es una manera de distraerse, de divagar, de tener un poco de paz en un ambiente rodeado de sangre y sed de venganza.

—Señor —mi escolta se asoma en la puerta—, Barti está aquí.

Aparto la vista de la ventana preparándome para recibirlo.

—Que siga.

Barti Rosell es el canario informante de la mafia italiana y lleva años trabajando para mi familia. Se encarga de investigar tanto las fortalezas como las debilidades de nuestros enemigos.

—Antoni —inclina la cabeza—, es una dicha volver a saludarte.

—¿Trajiste lo que te pedí? —pregunto sin titubeos.

—Me cortaría una mano si no fuera así. —Saca un sobre debajo de las solapas de su traje.

Lo invito a que tome asiento mientras rasga el envoltorio extendiendo la información sobre la mesa.

—Rachel James Mitchels —empieza—. Tiene veintidós años, es oriunda de Arizona, Phoenix. Su carrera militar en la FEMF es intachable y es considerada uno de los mejores soldados del grupo Élite. Hija mayor del general Rick James y de la científica Luciana Mitchels, que trabajaba para la NASA. Pertenece al ejército inteligente de Londres, el cual está regido por Christopher Morgan —explica—. Tiene dos hermanas, Sam y Emma James.

Llevo casi un mes esperando esto, mi apellido no deja cosas inconclusas y la teniente James tiene asuntos pendientes conmigo.

—Los James llevan décadas sirviéndole a la milicia, hay varios a lo largo de Estados unidos con el expediente cero, el cual les permite tener una vida normal, siendo un ciudadano común junto a su familia una vez terminado su periodo de servicio.

—Interesante —digo.

—Hay más, no es solo una James también es una Mitchels, viene de una línea de mujeres noruegas quienes llegaron a América hace más de treinta años. Han trabajado siempre en el pro de la humanidad, son muy peculiares, inteligentes, independientes. La belleza es una cualidad común en ellas —continúa—, no pasan desapercibidas, debido a que el bello color que portan en el iris no se los permite.

Me muestra una fotografía.

—La foto que me entregaste para dar con su paradero es muy diferente a su aspecto real. La FEMF hace un muy buen trabajo a la hora de esconder la cara de sus agentes.

No le discuto, ya que tiene toda la razón: la mujer de la imagen que tengo entre las manos es muy diferente a la del casino en Moscú.

Es más hermosa, el cabello castaño es en realidad negro como la noche, las facciones de su cara son más redondas y delicadas, los ojos color miel con los que llevo soñando semanas son en verdad azul zafiro… Tenso la mandíbula de solo recordarla. Tan quisquillosa y traicionera, pero a la vez tan bella y sensual.

—Supongo que tienes algún plan para vengarte, por poco te mata.

—Supones bien. —No dejo de apreciar la foto.

—A mi parecer, es inútil tocar a su familia a modo de escarmiento. Su padre es alguien que se preocupa mucho por la seguridad, tanto de sus dos hermanas menores como de su madre. El vecindario donde viven, en Phoenix, cuenta con un anillo de seguridad altamente protegido. Sus hijas y su esposa están escoltadas en todo momento. Atacarlos sería difícil y, en caso de fallar, enviarás una clara advertencia de lo que quieres hacerle.

—¿En qué zona de Londres vive ella?

—En Belgravia con Luisa Banner, su amiga de la infancia. A diferencia de su padre, Rachel es muy descuidada con su seguridad.

—Debo traerla.

No me preocupo en revisar el resto de los documentos, con la foto me basta, porque si me gustó su falsedad puedo decir que estoy más que encantado con la realidad.

—La tendrás, viva o muerta, pero la tendrás.

—No —alego ante su comentario—. La quiero viva, ya que le esperan muchas cosas conmigo.

—Bernardo y Alessandro están presos por su culpa. Si no la matas rápido, Brandon tomará represalias.

—Eso no pasará, porque esta información no se la vas a dar a nadie más.

Sus viejos ojos me miran como solía mirarme Braulio, mi padre, cuando deseaba reprenderme. Me yergo e inmediatamente suaviza los gestos, sabe que por muy viejo y experimentado que sea, en los asuntos Mascherano sigo siendo el que tiene más poder. El que puede degollarlo, abrirle el estómago y darles un festín a mis cuervos con sus intestinos. Heredé el poder de mi padre y puedo doblegar Sicilia e Italia si quiero. Puedo esclavizar al mundo si se me da la gana por el simple hecho de pertenecer a uno de los clanes más poderosos de la mafia europea.

Isabel Rinaldi entra sin golpear, trae el cabello suelto y un ajustado vestido blanco. Los Rinaldi son una familia con tendencias asesinas e Isabel le hace honor a su apellido. Es una psicópata experimentada que se las ingenió para volverse la amante de mi padre. Duró dos años siendo su *cagna*, escolta y mano derecha. Cuando Braulio murió, pasó a mis manos y, como la mujerzuela que es, me dedica las mismas atenciones.

Me sonríe mientras se acerca a Barti saludándolo con dos besos en la mejilla.

—Isabel —la mira con auténtico morbo—, hermosa como siempre.

No le contesta, solo mira los papeles de reojo y se larga a fumar un puro al balcón.

—Vete —le ordeno a Barti—. Te buscaré cuando sea necesario.

—Estaré pendiente de tus órdenes.

Me deja solo con la mujer de blanco. Isabel es alta, delgada, con cabello corto y encanto peligroso.

—Escuché —habla desde el umbral— que tienes información sobre la *zorra* que capturó a tu primo y a tu hermano.

La ignoro llevándome la foto conmigo, no me interesan los comentarios de Isabel. Estoy tan hipnotizado con la americana que solo pienso en mis planes futuros mientras pego la imagen en mi espejo de cuerpo completo.

—No te conviene espiar conversaciones ajenas.

El olor a tabaco inunda el lugar cuando se acerca abrazándome por detrás.

—No lo pude evitar. —Le sonríe al espejo—. Le tengo ganas desde que supe que casi te mata, por eso, quiero cortarle la cabeza y traértela en una bandeja de plata.

Sé que es capaz de hacerlo y lo hará si no le pongo límites.

—La necesito viva.

—Compláceme —su boca recorre mi cuello—, sabes que nunca te decepciono.

—Olvídalo. —Me enfoco en la foto que le tomaron desprevenida mientras bajaba los escalones de algún almacén.

Rachel tiene una chaqueta de cuero blanco y una pashmina del color de sus ojos.

—Por favor —insiste Isabel.

—Ya dejé que mataras a mi esposa y fue un error, porque ahora necesito otra.

—Merecía morir, así como merece morir ella. —Intenta arrancar la imagen y no se lo permito.

Me voy contra ella.

—Sabes cómo soy, así que no me tientes —advierto tomándola del cuello—. Si me llego a enterar de que actúas sin mi autorización, seré yo el que te mate.

Toma aire intentando disimular la ira, se zafa y camina hacia la puerta.

Vuelvo al espejo apreciando a la mujer de ojos celestes. Detallo su rostro e imagino todo lo que se puede hacer con las mujeres de su tipo. La inteligencia pesa en la mafia, las que saben dirigir y sobre todo aquellas que conocen y saben cómo funciona la ley, esas son herramientas claves que no tiene cualquiera.

Su belleza es algo asombroso, su currículum aún más y me imagino lo bien que se verá en mi cama después de un buen escarmiento. Ya me estoy viendo frente a ella, admirándola en vivo y en directo: Londres se acaba de convertir en mi lugar favorito.

29

AL DESCUBIERTO

Christopher

El viento frío se filtra a través de la ventana abierta de mi auto mientras me aventuro en el área rural de Londres. Es lunes, la central demanda mi presencia y no es que me desagrade la idea de volver, ya que me toparé con una de mis distracciones favoritas.

El desvío hacia el comando aparece frente a mí, tomo el camino empedrado que me lleva a la base militar. Al llegar, cumplo con el protocolo de acceso.

—Buenos días, mi coronel —me saluda una de las centinelas parándose en posición de firmes.

—Que sea rápido —le advierto entregándole mi tarjeta de entrada.

Suelta el perro que trae cumpliendo con el código de rutina y revisa minuciosamente la tarjeta. Es lo mismo todas las mañanas, tarda una eternidad en lo que con otros solo tarda segundos.

—¿Todo bien? —pregunto impaciente—. Te estás tardando. Creo que me estoy volviendo viejo aquí.

—Con usted, todo siempre está perfecto mi coronel.

No contesto, solo le recibo la tarjeta, alzo la ventanilla y espero a que me abran paso.

El sexo que tuve el fin de semana me dejó satisfecho, no vale la pena ponerme a ligar con una principiante que luego no podré quitarme de encima.

Avanzo por la rotonda y en ese momento la motocicleta de Rachel me adelanta antes de tomar la curva que lleva al estacionamiento. Toca la bocina para pedirle paso al conductor de adelante, pero este se rehúsa y termina entrando primero que ella.

No bajo, espero a que llegue para observarla desde adentro. Mis ojos tienen una seria adicción con el atractivo de esta mujer, no niego que he querido verla desde que desperté. La noche del domingo se hizo larga después de que la dejé en su casa. Porque sí, mi fin de semana se resumió en *acostones* placenteros con la sexy chica que tengo enfrente. Quise decirle que se quedara otra noche. Fue difícil verla bajar y no poder decir nada, ya que tenía la palabra «quédate» atravesada en la garganta. Baja de la moto, la ropa de cuero se ajusta a sus curvas haciéndola lucir más provocadora de lo que ya es. Suda lascivia, de eso no tengo dudas. Sabe que la estoy observando, por eso se quita el casco y voltea para mirarme y sonreírme por encima del hombro.

Me encanta esa faceta de audacia y más coquetería, seguramente sabe que me la estoy comiendo con los ojos. Me excita que lo sepa, lo disfrute y le saque provecho. El jeep de Simon se atraviesa en mi campo de visión, con tanta cosa olvidé que llegó anoche. Apago el motor mientras se estaciona dos autos más adelante.

Baja seguido de Luisa, quien lo toma de la mano y va a saludar a su amiga. Abro mi puerta y los tres se centran en mí.

—¿Qué tal? —saludo a Simon, todos se quedan callados.

—¡Saludaste con una frase amable! —Simon extiende la mano—. ¡Me alegra saber que cambiaste las tarántulas por cereal!

—Luisa, Rachel —saludo a las dos mujeres.

—Coronel —responden al unísono.

—¿Tienes tiempo? —pregunta Simon—. Hay varias cosas que quiero comentarte.

—Veinte minutos es lo único que puedo darte. —Miro el reloj.

Me adelanto evitando más distracciones, ya vi lo que quería ver y con eso debe bastarme.

Me cambio colocándome mi uniforme de pila. La central se está preparando para empezar el día; por lo tanto, todos están en sus labores, excepto mi secretaria, ya que en mi escritorio no hay café y tampoco hay señas de que haya llegado temprano.

Pasa media hora y nada, ni café, ni informe, ni la agenda del día. Esto es inconcebible, pareciera que Laurens me estuviera suplicando que la eche.

—Tu secretaria está a punto de caer en una crisis nerviosa —comenta Simon desde el umbral—. Acaba de llegar y está lloriqueando frente al escritorio.

—Debe imaginarse la reprimenda que le tengo preparada.

Cierra la puerta y se sienta frente a mí.

—La compadezco, debe de ser horrible tener que lidiar con tu genio de ogro todo el día.

—Si ella hiciera las cosas bien, no tendría que aguantarlo. Sabes que odio trabajar con incompetentes.

Se le va el aire bromista y me clava una mirada severa. Respiro hondo cayendo en la cuenta de que le molestó.

—Fallaste en el operativo de Moscú y conoces cómo son las cosas conmigo.

—Lo estoy rastreando…

—Hasta que no vea resultados no voy a dejar de exigir, y pese a que me los des, seguiré exigiéndote, porque errores como el de Rusia no pueden volver a repetirse —advierto.

—En mi última investigación me encontré con cosas interesantes —explica—. Hay comerciantes y empresarios de Londres y de otros países que tienen nexos con la pirámide de la mafia; en pocas palabras, les deben favores a la Bratva y al clan Mascherano por posicionarlos. A cambio, los criminales usan las propiedades de estas personas para realizar subastas y eventos que les sirven, a su vez, para relacionarse con gente nueva e importante, a la que convencerán para que trabajen para ellos.

—Nombres.

—Kliment Lebedev, comerciante de Samara y Leandro Bernabé, hotelero con una propiedad bastante grande en Londres.

—Conozco a Leandro Bernabé, hubo un homicidio cierta vez en una de sus propiedades.

—He oído hablar de las celebraciones que realiza en su hotel en Shinobi, son muy populares. Hay indicios de que es visitado por mafiosos y narcotraficantes.

—Vigílalos, algún evento habrá que nos sirva.

Laurens entra con dos tazas de café, trae un vestido amarillo canario que resulta incómodo a la vista y una bufanda gris que parece hecha con pelos de gato.

Últimamente está haciendo una perfecta imitación de payaso de feria.

—Co-ronel… buenos… buenos días —tartamudea con la bandeja tambaleando—. Lamento la tardanza, mi auto…

Levanto la mano para que se calle, sus explicaciones suelen demorar de veinte a treinta minutos y no me apetece escuchar su discurso inundado de perdones, disculpas y excusas.

—Les traje café.

Se acerca a Simon temblando como si tuviera un vibrador entre las manos. Va cambiando de color cuando la miramos. El platillo le baila en las manos cuando deja la bandeja e intenta entregarle la taza al capitán.

—¡Qué cambiada estás! —comenta Simon con una sonrisa.

Mala idea. Se pone como un tomate cuando al tarado se le da por mirarla a los ojos provocando que suelte el café y caiga directo en su entrepierna.

—¡Mierda! —Brinca de su asiento—. ¡Está muy caliente!

—¡Perdóneme, capitán! —se disculpa nerviosa.

La oficina se vuelve un alboroto. Simon soltando palabrotas y Laurens disculpándose e intentando limpiarlo con su horrible bufanda.

—Descuida. —Se aparta cuando se arrodilla para limpiarlo.

—¡Se va a irritar, iré por el botiquín!

—No es necesario, me lavaré y ya pasará.

—¿Seguro? —pregunto tratando de contener la burla—. El café estaba hirviendo.

—No es tan grave.

—Si de por sí un matrimonio es un error, a eso añádele una verga con quemaduras que le suma tortura al acontecimiento.

Bajo la mirada a la enorme mancha que tiene en la entrepierna, otro estaría estrangulando a Laurens con su bufanda de gato.

—Se te va a deshacer —le sumo más peso a su angustia.

—La prevención no está de más. —Sale disparado a la enfermería.

—Lo acompaño —añade mi secretaria yéndose tras él.

Mi MacBook se ilumina con la llegada de un nuevo correo. Es un informe de Rachel con el resumen de las últimas novedades de los capitanes Thompson y Dimitri; lo abro y lo ojeo por encima. Hubiese sido mejor que me lo entregara personalmente, de hecho, ese es su trabajo.

Levanto la bocina marcando el número de su área.

—Sala de tenientes— saluda el cadete asistente.

—Necesito que la teniente James venga inmediatamente a mi oficina.

—Como ordene, mi coronel.

Cuelgo.

No debería importarme ver el jodido informe a través de la pantalla, ahorrarme tiempo y evitar las distracciones que me causa teniéndola frente a frente observando el movimiento de sus labios mientras habla.

Debería estar centrado en mi trabajo, no en cómo follarla sobre mi escritorio, que es una de las fantasías que tengo con ella. Perdí la oportunidad el día que quise darle un escarmiento.

Aparto los ojos de la pantalla enfocándome en la sexy figura que está recostada en el umbral: Rachel. No habló ni saludó, sin embargo, mis ojos parecen captarla de forma involuntaria.

—Coronel —me saluda. Trae puesto el uniforme de entrenamiento, tiene el cabello tejido impecablemente recogido y entre sus manos sostiene una *laptop*.

—Supongo que sabes por qué te llamé.

Cierra la puerta y se sienta frente a mí.

—Sí, pero antes de que empiece a regañarme permítame aclararle que pensaba venir, de hecho, cuando me llamó ya estaba viniendo para acá. Envié el informe primero para que lo fuera revisando.

—Supongamos que te creo.

—Solo me faltó un informe. —Abre la portátil—. Se lo enviaré enseguida, así saldremos de ambas tareas.

—Como quieras.

—Si le apetece, puede ir revisando el que le envié.

Intento leer lo que envió, pero me es imposible. Solo me concentro en las facciones y en los gestos de su rostro mientras teclea en la portátil; quiero besarla e inhalar su embriagadora fragancia. Necesito sus piernas alrededor de mi cintura y oírle susurrar mi nombre mientras se corre.

Nos interrumpe el personal del servicio. Una mujer próxima a la tercera edad llega con toallas, escoba y trapeador a limpiar el desastre que causó Laurens, le toma media hora quitar la mancha de la alfombra y dejar el lugar reluciente. Tarda demasiado, me molesta que saboteen mis planes con Rachel, ya tendría que estar desnuda sobre mis piernas dejándome saborear la dulzura de sus pechos. La mujer le da una última sacudida a mi escritorio y se marcha dejándome a solas con el objeto de mi deseo.

—Tu informe es confuso.

Levanta la mirada con el ceño fruncido.

—¿Cómo?

—Las ideas no son lo suficientemente claras. Acércate y te explico.

Se pone de pie dejando la *laptop* sobre la silla, se acerca al escritorio y se coloca a mi derecha. Su aroma es como oxígeno para mis pulmones.

—Los cuatros últimos puntos me confunden —indico.

—Sí, fue difícil interpretar las ideas del capitán Dimitri, insiste en usar códigos de la antigua sociedad italiana y no los conozco mucho, ya que he trabajado muy poco con ellos. Si me da tiempo hasta la tarde, puedo hacerlo de nuevo.

—No es necesario. —Miro su trasero—. Envíame el informe general, yo puedo hacerlo.

—Como ordene.

Intenta volver a su puesto, pero la detengo sujetándole la cintura, la volteo y se aferra a mis manos para que la suelte.

—Estamos trabajando —me reprende.

Me pongo de pie aprisionándola contra el escritorio.

—Lo sé… Pero quiero y no me abstengo, teniente.

—Quiero trabajar.

—Y yo quiero besarte.

Sonríe, la siento sobre la madera, y ella sujeta mis hombros mientras la abrazo ladeando la cabeza en busca de sus labios. Nuestras bocas se unen en un beso caliente y, como de costumbre, todo desaparece, todo se va, todo se olvida cuando la estrecho contra mí deleitándome con el baile de su lengua jugueteando con la mía.

—Te quiero desnuda —susurro sacándole la camisa del encaje.

—Acabas de decir que solo querías besarme.

Meto las manos bajo la tela.

—Sí, pero cambié de opinión.

Le lleno la cara de besos, me vuelvo a apoderar de sus labios tirando del dobladillo de la camiseta mientras ella me corresponde con la misma vehemencia rodeándome la cintura y refregándose contra mi erección. La tengo en la posición que quiero, los besos bajan de tono cuando me aparto unos segundos para soltarme el cinturón. Vuelvo a tomarla y… El chirrido de la bisagra nos pone alerta, pero para cuando quiero acomodarle la camiseta y bajarla del escritorio ya es demasiado tarde… Abren la puerta y diga lo que diga no podré explicar lo que acaban de evidenciar.

Retrocedo mientras Rachel se desliza fuera del escritorio, pálida, temblorosa.

—El general convocó una reunión de carácter urgente —dice Patrick con la mano puesta en la perilla— en la sala de juntas, no quiere que nadie llegue tarde.

Me aniquila con la mirada antes de desaparecer cerrando con un portazo.

—Se lo dirá a… —Se arregla la camiseta.

—Yo me encargo. —Me acomodo la ropa.

Discuten afuera, la puerta vuelve a abrirse y es Sabrina, lo que pone a Rachel más pálida de lo que ya está.

—¡Necesito hablar contigo! —expresa molesta.

—No tengo tiempo. —La ignoro y me voy a la salida.

Suficiente tengo con lo que acaba de pasar como para ponerme a tolerar sus estupideces. Los tacones de Laurens forman un estruendo mientras corre detrás de mí.

—¡Señor, el general…!

—Tu mensaje llega tarde —la regaño y sigo caminando.

La sala de juntas está llena: los sargentos, los tenientes y los capitanes están reunidos alrededor de la mesa encabezada por el general, al lado de quien tomo asiento. Rachel entra segundos después con las mejillas encendidas.

—Tenemos una alerta. Los Halcones planean suplantar la identidad de un importante empresario marroquí, Abbud Sapag. Vaciarán su cuenta en el Barclays, el principal banco de la ciudad.

—¿Cuándo lo harán? —pregunta el teniente Smith.

—Hoy al mediodía, la alerta fue enviada por el capitán Lewis. Ya está confirmado el paso a paso que tendrán —explica—. Planean llevarse el dinero y los lingotes de oro resguardados en la bóveda. El dueño es un farmacéutico que se rehusó a dar información y quieren empezar a dejarlo sin nada.

«Suelen hacer eso». Encienden un holograma con la estructura del banco.

—El operativo queda en sus manos, coronel —me dice—. No podemos permitir que se lleven el oro y el dinero.

Organizo una estrategia en menos de media hora, repartiendo y dando posiciones cruciales que me ayuden con las capturas.

—Tienen una hora para prepararse —anuncia el general antes de irse—. Sobra decir que no quiero errores ni víctimas.

—Pueden irse —ordeno.

Todo el mundo se levanta buscando la salida.

—Patrick —lo llamo y vuelve a sentarse.

Espero que la sala se desocupe.

—Lo que viste entre Rachel y yo…

—Ya lo sabía —me interrumpe—, no gastes saliva en explicaciones…

—¿Qué?

—No soy imbécil, lo sospeché cuando te vi con ella en Hawái; además, mágicamente las cintas de grabación en tu oficina desaparecen cuando estás con ella. No soy quién para meterme en tu vida privada, pero pensé que apreciabas más a Bratt.

—Aprecio a Bratt…

—¿En serio? Si tu idea de apreciar a tus amigos es llevarte sus novias a la cama, te voy a pedir el favor de que te mantengas alejado de mi esposa.

—Jamás me metería con tu esposa…

—Pero con la novia de Bratt, sí —espeta.

—Se me fue de las manos, quise evitarlo, pero no pude.

—¿Qué pasará cuando vuelva? Porque, si no lo sabes, llegará dentro de un par de días.

—Se acabará lo que tenemos.

—¿Y ella lo sabe?

—¡Por supuesto que sí! Es un acuerdo mutuo.

—Acuerdo —repite—. Hablas como si fuera una cuestión de negocios y no es así. No puedes llevártela a la cama y luego pretender que se resetee olvidando todo.

—Somos adultos, ambos sabemos la magnitud del problema; aparte, tenemos bastante claro que la llegada de Bratt acabará con todo.

—Claro, pero decirlo y hacerlo son dos cosas muy diferentes. No me cabe en la cabeza tu manera de actuar, sabes muy bien que las cosas no son tan fáciles como las planteas.

—Tendrán que serlo.

—¿Qué tan seguro estás de lo que dices? Tú, el que folla y desecha. Si solo fuera un simple revolcón, ya la hubieses dejado, y no es así —se molesta—. Se han acostado más de una vez; es más, lo siguen haciendo, porque si no hubiese abierto la puerta... —se calla—, sabes bien lo que estaría pasando si no hubiese abierto la puerta...

—Soy consciente de todo, pero ten por seguro que no pienso quitarle a Bratt lo que le pertenece. Tengo claro lo que puedo tomar y lo que no.

Se levanta.

—Necesito que me garantices que nadie va a saberlo —le pido—. Asegúrame que no se lo dirás a nadie.

Respira hondo.

—No pienso hacerlo. —Deja caer la mano en mi hombro—. Nunca se me ha cruzado por la cabeza, pero ten en claro que estás arriesgando demasiado, así que si de verdad piensas alejarte, hazlo desde ahora. Bratt puede llegar en cualquier momento y es mejor que se vayan acostumbrando a estar lejos uno del otro.

—No hables como si estuviéramos enamorados. Ella está enamorada de Bratt.

—Solo hazme caso, me lo agradecerás más adelante, porque supongo que ya sabe que su novio está por volver.

Callo, no se lo he querido decir.

—Si tienen un acuerdo, ¿por qué ocultas la realidad?

—No he tenido tiempo de tocar el tema.

—No. No pretendas alterar las cosas, no ha sido por falta de tiempo, y lo sabes. Como yo sé que el Christopher que conozco no hubiese traicionado la amistad de su mejor amigo por una cualquiera.

30

BARCLAYS

Rachel

Se lo dirá, por muy amigo que sea de Christopher no ocultará tal cosa, además, Bratt también es su amigo. Las manos me sudan mientras que el corazón me salta preso de la ira y la vergüenza. Últimamente me la paso de idiotez en idiotez.

La vida no solo me odia, sino que también quiere matarme.

—Me preocupas. —Brenda se coloca detrás de mí cerrándome el cierre de la falda—. Si Bratt no vuelve pronto, terminará visitándote en el manicomio.

O en el cementerio. Terminará visitando mi tumba y en el epitafio estará escrito Su conciencia de golfa infiel no la dejó vivir en paz. Me visitará sin saber que el motivo de mi fallecimiento fue por ahogarme en mi propia angustia.

—Tienes que relajarte —comenta Laila terminándose de arreglar frente al espejo—. Echarlo de menos no hará que vuelva más rápido.

—Para ti es fácil decirlo —interviene Brenda—. No tienes un supernovio que te idolatra haciéndote sentir como la única mujer en el universo, que además es un inglés sexy y tiene media central enamorada. Si fuera Rachel, no dormiría con la incertidumbre de que cualquier oportunista pueda acercarse y revolotearle.

—Viéndolo así… —contesta Laila—. Tienes muchos motivos para estar preocupada.

Brenda, Laila, Alexandra y yo nos estamos preparando para el operativo en el banco Barclays.

—Demasiados, diría yo. —Brenda se vuelve hacia la carriola que le trajeron los de utilería. Ya se terminó de arreglar, luce un vaquero y chaqueta de lino, un atuendo sencillo.

Las otras chicas y yo portaremos el uniforme oficial del banco.

—¿Quieres tener hijos con Bratt? —Brenda saca el muñeco que hará pasar como su hijo. La pregunta es un puño seco en el estómago, lo más probable es que mi noviazgo termine en cuestión de días.

—No hemos tocado el tema.

—Deberían. —Alexandra sale del vestidor acomodándose las medias—. Ser padres es un pilar que une más.

—Pero si ni siquiera están casados... —interviene Laila—. En mi caso, espero estar comprometida cuando planifique ser madre, formar una familia...

—¡No digas tonterías! —se burla Brenda—. Eres demasiado fiestera para pensar en un hogar.

Laila se voltea furiosa lanzándole una mirada asesina.

—Por muy fiestera que sea, soy un ser humano con sentimientos, y ser madre es uno de mis sueños —contesta tajante—. Planeo tener dos hijos.

—Primero consigue una pareja.

—No tengo que planear nada, llegará cuando tenga que llegar. Así como a Luisa le llegó Simon, Patrick a Alexandra y Harry a ti.

—Harry no es mi media naranja —masculla entre dientes.

La atención de todas queda en Brenda. Ella y mi amigo son la combinación perfecta de amistad mezclada con amor y confianza.

Luisa y yo celebramos la unión con bombos y platillos. Creo que todo el comando, porque desde que se conocieron han demostrado que tienen muy buena conexión como amigos y como pareja. Y, a pesar de que su compromiso es reciente, para nadie es un secreto que hace mucho están locamente enamorados el uno del otro.

Fue una odisea el que Harry le diera título de novia, la ama, pero, según él, las etiquetas sobran cuando amas de verdad.

—¿De qué hablas? —pregunto—. Están prendidos uno del otro.

—Habla por mí, no por él. Siempre saca excusas tontas cuando lo invito a conocer a mi familia en Puerto Rico —se queja—. Cada vez que le digo algo al respecto, huye como si le fuera a presentar a Lucifer en las llamas del infierno.

—Dale tiempo —propone Alexandra.

—Ya le he dado suficiente tiempo, llevamos cuatro años saliendo, tengo planes y sueños a futuro y él... Él simplemente no ve más allá del presente.

Definitivamente, hoy ha sido el día de descubrimientos desafortunados y confesiones extrañas.

—Entonces, dile a Harry cómo te estás sintiendo —continúa Alexandra—. Coméntale que tú quieres tener una familia.

—Ya se lo he planteado —arroja el muñeco en la carriola, no le atina y cae afuera con la cabeza bajo las llantas.

—No sé —se burla Laila mirando el muñeco—, espero que la familia sean tú, él y un gato.

Un soldado interrumpe la conversación.

—El coronel manda a avisar que partiremos dentro de media hora —dice.

—Iremos enseguida —contesta Alexandra terminándose de vestir.

Me termino de arreglar antes de bajar al estacionamiento, el equipo está ultimando detalles de preparación. A lo lejos veo a Patrick mirándome y se me remueven los ácidos estomacales. Christopher está dando órdenes, por lo que prefiero irme a la mesa de armamento para que el momento no se torne más incómodo.

Fracaso como siempre.

—Tu auricular —dice Patrick a mi espalda.

Respiro, volteo y dejo que me coloque el equipo de sonido. El momento es tenso, preocupante y vergonzoso, y aunque tenga un aire despreocupado no me quita el peso de los hombros.

—Relájate —comenta sincronizando los equipos.

—¿Qué?

—Que te relajes, estás tensa y te necesito concentrada en la tarea.

—Respecto a lo de hoy… —intento explicar para aliviar el peso.

—No le diré nada a Bratt si es lo que te preocupa, no es mi asunto, así que no pienso meterme. —Termina de acomodar nuestro sistema de comunicación.

—Gracias.

—De nada. —Nuestros ojos se encuentran—. Lo único que diré es que tienes una forma muy extraña de demostrar tu desagrado hacia Christopher.

El sarcasmo da justo en el blanco, me veo en el avión de regreso a Londres diciéndole lo mal que me caía Christopher.

La sede principal del banco Barclays está ubicada en el Canary Wharf, que es el centro de negocios de la ciudad. Empresarios y empleados de grandes multinacionales transitan por el sector de calles empedradas y arquitectura altamente moderna.

La camioneta de la FEMF se estaciona en la parte trasera del banco, Alexandra y Laila bajan detrás de mí a la espera de las órdenes de Simon. Nos encontramos con el capitán en la entrada, viene vestido de civil con una camisa de cuadros azul y pantalones beige. No habla mucho, solo da instrucciones claras y precisas. Nos ubica en nuestro punto de trabajo y desaparece entre el gentío. Me acomodo en mi cubículo tomando el rol de cajera; estoy tan ansiosa que empiezo a masticar goma de mascar como loca. Hay mucha gente, se supone que el lugar debía estar, por lo menos, con la mitad de los clientes presentes.

Alexandra se acerca a mi puesto, trae la melena negra recogida en una cola de caballo. Ya dio una ronda preguntando qué turno tiene cada quien.

—Hay demasiadas personas todavía —comento acabándome la cajetilla de chicles.

—No pudieron convencer a casi nadie de que se marchara, la mayoría comenzó a hacer preguntas negándose a evacuar. Insistir hubiese levantado sospechas.

Las filas avanzan rápido, el olor del dinero se siente en el aire mientras los visitantes pagan sus facturas y desocupan sus cuentas.

Hago bombas con mi goma de mascar, mientras veo a Laila y a Alexandra ubicando gente en las diferentes filas y brindando una que otra asesoría.

Mis compañeros se hacen notar; en una de las filas está Brenda arrastrando la carriola con Parker a su lado, mientras que en una de las esquinas están Alan y Scott, uniformados como personal de seguridad; Irina está leyendo una revista sentada en uno de los sofás y al otro lado está Harry, en la fila de quejas y reclamos a la espera de ser atendido.

Todo va bien hasta que la bomba que sostengo en mi boca estalla en mi cara en el momento que veo a Christopher entrar por la puerta principal.

Trae un traje gris de tres piezas hecho a medida, en su mano derecha sostiene un maletín de cuero color café, su cabello no tiene ni una sola gota de fijador y cae sobre sus cejas de forma rebelde. Los lentes de marco negro le dan un aire profesional y provocador.

La idea era que pareciera un profesor, no un puto Clark Kent.

Obligo a mi cerebro a reaccionar, si Christopher entró es porque debo estar lista a la espera del objetivo.

—Tercera persona en la segunda fila —habla Patrick a través del auricular.

El patrón de movimientos vuelve a hacerse presente, Alexandra actúa rápido ubicando al sospechoso en mi puesto.

Es alto, gordo y la espesa barba no deja detallarle la cara. Llega secándose la frente con un pañuelo.

Me sonríe mostrando unos asquerosos dientes amarillos mientras su escolta le cubre la espalda intimidando con la cara de troll.

—En la entrada hay dos, en el área de quejas tres, y en la sala de espera cuatro —avisa Patrick—. Son once en total.

—¿En qué puedo ayudarlo? —le pregunto al hombre frente a mí.

Coloca un maletín en forma de baúl sobre la mesa, idéntico a los que porta su escolta en cada mano.

—Carrie. —Mira la placa de mi chaqueta—. ¡Qué hermoso nombre!

—Gracias —contesto seria—. ¿En qué puedo ayudarlo? —vuelvo a preguntar.

—Quiero vaciar mi cuenta y llevarme mi oro.

—Permítame su identificación, por favor.

Desliza sobre la mesa una falsificación bastante buena.

—¿Motivo del retiro?

—Me mudaré a otro país.

—Por políticas internas del banco debo realizarle varias preguntas.

—Tengo poco tiempo. —Alza la mano mirando el reloj.

—No puedo saltarme el protocolo de seguridad. ¿Fecha de su último retiro? —lanzo la primera pregunta.

—Catorce de agosto del presente año —no titubea.

—¿Número de retiros en el mes?

—Cuatro.

—Nombre cinco cuentas que tenga registradas a su nombre.

Contesta dudoso.

Tecleo las respuestas y el sistema me saca de la plataforma.

—Lo siento, pero la plataforma rechazó el proceso de validación. —Le devuelvo la identificación—. Debe esperar tres días para que el sistema le permita el retiro.

—Vuelva a hacerme las preguntas, seguramente fue un error suyo.

—Lo siento, el sistema no me lo permite.

—Necesito el dinero…

—Acérquese al área de quejas si no está conforme con la respuesta del sistema.

—No tengo por qué pasar por todo esto para sacar mi propio dinero.

—El protocolo es para evitar que su dinero caiga en las manos equivocadas.

—Escuche —apoya los codos sobre la mesa—, no voy a pasar por ningún protocolo y va a firmar la autorización de retiro sin hacer preguntas.

—No puedo violar las normas.

—Evite tener que recoger los restos de los asistentes con una aspiradora.

—Lo siento, pero no puedo ayudarlo —ignoro su amenaza.

Mis compañeros se mueven con cautela colocándose tras los sospechosos.

—No ponga a prueba su suerte.

Parker se acerca con cuidado mientras siento el frío cañón de un arma en mis rodillas.

—¡Muévase! —amenaza nuevamente.

—¡FBI! —grita Parker apuntándole al escolta; dos soldados más lo respaldan.

La reacción de los delincuentes es inmediata: sueltan los maletines y empuñan armas en contra de mis compañeros. El primero lanza un disparo que Parker esquiva mientras que el segundo se vuelve contra mí, listo para derribarme.

Reacciono atropellándolo con el escritorio.

Se produce una lluvia de balas. El personal del banco y los clientes se tiran al piso cubriéndose la cabeza con las manos. Me arrojo sobre el hombre que está en el suelo, intenta defenderse tomándome del cuello, lo esquivo y logro desarmarlo en menos de nada.

—¡Suéltela!

El grito despavorido de una mujer llama la atención de todos, los disparos cesan al ver a un hombre de casi uno noventa con una niña de seis años apuntándole con un arma en la cabeza.

—¡Bajen las armas! —grita—. ¡O le vuelo la cabeza de un tiro!

—¡Suéltela, por favor! —vuelve a suplicar la que parece ser la madre.

Todos se mantienen en sus posiciones. Christopher con un hombre bajo el pie apuntándole con una ametralladora; Scott esposando a otro contra el espejo; Laila con un cuchillo en la garganta de otro de los hombres e Irina inmovilizando al más joven.

—¡No estoy jugando! —vuelve amenazar—. ¡La mato si no bajan las armas!

Christopher es el primero que cede y se aleja.

—Armas abajo —ordena.

—¡Todos contra la pared! —exige otro maleante.

Me levanto dejando a mi víctima en el piso. Esta se pone de pie y se acerca al grupo de terroristas que se agrupó en el centro del lugar.

Me uno a mis compañeros mientras que el personal y los clientes se agolpan en un solo lugar, presa del miedo.

—Si alguien nos sigue, la mato.

Una bomba de humo se dispersa y el grupo de hombres huye en las camionetas que se estacionan sobre la acera.

—¡Se llevaron a la niña! —avisa Harry.

—¡Alisten los vehículos! —ordena Simon en medio del humo.

—Van en camino —avisa la voz de Patrick.

Emprendemos la persecución corriendo a la puerta.

—No hay tiempo para esperar —Simon se desespera—. ¡Rachel sal y consigue un auto!

Me lanzo a la avenida deteniendo el primer auto que se atraviesa: un Audi negro descapotado.

—¡FBI! —Saco al chico que lo conduce abordando el asiento del piloto, Simon salta al asiento del copiloto y Christopher al de atrás.

Al ser una organización secreta usamos el nombre de la identidad de espionaje que más se adapte a la hora de operar.

—Se dirigen a Whitechapel —vuelve a avisar Patrick—. La niña está en la camioneta con la matrícula VEDF201.

Piso el acelerador en medio del tráfico ignorando los semáforos en rojo y esquivando taxis, coches y motocicletas. Visualizo el objetivo. Scott, Brenda y Harry se unen a nosotros en un taxi, mientras que Parker y Alexandra van en una moto.

—Iremos a por la niña —ordena Christopher—. Ustedes vayan por los otros.

Parker asiente colocándose detrás de una de las camionetas mientras nuestro objetivo se desvía a Tower Bridge. Yo acelero intentando mantener el paso, esquivando todo lo que se me atraviesa. Simon dispara sin obtener ningún resultado, pues las balas rebotan en el vidrio blindado. Una cabeza sale por encima de la camioneta con una ametralladora, dispara y los autos a nuestro alrededor se desvían huyendo del tiroteo, que vuelve la avenida un caos. Algo nos golpea por detrás, y por el espejo retrovisor veo una escena idéntica a la que tengo adelante con dos hombres. Uno de ellos sostiene una bazuca y el otro un arma, otro torrencial de balas nos ataca, un proyectil pasa a centímetros de mi cara destrozando el vidrio frente a mí.

—Pero ¡¿qué mierda?! —berrea Simon—. ¿De dónde diablos aparecieron esos?

Christopher se pone de pie lanzando una granada de corto alcance, la cual estalla encima del techo de la camioneta volviéndola trizas y haciendo que se detenga a mitad de la avenida envuelta en una nube de humo negro.

—No le pierdas el paso —me indica señalando la camioneta que tenemos enfrente.

Continúo conduciendo mientras que la carretera se va tornando vacía; de un momento a otro, el auto se desvía hacia la zona industrial y de carga.

Las calles y el aire se impregnan con la humedad del río Támesis cuando el helicóptero de la FEMF nos sobrevuela.

—Solicito permiso para derribar el objetivo, coronel —piden a través de auricular.

—Denegado, hay un menor a bordo —dice en respuesta—, diríjanse con el otro grupo ya que son más útiles allá.

El artefacto gira cambiando de dirección, provocando un remolino de viento que levanta mi peluca, dejando al descubierto mi cabello suelto y agitado por el aire.

Vuelven a asomarse por encima de la camioneta. Esta vez disparan con un rifle de manera contundente y certera. Un proyectil golpea en el capó, otro repica en uno de los vidrios y el último golpea en el volante. Mis intentos por esquivar la balacera son inútiles, y cuando creo que el tiroteo ha cesado, vuelven a arremeter con más fuerza.

—Puente de la Torre en reparación —avisa el GPS—, tome vías alternas para evitar accidentes.

Los disparos no cesan mientras conduzco a la deriva con la cabeza metida bajo el volante.

—¡Hazle caso al GPS! —grita Simon desesperado.

—¡No hay vías alternas!

—¡Detente! —ordena Christopher.

Piso el freno y no funciona.

—¡Rachel, detente! —insiste Simon.

—¡Los frenos no sirven! —Vuelvo a hundir el pie en el freno y no funciona.

—¡Hemos capturado al objetivo! —avisa Harry a través de la radio.

Un camión de carga aparece en la carretera haciendo sonar el claxon cuando la camioneta gris no se aparta de su carril; logra esquivarla, pero no lo suficientemente rápido, ya que hace una maniobra prohibida rozando uno de los faros de la camioneta. El camión pierde el control y cae sobre la carretera, esparciendo el contenido del tanque sobre la vía.

Pierdo la estabilidad cuando las llantas comienzan a resbalar e intento detenerme, pero el auto comienza a dar vueltas sin control, girando como unas diabólicas manecillas de reloj.

—Precipicio a cincuenta metros —avisa el GPS.

El auto no se detiene y el corazón parece estallarme en el pecho.

—¡Haz algo, maldita sea!

—¡Tus gritos no me ayudan, Simon!

Christopher se alza sobre mí intentando tomar el control del auto.

—Precipicio a veinte metros —continúa advirtiendo el dispositivo.

—¡Que te detengas! —vuelve a gritar Simon.

Otra ráfaga de disparos nos ataca. El intento de Christopher por detener el auto es en vano, así que se pone de pie, apunta con su arma y dispara un tiro certero que derrumba al atacante.

—Precipicio a diez metros —insiste la voz robótica.

—Prepárense para saltar —ordena.

Los fugitivos notan el peligro que se acerca, las llantas rechinan cuando intentan frenar; sin embargo, es demasiado tarde, ya que no alcanzan a detenerse y terminan cayendo al vacío. Christopher se aferra a mis brazos levantándome y lanzándome junto a él a la carretera. Mi cuerpo impacta contra el pavimento en medio de volteretas; Simon aterriza metros más adelante y el Audi sigue su trayecto y cae al río. Logro estabilizarme antes de que mi cabeza se estrelle contra una de las barras de concreto. Siento que todo me da vueltas cuando intento levantarme, me llevo la mano a la frente y veo que los dedos me quedan empapados de sangre.

Los helicópteros sobrevuelan la zona, el sonido de las ambulancias, rescatistas y patrullas de la policía se hacen presentes en el lugar.

Christopher es el primero en levantarse y correr a la orilla del puente. Saca la radio y exige que necesita a la menor afuera.

—¿Estás bien? —Harry me ayuda a levantar.

Asiento con la cabeza adolorida.

—La herida está abierta. —Inspecciona mi frente—. Vamos a la ambulancia.

—La niña… —tengo un pitido en los oídos—, hay que sacar a la niña.

—Dominick y los rescatistas se están encargando.

Me apoyo en el hombro de mi amigo, Simon ya está en la ambulancia al cuidado de Alexandra, que le aplica los primeros auxilios.

—¿Estás bien? —le pregunto.

—¡No! —responde molesto—. ¡¿Cómo diablos se te ocurre incautar un auto descapotado?! Una bala por poco me perfora el pulmón.

—¡Oh, perdón! —replico con sarcasmo—. La próxima vez elijo otra de las opciones del concesionario.

Pone los ojos en blanco dejándose atender por Alexa; mientras tanto, la misma mujer del banco grita luchando contra una pared de personas que no le permiten el acceso.

—La niña está afuera —hablan en la radio de Harry—. Preparen el equipo para las maniobras de reanimación cardiopulmonar.

—Estoy harto de todo esto —se vuelve a quejar Simon—. En un mes he estado a punto de morir dos veces.

—No seas llorón.

—¡No seas llorón! —me mofa—. Estoy pensando seriamente en renunciar a este trabajo.

—¡Capitán! —lo llama Laila—. Solicitamos su presencia…

Suelta un bufido y se va apoyado en el brazo de Alexandra.

Me siento en el piso de la ambulancia adolorida mientras observo cómo esposan a los hombres que iban en la camioneta que cayó. Apoyo la frente en la puerta de metal buscando calmar el dolor que amenaza con estallarme la cabeza.

—¡Muévanse al comando! —la voz del general aparece de la nada—. ¡Tenemos un 595!

Salto de la ambulancia con la sangre empapándome la frente mientras los neumáticos de la camioneta de la tropa de Dominick se detienen frente a mí.

Un 595 es el código que señala un ataque o bombardeo. Abordo el auto rápidamente rogándole a Dios que no sea la tropa de Bratt.

31

CREACIÓN E IMPACTO

Rachel

«La mafia italiana lanza golpe brutal al ejército de la FEMF».

La organización está de luto. El pasado 1 de junio, uno de los escuadrones más importantes de la FEMF fue brutalmente masacrado por demanda del clan Mascherano.

La tropa localizada en Sidón, a cuyo cargo estaba Vittorio Dimitri, capitán de la Élite, cayó en manos de los Halcones Negros, quienes descubrieron la persecución de los soldados y acabaron con el equipo completo.

El coronel Morgan dio a entender en una declaración que no habrá reemplazo para él en la Élite de Londres, solo trabaja con los mejores y la caída de Dimitri le dio a entender que no lo era.

Dejo la noticia a la mitad. El comando está de luto y las banderas negras ondean en el aire en memoria de los camaradas que perdimos.

El general recibió la noticia mientras se desarrollaba la captura en el puente de la Torre, los minutos de vuelta a la central fueron especialmente angustiantes para mí, pues pensé que a lo que atacaban era al escuadrón de Bratt.

Christopher y el general viajaron a Sidón. Están allí desde hace siete días en tanto nosotros estamos trazando el contraataque.

—¿Sigues preocupada por Bratt? —pregunta Harry frente a mi escritorio.

—Bastante. —Suelto el aire que tengo estancado—. Todavía sigue incomunicado.

—Dará un golpe, su silencio es normal. —Harry intenta darme ánimo—. Lewis es uno de los mejores capitanes de aquí, no se deja coger los huevos así porque sí.

Miro el móvil repasando el historial de llamadas... Si tan solo hubiese contestado no estaría tan mal ahora. Si hubiese escuchado su voz aunque sea un segundo, no tendría el peso que tanto me carcome.

Pasaron tres días y sigo sin tener noticias de Bratt, las cosas se están calentando, la mafia está a la defensiva y cuando esto pasa empiezan a atacar las entidades judiciales de forma sangrienta con el fin de demostrar lo que son.

De Christopher y el general tampoco se tienen muchas novedades, solo se sabe que siguen en Sidón adelantando la investigación que llevan por su propia cuenta.

Recojo la bandeja con comida y subo a la segunda planta del comedor. Sabrina Lewis está en una de las mesas y prefiero ignorarla siguiendo de largo cuando voltea a ver con quién diablos me voy a sentar.

Brenda está con Harry y Luisa. Tomo asiento junto a ellos y a los pocos segundos Scott llega con Irina. Echo un vistazo hacia la primera planta, Laurens parece estar buscando a alguien mientras todos los soldados la tropiezan.

—¿Por qué dejaste a tu novia sola? —indaga Harry clavándole la mirada a Scott.

—¿A cuál de todas te refieres? —contesta tajante.

Luisa sacude la cabeza mirándolo mal.

—La secretaria de Morgan —empieza Harry—. Todos te hemos visto, así que no lo niegues.

—Esa inocente criatura no merece ni que la pasee.

La última conversación con Laurens me hace eco en la cabeza.

—¿No son pareja? —insiste Harry—. Entonces explícame por qué la manoseas en las cámaras de armamento.

Levanta la cara con la cólera dibujada en ella mientras Irina suprime la risa inclinándose hacia su bebida.

—Deja a la chica en paz —lo amenaza Luisa—. Tienes muchas zorras con las que puedes disfrutar como para que te pongas a jugar con una persona inexperta que hasta ahora se está mostrando al mundo.

—¡No estoy jugando con nadie! —replica—. Ella es la que no se me despega.

—Porque le estás dando alas con falsas ilusiones —interviene Brenda.

—¿Y qué son todos ahora? —inquiere molesto—. ¿Feministas defensoras?

—Cariño —Irina le palmea la espalda—, confiesa que ella se enamoró de ti y ahora no puedes quitártela de encima.

—¡Cállate, Irina! —la regaña.

—Dejen que se la tire y ya está, que buena falta le hace —sigue Vargas.

—Das asco, Scott —refuta Luisa—. No la jodas si quieres mantener tu polla intacta…

—¡¿Qué?! —Se levanta furioso—. ¡No tienes ningún derecho a reclamar ni a señalarme, te recuerdo que vas a casarte y mis asuntos no son tu problema!

—¡No te estoy reclamando! —Se alza Luisa—. Por mí haz con tu pito lo que se te dé la gana, pero hablo por ella, porque no merece ser víctima de tu desfachatez.

Siento a Luisa con la llegada de la secretaria.

—No me jodas y ocúpate de tu prometido, ese sí tiene que rendirte cuentas. —Estrella la servilleta antes de largarse.

Irina suelta una carcajada cuando Laurens lo sigue a trompicones.

—¿Cuál es el chiste? —pregunto.

—¿Acaso no lo ves? —Señala a Laurens—. Scott, el gigoló a quien ninguna se le escapa, está furioso porque le frustra no poder tirarse a la secretaria.

—¡Vete! —le pido—. No sé quién es peor, tú o él.

La sonrisa se le borra cuando todos coinciden conmigo.

—¿En serio? —Mira a Brenda y a Harry en busca de apoyo—. ¿Me echan por una aparecida que apenas conocen?

—No es una aparecida, Irina, es un ser humano que merece respeto —se queja Harry—. La convertiste en el payaso del comando infundiéndole creencias sobre Scott.

—Es solo para divertirnos un rato. Están tomando una actitud exagerada.

—Solo te diviertes tú y Scott —replica mi amigo—. No estamos en la academia ni somos críos, somos adultos que estamos trabajando en asuntos serios. La etapa de las bromas con el bullying ya pasó y no pretendas que toleremos la humillación de una persona inocente solo porque a ti te divierte.

Sacude la cabeza pasando la mirada por todos.

—El comité de los perfectos me regaña e insulta después de hacerme a un lado como si tuviera alguna enfermedad contagiosa. ¡Que viva la hipocresía!

Se larga también y Luisa deja los cubiertos de lado acomodando sus cosas para irse también. En definitiva, el almuerzo fue una completa porquería.

—Nos vemos cuando vuelva de Santorini —se despide Luisa—. Viajaré con Simon a conocer a mis suegros.

Apoya los labios en mi frente antes de darle un abrazo a Brenda y Harry, que siguen en la mesa. Luisa desaparece y el que no la acompañe a ese tipo de momentos claves para la novia me recuerda lo pésima madrina que he sido. Acabo con lo poco que queda en mi plato mientras a mi amigo le entra el afán del «tenemos cosas que hacer».

—¡Oye! —Brenda llama la atención de Harry cuando nos levantamos listos para partir—. Mañana salgo de vacaciones y mi vuelo a Puerto Rico es a las tres…

—No puedo llevarte si es lo que quieres decirme —responde mi amigo—. Acabas de oír que tengo mucho trabajo.

—Te puedo suplir —me ofrezco ante la cara de decepción de Brenda.

—Sabes que Dominick no lo permitirá. —Se levanta mirando el reloj—. De hecho, debemos irnos, tenemos una investigación pendiente.

Lo sigo cuando se va casi corriendo.

—¡Harry! —Lo alcanzo en el pasillo—. No tienes que ser tan cortante, ella solo quería que pasaran tiempo juntos.

Aminora el paso dejando que camine con él.

—No estoy siendo cortante, tenemos trabajo y lo sabes.

—Sí, pero se irá de viaje, no te cuesta nada acompañarla por un rato.

—No me gustan las despedidas —manifiesta—. Aunque solo sean por un par de semanas.

—Lo entiendo, pero a veces actúas como si no la quisieras.

—Sí la quiero… —toma aire—, solo que no me gusta despedirme porque sé que la echaré de menos y eso me amarga el rato. Prefiero que sea así, sin tanta larga porque de todos modos nos veremos dentro de poco.

No dudo de lo que siente por ella, pero a veces somos egoístas creyendo que nuestra pareja piensa como nosotros.

Parker aparece en el pasillo sacudiendo la cabeza.

—¡Qué zánganos! —eleva la voz—. Mientras yo llevo media hora esperando, ustedes están aquí perdiendo el tiempo. ¡Apresúrense, que hay demasiado trabajo por hacer!

Cumplo con lo debido y a la mañana siguiente me muevo en el campo que alberga los féretros de los soldados muertos en Sidón. Porto mi uniforme de gala, ya que la FEMF hará el homenaje previo a la sepultura. Brenda y Luisa se marcharon, así que me encuentro con Harry cuando nos colocamos en las filas oficiales.

La tarima está lista y sobre ella hay una fila de sillas en las cuales tomarán asiento las familias más pudientes de la FEMF, es decir, las que tienen poder jerárquico en los ejércitos de Europa, entre ellos los Lewis: Martha, Joset y Sabrina.

Me impacientan este tipo de eventos, siento que en algún momento tendré que vivir una pérdida así y me altera los nervios.

Harry me aprieta la mano enguantada mientras observo cómo se le forman pequeñas arruguitas cuando me sonríe, siempre ha tenido ese tipo de sonrisa reconfortante que te dice «tranquila» o «todo va a estar bien». Aprieto la suya, puesto que necesita más apoyo que yo, porque él sí ha tenido que sufrir este tipo de dolor. Él no ha estado frente a una caja de madera, sino frente a dos, pues con tan solo cinco años vivió en carne propia el sufrimiento de perder a sus dos padres.

Suelto su mano cuando Parker se pasea frente a nosotros.

El sacerdote se sube a la tarima y celebra una misa de una hora en honor a los caídos. Se hace un minuto de silencio. Tras él, el general pronuncia un discurso y, cuando este finaliza, cede el micrófono al coronel Morgan, quien, con su uniforme de gala, le dedica un saludo militar.

No es mucho lo que dice; de hecho, se parece mucho a las palabras vacías que el ministro Morgan, su padre, nos dedica cada vez que se dirige a nosotros. Ellos creen que el mundo no merece ni su tiempo ni su atención.

No conozco a muchos Morgan, pero no hay que conocer mucho para saber que son la familia más altiva de la FEMF por los triunfos y el poder que tienen, ya que han estado en ramas administrativas desde que esta se fundó.

La ceremonia acaba cuando él lo demanda, y las filas se rompen y se dirigen a portar los féretros al cementerio. Asisto por protocolo a la vez que le hago compañía a mi amigo antes de volver a mis tareas cotidianas.

Los días así lo golpean fuerte cuando la nostalgia lo atropella y lo entiendo, no sé qué hubiera hecho en su lugar. No creo que hubiese podido vivir sin el amor de mis padres y viviendo con una tía que solo se preocupaba por reclamar la indemnización que le daba la FEMF por la muerte de sus familiares en acto de servicio, con el simple fin de mantener a un marido alcohólico. Una mujer que se aprovechaba de la calamidad de un pequeño que lo único que se merecía era amor.

—¿Sabes algo de Brenda? —pregunto rompiendo el silencio sepulcral.

—Está enojada, no contesta ninguna de mis llamadas.

—¿Ya le escribiste o le enviaste flores? Ella nunca se resiste a los girasoles.

—Más tarde. —Me frustra verlo tan apagado.

—Rachel —me llaman.

Volteo, Joset Lewis está justo detrás de mí, agradezco que no venga con Martha ni con Sabrina. Me saluda con un abrazo y le da un apretón de mano a Harry, que se marcha disculpándose con la excusa de «Tengo cosas que hacer».

—Tenía una silla reservada para ti, pero no fuiste capaz de acercarte.

Prefiero tragarme un cactus antes que soportar a las dos arpías que tiene como familia; además, hubiese sido una ofensa para Martha que una chica corriente se sentara a su lado fingiendo ser la novia perfecta.

—No quería incomodar a nadie, señor.

—Linda, eres de la familia… Aunque no tengas una buena relación con Martha y Sabrina deben acostumbrarse a tu presencia y tú a la de ellas.

«No creo que eso suceda jamás».

—En otra ocasión será. —Le sacudo la pelusa que tiene en el uniforme.

—¿Hay noticias de Bratt?

Niego con la cabeza mientras camina a mi lado con los brazos cruzados sobre el pecho.

—Habló conmigo hace unos días, no me contó mucho sobre su misión, solo me aseguró que estaba bien.

Yo hubiese tenido esa misma oportunidad de no haber estado agotada por el sexo y el alcohol de la noche anterior.

—Aparte de saludarte, quería pedirte que me pongas al tanto de los movimientos de mi hijo. No estoy aquí, por consiguiente, no estoy muy enterado de todo lo que pasa.

—Cuente con ello, señor.

Llegamos a la entrada del edificio central.

—A Bratt no le gusta que sepamos si corre peligro o no, es difícil estar tranquilo sin saber si está bien o necesita algo. —Fija la vista por encima de mi cabeza levantando la mano e intentando llamar la atención de alguien—. ¡Christopher!

No digo nada, me quedo frente a él sintiendo cómo los pasos se acercan a grandes zancadas. «Calma», me digo cuando pasa por mi lado dejando su loción impregnada en el ambiente.

Han pasado siete días sin verlo, sin embargo, sentí que fue una eternidad.

—Joset. —Estrecha la mano de su suegro mirándome por una fracción de segundos.

Me enderezo y siento cómo si me empujaran a sus brazos.

—Teniente —se limita a decir.

—Coronel —le dedico el debido saludo.

Lo detallo, nunca me canso de hacerlo; de hecho, no puedo evitarlo. Su cara es como una luz demoniaca que deslumbra e impacta, mi vista se detiene en sus ojos y luego en sus labios. «Quiero comerle la boca», pienso.

—Los dejo solos para que hablen —me disculpo—. Permiso para retirarme, mi coronel.

—Concedido.

Peleo con los arrebatos de mi cuerpo evitando que me joda poniéndome en evidencia.

Llego a la sala de tenientes y desabotono la chaqueta del traje, de un momento a otro me dio calor, no quiero creer que el hecho de verlo me haya dejado la libido por los cielos.

No me concentro, pasan dos horas y sigo frente a la pantalla con la mente en otro lado. Intento redactar una recomendación para uno de los soldados de Dominick y termino haciendo un párrafo lleno de incoherencias.

«Búscalo». Aparto la voz de mi cabeza, pero, aunque quiera, no puedo. No soy de las chicas que andan buscando atención así porque sí. Pero él… Joder, él me hace querer buscarlo a toda hora. Mi conciencia pone en la balanza los pros y los contras mientras que la cabeza amenaza con estallarme cuando recuerdo los consejos de mi amiga: «Lo haga o no, al igual me lamentaré».

De la nada tengo el iPhone en la mano buscando su nombre en mi lista de contactos. Todos los tenientes tienen su número, pero pese a todo lo que ha pasado entre los dos, no he recibido mensajes de parte suya que no sean «Es tarde y aún no tengo mi informe» o «¿En dónde está lo que pedí?».

Todo ha sido netamente laboral; es más, nunca hemos hablado de la rara relación que tenemos.

Tecleo rápidamente.

> Cenamos?

Le doy a «Enviar» e inmediatamente me congelo ante el arrepentimiento. «No debí hacerlo, es obvio que me dirá que no», pienso: me he convertido en una bipolar.

Las ideas pasan tan rápido que me marean, tomo mi móvil queriendo borrar el mensaje antes de que lo lea, pero, para cuando abro la ventana de chat, está en línea y mi mensaje tiene el aviso de visto.

—¡Joder! —exclamo y suelto el iPhone como si fuera a quemarme.

—¿Todo bien? —pregunta Harry desde su escritorio, con una ceja levantada.

—Sí. —Sonrío para disimular—. Esos tontos vídeos de las redes a veces son horrorosos.

Vuelve la vista a su pantalla. Definitivamente me he vuelto loca. La vibración del aparato me hace tomarlo nuevamente, nerviosa, marco mi clave y veo que hay un mensaje.

El estómago se me sube a la garganta mientras lo abro con dedos temblorosos.

> Dónde?

Respiro ante el alivio de saber que al menos no me rechazó y tecleo una respuesta rápida.

> En Darío Restaurant. Av. 165 Westminster. Hoy 8 pm

Le doy a «Enviar». Enseguida, la pantalla se ilumina con su respuesta.

> Ok

32

VERDADES AMARGAS

Rachel

El Darío Restaurant se halla en el epicentro de la ciudad y está siempre muy concurrido por las deslumbrantes vistas que tiene del río Támesis. La zona es tranquila y se puede caminar por las calles empedradas escuchando el dulce sonido del agua fluyendo bajo los canales. Muestra el verdadero lado romántico de Londres, es ideal cuando se quiere ser discreto, ya que el establecimiento no es muy llamativo a la vista y normalmente concurren los mismos clientes de siempre.

Anteriormente era una casa y el propietario no le quitó dicho aire, conservó el balcón repleto de flores que cuelgan desde la segunda planta hasta la puerta principal.

Darío me saluda desde el mostrador cuando me ve, me acerco y le doy dos besos en la mejilla. Me pregunta por Luisa antes de invitarme a la mesa con la mejor vista.

El violín llena el ambiente con melodías suaves en tanto la camarera llega con la carta.

—No ordenaré nada, todavía —informo—. Estoy esperando a alguien.

—¿Vino? —pregunta.

—Sí, tinto y dos copas, por favor.

—Vale. —Se marcha.

El establecimiento tiene un aire francés al que contribuyen sus mesas pequeñas, con manteles rojos que sostienen candelabros con velas blancas. La chica trae el vino. Son las ocho y empiezo a cuestionarme el haber llegado tan temprano. Me entretengo mirando los turistas que pasean en canoas. El lugar se llena y la campanilla de la puerta resuena cada vez que alguien abre la puerta. Tomo una copa… El tiempo pasa y mi cita no da señales por ningún lado. Texteo con Luisa, quien me envió fotos con Simon en Santorini especificando los lugares donde se llevará a cabo la boda. La campanilla suena y automáticamente levanto la cara, entra un hombre alto con gabán y por un par de segundos aparece un rayo de esperanza, pero dicho rayo se esfuma cuando una chica se le cuelga del brazo y él se inclina para besarla.

El reloj marca las diez y cuarto, se derritieron las velas y me acabé media botella sola. La camarera se acerca a llenarme la copa.

—Déjalo así —la detengo—, parece que mi cita no va a llegar.

Me mira desilusionada.

—Acaba de salir la última pizza de la noche. ¿Desea probarla?

Sacudo la cabeza, el vino y la decepción llenaron mi estómago por hoy. Recojo mi abrigo echando a andar a mi casa. Deambulo por las calles empedradas asimilando que, aparte de dejarme plantada, volví a perder la dignidad frente a él.

Yo, la Rachel que presumía de no ser el tipo de mujer que se humilla ante un hombre, la que odia a los arrogantes y egocéntricos, es la misma que está caminando sola por las calles de Londres con una mezcla de emociones que no quiero entender.

Tomo un taxi a casa. Lulú tiene las luces de su televisor encendidas y procuro no hacer ruido para que no salga y empiece con charlas que terminan a la medianoche.

Me arrojo a la cama con ropa y zapatos; el pecho me arde, en especial el corazón. Duele saber que mi malestar no es solo porque me dejó plantada, ni porque me rechazó, porque eso ya lo ha hecho infinidad de veces: lo que me jode es que lo que para él es solo sexo, para mí se convirtió en algo más.

No tiene sentido ignorar lo que ya sé, pese a mi amor por Bratt y el miedo de todo lo que se me viene encima, no puedo ocultarlo y mentirme a mí misma.

Los pensamientos, la aceleración de mi corazón, el que cada segundo lo extrañe, piense y quiera estar a su lado. El preocuparme y el que me duela que no me vea con los mismos ojos que lo veo yo significa una sola cosa: estoy enamorada de Christopher Morgan.

Mi mañana empieza con música por parte de mi empleada, el estéreo y su voz cantando me levanta a la fuerza de la cama. Tampoco es que haya estado en un sueño profundo, me la pasé dando vueltas entre las sábanas analizando mi decadente situación.

Tomo una ducha y trato de que el agua fría me despabile, este tipo de días suelen ser largos y tediosos. Lo de anoche me tiene preocupada y estoy empezando a creer en aquel dicho de «No se borra de la mente lo que se tiene aferrado al corazón».

Al menos di el primer paso reconociéndolo, ya se me ocurrirá qué hacer más adelante, por ahora tendré que tomar las cosas con calma y evitar hacer el ridículo a como dé lugar.

A lo mejor las mariposas desaparecen cuando vuelva Bratt. Es el único que puede borrar todo, ha sido el amor de mi vida por años, quién mejor que él para eliminar mis confusos sentimientos.

El ruido se intensifica cuando abro la puerta.

—Qué radiante estás hoy —saludo a Lulú sentándome en el banquillo alto.

—Lástima que no pueda decir lo mismo. Te ves fatal.

—Lo sé. —Lo noté cuando entré al baño y vi mis asquerosas ojeras—. Últimamente he tenido mucho trabajo.

Desliza una taza de café sobre la mesa.

—Hay que llenar la despensa. —Me entrega una lista de víveres.

Le echo un vistazo por encima y rebusco el dinero en mi billetera.

—No te molestes —me detiene—. Esperaba que tú pudieras encargarte. Adelanté los quehaceres de los próximos cuatro días, ya que no estaré.

—¿Todos se han puesto de acuerdo para dejarme sola?

—Ya se lo había comentado a Luisa y estuvo de acuerdo, iré a un retiro de solteros.

—¿Retiro de solteros? ¿Cómo te enteras de ese tipo de reuniones?

—En distintas páginas de la web. Será a las afueras de la ciudad —comenta emocionada—. No hay nada de que preocuparse porque el sitio es confiable.

No es que la necesite mucho, últimamente paso tiempo completo en la central.

—Todo está listo, la ropa está lavada y planchada, limpié las ventanas y sacudí el polvo, solo hace falta llenar la despensa.

—Lo haré cuando tenga tiempo. —Meto la lista en mi bolso—. Suerte con el retiro.

—No tomaste el café. —Señala la barra.

—No tengo hambre —me despido y cierro la puerta.

Conduzco el Volvo al ritmo de Passenger y paso por el código de seguridad cuando llego al comando. Con el uniforme listo me voy a mi puesto de trabajo.

—A trabajar —Dominick deja caer un *folder* de cuatro kilos sobre mi escritorio.

Está recién bañado, afeitado y oloroso. Por muy mal que me caiga no puedo evitar reconocer cuando se ve bien, y la mirada de mis compañeras no desmiente mi apreciación.

—Como ordene, capitán —trato de ser amable. Mi energía últimamente está más enfocada en hacerme sentir miserable.

—Te ves fatal, las horas que les di ayer eran para que descansaran y no estuvieran aquí con aspecto de zombi.

Por supuesto que eran para eso, pero lastimosamente las mías fueron desperdiciadas arreglándome y esperando una cita que nunca llegó.

—Necesito que estén despiertos y activos ya que hay un millón de cosas por hacer. El coronel está en Cambridge, no dijo cuándo volverá, pero dejó un montón de órdenes que hay que cumplir al pie de la letra.

—Solo dígame qué hay que hacer y con gusto las cumpliré.

—Te enviaré todo a tu email.

Se marcha y a los pocos minutos llegan las órdenes del día.

Órdenes que me toman dos días, entre reentrenamientos, trabajo de inteligencia, interrogatorios, investigaciones y múltiples intentos por comunicarme con Bratt.

Las últimas horas de trabajo me dejan agotada, así que me preparo para irme a casa a ver la tele y dormir como mínimo doce horas. Debo aprovechar el que Parker esté de buen genio dejándome volver mañana al mediodía.

Sigo sin hablar con Bratt y eso es otro kilo de preocupación; también tengo síndrome depresivo-masoquista. Sí, de ese que te patea los ovarios cuando te enamoras de quien ni te mira, pero sigues ahí dale que dale sufriendo en vano.

Conduzco con el estéreo apagado.

—Tiene poco combustible, teniente —avisa el sistema inteligente.

Está en lo cierto, la aguja del tanque está a pocas rayas de caer en rojo, así que de mala gana me detengo en la primera gasolinera que encuentro. Rebusco dinero en mi bolso mientras el personal llena el tanque. Me encuentro con la lista de Lulú y aprovecho para salir de la tarea de una vez.

Visito el súper con los codos apoyados en el carrito de víveres escogiendo lo que llevaré. Hay fila a la hora de pagar así que me entretengo viendo un ejemplar de la revista *Novias*, necesito darle nuevas ideas a Luisa y dejar de ser una pésima madrina.

Me impacienta la postura rígida de la persona que tengo atrás. Disimuladamente volteo reparando la apariencia de espartano con casi dos metros de estatura, piel oscura y cabeza rapada con traje y lentes negros.

«¿Quién diablos trae lentes oscuros a esta hora?». Vuelvo la vista al frente, es mi turno de pasar a la caja.

Paso los víveres y vuelvo a abordar el auto aliviada porque al fin podré ir a sentirme miserable. Enciendo el motor y conduzco a casa. La carretera está vacía, los párpados me pesan sacando a relucir el cansancio de estos días, el agotamiento es físico, mental y sentimental. En esta etapa de mi vida he llegado a entender que no es tan fácil decir no cuando vas en el camino equivocado.

He pensado en los amantes de círculos viciosos, ahora sé que es difícil voltear la cara y el corazón cuando traicionas por partida doble, engañando a personas allegadas. Estoy segura de que Bratt jamás se imaginaría que tuviera la desfachatez de acostarme y enamorarme de su mejor amigo.

Todos queremos lo que no se puede tener, somos fanáticos de lo prohibido por el simple hecho de que siempre tiene un sabor único y especial. «Benedetti, cuánta razón tienes».

Algo se estrella en la parte trasera del Volvo soltando una descarga eléctrica que pone a parpadear el iPhone sobre la guantera. La pantalla del sistema se enciende y apaga cuando freno en seco al escuchar el estruendo provocado por el motor.

Salgo y hay humo por todos lados, justo cuando se piensa que las cosas no van a ir peor, la vida te atropella y te pasa el auto por encima. Rodeo el vehículo buscando el sitio donde sentí el impacto y hay una abolladura con un círculo metálico del tamaño de un vaso que parpadea sobre él. Intento arrancarlo, pero está adherido al metal.

Me acerco para identificar el objeto y siento una punzada en la espina dorsal al reconocer lo que es, me voy de espaldas cayendo de culo en el pavimento. Es un dispositivo creado para robarle la energía a cualquier automotor en segundos. Es usado por la FEMF, grupos insurgentes y bandas delictivas.

Aún sigo aturdida cuando noto que me abrazan por detrás inmovilizándome los brazos, no puedo ver quién es, solo siento el pecho duro y los brazos que me rodean.

—Al fin se deja capturar la ratita —dicen.

Lucho por zafarme, pero me alzan estampándome contra el vidrio de mi propio auto.

—Si es un robo, debiste analizar a quién ibas a atacar —forcejeo.

—Sabes muy bien que esto no es un robo —me habla al oído—. El señor Antoni está ansioso por verte.

Sus palabras me arrojan al vacío, el corazón se me estrella contra el tórax e imágenes de mis compañeros torturados pasan por mi cabeza como el tráiler de una película de terror.

Mi muerte está sentenciada, de eso no hay duda. Le lanzo un codazo al estómago, el agarre se vuelve débil y aprovecho para correr en busca de mi arma.

Logro verle la cara: es el mismo hombre que estaba detrás de mí en el supermercado. Intento entrar en el auto, pero me saca a rastras por el cabello.

—¡Deténgase! —grito al ver que un auto se acerca.

Intentan detenerse, pero el hombre que me sujeta saca un arma y apunta, por lo que el vehículo no se para y sigue su trayecto. Mi agresor, entretanto, me toma de la nuca y me estrella contra el capó.

—No pongas resistencia, que con eso solo perdemos tiempo —susurra en mi oído—. Tus horas están contadas, ratita.

Le lanzo un rodillazo al pecho y un puñetazo a la cara; da un paso atrás e intenta tomarme, pero ruedo encima del auto esquivando su agarre. Caigo, me levanto y emprendo la huida por la carretera desolada. Si tan solo hubiese hecho caso a las advertencias de mi papá, no estaría corriendo indefensa y sin ningún tipo de ayuda.

Un camión se detiene al ver la persecución. El hombre que lo conduce abre la puerta para que suba e impulso mi cuerpo poniendo el pie en el escalón, pero soy jalada por la capota de la sudadera.

—¡Suéltela! —le exige el hombre que conduce.

Mi captor saca un arma y dispara al espejo retrovisor.

—Esta pelea no es suya, amigo.

El hombre se queda blanco con las manos en el volante.

—¡Váyase! —le pido, no me perdonaría que gente inocente muera por mi culpa.

El camión se pone en marcha con la puerta abierta mientras vuelvo a forcejear; es cuestión de vivir o morir, así que me retuerzo bajo su agarre, sin embargo, me estrella contra el asfalto y me patea las costillas. Intento incorporarme y el hombre lanza otra patada que esquivo devolviéndole la maniobra y atinándole en los testículos. Chilla de dolor, en tanto aprovecho para desarmarlo. Me preparo para apuntar y me atropella lanzándome al suelo mientras forcejeamos, intento quitarle el arma, que se dispara varias veces en la lucha.

Las luces y sirenas de la policía iluminan la carretera, lo que hace que el hombre me suelte y emprenda la huida.

Vuelvo a levantarme, no puedo matarlo huyendo, pero sí inmovilizarlo. Enfoco el cuerpo enfundado en el traje negro, pongo el dedo en el gatillo y…

—¡Alto! —gritan atrás—. ¡Tiene prohibido disparar!

Pierdo el enfoque cuando el hombre desaparece en la oscuridad.

—¡Arma al suelo y manos a la cabeza!

Hago caso volteando lentamente. Hay dos patrullas con ocho policías, las dos con las puertas abiertas de par en par con sus ocupantes resguardados detrás del metal.

—¡El sospechoso está huyendo! —grito.

—¡Silencio!

Un hombre se me viene encima, las esposas plateadas brillan en su mano. Me esposa y me deja de cara contra el pavimento.

—Escuche, mi auto está metros más adelante, acaban de...

—Será detenida por arremeter contra un ciudadano en plena vía pública. Tiene derecho a guardar silencio, a una llamada telefónica y a un abogado.

Lee mis derechos sin respirar y sin preguntarme el porqué de mi situación. Por cosas como estas la FEMF detesta la ineptitud de los policías.

Esposada y con las sirenas encendidas, me llevan a la comisaría central de Londres. Me sacan del auto llevándome a una sala donde me requisan mis pertenencias, me quitan los cordones de los zapatos, los pendientes, el reloj, el brazalete y me conducen por los pasillos sujetándome del brazo.

—Necesito hablar con el teniente al mando.

—No está —responde uno de los policías.

—Entonces con el oficial que está al frente. Soy de la FEMF, mi cargo está mil veces por encima.

—Te encontramos con las manos en la masa, no tienes derecho a exigir nada.

—¿Qué hay de mis cosas? ¿De mi auto, mochila y cosas personales? Con mis cosas puedo identificarme.

—El auto será incautado en busca de pruebas, al igual que sus cosas.

—¿Qué pruebas? —alego—. Casi me matan y en vez de ayudarme me están metiendo en prisión.

Tuerce la boca.

—Todos los capturados dicen ser víctimas.

Me arrojan a un calabozo lleno de mujeres y todas me miran como carne en una manada de lobas hambrientas formando un círculo a mi alrededor. La mayoría trae vestidos cortos y medias de malla. Prostitutas en su mayoría.

—Quítate la ropa, linda —pide una.

—No me llames linda —me defiendo— y, a decir verdad, no me apetece desnudarme frente a ustedes.

—Tiene agallas —se burla una de cabello naranja.

—Los zapatos primero.

—¡No!

La primera saca un puñal sin sopesar con quién se está metiendo.

—No quería hacerlo, pero me estás obligando.

Se me arroja encima con cuchillo en mano, pero y la hoja corta el aire cuando intenta pasármela por la cara. Le alcanzo la mano a medio camino y la tomo por el cuello. El lugar se vuelve una algarabía cuando la llevo contra la pared.

—¡No quiero problemas! —advierto—. Así que no desperdicies tu energía conmigo.

La suelto e inmediatamente vuelve a atacarme, así que le quito el cuchillo, se lo coloco en la garganta y hago que le brote un hilo de sangre.

—Dije que no quiero problemas —le repito—. Me sentaré en el asqueroso piso a la espera de salir de esta mierda y no quiero que tú ni ninguna de tus amigas me jodan la puta vida, ¿entiendes?

—Sí. —Palidece.

La suelto y escondo la navaja en mi sudadera. Me dejo caer en el piso con la espalda contra la pared.

El círculo se desvanece e ignoro a las que me miran mal. Tengo problemas más grandes en este momento como para ocuparme de un nido de golfas.

Era obvio que algo como esto pasaría, debí verlo venir, Antoni Mascherano no se quedaría quieto. Casi lo mato y ellos no son el tipo de personas que se quedan con cosas así, y lo peor es que estoy sola en esto porque la FEMF no puede enterarse de que me persigue.

Me exiliarían y sus exilios no son alentadores, porque duran años, años que supondrían un retroceso en mi carrera, años sin ver a mi familia, si es que vuelvo a verla algún día. «Debo capturarlo y tomar la delantera», pienso.

—¡Rachel James! —llama uno de los guardias.

—Soy yo. —Me levanto pegándome a los barrotes.

Ya amaneció y espero que al fin hayan escuchado mi petición de hablar con el superior a cargo.

Abren la puerta guiándome a la sala de interrogatorios.

—No es necesario que exageren —me quejo cuando me sientan esposándome en una silla.

El guardia no contesta, solo le da paso a un hombre bajo y canoso que entra bebiendo café.

Lo conozco, es el teniente del cuerpo policial de Londres, el mismo que ha tenido varios roces con capitanes y coroneles del comando.

—Un agente de la FEMF —dice arrojando mi placa sobre la mesa—. Fui informado de su situación, pero muero por escuchar su versión.

—Intentaron robarme y opuse resistencia —miento, ratificando el resumen que di hace unas horas—. El hombre se enfureció, me atacó y me vi obligada a defenderme.

—El informe de mis oficiales dice otra cosa.

—Sus oficiales no saben ni dónde están parados. Me agredieron y lo único que hice fue defenderme, el agresor está libre y se dieron el lujo de apresar a la persona equivocada.

—No puedo dejarla libre hasta que se esclarezca la situación.

—No tengo por qué estar aquí siendo tratada como una criminal altamente peligrosa —replico—. Tengo permiso para portar armas y si cometí algún delito, es la FEMF quien debe juzgarme, no ustedes. De hecho, soy su superior a nivel organizacional.

—Ustedes y su hermoso talento de querer exigir y darle órdenes a todo el mundo.

—Porque podemos darle órdenes a todo el mundo.

—Si mal no recuerdo, por culpa de su coronel tuve la primera sanción en mi larga carrera como policía por algo totalmente injusto.

—Los asuntos que tenga con mi superior resuélvalos con él, no conmigo.

—Tiene razón, pero de igual forma no puedo dejarla libre. Debemos asegurarnos de que no sea un peligro para la sociedad.

—Sabe que no lo soy, si lo fuera, no estaría en la FEMF.

—Aun así, debo investigar para confirmar que sea un agente y las investigaciones llevan su tiempo, días o semanas tal vez. Mientras tanto, seguirá encarcelada.

—Necesito hablar con mi abogado y hacer la llamada que por derecho me corresponde.

—Luego, Jones —le habla al hombre que me trajo—, llévala a una celda aparte, no quiero que se sienta incómoda en su estadía.

—No se equivoque, teniente —le advierto mientras el policía suelta mis esposas—. Saltarse el conducto regular puede traerle sanciones peores a las que ya tuvo.

—No me amenaces, criminal sexy. Recuerda que aquí todo puede ser usado en tu contra.

Me llevan a una celda aparte y me sigo preguntando cuál fue el puto duende que maté como para tener tan mala suerte.

Todo estaba tan bien y ahora estoy enamorada del mejor amigo de mi novio, mi vida va de mal en peor y tengo a un mafioso respirándome en la nuca.

Me acuesto con la mirada fija en el techo. «¿Y si todo es un mal sueño?». Debe de serlo, a nadie le puede ir tan mal en la vida. Cierro los ojos e intento calmarme, convencerme de que el paso de las horas me traerá buenas noticias. Para cuando despierto ya es de noche, tengo el cuerpo tullido, acalambrado y el estómago me ruge presa del hambre.

Me acerco a los barrotes de hierro.

—¡Oiga! —llamo al guardia—. ¿Podría comer algo? Estoy aquí desde anoche y…

—Esto es una comisaría, no un restaurante. Si quiere comer algo, tendrá que esperar a llegar a la penitenciaría o a que uno de sus familiares le traiga alimentos.

—No pueden traerme comida si no saben que estoy aquí.

—Ese no es mi problema. —Vuelve a marcharse.

—¡¿Puedo hacer la llamada a la que tengo derecho?! —le grito.

—No tengo órdenes de permitirle hacer eso.

El amanecer llega, estoy peor que antes, no he comido, no me han dejado avisarle a nadie de que estoy aquí y no quiero imaginarme el regaño de Parker cuando llegue.

Las horas pasan, me siento débil y lo único que he podido conseguir son botellas de agua brindadas por el guardia de turno.

La noche llega y lloro hecha un ovillo sobre mi áspero colchón, tengo hambre y ganas de regresar a casa.

—¡Rachel James! —me llaman.

Me levanto mareada.

—Se le dará permiso para hacer una llamada —me informa una agente de policía.

Me sacan llevándome a un pasillo aparte donde hay un teléfono pegado a una pared.

—Tiene dos minutos —me advierte.

Pienso a quién llamaré antes de descolgar la bocina. No tengo mi móvil y son muy pocos los números que me sé, entre esos está el de Luisa, pero sigue en Santorini, así que no puede ayudarme, y mis padres tampoco son una opción.

Descuelgo el teléfono marcando el número de mi única esperanza, repica cinco veces antes de que contesten:

—¿Sí? —Siento que el alma me vuelve al cuerpo cuando escucho la voz de Harry.

—¡Harry! Soy yo, Rachel —la voz se me quiebra.

—¡Por el amor de Dios! ¿Dónde carajos estás metida? —me regaña—. Te he llamado mil veces, eres un soldado, deja de estar con siestas pesadas.

—Estoy en prisión, no he podido contactar con nadie.

—¡¿Qué?! ¡¿Por qué?!

—No tengo tiempo para explicarte nada, solo necesito que vengas por mí, puesto que el teniente del cuerpo policial no me quiere transferir ni dejarme libre.

—Rachel, no estaré en Londres hasta pasado mañana. Alexandra, Parker, Laila y yo estamos investigando la casa veraniega de Leandro. Pensábamos que estabas trabajando con Morgan.

Mi rayo de esperanza desaparece, no me creo capaz de soportar dos días con el estómago pegado a las costillas.

—¡No me dejes aquí, por favor! —sollozo.

—Escucha, voy a…

La comunicación se corta dejando un chirrido ensordecedor en la bocina.

—Se acabó el tiempo —avisa la guardia.

—Pero no han pasado dos minutos —alego.

—¡Se acabó! —Me arrebata la bocina y me arrastra a la celda.

En verdad no me creo capaz de seguir en este infierno.

—¡Necesito hablar nuevamente con el teniente! —pido.

—Ya tuvo su oportunidad, así que no moleste.

—Pero ¡no he solucionado mi situación, fui encerrada de forma injusta!

—Todos dicen lo mismo, no puedes hablar con nadie si él no lo autoriza —espeta—. ¡Vete a tu cama y deja de hacer berrinches, incomodas a los otros presos!

Me siento en el colchón y las lágrimas no se contienen, tengo tanta rabia reprimida… Estos hijos de puta son unos idiotas.

Me acuesto y cierro los ojos; a lo mejor si no los abro por un largo tiempo, los días pasarán y mi amigo vendrá por mí.

—¡Rachel James! —vuelven a llamarme.

No sé qué hora es ni cuánto dormí, pero tengo una migraña de pesadilla.

—¿Sí? —Me levanto mareada.

El hombre que me llama no habla, solo abre la celda, me pone las esposas y me lleva fuera sin dar explicaciones.

Da dos golpes con el puño cerrado pidiendo entrada a la sala de investigaciones.

No sé si estoy teniendo un sueño o tantas horas sin comer me están causando alucinaciones, solo sé que recibo una bofetada mental que me quita el sueño, la debilidad y el dolor de cabeza cuando veo a mi coronel cruzado de brazos al lado de la mesa.

Sus ojos me reparan y mi cerebro hace un repaso mental de lo mal que debo de verme con ropa de dos días, despeinada y oliendo a mi sucia celda.

Me siento diminuta en comparación con lo bien que luce él, con vaqueros negros, una camiseta del mismo color, chaqueta marrón y el cabello húmedo cayéndole en las cejas.

El policía me empuja adentro y observo que hay otro hombre en la habitación; un moreno con barba y traje azul oscuro.

La mirada que tanto me atormenta pasa de mis ojos a encima de mi cabeza.

—¿Por qué está esposada? —pregunta—. Que yo sepa no ha masacrado a nadie, ¿o sí?

—No, coronel —carraspean a mi espalda. Es el teniente del cuerpo policial.

—Pero sí fue encontrada detonando un arma en plena vía pública.

Toman asiento uno frente al otro.

—¿Por qué la FEMF no sabe de esto?

—Intentamos contactarlos y no hubo respuesta de nadie.

Christopher se frota la sien tensando la mandíbula.

—No me crea imbécil, teniente. No se han comunicado con nosotros, si lo hubiesen hecho, mi agente no estaría aquí.

—Bueno, di la orden de que lo hicieran y si mis hombres no obedecieron, no es mi responsabilidad.

Se lo come con los ojos apoyando las manos en la mesa.

—Me la llevaré, así que emita la orden de salida.

—No va a ser posible, coronel, los hechos aún no se esclarecen y…

Le impide terminar sujetándolo del cuello. Lo arrastra por encima de la mesa y se lo pone a la altura de los ojos.

—¡No hay nada que esclarecer, ya dio su testimonio y el área investigativa corroboró que intentaron robarla y por eso detonó el arma! —le increpa—. Los policías no pueden arrestar a agentes de mi entidad.

—Solo trato de adoptar un conducto regular.

—No tiene ningún derecho de hablarme sobre el conducto regular: encarceló a un agente de mi entidad privándole de los derechos básicos y tampoco avisó a las personas correspondientes para que se hicieran cargo del caso.

—No puede quedarse aquí —añade el hombre moreno—. Tengo a su superior en la línea disculpándose por lo sucedido.

El hombre palidece bajo el agarre del coronel.

—Yo, yo… —balbucea.

—Va a firmar la puta autorización —lo amenaza—, de lo contrario, despídase de su carrera en la policía.

—Como ordene, señor. —Pasa saliva.

—Y quítele las esposas. —Lo suelta.

Me liberan las manos.

—Llévala a por sus cosas —ordena el teniente arreglándose la camisa.

Me mueven a la primera planta y me entregan mi mochila, el arma, la placa, la billetera y el móvil, que se ha quedado sin batería.

Compruebo que todo esté en orden.

—Tenía dinero en mi billetera —le reclamo al hombre detrás del mostrador.

—No mienta, aquí respetamos las pertenencias de cada quien.

—¿No me diga? —inquiero con sarcasmo—. Todas las pertenencias menos el dinero.

—Si tiene alguna queja, puede exponerla allí. —Señala una fila de cien personas.

—Olvídelo.

Recojo mis cosas, firmo los debidos documentos e intento irme con mi mochila abrazada.

—¡Rachel! —gritan a mi espalda mientras atravieso el umbral.

No gano nada ignorándolo por muy ardida que esté. Hacer caso omiso de su llamado es mostrar mi inmadurez y reconocer que estoy molesta por haberme dejado plantada; además, no puedo ser una malagradecida porque gracias a él estoy libre.

Volteo, está bajando las escaleras con el moreno que lo acompañaba.

—Gracias —digo cuando lo tengo de frente.

—Ten, debes de estar hambrienta. —El hombre moreno me entrega una bolsa con un emparedado.

—Se lo agradezco.

—Andrés Evans, abogado y fiscal. —Se saca una tarjeta del bolsillo—. Me encargué de su caso, su auto fue incautado y se lo entregarán dentro de un par de días.

—Gracias por la ayuda. —Tomo la tarjeta.

—Te llevaré a tu casa —habla Christopher—. Andrés, infórmame de cualquier novedad.

—Por supuesto, te llamaré más tarde —se despiden.

Se va e inmediatamente se aferra a mi brazo.

—Puedo tomar un taxi. —No tengo dinero aquí, pero sí en casa.

—Ya dije que te llevaría.

Me arrastra al DB11.

Abre la puerta del copiloto para que entre y me siento con la mochila abrazada sobre el pecho. El interior huele a canela mientras que mi ropa apesta a humedad y a sudor.

Se pone al volante arrancando sin decir más.

El estómago me ruge, abro la bolsa que me dio el abogado y devoro el emparedado de pollo y mayonesa. Está delicioso, pero no sacia ni la quinta parte del hambre que tengo. El sexy hombre a mi lado sigue sin decir nada, solo conduce como loco a través de las calles de la ciudad.

—No tienes que ir a la central —rompe el incómodo silencio—, por hoy puedes quedarte en tu casa.

—Gracias.

—Respecto a Patrick, hablé con él y no dirá nada de lo que vio.

—Gracias.

Hace un giro prohibido esquivando a un motociclista para adentrarse en la calle que lleva a mi edificio.

—¿No dirás más que gracias?

—No tengo nada más que decir.

—Si tienes algo que decir, solo dilo. Estoy esperando el discurso dramático que dan todas las mujeres cada vez que se las deja plantadas.

Sus palabras no provocan ganas de dar discursos dramáticos, provocan querer arrojarlo del auto y patearlo sobre la acera hasta verlo sangrar.

—Da igual, no era que tuviera mucho ánimo de follar salvajemente esa noche.

—Voy a tomar eso como un sarcasmo. —Frena en seco y estaciona frente a mi edificio. Suelta el volante y se inclina para besarme.

—Hey. —Me aparto pegándome a la puerta—. ¡No quiero que me beses!

—Acabas de decirme que te da igual el que te haya dejado plantada.

—Sí, pero no quiero que te me acerques: he estado dos días en prisión, apesto y lo único que quiero es ducharme.

—Ok, entonces fuera de mi auto. Vendré cuando tenga tiempo.

—Ok.

—Ok. —Libera el seguro de la puerta—. Sal, no tengo todo el día.

«Menudo patán», pienso.

Enciende el motor y arranca apenas pongo los pies en la acera.

—Idiota —murmuro para mí y corro adentro antes de que otro psicópata intente secuestrarme.

Julio y Luigi están en la recepción cambiando de turno.

—Señorita James —me saluda el portero—, nos estábamos preguntando el porqué de no haberla visto en estos días.

—Tenía asuntos que resolver. —Me acerco a la barra—. Necesito que de ahora en adelante ningún desconocido suba sin mi permiso, y si vienen a preguntar por mí, díganles que ya no vivo aquí o que fallecí.

Sus expresiones son de total confusión.

—Claro que sí, señorita, sabe lo delicados que somos con la información de nuestros residentes.

—Solo mis amigos suben —dejo claro.

—Sí, señorita —contestan.

Me marcho al ascensor y apenas cruzo la puerta de mi casa arrojo lo que traigo. Me pongo a cargar el iPhone, enciendo mi *laptop* y redacto un correo marcado como urgente para el jefe de seguridad de mi papá.

Si quiero capturar a Antoni, debo tomar medidas de seguridad para que no vuelva a atacarme.

Busco, en la web, sistemas de alarma y prevención y ordeno varios para instalarlos en el apartamento. Debo ser precavida, conté con suerte de que hayan creído el cuento que intentaron robarme el auto, pero un ataque más no tendría explicación. Ni Christopher ni la FEMF son idiotas.

Reviso cada rincón asegurándome de que no hayan entrado antes a poner cámaras o dispositivos de rastreo. No hay nada.

Tomo los binoculares y me aseguro de que los centinelas de la FEMF estén en sus posiciones; lo están, seguramente ese debe ser el motivo de que no me hayan atacado aquí, saben que como miembro de la organización estoy vigilada la mayor parte del día.

Debo evitar salir sola. Mientras Antoni esté libre tengo un hacha sobre mi cabeza y en cualquier momento puede soltarse. Enciendo el móvil, el cual colapsa con mensajes y llamadas de mis padres, Luisa, Harry, mis amigas y Parker.

Vibra mostrando un número desconocido.

—Diga —contestó nerviosa, no sé por qué tengo el miedo de escuchar algo como «Vas a morir» o «Te estoy vigilando».

—Rachel, soy Jason. ¿Estás bien? Acabo de recibir tu correo.

Relajo los hombros al escuchar la voz del jefe de seguridad de mi papá.

—Estoy bien, te contacté porque necesito de tus servicios.

—¿Qué tipo de servicio?

—Seguridad. —Me paseo por la sala con el móvil en la oreja—. Necesito escoltas.

—¿Qué pasa? ¿Rick lo sabe?

—No, y no quiero que le digas nada. Las cosas en Londres están peligrosas y solo quiero un poco de protección extra.

—Entiendo, solo dame unas horas para mover mis contactos y poner un anillo de seguridad a tu alrededor.

—Ok, pero no quiero que nadie note que estoy siendo escoltada, tiene que ser lo más discreto posible.

—No te preocupes, puedo encargarme de todo. Enviaré a uno de mis hombres a tu casa para que te explique cómo será todo, así que envíame tus datos al email.

—Bien.

—Te responderé apenas tenga todo listo.

—Jason —suelto el aire. Conozco a este hombre desde que tengo uso de razón, es de absoluta confianza y sabe a la entidad que pertenezco—. Sé que eres la mano derecha de mi papá, pero prométeme que no le dirás nada, por favor.

—No te preocupes, entiendo que tu llamada no es por protección extra; si fuera por eso, me hubieras contactado hace mucho tiempo. Por el aprecio que le tengo a tu familia pondré mi mejor equipo a tu disposición.

33

EL LAGO DE LOS CISNES

Rachel

Después de comer, instalar el sistema de seguridad, tomar una ducha y dormir toda la tarde, me preparo para recibir a mi nuevo guardaespaldas.

Jason dijo que llegaría a las siete y cumplió su palabra, a dicha hora Julio me avisó que alguien preguntaba por mí en la recepción.

Me atuso el moño frente al espejo y termino de abrochar las bailarinas del mismo color de mi vestido blanco.

Abro dándole la bienvenida y no es el hombre veterano que esperaba ver, por el contrario, es musculoso, alto y de buen parecer. Tiene el cabello castaño y la mandíbula cuadrada, la cual le aporta rudeza a su porte masculino.

—Señorita James —extiende la mano a modo de saludo—, soy Elliot MacGyver, Jason me envió.

—Adelante, por favor. —Me aparto para que siga—. ¿Algo de comer o beber?

—Estoy bien así, gracias.

Lo invito al sofá y tomamos asiento uno frente al otro.

—Explíqueme qué es lo que desea exactamente.

—Bueno, básicamente vigilancia desde lejos, ya que no quiero llamar la atención, debe ser alrededor del edificio y cuando salga.

—Entiendo. ¿Por qué motivo desea ser vigilada?

Me quedo en blanco sin saber qué mentira inventar.

—Señorita, llevo cinco años trabajando para Jason, puede confiarme cualquier cosa —aclara—. Debe tener presente que no puedo enviar hombres si no saben de qué resguardarla.

—Bueno…

—También trabajé para la FEMF —añade sin preámbulos. Por lo que veo, Jason no omitió detalles sobre mí—, la central de Miami exactamente, tuve que retirarme después de una lesión en el brazo. Por eso Jason me encomendó su caso.

Le creo, Jason nunca enviaría a la persona equivocada.

—Ok, hace menos de dos meses estuve en un operativo, el cual involucraba a uno de los mafiosos más peligrosos del momento —explico— y, aunque entré como infiltrada, logró encontrarme e intentaron secuestrarme.

—Entiendo.

—No quiero que nadie sepa que me persigue, ya que me exiliarán, y por el momento no puedo dejar mi carrera tirada.

Le cuento detalles de lo sucedido, pregunta cosas sobre mi rutina diaria y me hace mostrarle fotos de las personas que no son ningún tipo de peligro para mí.

—La vigilancia no solo estará alrededor —explica—. Debo poner, aunque sea, un hombre adentro de manera prudente para no llamar la atención. Cuando salga tendrá cuatro hombres ubicados estratégicamente a su alrededor, nadie notará que la escoltan, pero estarán listos para cuando los necesite.

—Suena perfecto.

—Estaré a cargo de todo, tendremos un acuerdo confidencial. Entiendo su caso y me comprometo a no decir nada de lo pactado.

—Gracias.

—¿Puedo inspeccionar el lugar?

—Por supuesto.

Le doy un tour por todo el apartamento, le hablo sobre las cámaras de vigilancia que instalé y sobre las personas que entran y salen frecuentemente.

—Podrá contar con la vigilancia mañana a primera hora. —Volvemos a la sala—. Le iré presentando a los hombres poco a poco, ya que se estarán turnando para protegerla. Permítame su teléfono, por favor.

Deslizo el aparato sobre la mesa de vidrio.

—Su amiga también será vigilada. No corre peligro, pero no está de más prevenir que quieran usarla para algo en su contra. Me llevaré las fotos de sus allegados para que mis hombres guarden la debida distancia cuando esté con ellos —aclara—. Registraré mi número en su lista de contactos para que me llame si surgen novedades. Tenga claro que en el único lugar donde no puedo vigilarla es cuando esté en las instalaciones de la FEMF o en operativos, y es importante que no salga sin su arma, nunca se sabe cuándo se presentará la oportunidad de usarla.

Asiento y se levanta devolviéndome el teléfono.

—Tenga la certeza de que estará a salvo mientras esté bajo nuestra vigilancia.

El timbre suena y nos miramos al mismo tiempo, no espero a nadie y se supone que Luisa llegará dentro de dos días. Me tenso en el acto, después de lo sucedido no puedo evitar que cualquier cosa signifique otro intento de Antoni para asesinarme.

—¿Espera a alguien?

Niego acercándome al ojo de la puerta mientras Elliot se posa a mi lado con la mano pegada al arma que carga en la espalda.

Me paro en puntillas y mis talones caen al suelo cuando veo de quién se trata.

—No hay peligro —aviso más nerviosa de lo que estaba.

El miedo se transforma en la inquietud que provoca Christopher Morgan.

Abro la puerta y su perfecto físico es como un puño seco en el estómago. Tiene el cabello igual que esta mañana, aunque no viene con la misma ropa: trae pantalón negro, una playera blanca, un blazer oscuro y un Rolex de oro blanco que resplandece en su muñeca izquierda.

Entra airoso como siempre y su cara se transforma cuando ve a mi nuevo escolta.

—¿Y él es? —pregunta Elliot confundido.

Obviamente no hablé de Christopher y mi relación adúltera.

—Un amigo —trato de que suene sin importancia.

—La veré mañana, entonces —se despide el escolta.

—Sí, que tengas una buena noche.

Sale y Christopher se queda mirándome con los brazos cruzados.

—¿Cómo subiste sin mi autorización?

—Soy el coronel de un ejército inteligente, no necesito anunciarme para entrar a ningún lado —espeta—. ¿Interrumpí tu cita?

—No era una cita, es un amigo de la familia. ¿Y qué haces aquí? No recuerdo haberte invitado.

—Saldremos, así que busca un abrigo y acompáñame.

«No te me claves más, maldita sea». Tengo claro que los momentos dulces no compensan el trago amargo que surge después.

—No tengo ánimos para salir.

—Y yo no tengo ánimos para rogarte e insistir —se impacienta—. Entiendo que estés cabreada por dejarte plantada, pero evitemos el drama.

—Ya te dije que no me importó.

—Ajá. —Entorna los ojos—. Trae el abrigo y vámonos porque, si sigues en modo terca, llegaremos tarde.

—¿Tarde a qué?

—Solo ve a por el abrigo y no me hagas perder el tiempo —me regaña.

Le hago caso y me voy al armario. Soy consciente de que es una pésima idea, pero como la masoquista que soy, estoy feliz de ir a meter la pata.

Me pongo una cazadora y abro la cajonera en busca de mi arma, no tengo dónde meterla sin que lo note, así que desisto de la idea. No creo que se atrevan a atacarme mientras estoy acompañada del coronel de la FEMF.

Para cuando salgo ya no está en el vestíbulo. Apago las luces, activo la alarma y cierro la puerta.

Bajo a la primera planta y tampoco está en la recepción. Cruzo la sala de espera tomando nota mental de recalcarle a Julio lo importante de seguir mis órdenes al pie de la letra.

El frío de otoño me eriza las piernas cuando salgo a la calle, miro a todos lados en busca del Aston Martin y tampoco está.

«Le patearé las bolas si tiene la imprudencia de hacerme bajar por nada». Las luces de una BMW S740 modelo 2017 estacionada frente a mí me alumbran. Él se quita el casco y, acto seguido, se peina el cabello con las manos.

—¿Qué es esto?

—Una moto —contesta con sarcasmo—, sube, que es tarde.

—Sé que es una moto, pero ¿cómo crees que voy a subirme con el vestido?

—Es de noche, nadie lo notará. —Me ofrece un casco.

Está impaciente y yo no quiero volver a subir, así que me encaramo tras él dejando que se ponga el motor en marcha; el cilindraje es fuerte y debo aferrarme a su espalda. La adrenalina es emocionante y la velocidad que desprende no me da miedo, por el contrario, me encanta andar en este tipo de motos.

Media hora después se estaciona frente al Royal Opera House. Baja y toma mi mano entrelazando sus dedos con los míos, lo que hace que me tiemblen las rodillas. Nunca había mostrado tanta cercanía en público.

—¿Qué pasa? —pregunta.

La ilusión desaparece cuando me mira con el cejo fruncido.

—¿Es otro de esos momentos donde tu cuerpo se congela y te vuelves un cadáver sin alma?

—No. —Sigo caminando dejando que me lleve al interior del teatro.

Avanzamos pasillo arriba.

—Ya que te debo una cita… —se detiene frente al cartel que anuncia el espectáculo de ballet *El lago de los cisnes.*

Un nudo del tamaño de una toronja se me atraganta en la garganta con la dolorosa daga que me entierra en el centro del corazón perpetuando todo lo que siento por él.

—No te hubieses molestado…

—No es una molestia, quería compensarte. —Me da un beso en la coronilla—. Vamos.

Entrega las boletas y nos conducen al palco privado. El pequeño sitio está decorado con cortinas, un sofá y cojines de terciopelo rojo. La vista al escenario es maravillosa y hay dos copas en una pequeña mesita.

Él se va directo a las bebidas mientras yo me pongo cómoda. Me da una copa de champaña cuando se sienta a mi lado. Posa el brazo encima de mis hombros tomándose el vino espumoso antes de dejar la copa de lado.

Nuestras bocas se tocan y automáticamente sus manos viajan bajo de mi vestido acariciándome los muslos desnudos. Christopher no es de gestos suaves, va apretándome la piel mientras me come la boca subiendo al elástico de mis bragas. Mi sexo presiente su cercanía encendiéndose cuando me toca por encima de la tela.

Contengo la respiración pasando saliva en tanto empieza a jugar con los bordes, metiendo los dedos y untándose de la humedad que desencadenó su cercanía.

—Quiero recoger todo esto con mi lengua. —Sigue untándose de mi excitación mientras acapara mi boca con un beso agresivo. El cuerpo me cosquillea y dicha sensación empeora cuando desliza las manos y se apodera de mis glúteos.

«Dios». Creo que puede invadirme de un solo tirón y mi sexo lo recibiría gustoso. Surgen las ganas de arrancarle la ropa y cabalgar hasta correrme. Una persona habla en la tarima para dar inicio a la presentación.

—Royal Opera House presenta *El lago de los cisnes*.

Me aparto acomodándome la falda del vestido mientras me mira como si me hubiese salido algún cuerno.

—¿Qué? —indago—. No tiene sentido pagar un pastal de libras por un show que no veremos.

—El dinero es lo que menos me importa —me acaricia el cuello con la nariz tocándose la erección que está a nada de romperle el pantalón—, gasto lo que sea con tal de tocarte.

Vuelve a ponerme la mano en la pierna ganándose que se la aparte de un manotón.

—Amo este show y no voy a follar en el palco privado de uno de los teatros más emblemáticos de Londres.

Resopla como un niño caprichoso y se acomoda al otro lado de la silla. Durante las dos horas siguientes no para de quejarse y rodar los ojos a cada nada mientras murmura sandeces entre dientes.

Por mi parte disfruto del espectáculo. Es hermoso, la música, el baile y la actuación. El escenario es deslumbrante lleno de luces y decorados fabulosos. Me meto tanto en el show que me siento como si fuera la protagonista. No aparto la mirada de la tarima apoyando los brazos en el balcón de madera hipnotizada con los bailarines.

El lago de los cisnes es el cuento que todas las niñas conocen en la infancia y, pese a los años, nunca deja de gustar. Mi madre me lo leyó infinidad de veces, yo se lo leí a mis hermanas y si alguna vez tengo una hija, ella también lo amará.

Acaba y me pongo de pie rompiendo en aplausos como el resto del público. Volteo a mirar a Christopher y está dormido con un cojín bajo la cabeza.

—Gracias. —Le beso la comisura de la boca para despertarlo.

—¿Ya acabó? —Abre un solo ojo.

—Sí, ya podemos irnos.

—Me alegra que te haya gustado, porque, por mi parte, casi muero de aburrimiento.

—No es aburrido, es un arte maravilloso.

—El único arte que me gusta es el de follar y no vi nada parecido.

El clima no está de nuestro lado cuando salimos, ya que una fuerte tormenta se tomó la ciudad.

—¿Por qué diablos no traje el auto?

—Porque querías dártelas de sexy motociclista e impresionarme.

Curva los labios en una candente sonrisa, el tipo de sonrisa que no me canso de ver.

—¿Funcionó?

—Sí que sí. —Junta nuestros labios y vuelve a tomarme de la mano llevándome hasta la moto.

Me acomodo tras él, pego el pecho a su espalda y dejo que se aventure en medio de la tempestad. La lluvia empeora, así que termino empapada y con el vestido pegado al cuerpo.

Siento un estremecimiento en el pecho al recordar que desde esta mañana no he pensado ni un solo minuto en mi novio, pero sí en el hombre que sujeto justo ahora.

Antes ideaba un futuro todo el tiempo, pero ahora… Ahora siento que ninguna antigua ilusión me llena o satisface.

¿Dónde está el amor que veía como perfecto?

¿Las sonrisas que surgían cada vez que lo pensaba?

Siento que tomaron mi verdadera yo, la que ama a Bratt y la que estaba conforme con lo que le daba. Esta Rachel que veo aquí es una que desconozco, no es la Rachel que criaron mis padres.

Llegamos al edificio empapados y escurriendo agua por todos lados. Me bajo y las ganas de invitarlo a pasar se quedan en el aire, ya que no quiero preguntarle y recibir una de sus altaneras respuestas.

La lluvia le cubre la cara y del cabello le brotan gotas de agua cuando se lo peina con las manos.

—Gracias por la noche, coronel.

—¿Solo dirás eso?

—Sí.

—Podrías invitarme a entrar. —Sonríe con malicia—. Es una buena forma de agradecer.

—Sí, pero no es de una dama invitar a un caballero a sus aposentos. —Le devuelvo la sonrisa.

—No eres una dama.

—Ni tú un caballero.

Toma mi cintura llevándome contra él y dejándome a centímetros de su boca.

—Nena, no tienes que pedirlo. Yo sé qué quieres y quiero dártelo.

Me mordisquea la barbilla y me echo a temblar.

—Ese vestido me está gritando que lo rompa —susurra apretando la tela.

Lo beso aferrando mis labios a su boca como si mi vida dependiera de ello. No me importa que amanezca con una neumonía mañana. Me estrecha contra su pecho levantándome del suelo hasta dejarme a su altura, haciéndome sentir como Allie Hamilton en *El diario de Noah*.

Entramos a mi apartamento en medio de besos urgidos y toqueteos lujuriosos. Me deja frente a mi cama y sus dedos van a mi cabello, liberándolo de la banda elástica que lo ata. Da un paso atrás y lo observo desprenderse de la ropa a una velocidad alarmante.

Intento quitarme el vestido, pero no me lo permite, ya que se viene contra mí dejándome de espalda contra la pared. Sus manos viajan al cuello de encaje y su boca ataca la mía mientras lo rasga provocando que la lluvia de botones se expanda a lo largo del piso.

Me magrea el trasero antes de alzarme llevándome a la cama y cayendo conmigo en medio de besos ardientes que suben de tono siendo «agresivo». Los dedos se clavan en mi piel mientras su falo endurecido se refriega en mi sexo.

Nunca imaginé apegarme a él, como te apegas a la persona con la que te atreverías a compartir el resto de tu vida.

Me llena la cara de besos pasándome los dedos por el cabello. La habitación está iluminada solo con la luz que viene de afuera, dejándome detallar los ojos grises con destellos salvajes y las hebras negras que se le pegan a la frente.

Soy consciente de que el momento tarde o temprano acabará y que en menos de nada estaré de vuelta a la realidad. La cara me arde y ¡joder!… Creo que voy a llorar, se me está saliendo el lado vulnerable y lo único que hago es esconder la cara en su pecho.

Fallo porque me toma el mentón obligándome a que lo mire a los ojos.

—¿Qué pasa?

La pregunta surge con suavidad, pero yo tengo claro que a él no le puedo abrir mi corazón. Lo beso tomando su cara, devolviéndole la fiereza que tanto usa conmigo.

Llevo las manos al elástico de su bóxer y libero el miembro largo, duro y caliente preparado para atravesarme. Juega con mis tetas mordisqueando una mientras pellizca la otra dándome lametones suaves de vez en vez, y no pierde tiempo a la hora de descender por mis caderas y juguetear con mis bragas hundiendo los dedos en mi canal.

Logro captar el chapoteo de sus dedos cuando juega en mi interior arrancándome leves gemidos.

—Me llevo las bragas. —Las arranca de un tirón subiéndose sobre mí y apartándome las piernas para que le abra espacio.

Los besos son húmedos. Con el tamaño de su miembro, me llena por completo y me dilata de tal modo que puede provocar el orgasmo con la mera invasión. Sujeta un puñado de mi cabello antes de empezar a embestir; sin embargo, el agarre no dura mucho, ya que baja mi barbilla y me obliga a mantener contacto visual mientras entreabre la boca arremetiendo con empellones fuertes y profundos.

Mis ojos no dejan de repararlo, no sé ni qué es lo que me enamora: si la belleza sobrehumana, la vehemencia cargada de fuerza bruta o el voltaje que destila en momentos como estos. Le paso los nudillos por la cara convenciéndome de que en verdad existe. Ni en mis mejores prototipos había visto un rostro como el de él y eso me aflige: saber que va a ser difícil sacarlo ahora que tengo las expectativas por los cielos.

Sus besos se vuelven exigentes, su lengua se torna persuasiva dentro de mi boca y me abraza a medida que se mueve dentro escondiendo la cara en mi cuello e inhalando la fragancia de mi perfume.

Los besos no cesan y la temperatura sube cubriéndonos con una leve capa de sudor.

Sale, se arrodilla, toma mis caderas y abro las piernas para él, dejando que me encaje en su cintura. Su peso cae en uno de sus brazos y con la mano libre acaricia mis glúteos agarrándolos con fuerza mientras arremete con empellones que desatan gemidos cargados de desespero.

Araño las sábanas, presa de la infinidad de sensaciones que causa.

Todo es una agonía placentera. El sexo con Christopher Morgan se puede definir en tres palabras: «vehemente», «salvaje» y «lujurioso». No te acaricia, te quema, porque su tacto es fuerte como el de un lobo queriendo marcar a su presa. Estando bajo él no puedes pensar ni razonar, simplemente me consumo en llamas ardientes de pecado.

Apoya las manos a cada lado de mi cabeza, tiene los ojos oscuros y la mandíbula tensa mientras traza círculos con sus caderas, provocando que mi sexo se derrita sobre las sábanas blancas a medida que la fricción de la polla que me invade desata sensaciones que bailan y viajan en mi epicentro, creando los cimientos del orgasmo. Los ojos se me cierran cuando siento que lo alcanzo y...

—¡Mírame! —me exige—. Déjame ver ese azul.

Me embiste con más fuerza y siento que va a partirme en dos. Aferro los dientes a mi labio inferior cuando me toma de la nuca acelerando las embestidas y soltando guarradas que solo me prenden más.

Las palabras indecentes se vuelven elogios eróticos que detonan el inminente y placentero orgasmo. Todo se dispersa, la oleada se apodera de mi mente y solo puedo pensar en él mientras ahogo el grito que emite mi garganta en tanto me dejo ir con su cuerpo tenso sobre mí y los chorros de su eyaculación en mi canal.

Hunde las caderas por última vez mordiéndome el hombro antes de bajarse.

—Estupenda como siempre. —Me besa los labios.

Se deja caer a mi lado estrechándome para que me ubique sobre su pecho, lo hago y nos quedamos en silencio durante minutos que me resultan eternos. Me siento demasiado rara con todo esto.

—¿Por qué llorabas? —pregunta de la nada.

Respiro hondo tratando de verme normal.

—No lo sé, a veces me pongo sensible por tonterías.

Entrelaza nuestros dedos y me besa el dorso de la mano. El cabello negro le brilla bajo la luz nocturna; eso y sus ojos plateados hacen estragos en mis patéticas hormonas enamoradas.

Se me acelera el corazón y las ganas de llorar vuelven a surgir.

—¿Estás sensible otra vez? —Me besa la nariz.

—Christopher, yo...

Prometí no decirlo, pero siento que debo hacerlo; si no lo hago, me ahogaré con lo que tengo atorado en la garganta.

—¿Qué?

—Creo que me estoy enamorando...

Posa los dedos en mi boca con una clara orden de «Cállate».

—No digas cosas de las cuales te vas a arrepentir.

Le aparto la mano.

—Escúchame… —Si solo me dejara hablar…

—Te estás dejando llevar por el sentimentalismo de un buen polvo. —Me aparta sentándose en la cama.

—No es eso —replico—. Tengo muy claro lo que está pasando.

—Tenemos un trato, recuérdalo.

Empieza a vestirse dándome la espalda.

—¿Cómo les explico a mis sentimientos que no puedo quererte?

—¡No lo digas! —vuelve a interrumpirme.

—Pero es la verdad…

—Rachel, me gustas, pero no somos nada. Tienes novio y yo estoy casado.

—¿Ahora te importa tu relación con Sabrina? Tienes tanto miedo a que te quieran…

—¡Que no digas nada! —Termina de vestirse—. Solo déjalo así, estás confundiendo lo que como adultos tenemos claro.

Su respuesta me comprime por dentro, pero, aun así, no soy capaz de callarme, ya que necesito saber qué siente él.

—Me voy y haré de cuenta que no dijiste nada.

—¿Lo nuestro no significa nada para ti? —Sé que es la pregunta más masoquista que he podido formular.

Se vuelve hacia mí con la mirada fría dejándome peor de lo que estaba.

—No —contesta seguro—. Yo no cambio parámetros y para mí es lo que pactamos: sexo momentáneo.

—Pero…

—Sexo momentáneo, Rachel. —Sus palabras son cuchillas afiladas que se me entierran en lo más profundo—. Te creí inteligente, pero ya veo que no eres una mujer de palabra.

Recoge el móvil, la chaqueta y sale estrellando la puerta.

El corazón se me vuelve diminuto… ¿Qué otra cosa esperaba?, ¿que me dijera que siente lo mismo?

Me vuelvo una bola bajo las sábanas llorando sin poder describir todo el peso que siento que sostengo, he tocado fondo y ahora… Ahora sencillamente no sé cómo desaparecer esto.

Despierto en la misma posición en que me quedé dormida, convertida en un ovillo y desnuda entre sábanas blancas.

Me duele la cabeza, siento los ojos pesados y el corazón me da un vuelco cuando me percato de la hora que es —¡las nueve y media!—, ya tendría que estar en el comando.

¡Maldita sea! Aparte de que no voy a trabajar hace tres días, me doy el gusto de llegar tarde. No puse la alarma, ni siquiera me molesté en desconectar el iPhone que cargaba en la cocina.

«Más problemas, más estrés y más regaños que van a empeorar mi día de mierda», pienso.

Tomo una ducha sintiendo rabia conmigo misma: «¿A qué carajos juego?». Soy tan patética enamorándome de mi amante... Restriego el jabón contra mi piel, necesito que su aroma desaparezca... Las lágrimas me traicionan al recordar la sequedad de sus palabras.

—¡No! —me regaño en voz alta—. No más llanto y no más estupideces.

Salgo, meto las piernas en un vaquero ajustado azul y me pongo la primera blusa que encuentro. Calzo mis botas, arreglo mi bolso y alisto mi arma.

El mal genio no me ayuda, quiero convertirme en un avestruz y enterrar la cabeza en un hueco por tiempo indefinido. Me dejo caer en la cama, es tarde pero no quiero salir a enfrentar la realidad.

«Voy a entrar en pánico», pienso.

Respiro hondo tratando de actuar como una persona madura y dejar de lamentarme. Debo seguir porque ya no soy una niña, tengo veintidós años. No puedo dejar que un hombre me amargue la vida.

Con un dos por ciento más de ánimo me levanto enganchándome el bolso en el hombro. Debo pedirle a Elliot que me acerque a la central, ya que no tengo auto, la moto está en el comando y no puedo correr el riesgo de tomar un taxi.

«No lleva ni un día y ya lo voy a coger de chofer», me recrimino.

No doy cuatro pasos hacia el pasillo cuando recibo el impacto que desencadena la presencia del hombre que yace en la mitad de mi vestíbulo, de brazos cruzados y con un manojo de llaves colgando de sus dedos.

Me mira con esos ojos esmeralda brillante y su mera presencia es como intentar mirar el sol a plena luz del día, el aire se me atasca y mis neuronas se bloquean poniéndome al borde del colapso.

—Bratt —es lo único que logran articular mis cuerdas vocales.

34

EL NOVIO EJEMPLAR

Rachel

Los ojos verdes que me han mirado durante cinco años se concentran en mí con esa hermosa manera que siempre han tenido al centrarse en mí. Como si fuera el ser más lindo de la Tierra, como si fuera lo mejor que le ha pasado y como si el universo se detuviera con solo tenerme de frente.

—Te eché de menos —me dice.

Colapso como si me arrojaran una bomba al pecho y que, al estallar, me destrozara en infinidad de pedazos; suelto el bolso que me cuelga en el hombro y recuesto la espalda en la pared. «Duele». Las lágrimas afloran en mis ojos y me tapo la boca para contener los sollozos. Su calor me envuelve mientras me da un beso en la coronilla dejando que me aferre a la tela de su playera.

—Tranquila, cariño, ya estoy aquí y estoy bien —susurra—. No volveré a irme.

El hombre con quien planeé tantas cosas está aquí después de haberlo traicionado de la peor manera posible. No puedo mirarlo, no después de haber estado hace poco en los brazos de su mejor amigo sucumbiendo a lo que debía haber evitado.

—Lo siento tanto… —Sollozo contra su pecho—. Yo… Joder, yo… Perdóname.

Toma mi cara entre sus manos.

—Hey, no te pongas así. Ya pasó…

—No me entiendes…

—Estoy cabreado por lo que ha pasado, pero no es para que te pongas así.

Su inocencia frente al tema me mata, es como si se estuviera burlando de él mismo. Me abraza antes de limpiarme las lágrimas con sus besos.

Ya sin lágrimas en los ojos, puedo fijarme en los golpes y rasguños que tiene en la cara, en uno de cuyos pómulos destaca un enorme círculo morado. Asimismo, lleva la mano izquierda vendada.

—¿Estás herido? —le pregunto.

—No, solo recibí unos cuantos golpes, pero estoy bien. —Vuelve a abrazarme.

—Tuve mucho miedo de que te pasara algo, los Mascherano…

—Sé todo lo que ha pasado con los Halcones y los Mascherano, pero estamos bien, mi tropa salió ilesa.

Se cuelga mi bolso en el hombro.

—Hablemos en el auto, tengo una reunión dentro de dos horas.

Asiento, me toma la mano y dejo que me lleve a su Mercedes.

—¿Quieres que conduzca yo? Tu mano está lastimada.

—Tranquila. —Me sonríe—. No es que me duela mucho.

Se pone en marcha, lo observo y parece que tuviera un yunque en el tórax. Surgen las dudas y no paro de preguntarme qué tan fácil será olvidar. Durante el trayecto, me cuenta los detalles de la misión, de cómo tuvo que esperar el punto de quiebre de los Halcones para poder atacar y cómo todos quedaron perplejos ante el atentado, obviamente un golpe bajo para los italianos.

No me sorprende su triunfo, Bratt es uno de los mejores capitanes de la FEMF y no da puntada sin hilo. Las pérdidas fueron pocas, aunque algunas fueron sumamente importantes, ya que su teniente y sargento cayeron en el enfrentamiento.

Finalmente, llegamos a la central, pasa por el código de rutina, estaciona el auto y toma mi mano antes de que bajemos.

—Estaré ocupado todo el día, pero trataré de que podamos almorzar y cenar juntos.

—Sí, te buscaré al mediodía.

—Quiero compensar las horas que pasamos separados.

Suprimo las ganas de llorar.

—Yo también. —Apoya su frente contra la mía mientras trato de contener las lágrimas.

—Te amo.

Tras decir estas palabras, me besa; sus labios acarician los míos de forma cariñosa. Este es Bratt, el que demuestra su cariño de la mejor manera con besos de película romántica, el que hace de todo menos daño, el que toma tu corazón y lo posa en una nube blanca de amor inofensivo.

Cuando nuestros labios se separan, me dispongo a marcharme. Le doy un beso en la mejilla antes de alejarme. Los ojos se le iluminan y me dedica su peculiar sonrisa marcada por hoyuelos.

—Yo también te quiero —contesto.

—Lo sé.

Está claro que él aún no quiere separarse de mí, dado que me acompaña a mi dormitorio antes de irse al suyo. Estando a solas miro el reloj: voy tres horas tarde. Gracias a Dios, Dominick Parker no está. Estoy algo débil por la mala alimentación, no quiero amargarme el día con tonterías, así que me meto en el uniforme. «Bratt es lo que importa ahora», me repito mientras me arreglo.

Preparada llego a la sala de tenientes y voy directamente a mi escritorio, donde, como supuse, hay un montón de carpetas del área investigativa y un sinfín de correos del capitán Thompson, el único capitán que está en el extranjero —Bratt y Simon están aquí, y Dimitri murió—, donde permanecerá aún durante algún tiempo, dado que Christopher no quiere que se retire hasta que no acabe con los Halcones que están en Brasil.

Empiezo con lo primero en mi lista de prioridades, que es enfocarme en los últimos movimientos de Antoni Mascherano pidiendo información a lo largo de Italia mientras me nutro de todos los detalles relevantes de su vida.

Echo mano de mis múltiples contactos y ex colegas del comando para que me proporcionen información clara y precisa. Me notifican cientos de casos y también las identidades de sus víctimas, lo que me deja claro que esta organización tiene las manos metidas en todos lados, hasta en la política. Además, me advierten de que cada vez hay más desapariciones y siento que pronto estaré en la lista también.

Pongo a todo el mundo a trabajar en busca de cualquier cosa que me indique el paradero de mi nuevo dolor de cabeza, emito órdenes y solicitudes exigiendo información detallada de cualquier posible movimiento que haya realizado.

Entre llamadas, me comunico con la entidad encargada de la devolución de mi auto, me informan de que estará listo al cabo de dos días y que la aseguradora lo dejará en la puerta de mi casa.

La gente se mueve rápido y menos de una hora después tengo el correo copado de resúmenes y boletines informativos, que miro con lupa, ya que no se me puede escapar ningún detalle. Así, me atraganto con mi propia saliva cuando uno de los análisis me informa que estuvo en Londres hace poco, en la propiedad de un hotelero, Leonardo Bernabé.

Dejo por unos segundos la revisión exhaustiva de la avalancha de información y recuesto el peso de mi cuerpo sobre la silla. «Maldita sea», exclamo para mis adentros. Vuelvo al informe: estuvo dos noches y la mañana que partió encontraron el cuerpo de una empleada que murió por «sobredosis». Intentaron quemar el cuerpo, alguien denunció y el cadáver terminó en la morgue.

—¡Aquí estás! —exclama Parker entrando a la sala seguido por Harry, Laila y Alexandra—. Pensábamos que estarías condenada a cadena perpetua o algo parecido.

—¡Capitán! —Cierro la pantalla de mi *laptop*—. Los esperaba mañana.

—Conseguimos la información antes de tiempo —dice Harry en busca de su puesto.

—¡¿Capitán Parker?! —exclama con acento alemán la mujer del escritorio de atrás—. Tantos meses sin verlo y sin saber de usted.

La cara de amargura de Parker desaparece en un dos por tres.

—Teniente Klein.

Todos se concentran en la mujer que se posa firmes ante el capitán Dominick Parker. No noté que tuviese una compañera nueva y tuve que estar muy distraída, porque es el tipo de mujer que es imposible de ignorar: alta, con unas curvas de infarto y una cara de rasgos fileños y pronunciados; además, tiene más busto que Laila, Alexandra y yo juntas, saluda con un apretón de manos al capitán.

Harry no disimula y fija sus ojos descaradamente en el culo y las tetas que sobresalen en el uniforme de la recién llegada.

—Qué alegría verlo. —Se aparta el cabello de la cara.

—Lo mismo digo yo. ¿Cuándo llegaste?

—Hoy en la madrugada, estoy trabajando con la tropa del capitán Lewis.

Parker se descompone y se vuelve hacia mí con ojos asesinos. Olvidé que él y Bratt son enemigos a morir.

—Iré a almorzar. —Me levanto antes de que me pegue un tiro o me ahorque contra la pared—. Con su debido permiso, capitán.

—Pero ¡qué maleducada soy! —Sonríe la mujer—. No he sido capaz de presentarme a mis nuevos camaradas.

Parker le devuelve la sonrisa.

—Ellas son las tenientes Alexandra Johnson, Laila Lincorp —señala a mis amigas—, el teniente Harry Smith y Rachel James.

—Rachel… —Acaricia mi nombre con su acento. No se ve muy natural: es de labios abultados y tiene pestañas postizas. Dos perforaciones le decoran la nariz y el labio inferior—. Me parece haber escuchado tu nombre antes.

—Claro que tuviste que haberlo escuchado —confirma Parker—, es la novia de tu capitán.

—¡Sí! —Ríe—. Pero no he escuchado su nombre solo por parte del capitán, en Alemania hemos estado al tanto del triunfo de tus misiones al lado del coronel Morgan.

«Golpe directo al estómago».

—Sí, me imagino…

—Angela —interviene Parker—, adelántate a la cafetería, debo darle varias indicaciones a la teniente James.

—No tengo muy claro dónde queda la cafetería.

—Yo puedo guiarte —se ofrece Harry. Laila no apoya la idea, pues se para con la espalda recta amenazándolo con los ojos—. Las chicas y yo podemos acompañarte —añade él al ver la reacción de mi amiga.

—Me encantaría.

Abandonan la oficina mientras Harry va comentándole que la clave para no perderse en las instalaciones está en aprenderse el número de los pasillos.

—Que te quede claro que el hecho de que lord Lewis esté aquí no quiere decir que tienes vía libre para hacer lo que se te dé la gana.

Parker es como las migajas de pan en un sostén: un puto fastidio. No he movido el más mínimo dedo y ya está con el mismo discurso de siempre, y lo peor es que sus regaños absurdos cambian según sus niveles de odio y el que Bratt esté aquí lo multiplica al cien por mil.

—Tu advertencia está de más —digo serena. Mis peleas con él siempre son por tonterías y no quiero alborotar los ánimos de Bratt, se la pasan como perros y gatos. Si le doy pie a Parker, todo acabará en una batalla campal—. Siempre has estado…

—No me tutees, soy un capitán —se le suben los aires.

—No, lo que tengo que decirte vas más allá de las jerarquías de la FEMF. Conozco tu trabajo y lo respeto como tú conoces el mío; eres testigo de todo mi proceso aquí y sabes que tus advertencias y llamados de atención son absurdos —continúo—. Vives agrediéndome e incitando una contienda donde el único que quiere pelear eres tú. Me odias y no tengo idea del porqué.

—No uses la psicología barata de tu amiga —se defiende—, tampoco finjas ser la Rachel que le agrada a todos: no soy el tipo de persona que se deja engatusar con encantos falsos e hipócritas.

—No tengo idea de qué hablas.

—Finges que no y eres igual a él. Lanzan la piedra, esconden la mano y luego tiene el descaro de preguntar «¿Te lastimé?» cuando sabes muy bien que la respuesta es un sí.

—Te equivocas, no sé qué problemas tengas con Bratt, pero es injusto que sea quien pague el precio de su enemistad.

—Esto no es solo por Bratt.

—Entonces dime qué es y le ponemos punto final a la situación, las cosas se solucionan desde la raíz, arreglemos las nuestras hablando como los adultos que somos.

Da dos pasos hacia mí encarándome con los brazos cruzados en el pecho.

—Me molesta que tú y tu novio se crean parte de la dinastía de sangre azul solo porque llevan el apellido Lewis. Admiro a tu padre, pero no a ti, ni tu forma vil de dejarte contaminar por la ambición de jerarquías de familias pudientes —empieza—. Te escondes bajo la protección de tu novio y de su amigo para tener vía libre haciendo lo que te place.

—Primero que todo, el apellido Lewis lo lleva mi novio, no yo, y jamás he tenido la necesidad de apropiarme de eso. He llegado donde estoy por mis propios méritos, y si admiras a mi padre, debes de saber sobre la ética que predicaba sobre sus soldados, ética que también aplicó sobre mí. Jamás dejaría que su hija se aproveche de las influencias de un apellido.

—No hablo de tu ascenso en la FEMF.

—Entonces ¿de qué? Me hablas de altivez como si me conocieras, que yo recuerde nunca hemos cruzado más de diez palabras.

—Eso crees, pero te equivocas.

—No creo, es tal cual. No quiero pelear contigo ni con nadie: eres uno de mis capitanes y te mereces mi total respeto, así como yo merezco un mínimo de consideración por parte tuya. Tenemos una guerra afuera con la mafia italiana y no podemos perder tiempo peleando entre nosotros, así que quítate los guantes de boxeo y párala ya. Al fin y al cabo, te los pusiste tú solo y has estado peleando solo, porque nunca he tenido el más mínimo interés en ganarme tu odio.

—No sé si eres ciega o el castillo de cristal donde vives es tan resplandeciente que no te permite ver las cosas como son, y no sé si sentir lástima o rabia por eso.

Se da media vuelta y se marcha dejándome con un signo de interrogación en la frente.

35

MI PRIMERA VEZ

Rachel

Me escabullo por los pasillos apresurándome a la escalera, no quiero toparme con el coronel ni tener que tolerar confrontaciones de mierda. Piso la tercera planta corriendo a la oficina de mi novio.

—Adelante —demanda desde dentro cuando toco.

La oficina de los capitanes es más pequeña que la del coronel, Bratt la acomodó a su modo con persianas caoba, títulos enmarcados y un sinfín de miniarmas de colección.

—Hola, cariño —me saluda apartándose el móvil de la oreja—, termino esta llamada y nos vamos a almorzar. Es importante y no la puedo posponer.

Le sonrío en señal de aprobación.

Recorro la oficina, llevo años sin venir aquí… Miro la colección de monedas internacionales y las figuras de cristal que descansa sobre una repisa de madera: a Bratt le gustan los pequeños detalles. En esa misma repisa hay fotografías con marcos de plata, donde aparece él en sus primeros días como cadete y los galardones que tiene como capitán.

En un lugar más discreto, tiene una de ambos de cuando fuimos a Gales. Nunca olvidaré esa foto, ni lo feliz que fui el día que pagó por ella. Ya llevábamos un año de noviazgo y aún no habíamos pasado a segunda base, él siempre se mostró paciente y respetuoso, recalcando que quería que el momento surgiera sin tener que forzarlo.

Nos habíamos tomado un fin de semana para que pudiera conocer un poco más el Reino Unido. Llegamos a la ciudad en tren e hicimos un recorrido por todos los rincones de Cardiff. Salimos a cenar, a bailar, fue gracioso verlo intentar bailar jazz. Nos hospedamos en un hotel con vistas a las montañas. Cuando entramos a la habitación me encontré con la sorpresa de que la había decorado con rosas y velas, hasta las sábanas blancas estaban cubiertas de pétalos.

—Bueno —dijo nervioso—, no esperaba que la decoración fuera tan empalagosa.

—Me gusta —le sonreí y lo abracé, sentía que tanto amor me iba a derretir el pecho.

Nos besamos y recorrió mi cuello con sus labios, estaba nerviosa y temblaba bajo sus brazos, pero él fue paciente, hasta se tomó el tiempo de poner nuestra canción favorita, prender la chimenea y asar malvaviscos en el fuego.

Se acostó conmigo, me envolvió en sus brazos, me susurró lo mucho que me amaba y lo feliz que estaba de haberme conocido. Me refugié en su cuello y aspiré su dulce fragancia; sus manos recorrieron mis piernas y fueron al bajo de mi vestido, me desnudó bajo la luz de las velas llenándome la espalda de besos urgidos.

Sus besos me rectificaron lo mucho que me amaba, sus caricias y abrazos me hicieron sentir segura y sus palabras dulces me hicieron pensar que era lo más bello de su mundo. Entró en mí con lentitud, preguntándome si estaba bien, demostraba ser paciente, pero el sudor de su frente demostraba lo que realmente estaba sintiendo, ahogó mi pequeño grito de dolor con un beso profundo y dulce, susurró mil veces mi nombre cuando acabó dentro de mí. Se posó a mi lado y se disculpó por haberme lastimado, luego volvió a acurrucarme en sus brazos.

Es jodido extrañarse a uno mismo cuando te ves en antiguas fotos feliz y con una sonrisa diferente.

—Buenas tardes, capitán. —Abren la puerta.

Volteo, una chica pelirroja sostiene varias carpetas contra su pecho, viste el uniforme de entrenamiento y las dos insignias la identifican como sargento. Intenta decir algo más, pero se queda callada cuando la miro.

—Meredith —dice Bratt colgando la llamada—, qué eficiente eres, no esperaba que terminaras tan rápido.

Se vuelve hacia él y los ojos le brillan como si hubiese visto algo más que extraordinario.

—No me gusta hacerlo esperar.

—Lo sé. Llegaste en el momento justo, ya estaba por irme a almorzar. —Se levanta indicando que me acerque—. Rachel, ella es Meredith Lyons, la nueva sargento de mi tropa. Con Angela Klein reemplazarán a los que cayeron.

Le ofrezco la mano a modo de saludo.

—Ella es la teniente Rachel James —continúa—, mi novia.

Me suelta desbaratando la sonrisa que me intentó dedicar cuando Bratt se aproxima tomándome de la cintura.

—Deja todo en la mesa, lo revisaré cuando vuelva.

—Como ordene, señor. Permiso para retirarme.

—Concedido.

Se marcha sin decir más, cualquiera con tres cuartos de sentido común se daría cuenta de que le gusta su capitán.

—¿De dónde es? —pregunto.

—Es irlandesa, su abuelo es miembro importante del Consejo —explica—. Es muy valiente y eficiente.

No me molestan esas palabras y eso que soy bastante celosa. Me pregunto: «¿Por qué diablos no estoy ardiendo de celos con la mirada que le dedicó ella?».

Abandonamos la oficina, estando afuera un soldado le entrega una mochila. Su madre lo llama mientras nos alejamos lo que más podemos del comando, pasando por las caballerizas, el área de entrenamiento y continuamos hasta llegar a la zona verde con árboles enormes que nos dejan fuera de vista debido al gran número de robles ingleses que nos rodean.

—¿Usas a tus soldados para planes románticos?

—No tenía tiempo de ir por nada. —Deja todo en el suelo—. He tenido una mañana muy ocupada, teniente James.

Se deja caer en el césped y me tiende la mano para que me siente con él.

—¿Qué tenemos aquí? Lechuga —enumera a medida que va sacando lo que hay—, pan, jugo de mandarina, manzanas, almendras, frituras y mayonesa.

—Será un almuerzo saludable.

—Y mi soldado será expulsado del batallón —bromea—. Bien dicen «Si quieres que algo salga bien, hazlo tú mismo».

—Eso te pasa por aprovechado. —Me río.

Los ojos verdes brillan bajo la luz del sol que se filtra entre las ramas.

—No nos quejemos, comida es comida.

Abre los recipientes y empieza a armar un sándwich sin dejar que lo ayude en la tarea. Lo observo, se dejó crecer un poco el cabello y me gusta el estilo hípster que le está dando.

—Listo, tenemos un delicioso sándwich —me lo entrega— de almendras con frituras, mayonesa, lechuga y pan.

—Qué creativo es, capitán.

—Ya sabes… Un capitán de la FEMF debe servir para todo.

Le doy un mordisco, no sabe tan mal como pensé.

—¿Qué tal?

—No creo que lo vomite. —Me encojo de hombros.

Suelta a reír lanzándose sobre mí, de modo que quedamos uno sobre el otro.

—Amo tu sentido del humor.

—No estaba bromeando.

Lo acaricio contemplando el esmeralda de sus ojos y algo se me mueve dentro, ya que hace unas horas estaba contemplando el gris de unos totalmente diferentes.

Me besa y siento su mano vendada sobre mi rostro cuando roza nuestros labios abriéndose paso dentro de mi boca. Un beso suave y dulce, nuestras lenguas no se tocan y captura mi labio inferior envolviéndome en el calor de sus brazos. Se aleja, me mira y vuelve a tomarme la cara para besarme.

—Conté cada maldito segundo imaginándonos de nuevo así.

Siento el corazón pesado, hay tantas cosas que debería decirle... No merece cargar con el peso de mi engaño, ni lidiar con un amigo como el coronel.

Pero decirle la verdad sería devolver la película enfrentando los errores del pasado, abriendo una herida mucho más difícil de sanar que ratificará la afirmación de que el amor siempre será el juego más complicado de todos, porque si falla uno, pierden los dos.

Se hace a un lado dejando que recueste la cabeza en su pecho, y evoco los días de veranos pasados en los que, tumbada junto a él, contemplaba la forma de las nubes.

—El día que estuve de permiso te llamé y no me contestaste. ¿Dónde estabas?

Y aquí vamos con la primera mentira del sinfín que debo inventar para maquillar lo que hice, tapando un hueco con uno más grande.

—Estaba dormida y no escuché el móvil.

—¿Todo el día?

—Sí, salí con las chicas, me embriagué y pasé el día durmiendo la resaca.

—Ya habíamos tenido una conversación sobre las salidas con tus amigas.

—Quería divertirme un rato, es todo.

—¿Y la única forma es embriagarse? ¿No pueden ir al museo, al teatro o a la biblioteca?

—No somos ancianas para andar con ese tipo de plan un viernes por la noche.

—Entonces vayan a los museos, parques, teatros o a lo que sea que no incluya usar ropa atrevida y dejarse morbosear por hombres. Lo siento, soy muy celoso y sabes que me enerva el que te miren como un filete de carne.

—Éramos solo mujeres, te preocupas por nada.

—Te gusta bailar. ¿Con cuántos bailaste esa noche?

Guardo silencio, ya que mi respuesta puede causar la Tercera Guerra Mundial.

—Respóndeme —eleva el tono de voz.

—Es una discoteca y estaba divirtiéndome con mis amigas. No recuerdo cuántas parejas de baile tuve, quizá dos o tres, no lo sé.

—Rachel, entiendo tu tipo de diversión, pero tienes que considerarme un poco, es difícil para mí tolerar ese estilo de vida —insiste—. ¿Qué pasará si algún conocido te ve y le va con el cotilleo a mis padres? Sabes que no son gustosos de que la novia de su hijo salga a embriagarse con un montón de mujeres desordenadas.

Antes mi método de defensa era acusarlo —«No confías en mí»— o justificaciones que no tenía por qué darle pero que, sin embargo, le daba —«No hice nada malo, te lo juro»—, pero ahora no tengo la cara para decir eso.

—Lo sé y lo siento, no volverá a pasar.

Apoya los labios en mi frente. Cuando los separa, cambia el tema de conversación:

—Estás entrenando el equipo de Parker mientras el capitán Thompson vuelve, arreglaré eso para que no tengas que soportarlo.

—No es necesario.

—Lo es, me detesta y, por ende, intentará complicarte la vida. No tienes que tolerar eso, así que deja que me encargue.

—Donde sea que me cambie seguiré recibiendo sus órdenes: soy parte de la Élite, me muevo y trabajo con todos los capitanes; eso sin contar que mi tropa, Alpha, sirve en todos los segmentos importantes.

Entorna los ojos, molesto.

—¿Segura?

—Totalmente.

Me ofrece una manzana.

—Come, es lo único que puedo ofrecerte sin que te haga vomitar.

—Lo importante es la intención de lo que quisiste hacer. —Roza su nariz con la mía—. Me gustó estar en tus brazos bajo el cielo como en una romántica película francesa.

Me estrecha contra su pecho llevándome a esos momentos donde solo éramos él y yo. Miro el reloj, faltan tres minutos para que acabe la hora del almuerzo.

—Tengo una reunión con los capitanes.

—Y yo tengo trabajo que hacer.

—Te dije que cenaríamos, pero mis padres insisten en que vaya a visitarlos.

—No importa, ve con ellos —le resto importancia.

—Ven conmigo.

Ver a los Lewis puede acabar en un colapso de ataques de conciencia.

—Prefiero no estropear el reencuentro familiar.

Se levanta ofreciéndome la mano para que me levante. Sus nudillos acarician mi cara mientras la brisa londinense nos envuelve, en esta ocasión soy yo la que se empina para darle un beso porque quiero y necesito que volvamos a lo que siempre fuimos.

Nos despedimos. El último capitán que falta, ya tiene que volver al comando. Se está preparando para que los Halcones que están en Brasil no vuelvan a Italia, por ello se desarrollará un plan de ataque de cuya supervisión me encargo con mis compañeros.

Tuvimos que esperar a que los Halcones bajaran la guardia. Cuando lo hacen, paso aviso al capitán Thompson y él lanza la emboscada que hace caer al grupo. Fueron muchas horas de trabajo, pero a las ocho de la noche el operativo se da por terminado: ha sido un nuevo éxito. Ahora tenemos que enfocarnos en las personas que siguen desaparecidas.

—Este caso es de nunca acabar —comenta Laila cuando partimos a la cafetería—. No podemos celebrar bien los triunfos porque cada cosa es una mera partida en un gran juego.

—Pienso igual —el pálpito del miedo me invade cuando recuerdo el problema que tengo encima—: no podemos bajar la guardia todavía, con esa gente nunca se sabe.

—Hay que ser cautelosos —añade Harry cuando entramos—. Algo me dice que estamos en el ojo del huracán.

El espacio se llena de soldados y yo trato de tragarme la preocupación de las posibles consecuencias.

—Siempre hemos estado en el ojo del huracán —habla Laila—, pero tengo fe en que mi sexy, apuesto y valiente coronel acabe con todo esto lo antes posible.

—¿En serio? —pregunta Harry ubicándose en la mesa—. ¿Tienes que usar tantos sinónimos antes de mencionar el nombre del coronel? Supongo que usas tampón para no mantener las bragas empapadas.

—Ja, ja, ja, ja, ja —Laila se defiende con burla—. Siempre están húmedas cuando se trata de él, así como tú tienes erecciones cada vez que ves a la plástica.

—¡No seas cotilla! —espeta mi amigo—. Solo quise ser amable enseñándole el comando.

—Sí, claro, mis dientes no son de leche, querido.

—Se supone que estamos aquí para relajarnos —intervengo—, no para cotillear sobre quiénes provocan erecciones.

—¿Mis oídos están mal o acabo de escuchar la palabra «erecciones»? —Alexandra se deja caer en la silla frente a mí.

—Ya se cerró el tema —concluye Harry antes de ordenar las bebidas.

La alemana señalada por Laila pasa a ubicarse sola en una de las mesas de atrás y Harry no disimula a la hora de verle los atributos.

—No seas cínico, que no estás soltero —le reclama Laila—, somos amigos de Brenda y jode que le faltes el respeto en nuestras narices.

Recibo lo que me traen.

—¿Y eso a qué va? Los seres humanos tendemos a admirar la belleza del sexo opuesto, es inevitable.

—Mientes —lo acusa Laila—. Nunca he visto a Alexandra sonrojarse con el coronel ni a Rachel haciéndole ojitos.

Me ahogo con mi propio capuchino, se me quema la lengua y la garganta. No le he hecho ojitos, sino mamadas y shows a medianoche.

—Bueno… —habla Alexandra—, no estoy muy segura de no haberme sonrojado frente a Christopher, suele intimidar a veces.

Alexa me mira de reojo y no sé ni cómo ponerme.

—¿Dónde está Bratt?

—Fue a cenar con su familia y no quise intervenir en el reencuentro.

—Tenías que ir —me regaña Harry—. Debes afianzar los lazos con tus suegros.

—Afianzaré los lazos con mis suegros cuando tú te dignes conocer a los tuyos.

Rueda los ojos concentrándose en el móvil, que le acaba de timbrar.

—Los dejo —se despide Alexandra—. Iré a ver si Patrick me necesita.

—¿Celosa? —la molesta Laila.

—No, confió en él —se defiende—. Nunca me ha dado motivos para dudar.

—Yo que tú estaría prevenida, alguien dijo que desde Alemania llegarán y las relaciones destruirán —se burla Laila.

—Eres pésima dando ánimos. —Me levanto siguiendo a Alexandra—. No tortures más a Harry, le gusta llevar la contraria cuando se le insiste en algo.

Alexandra me espera y salimos juntas al pasillo; no habla mucho, pero me gusta su compañía.

—Supongo que estás feliz ahora que Bratt volvió —comenta caminando despacio.

No sé qué contestar, porque no sé qué tanto sabe y no quiero verme como una zorra hipócrita, prefiero meterme las manos en los bolsillos y bajar la vista dándole a entender que me incomoda el tema.

—Tu silencio no es que exprese mucha emoción.

Me duelen los hombros, no me siento con la capacidad de soltar mentiras y mucho menos con ella, que me agrada y a quien considero mi amiga.

—Estoy pasando por un momento difícil.

—Lo sé —contesta sin darle mucha importancia—. También sé lo de Christopher y tú.

La vergüenza me corroe: como era de esperar, su esposo no le iba a ocultar algo tan importante.

—Patrick y yo no tenemos secretos, me lo comentó hace unos días, está preocupado por lo que pueda llegar a pasar con sus amigos.

—Es entendible, de hecho, le agradezco que se mantuviera callado y no empeorara la cosa.

Nos detenemos en la orilla del sendero que lleva a los dormitorios.

—Y me imaginaba que lo sabías; en el fondo estaba esperando que lo comentaras primero —continúo—. No culpo a Patrick por comentarte lo que vio, si fuera él, hubiese hablado en cuanto llegó Bratt.

—Les tiene cariño a los dos y no quiere causarle problemas a ninguno.

—Lo sé.

—La pregunta es: ¿qué piensas hacer de ahora en adelante?

—Nada. —Me encojo de hombros—. Bratt regresó y mi lugar está con él, lo de Christopher quedó atrás.

—Pensarlo y hacerlo son dos cosas diferentes.

—Ambos tenemos las cosas claras y ambos sabemos que de aquí en adelante todo será netamente laboral.

—¡Aquí estás! —Patrick nos alcanza—. Pensé que seguías en la cafetería. Besa a su esposa asegurándose de que nadie los vea.

—Quise venir a caminar con Rachel.

—Me voy. —Busco el camino de gravilla para no estorbar.

—Duerme bien —me desea Alexandra a modo de despedida.

Avanzo a mi alcoba, donde recibo el mensaje de texto que me envía Bratt:

Cariño, discúlpame por dejarte sola, espero puedas perdonarme.

Te amo.

Todo se está convirtiendo en un revoltijo de sentimientos confusos. Quiero a Bratt y lo quiero mucho, pero… Joder, Christopher me está taladrando en lo más profundo.

La piel se me enciende con el mero hecho de recordar esa primera vez en la selva. Esa maldita agresividad que me dejó ardiendo los poros, los mordiscos, chupetones y embestidas. Ese hombre es una bestia cuando de sexo se trata y yo me convertí en una masoquista.

Christopher es todo aquello que no se puede tener, pero que siempre se anhela.

Dichosa la que sea capaz de conformarse con lo poco que da, aquella que sea capaz de tenerlo dentro y no perder la cabeza en el intento. Yo he fallado en eso y ahora temo las consecuencias.

36

MALAS JUGADAS

Rachel

El olor a cloro y formol predomina en el laboratorio criminalístico de Londres. El personal arrastra camillas de acero con ruedas metálicas. Venir aquí fue la primera tarea del día, orden a la que todo el mundo le sacó el culo ya que a nadie le gusta empezar la mañana inspeccionando cadáveres.

—Este lugar me da escalofríos —comenta Harry a mi lado.

—Lo comprendo, teniente Smith —lo apoya Angela a mi izquierda—. Estos lugares nunca son agradables.

Mi genio no estuvo tan mal cuando Parker me dio la orden de venir aquí con Harry, se dañó cuando Angela Klein se ofreció a acompañarnos. No es que me haya hecho nada malo, el problema radica en que hay ciertas cosas de ella que remueven los ácidos gástricos de mi estómago.

La morgue tiene un cuerpo que interceptó la policía ya que intentaron quemarlo, pero alguien llamó al 911 y el resultado arrojó que también murió por sobredosis.

—Hay que darse prisa, Parker no quiere que tardemos —advierto.

—Qué importa Parker —replica mi amigo—. Tomémonos el tiempo que debamos tomarnos y, si sobra, podemos mostrarle la ciudad a Angela.

Tomo aire intentando no estamparle un bofetón para que le quite el escalofrío que dice tener.

—Estamos en una misión investigativa, no de guías turísticos.

—La teniente James tiene razón —conviene Angela de forma amistosa—. Completemos nuestro cometido y volvamos a la central, en estos momentos todos somos útiles. Otro día puedo decirle a cualquiera que me enseñe la ciudad.

Harry la mira como si quisiera ser ese cualquiera.

—Tenientes —nos saluda un hombre alto, pálido y encorvado; parece estar muy cerca de que se lo lleve la Parca.

—Detective Brown. —Harry le ofrece la mano a modo de saludo—. ¿Qué novedades nos trae?

El hombre pasea la mirada por Angela y luego la posa en mí.

—Varias, vengan conmigo para que lo vean con sus propios ojos.

Nos conduce hasta el ascensor, allí pulsa el botón del décimo piso. Antes de cerrarse las puertas, una mujer con bata blanca y tapabocas sube con una camilla en la que reposa un cadáver cubierto con una sábana. La camilla con el muerto, el detective que se coloca detrás de nosotros y los espejos del ascensor conforman una escena espeluznante. Las puertas finalmente se abren y lo que se nos muestra no es para nada alentador: una sala oscura iluminada tenuemente por una lámpara en el centro y en la que se distribuyen camillas de hierro con cadáveres tapados con sendas sábanas blancas.

—Síganme por acá —nos indica el hombre.

La mujer de tapabocas y bata casi nos atropella con la camilla en un intento de pedir permiso. Avanzamos y nos detenemos frente a una camilla señalada. El detective Brown quita la sábana que cubre al cadáver.

El estado de descomposición es bastante avanzado y todo en el cuerpo inerte —es de una mujer— me grita que fue víctima de estupefacientes, pero no de los comunes, esto parece algo más agresivo.

—Es evidente que fue sometida con distintos tipos de drogas —afirma el detective—. Su perfil la mostraba como una mujer de familia, sus antecedentes dicen que nunca fumó, bebió o probó psicoactivos, pero está tan acabada que parece que hubiese llevado años consumiendo y no es así, pues solo estuvo desaparecida treinta días.

No hay duda de que los Mascherano están en Londres. El miedo me recuerda que lo más probable es que prontamente forme parte de una de las listas de cadáveres.

—Necesito oír la grabación del hombre que llamó al 911 —pide Harry.

—La tengo en mi oficina; si me acompaña, puedo descargarla para usted.

—Ve —le digo a Harry—, nos quedaremos a inspeccionar el cuerpo.

Finalmente se va con el hombre. Angela, por su parte, termina de quitar la sábana antes de ofrecerme los dos guantes de látex que hay en la mesa izquierda.

—Lástima que haya muerto tan joven —comenta.

—Se topó con las personas equivocadas.

Inspeccionamos el cuerpo con lupa buscando pistas, pero el problema con que nos topamos es que la droga que usa esta gente no se sabe qué es y descompone la sangre; así, no nos deja determinar de qué psicoactivo se trata, ya que en el cuerpo no hay más que pudrición.

Sigo inspeccionando, se arrancó la piel con las uñas, tiene golpes, parece que se mordía a sí misma y también se jalaba el cabello constantemente; por último, la mueca de su cara me dice que murió llorando.

Agradezco la carrera que escogí, Criminalística. Algunos creen erróneamente que un miembro de la FEMF solo carga un fusil, pero no. Al ser una de las fuerzas especiales más importantes del mundo debemos tener títulos que nos ayuden en la labor, por ello estudiamos desde que entramos. En efecto, nuestra educación en la academia abarcaba ocho horas diarias de «estudio cien por cien». A los quince años ya debes hablar como mínimo cuatro idiomas y desde los doce nos enfocamos en las profesiones para las que tenemos talento. Por eso le temo al exilio, ya que mi carrera me ha costado sangre, esfuerzo, sudor y lágrimas.

Para cuando terminamos Harry no ha llegado todavía, así que recogemos las muestras, las depositamos en el maletín y abordamos nuevamente el ascensor.

Mis náuseas disminuyen en el vestíbulo, no es que el aire sea muy fresco después de todo, pero sí está lejos del frío y el olor a muerte.

—Me asquean los cadáveres —comenta Angela a mi lado.

Se quita el gabán y se queda solo con una blusa corta de manga larga que muestra su ombligo. El personal masculino a nuestro alrededor fija los ojos en ella sin el menor disimulo, enfocándose en el vientre plano, marcado por los cuadros logrados a punta de ejercicio y los distintos tatuajes alrededor del ombligo.

—Quería preguntarte… —Se esconde un mechón de cabello tras la oreja—. ¿Dónde te hiciste los implantes mamarios? ¿En América o aquí en Europa?

—¿Disculpa?

—Sí. —Se ríe—. Puedes decirme tranquila, no se lo diré a nadie, tu cirugía quedó excelente.

—No tengo ninguna cirugía, nunca en la vida he entrado a un quirófano.

Me evalúa con las cejas enarcadas.

—Fuiste privilegiada por la naturaleza, me hubiese atrevido a jurar que tu culo y tetas eran operados.

—Pues no, soy cien por cien natural.

—¿Y los ojos? —Alza mi cara inclinando la suya para verlos de cerca.

—Herencia de mi madre. —La aparto—. De las Mitchels para ser más exactas, lo natural es otra cualidad entre nosotras.

—No en mí —reconoce con orgullo—. Le he dado forma a mi cuerpo a mi antojo, las tetas me las hice en Colombia, el trasero en México, el abdomen en Tokio y la nariz en Suecia. Puedo recomendarte cirujanos cuando quieras.

—Qué amable de tu parte, pero me siento bien así como estoy.

—Señoritas —nos llama Harry desde la puerta; se va volviendo idiota a medida que nos acercamos, ya que Angela como que lo atonta.

—Satán o como se llame el detective me entregó varias cosas que nos servirán. —Abre la puerta para que salgamos—. ¿Recolectaron todo lo que necesitábamos?

—Todo está aquí —le entrego el maletín.

El aire y los rayos solares entran por mis poros como un balde de agua fría en pleno amanecer y Harry me indica que mire a la acera.

El Mercedes de Bratt está a pocos metros con él recostado en la puerta, captando la atención de varias mujeres que pasan por el sitio. Viene de civil con lentes oscuros y un jersey que se le ajusta al torso.

Saluda a Harry con un apretón de manos cuando nos acercamos y le da un beso en la mejilla a Angela antes de poner los labios contra los míos.

—Laila me dijo que estarían aquí, así que me escapé para venir a almorzar con mi hermosa novia.

—Es toda tuya —le dice Harry—. Solo no la demores.

—No lo haría aunque quisiera. Christopher y el capitán Thompson llegarán dentro de un par de horas y tengo que volver a la central antes de las tres.

El corazón se me dispara preso del miedo. «Ahora ¿cómo se supone que voy a tenerlo cara a cara?». No me siento preparada todavía.

—Nos vemos en el comando —se despide Angela tomando a Harry del brazo—. Disfruten su almuerzo.

Abordamos el auto con Bratt que se inclina a besarme cuando cierro la puerta.

—Te eché de menos anoche.

—¿Qué tal la cena?

—Caótica, las gemelas también estaban y ya sabes cómo son con Sabrina.

Conducimos por Leicester Square hasta el restaurante mediterráneo, su lugar favorito para almorzar. El *valet parking* me abre la puerta del copiloto para que salga y Bratt toma mi mano guiándome adentro.

El lugar está lleno de comensales con saco y corbata que devoran sus platos y beben copas de vino. Nos ubican en una mesa para dos con un enorme parasol en la terraza del establecimiento, lo que nos permite disfrutar de la brisa otoñal.

Miro la carta, no tengo hambre después de haber visto todo lo que vi esta mañana.

—Quiero una lubina a la plancha a término medio y con verduras salteadas —le dice Bratt al camarero, que me mira a la espera de mi pedido.

—Una crema de champiñones —le pido y, acto seguido, le entrego la carta.

—¿Estás bien? —me pregunta preocupado—. No pediste nada de lo que te gusta.

—Sí, es que tantos cadáveres mermaron mi apetito.

—¿Vino? —nos ofrecen.

—Blanco, por favor —indica Bratt.

El camarero se va, y Bratt toma mi mano y me besa los nudillos. Rodea mis hombros y hundo la cara en su cuello inhalando su aroma de siempre: una mezcla de almizcle y geranio.

Me da un beso discreto que apenas me roza los labios y no me deja sentir el tacto de su lengua; busco profundizarlo cerrando los ojos y tomándolo de la cara para que no se aleje, pero fallo en el intento, ya que la imagen de su amigo se apodera de mi mente y elimina cualquier tipo de cercanía sentimental.

El capitán posa la mano en mi hombro apartándome con cuidado y… ¡Maldita sea! «¿Lo mordí otra vez?». Respiro cuando noto que es por la llegada del mesero.

Necesito ayuda. No puedo volver a besarlo con la imagen del coronel en la cabeza.

—Come o se te enfriará la crema.

Comemos en silencio mientras obligo a mi estómago a que aguante la comida.

—¿Cómo van los preparativos de la boda? —pregunta cuando terminamos—. He sido un pésimo padrino con Simon.

—Ya somos dos, porque con los últimos acontecimientos he tenido poco tiempo de ayudarla con los preparativos.

—Ella lo entenderá, para nadie es un secreto que nuestro coronel es un dictador que a duras penas nos da tiempo de respirar. —Se inclina la copa de vino—. ¿Cómo te ha tratado? ¿Sigue en modo hijo de puta o ha tenido compasión porque eres mi novia?

Me atraganto con mi agua. ¿Cómo responder tal pregunta? Le digo: «Bien, folla como una bestia» o «Dejó de desagradarme, cariño. De hecho, estoy enamorada de él».

—Sigue sin agradarte —aventura ante mi silencio.

—Trato de sobrellevarlo —miento.

—Cariño, debes ir tratando de tener una mejor relación con él. —Se levanta y me ofrece la mano para que haga lo mismo—. Es como mi hermano y ahora que está radicado aquí tendrás que compartir más con él y Sabrina. Intenta ser amiga de los dos.

La crema amenaza con salir de mi estómago en forma de vómito. Jamás podré ser amiga de ese hombre, no con todo lo que siento por él; de hecho, lo mejor sería que estuviera a metros de mí, tal vez en una base espacial o algo así.

—No pasará, ¿vale? Es tu amigo, no el mío, y no me interesa que lo sea.

—Es el esposo de tu cuñada. —Paga la cuenta y vuelve a tomarme de la mano para salir del establecimiento.

El *valet parking* le entrega las llaves del auto y a continuación me abre la puerta del copiloto.

—Con menos razón debo volverme su amiga —continúo cuando estamos dentro—. Tu hermana me odia y espero y aspiro a toparme con ella lo menos posible.

—Eso no tiene por qué ser así, Rachel, hay que llevarse bien o al menos intentarlo.

—Ustedes se llevan bien. No te preocupes por mí ni por mi enemistad con Sabrina.

Se reclina sobre el reposacabezas del asiento del cuero.

—Cariño, suficiente tengo con el proceso de divorcio que entabló Christopher. —Se frota la sien—. Convencerlo de que desista me tomará tiempo y energía, así que no las desgastes con tu terquedad, me da jaqueca. Además, parte del altercado es por tu culpa.

—Ah, ok. Ahora es mi culpa ser como soy y que por eso me odie.

—Ese no es mi punto. —Pone en marcha el auto—. Sabías que el coronel tiene una amante y no se lo dijiste.

Aparto la cara clavando los ojos en la ventana. «¿Cómo iba a decírselo si tal amante soy yo?».

—Sé que Irina es tu amiga, pero Sabrina es tu cuñada; por lo tanto, debes considerarla más.

—Irina no es su amante.

—No la defiendas, conozco a tu amiga y sé lo golfa que puede llegar a ser. Y no quiero sonar fuerte con lo que diré, pero adviértele que se aleje de Christopher, no voy a permitir que por su culpa deje a mi hermana.

—Estás poniendo la cabeza de Sabrina en la guillotina. Si no se aman, ¿para qué quieres forzar las cosas entre ellos?

—Ella a él sí y en el fondo él también. Fue el hombre que ella eligió y no voy a permitir que la deje sola. Es el hombre que quiere y es el hombre que va a tener, ¿vale?

Llegamos a la central, se estaciona y bajamos juntos del Mercedes. Preferí guardar silencio ante sus exigencias de querer obligar a su amigo a que esté con su hermana. No sé qué mierda tienen los Lewis en la cabeza queriendo satisfacer los caprichos absurdos de Sabrina.

—Debo entrenar con mi batallón el resto de la tarde —indica—, dudo que me quede tiempo para cenar, me imagino que Christopher y el general se reunirán con los capitanes para planear los pasos que seguir.

Asiento con la cabeza.

—Estaré en mi sala si me necesitas.

—Te buscaré si me queda tiempo.

—¡Capitán! —lo llaman a pocos pasos—, lo he estado buscando, el coronel desea hablar con usted, preguntó por usted cuando llegó.

Volteo, quien lo llama es la pelirroja que vi ayer en su oficina.

—Ve —le digo—; al coronel no le gusta que lo hagan esperar.

Se marcha seguido de la irlandesa. Me apresuro a ponerme mi uniforme de pila y procuro no toparme con el coronel, es tonto, pero en verdad no quiero verlo en los próximos cien años.

Abro la puerta de mi alcoba y Luisa es lo primero que me topo.

—¡Sorpresa!

—¿A qué hora llegaste? —pregunto tirando de su mano para que nos sentemos en la cama.

—En la madrugada. Me hubiese encantado que me acompañaras, Santorini es un paraíso terrenal.

Saca el móvil mostrándome fotos del viaje.

—¿Qué tal tus suegros?

—Los amo, me atendieron con mucho cariño y mi cuñada también. —Los ojos le brillan—. No puedo creer que solo faltan semanas para el gran día.

—Me alegra, Lu. —La abrazo—. Te mereces esto y mucho más.

—¿Cómo están las cosas acá? —Se sienta a mi lado—. Ya sé que Bratt está aquí.

—Sí. —Trato de transmitir la misma emoción que tiene ella—. Acabo de almorzar con él, está igual de amoroso y cariñoso que siempre.

—¡Ajá! ¿Y toda esa tranquilidad que intentas demostrar es porque no quieres que note el que estás a nada de morir a causa del estrés?

Me dejo caer de espaldas en la cama odiando que me psicoanalice cuando se le antoja. Se acuesta a mi lado y su cabello hace contraste con el mío en las sábanas blancas.

—Estoy enamorada de Christopher —confieso—. Así que ya debes de imaginarte lo difícil que están siendo las cosas.

—Ya lo veía venir.

—De igual forma, no voy a hacer nada por eso. —Respiro hondo—. Bratt llegó y quiero echarle ganas a mi relación.

—¿Segura? No te escucho muy convencida.

—Lo estoy. Tengo preocupaciones más importantes en este momento.

—Como recuperar tu auto, por ejemplo. Ya Harry me contó que intentaron robarlo.

Le resumo mi versión de los acontecimientos intentando que quede tal cual la versión brindada a mis padres, Laila, Brenda, Harry y Bratt. Ni por error se me puede ocurrir decir la verdad de los hechos, eso sería condenarme a que uno de ellos corra a soltarlo todo, obligándome a un exilio definitivo.

Después de la charla cada una retoma sus labores: ella se va a su consultorio y yo, a una reunión. No hay capitanes presentes, ya que todos están reunidos en una importante videoconferencia con el ministro Alex Morgan, quien se prepara para la asamblea anual de generales. Dicho encuentro tiene lugar en Ucrania, los miembros más destacados se reúnen allí para definir el rumbo de las misiones en proceso. Varios de los retirados con algún tipo de influencia son invitados para que den su opinión sobre los temas relevantes.

Termino mi reunión y hago varias llamadas en busca del paradero de Antoni, no es mucho lo que encuentro, pero me aferro a las pistas por pequeñas que sean.

Su hermano y su primo están por ser extraditados y dudo que se quede de brazos cruzados esperando a que se pudran en una cárcel estadounidense. La tarde y parte de la noche se me va en eso, estudiando el hotel y las víctimas que han matado los distintos psicóticos que está sacando.

Resalto en mi resumen la próxima fiesta que hará Leandro Bernabé, el senador que tiene nexos con mafias. Invita a todos sus huéspedes, socios y allegados a una importante celebración la próxima semana, será en traje de gala y no se puede asistir sin la invitación por parte del dueño.

Imprimo todo lo que pueda servir, lo firmo y lo dejo listo para entregárselo al capitán Thompson. Tenerlo aquí será el canal que me permitirá evitar encuentros con el coronel.

Llegada la noche cierro el *laptop* y me despido del cadete asistente.

—Vete a descansar —le ordeno.

Se levanta asustado, como si lo hubiese llamado del más allá.

—Perdone, el cansancio me venció.

—No importa, apaga las luces y vete a dormir, es tarde.

Me voy a la cafetería por algo caliente. Pensé que Bratt se desocuparía temprano y querría que lo acompañara a comer algo. El lugar está vacío y me acerco a la barra. La encargada está desarmando la cafetera para limpiarla.

—¿Qué tal? —la saludo.

Se voltea curvando los labios con una sonrisa.

—Teniente, no esperaba verla a estas horas por aquí. —Apoya los codos en el mostrador—. Se ve agotada.

—Sí —me froto el cuello, presa del cansancio—, el trabajo no está dando tregua.

—Dígamelo a mí, al menos usted tiene la esperanza de irse a descansar; en cambio, yo estaré aquí toda la noche.

—Entonces sirve una taza de chocolate para mí y una de café para ti, yo invito.

—Enseguida. —Se limpia las manos en el delantal—. ¿Quiere que se lo lleve a la mesa del capitán Lewis?

Miro a mi alrededor, no lo vi cuando llegué.

—¿El capitán Lewis está aquí?

—Sí, en la mesa de atrás, con la pelirroja irlandesa.

Me bajo del banquillo y me asomo para poder ver el rincón donde están ubicadas las últimas mesas.

No es mentira, muy al fondo está Bratt con Meredith frente a él. ¿Que no estaba ocupado? Me acerco con sigilo intentando escuchar la conversación que sostienen. Bratt está al teléfono y su compañera está detallándolo como idiota.

—Estaré atento a su llegada…

Alcanzo a escuchar fragmentos de la conversación que corta cuando su sargento alza los ojos y me mira mal. Tose para que Bratt note mi llegada. Mi novio cuelga y se voltea sonriéndome con la peculiar sonrisa marcada por hoyuelos.

—Cariño, pensé que ya estabas descansando.

—Estaba por hacerlo. ¿Qué haces aquí?

Meredith se levanta con una pésima actitud. Se supone que soy yo la que debería hacer eso, es ella la que está a solas con mi novio en una desolada cafetería.

—Que tenga una buena noche, capitán —se despide solamente de él.

—Su chocolate, teniente. —Marisol, que así se llama la camarera, llega dejando mi bebida en la mesa.

—Siéntate, cariño —pide Bratt—. Ya estaba por irme, pero puedo acompañarte hasta que tomes tu bebida.

Me siento con la inquietud de no sentir lo que quiero sentir, me debería saber mal que estuviera a solas con su sargento. El móvil le vibra en la mesa y alcanza a tomarlo antes de que vea el número en la pantalla.

—Discúlpame —se levanta—, no tardo, termina tu café, ya vuelvo.

—Es chocolate. —Alzo la taza cuando se va y este estado es raro, el que no sienta nada. ¿Tan fría estoy que me da igual que mi novio comparta momentos a solas y en modo sospechoso con otra mujer? Bebo un sorbo de chocolate, a lo mejor mi criterio moral sabe que no tengo derecho a decir ni reclamar nada, si me ha clavado el cuerno o piensa hacerlo, ¿quién diablos soy para preguntar por qué lo hizo, ya que he estado abriéndome de piernas para su amigo?

Vuelve cuando termino la bebida. El «no tardo» no fue tal, teniendo en cuenta que me demoré bebiendo el chocolate por miedo a quemarme el paladar y la garganta como la última vez.

—¿Lista? —Me ofrece la mano para que me levante.

—¿Con quién hablabas?

—Con mamá.

—¿A medianoche?

—Sí, no hemos hablado mucho desde que llegué. —Me abraza—. ¿Dormimos juntos?

—Si quieres…

—Claro que quiero.

Caminamos hombro a hombro hasta su torre, las noches de otoño están iluminadas con la luz de la luna y el que no ronde nadie le permite tomarme de la mano mientras avanzamos.

Subimos a la tercera planta, piso el último escalón y empiezo a hacerme preguntas estúpidas dejándome llevar por los nervios.

No hace mucho que estuve con Christopher y este tiene la verga más grande que Bratt. ¿Notará eso? «Qué idiota eres, Rachel. ¡Qué pregunta más estúpida!». Parezco una púbera de trece años, se supone que soy una mujer madura y alguien maduro no se haría preguntas tan estúpidas.

El corazón se me acelera cuando abre la puerta invitándome a entrar. Se quita las botas, la playera y el pantalón cuando estamos en privado y yo me quedo como una piedra observándolo con la espalda pegada a la puerta.

La piel aceitunada es sexy y contrasta de maravilla con los músculos bien formados, pero no siento nada, ni el más mínimo deseo, ni intención de pasar mis manos por él y recorrerlo como en meses pasados.

Empiezo a ahogarme con mi propio aire, no puedo exponerme así y mi primer impulso es echarle mano al pomo, pero desisto cuando voltea a verme con el cejo fruncido.

—¿Estás bien? Te veo pálida.

—Sí —tartamudeo—. Es que no… me siento bien.

—¿El chocolate te cayó mal o estás impactada por no haber visto a un hombre semidesnudo en meses?

Su inocencia me duele: si supiera que hace dos noches vi a su mejor amigo totalmente desnudo encima de mí…

—¿Te acuerdas de nuestra primera vez? —Toma mis manos y me lleva a la cama—. Hiperventilaste cuando me quité la ropa.

—Creo que fue el chocolate, a lo mejor el azúcar no me sentó bien.

—Debe de ser.

Desencaja mi camiseta y tira de ella dejándome en sostén, arruga las cejas apenas ve la ropa interior que llevo. Es uno de los conjuntos que compré con Luisa y Brenda, de seda con encaje.

—No me gusta, no es tu tipo. —Se agacha a soltarme las botas y sacarme el pantalón.

—¿Qué tiene de malo?

—Parece que fueras preparada para una noche de pasión.

—Estás aquí, es lógico que esté preparada.

Se ríe y vuelve a levantarse.

—Me gusta lo sencillo, tú eres sencilla —me besa— y me gusta que conserves la sencillez y la ternura que te caracterizaba cuando te conocí.

Se deja caer del otro lado de la cama, levanta las sábanas y me ofrece su brazo para que haga lo mismo.

—Ven y descansa, no quiero que mañana amanezcas agotada.

—¿No quieres que…?

—Hagamos el amor —termina por mí—. No, te sientes mal y no quiero empeorar tu estado.

Dejo que me envuelva en sus brazos, no creo que haya en este mundo otro hombre como él, así de tierno y cuidadoso. Es el hombre perfecto, pero ¿es el hombre perfecto para mí?

37

EN CERO

Rachel

La pista de obstáculos está lista y preparada para los jóvenes que quieren presentarse al ejército inglés. La selección consiste en una serie de pruebas que determinará quién tiene madera para ser entrenado y quién no.

El grupo que tengo al frente es de los que quieren ser becados, chicos que han sido postulados por algún miembro de la organización o personas y no cuentan con los recursos suficientes para costear lo que vale una carrera militar aquí. Superar esta prueba es el primer paso. Además de evaluarse el perfil físico con pruebas como la de la pista, se analiza el perfil psicológico y las habilidades de combate de quien quiere integrarse en el ejército.

Después deben ser admitidos por la rama administrativa de Sabrina, quien evalúa antecedentes familiares, médicos y hace una investigación del entorno en el que crecieron. Los que pasan dicho filtro son llevados ante el general y el coronel para que den la aprobación final.

Alexandra, Harry y Scott esperan frente a la pista de obstáculos a la espera de dar el visto bueno.

—Un día soleado en el frío Londres —comenta Laila cuando llega—. El caluroso sol me recuerda mi querida costa caribeña.

—Veintisiete grados de temperatura anunció la radio —añade Scott con el cabello dorado brillando bajo la luz del sol—. Algo muy raro aquí.

—Sí, me sorprendió levantarme con el sol radiante y las sábanas pegadas al cuerpo.

Scott levanta las cejas con coquetería.

—Qué provocador se oyó eso. Hay que estar positivos, a lo mejor sea el día que nos pase algo especial —coquetea con mi amiga—, como conocer el amor de nuestras vidas o algo así.

Laila entorna los ojos aburrida.

—Está coqueteando contigo —se burla Alexandra—. De una pésima forma, pero lo está haciendo.

—No me gustan los hombres que no tienen los huevos suficientes para decir las cosas de frente y tampoco los ex de mis amigas.

—¿Listos para evaluar prospectos de soldados modelo? —llega Luisa.

—Falta la teniente Klein.

Su presencia es evidente cuando Harry y Scott vuelven la cabeza al mismo tiempo. Angela se acerca con el cabello recogido, pantalones de camuflados y un top negro que muestra los tatuajes que tiene en el abdomen.

—¿Quién es esa? —pregunta Luisa.

—La teniente de la tropa de Bratt —responde Alexandra—, es la que tiene a los hombres de la central con erecciones constantes cada vez que se aparece.

—Que alguien le diga que no es seguro que esté bajo semejante temperatura... —comenta Laila—. Podría derretirse porque esos implantes no se ven para nada naturales.

Todas sueltan a reír.

—Lamento la demora, mi despertador no sonó.

—No importa —contesta Scott—, acabamos de llegar.

Se nos acerca sonriente.

—Me acaban de mostrar al coronel. ¡Qué hombre más guapo!

—Eso no es ninguna novedad —contesta Luisa.

—Para mí sí, le voy a insistir al capitán Lewis para que me lo presente.

—Está casado —capto la atención de todos cuando digo esa frase a la velocidad de la luz—. Su esposa es la hermana de Bratt —añado con más calma—, es mejor que no le digas nada sobre él o se molestará.

—Menos mal que me lo dices, ya que estuve a punto de pedírselo. Tendré que dejarle la tarea al capitán Parker.

Suena la trompeta y un grupo de cuarenta jóvenes entra a la cancha.

—Te veo caminando bien. —Cuchichea Luisa a mi lado—. Pensé que te dolerían las piernas después de partir la cama follando con Bratt.

Trato de ignorarla enfocándome en los aspirantes.

—¡Oh por Dios! ¿No han follado? —Se tapa la cara con la tablilla sujeta-papeles—. ¡Joder, qué aburridos son!

—Es algo que no le importa, señora Banner.

—Por supuesto que me importa, durmieron juntos anoche, Simon te vio entrar a su habitación a medianoche. Dime, ¿tiene problemas de erección o algo así?

—¡No! —la corto—. Me sentía mal y él es muy comprensivo con eso.

—¿Y esta mañana?

Cuando me desperté ya estaba listo y perfumado para sus labores. Me dio un beso en la frente y se despidió porque se le estaba haciendo tarde.

—Tenía una reunión con sus soldados —digo sin más explicaciones.

—¡Siento pena por ti! —se burla—. Llevan meses sin coger y no se comen uno al otro cuando se ven. ¿Te puedes imaginar si tu novio fuera el coronel? Tu uretra estaría adolorida por el sexo con su gran verga.

—Uretras adoloridas —se une Laila por detrás—, me encanta ese tipo de sexo.

—¡Qué masoquistas son! —agrega Alexandra al lado de Luisa—. No me gusta amanecer con dolores vaginales, pero sí que Patrick me baile.

—¡Silencio! —las mando a callar—. Nadie tiene por qué saber cómo les gusta que se las tiren.

—Pero ¡qué santa! —se burla Luisa y todas terminan siguiéndole la corriente.

—¿Podríamos empezar ya? —se queja Harry al lado de Angela.

Tomamos asiento y dejamos que cada uno se presente con nombre, apellido, ciudad de origen, edad y fortalezas.

Son alineados y se les explica la prueba que deben pasar de forma individual. El primero es un chico de dieciséis años de Tanzania, es delgado, le falta masa muscular, pero es veloz y pasa la prueba en un abrir y cerrar de ojos.

—Johari me parece un buen prospecto —comento, pero nadie me está poniendo atención, los chicos están admirando a Angela y las chicas están mirando en la misma dirección.

Entiendo el porqué y se me detiene el corazón cuando veo a Christopher con camuflados y una camisilla que le deja los brazos libres. Trae el cabello húmedo y unos lentes Ray Ban Wayfarer.

«Maldita sea», suelto para mis adentros. El estómago se me contrae y mi pecho parece un tambor con la descarga de adrenalina que libera mi cerebro.

—¿Cuántos prospectos tenemos hasta ahora? —pregunta tajante.

Todos se levantan a dedicarle un saludo militar. Todos excepto yo que me quedo hundida en la silla con la tablilla sobre las piernas.

—¿El sol te dejó inválida? —se me planta al frente.

Me levanto de golpe haciendo el debido saludo mientras mi mente se va a mi última noche con él, a sus hirientes palabras y actitud de mierda.

Tomo aire.

—Buenos días, mi coronel. La prueba apenas empieza y aún no hemos elegido personal.

No contesta, sigue hasta donde se halla Angela, quien da un paso adelante.

—¿Y tú eres? —pregunta.

—La teniente Angela Klein, mi coronel. Pertenezco a la tropa del capitán Bratt Lewis.

Se quita los lentes reparándola de arriba abajo mientras Angela se sonroja sonriéndole con coquetería. La sangre se me sube a la cabeza y, llevada por unos celos que sé que no traen más que problemas, me la imagino en el suelo con mi bota sobre su cuello mientras le arranco los implantes mamarios.

—Que la prueba continúe —ordena el coronel—. Me quedaré un rato viendo qué sirve y qué no.

Harry hace sonar el silbato y un nuevo chico se pone en marcha a través de la pista; por su parte, Christopher se adelanta para supervisarlo todo de brazos cruzados.

—Ese hombre es algo sexy y maravilloso —suspira Angela.

—No lo discuto —agrega Laila.

—¡Guarden silencio! —nos regaña Harry.

Todas le lanzan una mirada asesina.

—¿Cómo follará? —insiste Laila.

—De maravilla —responde Luisa sin dejar de mirarlo.

Todas se quedan con la boca abierta.

—Eso escuché en los pasillos —se defiende.

—No tenemos duda de eso, se le nota a leguas que es de los que hace gemir.

Se escucha un grito, el cuerpo del segundo practicante cayó de las barras de hierro y Scott es quien sale al rescate con la ayuda de un camillero.

—¡Siguiente! —grita Christopher.

Las pruebas continúan y cada uno toma nota de los que quedarán.

—Tengo que hablarle —se levanta Ángela mirando al coronel—, me gusta demasiado.

—Pero si apenas lo viste esta mañana —alega Alexandra.

—Amor a primera vista. —Nos guiña un ojo yéndose junto a él.

Todas se concentran en ella esperando a que el carácter de Christopher la devuelva a su puesto como siempre hace con Irina, pero pasa todo lo contrario. Deja que le hable; de hecho, se muestra empático, cosa que nunca se ve.

Los celos me carcomen las entrañas mientras la rabia me tapa los oídos. «Imbécil» mascullo para mis adentros presa de la ira; Klein elige varios soldados para él y todos quedamos en segundo plano, ya que entre los dos hacen casi todo el trabajo.

Angela le dice algo en el oído, es casi igual de alta que él, por lo que no ha de inclinarse en lo más mínimo para contestarle, después sonríe y se marchan juntos sin darle explicaciones a nadie.

No miro en qué dirección van ni qué están haciendo, mantengo la vista fija al frente intentando contener el ataque de histeria que amenaza con explotarme la cabeza.

Luisa me acaricia la espalda dándome ánimo.

—¡Siguiente! —grito.

De cuarenta solo pasan doce, se les avisa que pasarán a la segunda etapa, se les explica los pasos a seguir y todo el mundo se marcha.

—Mi teniente, el capitán Parker la necesita. A usted también teniente Johnson.

La rabia no disminuye, creo que tengo una bomba que estallará en menos de nada. Es uno de esos momentos donde sientes que cualquier cosa será el detonador que te hará estallar en miles de fragmentos. Alexandra se me une en el camino y agradezco que calle ante mi actitud.

—Buenos días, capitán —saludamos a Parker cuando entramos en su oficina.

—Sigan —ordena—. Nos informaron que Leandro Bernabé recibirá a uno de los Halcones Negros en el hotel. No hemos montado un perímetro para capturarlo y armarlo, en tan pocas horas no es oportuno, así que por órdenes del coronel dejaremos que se reúnan. Uno de sus empleados instaló cámaras y micrófonos en el despacho.

—¿Quiere que lo espiemos en la visita?

—Sí, el despacho y las áreas comunes están vigiladas por el centro de control de Linguini, espíen desde allí y tomen nota de todo lo que se diga. El aniversario se acerca y debemos saber a qué nos enfrentamos.

—Como ordene, señor.

—El hombre está llegando, así que muévanse.

El centro de control a cargo de Patrick está ubicado en el mismo piso donde se hallan las oficinas del coronel y todos los capitanes.

Paso por el cubículo de Laurens, quien prefiere no levantar la cabeza para no saludarme. Desde que le dejé las cosas claras con Scott me evita todo el tiempo.

Patrick nos recibe saludando a su esposa con un beso en la boca e invitándonos al panel general. El lugar es como tres oficinas juntas con pantallas en todas las paredes y un equipo de monitoreo con tecnología de primera.

Me coloco los audífonos olvidándome de lo sucedido en la mañana. El monitor se enciende y Leandro recibe a sus invitados Halcones Negros, la gente que trabaja para Antoni.

—*La FEMF nos está pisando los talones* —empiezan hablar—. *Capturaron a varios de los nuestros y necesitamos proteger esto.*

Muestra dos pendrives.

—*Son las farmacéuticas de peso que crean fórmulas para nosotros bajo presión y aquí los métodos con que logramos que trabajen para los Mascherano* —esclarecen—. *En el momento no están seguros con nosotros, pero contigo sí, ya que no estás siendo perseguido.*

Leandro asiente, le debe tantos favores a la mafia que no pueden rehusarse a nada de lo que se le pide.

—*Los lotes de mujeres que te han conseguido los queremos para nosotros* —continúa el de los Halcones Negros—. *¿Cuánto quieres por ello?*

—*Haré una subasta y que se lo lleve el mejor postor* —contesta Leandro—. *La mafia rusa también los quiere para prostituir y confío en que no me presionarán por el favor que te estoy haciendo.*

El senador se levanta a guardar los pendrives en la caja fuerte que resguarda detrás de un cuadro.

—*Les daré hospedaje hasta que llegue el día del evento.*

El de los Halcones asiente y ambos abandonan el despacho.

—Hay que entrar a esa fiesta —avisa Patrick—. Necesitamos saber quién comprará a esas mujeres ya que, según informes, son un grupo bastante numeroso y también hay que robar los pendrives.

Me aparto dándole espacio para que haga su trabajo mientras su esposa empieza a comentarle temas relacionados con su hija.

Observo el lugar ojeando todas las pantallas. Todo el comando es vigilado por Patrick desde aquí y las cámaras abarcan hasta el último rincón: oficinas, pistas de entrenamiento, cafeterías, prisiones temporales, pistas de aterrizaje...

—Estás al tanto de todo lo que pasa aquí. —Me detengo en el panel principal, una pantalla gigante que cambia de secuencia cada diez segundos.

—Casi siempre —responde desde su puesto—. Tengo acceso a todo y puedo detectar un ataque, aunque el enemigo esté a una hora de distancia.

Me concentro en el patrón de la pantalla mientras habla con su esposa: soldados entrenando en la pista, Parker con su batallón, el general en una reunión, la cafetería atiborrada de gente, Laurens en su cubículo y Christopher en su oficina con Angela inclinada sobre su escritorio y con la cara estampada en la mesa mientras se la folla.

No puedo describir el impacto cuando el corazón me cae al piso mientras una oleada de calor me recorre hasta la última neurona. Algo se enciende dentro, un nudo del tamaño de una sandía me atraviesa la garganta y soy tan masoquista que coloco el dedo en la pantalla para que no cambie.

La tiene sujeta por la nuca. No puedo escucharlos, pero los gestos de ella son una clara demostración de gemidos sonoros.

—¡Coronel! —le leo los labios.

La suelta acomodándose la ropa y... Patrick apoya la mano en mi espalda apartándome la mano con cuidado e inmediatamente la secuencia cambia a la pantalla del jardín.

— Rachel…

Retrocedo, tropiezo con Alexandra y no la miro, estoy tan aturdida que tengo el cerebro a la deriva.

—Encárgate de lo que haga falta —digo—. Tengo que irme.

—Espera… —intenta detenerme.

Salgo al pasillo con la ira carcomiéndomelo todo. Quiero llorar, pero la rabia no le da paso a las lágrimas. La cara me arde, no respiro bien y su recuerdo no me provoca más que náuseas.

Echo a andar y Laurens se levanta cuando me ve.

—Teniente, ¿se siente bien?

La ignoro, miro la puerta frente a ella y me entran unas ganas horribles de vomitar por el mero hecho de saber lo que sucede dentro. Apresuro el paso a la escalera, pero los de mantenimiento no me dejan seguir.

—No hay paso, mi teniente —advierte uno de los empleados.

Me devuelvo en busca del ascensor. Abren la puerta de la oficina de Bratt y no me fijo quién sale, solo continúo mi camino. Entro en el ascensor y pulso el botón del piso al que debo ir un trillón de veces por minuto. Hablan, me llaman y yo no hago más que oprimir el maldito botón.

—¡Rachel!, ¿estás bien? —Bratt me toma la cara para que lo mire—. Te estoy llamando y no me escuchas.

Me estoy desgarrando por dentro y duele como la mierda.

—No, no estoy bien. —Tiemblo tratando de contener el llanto—. Yo ya no sé qué me pasa…

No duda en abrazarme y me aferro a la tela de su camisa estrechándolo con fuerza. Quiero y necesito que repare los fragmentos del corazón que rompí yo misma.

—¡Bratt! —gritan.

Entierro la cara en el pecho de mi novio, sé de quién es la voz y no quiero que me vea así.

—¡Sabes las reglas, eres un capitán, así que da el ejemplo!

Bratt me suelta, me vuelvo hacia el ascensor pulsando una y otra vez el botón de las puertas de acero.

—Disculpe, Rachel no se siente bien y…

—¿Y quieres curarla a punta de arrumacos en el pasillo? Esto es una base militar, no un centro de lloriqueos. ¿Qué mierda le pasa, teniente?

Me hierve la sangre, «maldito y mil veces maldito».

—No volverá a pasar —se disculpa Bratt.

—¿No da la cara, teniente James? —me habla a la espalda—. ¿Cuántas veces tengo que ordenarle leer el reglamento? ¡Si no es capaz de controlar sus estados emocionales vaya…!

Exploto. Me giro y lo encaro.

—¡¿Que vaya adónde, coronel?! Donde me vaya a enviar debemos ir los dos, porque la única que no es capaz de cumplir el reglamento aquí no soy yo —le grito—. ¡No tiene ningún criterio moral de ordenarme que no abrace a mi novio en un pasillo mientras usted siga revolcándose con los soldados en su oficina!

La alemana no sabe qué cara poner y Bratt se pone de todos los colores.

—¡El ejemplo empieza por usted que es el superior!

—¡¿Se le olvida a quién le está hablando, Rachel James?!

—¡Christopher! —interviene Bratt—. ¡No se siente bien, deja que me…!

—Me siento perfectamente, capitán, no es necesario que me defienda.

Abordo el ascensor dándole la espalda a todo.

—Estaré esperando la medida que quiera tomar contra mí; castigo, sanción, expulsión… ¡Lo que le dé la gana!

—¡Salga de ahí! —me amenaza—. ¡Si no quiere que…!

—¡Váyase a la mierda!

Las puertas se cierran, siento que llego abajo en fracción de segundos y lo primero que hago es huir hacia el jardín en busca de aire.

—Pero ¿qué es lo que te pasa? —Me alcanza Bratt después de un par de minutos.

—No sé —lloro—. No contuve las ganas de decirle las verdades en la cara a ese imbécil.

—Rachel, sé que no te agrada, pero es tu superior y tienes una carrera ejemplar aquí. No puedes arruinarla por más que te caiga mal.

—Soy consciente de mis actos y no le tengo miedo. —Me limpio las mejillas.

—Hablaré con él.

—¡No! Que haga lo que tenga que hacer.

Me toma la cara entre las manos buscándome los ojos.

—¿Las acusaciones son ciertas?

—No voy a tocar ese tema contigo.

Apoya los labios en mi frente antes de volverme a abrazar.

—Lo solucionaremos juntos, ¿vale? Ponga la sanción que ponga, estaré aquí para apoyarte.

Me estrecha contra su pecho y no hago más que impregnarme de su fragancia.

—Lulú recibió el regalo que te envié esta mañana —susurra.

—No es necesario que…

—Si es necesario. —Me obliga a que lo mire—. Quiero pasar la noche contigo, llenarte de atenciones y que olvides todo lo que te aflige. Basta de llantos… Solo… deja que te consienta como lo mereces.

No lo merezco, se merece a alguien que lo idolatre y corresponda todo lo que da.

—Quiero demostrarte lo mucho que te amo.

Asiento antes de fundirme en sus brazos. Estoy intentando tapar el cielo con las manos y temo las consecuencias, al castigo que se avecina.

38

TÚ Y YO

Rachel

Harry me lleva a casa, no quise pedirles el favor a mis escoltas, si alguien llega a verme con ellos tendré que responder un montón de preguntas y en estos momentos no tengo la capacidad de inventar patrañas que justifiquen mis errores del pasado.

—Está mal que me meta en tus asuntos —habla mi amigo cuando nos estacionamos al pie de mi edificio—, pero tu situación emocional me asusta, unos días estás bien y otros pareces estar en la Luna.

A veces me creo con la habilidad de disimularlo todo, pero no soy más que un mar de emociones que me impide fingir nada.

—Háblame. —Apoya la mano en mi rodilla.

No es expresivo, pero tiene una forma de mirarte y hacerte creer que todo estará bien.

—Rachel, eres mi hermana. No llevamos la misma sangre, pero sabes que siempre te he visto como tal y me preocupa verte así.

Las ganas de llorar se me atascan en la garganta y en menos de nada tengo la cara empapada de lágrimas.

A él no puedo mentirle, me conoce tanto como Luisa. Crecimos juntos, corrimos por las aceras de Phoenix y acampamos infinidad de veces en el desierto junto a mis padres

Fue él quien salió en defensa de Luisa cuando Scott le rompió el corazón. Nuestra carrera se ha consolidado a la par y hemos estado en las buenas y en las malas apoyándonos uno al otro.

—No sé qué hacer —Me enjugo las lágrimas—. De un momento a otro volví mi vida un jodido lío, metí la pata donde no debía y ahora estoy encerrada en un círculo de problemas del cual no sé cómo salir.

—Raichil —susurra con dulzura.

—¡Engañé a Bratt! —suelto en medio del llanto—. Le fui infiel cuando ha confiado ciegamente en mí y me odio por eso.

No dice nada.

—¡Regáñame! —lloriqueo—. ¡Dime que soy una golfa zorra, que soy una abominación para mis padres y no valgo ni una mísera libra!

—Díselo.

—No soy capaz, no quiero romperle el corazón. Todo empezó tan rápido y creí poder controlarlo, pero no fue así y me he enamorado…

—Déjalo y vete con quien te haga feliz.

—No, no es tan fácil. Mis sentimientos no son correspondidos y tampoco puedo dejar a Bratt. Siento cosas por él y no quiero lastimarlo.

Suspira acariciándome el cabello.

—Sé que lo quieres, como también sé que a veces somos débiles y nos dejamos ganar de lo que dice la voz que llevamos dentro. Estás debatiéndote entre dos hombres, uno te ama y el otro no, uno puede darte todo lo que mereces y el otro te está amargando la vida —me consuela con calma—. No voy a pedirte que me digas su nombre porque no quiero saber quién es el infeliz que te ha vuelto la vida mierda.

Me limpio la cara con la playera.

—He sido testigo de tu relación con Bratt y te quiere, no dañes eso por algo pasajero, todos hemos tenido amores esporádicos, pero son eso: esporádicos.

—Pero me ha quedado grande manejarlo.

—Entiérralo en el pasado. Si te sientes capaz de rehacer la relación con tu novio inténtalo y, si no, déjalo en el pasado también. —Me abraza—. No soy psicólogo como Luisa, pero si necesitas hablar y desahogarte aquí estaré para ti.

—Te quiero. —Sollozo contra su pecho.

—Y yo a ti, ahora ve y disfruta tu sorpresa.

Le doy un beso en la mejilla antes de bajarme del BMW y echar a andar a mi casa.

—Señorita James. —Elliot sale de la recepción cuando cruzo la entrada.

Trato de ponerme medio decente y borro cualquier rastro de lágrimas.

—La aseguradora trajo el auto. —Me invita al estacionamiento.

El vehículo está como nuevo, lavado y encerado, y brillando como una cuchara de plata.

—Gracias por encargarte.

Me muestra una bolsa transparente.

—La aseguradora me entregó esto. Ambos sabemos lo que es, fue lo que inhabilitó el auto.

Le quito la bolsa observando el artefacto.

—Sí que lo sé. —Suspiro cansada—. El socio de los Mascherano está aquí, ha habido asesinatos y desapariciones. No me han vuelto a atacar, pero siento que me están respirando en la nuca.

—Lo están. —Saca su móvil y empieza a enseñarme fotos—. Hace unos días una camioneta sospechosa se paseó por el edificio y se estacionó fuera del perímetro de rastreo de los centinelas de la FEMF.

»Identificamos a dos de los ocupantes: Jared Strowal y su hermana Danika. Secuestradores extorsionistas y asesinos buscados por la Interpol y el FBI. Tienen orden de captura en dieciocho países. Mis contactos me confirmaron que trabajan para la mafia rusa e italiana.

—Genial, eso significa que me queda poco tiempo de vida, ¿cuánto crees? ¿Dos o tres días tal vez?

—No voy a permitir que se le acerquen, me encargué de hacerles saber que no está sola, he reforzado el sistema de seguridad del apartamento, del auto y me tomé el atrevimiento de colocar dispositivos de rastreo en el vehículo de su novio. —Me muestra todo lo que hizo—. Como ya le dije antes, no puedo protegerla bajo los muros de la FEMF o cuando esté operando con ellos; sin embargo, haré todo lo posible por tenerla vigilada.

—Gracias, pero mantente lo más alejado que puedas —le ruego—. Si la FEMF llega a sospechar estaré por fuera con un mero chasquido de dedos.

—Déjeme ver su brazo izquierdo —pide.

Se lo extiendo y empieza a palparlo con los dedos.

—¿Tiene dos dispositivos de rastreo?

—Solo uno, el otro es un implante anticonceptivo.

Cuando las misiones se salen de control o cuando hay un proceso legal que lo requiera, los dispositivos de rastreo revelan nuestra ubicación en casos extremadamente necesarios.

—Entiendo. Asegúrese que el rastreador funcione de la manera correcta —me suelta—. Confíe en mí, solo siga con las medidas de seguridad que le di y todo saldrá bien.

—Gracias. —Me devuelvo al edificio—. Tenme al tanto de cualquier novedad.

Arrastro los pies hacia mi apartamento y el chillido de Lulú me ensordece cuando abro la puerta.

—¡Te vas a morir cuando vea lo que envió el joven Bratt!

Corre a bajarle el volumen al estéreo.

—¿Qué tal el retiro? —Me quito la chaqueta colgándola en el perchero.

—Pésimo. —Me toma del brazo y me lleva a la alcoba—. Dejemos lo del retiro para después, ahora tienes que ver el regalo.

Abre la puerta señalando la caja que está en mi cama, es blanca con un listón plateado y tiene un ramo de rosas rosadas encima.

—Ábrelo —aplaude—, te encantará.

Aparto las flores y deshago el lazo que lleva encima. Por la emoción de Lulú deduzco que ya sabe lo que hay en su interior. Quito la tapa y el papel de seda: dentro hay un hermoso vestido color champaña.

—Es un Versalles.

—Versace —la corrijo.

—Como sea. —Va hasta mi mesilla de noche y me entrega una nota—. Tuvo que haberle costado un pastal, el que lo trajo estaba mejor vestido que mi hermano el día de su primera comunión.

Leo la nota.

Cariño, es de tu talla. Quiero que hoy luzcas más hermosa de lo que ya eres, pasaré por ti a las ocho.

—Es todo un Romeo. —Me arrebata el papel—. Lo amo, no lo dejes nunca, por favor.

Observo el vestido sobre la cama queriendo sentir la emoción que amerita el momento.

—Pero ¿qué haces ahí? —Me empuja Lulú—. Métete a la tina y date un baño de espuma mientras arreglo todo para dejarte como una diva, solo tenemos dos horas.

Le hago caso a mi empleada y me encierro en el cuarto de baño. Sumerjo el cuerpo en el agua, tratando de aislar los pensamientos absurdos mientras el calor del agua me embriaga. No quiero pensar ni desgastar mi cerebro con preguntas que no tienen respuestas y me limito a quedarme ahí, sumergida, tratando de no pensar en nada.

Lulú está frente al espejo organizando cepillos, no sé qué hace en mi cabello, pero lo deja brillante en lindas capas crespas que le dan volumen y elegancia. Me aplica rímel y sombra de ojos. Finalmente pinta los labios.

Es mejor que cualquier maquillista profesional.

—Deberías montar un centro de estética —la animo.

—Algún día cuando la suerte me sonría —se emociona—. Escogeré un abrigo.

Me doy un vistazo en el espejo. Bratt me conoce bien, el vestido me queda perfecto, es entallado en la cintura y me llega un poco más arriba de la rodilla.

El iPhone se ilumina en la mesita con el nombre de Bratt y doy por hecho que está afuera.

—¡Ya llegó! —grita Lulú—. Apresúrate y no lo hagas esperar.

Me lleno los pulmones de oxígeno, no voy a andar con mala cara porque él se merece mi mejor versión: la fuerte, sensata y honesta.

Bajo a recibirlo y está de pie sobre la acera con un traje negro de corbata hecho a la medida. Permanece de espaldas con las manos metidas en los bolsillos mirando hacia las llantas del auto. Carraspeo para que voltee.

—¡Qué hermosa señorita! —Se le iluminan los ojos cuando me sonríe y también se le marcan los hoyuelos que tanto me hicieron suspirar en aquel tiempo, cuando soñaba con él montado sobre un corcel blanco. Sueños de adolescente de dieciséis años fanática de los cuentos de hadas.

Logré tener lo que soñé en ese tiempo y justo cuando creí que tenía todas las respuestas que necesitaba en la vida, llegó alguien y cambió todas las preguntas.

Me acaricia la cara con los nudillos cuando se acerca.

—Te ves bien.

—Menos mal. —Me ofrece el brazo—. Me medí diez trajes antes de este.

—¿Adónde vamos?

—Rumbo a la felicidad.

—Qué poético. —Me río.

—Tu belleza me inspira —bromea abriéndome la puerta del copiloto.

—¿En serio no me dirás adónde vamos?

Me abrocha el cinturón.

—No quiero preguntas, solo que te dejes llevar. Prometo que esta será la mejor noche de tu vida.

Mis tacones resuenan en la madera del puerto Loing; el lugar está catalogado como uno de los sitios más románticos de la ciudad. Hay playas y árboles, las parejas suelen traer sábanas para sentarse a ver el Támesis iluminado por los grandes edificios.

—De haber sabido que habría arena no hubiese traído sandalias altas.

Me toma de la mano.

—No te compré un vestido bonito para traerte a la arena—señala el crucero que navega por el río en la conocida ruta romántica.

Nos adentramos en el puerto, en la entrada del barco nos espera el personal elegantemente vestido.

—¡Listo para zarpar! —gritan desde arriba.

Damos un paseo por la cubierta de proa, que está llena de mesas con faroles.

—Ya entiendo todo —le hablo a Bratt—. Me trajiste aquí para que podamos hacer una recopilación de la escena de *Titanic*.

—No, te traje aquí porque supuse que este era el lugar perfecto para que te vieras con ellos. —Señala frente a nosotros.

La felicidad llega de golpe cuando reconozco a las cuatro personas que están sentadas al fondo. Suelto su mano y corro entre sillas y comensales sin creerme lo que estoy viendo. Los ojos se me llenan de lágrimas y no me importa el maquillaje, lo único que quiero es corresponder el abrazo de quien me espera con los brazos abiertos.

Me estrello contra el torso que tanto me abrazó en la niñez dejando que me estreche con fuerza.

—¡Teniente! —susurra la cálida voz de mi papá.

Los brazos de mi madre me cubren por detrás, me alejo del torso que sostenía y le rodeo el cuello mientras mis hermanas se unen al momento.

—¿Por qué no me avisaron que vendrían? —abrazo a mis hermanas.

—Bratt quería darte la sorpresa—contesta mi mamá planchando su vestido con las manos y limpiándose las lágrimas.

Vuelvo a abrazarlos, Bratt se une a nosotros saludando a mi padre con un apretón de manos y a mi madre y mis hermanas con un beso en la mejilla. No me creo que estén aquí, vuelvo a abrazar a Emma y a Sam. Las hermanas que adoro.

—Tomemos asiento, por favor—pide mi novio.

Nos sentamos, todos están tan elegantes que sobresalen entre todos con el bronceado dorado que tomas al vivir en Arizona.

Papá viste un traje gris sin corbata, nunca parece envejecer, para mí sigue conservando los mismos rasgos año tras año. Aún no tiene canas y se mantiene firme y derecho como cuando era uno de los mejores generales de la FEMF.

Mi madre y mis hermanas lucen vestidos sueltos con las melenas negras al aire. Sam se puso tacones y luce glamorosa como siempre, Emma no se complicó. Trae bailarinas del mismo color que su vestido color uva y no deja de hacerme preguntas, «La adoro y es mi consentida».

—Pero qué elegancia la de todos —saluda Luisa desde atrás.

El lugar vuelve a estallar a gritos. Mi madre se levanta a saludarla seguida de mi padre y mis hermanas. Simon los mira incómodo, por lo que mi amiga lo toma de la manga del traje y lo empuja al grupo para que se integre. Somos amables por naturaleza y queda demostrado en la forma de tratar al prometido de mi amiga.

Así es la familia James, cordial en todo momento, no importa qué tan extraños sean ellos, siempre tienen la habilidad de hacerte sentir como de la familia.

Un camarero llega con una bandeja de copas de champaña y las cartas del menú bajo el brazo.

—Invité a Harry, pero el general lo llamó a último momento y tuvo que devolverse a la central —aclara Bratt.

—Qué mal, a mis papás les hubiese encantado que viniera.

—También invité a Christopher, pero…

—No puedo creer que estén aquí —desvío el tema, no quiero hablar del coronel.

—Vamos rumbo a Ucrania, a la asamblea anual de la FEMF —comenta papá—. Tu encantador novio nos llamó y nos convenció de que hiciéramos escala para verte. La idea no tuvo que pensarse, de un momento a otro, todos estábamos contando los minutos para el encuentro.

Miro a Bratt y está concentrado en el menú.

—Gracias. —Tomo su mano—. Es la mejor sorpresa que me has dado.

Me besa el dorso de la mano como todo un caballero.

—Dije que iba a ser la noche más feliz de tu vida.

Mamá me avasalla con preguntas, se asegura que esté completa y que no tenga nuevas cicatrices mientras que, discretamente, me recalca que le encantaría que volviera a casa junto a ellos.

Luisa habla con mis hermanas que le cuentan su día a día; Sam James está teniendo un comienzo excelente en la facultad y Emma… Bueno, Emma está siendo Emma tratando de sobrevivir al comando y al patinaje.

Otra ronda de copas llega para todos excepto para Emma. Los platos de la cena no se hacen esperar, la mesa sostiene un festín con platos de cordero, codorniz asada, filetes y ensalada.

—¿Y qué tal la universidad, Sam? —pregunta Bratt.

—Genial, ya me adapté y los maestros están contentos conmigo.

La velada transcurre sobre cómo les va a todos con todo. Simon y Luisa hacen parte de todo y yo siento que las cosas van bien después de tanto caos. Los observo hablar con el pecho lleno de orgullo, agradeciendo lo afortunada que soy al tener una familia como la que tengo.

Bratt se va con Simon a los lavabos mientras el camarero llega con el postre.

—Quiero que mañana me lleves a Harrods —me pide Emma—. Necesito comprar cosas para lucir en Ucrania.

—De preferencia algo decente que le tape el abdomen y el pecho, no quiero tener que estar espantando adolescentes hormonales.

Todos sueltan a reír y Emma rueda los ojos, Rick es un papá celoso.

—Terminen todo —Bratt vuelve a la mesa—, va a ver una pequeña presentación musical con instrumentos clásicos.

Solo basta con decir música clásica para que mi madre acabe lo que tiene en el plato y nos obligue a que hagamos lo mismo.

Vamos a la popa del barco. No hay mesas ni sillas, las personas beben copas de vino recostados contra las barandas de hierro mientras una que otra pareja baila en el centro de la pista. Al fondo hay un grupo de cuatro músicos con violín, saxofón, violonchelo y piano.

Mis padres se abrazan disfrutando de las notas musicales, Simon se quita la chaqueta y se la pone a Luisa sobre los hombros y Emm está molestando a Sam con un chico castaño que tiene la mirada clavada en ella.

Por mi parte, dejo que Bratt me estreche entre sus brazos y hunda la nariz en mi cabello. El cielo se cierne sobre nosotros lleno de estrellas y la luna es un resplandeciente círculo brillante.

—Te amo —susurra en mi oído.

El corazón se me remueve, estoy totalmente segura de lo que siente por mí, ya que me lo demuestra a cada nada.

—Estás llorando —me pasa las manos por el rostro.

—Es que eres… Tan jodidamente lindo conmigo… —le acaricio el mentón.

El cover de *Forever Young* de Alphaville inunda el lugar en versión clásica.

—Es nuestra canción. —Me concentro en los instrumentos.

—La pedí para los dos. —Me aparta el cabello de los hombros—. Rachel, estando en Alemania reafirmé mi idea de que no hay un solo minuto en el que no quiera estar contigo, eres mi más bonita casualidad, siempre imagino un futuro junto a ti. Tu rostro es lo último que quiero ver antes de dormir y lo primero que quiero ver al despertar.

El pecho me duele cuando retrocede a la vez que los comensales se concentran en nosotros.

—¡Cariño! —alza la voz—. Quiero vivir en tu sonrisa, sostener tu mano y soltar el mundo, porque contigo siempre tendré los pies puestos en el cielo.

Las personas nos rodean y todo el mundo empieza a sonreír.

—Por eso… —Se mete la mano en el bolsillo. La respiración se me atasca, sé lo que hará y tengo miedo.

—¡Rachel! —Luisa intenta acercarse, pero su novio no se lo permite.

—Quiero jurarte amor eterno por el resto de mis días —saca una cajita de terciopelo. Miro a mis padres y asienten sonrientes. Lo sabían, por eso están aquí. Tiemblo, joder, he soñado con este momento durante años y ahora lo tengo, pero en el momento equivocado.

Se arrodilla y toma aire antes de abrir la cajita que sostiene.

—Rachel James, ¿quieres casarte conmigo?

39

EFÍMEROS

Rachel

A veces los sueños se cumplen en el momento equivocado…

Llevo años anhelando las palabras que mi novio está recitando de rodillas en un crucero junto a mi familia bajo la más maravillosa noche que he podido contemplar. Siempre me imaginé cómo me lo pediría. Hoy lo ha hecho y ha superado todas mis expectativas, y hubiese sido perfecto si no tuviera el corazón partido en dos debatiéndome entre hacer lo correcto o lo que debería.

Cierro los ojos recordando los momentos emotivos que viviría mil veces más. Pienso en los «te amo» que le dije y me dijo, y el pecho vuelve a dolerme. No tengo espacio para lo correcto, tengo espacio para lo que debería.

—Sí —respondo despacio.

Los ojos se le iluminan cuando sonríe, los comensales aplauden y Luisa no disimula el enojo apartando a Simon mientras mi novio me desliza el anillo en el dedo.

—Prometo amarte hasta el fin de los tiempos.

—Espero que así sea. —Papá llega por detrás palmeándole la espalda—. No quiero utilizar mi colección de armas de alto calibre.

—Rick, no dañes el momento —lo regaña mamá.

Ambos me abrazan, al igual que Simon y mis hermanas.

—¿Estás bien? —me pregunta Emma fingiendo una sonrisa—. Estaba grabando y tu cara aniquiló mis ganas.

—Sí… Es solo que no me lo esperaba. —Meto un mechón de cabello tras su oreja al tiempo que Bratt coloca su brazo sobre mis hombros.

Tal vez mi decisión no sea justa para él, pero es la única forma de apagar mis sentimientos contrarios. El primer y mejor amor debe servir para acabar con lo que ha crecido entre traiciones y mentiras.

Los músicos interpretan otra pieza y Bratt le brinda una ronda de champaña a todos los comensales.

—Dime que te sorprendí —me pide después del brindis.

Lo abrazo.

—Sí, fue hermoso, gracias.

—Quería que fuera inolvidable.

—Lo fue.

—Rachel —me llama Luisa.

—Estamos ocupados —contesta Bratt sin quitarme el brazo del hombro—. Ven más tarde.

—Solo será un segundo. —Me toma de la mano, logrando que mi novio me suelte de mala gana.

—Más despacio, que no estamos en una maratón.

Ignora mi comentario y me arrastra hasta la barandilla de la cubierta del barco.

—¿Qué demonios te pasa? —me regaña—. ¿Cómo vas a decirle que sí estando enamorada de otro?

—¡Calla! —susurro con los dientes apretados—. No vuelvas a repetirlo, y menos con Bratt cerca.

—Ahora quieres tapar el sol con un dedo…

—Lo que pasó en su ausencia quedó atrás y ahí va a quedarse.

—Tu decisión lo lastima, esto pasó a mayores, ya que le has dicho que sí por lástima y eso no es justo para nadie.

—Esto no es ningún juego. Quiero casarme con él porque es importante para mí, no por miedo ni lástima.

—¿En serio? ¿Deseas casarte con él después de haber dormido en los brazos de otro y estar enamorada de ese otro?

—Christopher no es más que un imbécil. Bratt me lo ha dado todo y se merece que lo haga feliz.

—Eso no quita que sea una mala decisión.

—¡Es mía, no tuya! ¿Vale? Así que déjalo estar.

Apoya las manos en la barandilla, furiosa.

—Espero que tengas la valentía de conservar tu punto de vista y la idea, que tu cuerpo no te engañe y termines en el mismo círculo de nuevo.

—Ya pasó y te dije que no se volverá a repetir.

—Chicas, lamento intervenir —nos interrumpe mi papá—. Luciana y yo estamos cansados y queremos ir a casa.

La cara de mi amiga cambia de bruja regañona a niña bondadosa.

—Lulú ya recibió sus maletas. Me quedaré en casa de Simon, no quiero restarles comodidad.

—Qué amable de tu parte, linda. —Papá le besa la frente.

—Iré a por mi novio.

Se marcha y vuelvo con los demás.

—Espero que les haya gustado la velada —comenta Bratt con una copa de champaña en la mano.

—Estuvo bien, gracias —responde mamá—. Entendemos si quieren pasar el resto de la noche juntos.

—Eh… No —se mete mi papá—. Estamos de paso y la quiero conmigo.

—Rick, se acaban de comprometer —alega mamá.

—No les voy a quitar tiempo con su hija, señor James. —Me besa la mano—. Cuando estemos casados tendremos infinidad de noches juntos.

Nos encaminamos a la pasarela para descender del barco. Los escoltas de mi papá tienen la camioneta lista. Al ser un exgeneral destacado, la FEMF vela por su seguridad.

—Siento dejarlos, pero mis tacones me están matando —se disculpa Sam llevándose a Emma.

Luisa y Simon nos dicen adiós mientras yo me despido de mi novio.

—Hoy dormiré siendo el hombre más feliz del mundo —dice cuando estamos solos.

—Gracias por todo. —Me miro el anillo en el dedo: es de oro con un gran zafiro en el centro e incrustaciones asimismo de esta piedra alrededor—. Las chicas se van a morir cuando les cuente.

—Respecto a eso —se frota la nuca—, quería pedirte que evites decírselo a toda la central, necesito un par de días antes de dar la noticia.

—Tus padres aún no lo saben.

—No y no te sientas mal por ello. Se lo quiero decir en el momento oportuno.

—Entiendo.

—Sabes cómo es Sabrina y prefiero decírselo yo mismo. Puedes decírselo a tus amigas, solo asegúrate de que no corran la noticia todavía.

—No tengo problema con eso.

—Te vi discutiendo con Luisa. ¿Pasó algo entre ustedes?

—Una tontería que ya está solucionada.

—¡Rachel, muero de sueño! —grita Emma sacando la cabeza por la ventana.

—Vete ya —se ríe Bratt—, disfruta tu día con ellos mañana.

Le doy un beso en los labios rodeándole el cuello con los brazos y él devuelve el gesto estrechándome contra él.

—Te quiero —le susurro.

—Y yo a ti.

Llegamos a casa. Las mujeres nos desprendemos de nuestros respectivos abrigos y tacones. Papá, entretanto, se va directo a la cocina para rebuscar algo para comer.

—Duerman en mi habitación —propongo—. Me acostaré con las chicas en la alcoba de Luisa.

Mis hermanas se retiran y yo tomo asiento en el sofá con mamá.

—¿Estás feliz? —pregunta acomodándome el cabello.

—Siempre lo soy cuando los tengo a mi lado.

—Lo sé, cariño, fue una noche con muchas emociones. —Toma mi mano observando el anillo—. Pronto tendrás una familia como la nuestra y te llamarán «señora de Lewis».

—No tiene que usar el estirado apellido de su marido —replica papá—. De hecho, no tienes que casarte todavía, puedes esperar unos treinta o cuarenta años más.

—Estuviste de acuerdo en dar su mano, así que ahora no vengas con consejos sin sentido.

Se sienta a mi derecha dejando a un lado la chaqueta de su traje.

—Estuve de acuerdo porque me estuviste molestando día y noche con el jodido sí.

Suelto a reír.

—Por poco hacen que me enamore de él.

—No seas exagerado —replica mamá—. Sabes que le dará un buen futuro. Los Lewis son una familia comprensiva y generosa.

Pobre mamá, generalizando sobre todos los Lewis. Los únicos que valen la pena de esa familia son Bratt, las gemelas y Joset. Los demás no son más que aristócratas presumidos.

—Yo solo quiero que mi hija se sienta bien —declara papá abrazándome—. Dudé en aceptar porque tu matrimonio es una de las tantas razones que te seguirá teniendo lejos y no es fácil para ningún miembro de esta familia asimilar que uno de nuestros eslabones está a kilómetros de distancia.

—Iré a visitarlos cada vez que pueda.

—Me voy a dormir. —Mamá se levanta—. Mañana quiero recorrer la ciudad.

Se marcha y acomodo la cabeza en el regazo de mi padre.

—Rachel —susurra cuando se marcha mamá—, sé que quieres a tu novio, que tu madre lo ve como lo mejor que te ha podido pasar, pero me preocupa que mi hija entre en una familia donde no es bienvenida.

—Me casaré con Bratt, no con ellos.

—Lo sé, pero agradarle a la familia de tu pareja es un pilar importante en un matrimonio. Tener una mala relación conduce a las faltas de respeto, resentimiento y odio. Cuando todo eso empieza a agredirte, el campo de rosas blancas comienza a tornarse negro.

—Soy fuerte y lo sabes, no voy a dejar que ese tipo de cosas me afecten.

—Eres fuerte para algunas cosas, pero para otras no tanto. El que esté lejos no quiere decir que no sepa todo lo que pasa a tu alrededor. Sé de los problemas con tu cuñada y tu suegra, sé las agresiones verbales que han tenido y sus problemas por no tener su mismo nivel, no ser aristocrática.

—Puedo sobrellevarlo, no te preocupes.

—Si tu madre estuviera al tanto, no te dejaría poner un pie en el altar.

—Lo sé, papá, pero Bratt es diferente. Él no quiere a nadie de sangre azul, me quiere a mí y eso es lo que importa. Joset y las gemelas me tienen cariño y puedo apañármelas con eso.

Suspira cansado.

—Les daré mi aprobación, pero si la bruja de tu suegra o la arpía de tu cuñada te hacen sentir mal, solo dímelo. Desde que me enteré de tu situación he estado recogiendo alacranes en el desierto.

—¿Cuántos van? —Me río.

—Ocho y no estoy bromeando. Ya planeé cómo los pondrás en su cama.

—Vale, te avisaré de cualquier cosa.

Me levanto llevándolo conmigo y le doy las buenas noches en el pasillo antes de irme a dormir con Emma y Sam.

Despierto con el brazo de mi hermana menor enterrado en las costillas, no es que haya dormido mucho con las dos en la misma cama.

Aparto el brazo y me levanto con la espalda dolorida y no alcanzo a dar dos pasos cuando me doy de bruces contra el suelo.

—¡Me pisaste! —replica Sam en el suelo.

—¡¿Qué carajos haces ahí?!

—No podía seguir durmiendo en la cama, Emma me dio un rodillazo en el estómago que me dejó sin aire.

—Esta noche dormiré en el sofá. —Me apresuro al baño.

La sala es un alboroto de música y carcajadas entre Lulú y mis padres. Me lavo los dientes, me recojo el cabello y me uno a ellos envuelta en un albornoz de lana.

—Les haré burritos para la cena —comenta Lulú emocionada— con guacamole, eso siempre me queda de rechupete.

La barra está llena de bolsas y cajas con presentes para Lulú.

—Cariño, te hemos traído detalles, los acomodé en tu clóset esta mañana —me informa Luciana. cuando me ve. Está detrás de la barra de la cocina preparando panqueques—. Tomen asiento, que serviré el desayuno.

Mi hermana menor aparece en pijama con el cabello mal recogido y Sam sí se tomó el tiempo de ponerse decente.

—Le ayudaré con los platos —se ofrece Lulú.

—De eso nada —la reprende Luciana—. Ve y siéntate, Sam y Emma me ayudarán.

El timbre suena en mitad de las charlas. Lulú corre para abrir mientras yo intento que Emma no se trague todos los panqueques antes de que los demás probemos bocado.

—¡Llegué en buena hora! —saluda Harry quitándose el abrigo.

El grito de mis hermanas hace eco en toda la casa; mamá es la primera en soltar el sartén y correr a abrazarlo.

—Pero ¡qué buena pinta tienes! —lo halaga papá.

—Gracias, Rick.

—Siéntate y desayuna con nosotros —lo invita Emma—. ¿Qué me trajiste?

De su mochila saca presentes para cada uno mientras que mi familia lo integra y le hace miles de preguntas. Harry es el hermano varón que nunca tuvimos. Mis padres lo adoran y, por ende, le sueltan un largo discurso del porqué de su ausencia en el último año.

Como siempre, Harry escucha atento, aconseja a mis hermanas, alienta a mi madre para que siga con sus proyectos y le promete a papá que irá de visita con Brenda. El desayuno termina, cada quien toma una ducha y se prepara para el recorrido por la ciudad.

Almorzamos en un restaurante de comida india y pasamos el resto de la tarde en Knightsbridge y Brompton Road haciendo compras para mis hermanas y su estadía en Ucrania. Paramos cuando Harry y papá se hastían de tanto entrar y salir a las tiendas.

Estando de nuevo en casa, cenamos el banquete que nos preparó Lulú y en la sala dejamos que la noche pase entre juegos de mesa como en los viejos tiempos. Peino el cabello de mi papá con las manos y beso la coronilla de Emma, que recuesta su cabeza en mi brazo mientras que Harry charla con mamá y Sam.

La hora de dormir llega, Harry se apodera del sofá y yo, frente a la ventana, observo el anillo de compromiso. No hablé con Bratt a lo largo del día y supongo que también le dedicó horas a su familia.

Las piedras azules decoran mi dedo anular. Me imagino el esfuerzo de

Bratt al mandarlo a hacer… «"Rachel Lewis". ¿Qué tan bien se oirá eso? ¿Y cuántos infartos sufrirán Martha y Sabrina cuando lo sepan?».

Tomo una bocanada de aire. «Debo dejar de darle tantas vueltas al asunto», me reprendo. Me acomodo en medio de mis hermanas y me centro en pensar en lo que vamos a disfrutar el día que sigue con ellos, poco los veo, los extraño todo el tiempo y no quiero malograr el esfuerzo de Bratt pensando en quien no vale la pena.

40

BANDERA BLANCA

Rachel

—Si ya eres un oficial retirado, ¿por qué debes asistir a la dichosa asamblea? —se queja Luciana cuando entramos a la central—. No es obligación ir, es mejor quedarse con Rachel un par de días más.

—Por enésima vez, mujer —contesta mi pobre papá exasperado—: el ministro me convocó y quiero ir. ¡Maldita sea! Siempre me invitan y nunca voy.

—Solo serán cinco días —intento dar ánimos—. Aparte, conocerán costumbres nuevas.

—Si no te agradaba la idea, te hubieses quedado en Phoenix —le suelta Rick.

—Era lo que quería hasta que Emma y Sam empezaron a insistir en acompañarte y luego Bratt… —replica mamá.

—¡Tranquilos todos! —interviene Harry—. No dañemos la despedida. Lucy, me encargaré de mandarte un itinerario con todo lo que puedes hacer para que la estadía sea inolvidable mientras Rick se encarga de su asamblea.

—Gracias, Harry. —Le da un beso a mi amigo en la mejilla lanzándole una mirada furibunda a papá—. Tú sí te preocupas por la comodidad de todos.

Luciana Mitchels no es fanática de la FEMF, fue la única que celebró el retiro de papá con bombos y platillos. Ella y Sam detestan las armas, los conflictos, el mundo criminal…, así como también detestan la prepotencia y la altivez que abunda en el ejército.

Conmigo tuvo que resignarse, ya que entrar en la FEMF era uno de mis tantos sueños. Tengo presente aquellos días donde se desarrollaban debates sobre mi futuro, los cuales terminaban en una batalla campal.

Sentiré pena por Emma cuando se gradúe en la escuela militar, de seguro tendrá que llevarse repertorios sobre carreras en la NASA o profesiones de peso por parte de la familia de mi madre. Nos enrumbamos a la pista de aterrizaje, la cual está repleta de generales y miembros del sector cuatro.

El general de la base militar de Cambridge espera al lado del general del comando londinense.

—¡James!, ¡qué dicha tenerte aquí! —el general Peñalver saluda a papá—. Tu ausencia hace peso en Londres, nos has olvidado.

—Jamás abandonaría la central donde pasé mis mejores años.

Saluda a mamá y a mis hermanas mientras Luisa llega con Simon a despedirse; no me determina, solo se va a abrazar a mi papá.

—Buenos días, teniente. —Aparece Bratt entre los soldados.

Está con su uniforme de pila peinado y sonriente.

—Capitán, un gusto saludarlo.

—A mí igual, espero que haya tenido la gentileza de extrañarme este fin de semana.

—Por supuesto, señor.

Si no estuviera en un punto crítico rodeada de personas importantes, le daría un beso, pues eso me ayudaría a llamar a la vieja yo, a la novia dulzarrona a la que le encantaba consentirlo todo el tiempo.

—¡Capitán Lewis! —lo llama el general Peñalver—. Venga, por favor.

Él entorna los ojos acatando la orden. A pocos metros los soldados se apartan dejando paso al coronel que viene con cara de asesino.

Se me erizan los pelos de la nuca, ya que estoy en la cuerda floja. He tratado de no pensar en el castigo que me impondrá por haberle gritado en la cara. Al igual lo aceptaré con orgullo, no me arrepiento de haber despotricado las verdades.

Respiro hondo convenciéndome de que es solo mi coronel al mando como Sloan. Si quiero tener un equilibrio en todo esto debo empezar a actuar como la que siempre fui. La vieja Rachel no le temía a su coronel, la vieja Rachel mantenía su frente en alto y la mirada al frente a la espera de cualquier orden.

Pasa derecho, hablando no sé qué con Bratt, el general y papá. Anuncian que es hora de partir y voy con mi familia.

—Estaremos en contacto —las tranquilizo.

—No hagas planes de boda sin comentarme —pide Luciana—. Quiero acompañarte en el paso a paso, así sea desde lejos.

—Planearemos todo juntas, lo prometo.

—Te quiero y recuerda que estoy muy orgullosa de ti.

Abrazo a Sam, que se mueve a despedirse de Luisa.

—Vaya coronel tienes —susurra Emma entre dientes—. Tal vez me venga a este comando antes, aunque mamá no quiera.

—Es un dolor de cabeza, así que no te ilusiones. —Me la llevo—. Todo esto era mejor cuando no estaba; de hecho, me pregunto qué diablos vino a hacer aquí si esta era la mejor maldita central antes de que llegara, pero llegó y ahora todo es un jodido lío, así que no creas que te estás perdiendo nada porque no es así…

—Bien, te gusta, ya entendí…

—¡Claro que no! ¿Qué te pasa? —Me río para disimular—. ¿De dónde sacas eso?

—No sé, solo estoy bromeando. —Se cruza de brazos—. Pero tu respuesta me da a entender que sí te gusta.

—Obvio no…

—¡Avionetas listas! —gritan, y doy gracias a Dios por no tener que seguir alargando la conversación. Mi mamá se une y las acompaño al avión, las ayudo a acomodar el equipaje y para cuando bajo ya Bratt no está. Papá está charlando con el general y el coronel fuera de la pista.

—Rachel, acércate, por favor —me pide Peñalver.

Como decía un sabio filósofo, «la mejor manera de superar los miedos es enfrentarlos».

—Las casualidades existen —comenta el general—, Alex Morgan y el general James fueron compañeros aquí, muy buenos compañeros de hecho, y ahora sus hijos trabajan juntos formando una pareja estupenda.

—Espero que algún día entablen una amistad como Alex y yo —añade mi papá.

Otro con el jodido cuento de que debemos ser amigos, no dirían lo mismo si supieran el desastre que somos juntos.

—Alex debe de estar muy orgulloso de ti, Christopher; en un par de años lograste lo que a otros les toma una década.

—Ajá —responde serio.

—El deber nos llama —comenta el general cuando las aeronaves están por cerrar puertas—. Coronel, queda a cargo de todo.

—Lo sé.

Le dedico un saludo militar a mi papá a modo de despedida y él hace lo mismo.

—Tenga cuidado, teniente —advierte—. No olvide los alacranes.

—¿Alacranes? —pregunta el general.

—Un asunto familiar. —Estrecha la mano del coronel—. Fue un gusto saludarte, Christopher, casi no te reconozco, la última vez que te vi tenías quince años.

No contesta. El general se va acompañado de mi papá e intento largarme también cuando nos quedamos a solas.

—No te he ordenado que te marches.

Los aviones encienden motores, no estamos en el perímetro de marcha de la pista; por ende, el arranque de los artefactos no me servirá de excusa para irme.

Me encara con los brazos cruzados sobre el pecho. Nuestra diferencia de estatura es evidente, dándole la ventaja de hacerme sentir como un cachorro frente a un lobo. A eso hay que sumarle su admirable belleza: esa jodida combinación de cabello negro y ojos grises es tan mortal como lanzarse de un avión en vuelo sin ningún tipo de paracaídas.

—No voy a seguir tolerando tus escenas de celos.

Primer golpe al orgullo y al corazón. Desafortunadamente para él, no voy a mostrar mis heridas esta vez.

—¿De qué celos habla?

—Sabes de qué hablo, tuviste el descaro de…

—Con todo el respeto que se merece, señor —lo interrumpo—. Le voy a pedir el favor de que no malinterprete las cosas. Lo sucedido hace unos días no fue una escena de celos, fue una protesta en contra de su ética de no faltarle el respeto a la entidad… Se enoja por un abrazo en el pasillo, algo hipócrita ya que usted folla sin el menor pudor en su oficina y eso no me parece honesto.

—Cuéntame una de vaqueros ahora —se burla—. Esfuérzate y aprende un poco de autocontrol.

—Me está menospreciando. Nada de lo que dije en la disputa tiene que ver con lo sucedido entre los dos, tenga presente que teníamos un acuerdo y dicho acuerdo se está cumpliendo.

—Ahora eres de las que olvida rápido. Hace unas noches estabas por confesarme algo totalmente diferente.

Patada a mis recuerdos y a mi dignidad.

—Una vez me dijo que lo que sentía por Bratt y por usted eran cosas totalmente diferentes, a él lo amaba y a usted solamente lo veía como sexo esporádico.

—Lo recuerdo perfectamente.

—Me alegra decir que tenía toda la razón. —Mi mentira más grande—. Tal cual como lo predijo, tal cual pasó. Faltó ver a Bratt para recordar quién es el que vale la pena y arrepentirme de todas las cosas que hice pensando con el coño.

Sus ojos son un témpano de hielo y su cara, una máscara de indiferencia; tiene la maldita habilidad de esconder y dejar con la incógnita de saber qué piensa o qué siente.

—Me disculpo por lo que intenté decirte aquella noche —continúo—.

Confundimos demasiadas cosas con amor y mi duda desapareció cuando volví al lado del hombre que amo y con el que me voy a casar.

Alzo la mano mostrando mi anillo de compromiso.

—Oh, qué alegría. —Entorna los ojos—. Me preocupó que todo esto llegara a arruinar mi papel como padrino.

—No —creo que voy a explotar—, para nada, y le doy un aplauso a todas sus teorías. Ahora solo me disculpo por lo que pasó el viernes, es mi coronel y...

—Y futuro padrino de boda —agrega con tono sarcástico.

—Le debo respeto y acepto el castigo que quiera imponer.

—Qué madura, teniente.

Se acaricia el mentón y mis ojos viajan a su boca.

—No habrá castigo esta vez, tómalo como una ofrenda de paz porque quiero que las cosas se calmen. Bratt está preocupado y me pidió que no tomara represalias.

—No tiene que ser benevolente, puedo asumir mi responsabilidad.

—No puedo imponer un castigo por protestar ante mis métodos administrativos. Dejémoslo como un tributo a nuestra amistad, por si no te has dado cuenta todo el mundo quiere que seamos amigos.

—Bien.

—Coronel y teniente sin ningún tipo de rencor. —Alarga la mano.

Dudo en recibirla, siento que se está burlando de mí.

—Rachel, sé que en las relaciones soy una mierda, pero como amigo no soy tan bestia como crees. —Duda por un momento—. Lo que le hicimos a Bratt es caso aparte...

—Ese tema murió.

—Cierto.

Estrecho su mano y el zafiro de mi anillo resplandece bajo la luz del sol. Su jodido contacto es un viaje y una recopilación de todo lo que hemos vivido.

—Permiso para retirarme. —Lo suelto.

—Adelante.

Emprendo la marcha lejos de él y del dolor de haber metido el dedo en la herida.

—¡Teniente! —me llama a poca distancia—. Estamos en paz. ¿Cierto?

Finjo mi mejor sonrisa.

—Sí

41

ALEMANA

Rachel

Llego a la mesa todavía con la sensación de calor en la mano, no había dicho tantas mentiras juntas en meses, pero era eso o aceptar mi derrota y dejar al descubierto mis sentimientos, algo que resultaba inviable con mis futuros planes.

—¿Estás ocupada? —el acento alemán de Angela me saca de mi estado de shock postemocional.

—No todavía.

Toma asiento frente a mí, y yo empiezo a respirar hondo.

—Quería disculparme por lo que viste, en verdad que me avergüenza —empieza—. Creerás que soy una mujer fácil que no vale la pena.

Prefiero guardar silencio, se verá mal si digo lo que pienso e hipócrita si miento.

—El coronel Morgan descontrola —se excusa—. Ya sabes, es la fantasía de todas aquí…

—Escucha —abro mi *laptop*—, no es mi problema tu asunto con el coronel; de hecho, no sé qué haces aquí explicando lo que no deseo oír. Me dio cólera el que se saltaran el reglamento, por eso actué como actué, ya tuve una charla sobre eso y no me apetece repetirla.

Asiente.

—Tu cuñada es la esposa de Christopher, quiero pedirte que no le digas lo que pasó, escuché que están en un duro proceso de divorcio y…

—Lo menos que quiero es tener líos por cotilleos con Sabrina, así que por mi parte jamás se enterará.

—Te lo agradezco. —Apoya los codos en la mesa—. No tengo amigas aquí y no sé si esté mal desahogarme contigo, pero…

«¿Qué sanción me darán por reventarle mi *laptop* en la cara?».

—Angela, no tienes que contarme nada —trato de no darle importancia—. No es mi asunto.

—Escucha, no es en mal plan —insiste—. Es que quiero que entiendas que se dio de una forma espontánea…

—¡Buenos días! —Simon entra a la sala.

—Tarde, capitán —lo corrige Scott.

—Cierto. —Mira su reloj.

Viene directo a mi puesto y siento que lo adoro por quitarme la charla de encima.

—¿Interrumpo algo? —pregunta.

—No, capitán —Angela se levanta—, puedo venir más tarde.

—Sí lo están —sonríe como un estúpido—, puedo dejarlo para otro momento.

—No lo estamos —le aclaro, soy la más interesada en que Angela se largue.

La alemana se retira y el novio de mi amiga se voltea disimuladamente a mirarle el culo.

—¿Qué quieres? —No oculto el enojo.

—Estoy muy bien, gracias —contesta con un aire sarcástico—. Mi mañana estuvo de maravilla, cosa que no puedes decir tú por lo que veo.

—Al grano, que temo que salgas corriendo detrás de mi colega.

—Las falsas acusaciones son un delito —se ofende—. En fin, a mi casa llegaron cajas a tu nombre con sombreros, pegatinas, espumas y carteles de feliz cumpleaños.

—¡La fiesta de cumpleaños de Bratt! —Recuerdo de golpe.

Es este sábado. Hice un pedido hace cuatro meses con el fin de hacerle una fiesta sorpresa.

Me preparó la mejor propuesta de matrimonio en un crucero con mis padres a bordo y yo me olvido de una fecha tan especial… «¡Voy de mal en peor!».

—Le haré una fiesta sorpresa.

—Qué buena novia eres. —Se cruza de brazos—. Pero ¿puedo saber por qué está llegando todo a mi casa?

—La haremos ahí, hay más espacio que en mi apartamento. Luisa ya te lo había comentado.

—Nadie me había comentado nada.

—Bueno, ahora lo sabes. Llegarán más cajas, tal vez necesite una copia de las llaves de tu casa. —Muevo las manos para que se vaya—. Debo trabajar, no me quites más tiempo.

Respira resignado mientras asiente como si no le quedara otra.

—Le diré a Luisa que te dé una copia.

—No le digas nada a Bratt —le recuerdo.

Levanto la bocina cuando se marcha. No sé cómo carajos pude olvidar algo tan importante, llevaba meses esperando, estoy a unos cuantos días y no tengo ni la mitad de las cosas que necesito.

En mi hora de almuerzo me dirijo al comedor, donde ruego que estén mis amigas. Tengo suerte porque hallo a Laila y Alexa comiendo en una misma mesa; yo no tengo hambre así que no me molesto en pedir nada.

—Olvidé que se acerca el cumpleaños de Bratt —es lo primero que digo dándoles el contexto—. Había planeado algo hace semanas y he estado tan distraída que no llevé nada a cabo.

—Puedo ayudarte con el pastel y la comida —se ofrece Alexa—. En la web puedo buscar reposterías.

—Yo me encargo del licor, la música y las luces —asegura Laila.

—¿Y de qué me ocupo yo? —preguntan de la nada, y mis dos compañeras se levantan a saludar a Brenda, que llega con Luisa.

Me uno al recibimiento, pensé que tardaría más, pero supongo que se dejó días de reserva.

Tomamos asiento. No suelo ocultarles los acontecimientos importantes a mis amigas, ya que compartimos casi todo desde que nos conocemos.

—Bueno, aprovechando que estamos todas —comento cuando Brenda termina el resumen de sus vacaciones—. Quería que supieran que Bratt me propuso matrimonio.

Laila se pone de pie tomando mi mano por encima de la mesa y las otras se aglomeran queriendo ver el anillo de cerca.

—¡Muero! —exclama emocionada—. ¿Cómo y cuándo fue?

—El viernes por la noche, en la ruta romántica de los cruceros.

Las preguntas no se hacen esperar y todas me desean lo mejor. Las chicas no tienen una mala impresión de Bratt, ya que no es un mal novio si le quitamos lo controlador que es, y a la madre y a la hermana que tiene.

Les comento los detalles de cómo se arrodilló y entonó nuestra canción favorita a la hora de la propuesta; también las advertí que no pueden divulgar nada todavía.

—Es tarde —Laila se levanta—, debo dar una charla sobre inteligencia militar. Deja de preocuparte, entre todas se nos ocurrirá algo.

Dejo que se marchen, Brenda se ofrece a ayudarme a decorar y me termino quedando sola con Luisa. Ambas sabemos por qué ninguna toma la iniciativa de irse y es porque no soportamos estar enojadas una con la otra.

—Lamento haber sido grosera —me disculpo.

—No, discúlpame tú a mí por dañar el momento con mis advertencias, era algo especial para ambos y lo arruiné.

—Tenías razón en muchas cosas —reconozco.

—Tal vez, pero no era el lugar para hablarlo. Eres mi amiga y es mi deber apoyarte en todo, aunque no comparta tu modo de ver las cosas.

—Entiendo que quieras tomar distancia con todo lo que se avecina.

—Por supuesto que no. Te casarás como siempre quisiste y estaré ahí ayudándote en todo, no te voy a dar la espalda, ahora ni nunca.

Me levanto a abrazarla.

—Déjame las invitaciones de la fiesta, me encargaré de hacerlas, repartirlas y advertir que guarden el secreto.

—Te quiero.

—Y yo a ti.

Vuelvo a mi jornada laboral, no veo a Bratt por el resto de la tarde, así que me ocupo en mis cosas y adelanto lo más que puedo para la fiesta sacando la lista de invitados, que le envío a Luisa por correo.

El viernes es el día del aniversario en el hotel de Leandro Bernabé. Los pendrives siguen en su despacho y debemos saber qué grupo delincuencial se quedará con las personas que van a vender.

Reviso la lista de las personas que fueron invitadas: hay narcotraficantes, proxenetas, mafiosos jíbaros, mafiosos y líderes de pandillas altamente peligrosas.

La noche llega y pruebo suerte en la búsqueda de Antoni Mascherano. Como en los últimos días, muevo mis mejores fichas y contactos que me brinden información, pero no hay más que desaparecidos. Aún no hemos dado con el paradero del italiano y mucho menos con el de las víctimas que compra.

Los ojos me arden por la sobreexposición a la pantalla. Le doy un vistazo a mis tareas de mañana, guardo la investigación del día y me preparo para salir. El secretario ya se fue, así que apago las luces antes de encaminarme al pasillo.

—El exceso de trabajo causa estrés laboral —me saluda Alan recostado en la baranda de la escalera.

—Ese diagnóstico lo tengo hace meses. —Meto las manos en mi camuflado—. De hecho, creo que se está esparciendo a mi vida social.

Sonríe. «Es lindo». Alan, con solo veinte años, tiene el inconfundible *sex appeal* latinoamericano: alto, moreno, mirada encantadora y sonrisa sexy.

—¿Ha probado los caramelos de Pirenópolis?

Niego, y él se lleva la mano al bolsillo y me muestra uno.

—Pruébelo —me ofrece.

—No sé —retrocedo—, la última vez que recibí un detalle tuyo me besaste y me supuso la primera sanción de mi carrera.

—Prometí no volver a faltarle el respeto. Los caramelos me los enviaron a mí y quise compartir uno con usted —aclara—, son muy exclusivos.

—Vale, haré de cuenta que confío en ti.

Bajamos juntos la escalera mientras desenvuelvo el caramelo.

—Necesito un favor.

—Últimamente nadie da detalles exóticos sin algo a cambio.

Pisamos la primera planta y nos encaminamos a la torre de dormitorios.

—Te escucho.

—El capitán Dominick Parker tiene a cargo una investigación en una casa de Seven Sister, es un prostíbulo que empezó a emplear la droga de los Mascherano —explica—. Lo curioso es que hay policías de la caballería usando dichos servicios y se me envió a identificarlos.

—Tu primer operativo como infiltrado de caso especial, te felicito.

—No es que me emocione mucho.

—¿Por qué?

—Es en la caballería.

—¿Y qué hay con eso?

—Que le tengo pánico a los caballos, no sé montar y suelo ponerme nervioso cada vez que estoy cerca de uno.

Suelto a reír.

—Alan, mírate, es imposible que alguien con tu porte y estatura pueda tenerle miedo a un caballo.

—Tengo un trauma con ellos. Cuando tenía seis años fuimos a una granja familiar, mi abuelo era fiel participador de carreras de caballo y quiso compartir su hobby conmigo; no funcionó, ya que apenas me subieron a la yegua empecé a gritar y patalear como un loco. El animal se asustó, se soltó del agarre de mi abuelo y empezó a correr. Yo no tenía experiencia, así que acabé en el suelo y fui arrastrado por varios metros.

—Es comprensible tu miedo y asumirlo es el primer paso, así que coméntaselo a Parker.

—Conoce al capitán Parker, no es de los que da segundas opciones —se defiende—. Me honra ir, de todas formas.

—¿Cuándo empezará el operativo? —Sí, Parker es un dolor de cabeza.

—El próximo lunes.

—Tenemos toda esta semana para practicar, programaré el tiempo en tu itinerario.

—Se lo agradezco, no me gusta molestarla, pero es mi única esperanza.

—Descuida —lo tranquilizo—, no puedo intervenir en tu tiempo de la mañana, así que tendremos que hacer la práctica fuera del horario, intentaré estar libre en la tarde.

Llegamos al camino de gravilla que lleva a mi torre.

—El ejército merece más personas como usted —me adula.

Alcanzo a ver la sombra que se asoma en las barandas del segundo piso. Se aparta antes de que pueda reconocerla y segundos después percibo las grandes zancadas que bajan por la escalera. Ambos fijamos la mirada en el mismo sitio. Sea quien sea, viene con afán.

—Redactaré mi carta de renuncia si es el coronel —se altera Alan.

Los pasos se oyen en la primera planta, la serie de pasillos no cuenta con mucha iluminación y debo entrecerrar los ojos para distinguirlo. La figura se acerca: alta, fornida y de cabello castaño claro: en resumen, Bratt.

—¡Te estoy llamando y no me contestas! —reclama a pocos pasos.

Llevo la mano a mi bolsillo y el móvil no está, debí de haberlo dejado en la oficina.

—Creo que lo olvidé en mi cajón.

Mira mal a Alan y provoca que el chico se mueva avergonzado.

—Te presento a Alan Oliveira —trato de romper el incómodo momento—, es uno de los soldados nuevos.

El brasileño le ofrece la mano a modo de saludo.

—Él es el capitán Bratt Lewis —termino la presentación.

Corresponde el saludo de mala gana, se puede considerar como un triunfo teniendo en cuenta lo celoso que es.

—Felicitaciones por su triunfo en Alemania.

—Gracias. —Toma mi brazo—. Si no te molesta, estoy cansado y quiero llevarme a mi novia.

—Claro, señor. —El chico se aparta para que podamos pasar.

—Te veré mañana —me despido.

Me voy detrás de Bratt, quien me lleva de la mano, asegurándose de que nadie nos siga.

Dejo que me acompañe a mi habitación y le abro la puerta para que siga.

—¿Por qué hablas con soldados a esta hora?

Me deshago del calzado preparándome para la explicación… «Siempre hay que darle una».

—Me estaba pidiendo un favor.

—¿Qué favor? No me gusta que des tanta confianza, los soldados lo toman como otra cosa y empiezan a caer como buitres.

—Somos amigos. —Me acerco a rodearle la cintura con los brazos—. No tienes nada de qué preocuparte.

Sujeta mi cara apoyando los labios en mi boca.

—No quiero partirle la cara a nadie en lo que queda del año.

—No tendrás que hacerlo.

Le quito la playera besándole el cuello.

—Dormiré contigo esta noche.

Percibo la dureza de sus músculos y el verde de sus ojos brilla cuando cruzamos miradas. Me rodea el cuello con el brazo y acto seguido se inician las caricias subidas de tono.

Besos suaves. Bratt es dulce, tiene una forma sexy de adorarte con un tacto que nunca demuestra prisa, él se toma el tiempo de repartir besos por mi rostro mientras sus manos acarician la curva de mis caderas.

Ignoro los golpes de conciencia y me apresuro a soltar el pantalón mientras me libera de la camiseta y se saca los zapatos de un puntapié.

Me besa y abraza al pie de la cama, en tanto su entrepierna cobra vida clavándose en mi abdomen. Puedo sentir la dureza bajo el bóxer cuando me empuja cayendo sobre mí. Respira despacio a medida que nos vamos fundiendo en la cama uno sobre el otro con besos que se van tornando ardientes con cada toque.

—Espera. —Se levanta.

Revisa sus vaqueros y saca un envoltorio plateado.

—La última vez olvidamos el preservativo y estuve estresado toda la semana.

—Uso el dispositivo —le recuerdo lo que ya sabe.

—Lo sé. —Rasga el empaque y se da media vuelta para que no lo vea colocárselo. «Es muy culto»—. Todo método anticonceptivo tiene una falla del dos por ciento, es mejor prevenir, no quiero que seas una novia con panza de nueve meses de embarazo.

Vuelve a mi lado y me besa en la clavícula hasta subir a mi boca, recorre mis glúteos y voy entrelazando mis piernas con las de él cuando las ganas se encienden y hacen que me aferre a sus hombros ansiosa por la invasión, mientras él me recalca lo mucho que le gusto.

No resisto el aumento de temperatura, así que tomo el control de la situación apoderándome de sus labios con vehemencia.

—Eché de menos tenerte así. —Me abre de piernas para él y coloca la cabeza de su miembro sobre mi sexo.

Lo miro a los ojos cuando me estrecha contra él entrando despacio, regulando el paso del aire y escondiendo la cara en mi cuello. El pecho se me agita cuando se mueve suave y con calma, la fricción del preservativo me calienta y empiezo a ondear las caderas en busca de más placer.

Cambio los papeles trepándome sobre su erección y paseando las manos por sus pectorales mientras él me mira deseoso apretujándome el trasero, sincronizando el contoneo que me lleva adelante y atrás.

«¡Dios!». Mi cuerpo aclama el orgasmo cuando gimoteo dejando que los ojos se me cierren. Mi cerebro quiere evocar lo que no es, pero no lo permito: es Bratt a quien tengo debajo y no puedo permitir que nadie se robe el momento.

Intensifico el balanceo dándome placer a mí misma de la manera que me gusta y el voltaje de nuestra unión me pone a mil, aprieto sus hombros aferrándome a su piel lista para el clímax y…

—Cariño —toma mi mano y abro los ojos en medio del éxtasis—, me estás lastimando.

Le miro el pecho marcado por mis uñas.

—Lo siento. —Me detengo—. No…

—No importa, amor, solo sé más cuidadosa.

Me baja de su regazo, se posa entre mis muslos y vuelve a entrar a mi entrepierna arremetiendo con los brazos a ambos lados de mi cabeza. Se saborea los labios mientras reparto besos húmedos por su cuello disfrutando de los gruñidos viriles que emite cuando termina.

Se levanta y se va al baño, y oigo cómo alza la tapa de la papelera para tirar el preservativo dentro de ella.

—Fantástico como siempre. —Vuelve a mi lado.

—Sí. —Levanto la sábana recostando la cabeza en su pecho.

42

LA MUJER DEL PRÓJIMO

Christopher

Las manos me recorren, los gemidos hacen eco en mi oído y sus uñas me arañan la piel mientras ella cabalga sobre mí jadeando, sudando y con el cabello negro cubriéndole los hombros. Mi verga se agita dentro de ella y mi derrame quiere llenarla y marcarla para saciar las ganas que le tengo.

—Mírame —le pido—. Déjame ver ese azul.

Obedece conectando su mirada con la mía, convenciéndome de que como ella ninguna. Si ha sido así no siendo tan experta, no quiero imaginarme lo que será cuando la termine de moldear..., cuando sea una loba en celo en todo el sentido de la palabra.

Mi miembro se endurece y entierro los dedos en su piel a punto de...

Despierto de golpe, sudando y con el sol quemándome la cara. Miro la cama y ella no está en ningún jodido lado. La polla me duele de lo dura que está.

Me apresuro a la ducha para que el agua fría alivie la calentura. No he tenido sueños húmedos desde que era un adolescente y en el fondo me hubiese gustado que la pesadilla no fuera una vana ilusión.

Mentiría si digo que no la quiero encima, que no me apetece el cuerpo de encanto que tanto toqué. «El puto cuento de que está loca por Bratt no se lo cree ni ella misma».

—¡Christopher! —me llama Marie desde la puerta—. ¿Tardarás? Te preparé el desayuno y no quiero que se enfríe.

—Solo tomaré café.

—Por lo menos cómete las tostadas —me pide—, alistaré a Zeus para que te lo lleves.

Bebo la bebida caliente frente al televisor dándole un vistazo a las noticias matutinas; como siempre, las cosas van de mal en peor, así que no me molesto en darle importancia. Una vez que he acabado, recojo mi chaqueta y me encamino a la sala.

—No te comiste casi nada —reclama Marie sujetando a Zeus de la correa.

—No tengo hambre.

—En la mesilla hay un sobre para ti, llegó ayer en la tarde. —Me da la correa—. Traeré las vitaminas del perro.

Recojo el sobre que descansa sobre la mesa. El sello exterior informa de que viene de parte de los abogados de Sabrina.

Rasgo el papel y…

DESPACHO JURÍDICO ESPECIALIZADO
EN DERECHO DE FAMILIA

27 de junio de 2017,
Londres, Inglaterra

Señor Christopher Morgan:

En vista de su nueva denuncia de divorcio contra la señora Sabrina Lewis de Morgan, nos permitimos informarle que dicha demanda será concedida siempre y cuando acceda a la petición que ella solicita.

El día 22 de junio del presente año, la señora Sabrina Lewis de Morgan se acercó a nuestro despacho y solicitó bajo la supervisión de su abogado de pila la anulación de las capitulaciones estipuladas por usted días antes del matrimonio, ya que en una de las cláusulas se estipulaba que ella no tendría acceso a su patrimonio en caso de que hubiera una separación.

Dicha decisión fue analizada y aprobada; por lo tanto, nos hemos puesto en contacto con usted y su abogado para darle inicio a la petición de la señora Morgan, la cual resumida de forma clara y concisa dice:

«Accederé a darle el divorcio a mi cónyuge, Christopher Morgan Hars, siempre y cuando me ceda la mitad de su fortuna, la cual hasta el 1 de enero del 2017 abarca las adquisiciones que se nombran a continuación…

No termino de leer la mierda que exige la demanda. La muy maldita se ha puesto en la tarea de investigar qué tengo y qué no.

Recibo lo que me da Marie y salgo sin decir más.

—¿Qué pasó? —pregunta y no le doy respuesta, me limito a subir a Zeus en el auto mientras intento ponerme en contacto con mi abogado. No me contesta, desisto de la idea acelerando la marcha al comando. «Otro dolor de cabeza y no en la de la polla, como en los últimos días».

El móvil vibra y no dudo en deslizar el dedo en la pantalla al ver que la llamada es de mi despacho jurídico.

—No tienes que decirme nada —saluda Andrés al otro lado de la línea—. Mi secretaria me acaba de entregar el sobre de tu esposa.

—Accede —digo sin titubear.

—¿Qué?

—Lo que oíste, dale lo que quiera, no me importa.

—Su demanda es una estupidez, firmó capitulaciones antes de casarse y no tiene derecho a exigir nada.

—Ya te dije que no me importa, que se quede con todo si quiere.

—¡No! —replica—. Quedaría como el peor abogado de Londres si accedo a eso. Deja todo en mis manos, puedo llevar la situación sin que pierdas nada.

—¡Solo quiero que me la quites de encima!

—Lo haré, confía en mí —dicho lo cual, cuelga.

Los Lewis tienen abogados que evaden cosas a cada nada, no son estúpidos y saben de la fortuna que manejo no solo por ser coronel: heredé la cadena hotelera y restaurantes de los Hars; he invertido en negocios millonarios, los cuales me permiten tener propiedades a lo largo del mundo; cuento con acciones evaluadas por montos exorbitantes los cuales me permiten vivir la vida que me plazca llena de excentricidades y derroches si se me da la gana y no me quedaría pobre, colecciones de vehículos que valen un dineral, propiedades llenas de lujos que son la envidia de los hombres más ricos de este planeta… A eso le sumo lo que recibo por parte del otro lado y la fortuna que poseo solo por ser un Morgan, aparte de que soy el coronel mejor pagado de la FEMF.

Paso por el código de seguridad del comando. Saco el perro, me cambio y me encamino a mi oficina. Necesito hablar con Bratt y decirle que si no me quita a Sabrina de encima, no responderé de mis actos.

—¡Coronel! —Mi secretaria se pone en pie cuando me ve—. Su esposa y su suegra lo están esperando, intenté decirles que se fueran, pero…

Alzo la mano para que se calle, me apresuro a la puerta y el perro entra primero que yo armando un escándalo cuando ve a Sabrina; mientras Martha Lewis lo mira con asco.

—Te estábamos esperando —Sabrina se alisa la falda—, tenemos una negociación pendiente.

—Si te refieres al documento que enviaste a mi casa, pierdes tu tiempo, eso deben hablarlo nuestros abogados, no nosotros.

—Un acuerdo civilizado entre nosotros no está de más —propone Martha.

—¿Nosotros? —repito—. No hay un nosotros; de hecho, no sé qué haces aquí. El tema es con tu hija, no contigo.

«Siempre he querido matar a esta maldita arribista».

—No te hagas el prepotente conmigo, que yo no soy Sabrina, a mí no me vas a tratar como basura.

—Tengo trabajo que hacer y mi genio no da para soportar una discusión con ninguna de las dos, así que lárguense.

—¡No! —interviene Sabrina—. Si no llegamos a un acuerdo aquí y ahora, voy a impugnar el derecho de petición que ya hice valiéndome de otro, uno que te deje sin un peso.

—¿Quieres todo mi dinero?

Mira a su madre.

—Es todo tuyo, te cedo todo siempre y cuando firmes el jodido divorcio.

—Hecho —se adelanta Martha—. Nuestro abogado se pondrá en contacto contigo.

—¡No! —interviene Sabrina—. No, no quiero ese acuerdo.

—Lo siento, tu madre ya habló por ti.

—Mi madre no está casada contigo.

—Debiste pensar eso antes de traerla.

—Lo único que quiero es que te olvides de la estúpida demanda y actúes como lo que somos: ¡marido y mujer!

—Prefiero quedarme en la calle.

—¿Tanto me odias? —solloza.

—Odiar es un sentimiento y yo no siento nada por ti.

—¡Me estás arruinando la vida! —chilla.

—Tú arruinaste la mía mucho antes.

—Piensa bien, troglodita —alega Martha—, nunca conseguirás una mujer mejor que mi hija.

—Christopher —se me acerca Sabrina—, por favor, solo dame una oportunidad, te fallé una vez, pero déjame recomponer...

—¡No voy a dar marcha atrás, así que largo las dos!

—¡Vámonos! —espeta Martha.

—¡No! —le grita Sabrina a su madre—. ¡Te hice caso porque dijiste que chantajearlo funcionaría!

Martha la aniquila con la mirada y se la lleva con ella.

—¡Deja de rebajarte! —la regaña.

—¡Fuera! —Les abro la puerta.

—¡Te crees la gran cosa...! —me encara Martha—. ¡Te atreves a rebajar nuestro apellido sabiendo que eres un maldito criminal rehabilitado; si no fuera por mi hijo, serías una escoria de la sociedad y una vergüenza para tu familia!

—Deja de hacer el ridículo y lárgate.

—¡Mamá! —Bratt aparece en el umbral.

Se ve abatido, con las manos en los bolsillos y la mirada fija en el demonio rubio que vocifera palabras no dignas de la dama que dice ser.

Es la menos indicada para insultar, ya que es una arribista que vive malgastando el dinero de la fortuna Lewis.

—¡Sácalas de aquí o tendré que llamar a los de seguridad! —le advierto a Bratt.

—Ya lo oyeron —pide con calma—. Retírense antes de que la central se entere de lo que vinieron a hacer.

Martha arrastra a su hija fuera de mi oficina y se va tras su primogénito.

«¡Esta familia es una peste!», me digo. Acto seguido, me recuesto en el sofá, cierro los ojos e intento pensar en otra cosa que no sea el jodido acoso de Sabrina.

El ruido del teléfono me taladra la cabeza, despierto mareado y miro el reloj, cayendo en cuenta de que he dormido cuatro horas. Zeus duerme a mis pies, a pesar de que el teléfono no detiene el escándalo.

—¿Qué pasa? —contesto.

—La reunión con su equipo —informa Laurens al otro lado de la línea—. Ya empezó y lo están esperando.

No me inmuto… Solo tomo el perro, se lo entrego a mi secretaria y le ordeno que lo lleve a la perrera. Como siempre, terminará siendo arrastrada por el animal.

El grupo está reunido en la sala de juntas y Laila me pone al tanto de todo mientras tomo asiento en el puesto principal.

Bratt está a mi izquierda con Angela a su derecha, que me lanza miradas traviesas. No le pongo atención, ya que mis ojos buscan otra cosa y tal cosa finalmente aparece desencadenando un sinfín de sensaciones.

«Rachel». Tiene el cabello perfectamente recogido y muerde la punta de su bolígrafo pensativa mientras el capitán Thompson le habla al oído. «Cómo quisiera esos labios alrededor de mi miembro…».

—Estamos a dos días del operativo en el hotel —anuncio—. Hablé con el general y se determinó que nos infiltraremos sin ningún tipo de ataque, simplemente indagaremos sobre quién se llevará el lote de personas e iremos por los pendrives que contienen información sobre las farmacéuticas.

A continuación, le cedo la palabra a Parker, quien pone a funcionar el holograma de la mesa.

—Hay una alta probabilidad de que sean los Halcones los que se queden con la compra; por ello es necesario dejarlos y luego rastrearlos con el fin de saber adónde llevan a todas las víctimas —explica—. El hotel está a cuarenta kilómetros de la ciudad, es de cuatro plantas y cuenta con ciento ochenta y tres habitaciones…

Concentro los ojos en la belleza que tengo enfrente, sigue mordisqueando el bolígrafo y la polla se me pone dura con las cosas que se me vienen a la cabeza.

Cruza la mirada conmigo y me humecto los labios con la lengua, logrando que aparte la cara avergonzada.

—El punto clave está en la última planta —continúa Parker—, en el despacho de Leandro, donde están los pendrives.

Este le da paso a Simon.

—Conseguí seis entradas —informa—. Intervine el correo y pude robar las identidades de los que confirmaron que no asistirán antes de que Leandro lo supiera. Los demás se presentarán como infiltrados: meseros del bufete contratado y personal del servicio.

Se pasea por la sala mientras la pantalla cambia mostrando fotos.

—La teniente Johnson irá como Katherine Valdivieso, el viejo se casó y murió a los quince días, nadie conoce a su esposa, por lo tanto, no hay nada que temer. El capitán Parker y la teniente Lincorp irán como los hijos de Vincent Van dar House, un anciano de noventa años que no asiste a ningún sitio adonde se le invita; de hecho, está bastante alejado de los negocios, siempre envía a alguien a que lo represente. El coronel irá como Harold Goyeneche, acompañado por sus dos esposas, que serán la teniente Klein y la teniente James —aclara—. El hombre fue capturado en flagrancia hace dos días y se ofreció a colaborar con la justicia a cambio de una rebaja de su pena.

Ha negociado con Leandro a través de la página anónima que manejan, nunca nadie lo ha visto solo, se sabe que tiene muchas mujeres y que viven todas en una misma casa en Estocolmo. Obviamente nadie sabe que fue capturado.

—Los Mascherano y los Romanov confirmaron que no asistirán, pero irán en su representación los Halcones y miembros de la Bratva, hay que tenerlos en el punto de mira —añade Bratt. Patrick es el siguiente en hablar:

—El objetivo principal es tomar los pendrives. Por fuera estarán los capitanes Lewis y Miller supervisando que nada se salga de control.

—¿Dudas o preguntas? —agrega Parker y todos guardan silencio—. A cada uno se le enviará su parte para que la estudie.

—Largo a todos —ordeno.

Todo el mundo se prepara para irse y Bratt es el único que se queda en su puesto.

—Supongo que me hablarás de Sabrina —deduzco cuando la sala se desocupa.

—No la trataste muy bien que digamos.

—Me saca de mis casillas.

—Es mi hermana y merece respeto.

— Interpuso una petición para quitarme la mitad de todo lo que tengo, cuando habíamos pactado que cada quien conservaría lo suyo después de la separación.

—En sus planes no estaba separarse.

—Lástima, porque ese fue mi plan antes y después de casarme.

—Recapacita —insiste—. ¿Piensas quedarte solo toda la vida? Patrick se casó, Simon y yo lo haremos pronto. No puedes ser el único que se quede vacío, sin hijos, ni alguien que vea por ti.

—Soy feliz así, gracias.

—Te conozco como la palma de mi mano, antes ignorabas a Sabrina cada vez que rechazaba la demanda de divorcio y ahora quieres dejarla a como dé lugar. ¿Hay alguien más con quien quieras formalizarte?

—No, solo quiero quitármela de encima porque me da asco.

—¿Te tiras a mi teniente?

—Me la tiré —lo corrijo—, en tiempo pasado.

—No llevabas ni dos días de conocerla, no eres un crío de dieciséis años como para andar tirándote a desconocidas sin ningún tipo de precaución.

—Soy precavido y los preservativos nunca faltan en mi billetera. No metería mi polla en una desconocida sin ningún tipo de protección.

—Actúas mal.

—No, eres mi amigo y te aprecio, pero esta es la vida que quiero y me gusta. No voy a renunciar a ella por tu hermana.

—Bien —se levanta derrotado—, intentaré que Sabrina razone y desista de la demanda.

—No me importa darle lo que quiere con tal de que me deje en paz.

—Ese no es el punto, es la mujer que te mereces, nunca encontrarás a alguien como ella.

«Dios quiera que no», me digo. Empiezo a perder la paciencia.

—Olvidemos el tema, me está volviendo la jaqueca.

—Almorzaré con Rachel en el jardín, ¿quieres acompañarnos? Sería tiempo para afianzar lazos.

—No. —Lo sigo por el pasillo. No me apetece fantasear con su novia en sus propias narices—. Tengo trabajo que hacer.

—¿No te agrada, cierto? —Se detiene al pie de la escalera—. Por mucho que intente hacerlos compartir es inútil, nada me resulta porque ninguno de los dos pone de su parte. Serás el padrino de mi boda y no es justo que odies a la novia.

—No odio a nadie. Solo que…

Me pica la lengua ansioso por decirle que me la follé y me la quiero seguir follando.

—No me daré por vencido. —Baja el primer escalón—. Haré que ambos entiendan lo importante que es para mí el que se la lleven bien.

«Si supiera que mi polla quiere vaciarse en su canal…», pienso.

—Descansa un poco, el que tengas trabajo no es excusa para descuidar tu salud —me advierte antes de irse.

«¿De qué manera le digo que está afilando su propio cuchillo?».

Me largo a mi oficina, donde recibo la llamada del hermano del ministro, Thomas Morgan, un excoronel el cual lleva años lejos del ejército.

—¿Qué tal todo? —me pregunta mientras fumo con los pies sobre mi escritorio.

—Bien en lo que cabe —contesto aburrido.

—Me alegra. Ya sabes, gana medallas y vuélvete más grande de lo que ya eres —me dice—, que esto es cuestión de paciencia, pero valdrá la pena, así que no te distraigas…

—No tienes que decirme lo que ya sé —lo interrumpo antes de dejar que me ponga al tanto de lo que me interesa. No todo lo que sé viene por parte del ejército, tengo formación que procede del mismo sitio de donde salieron las personas que persigo y Thomas Morgan da fe de eso. Me sigue hablando y me peino el cabello con las manos, ya que ni distraído se me bajan las ganas que tengo y por ello termino colgando.

Almuerzo en la oficina con la jodida estampa de Rachel en la cabeza, estoy igual que hace unos meses, antes de ir a la misión fallida de Brasil. Me sentía tal cual, como un puto lascivo, loco por tirarme a la novia de otro.

El encierro me asfixia, así que abro el ventanal y salgo al balcón con un nuevo cigarro en la mano. Como si el destino me odiara, me termino topando con lo que menos quiero ver: Rachel y Bratt. Uno frente al otro… Él tiene el pie sobre una de las banquetas y ella, una carpeta bajo el brazo; le está hablando no sé de qué.

Él mira a todos lados asegurándose de que no los vean antes de medio tocarle la mano con disimulo y el mero gesto me termina de descomponer la tarde.

Yo no la tendría en el centro del comando hablando estupideces, sino en mi cama envuelta en mis sábanas inhalando el olor del sexo y mi loción. Ella le sonríe devolviéndole el gesto coqueto y ardo por dentro con la ira atascada en la garganta.

No me he saciado lo suficiente, me estoy tropezando y yendo al suelo con mis propias advertencias. Le doy las últimas caladas a mi cigarro antes de lanzarlo a la basura.

No siempre se lastima cuando no se quiere. Bratt ha sido un amigo incondicional, es la última persona que se me hubiese ocurrido traicionar, pero pasó y pensé que todo quedaría tal cual. Gran error, porque quiero mucho más de la mujer de ojos azules que él mira en este preciso momento, a la cual no se me da la gana de dejar en paz.

«Lascivia», «lujuria», «deseo»… No sé con cuál de estas palabras definirme, solo tengo algo claro y es que las cosas no seguirán así después de todo, porque lo que me apetece es romperle la ropa a Rachel James, follarla hasta cansarme, no verla de blanco junto a Bratt y mal por ella, porque no soy el tipo de hombre que se queda con las ganas.

No soy una buena persona, no soy un buen samaritano, soy un hijo de perra el cual vino a arrasar con todo. Soy una de las tres peores escorias que ha parido la Tierra. No he venido con buenas intenciones. Muchos creen que el enemigo está afuera y me río de eso porque no, el enemigo está adentro y se llama Christopher Morgan.

Bratt se despide y ella toma la dirección contraria; nota mi presencia en el balcón y me mira por un par de segundos. «Quiero prenderme de sus pechos», anuncio mentalmente. La boca se me llena de saliva y respiro hondo, me excita que haya traicionado a su novio conmigo y, como me prende, no pienso dejarlo así ya que algo me dice que esto apenas empieza.

ÍNDICE